Stendhal

Die Kartause von Parma

Übersetzt von Arthur Schurig

Stendhal: Die Kartause von Parma

Übersetzt von Arthur Schurig.

Erstdruck: 1839. Hier in der Übersetzung von Arthur Schurig, 1921.

Neuausgabe
Herausgegeben von Karl-Maria Guth
Berlin 2016

Umschlaggestaltung von Thomas Schultz-Overhage

Gesetzt aus der Minion Pro, 11 pt

Verlag: Henricus - Edition Deutsche Klassik GmbH
Mörchinger Str. 33, 14169 Berlin, info@henricus-verlag.de
Druck: Libri Plureos GmbH, Friedensallee 273, 22763 Hamburg

ISBN 978-3-8430-8980-7

Bibliografische Information der Deutschen Nationalbibliothek

Die Deutsche Nationalbibliothek verzeichnet diese Publikation in der
Deutschen Nationalbibliografie; detaillierte bibliografische Daten sind
im Internet über www.dnb.de abrufbar.

1.

Am 15. Mai 1796 hielt der General Bonaparte seinen Einzug in Mailand an der Spitze jener jungen Armee, die unlängst die Brücke von Lodi überschritten und der Welt gezeigt hatte, daß Cäsar und Alexander nach so vielen Jahrhunderten einen Nachfolger hatten.

Die Wunder von Heldentum und Genie, deren Zeuge Italien geworden, rüttelten das Volk rasch aus seinem Schlaf. Noch acht Tage vor dem Einrücken der Franzosen hatten die Mailänder in ihnen nur Brigantengesindel gesehen, das vor den Truppen Seiner Kaiserlichen und Königlichen Majestät immer Reißaus nahm. So wenigstens wiederholte es ihnen dreimal wöchentlich ein handgroßes, auf schlechtem Papier gedrucktes Zeitungsblatt.

Im Mittelalter hatten die Mailänder eine Tapferkeit bewiesen, die der französischen während der Revolution ebenbürtig war und es verdient, daß ihre Stadt von den deutschen Kaisern der Erde gleichgemacht ward. Seitdem sie sich aber in getreue Untertanen verwandelt hatten, bestand ihre Haupttätigkeit darin, Sonette auf Taschentücher aus rosenroter Seide drucken zu lassen, wenn sich eine Tochter aus dem oder jenem reichen oder vornehmen Hause verheiratete. Zwei oder drei Jahre nach diesem wichtigen Abschnitt ihres Lebens nahm die junge Dame einen Cicisbeo, ja bisweilen prangte der Name des von der Familie des Gatten erkorenen Begleiters schon mit im Ehevertrag. Es war ein Riesensprung von diesen verweichlichten Sitten zu den gewaltigen Erregungen, die das unerwartete Erscheinen des französischen Heeres verursachte. Sogleich kamen neue und leidenschaftliche Zustände auf. Am 15. Mai 1796 ward ein ganzes Volk plötzlich gewahr, daß alles, was es bis dahin geachtet hatte, höchst lächerlich und mitunter verächtlich war. Der Abmarsch des letzten österreichischen Regiments bezeichnete den Sturz der alten Anschauungen. Sein Leben aufs Spiel zu setzen, kam in Mode. Nach Jahrhunderten voll Frömmlertum und fader Liebelei erkannte man, daß man, um glücklich zu sein, etwas mit ernster Leidenschaft lieben und im Notfall sein Leben in die Schanze schlagen müsse. Lange, tiefe Nacht hatte seit der eifersüchtigen Gewaltherrschaft Karls V. und Philipps II. geherrscht. Man stürzte ihre Bildsäulen, und mit einem Male war alles von Licht umflutet. In den letzten fünfzig Jahren, während die Ideenwelt der Enzyklopädisten und Voltaires immer tiefer Wurzel schlug, hatten die Mönche dem lieben Mailänder gepredigt, daß Lesen und sonst etwas Lernen eine recht überflüssige Mühe sei. Wenn man nur seinem Pfarrer gewissenhaft den Zehnten entrichte und ihm jede kleine Sünde getreulich beichte, so dürfe man mit ziemlicher Bestimmtheit auf ein herrliches Plätzchen im Paradiese rechnen. Um das ehemals furchtbare und unbotmäßige Volk vollends zu schwächen, hatte ihm Österreich um geringe Gegenleistung das Vorrecht verkauft, dem kaiserlichen Heere keine Rekruten zu stellen.

Anno 1796 bestand die Besatzung von Mailand aus vierundzwanzig rotröckigen Tagedieben, die im Verein mit vier prächtigen ungarischen Grenadierregimentern die Stadt hüteten. Die Freiheit der Sitten war zügellos, aber Leidenschaft etwas sehr Seltenes. Abgesehen von der Unbequemlichkeit, den Priestern alles beichten zu müssen, wenn man nicht schon in dieser Welt zugrunde gehen wollte, schmachteten die braven Mailänder übrigens noch in gewissen kleinen monarchischen Fesseln, die nicht weniger unangenehm waren. So war zum Beispiel der Erzherzog, der seinen Sitz in Mailand hatte und im Namen des Kaisers, seines Vetters, schaltete und waltete, auf den gewinnbringenden Einfall gekommen, Getreidehandel zu treiben. Die Bauern durften ihr Korn erst verkaufen, wenn die Speicher Seiner Hoheit gefüllt waren.

Im Mai 1796, drei Tage nach dem Einzug der Franzosen, hörte ein junger, etwas närrischer Miniaturmaler, der später berühmt gewordene Gros[1], damals Schlachtenbummler im Gefolge des Heeres, im Café dei Servi (das derzeit in Mode war) von den Machenschaften des sehr beleibten Erzherzogs erzählen. Er nahm das Preisverzeichnis der Eissorten, das auf einem Blatt groben gelben Papiers gedruckt war, und zeichnete auf die Rückseite den dicken Erzherzog, dem gerade ein französischer Soldat sein Bajonett in den Bauch stieß. Statt Blut entströmte der Wunde unglaublich viel Getreide. Was man Witz und Karikatur zu nennen pflegt, war in jenem Lande des schlauen Despotentums etwas Unbekanntes. So staunte man das von Gros auf dem Tisch im Kaffeehaus liegen gelassene Spottbild wie ein vom Himmel

---

1   Antoine Jean (Baron) Gros (1771-1835), berühmt geworden durch sein bekanntes Bild ›Bonaparte auf der Brücke von Arcole‹, später der bekannteste Maler des ersten Kaiserreichs.

herabgefallenes Wunderding an. Über Nacht ward es in Kupfer gestochen und anderntags in zwanzigtausend Abzügen verkauft.

Am nämlichen Tage verkündeten Maueranschläge die Erhebung einer Kriegssteuer von sechs Millionen Franken für die Bedürfnisse der französischen Armee, die binnen kurzem sechs Schlachten gewonnen und ein Dutzend Provinzen erobert hatte, aber Mangel an Stiefeln, Hosen, Röcken und Kopfbedeckungen litt.

Das Maß von Glück und Freude, das mit diesen so armen Franzosen in die Lombardei drang, war so groß, daß nur die Geistlichkeit und etliche Adlige die Bürde dieser Auflage von sechs Millionen empfanden, der bald noch manche andere folgen sollte. Die französischen Soldaten lachten und sangen den lieben langen Tag. Sie waren alle noch keine fünfundzwanzig Jahre alt, und ihr Obergeneral galt mit seinen siebenundzwanzig für den ältesten Mann im Heer. Dieser Frohsinn, diese Jugend und Sorglosigkeit standen in drolligem Widerspruch zu den grimmigen Prophezeiungen der Mönche, die seit einem halben Jahre von der Kanzel herab verkündet hatten, die Franzosen seien Ungeheuer, bei Todesstrafe verpflichtet, alles niederzubrennen und alle Welt um einen Kopf kürzer zu machen. Jedes Regiment führe dazu eine Guillotine mit sich.

Auf dem Lande sah man vor den Türen der Bauernhäuser die französischen Soldaten sitzen und das Jüngste ihrer Quartierwirtin in den Schlaf wiegen, und fast allabendlich improvisierte irgendein Geige spielender Tambour ein Tanzfest. Da die Kontertänze viel zu gelehrt und schwierig waren, als daß die Soldaten, die sie selber nicht recht konnten, sie den Lombardinnen beizubringen vermochten, so lehrten diese vielmehr die jungen Franzosen die Monferrina, die Saltarola und andere italienische Tänze.

Die Offiziere waren, soweit möglich, bei reichen Leuten untergebracht. Sie bedurften tatsächlich einiger Aufbesserung. So hatte zum Beispiel ein Leutnant namens Robert einen Quartierzettel für den Palast der Marchesa del Dongo erhalten. Dieser Offizier, ein flotter, junger Ausgehobener, nannte bei seiner Einkehr in dieses Herrenhaus nichts sein eigen als ein Sechsfrankenstück, das er in Piacenza bekommen hatte. Nach dem Übergang über die Brücke von Lodi hatte er einem feschen gefallenen österreichischen Offizier ein Paar prächtige, nagelneue Nankinghosen abgenommen, just zu gelegener Zeit. Seine Offizierspauletten waren von Wolle, und das Tuch seines Feldrockes war an das Futter festgenäht, damit das Ganze zusammenhalte. Aber noch trauriger war ein anderer Umstand. Die Sohlen seiner Stiefel bestanden aus einem Stück Filz von einem Soldatenhut, den er ebenfalls auf dem Schlachtfeld an der Brücke von Lodi aufgelesen hatte. Diese Notsohlen waren so sichtbar mit Bindfaden an das Oberleder genäht, daß der Leutnant Robert in die tödlichste Verlegenheit geriet, als der Haushofmeister des Hauses del Dongo im Zimmer erschien, um ihn feierlichst einzuladen, an der Mittagstafel der Frau Marchesa teilzunehmen. Bursche und Leutnant verwendeten die zwei Stunden bis zu der peinlichen Mittagstafel dazu, den Feldrock nach Möglichkeit zusammenzuflicken und die unglücklichen Bindfäden an den Schuhen mit Tinte zu schwärzen. Endlich schlug die gefürchtete Stunde. Lassen wir ihn selbst berichten:

»In meinem ganzen Leben«, erzählte mir Leutnant Robert in späteren Tagen, »ist mir nie wieder so erbärmlich zumute gewesen. Vielleicht dachten die Damen, ich wolle ihnen Angst einjagen, aber mir bebte das Herz mehr denn ihnen. Ich blickte auf meine Schuhe und wußte kaum, wie ich es anfangen sollte, um nicht zu ungeschickt darin zu gehen. Die Marchesa del Dongo war damals im Vollglanz ihrer Schönheit. Sie haben sie ja gekannt, mit ihren wunderschönen, engelsanften Augen und ihrem hübschen dunkelblonden Haar, das dem Oval ihres reizenden Gesichts einen so prächtigen Rahmen gab. In meinem Zimmer hing eine ›Tochter der Herodias‹ von Leonardo da Vinci, die ihr glich wie ein Porträt. Gott ließ mich von ihrer übernatürlichen Schönheit so ergriffen sein, daß ich meinen Anzug ganz vergaß. Seit zwei Jahren waren mir in den Genueser Bergen nur häßliche und elende Dinge vor Augen gekommen. Ich wagte es, einige Worte über mein Entzücken an sie zu richten.

Gleichwohl hatte ich noch so viel gesunden Verstand, daß ich mich nicht allzu lange in Komplimenten bewegte. Während ich ein paar Redensarten drechselte, gewahrte ich in dem marmorgetäfelten Speisesaal ein Dutzend Lakaien und Kammerdiener, deren Livree mich damals der Inbegriff von Prachtentfaltung dünkte. Stellen Sie sich vor, diese Schlingel hatten nicht nur anständige Schuhe, sondern sogar noch silberne Schnallen darauf. Bei einem Seitenblick merkte ich, daß ihre dummen Augen alle auf meinen Rock und wohl gar auf meine Schuhe gerichtet waren. Das gab mir einen Stich ins Herz. Mit einem einzigen Wort hätte ich die ganze Bande zu Paaren treiben können;

wie aber hätte ich das anfangen sollen, ohne die Damen zu erschrecken? Die Marchesa hatte nämlich, um sich ein wenig Mut zu machen, die Schwester ihres Mannes, Gina del Dongo, die nachmalige reizende Contessa di Pietranera, aus dem Kloster, wo sie erzogen wurde, zu sich berufen. Sie hat es mir später oft erzählt. Im Glück übertraf sie niemand an heiterem Sinn und liebenswürdigem Witz, wie ihr auch niemand an Mut und Seelenruhe im Unglück gleichkam.

Gina, die damals dreizehn Jahre alt sein mochte, aber wie achtzehnjährig aussah, lebhaft und freimütig, wie Sie wissen, hatte so große Furcht, beim Anblick meines Aufzuges herauszuplatzen, daß sie sich kaum zu essen getraute. Dafür überhäufte mich die Marchesa mit gezwungenen Höflichkeiten. Sie las mir meinen Unwillen von den Augen ab. Mit einem Wort: ich spielte eine alberne Rolle. Ich schluckte die Geringschätzung hinunter, was bekanntlich einem Franzosen unmöglich sein soll. Endlich gab mir der Himmel einen lichten Gedanken ein. Ich fing an, den Damen zu berichten, was wir in den Genueser Bergen ausgestanden hatten, wo uns altersschwache Generale zwei Jahre hatten sitzen lassen. Dort, so erzählte ich, gab man uns die Löhnung in Assignaten, die im Land keinen Kurs hatten, und neunzig Gramm Brot den Tag. Ich hatte keine zwei Minuten gesprochen, da standen der guten Marchesa die Tränen in den Augen, und Gina war ernst geworden.

›Wie, Herr Leutnant‹, sagte sie, ›neunzig Gramm Brot?‹ ›Gewiß, Signorina. Dabei blieben diese Portionen dreimal in der Woche ganz aus, und da die armen Gebirgsbewohner, bei denen wir im Quartier lagen, noch weniger zu beißen hatten als wir, so haben wir ihnen auch noch ein wenig von unserem Brot abgegeben.‹

Als wir vom Tisch aufstanden, bot ich der Marchesa meinen Arm und führte sie bis an die Tür des Salons, kehrte dann schnell um und gab dem Lakaien, der mich bei der Tafel bedient hatte, mein einziges Sechsfrankenstück, mit dem ich mir tausend Luftschlösser erbaut hatte.

Acht Tage später, nachdem man sich sattsam überzeugt hatte, daß wir Franzosen niemanden köpften, kehrte der Marchese del Dongo aus seinem Schloß Grianta am Comer See zurück, wohin er sich beim Anrücken unserer Armee geflüchtet hatte, seine junge, schöne Gemahlin und seine Schwester den Wechselfällen des Krieges preisgebend. Der Haß dieses Edelmannes gegen uns war nur mit seiner Furcht zu vergleichen, das heißt, beide waren grenzenlos. Es war ein spaßiger Anblick, wenn er mir mit seinem aufgedunsenen, bleichen Höflingsgesicht Artigkeiten sagte. Am Tage nach seiner Rückkehr nach Mailand erhielt ich drei Ellen Uniformtuch und zweihundert Franken, meinen Anteil an den sechs Millionen Kriegssteuern. Ich stattete mich neu aus und ward der Ritter jener Damen, denn die Bälle begannen.«

Die Geschichte des Leutnants Robert war so ziemlich die aller Franzosen. Statt über ihr Elend zu spötteln, bemitleidete man diese tapferen Krieger und gewann sie lieb. Diese Epoche unerwarteten Heils und toller Freude dauerte knapp drei Jahre, aber der Rausch war so stark und allgemein, daß man sich kaum eine richtige Vorstellung davon machen kann; nur die tiefsinnige historische Betrachtung erklärt sie: dies Volk langweilte sich seit einem Jahrhundert.

Die natürliche Sinnenlust des Südländers hatte ehedem an den Höfen der Visconti und Sforza, der berühmten Herzöge von Mailand, geherrscht. Aber seit dem Jahre 1524, da sich die Spanier Mailands bemächtigt hatten, jene schweigsamen, argwöhnischen, stolzen Herrscher, die überall Aufruhr witterten, waren Freude und Frohsinn entschwunden. Das Volk, das immer die Sitten seiner Herrscher annimmt, ward mehr darauf bedacht, die kleinste Unbill mit einem Dolchstoß zu vergelten, als die Gegenwart zu genießen.

Vom 15. Mai 1796, dem Tage des Einzuges der französischen Armee in Mailand, bis zum April 1799, als sie diese Stadt wegen der Schlacht von Cassano wieder räumen mußte, hatten Übermut, Lebensfreude, Sinnenlust und völliges Vergessen aller trüben, ja selbst aller vernünftigen Gedanken derartig überhand genommen, daß man sogar alte Millionäre und Krämerseelen, Wucherer und griesgrämige Notare finden konnte, die während dieser Zwischenzeit ihr mürrisches Wesen und ihre Gewinnsucht abgelegt hatten.

Eine Ausnahme bildeten etliche Familien des Hochadels, die sich auf ihre Landschlösser zurückgezogen hatten, sozusagen aus Groll über den allgemeinen Jubel und das Aufgehen aller Herzen. Freilich muß man zugestehen, daß diese reichen Adelsgeschlechter bei der Aufbürdung der französischen Kriegssteuern in empfindlicher Weise ausgezeichnet worden waren.

Der Marchese del Dongo, ärgerlich über so viel Frohsinn, hatte sich als einer der ersten auf sein prächtiges Schloß Grianta jenseits Comos zurückbegeben, wo ihn die Damen in Gesellschaft des Leutnants Robert besuchten. Dieses Schloß, in einer Lage, wie sie auf Erden vielleicht nirgends zu finden ist, auf einer Hochebene, hundertundfünfzig Fuß über dem herrlichen See, den es weithin beherrscht, war ehedem eine feste Burg. Die Familie del Dongo hatte sie, wie die wappenbelasteten Marmorwände überall kund gaben, im Quattrocento erbauen lassen. Noch war sie mit Zugbrücken und tiefen Gräben versehen, in denen freilich kein Wasser mehr stand. Gleichwohl war dieses Schloß mit seinen achtzig Fuß hohen und sechs Fuß starken Mauern vor einem etwaigen Handstreich geschützt und eben darum dem mißtrauischen Marchese lieb und wert. Umgeben von fünfundzwanzig bis dreißig Lakaien, die er alle für treu und ergeben hielt, wahrscheinlich, weil er sich nie anders als durch Schimpfworte mit ihnen unterhielt, wurde er dort weit weniger von Furcht gequält als in Mailand.

Diese Furcht war nicht ganz unberechtigt. Der Marchese stand in sehr regem Briefwechsel mit einem österreichischen Spion, der sich an der Schweizer Grenze, drei Meilen von Grianta, aufhielt. Der Zweck war die Befreiung von Kriegsgefangenen, was von den französischen Generalen einmal übel aufgefaßt werden konnte.

Der Marchese hatte seine junge Gemahlin in Mailand gelassen. Dort leitete sie die Familiengeschäfte. Sie war beauftragt, gegen die Kriegssteuern Einspruch zu erheben, die der Casa del Dongo, wie man dort zu sagen pflegt, auferlegt waren. Sie suchte ihre Herabsetzung zu erwirken, was sie freilich zwang, mit Edelleuten, die öffentliche Ämter angenommen hatten, und gar mit besonders einflußreichen Nichtadligen in Berührung zu kommen. Dazwischen hinein fiel ein wichtiges Familienereignis. Der Marchese hatte seine junge Schwester Gina mit einer außerordentlich reichen und hochgeborenen Persönlichkeit verheiraten wollen. Aber der Bewerber trug eine gepuderte Haarbeutelperücke. Gina lachte ihm darob ins Gesicht und beging alsbald die Tollheit, den Grafen Pietranera zu heiraten. Dieser Pietranera war zwar unbedingt ein tadelloser Edelmann, eine wunderschöne Erscheinung, aber wie schon sein Vater arm wie eine Kirchenmaus und, was das Schlimmste war, ein eifriger Anhänger der neuen Ideen. Pietranera war Leutnant in der Italienischen Legion, was den Marchese vollends in Verzweiflung brachte.

Nach jenen zwei Jahren des Rausches und des Glückes nahm das Direktorium der Französischen Republik allmählich einen monarchischen Ton an; es bezeigte tödlichen Haß gegen alles, was sich über die Mittelmäßigkeit erhob. Die unfähigen Generale, die es über die Armee in Italien setzte, verloren in denselben Ebenen um Verona, die zwei Jahre vorher Zeugen der Wunder von Arcole und Lonato gewesen, eine Schlacht nach der anderen. Die österreichische Armee rückte auf Mailand vor, und Robert, inzwischen zum Bataillonskommandeur befördert und in der Schlacht von Cassano verwundet, verweilte eine letzte Nacht im Hause seiner Freundin, der Marchesa del Dongo. Der Abschied war schmerzlich. Robert verließ Mailand zugleich mit dem Grafen Pietranera, der die Franzosen auf ihrem Rückzuge nach Novi begleitete. Die junge Contessa, der ihr Bruder die Auszahlung ihres rechtmäßigen Erbteils verweigerte, folgte ihrem Mann in einem Wagen.

Jetzt begann jene Epoche der Reaktion und der Rückkehr zu den alten Ideen, die die Mailänder ›i tredici mesi‹, die dreizehn Monate, nannten, weil es ihr guter Stern in der Tat wollte, daß diese Rückkehr zur Dummheit nur dreizehn Monate, das heißt bis zur Schlacht von Marengo, währen sollte. Alles, was alt, mürrisch und bigott war, gelangte von neuem ans Ruder und übernahm wieder die Führung der Gesellschaft. Bald darauf verkündeten die Anhänger des alten Kurses in den Dörfern, daß Bonaparte in Ägypten von den Mamelucken wohlverdientermaßen gehängt worden sei.

Unter den Männern, die sich bisher grollend auf ihren Gütern vergraben hatten und nun rachedurstig wieder zum Vorschein kamen, war der Marchese del Dongo einer der grimmigsten, und es war natürlich, daß ihn sein Übereifer an die Spitze der Partei stellte. Diese Herren, aller Ehren werte Leute, sobald sie keine Angst hatten, die aber eigentlich immer zitterten, scharten sich um den österreichischen General. Der, ein gutmütiger Mensch, ließ sich einreden, daß unerbittliche Strenge eine politische Notwendigkeit sei, und infolgedessen wurden einhundertfünfzig Patrioten eingekerkert, die besten Männer, die Italien damals hatte.

Man schleppte sie nach der Bucht von Cattaro, wo die feuchte, dumpfe Kerkerluft und die kärgliche Kost einen gerechten und raschen Strafvollzug an diesen Bösewichten ausübten.

Der Marchese del Dongo erhielt einen hohen Posten, und da sich seinen vielen anderen Vorzügen auch scheußlicher Geiz gesellte, so rühmte er sich öffentlich, daß er seiner Schwester, der Contessa di Pietranera, nicht einen Taler schicke. Immer noch närrisch verliebt in ihren Mann, wollte sie ihn nicht verlassen und zog es vor, in

Frankreich mit ihm zu hungern. Die gute Marchesa war verzweifelt; schließlich gelang es ihr, ein paar kleine Diamanten aus ihrem Schmuck beiseite zu bringen, den ihr Gatte allabendlich in Verwahrung nahm und unter seinem Bett in einem eisernen Kasten verschloß. Sie hatte ihrem Mann eine Mitgift von achthunderttausend Franken zugebracht, erhielt aber monatlich nur achtzig Franken für ihre persönlichen Bedürfnisse. Während der dreizehn Monate, da die Franzosen nicht in Mailand waren, fand diese furchtsame Frau allerlei Vorwände, immer in schwarzen Kleidern zu erscheinen.

Wir müssen eingestehen, daß wir – nach dem Beispiel manches werten Autoren – die Geschichte unseres Helden ein Jahr vor seiner Geburt begonnen haben. Diese Hauptperson ist niemand anderes als Fabrizzio Valserra, Marchesino del Dongo. Er geruhte just zur Welt zu kommen, als die Franzosen aus Mailand verjagt wurden. Der Zufall der Geburt machte ihn zum Zweitgeborenen des Marchese del Dongo, jenes großen Herrn, dessen blasses gedunsenes Gesicht, dessen falsches Lächeln und dessen grenzenlosen Haß gegen die neuen Ideen wir bereits kennen. Das ganze Vermögen des Hauses fiel dereinst dem älteren Sohne, Ascanio del Dongo, zu, dem würdigen Ebenbilde seines Vaters. Er war acht und Fabrizzio zwei Jahre alt, als der General Bonaparte, den alle Wohlgesinnten längst gehängt wähnten, plötzlich vom Sankt Bernhard herabstieg und in Mailand einrückte. Dieser Augenblick ist in der Geschichte ohnegleichen. Man denke sich ein ganzes Volk toll verliebt. Wenige Tage danach gewann Napoleon die Schlacht von Marengo. Alles übrige ist unnötig zu erzählen. Der Freudenrausch der Mailänder hatte keine Grenzen; nur war er diesmal mit Rachegedanken untermischt: man hatte das gutmütige Volk hassen gelehrt. Bald sah man die eingekerkerten Patrioten, soweit sie noch am Leben waren, von den Bocche di Cattaro wiederkehren; ihre Befreiung ward durch ein Nationalfest gefeiert. Ihre abgezehrten, bleichen Gesichter, ihre erstaunten Blicke, ihre abgemagerten Glieder stachen gegen die überall ausbrechende Freude seltsam ab. Ihre Rückkehr war für die am meisten bloßgestellten Familien das Zeichen zur Abreise. Der Marchese del Dongo zog sich als einer der ersten nach seinem Schloß Grianta zurück. Die Familienoberhäupter waren von Furcht und Haß erfüllt; nicht so ihre Frauen und Töchter, die sich mit Freuden an die erste Anwesenheit der Franzosen erinnerten und sich nach Mailand und den fröhlichen Bällen sehnten, die nach dem Tage von Marengo in

der Casa Tanzi von neuem begannen. Sehr bald bemerkte der französische General, der beauftragt war, die Ruhe in der Lombardei aufrecht
zu erhalten, daß alle Pächter der Güter der Adligen und alle alten
Frauen auf dem Lande keineswegs mehr an den erstaunlichen Sieg
von Marengo dachten, der das Geschick Italiens gewendet und dreizehn
feste Plätze an einem Tage wiedererobert hatte, sondern die Köpfe
voll hatten von einer Prophezeiung des heiligen Giovita, des obersten
Schutzpatrons von Brescia. Nach diesem heiligen Orakel sollte das
Glück der Franzosen und Napoleons ausgerechnet dreizehn Wochen
nach Marengo ein Ende nehmen. Zur gewissen Entschuldigung des
Marchese del Dongo und der übrigen grollenden Edelleute sei gesagt,
daß sie ernstlich und ohne Narrenspossen an diese Voraussage
glaubten. All diese Leute hatten in ihrem Leben keine vier Bücher
gelesen. Sie trafen offenkundig ihre Vorbereitungen, nach den dreizehn
Wochen wieder nach Mailand zurückzukehren. Aber während die Zeit
verstrich, verzeichnete Frankreichs Sache neue Erfolge. Wieder in Paris,
rettete Napoleon durch weise Erlasse die Republik im Innern, wie er
sie bei Marengo nach außen gerettet hatte. Nun entdeckten die edlen,
in ihren Schlössern harrenden Lombarden, daß sie das Wort des heiligen Schutzherrn von Brescia zuerst falsch verstanden hätten: es
handle sich nicht um dreizehn Wochen, sondern offenbar um dreizehn
Monate. Die dreizehn Monate gingen dahin, und das Glück der
Franzosen wuchs sichtlich von Tag zu Tag weiter.

Wir gehen über zehn Jahre des Fortschritts und des Glückes hinweg,
von 1800 bis 1810. Fabrizzio verbrachte davon die ersten im Schloß
Grianta, prügelte sich mit den Bauernjungen des Dorfes und lernte
nichts, nicht einmal lesen. Später schickte man ihn auf die Jesuiten-
schule nach Mailand. Der Marchese, sein Vater, verlangte, daß man
ihm Latein beibrächte, doch nicht nach den alten Schriftstellern, die
immer von Republiken reden, sondern nach einem prächtigen, mit
mehr als hundert Kupferstichen geschmückten Folianten, einem Werk
von Meistern des Secento. Es war die lateinische Familiengeschichte
des Hauses derer von Valserra, Marchesi del Dongo, herausgegeben
Anno 1650 von Fabrizzio del Dongo, Erzbischof von Parma. Da die
Valserras ihr Glück vornehmlich im Waffenhandwerk gemacht hatten,
so stellten die Stiche in der Hauptsache Schlachten dar, und auf jedem
sah man einen Helden dieses Namens, der mächtige Säbelhiebe aus-
teilte. Das Buch gefiel dem jungen Fabrizzio ungemein. Seine Mutter,

die ihn vergötterte, durfte ihn von Zeit zu Zeit in Mailand besuchen; aber da ihr Gatte ihr niemals Geld zu diesen Reisen gab, war es ihre Schwägerin, die liebenswürdige Contessa Pietranera, die ihr das Nötige borgte. Nach der Wiederkehr der Franzosen war jene eine der glänzendsten Frauen am Hofe des Fürsten Eugen[2], des Vizekönigs von Italien.

Als Fabrizzio gefirmelt war, erhielt die Contessa von dem noch immer in freiwilliger Verbannung lebenden Marchese die Erlaubnis, ihn ab und zu aus seiner Schule zu sich kommen zu lassen. Sie fand, er sei eigenartig, geweckt, sehr ernst, aber ein netter Junge, der dem Salon einer Modedame keineswegs zur Unzierde gereiche, im übrigen drollig unwissend, ja kaum des Schreibens kundig. Die Contessa, die ihren Feuergeist in keiner Sache verleugnete, versprach dem Schulvorstand ihre Gönnerschaft, falls ihr Neffe Fabrizzio bemerkenswerte Fortschritte mache und am Jahresschluß recht viele Preise bekäme. Das Erreichen dieser Ziele förderte sie damit, daß sie den Jungen alle Sonnabende abends abholen ließ und ihn oft erst am Mittwoch oder Donnerstag darauf zu seinen Lehrern zurückschickte. Die Jesuiten waren, trotz der zärtlichen Vorliebe des Vizekönigs für sie, nach den Gesetzen des Königreichs aus Italien verwiesen, und der Superior der Schule, ein gewandter Mann, wußte genau, welchen Vorteil er aus den Beziehungen zu einer am Hofe allmächtigen Frau ziehen konnte. Er hütete sich, über Fabrizzios Ausbleiben Klage zu führen, der, unwissender denn je, am Ende des Jahres fünf erste Preise erhielt. Infolgedessen wohnte die glänzende Contessa di Pietranera mit ihrem Gatten, jetzt Generalleutnant und Kommandeur einer Gardedivision, nebst fünf oder sechs der höchsten Persönlichkeiten vom Hofe des Vizekönigs der Preisverteilung bei den Jesuiten bei. Der Superior wurde von seinen Vorgesetzten beglückwünscht.

Die Contessa nahm ihren Neffen auf alle glänzenden Feste mit, durch die sich die kurze Regierungszeit des liebenswürdigen Fürsten Eugen auszeichnete. Dank ihrem Einfluß zum Husarenoffizier ernannt, trug der zwölfjährige Fabrizzio Uniform. Entzückt von seiner hübschen Erscheinung, erbat sie eines Tages beim Fürsten eine Pagenstelle für ihn, was soviel bedeutete wie den Friedensschluß der Familie del Dongo mit der Regierung. Am Tage darauf mußte sie freilich ihren

2 Eugène de Beauharnais (1781-1824), Stiefsohn Napoleons.

ganzen Einfluß aufbieten, damit der Vizekönig sich ihrer Bitte nicht mehr erinnere, der nichts weiter fehlte als die Einwilligung vom Vater des künftigen Pagen, die schroff verweigert worden wäre. Nach dieser Torheit fand der wutschnaubende Marchese einen Vorwand, den jungen Fabrizzio nach Grianta heimzurufen. Die Contessa strafte ihren Bruder mit überlegener Verachtung. In ihren Augen war er ein jämmerlicher Trottel und aller Schandtaten fähig, falls er je die Macht dazu gewänne. In Fabrizzio dagegen war sie vernarrt. Nach zehnjährigem Schweigen schrieb sie an den Marchese und forderte ihren Neffen zurück. Ihr Brief blieb ohne Antwort.

Als Fabrizzio wieder in das düstere Schloß kam, das die kriegerischsten seiner Ahnen erbaut hatten, verstand er von nichts auf der Welt etwas als vom Reiten und Exerzieren. Graf Pietranera, der in den Jungen ebenso vernarrt war wie seine Frau, hatte ihn manchmal auf ein Pferd gesetzt und zum Dienst mitgenommen.

Bei seiner Ankunft im Schloß Grianta waren Fabrizzios Augen noch ganz rot von den Tränen, die er beim Scheiden aus den schönen Gemächern seiner Tante vergossen hatte. Seine Mutter und seine Schwestern empfingen ihn mit leidenschaftlichen Liebkosungen. Der Marchese hatte sich mit seinem ältesten Sohne, dem Marchesino Ascanio, in sein Arbeitszimmer eingeschlossen. Dort fertigten die beiden Geheimbriefe an, die die Ehre hatten, nach Wien zu gehen. Vater und Sohn erschienen nur zu den Mahlzeiten. Der Marchese pflegte mit Betonung zu sagen, er unterrichte seinen natürlichen Nachfolger in der doppelten Buchführung über die Erträge seiner Landgüter. In Wirklichkeit war er viel zu eifersüchtig auf seine Macht, als daß er einen Sohn und notwendigen Erben aller seiner Besitztümer in derlei eingeweiht hätte. Er gebrauchte ihn dazu, Berichte von fünfzehn bis zwanzig Seiten zu chiffrieren, die er zwei- oder dreimal wöchentlich nach der Schweiz schmuggelte, von wo aus sie nach Wien gelangten. Der Marchese vermeinte, seinen rechtmäßigen Herrscher über die Zustände im Königreich Italien, von denen er selber keine Ahnung hatte, auf dem laufenden zu halten. Gleichwohl hatten seine Berichte viel Erfolg. Das kam so: Der Marchese ließ auf den Heerstraßen durch irgendeinen sicheren Beauftragten die Zahl der Soldaten aller französischen oder italienischen Regimenter feststellen, die ihre Standorte wechselten, und wenn er dem Wiener Hof darüber berichtete, so verheimlichte er sorglich ein reichliches Viertel der zur Zeit vorhandenen Truppen. Diese auch sonst lächerlichen Schreiben hatten den Vorzug, andere, genauere Berichte Lügen zu strafen. Deshalb gefielen sie. Und so hatte der Marchese, wenige Tage vor Fabrizzios Ankunft im Schloß, das Großkreuz eines hochgeschätzten Ordens bekommen. Es war der fünfte, der seinen Kammerherrnrock zierte. Zwar wagte er zu seinem Leidwesen nicht, in dem Rock außerhalb seines Zimmers umherzustolzieren, aber er erlaubte sich nie einen Bericht zu diktieren, ohne den bestickten, mit allen seinen Orden geschmückten Rock angelegt zu haben. Er hätte es für Mangel an Ehrerbietung gehalten, wenn er anders gehandelt hätte.

Die Marchesa war über die liebenswürdigen Eigenschaften ihres Sohnes entzückt. Nun hatte sie die Gewohnheit bewahrt, zwei- oder dreimal im Jahr mit dem General Grafen von A. Briefe zu wechseln; so hieß jetzt jener Leutnant Robert. Voller Abscheu davor, Menschen, die sie liebte, zu belügen, fragte sie ihren Sohn aus und war über seine Unwissenheit entsetzt.

›Wenn er schon mir, die ich selber nichts weiß, ungebildet vorkommt‹, sagte sie sich, ›so wird Robert, der so Wohlunterrichtete, seine Erziehung ganz mangelhaft finden. Und heutzutage muß man etwas taugen.‹ Eine andere Eigentümlichkeit Fabrizzios setzte sie fast ebenso in Erstaunen. Er nahm alle kirchlichen Dinge, die man ihm bei den Jesuiten beigebracht hatte, für Ernst. Obgleich selbst sehr fromm, erschrak sie doch vor dem Glaubenseifer des Kindes. Sie sagte sich: ›Wenn der Marchese Geist genug hätte, diese schwache Seite herauszufinden, so könnte er mir die Liebe meines Sohnes abspenstig machen.‹ Sie weinte viel, und ihre leidenschaftliche Schwäche für Fabrizzio wuchs dadurch noch mehr.

Das Leben in dem Schloß, das dreißig bis vierzig Dienstboten bevölkerten, war recht traurig. Daher verbrachte Fabrizzio den ganzen Tag auf der Jagd oder in einer Barke auf dem See. Bald war er mit den Kutschern und Stallburschen auf vertrautem Fuß. Allesamt eifrige Parteigänger der Franzosen, machten sie sich unverblümt über die kriecherischen Kammerdiener lustig, die dem Marchese oder seinem ältesten Sohne sklavisch ergeben waren. Besonders erregte es ihren Spott, daß sich diese würdevollen Leute nach dem Vorbild ihrer Herrschaft puderten.

2.

Nun, da der Abend unser Aug umflort,
Betracht ich zukunftssüchtig die Gestirne,
Durch die uns Gott in Lettern, wohl zu deuten,
Der Kreaturen Los und Schicksal kündet.
Denn der aus Himmelshöhn den Menschen schaut,
Weist ihm aus Mitleid oft den rechten Pfad
In seiner Sternenschrift am Firmament
Und sagt das Glück, das Unglück uns voraus.
Doch wir, am Staube haftend, sündenschwer,
Verachten solche Schrift und sehn sie nicht.

Ronsard[3]

Der Marchese bekundete einen starken Haß gegen jede Aufklärung. »Die modernen Ideen«, pflegte er zu sagen, »haben Italien ins Verderben gestürzt.« Er wußte nicht recht, wie er diese heilige Scheu vor der Bildung mit dem Wunsch vereinigen sollte, daß sein Sohn Fabrizzio die so glänzend begonnenen Studien bei den Jesuiten vollende. Um die Gefahr möglichst abzuleiten, beauftragte er den braven Abbate Blanio, den Pfarrer von Grianta, den lateinischen Unterricht mit Fabrizzio fortzusetzen. Dazu hätte der Geistliche diese Sprache verstehen müssen; nun war sie aber gerade der Gegenstand seiner Abneigung. Seine Kenntnisse auf diesem Gebiet beschränkten sich auf das Auswendighersagen der Gebete seines Missals, deren Sinn er seinen Pfarrkindern mit knapper Not erklären konnte. Gleichwohl war der Pfarrer nichtweniger geachtet und sogar in seinem Sprengel gefürchtet. Er hatte immer gesagt, daß die berühmte Prophezeiung des heiligen Giovita, des Schutzpatrons von Brescia, weder in dreizehn Wochen noch auch in dreizehn Monaten in Erfüllung ginge. War er unter sicheren Freunden, so fügte er hinzu, die Zahl dreizehn sei so zu deuten, daß alle Welt staunen werde, wenn er es aussprechen dürfte. (1813!)

Tatsächlich war der Abbate Blanio ein Mann von altfränkischer Tugend und Biederkeit und übrigens kein Dummkopf. Nachts hielt

---

3   Pierre de Ronsard, einer der Dichter der Plejade (sechzehntes Jahrhundert), von seinen Zeitgenossen dem Homer und dem Pindar gleichgesetzt.

er sich mit Vorliebe oben auf seinem Kirchturm auf. Er war nämlich versessen auf Astrologie. Tagsüber pflegte er die Konjunkturen und Stellungen der Gestirne zu berechnen, und manche schöne Nacht verbrachte er damit, sie am Himmel zu verfolgen. Bei seiner Armut hatte er kein anderes Instrument als ein langes Fernrohr aus Pappe. Man kann sich denken, welche Geringschätzung dieser Mann für Sprachstudien hatte, der sein Leben darein setzte, aus den Sternen den genauen Zeitpunkt abzulesen, da große Reiche stürzen und Revolutionen das Antlitz der Welt verändern. »Weiß ich mehr über das Pferd«, sagte er zu Fabrizzio, »wenn man mir beigebracht hat, daß es auf lateinisch equus heißt?« Die Bauern fürchteten den Abbate Blanio als großen Zauberer, und er jagte ihnen durch sein Observatorium auf dem Kirchturm so viel Schrecken ein, daß sie nicht stahlen. Seine Amtsbrüder, die Geistlichen der Umgegend, waren wegen dieser Macht neidisch und verwünschten ihn. Der Marchese del Dongo verachtete ihn schlechtweg, weil er für einen Mann seines niedrigen Standes viel zu gelehrte Dinge im Kopf habe. Fabrizzio schwärmte für ihn; um ihm zu gefallen, verbrachte er mitunter ganze Abende damit, riesenhafte Additions- oder Multiplikationsexempel auszurechnen. Seitdem durfte er mit auf den Kirchturm klettern. Das war eine große Gunst, die der Abbate Blanio noch niemandem zugestanden hatte; aber er liebte den Knaben seiner Unbefangenheit wegen. »Wenn du kein Heuchler wirst«, pflegte er zu ihm zu sagen, »wirst du vielleicht ein Mann.«

Infolge der Unerschrockenheit und Leidenschaftlichkeit, die Fabrizzio bei allen seinen Belustigungen an den Tag legte, wäre er im Laufe der Jahre mehrmals beinahe im See ertrunken. Bei den Streichen der Bauernjungen von Grianta und Cadenabbia war er der Anführer. Diese Burschen hatten sich verschiedene Nachschlüssel zu verschaffen gewußt, mit denen sie in besonders finsteren Nächten die Schlösser der Ketten zu öffnen trachteten, womit die Barken an großen Steinen oder an Bäumen nahe am Ufer befestigt waren. Auf dem Comer See legen nämlich die Fischer schwimmende Angeln in ziemlich weiter Entfernung vom Ufer aus. Das obere Ende der Schnur ist an einem mit Kork unterlegten Brettchen befestigt, auf dem eine elastische Haselrute mit einem Glöckchen angebracht ist; es klingelt, sobald der Fisch angebissen hat und an der Schnur zerrt.

Der Hauptzweck der nächtlichen Seezüge, die Fabrizzio befehligte, war, diese Nachtangeln aufzusuchen, ehe die Fischer auf das Klingelzeichen aufmerksam wurden. Man wählte zu diesen wagehalsigen Ausfahrten stürmisches Wetter und schiffte sich meist in der Frühe ein, eine Stunde vor Sonnenaufgang. Daß die Jungen beim Einsteigen in die Barken glaubten, sie stürzten sich in die größten Gefahren, darin lag das Schöne ihres Tuns, und nach dem Vorbild ihrer Väter beteten sie andächtig ein Ave-Maria. Nun geschah es zuweilen, daß Fabrizzio im Augenblick der Abfahrt oder kurz nach dem Ave-Maria von einem Vorzeichen betroffen wurde. Das war die Frucht der astrologischen Studien seines Freundes, des Abbaten Blanio. Bei seiner jugendlichen Einbildungskraft kündigte ihm das Vorzeichen mit Sicherheit den guten oder schlimmen Ausgang an, und da er der Beherzteste unter seinen Kameraden war, so gewöhnte sich allmählich die ganze Schar so an die Vorbedeutungen, daß, wenn im Augenblick der Abfahrt ein Bettelmönch sichtbar ward oder linker Hand ein Rabe flog, die Barken schleunigst wieder angekettet wurden und jeder wieder schlafen ging. So hatte der Abbate Blanio seine ziemlich schwierige Wissenschaft Fabrizzio zwar nicht gelehrt, aber er hatte ihm, ohne daß er es selber wußte, ein grenzenloses Vertrauen in alle Vorzeichen künftiger Geschehnisse eingeimpft.

Der Marchese hegte das Gefühl, daß ihn bei seinem geheimen Briefwechsel einmal ein unglücklicher Zufall in die Lage bringen könne, des Einflusses seiner Schwester zu bedürfen; und so erhielt Fabrizzio alljährlich am Feste der heiligen Angela, dem Namenstage der Contessa Pietranera, die Erlaubnis, acht Tage in Mailand zu verbringen. Das ganze Jahr zehrte er von der Hoffnung auf diese acht Tage oder von der Erinnerung daran. Um diesem großen Ereignis noch mehr Bedeutung zu geben, händigte der Marchese seinem Sohn jedesmal vier Taler ein, während er seiner Gattin, die Fabrizzio begleitete, nichts zu geben pflegte. Dafür reisten am Tage vor der Abreise ein Koch, sechs Bediente und ein Wagen mit zwei Pferden nach Como ab, und die Marchesa hatte in Mailand eine Kutsche und eine Tafel mit zwölf Gedecken zur Verfügung.

Eine grollende Lebensweise, wie sie der Marchese del Dongo führte, war sicherlich sehr wenig unterhaltsam, aber sie hatte den Vorteil, daß sie den Reichtum der Familien, die sich darein verloren, ungeheuer aufschwellte. Der Marchese, der mehr als zweihunderttausend Lire

Jahreseinkommen hatte, verbrauchte davon nicht ein Viertel. Er lebte von der Hoffnung. Während der dreizehn Jahre von 1800 bis 1813 glaubte er immer felsenfest, daß Napoleon binnen einem halben Jahre gestürzt wäre. Man kann sich sein Entzücken vorstellen, als er zu Beginn des Jahres 1813 das Unglück an der Beresina erfuhr. Die Einnahme von Paris und der Sturz Napoleons hätten ihn beinahe um den Verstand gebracht. Nun erlaubte er sich die kränkendsten Äußerungen gegen seine Frau und seine Schwester. Endlich, nach vierzehn Jahren des Harrens, hatte er die unsägliche Freude, die österreichischen Truppen wieder in Mailand einrücken zu sehen. Auf Anweisung von Wien empfing der österreichische General den Marchese del Dongo mit einer Hochachtung, die an Ehrfurcht grenzte. Man trug ihm alsbald eine der höchsten Stellen der Landesverwaltung an, die er wie die Rückzahlung einer Schuld hinnahm. Sein ältester Sohn erhielt eine Leutnantsstelle in einem der besten Regimenter der Monarchie, der jüngere jedoch wollte die ihm angebotene Würde eines Kadetten nie und nimmer annehmen. Dieser Triumph, den der Marchese mit seltener Unverschämtheit auskostete, dauerte aber nur wenige Monate und hatte ein demütigendes Nachspiel. Geschäftliche Begabung besaß er nicht, und die vierzehn Jahre, die er auf seinem Landschloß im Verkehr mit seinen Dienern, seinem Notar und seinem Hausarzt verbrachte, hatten ihn im Verein mit den Grillen des herannahenden Alters zu einem gänzlich unfähigen Menschen gemacht. Nun ist es in österreichischen Landen ein Unding, sich auf einem wichtigen Posten zu halten, ohne die gewisse Befähigung zu besitzen, die die langsame und umständliche, aber sehr vernünftige Verwaltungsweise dieser alten Monarchie erheischt. Die Mißgriffe des Marchese del Dongo stießen die Beamten vor den Kopf und hemmten den Gang der Geschäfte. Seine ultramonarchischen Redensarten reizten die Bevölkerung, die man in sorglosen Schlummer einlullen wollte. Eines schönen Tages erfuhr er, daß Seine Majestät Allergnädigst geruht hatte, sein Gesuch um die Entlassung aus Allerhöchsten Diensten unter gleichzeitiger Ernennung zum Vize-Oberhofmarschall des lombardisch-venezianischen Königreiches huldvollst entgegenzunehmen. Der Marchese war empört über die maßlose Ungerechtigkeit, deren Opfer er geworden. Er ließ einen Brief an einen Freund veröffentlichen, er, der die Pressefreiheit so sehr verabscheute. Schließlich schrieb er an den Kaiser, seine Minister seien Verräter und nichts weiter als Jakobiner. Darauf zog er sich wieder traurig auf sein Schloß Grianta zurück. Er fand einen Trost. Nach Napoleons Sturz ließen gewisse einflußreiche Persönlichkeiten den Grafen Prina, den ehemaligen Minister des Königs von Italien, einen im höchsten Grade verdienstvollen Mann, in Mailand auf offener Straße ermorden. Der Graf Pietranera setzte sein Leben aufs Spiel, um das des Ministers zu retten, der mit Regenschirmen erschlagen wurde und dessen Todesqualen fünf Stunden lang dauerten. Ein Priester, Beichtvater des Marchese del Dongo, hätte Prina retten können, wenn er ihm das Gitter der Kirche San Giovanni geöffnet hätte, vor die man den unglücklichen Minister schleppte, nachdem man ihn sogar eine Weile im Rinnstein mitten auf der Straße hatte liegen lassen. Aber er weigerte sich höhnisch, sein Gittertor aufzuschließen, und ein halbes Jahr später gelang es dem Marchese glücklich, ihm eine höhere Stellung zu verschaffen.

Er verabscheute seinen Schwager, den Grafen Pietranera, der mit einem Jahreseinkommen von nicht fünfzig Louisdor leidlich zufrieden zu sein wagte und es sich einfallen ließ, dem, was er lebenslang geliebt hatte, die Treue zu wahren, ja die Unverschämtheit besaß, sich offen als Anhänger des gleichen Rechts für alle zu bekennen, was der Marchese schändliches Jakobinertum nannte. Der Graf hatte sich geweigert, in österreichische Dienste zu treten. Man beutete diesen Trotz aus, und ein paar Monate nach der Ermordung Prinas setzten die nämlichen Persönlichkeiten, die Prinas Mörder gedungen hatten, die Verhaftung des Generals Pietranera durch. Darauf ließ sich die Gräfin, seine Gemahlin, einen Paß ausfertigen und bestellte Postpferde, um nach Wien zu fahren und dem Kaiser die Wahrheit zu sagen. Die Mörder Prinas bekamen es mit der Angst zu tun, und einer von ihnen, ein Vetter der Gräfin Pietranera, überbrachte ihr mitternachts, eine Stunde vor ihrer Abfahrt nach Wien, die Order zur Freilassung ihres Mannes. Anderntags ließ der österreichische General den Grafen Pietranera zu sich bitten, empfing ihn mit größter Achtung und versicherte ihm, seine Pensionsangelegenheit werde binnen kurzem auf das beste geregelt. Der brave General Bubna, ein Mann von Geist und Herz, war wegen Prinas Ermordung und der Verhaftung des Grafen sichtlich in starker Verlegenheit.

Nachdem diese Gefahr durch die Entschlossenheit der Gräfin abgewendet war, lebte das Ehepaar schlecht und recht von dem Ruhegehalt, das dank der Fürsprache des Generals Bubna nicht auf sich warten ließ.

Zum Glück traf es sich nach fünf oder sechs Jahren, daß die Gräfin eine große Freundschaft zu einem sehr reichen jungen Manne faßte, der auch Busenfreund des Grafen war und es sich nicht nehmen ließ, ihnen das schönste englische Vollblutgespann, das es damals in Mailand gab, seine Loge in der Scala und sein Landschloß zur Verfügung zu stellen. Aber der Graf ließ sich im Vollgefühl seiner Tapferkeit und seiner edlen Gesinnung, leicht hinreißen und führte dann gern absonderliche Reden. Als er eines Tages mit jungen Leuten auf der Jagd war, begann einer von ihnen, der unter anderen Fahnen als er gedient hatte, Witze über die Tapferkeit der Soldaten der Zisalpinischen Republik zu machen. Der Graf gab ihm eine Ohrfeige. Es kam sofort zu einem Zweikampf, und da der Graf unter allen diesen jungen Menschen keinen auf seiner Seite hatte, so fiel er. Man munkelte allerlei über diese Art von Zweikampf, und die Beteiligten entschlossen sich zur Abreise nach der Schweiz.

Jener lächerliche Mut, den man Gottergebenheit nennt, der Mut eines Toren, der sich hängen läßt, ohne ein Wort zu sagen, war nicht Sache der Gräfin. Wütend über ihres Gatten Tod, hätte sie es am liebsten gesehen, wenn Limercati, jener reiche junge Mann, ihr Vertrauter, gleichfalls auf den Einfall geraten wäre, nach der Schweiz zu fahren und den Mörder des Grafen Pietranera zu erschießen oder wenigstens zu ohrfeigen.

Limercati fand dieses Ansinnen reichlich lachhaft, und die Gräfin bemerkte, daß ihre Verachtung ihre Liebe ertötet hatte. Sie verdoppelte ihre Aufmerksamkeiten gegen Limercati. Sie wollte seine Leidenschaft schüren, ihn dann sitzen lassen und der Verzweiflung preisgeben. Um diesen Racheplan einem Franzosen verständlich zu machen, muß ich sagen, daß man in Mailand, das freilich sehr fern von Paris liegt, aus Liebe noch in Verzweiflung gerät. Die Gräfin, die in ihren Trauerkleidern alle Nebenbuhlerinnen bei weitem hinter sich ließ, tat schön mit den jungen Herren, die auf der Straße schlenderten, und einer von ihnen, der Graf Nani, der schon immer gesagt hatte, er fände Limercati zu schwerfällig, zu steif für eine so begabte Frau, verliebte sich toll in die Gräfin. Sie schrieb an Limercati:

›Wollen Sie sich einmal als geistreicher Mann betätigen? Bilden Sie sich ein, Sie hätten mich nie gekannt!‹

Ich bin, vielleicht nicht ohne Mißachtung, Ihre untertänigste Gina Pietranera.‹

Als Limercati dieses Briefchen gelesen, reiste er nach einem seiner Schlösser ab. Seine Liebe wuchs ins Grenzenlose; er wurde toll und sprach von Selbstmord, etwas Ungebräuchlichem in einem Lande, wo man an den Teufel glaubt. Gleich am ersten Morgen schrieb er der Gräfin und bot ihr die Ehe und seine Zweihunderttausend Lire Rente an. Sie schickte ihm seinen Brief unerbrochen durch den Reitknecht des Grafen Nani zurück. Darauf verbrachte Limercati drei Jahre auf seinen Gütern. Alle acht Wochen kehrte er nach Mailand zurück, hatte aber nie den Mut, dort zu bleiben, und langweilte seine Freunde mit seiner leidenschaftlichen Liebe zur Gräfin und mit umständlicher Aufzählung aller einst bei ihr genossenen Gunstbezeigungen. Anfangs pflegte er hinzuzufügen, daß sie sich mit dem Grafen zugrunde richte und daß dieses Verhältnis sie entehre.

In der Tat empfand die Gräfin für den Grafen Nani keinerlei Liebe, und das sagte sie ihm offen, als sie der Verzweiflung Limercatis ganz sicher war. Der Graf, ein Weltmann, bat sie, die ihm anvertraute betrübliche Wahrheit nicht etwa stadtbekannt werden zu lassen. »Wenn Sie die außerordentliche Nachsicht üben wollten«, fügte er hinzu, »mich auch fernerhin vor der Welt mit all den Vergünstigungen zu behandeln, die man einem erklärten Liebhaber zukommen läßt, so werde ich mich vielleicht darein schicken.«

Nach ihrer heldenmütigen Erklärung mochte die Gräfin weder mehr die Pferde noch die Loge des Grafen Nani. Aber seit fünfzehn Jahren an den vornehmsten Lebenszuschnitt gewöhnt, stand sie nun dem schwierigen oder, besser gesagt, unlösbaren Rätsel gegenüber, mit einer Pension von fünfzehnhundert Lire in Mailand zu leben. Sie verließ ihren Palast, mietete zwei Zimmer in einem vierten Stock, entließ alle Dienstboten, ja selbst ihre Kammerjungfer, und nahm sich an deren Stelle eine arme, alte Aufwartefrau. In Wirklichkeit war dieses Opfer weniger heldenhaft und hart, als es scheint. In Mailand ist die Armut nichts Lächerliches und wird folglich nicht von ängstlichen Seelen als der Übel größtes angesehen. Einige Monate waren in dieser edlen Armut verflossen, während deren sie fortgesetzt von Limercati und sogar vom Grafen Nani, der sie ebenfalls heiraten wollte, durch Briefe bestürmt wurde, als der Marchese del Dongo, sonst ein abscheulicher Geizhals, auf den Gedanken kam, seine Feinde könnten am Ende ihre

Freude am Elend seiner Schwester haben. Was, eine del Dongo sollte ihr Leben kümmerlich mit dem Gnadengeld fristen, das ihr der Wiener Hof, über den er so viel Anlaß zu klagen hatte, als Generalswitwe auszahlte?

Er schrieb ihr also, seine Schwester fände im Schloß Grianta eine Wohnung und angemessene Aufnahme. Das bewegliche Gemüt der Gräfin griff den Gedanken an eine neue Lebensweise mit Begeisterung auf. Seit zwanzig Jahren hatte sie dieses ehrwürdige Schloß nicht betreten, das unter uralten Kastanien, die in den Zeiten der Sforza[4] gepflanzt waren, majestätisch emporragte. ›Dort‹, sagte sie sich, ›werde ich Ruhe finden, und ist Ruhe in meinem Alter nicht Glück?‹ Da sie einunddreißig Jahre alt war, meinte sie, die Stunde ihres Abschieds von der großen Welt sei gekommen. ›Am Gestade jenes herrlichen Sees, wo meine Wiege stand, harrt meiner endlich ein friedsames, glückliches Leben.‹

Ich weiß nicht, ob sie sich täuschte, aber so viel steht fest, daß diese leidenschaftliche Seele, die so leichten Herzens zweimal ein Riesenvermögen verschmäht hatte, das Glück ins Schloß Grianta brachte. Ihre beiden Nichten waren närrisch vor Freude. »Du hast mir die schönen Tage der Jugend wiedergebracht!« jubelte die Marchesa ihr zu und schloß sie in ihre Arme. »Am Tage vor deiner Ankunft war ich hundert Jahre alt.«

Die Gräfin besuchte mit Fabrizzio alle bezaubernden Orte der Umgebung des Schlosses Grianta wieder, die von den Reisenden so gepriesen werden: die Villa Melzi auf dem anderen Seeufer, auf das man vom Schloß einen Ausblick hat, darüber den heiligen Hain der Sfondrata und das kecke Vorgebirge, das die beiden Arme des Sees scheidet, den wonnigen von Como und den tiefernsten von Lecco, erhabene und liebliche Landschaften, denen nur die berühmteste Gegend der Erde, der Golf von Neapel, gleicht, ohne sie zu übertreffen. Mit Entzücken lebte die Gräfin die Erinnerungen ihrer Kindheit wieder durch und verglich sie mit ihrem jetzigen Gemütszustand. ›Der Comer See‹, sagte sie sich, ›ist nicht wie der Genfer See von großen abgegrenzten und nach allen Regeln der Kunst bebauten Feldstücken umrahmt, die an Geld und Gelderwerb erinnern. Hier umgeben mich ringsum Hügel, von ungleicher Höhe, mit Baumgruppen bedeckt, die der Zufall

4   Franz Sforza, 1450 Herzog von Mailand.

gepflanzt, von Menschenhänden noch nicht verunziert und gezwungen, ihnen etwas einzubringen. Inmitten dieser wunderbar geformten Hügel, die in absonderlichen Hängen nach dem See abstürzen, kann ich alle Illusionen der Schilderungen Tassos und Ariosts bewahren. Alles ist edel und zärtlich, alles spricht von Liebe, nichts erinnert mich an die Häßlichkeiten der Zivilisation. Die auf halber Höhe verstreuten Dörfer sind hinter großen Bäumen versteckt, über deren Wipfel die gefälligen Linien ihrer Kirchtürme hervorlugen. Wenn hier und da ein bebautes Fleckchen von fünfzig Schritt im Geviert die Gruppen der Kastanien und wilden Kirschbäume unterbricht, so schaut das Auge dort zu seiner Befriedigung ein üppigeres und gedeihlicheres Wachstum als anderswo. Und über diese Hügel hinaus, deren Rücken einsame Stätten bieten, die man alle bewohnen möchte, gewahrt der staunende Blick die fernen, von ewigem Schnee bedeckten Spitzen der Alpen, deren ernste Erhabenheit an alles Weh des Lebens erinnert, das einem die Wonne des Augenblicks um so wertvoller macht. Der ferne Glockenton eines unter Bäumen versteckten Dorfkirchleins rührt die Phantasie; dieser gedämpft über das Wasser herdringende Klang nimmt die Farbe süßer Schwermut und Entsagung an und scheint dem Menschen zuzuflüstern: Das Leben flieht dahin. Sei darum nicht allzu wählerisch im Glück, das sich dir darbietet! Eile, es zu genießen!‹

Die Sprache dieser entzückenden Landschaft, die ihresgleichen nirgends auf Erden hat, machte das Herz der Gräfin wieder jung wie damals, als sie sechzehn Jahre zählte. Sie begriff nicht, wie sie so lange Zeit hatte verbringen können, ohne den See wiederzusehen. ›Hat sich also mein Glück auf die Schwelle des Alters geflüchtet?‹ fragte sie sich. Sie kaufte eine Barke, die sie mit Fabrizzio und der Marchesa eigenhändig ausschmückte, denn trotz aller fürstlichen Herrlichkeit hatte man für nichts Geld. Seit der Marchese del Dongo in Ungnade gefallen war, hatte er seinen aristokratischen Aufwand verdoppelt. Zum Beispiel hatte er, um dem See zehn Schritt Land abzugewinnen, an der berühmten Platanenallee nach Cadenabbia einen Damm aufwerfen lassen, der achtzigtausend Lire kostete. Am Ende dieses Dammes erhob sich, nach Plänen des berühmten Marchese Cagnola, eine Kapelle aus Granitquadern, in der ihm Marchesi[5], der Modebildhauer von Mailand, ein

---

5   Pompeo Marchesi (1790-1858); später nochmals erwähnt.

Grabmal erbaute, dessen zahlreiche Reliefs die Taten seiner Vorfahren rühmten.

Fabrizzios älterer Bruder, der Marchesino Ascanio, zeigte Lust, an den Ausflügen der Damen teilzunehmen; aber seine Tante goß ihm Wasser über sein gepudertes Haar und hatte täglich eine neue kleine Neckerei, um ihn aus seiner Schwerfälligkeit herauszubringen. Endlich befreite er die lustige Schar, die in seiner Gegenwart nicht zu lachen wagte, vom Anblick seines dicken, bleichen Gesichts. Man hielt ihn für den Spion seines Vaters, des Marchese, und man mußte sich vor diesem, der seit seiner unfreiwilligen Verabschiedung ein strenger und allzeit wütiger Despot geworden war, in acht nehmen.

Ascanio schwur dem Fabrizzio Rache.

Bei einem Unwetter geriet man in Gefahr; obgleich das Geld äußerst knapp war, belohnte man die beiden Ruderknechte reichlich, damit sie vor dem Marchese ihren Mund hielten, der schon genug murrte, daß man ihm immer seine beiden Töchter entführe. Sie wurden ein zweites Mal vom Sturm überfallen. Unwetter sind auf diesem schönen See von furchtbarer Plötzlichkeit; ganz jäh brechen Windstöße aus zwei entgegengesetzten Gebirgsschluchten hervor und kämpfen über den Fluten.

Die Gräfin wollte landen, während der Sturm tobte und der Donner krachte. Sie behauptete, von einem einsamen Felsen in der Seemitte, der kaum die Größe eines Zimmers hatte, genösse man ein einzigartiges Schauspiel; man sähe sich ringsum von wilden Wogen umbraust. Aber beim Herausspringen aus der Barke fiel sie ins Wasser. Fabrizzio sprang ihr sofort nach, um sie zu retten, doch wurden beide ziemlich weit weggetrieben. Zweifellos ist es kein Vergnügen, beinahe zu ertrinken, aber es bannte die Langeweile ganz erstaunlich aus der Ritterburg.

Die Gräfin hatte sich für das altfränkische Wesen und für die Astrologie des Abbaten Blanio begeistert. Das wenige Geld, das ihr nach Ankauf der Barke verblieben war, hatte sie dazu verwendet, ein kleines Spiegelfernrohr zu kaufen, und fast allabendlich stellte sie es mit Fabrizzio und ihren Nichten auf der Plattform eines der gotischen Schloßtürme auf. Fabrizzio mußte den Gelehrten spielen, und man verlebte da droben, fern von Spionen, manche höchst heitere Stunde.

Es muß zugegeben werden, daß es Tage gab, da die Gräfin mit keinem Menschen ein Wort sprach. Dann sah man sie unter den hohen Kastanien hinwandeln, in düstere Träumereien versunken. Ihr Geist war zu rege, als daß sie nicht bisweilen den Mangel an Gedankenaustausch empfunden hätte. Aber anderntags lachte sie wieder wie sonst. Besonders waren es die Klagen ihrer Schwägerin, der Marchesa, die ihre von Natur so tatenlustige Seele schwermütig machten.

»Sollen wir denn den Rest unserer Jugend in diesem traurigen Schloß verbringen?« jammerte die Marchesa. Vor der Ankunft der Gräfin hatte sie nicht einmal den Mut zu solchen Klagen gehabt.

So verlebte man den Winter von 1814 auf 1815. Zweimal ging die Gräfin ungeachtet ihrer Armut auf ein paar Tage nach Mailand. Der Zweck war, ein köstliches Ballett von Viganò[6] zu sehen, das in der Scala gegeben wurde, und der Marchese hatte nichts dagegen, wenn seine Frau ihre Schwägerin begleitete. Sie hob den Vierteljahrsbetrag der kleinen Pension ab, und so war es die arme Witwe des zisalpinischen Generals, die der steinreichen Marchesa del Dongo ein paar Zechinen borgte. Diese kleinen Reisen waren entzückend. Die Damen luden sich alte Freunde zum Mittagsmahl ein und trösteten sich wie Kinder, indem sie über alles lachten. Diese italienische Heiterkeit, voller Leidenschaft und Laune, ließ sie die düstere Trübsal vergessen, die ihnen in Grianta die Blicke des Marchese und seines ältesten Sohnes bereiteten. Der kaum sechzehnjährige Fabrizzio spielte seine Rolle als Familienhaupt vorzüglich.

Am 7. März 1815 waren die Damen gerade den zweiten Tag von solch einem herrlichen kleinen Ausflug nach Mailand zurück. Sie lustwandelten in der schönen Platanenallee, die neuerdings bis unmittelbar an das Seegestade verlängert worden war. Eine Barke tauchte aus der Richtung von Como auf und machte sonderbare Zeichen. Ein Agent des Marchese sprang auf den Damm: Napoleon sei im Golf von Juan gelandet. Europa in seiner Gutmütigkeit war ob dieses Ereignisses überrascht, der Marchese del Dongo ganz und gar nicht. Er schrieb an seinen kaiserlichen Gebieter einen überschwenglichen Brief, bot ihm seine Talente und mehrere Millionen an und wiederholte ihm, seine Minister seien Jakobiner und stäken unter einer Decke mit den Pariser Rädelsführern.

---

6   Viganò: Beyle war ein enthusiastischer Verehrer des Mailänder Ballettmeisters Salvatore Viganò (1769-1821). ›Canova, Rossini und Viganò, das sind die Sterne des heutigen Italiens‹, schreibt er 1818 an einen Pariser Freund.

Am 8. März, um sechs Uhr früh, ließ sich der Marchese, seine Orden auf der Brust, von seinem ältesten Sohne den Entwurf einer dritten politischen Depesche diktieren und brachte sie würdevoll in seiner wohlgepflegten Handschrift ins reine. Das Papier trug als Wasserzeichen das Bildnis des Kaisers. Zur selben Stunde ließ sich Fabrizzio bei der Gräfin Pietranera melden.

»Ich gehe fort«, sagte er zu ihr, »ich will zum Kaiser, der auch König von Italien ist. Er hat deinem Gatten so viel Gutes erwiesen. Ich reise durch die Schweiz. Mein Freund Vasi, der Barometerhändler in Menaggio, hat mir seinen Paß gegeben. Gib mir jetzt ein paar Napoleons, denn ich besitze nur zwei. Aber wenn es sein muß, gehe ich auch zu Fuß!«

Die Gräfin weinte vor Freude und Schrecken. »Mein Gott«, rief sie aus und faßte ihn bei den Händen, »warum mußtest du auf diesen Einfall kommen?«

Sie stand auf und holte eine kleine, perlenbestickte Börse aus dem Wäschespind, wo sie sorglich versteckt lag; sie enthielt alles, was sie auf der Welt besaß.

»Nimm das!« sagte sie zu Fabrizzio. »Aber, um Gottes willen, laß dich nicht töten! Was bliebe uns dann noch, deiner unglücklichen Mutter und mir, wenn du nicht wiederkämst? An Napoleons Erfolg kann ich nicht glauben, mein armer Junge; die Unseren werden ihn bald unterkriegen. Hast du nicht vor acht Tagen in Mailand die Geschichte von den dreiundzwanzig ausgeklügelten Mordanschlägen gehört, denen er nur durch ein Wunder entgangen ist? Und damals war er allmächtig! Auch hast du gesehen, daß es unseren Feinden nicht am Willen fehlt, ihn zu verderben. Frankreich war nichts mehr seit seiner Abdankung.«

Und im Ton der lebhaftesten Erregung sprach die Gräfin vom künftigen Schicksal Napoleons. »Wenn ich dir erlaube, zu ihm zu gehen«, sagte sie, »bringe ich ihm mein Liebstes auf der Welt zum Opfer.« Fabrizzios Augen wurden feucht. Er umarmte die Gräfin unter Tränen, aber sein Entschluß wurde nicht einen Augenblick erschüttert. Das Herz ging ihm über, als er seiner teueren Freundin die Gründe auseinandersetzte, die ihn dazu bestimmten und die recht töricht zu finden wir uns erlauben.

»Gestern abend, es war sieben Minuten vor sechs, gingen wir, wie du weißt, in der Platanenallee unterhalb der Villa Sommariva am See spazieren. Wir wanderten südwärts. Da gewahrte ich als erster in der Ferne das Boot, das von Como kam und uns eine so bedeutsame Kunde brachte. Gar nicht an den Kaiser denkend, war ich beim Anblick des Schiffes nur neidisch auf alle, denen das Schicksal zu reisen erlaubt, und ganz plötzlich ergriff mich eine tiefe Bewegung. Das Schiff legte an. Der Bote sprach leise mit meinem Vater. Der wurde blaß und nahm uns beiseite, um uns die ›schreckliche Nachricht‹ mitzuteilen. Ich schaute nach dem See hinaus, ohne andere Absicht, als meine Freude zu verbergen, von der mir die Augen überliefen. Plötzlich, in unendlicher Höhe, rechter Hand von mir, sah ich einen Adler, den Vogel Napoleons; er flog majestätisch dahin, in der Richtung nach der Schweiz, also auf Paris zu. Auch ich, sagte ich mir sofort, will die Schweiz mit Adlerschnelle durcheilen und hingehen und dem großen Mann alles darbieten, was ich ihm darzubieten vermag. Es ist wenig genug: die Hilfe meines schwachen Armes! Er wollte uns ein Vaterland geben. Und er liebte meinen Onkel. Im Augenblick, während ich noch den Adler sah, versiegten seltsamerweise meine Tränen, und der Beweis, daß mein Einfall von oben stammt, ist der: blitzartig kam mir mein Entschluß, und zugleich sah ich die Mittel, wie ich die Reise ausführen könne. Im Nu war all meine Schwermut, die mir das Leben vergällt – du weißt, besonders an Sonntagen –, wie durch einen göttlichen Hauch weggeweht. Ich sah das hehre Bild der Italia wieder aus dem Schmutz emporsteigen, in den es die Habsburger niederdrückten. Sie streckte ihre zerschundenen Arme, noch halb mit Ketten belastet, ihrem König und Befreier entgegen. Und ich, sagte ich mir, ich noch unbekannter Sohn meiner unglücklichen Heimat, ich will hingehen und sterben oder siegen mit diesem Mann; ihn hat das Schicksal ausersehen, uns reinzuwaschen von der Verachtung, mit der uns sogar die gemeinsten Knechtsseelen Europas überschütten.

Du kennst«, fuhr er im Flüsterton fort, indem er ganz nahe an die Gräfin herantrat und sie flammenden Auges ansah, »du kennst den jungen Kastanienbaum, den meine Mutter in dem Winter, da ich geboren wurde, mit eigenen Händen gepflanzt hat, am Rand der großen Quelle in unserem Walde, zwei Meilen von hier. Ich wollte nichts unternehmen, ehe ich ihn nicht besucht hatte. Der Frühling ist noch im Rückstand, sagte ich bei mir. Gerade darum! Wenn mein Baum schon Blätter hat, soll mir das ein Zeichen sein! Auch ich soll aus dem Winterschlaf aufwachen, in dem ich in diesem öden, kalten Schloß hinsieche. Findest du nicht, daß diese altersschwarzen Mauern, einst Mittel und heute Sinnbilder der Gewalt, ein wahres Abbild des traurigen Winters sind? Sie sind für mich, was der Winter für meinen Baum ist.

Wirst du es glauben, Gina? Gestern abend, um halb acht Uhr, kam ich zu meinem Kastanienbaum. Er hatte Blätter, schöne kleine Blätter, ja schon ziemlich kräftige. Ich küßte sie behutsam und grub die Erde rund um den lieben Baum ehrfurchtsvoll um. Dann ging ich, von frischer Leidenschaft erhoben, über die Berge nach Menaggio; ich mußte mir einen Paß nach der Schweiz verschaffen. Die Zeit verstrich im Fluge. Es war bereits ein Uhr nachts, als ich an Vasis Tür anlangte. Ich hatte gedacht, ich müßte lange klopfen, um ihn wach zu kriegen; aber er war noch auf mit drei Freunden. Ehe ich Worte fand, rief er mir entgegen: ›Du willst zu Napoleon!‹ und flog mir um den Hals. Auch die anderen umarmten mich freudig. ›Warum bin ich verheiratet!‹ sagte der eine.«

Die Gräfin war nachdenklich geworden; sie meinte, ein paar Einwände vorbringen Zu sollen. Mit der geringsten Welterfahrung hätte Fabrizzio merken müssen, daß seine Tante selber nicht an die guten Ratschläge glaubte, die sie ihm in aller Eile zu geben versuchte. Für den Mangel an Erfahrung besaß er Entschlossenheit. Er hörte gar nicht auf die trefflichen Lehren. Schließlich bestürmte ihn die Gräfin, er möge wenigstens seine Mutter in seinen Plan einweihen.

»Sie wird es meinen Schwestern sagen, und diese Frauenzimmer werden mich ungewollt verraten!« rief Fabrizzio in gewisser Heldengröße.

»Sprich doch mit etwas mehr Achtung«, entgegnete die Gräfin, unter Tränen lächelnd, »von dem Geschlecht, das einst dein Glück bilden wird, denn den Männern wirst du allezeit mißfallen. Du bist zu feurig für die prosaischen Seelen.«

Die Marchesa zerfloß in Tränen, als sie den absonderlichen Plan ihres Sohnes erfuhr. Sie hatte kein Verständnis für Heldentum und tat alles mögliche, um ihn zurückzuhalten. Als sie überzeugt war, daß ihn nichts auf der Welt zu hemmen vermochte, höchstens Kerkermauern, händigte sie ihm das wenige Geld aus, das sie besaß. Da fiel ihr ein, daß ihr der Marchese tags zuvor acht oder zehn Brillanten anvertraut hatte, die in Mailand gefaßt werden sollten. Sie waren etwa zehntausend Franken wert. Als die Gräfin diese Diamanten in den

Rock unseres Helden einnähte, kamen Fabrizzios Schwestern hinzu. Er gab den armen Damen die armseligen Goldstücke zurück. Seine Schwestern waren von seinem Vorhaben dermaßen begeistert, sie umarmten ihn mit so ungestümer Freude, daß er die noch nicht eingenähten Diamanten in die Hand nahm und Hals über Kopf abreisen wollte.

»Ihr werdet mich, ohne daß ihr es wollt, verraten!« sagte er zu seinen Schwestern. »Da ich so viel Schätze besitze, ist es unnötig, Sachen einzupacken. Ich bekomme überall das Nötige.« Damit umarmte er diese Menschen, die ihm so lieb und wert waren, und reiste unverzüglich ab, ohne sein Zimmer noch einmal zu betreten. Er ging, so schnell er konnte, immer in Furcht, er werde von Berittenen verfolgt. So kam er noch am nämlichen Abend in Lugano an. Nun war er, Gott sei Dank, in einer Schweizer Stadt und nicht mehr auf der einsamen Landstraße und in Angst, in die Gewalt von Gendarmen zu geraten, die im Sold seines Vaters standen. Von dort aus schrieb er an ihn einen schönen Brief – eine kindliche Schwäche –, der den Zorn des Marchese nur schürte.

Fabrizzio mietete sich ein Pferd und ritt über den Sankt Gotthard. Seine Reise ging rasch vonstatten. In Pontarlier betrat er französischen Boden. Der Kaiser war bereits in Paris. Dort begannen Fabrizzios Leiden. Er war mit dem festen Vorsatz von Hause weggegangen, den Kaiser zu sprechen, aber es war ihm nie eingefallen, daß dies seine Schwierigkeiten hatte. In Mailand hatte er den Fürsten Eugen zehnmal am Tage gesehen und hätte ihn oft ansprechen können. In Paris ging er jeden Vormittag in den Tuilerieenhof, wenn Napoleon Truppenschau abhielt, aber niemals konnte er an den Kaiser herankommen.

Unser Held wähnte, alle Franzosen müßten von der Riesengefahr, in der ihr Vaterland schwebte, so tief ergriffen sein wie er. An der Tafel des Gasthofes, wo er abgestiegen war, machte er durchaus kein Hehl aus seinen Plänen und seiner Verehrung. Er lernte ein paar freundliche, liebenswürdige junge Leute kennen, die noch viel begeisterter waren als er und die ihm nach wenigen Tagen sein Geld stahlen. Glücklicherweise hatte er aus reiner Bescheidenheit nichts von den Diamanten erwähnt, die ihm seine Mutter mitgegeben. Am Morgen nach einem Gelage, als er sich völlig ausgeplündert fand, kaufte er sich zwei schöne Pferde, übernahm den Reitknecht des Pferdehändlers, einen ausgedienten Soldaten, als Diener und machte sich, voller Verachtung gegen die prahlerischen jungen Pariser, auf den Weg zur Armee. Von dieser wußte er weiter nichts, als daß sie sich in der Gegend von Maubeuge sammele. Kaum an der Grenze angekommen, fand er es lächerlich, sich in einem Wirtshause gütlich zu tun und sich am gemütlichen Kaminfeuer zu wärmen, während die Soldaten draußen biwakierten. Trotz allen Einwänden seines Reitknechtes, eines Burschen mit recht gesundem Menschenverstand, eilte er törichterweise hinaus zu den Biwaks im Grenzzipfel an der Straße nach Belgien. Als er sich dem ersten längs der Straße gelagerten Bataillon näherte, sahen die Soldaten den jungen Zivilisten, dessen Tracht durchaus nichts Soldatisches verriet, schon mit etwas scheelen Blicken an. Die Nacht brach herein, kalter Wind blies. Fabrizzio trat zu einem Wachtfeuer und bat um Gastfreundschaft für Geld. Die Soldaten blickten sich an. Besonders das Angebot machte sie stutzig; doch räumten sie ihm gutmütig einen Platz am Feuer ein. Sein Reitknecht baute ihm ein Schutzdach. Aber nach einer Stunde kam der Stabsfeldwebel in das Biwak geritten. Die Soldaten machten ihm Meldung von dem Fremdling mit dem kauderwelschen Französisch. Der Feldwebel nahm Fabrizzio vor; und da dieser ihm seine Begeisterung für den Kaiser in arg verdächtigem Überschwang bekannte, ersuchte ihn der Unteroffizier, ihn zum Obersten zu begleiten, der sich in einer nahe gelegenen Scheune untergebracht hatte. Da näherte sich der Reitknecht mit den beiden Gäulen, die dem Feldwebel so gewaltig in die Augen stachen, daß er sich bewogen fühlte, auch den Diener ins Gebet zu nehmen. Dieser, als alter Soldat, durchschaute gleich den Kriegsplan seines Verhörers, redete von Protektionen, die sein junger Herr hätte, und fügte zuversichtlich hinzu, seine schönen Pferde werde man ihm nicht klauen. Sofort winkte der Feldwebel einen Soldaten herbei, der den Reitknecht beim Kragen faßte; ein anderer Soldat bekam die Pferde in Obhut, und Fabrizzio erhielt den barschen Befehl, ihm ohne Widerrede zu folgen.

Nachdem der Feldwebel Fabrizzio eine gute Wegstunde lang hatte laufen lassen, in einer Dunkelheit, die der Schimmer der Lagerfeuer ringsumher noch tiefer erscheinen ließ, übergab er ihn einem Gendarmerieoffizier, der ihn mit ernster Miene nach seinem Ausweis fragte. Fabrizzio zeigte seinen Paß vor, der ihn als einen mit seiner Ware hausierenden Barometerhändler auswies.

»Sind diese Kerle dumm!« brummte der Offizier. »Das ist denn doch zu stark!«

Er legte unserem Helden mehrere Fragen vor, die dieser mit den lebhaftesten Ausdrücken der Begeisterung für Kaiser und Freiheit erwiderte, worauf der Gendarmerieoffizier mit einem Male in ein unbändiges Gelächter ausbrach.

»Sapperment! Gar zu schlau bist du nicht, mein Junge!« rief er aus. »Das ist doch starker Tobak, daß man uns Grünschnäbel deiner Art herzuschicken wagt!« Und was auch Fabrizzio sagen mochte: seine redseligen Beteuerungen, er sei gar kein Barometerhändler, waren vergebens. Der Offizier ließ ihn ohne weiteres in das Gefängnis des nächsten kleinen Städtchens B. abführen, wo unser Held gegen drei Uhr früh, todmüde und außer sich vor Wut, anlangte.

Fabrizzio verbrachte, anfangs überrascht, dann zornig, ohne die geringste Ahnung, was man wohl mit ihm vorhabe, dreiunddreißig langweilige Tage in diesem abscheulichen Gewahrsam. Er schrieb Brief über Brief an den Ortskommandanten, und die Frau des Kerkermeisters, eine hübsche Flamin von sechsunddreißig Jahren, erbot sich, die Briefe zu besorgen. Aber da sie nicht wollte, daß ein so netter Junge erschossen werde, und er überdies gut zahlte, so warf sie alle diese Briefe ohne weiteres ins Feuer. Allabendlich, sehr spät, geruhte sie ihn zu besuchen und die Jeremiaden des Gefangenen anzuhören.

Sie hatte ihrem Mann gesagt, daß der Grünschnabel Geld habe, worauf der verständige Kerkermeister ihr freie Hand ließ. Sie machte von dieser Erlaubnis Gebrauch und ließ sich etliche Napoleondors geben, denn der Feldwebel hatte ihm nur die Pferde und der Gendarmerieoffizier überhaupt nichts weggenommen.

Eines Nachmittags im Monat Juni hörte Fabrizzio in beträchtlicher Ferne starken Kanonendonner. Man schlug sich also endlich! Sein Herz schwoll vor Ungeduld. Auch vernahm er viel Lärm in der Stadt. In der Tat ging es sehr lebhaft zu. Drei Divisionen marschierten durch B. Als die Kerkermeisterin um elf Uhr abends, wie gewöhnlich, kam, um Fabrizzios Kummer zu teilen, war er noch artiger als sonst; schließlich faßte er ihre Hände und sagte: »Laß mich fort von hier! Ich schwöre dir bei meiner Ehre, sobald die Schießerei da draußen zu Ende ist, stelle ich mich wieder im Gefängnis ein!«

»Papperlapapp! Hast du Moos?«

Fabrizzio war verdutzt, er verstand das Wort Moos nicht. Die Kerkermeisterin schloß aus seiner Verlegenheit, daß in seinem Beutel Ebbe eingetreten sei, und statt von Goldstücken zu reden, wie es eigentlich ihre Absicht gewesen war, begnügte sie sich, von Franken zu sprechen.

»Höre mal«, sagte sie zu ihm, »wenn du mir hundert Franken geben kannst, will ich dem Korporal, der nachts die Runde macht, einen Goldfuchs auf jedes Auge drücken. Er sieht dann nicht, daß du weg bist, und wenn sein Regiment im Laufe des Tages ausrückt, muß er die Sache auf sich beruhen lassen.«

Der Handel war bald geschlossen, die Frau sogar bereit, Fabrizzio die Nacht über in ihrer Stube zu verbergen, von wo er am anderen Morgen leichter entwischen könne.

Vor Tagesanbruch sprach sie ganz gerührt zu ihm: »Du liebes Kerlchen, du bist noch viel zu jung für so ein garstiges Handwerk. Glaube mirs! Geh gar nicht wieder dazu!«

»Aber wieso?« entgegnete Fabrizzio. »Ist es denn ein Verbrechen, das Vaterland zu verteidigen?« »Schon gut, schon gut! Vergiß nur nie, daß ich dir das Leben gerettet habe! Dein Fall war klar. Du wärst erschossen worden. Aber sage niemandem etwas davon; du brächtest meinen Mann und mich um unsere Stellung. Vor allen Dingen hänge ja keinem Menschen wieder dein dummes Märchen auf vom Mailänder Edelmann, der sich als Barometerhändler verkleidet hat. Das ist zu albern. Hörst du? Ich werde dir die Uniform eines Husaren geben, der vorgestern im Arrest gestorben ist. Tu den Mund so wenig wie möglich auf! Sollte dich aber schließlich ein Wachtmeister oder ein Offizier anhalten und Rede und Antwort verlangen, so meldest du ihm, du habest krank bei einem Bauern gelegen, der habe dich vom Fieber befallen aus einem Straßengraben aufgelesen und aus Mitleid mit in sein Haus genommen. Wenn man mit dieser Antwort nicht zufrieden sein sollte, so sage noch, du seiest auf der Suche nach deinem Regiment. Sollte man dich wegen deiner Aussprache festnehmen, dann gib an, du seiest in Piemont geboren, seiest ausgehoben worden und vom vorigen Jahr her noch in Frankreich, und so weiter.«

Zum ersten Male nach dreiunddreißig Tagen der Wut begriff Fabrizzio den ganzen Zusammenhang dessen, was ihm widerfahren war. Man hatte ihn für einen Spion gehalten. Er besprach seine Lage mit der Kerkermeisterin, die an diesem Morgen ganz besonders zärtlich war, und erzählte der erstaunten Frau am Ende, während sie ihm die Attila enger nähte, unverhohlen seine Geschichte. Im Augenblick glaubte sie daran; er sah so harmlos aus, und die Husarenattila stand ihm allerliebst!

»Wenn du so darauf versessen bist, den Rummel mitzumachen«, sagte sie schließlich halb überzeugt, »so hättest du dich bei deiner Ankunft in Paris von einem Regiment anwerben lassen müssen. Irgendeinem Wachtmeister die Zeche bezahlt, und die Sache war im Lot!«

Die Kerkermeisterin fügte eine Menge guter Ratschläge für die Zukunft hinzu und ließ Fabrizzio bei Morgengrauen endlich aus ihrem Hause; er hatte ihr noch hundertmal schwören müssen, nie ihren Namen zu nennen, was auch geschehen möge.

Kaum war Fabrizzio aus dem Städtchen hinaus, den Husarensäbel unter dem Arm, munter ausschreitend, da kam ihm ein Bedenken. ›Da laufe ich nun‹, sagte er zu sich, ›im Rock und mit dem Soldbuch eines im Arrest verstorbenen Husaren; er war eingesperrt, weil er eine Kuh geraubt und ein silbernes Besteck gestohlen haben soll. Ich führe sozusagen sein Leben fort, und noch dazu unfreiwillig und ohne eine Ahnung zu haben, auf welche Weise. Nimm dich vor dem Kerker in acht! Das Vorzeichen ist deutlich: ich werde viel im Kerker zu leiden haben!‹

Er war noch keine Stunde von seiner Wohltäterin fort, als es so stark zu regnen begann, daß der neubackene Husar kaum mehr weiter zu kommen vermochte in seinen Kommißstiefeln, die ihm nicht paßten. Da begegnete ihm ein Bauer auf einem elenden Klepper. Er kaufte ihn ihm ab, und zwar durch Zeichensprache. Die Kerkermeisterin hatte ihm eingeschärft, wegen seiner Aussprache möglichst wenig zu reden.

An jenem Tage marschierte die Armee nach dem siegreichen Gefecht bei Ligny auf Brüssel. Es war am Tag vor der Schlacht von Waterloo. Gegen Mittag, während der Regen noch immer in Strömen fiel, vernahm Fabrizzio Kanonendonner. Dieses Glück ließ ihn mit einem Schlag die schrecklichen Augenblicke der Verzweiflung vergessen, die ihm die so unschuldig erlittene Haft bereitet hatte. Er ritt bis tief in die Nacht hinein, und da er anfing, etwas praktischen Sinn zu bekommen, quartierte er sich in einem weit abseits der Heerstraße gelegenen Bauernhause ein. Der Bauer heulte und behauptete, man hätte ihm alles genommen, Fabrizzio gab ihm einen Taler und fand Hafer. ›Mein Gaul ist nicht schön‹, sagte er sich, ›aber trotzdem könnte er in irgendeinem Feldwebel einen Liebhaber finden.‹ Und er schlief im Stall neben dem Tier.

Am anderen Morgen war Fabrizzio eine Stunde vor Tagesanbruch auf der Landstraße. Durch gütliches Zureden gelang es ihm, seinen Schinder in Zotteltrab zu bringen. Um fünf Uhr hörte er Kanonendonner: das Vorspiel von Waterloo.

3.

Fabrizzio stieß bald auf Marketenderinnen, und die besondere Dankbarkeit, die er für die Kerkermeistersfrau von B. hegte, bestimmte ihn, sich an sie zu wenden. Er fragte eine von ihnen, wo das vierte Husarenregiment sei, zu dem er gehöre.

»Du tätest gut, wenn du dich nicht so beeiltest, kleiner Soldat!« meinte die Marketenderin, von Fabrizzios Blässe und seinen schönen Augen gerührt. »Deine Faust scheint mir noch nicht kräftig genug für die Säbelhiebe, die es heute regnen wird. Wenn du wenigstens eine Flinte hättest, wollte ich nichts sagen. Deine Kugeln könntest du ebensogut abschießen wie jeder andere.«

Dieser Rat mißfiel Fabrizzio, aber er mochte seinem Klepper die Sporen geben, soviel er wollte, er kam kein bißchen flotter vorwärts als der Karren der Marketenderin. Der Kanonendonner näherte sich offenbar, so daß sich die beiden bisweilen kaum verstehen konnten. Fabrizzio war nämlich vor Begeisterung und Freude dermaßen außer sich, daß er die Unterhaltung wieder angeknüpft hatte. Jedes Wort der Marketenderin ließ ihn sein Glück erst recht erfassen, verdoppelte es ihm. Außer seinem wahren Namen und seiner Flucht aus der Haft erzählte er der Frau, die so gutherzig schien, schließlich alles. Sie war höchst erstaunt, verstand aber nichts von dem, was ihr der hübsche junge Soldat da vorschwatzte.

»Jetzt komme ich erst dahinter!« rief sie endlich triumphierend. »Du bist ein junger Zivilist, der in irgendeine Rittmeistersfrau von den vierten Husaren verliebt ist. Deine Angebetete hat dir den bunten Rock verschafft, und nun läufst du ihr nach. Ganz gewiß, so wahr der liebe Herrgott da droben wohnt, bist du nie und nimmer Soldat gewesen! Aber da euer Regiment heute ins Feuer kommt und du ein braver Kerl bist, so willst du dabei sein, um nicht als Drückeberger zu gelten.«

Fabrizzio ging auf alles ein; das war das einzige Mittel, um sich ihren guten Rat zu sichern. ›Ich verstehe nichts vom Tun und Treiben dieser Franzosen‹, sagte er sich, ›und wenn ich nicht jemanden zur Seite habe, gerate ich noch einmal ins Gefängnis, oder man nimmt mir wieder mein Pferd weg.‹

»Vor allen Dingen, mein Junge«, sagte die Marketenderin, die immer mehr seine Freundin ward, »gestehe mir mal, daß du noch keine zwanzig alt bist; wenns hoch kommt, bist du siebzehn.«

»Stimmt!« gab Fabrizzio gutmütig zu.

»So, dann bist du noch nicht einmal Rekrut. Nur um der schönen Augen deiner Dame willen willst du dir die Knochen entzweihauen lassen. Beim Teufel, sie hat keinen üblen Geschmack! Solltest du von ihr noch ein paar Goldfüchse haben, so mußt du dir fürs erste einen anderen Gaul erstehen. Schau, wie deine alte Kracke die Ohren spitzt, wenn die Kanonen mal ein bißchen mehr brummen. Mit dem Ackergaul brichst du dir das Genick, sobald du in der Schwadron mitreitest. Schau, mein Junge, der weiße Rauch dort über der Hecke, das ist eine Schützenlinie! Mach dich also darauf gefaßt; du wirst mächtige Angst kriegen, pfeifen dir die Kugeln erst mal um die Ohren. Du tust gut, wenn du einen Bissen ißt, solange du dazu noch Zeit hast.«

Fabrizzio befolgte ihren Rat; er gab der Marketenderin einen Napoleondor und bat sie, ihn als Bezahlung zu nehmen.

»'s ist zum Gotterbarmen«, rief die Frau aus, »so was mit anzusehen! Der arme Junge versteht nicht einmal, sein Geld auszugeben! Du verdientest wahrhaftig, daß ich deinen Napoleon einsteckte und meine Kokotte tüchtig antraben ließe. Hol mich der Teufel, wenn du mit deiner Kracke nachkämst! Was willst du machen, du Kindskopf, wenn ich dir auskratze? Merk dir ein für allemal: Sobald der Tanz losgeht, wird nie Gold herausgebracht! Hier nimm: achtzehn Franken, fünfzig Centimes. Dein Frühstück kostet dreißig Sous. Nun wirds auch bald Gäule zu kaufen geben. Ist das Biest klein, so gibst du dafür zehn Franken, in keinem Falle mehr als zwanzig, und wärs das Roß der vier Haimonskinder!«

Als das Frühstück zu Ende war, predigte die Marketenderin immer weiter, bis sie durch eine andere Marketenderin unterbrochen wurde, die querfeldein gefahren kam und die Straße kreuzte.

»Holla he!« rief ihr das Weib zu. »Margot, dein sechstes Leichtes ist da rechts!«

»Ich muß dich verlassen, Kleiner«, sagte die Marketenderin zu unserem Helden, »aber wahrhaftig, du tust mir leid. Ich bin dir gut. Sapperlot, du weißt weder gicks noch gacks! Du wirst dich erwischen lassen. Bei Gott, ja! Komm mit mir zum sechsten Leichten!«

»Ich weiß wohl, daß ich nichts weiß«, antwortete ihr Fabrizzio, »aber ich will kämpfen und bin entschlossen, zu den weißen Rauchwölkchen dort zu reiten.«

»Schau, wie dein Gaul die Ohren steift! Wenn du dahin reitest, brummt er dir, so faul er sonst ist, auf die Hand und geht durch, – weiß der Teufel, wohin. Glaube mir das! Wenn du in der Schützenlinie bist, suche dir ein Gewehr und eine Patronentasche, menge dich unter die andern und mach ihnen alles nach. Aber, mein Gott, ich wette, du kannst nicht mal eine Patrone abbeißen!«

Obgleich höchst verschnupft, gestand Fabrizzio seiner neuen Freundin dennoch ein, daß sie richtig vermutet hatte.

»Armer Kleiner, du wirst im Handumdrehen weggeputzt sein! Das ist bei Gott wahr! Auf jeden Fall«, setzte sie im Befehlston hinzu, »mußt du mit mir gehen!«

»Ich will aber ins Feuer!«

»Das sollst du auch! Komm! Das sechste Regiment ist nicht von Pappe! Und heute gibts für jedermann zu tun!«

»Werden wir denn bald bei Ihrem Regiment sein?«

»Spätestens in einer Viertelstunde.«

›Unter dem Schutze dieser braven Frau‹, sagte sich Fabrizzio, ›gerate ich bei meiner allseitigen Unwissenheit wenigstens nicht in den Verdacht, ein Spion zu sein, und komme ins Feuer.‹

In diesem Augenblick verdoppelte sich der Kanonendonner, Schuß folgte auf Schuß. »Wie die Perlen am Rosenkranz!« meinte Fabrizzio.

»Man hört schon das Schützenfeuer durch«, sagte die Marketenderin und versetzte ihrem Pferdchen einen Peitschenhieb; es war durch die Schießerei schon ganz aufgeregt.

Sie bog in einen Feldweg rechts ab, der durch die Wiesen führte. Der Schlamm war fußtief; beinahe blieb der Karren darin stecken.

Fabrizzio griff in die Räder. Sein Gaul stürzte zweimal. Bald ward der Weg trockener, verlief aber in einen schmalen Wiesenpfad. Keine fünfhundert Schritte weiter blieb Fabrizzios Gaul urplötzlich stehen: ein Toter lag quer über dem Weg. Roß wie Reiter prallten zurück. Das von Natur sehr blasse Gesicht Fabrizzios färbte sich völlig grün. Die Marketenderin musterte den Toten und murmelte vor sich hin: »Der ist nicht von unserer Brigade.«

Dann fiel ihr Blick auf unseren Helden.

»Oje, mein Junge!« lachte sie auf. »Große Sache!«

Fabrizzio war starr wie Eis. Was ihn ganz besonders entsetzte, waren die schmutzigen Füße der Leiche, die man bereits der Stiefel beraubt hatte. Sie hatte nichts mehr an als eine schlechte, blutdurchtränkte Hose.

»Immer ran!« ermunterte ihn die Marketenderin. »Runter vom Gaul! An so was mußt du dich gewöhnen. Schau, er hat eins durch den Schädel gekriegt!«

Eine Gewehrkugel hatte den Gefallenen an der Nase getroffen und war auf der anderen Seite an der Schläfe wieder herausgegangen. Das Antlitz der Leiche war gräßlich entstellt; ein Auge stand offen.

»Sitz doch ab, Kleiner«, rief die Marketenderin, »und drück dem armen Kerl die Hand! Vielleicht drückt er sie dir auch!«

Ohne Zaudern, wenngleich halbtot vor Grauen, sprang Fabrizzio vom Pferde, ergriff die Hand des Toten und schüttelte sie herzhaft. Dann stand er wie geistesabwesend da; er fühlte, daß er nicht die Kraft hatte, wieder in den Sattel zu kommen. Was ihm vor allem Schauder einflößte, das war das eine offene Auge.

›Die Marketenderin wird mich für einen Feigling halten‹, sagte er sich mit Bitternis. Aber er vermochte kein Glied zu rühren; er wäre dabei umgefallen. Dieser Augenblick war abscheulich. Es fehlte nicht viel, so wäre ihm völlig übel geworden. Die Marketenderin merkte das, sprang flink von ihrem kleinen Wagen und bot ihm, ohne ein Wort zu sagen, ein Glas Branntwein an, das er auf einen Zug hinunterstürzte. Er konnte wieder auf seinen Klepper klettern und setzte schweigsam seinen Marsch fort. Die Marketenderin schielte ihn von Zeit zu Zeit von der Seite an.

»Du kannst morgen ins Gefecht gehen, mein Junge«, sagte sie nach einer Weile. »Heute bleibst du bei mir! Du siehst wohl ein, daß du das Soldatenhandwerk erst lernen mußt.«

»Im Gegenteil, ich will sofort ins Gefecht!« rief unser junger Held mit finsterer Miene, die die Marketenderin von guter Vorbedeutung dünkte.

Der Kanonendonner wurde noch stärker und schien näher zu kommen. Die Kanonade bildete jetzt gleichsam einen Generalbaß. Zwischen Schuß und Schuß gab es keine Pause mehr, und durch das unaufhörliche Brummen hindurch, das an das Tosen eines fernen Wasserfalls erinnerte, vernahm man deutlich das Knattern des kleinen Gewehrs.

In diesem Augenblick führte der Weg in ein Wäldchen. Die Marketenderin sah drei oder vier Soldaten in großen Sätzen auf sich zulaufen. Behend sprang sie vom Wagen und verbarg sich eiligst fünfzehn bis zwanzig Schritt seitwärts vom Weg in einer Grube, die vom Ausroden eines großen Baumes offen geblieben war. ›Jetzt‹, sagte sich Fabrizzio, ›werde ich sehen, ob ich ein Feigling bin!‹ Er hielt neben dem von der Marketenderin im Stich gelassenen Wagen und zog seinen Säbel. Die Soldaten bemerkten ihn gar nicht und liefen spornstreichs vorüber, längs des Gehölzes, links vom Wege.

»Das sind welche von uns!« sagte die Marketenderin beruhigt, indem sie außer Atem wieder zu ihrem Wägelchen zurückkam. »Wenn deine Kracke Galopp ginge, würde ich dir sagen: Reite vor an den Waldrand und sieh nach, was im freien Felde los ist.«

Fabrizzio ließ sich das nicht zweimal sagen. Er riß einen Pappelzweig herunter, streifte die Blätter ab und schlug aus Leibeskräften auf seinen Gaul los. Ein Stück Wegs galoppierte er; dann fiel er wieder in seinen gewohnten Zotteltrab. Die Marketenderin hatte ihr Pferdchen gleichfalls in Galopp gesetzt.

»Halt, nimm mich mit!« schrie sie ihm zu.

Bald waren sie beide am anderen Rande des Gehölzes. Die Ebene lag frei vor ihnen. Sie hörten schreckliches Getöse. Die Geschütze und das Gewehrfeuer krachten von allen Seiten, rechts, links, im Rücken. – Das kleine Gehölz, aus dem sie getreten waren, lag auf einem Hügel acht oder zehn Fuß über der Ebene. So überschauten sie recht gut ein kleines Stück des Schlachtfeldes. Auf dem Wiesenland vor dem Wäldchen sah man niemanden. Tausend Schritt weiter war die Wiese von einer langen Reihe dichter Weiden begrenzt. Über den Weiden sah man weißen Rauch, der mitunter hoch in die Luft emporwirbelte.

»Wenn ich nur wüßte, wo das Regiment ist!« sagte die Marketenderin ratlos. »Geradeaus über die große Wiese dürfen wir nicht. Übrigens«, riet sie Fabrizzio, »wenn du einen Feindlichen siehst, so kitzle ihn ein bißchen mit der Säbelspitze; laß dir aber nicht einfallen, ihn niederzusäbeln!«

In diesem Augenblick sah die Marketenderin die vier Soldaten von vorhin wieder. Sie kamen aus dem Gehölz heraus und liefen in die Ebene, links vom Wege. Einer von ihnen war zu Pferde.

»Das ist was für dich!« sagte sie zu Fabrizzio. »He! Hallo!« rief sie dem Reiter zu. »Komm und trink 'nen Schnaps!«

Die Soldaten kamen heran.

»Wo ist das sechste Leichte?« fragte sie.

»Da drüben! Fünf Minuten von hier, vor dem Graben dort an den Weiden entlang! Oberst Macon ist eben gefallen.«

»Du, willst du fünf Franken für deinen Gaul?«

»Fünf Franken? Du willst mich wohl zum Narren halten, Muttchen? Ein Offizierspferd, für das ich binnen einer Viertelstunde fünf Napoleons kriege!«

»Gib mir einen von deinen Napoleons!« sagte die Marketenderin zu Fabrizzio. Dann ging sie dicht an den Reiter heran.

»Rasch runter!« rief sie ihm zu. »Hier ist dein Napoleon!«

Der Soldat saß ab. Fabrizzio schwang sich frohgemut in den Sattel. Die Marketenderin schnallte den kleinen Mantelsack vom Klepper ab.

»Helft mir doch, Kerle!« rief sie den Soldaten zu. »Läßt man eine Dame sich so schinden?«

Kaum spürte das Beutepferd den Mantelsack auf seinem Rücken, als es zu bocken begann, so daß Fabrizzio, der ein sehr guter Reiter war, alle Mühe hatte, seiner Herr zu werden.

»Ein gutes Zeichen!« meinte die Marketenderin. »Der Mosjö ist das Kitzeln vom Mantelsack nicht gewohnt.«

»Ein Generalspferd!« rief der Soldat, der das Pferd verkauft hatte. »Unter Brüdern zehn Napoleons wert!«

»Du hast deine zwanzig Franken!« sagte Fabrizzio, wenig erbaut, ein Pferd zwischen den Schenkeln zu haben, das bockte.

Da schlug eine Kanonenkugel schräg in die Weidenreihe ein, und Fabrizzio sah das sonderbare Schauspiel, wie ganze Weidenäste rechts und links wie abgemäht wegflogen.

»Schau, schau! Der Tanz kommt näher!« meinte der Soldat, seine zwanzig Franken einsteckend. Es mochte zwei Uhr sein.

Fabrizzio hatte sich von seiner Verwunderung über das sonderbare Schauspiel noch nicht erholt, als ein Stab von Generalen und hinterdrein vielleicht zwanzig Husaren schräg über das Wiesenstück vor ihnen galoppiert kamen. Fabrizzios Pferd wieherte, stieg zwei- oder dreimal hintereinander und schlug mehrmals heftig mit dem Kopfe, als wolle es sich vom Zügel losmachen.

»Na, denn los!« frohlockte Fabrizzio.

Als sich das Tier frei fühlte, ging es in Karriere los und schloß sich den Reitern hinter den Generalen an. Fabrizzio zählte vier goldbetreßte Hüte. Nach einer Viertelstunde wußte er aus dem Gespräch, das eine der Ordonnanzen mit ihrem Nebenmann führte, daß einer der Generale der berühmte Marschall Ney war. Fabrizzio war überglücklich; nur wußte er nicht, welcher von den vier Generalen der Marschall Ney war. Er hätte alles in der Welt darum gegeben, es zu erfahren, aber es fiel ihm wieder ein, daß er nicht sprechen durfte.

Der Stab wurde durch einen breiten Graben aufgehalten, der infolge des gestrigen Regengusses unter Wasser stand. Er war umsäumt von hohen Bäumen und begrenzte das Wiesenland, an dessen anderem Ende Fabrizzio das Pferd gekauft hatte. Die Husaren waren fast alle abgesessen. Die Grabenböschung war steil und sehr schlüpfrig, und der Wasserspiegel lag drei oder vier Fuß tiefer als der Wiesenplan. Fabrizzio dachte in seiner Freude und Zerstreutheit mehr an den Marschall Ney und an Heldentum als an seinen Gaul, der, übermütig, wie er war, in den Graben hineinsprang, so daß das Wasser hoch aufspritzte. Einer der Generale wurde über und über bespritzt und rief fluchend: »Der Teufel hole das verdammte Biest!«

Fabrizzio fühlte sich durch dieses Schimpfwort gekränkt. ›Kann ich mir Genugtuung verschaffen?‹ fragte er sich. Um jedoch zu zeigen, daß er nicht ungeschickt sei, versuchte er mit seinem Pferd, den jenseitigen Grabenrand hinaufzuklettern; aber der war steil und fünf bis sechs Fuß hoch. Fabrizzio mußte es aufgeben und ritt nun flußauf. Sein Pferd sank bis zum Kopf ins Wasser. Endlich fand er eine Art Tränke, wo die Grabenböschung sanft anstieg. Dort gewann er leicht das jenseitige Feld und war der erste des Stabes, der drüben auftauchte. Stolz trabte er am Rand entlang. Die Husaren mühten sich in arger Bedrängnis ab; an vielen Stellen war der Wassergraben fünf Fuß tief.

Zwei oder drei Pferde wurden ängstlich und wollten schwimmen, wodurch ein gräßliches Geplätscher entstand. Ein Wachtmeister hatte das Manöver des Grünschnabels, der so wenig militärisch aussah, beobachtet.

»Weiter hinauf! Links ist eine Schwemme!« rief er. Nach und nach kamen alle hinüber.

Als Fabrizzio am anderen Ufer anlangte, fand er drüben nur die Generale. Der Kanonendonner war noch stärker geworden. So hörte er kaum, daß der General, den er so bespritzt hatte, ihn anherrschte: »Woher hast du das Pferd?«

Fabrizzio war dermaßen verwirrt, daß er auf italienisch antwortete: »L'ho comprato poco fa!« (Das habe ich soeben gekauft!)

»Was sagst du?« schrie der General.

Aber der Schlachtenlärm ward jetzt so heftig, daß Fabrizzio ihm nicht antworten konnte. Wir gestehen, daß unser Held in diesem Augenblick sehr wenig Held war. Jedoch kam die Angst bei ihm erst in zweiter Linie; er war vor allem betäubt von dem Getöse, das seinem Ohr weh tat.

Der ganze Stab galoppierte wieder an. Man durchquerte ein weites Ackerfeld, das sich längs des Wassergrabens hindehnte. Dieses Feld war mit Toten besät.

»Rotröcke! Rotröcke![7]« jubelten die Husaren des Stabes laut auf. Zunächst verstand Fabrizzio sie nicht; endlich bemerkte er, daß tatsächlich fast alle Gefallenen rote Röcke anhatten. Eine Beobachtung flößte ihm tiefen Schauder ein. Er sah, daß viele dieser unglücklichen Rotröcke noch lebten; sie jammerten ersichtlich um Hilfe, aber kein Mensch machte Halt, um sie ihnen zu gewähren. Unser Held, ein großer Menschenfreund, gab sich alle Mühe, keinen Rotrock zu überreiten. Der Stab brachte die Pferde zum Stehen. Fabrizzio, der nicht recht auf seine Soldatenpflichten acht gab, galoppierte weiter, die Augen immer auf die unglücklichen Verwundeten gerichtet.

»Willst du gleich halten, du Grünschnabel!« brüllte ihm der Wachtmeister nach. Fabrizzio merkte, daß er zwanzig Schritt über die Generale hinausgeprellt war, gerade in der Richtung, in der sie die Ferngläser hielten. Er ritt zurück und stellte sich zu den letzten Husaren, die ein paar Schritte rückwärts hielten. Er sah, wie der dickste

7   Rotröcke: Gefallene englische Soldaten.

der Generale mit seinem Nachbar, gleichfalls einem General, mit gebieterischer Miene, fast vorwurfsvoll, sprach; er fluchte sogar. Fabrizzio konnte seine Neugier nicht bändigen, und ungeachtet des guten Rates seiner Freundin, der Kerkermeisterin, kein Wort zu reden, legte er sich einen kleinen, leidlich richtigen französischen Satz zurecht und fragte seinen Nachbar: »Wer ist der General, der den anderen so anschnauzt?«

»Na, der Marschall!«

»Welcher Marschall?«

»Der Marschall Ney[8], du Schafskopf! Wo hast du denn bis jetzt gestanden?«

Fabrizzio, sonst so empfindlich, dachte gar nicht daran, sich über die Beleidigung zu ärgern. In kindlicher Bewunderung starrte er den berühmten Fürsten von der Moskwa an, den Tapfersten der Tapferen.

Plötzlich ritt alles wieder in starkem Galopp an. Ein paar Augenblicke später bemerkte Fabrizzio zwanzig Schritt vor sich auf einem umgeackerten Stück Feld eine eigentümliche Erscheinung. Der Grund der Ackerfurchen stand voll Wasser, und von der sehr feuchten Erde, die den Kamm der Furchen bildete, spritzten kleine schwarze Stückchen drei bis vier Schritt hoch, Fabrizzio beobachtete diesen sonderbaren Vorgang im Vorbeireiten, dann verloren sich seine Gedanken wieder in Träumereien über den Heldenruhm des Marschalls. Da vernahm er einen gellenden Schrei neben sich. Er kam von zwei Husaren, die, von Geschossen getroffen, stürzten, und als er sich nach ihnen umsah, lagen sie schon zwanzig Schritt hinter den Reitern. Etwas machte ihm einen grausigen Eindruck: Ein blutüberströmtes Pferd wälzte sich auf dem Acker und verwickelte sich mit den Beinen in seine eigenen Gedärme; es wollte den anderen nach. Das Blut rann in den Kot.

›Ah! Jetzt bin ich doch endlich im Feuer!‹ sagte sich Fabrizzio. ›Ich habe meine Feuertaufe erhalten!‹ wiederholte er mit Befriedigung. ›Nun bin ich ein wirklicher Soldat!‹

Nun jagte der Stab in voller Fahrt dahin. Unser Held begriff, daß es Gewehrkugeln waren, unter denen ringsum das Erdreich aufspritzte.

---

8   Michel Ney (1769-1815), Fürst von der Moskwa, der populärste General Napoleons. Er führte bei Waterloo die Alte Garde. Nach dem Sturze Napoleons wurde er standrechtlich erschossen.

Umsonst spähte er nach der Seite, von der die Geschosse kamen; er sah nur den weißen Rauch einer Batterie in riesiger Entfernung; aber mitten in dem gleichförmigen und ununterbrochenen Rollen des Geschützfeuers kam es ihm vor, als werde auch viel näher geschossen. Er begriff nichts von alledem.

In diesem Augenblick ritten die Generale und der ganze Stab in einen kleinen Hohlweg voll Wasser hinab, der fünf Fuß unter der Ebene lag. Der Marschall machte Halt und beobachtete wiederum mit seinem Fernglas. Diesmal konnte ihn Fabrizzio nach Herzenslust betrachten. Er kam ihm überaus blond vor, mit seinem dicken, roten Kopf. ›Solche Gesichter haben wir in Italien überhaupt nicht‹, sagte er zu sich selbst. ›Ich mit meinem kastanienbraunen Haar und meiner blassen Farbe, ich kann niemals so werden wie der da‹, fügte er traurig hinzu. Damit meinte er im Grunde: ›Nie werde ich ein Held!‹ Er sah die Husaren an; mit Ausnahme eines einzigen hatten sie alle blonde Schnurrbärte. Wie Fabrizzio die Husaren musterte, so musterten sie ihn alle wieder. Als er so angesehen wurde, errötete er, und um seiner Verlegenheit ein Ende zu machen, wandte er den Blick nach dem Feind. Da sah er lange, lange Linien von Rotröcken, aber, was ihm unsagbar erstaunlich vorkam, die roten Menschen sahen ganz winzig aus. Diese langen Linien, Regimenter und Brigaden, erschienen ihm nicht höher als Hecken.

Eine rote Reitermasse näherte sich im Trab dem Hohlweg, den der Marschall mit seinem Stabe langsam hinunterritt, wobei der Schlamm spritzte. Der Pulverqualm verschleierte den Ausblick nach der Richtung, in der man ritt. Zuweilen erkannte man galoppierende Reiter, die sich von dem weißen Rauch abhoben.

Mit einem Male erblickte Fabrizzio vier Reiter, die von der feindlichen Seite her in voller Karriere heranjagten. ›Ah, wir werden attackiert!‹ sagte er bei sich. Da sah er, wie zwei der Reiter mit dem Marschall sprachen. Einer der Generale galoppierte mit zwei Husaren des Gefolges und den vier soeben eingetroffenen Reitern in der Richtung auf den Feind hinweg.

Der Stab überquerte einen kleinen Graben. Fabrizzio fand sich neben einem Wachtmeister, der treuherzig dreinschaute. ›Den muß ich anreden‹, sagte er sich. ›Vielleicht sieht mich dann keiner mehr so an.‹ Lange ging er mit sich zu Rate.

»Herr Wachtmeister«, begann er endlich, »ich bin zum ersten Male in einer Schlacht. Das ist doch eine richtige Schlacht?«

»Sozusagen ja! Wer bist du denn eigentlich?«

»Ich, ich bin der Bruder der Frau eines Rittmeisters …«

»Von welchem Rittmeister? Wie heißt er?«

Unser Held war in furchtbarer Verlegenheit. Auf eine solche Frage war er ganz und gar nicht gefaßt. Zum Glück galoppierten der Marschall und der Stab wieder an. ›Was für einen französischen Namen soll ich sagen?‹ dachte er bei sich. Da fiel ihm der Name des Gasthofsbesitzers ein, bei dem er in Paris gewohnt hatte. Er brachte sein Pferd an das des Wachtmeisters heran und rief ihm mit voller Lunge zu: »Rittmeister Meunier!«

Der Wachtmeister, der Fabrizzio bei dem Kanonendonner nicht deutlich verstand, gab ihm zur Antwort: »Ach, der Rittmeister Teulier! Ja, der ist gefallen.«

›Ausgezeichnet!‹ sagte Fabrizzio bei sich. ›Also Rittmeister Teulier! Ich muß Trauer heucheln.‹

»O du mein Gott!« rief er laut und steckte eine gottserbärmliche Miene auf.

Man war aus dem Hohlweg heraus und ritt quer über eine kleine Wiese. Es ging in Karriere. Wieder schlugen Geschosse ein. Der Marschall ritt auf eine Kavalleriebrigade zu. Der Stab befand sich mitten unter Toten und Verwundeten, aber ihr Anblick machte auf unseren Helden bereits keinen so starken Eindruck mehr. Er hatte an andere Dinge zu denken.

Man hielt. Fabrizzio bemerkte den kleinen Wagen einer Marketenderin. Seine Zärtlichkeit für diese schätzenswerten Personen riß ihn fort. Er jagte darauflos.

»Potzdonnerwetter, so bleib doch hier!« schrie ihm der Wachtmeister nach.

›Was kann er mir anhaben?‹ dachte Fabrizzio und galoppierte weiter bis zur Marketenderin. Während er seinem Pferde die Sporen gab, hoffte er im stillen, daß es seine gute Marketenderin vom Vormittag wäre. Pferd und Wägelchen sahen genau so aus, aber die Besitzerin ganz anders. Ihr Gesichtsausdruck kam ihm bösartig vor. Als er sich ihr näherte, hörte er sie sagen: »Es war doch ein bildschöner Mann!«

Dem neubackenen Soldaten bot sich ein sehr garstiger Anblick. Man nahm eben einem Kürassier, einem schönen jungen Menschen, fünf Fuß und zehn Zoll lang, ein Bein ab. Fabrizzio machte die Augen zu und goß vier Glas Branntwein nacheinander hinunter.

»Säufst wie ein Loch, Schlappschwanz!« meinte die Alte. Der Schnaps brachte ihn auf einen Gedanken. ›Ich muß mir das Wohlwollen meiner Kameraden vom Stabe erkaufen.‹

»Geben Sie mir, was noch in der Flasche ist!« sagte er zu der Marketenderin.

»Hör mal«, entgegnete sie, »der Rest kostet an einem Tage wie heute zehn Franken!«

Als er wieder bei der Eskorte angaloppiert kam, rief der Wachtmeister: »Ach so, du bringst uns was für die Kehle! Darum bist du ausgerissen. Her mit dem Zeug!«

Die Flasche machte die Runde. Der letzte, der sie bekam, warf sie hoch in die Luft, nachdem er sie ausgetrunken hatte.

»Danke, Kamerad!« rief er Fabrizzio zu. Aller Augen verweilten mit Wohlgefallen auf ihm. Diese Blicke nahmen ihm eine Zentnerlast vom Herzen. Er war eine jener zu zart beschaffenen Seelen, die der Freundschaft ihrer Umgebung bedürfen. Endlich wurde er von seinen Kameraden nicht mehr scheel angesehen; etwas verband sie und ihn. Fabrizzio atmete tief auf; dann redete er den Wachtmeister freimütig an: »Wenn der Rittmeister Teulier gefallen ist, wo könnte ich da meine Schwester treffen?«

Er hielt sich für einen kleinen Machiavell, da er so schön Teulier statt Meunier sagen konnte.

»Das wird sich heute abend finden!« brummte der Wachtmeister.

Der Stab brach wieder auf und wandte sich gegen Infanteriemassen. Fabrizzio merkte, daß er berauscht war; er hatte zuviel Branntwein getrunken. Er schwankte ein wenig im Sattel. Glücklicherweise kam ihm eine Regel ins Gedächtnis, die der Kutscher seiner Mutter zu predigen pflegte: Wenn man zuviel hinter die Binde gegossen hat, muß man zwischen den Ohren seines Gaules hindurchsehen und alles tun, was der Nebenmann tut. Der Marschall blieb geraume Zeit bei verschiedenen Kavallerieabteilungen, die er angreifen ließ; aber eine oder zwei Stunden lang hatte unser Held kein Bewußtsein dessen, was ringsum geschah. Er fühlte sich todmüde, und beim Galoppieren fiel er wie ein Stück Blei in den Sattel.

Plötzlich rief der Wachtmeister seinen Leuten zu: »Seht ihr nicht den Kaiser, Kerls?«

Unverzüglich brüllte der ganze Stab aus voller Kehle: »Vive l'empereur!«

Man kann sich denken, wie unser Held die Augen aufriß, aber er sah nichts als vorbeigaloppierende Generale, denen ebenso ein Stab von Reitern folgte. Die langen, wehenden Roßhaarschweife, die die Dragoner des Gefolges auf ihren Helmen trugen, hinderten ihn, die einzelnen Gestalten zu erkennen. ›So habe ich den Kaiser auf dem Schlachtfeld nicht sehen können wegen dieser verfluchten Schnapstrinkerei!‹ Diese Betrachtung machte ihn wieder gänzlich munter.

Man ritt abermals in einen Hohlweg voll Wasser hinab; die Pferde wollten saufen.

»Das war also der Kaiser, der vorhin vorüberritt?« fragte er seinen Nebenmann.

»Na gewiß, der, der keine Litzen am Rock hatte! Hast du ihn denn nicht gesehen?« meinte der Husar gutmütig.

Fabrizzio hatte große Lust, dem Stabe des Kaisers nachzugaloppieren und sich ihm anzuschließen. ›Welch großes Glück, den Krieg im Gefolge dieses Helden wirklich mitzumachen!‹ Darum war er ja nach Frankreich gekommen. ›Ich bin ganz mein eigener Herr‹, sagte er sich, ›denn an den Dienst, den ich jetzt tue, bindet mich nichts als eine Laune meines Gaules, der just diesen Generalen nachgerannt ist.‹

Was Fabrizzio zu bleiben bestimmte, war der Umstand, daß die Husaren, seine neuen Kameraden, zu ihm freundlich waren. Er begann, sich für den Busenfreund all der Soldaten zu halten, mit denen er seit etlichen Stunden umherritt. Er sah zwischen ihnen und sich jene edle Freundschaft der Helden Tassos und Ariosts untereinander. Wenn er sich zum Stabe des Kaisers schlug, mußte er sich neue Kameradschaft erwerben; vielleicht würde man ihn gar scheel ansehen, denn jene Reiter wären lauter Dragoner, während er Husarenuniform trug, wie alle Reiter im Gefolge des Marschalls. Die Art, wie man ihn jetzt ansah, machte unseren Helden überglücklich. Alles auf der Welt hätte er für seine Kameraden getan; seine Seele, sein Geist schwebten in höheren Regionen. Alles kam ihm anders vor, seit er bei Freunden war. Für sein Leben gern hätte er Fragen gestellt. ›Aber ich bin noch ein wenig betrunken‹, sagte er sich. ›Ich darf die Ratschläge der Kerkermeisterin nicht vergessen.‹

Als der Stab wieder aus dem Hohlweg herauskam, bemerkte er, daß der Marschall Ney nicht mehr da war. Der General an der Spitze des Trupps war groß, hager, von kaltem Gesichtsausdruck und strengem Blick. Dieser General war kein anderer als der Graf von A., jener Leutnant Robert vom 15. Mai 1796. Wie glücklich wäre er gewesen, wenn er um die Anwesenheit von Fabrizzio del Dongo gewußt hätte.

Schon lange hatte Fabrizzio die Erde nicht mehr in kleinen schwarzen Klumpen unter den aufschlagenden Geschossen aufspritzen sehen. Jetzt kam man hinter ein Kürassierregiment. Deutlich hörte er Kartätschenkugeln an die Kürasse schlagen und sah mehrere Reiter fallen. Die Sonne stand schon sehr tief und ging zur Rüste, als der Stab aus einem Hohlweg herauskam und einen kleinen drei bis vier Fuß hohen Abhang hinaufritt, um auf einen Acker zu gelangen. Da hörte Fabrizzio ganz dicht neben sich ein sonderbares schwaches Geräusch. Er wandte sich um. Vier Reiter waren mit ihren Pferden gefallen; auch der General war umgerissen worden, raffte sich aber wieder auf, ganz mit Blut bedeckt. Fabrizzio warf einen Blick auf die zu Boden geschmetterten Husaren. Drei machten noch ein paar krampfhafte Bewegungen; der vierte schrie: »Hebt mich auf!«

Der Wachtmeister und zwei oder drei Mann waren abgesprungen und eilten dem General zu Hilfe, der, von seinem Adjutanten gestützt, einige Schritte zu gehen versuchte, um aus der Nähe seines Pferdes zu kommen, das sich rücklings auf dem Boden wälzte und mit den Hufen wild um sich schlug.

Der Wachtmeister kam auf Fabrizzio zu. Unser Held hörte, wie er hinter seinem Rücken in nächster Nähe sagte: »Der Gaul hier ist der einzige, der noch Galopp geht!«

Er fühlte sich an den Beinen gepackt. Indem man ihm den Körper unter den Armen stützte, hob man ihn hoch und zog ihn über die Kruppe seines Pferdes herunter. Dann ließ man ihn zu Boden gleiten, wo er sitzen blieb.

Der Adjutant ergriff Fabrizzios Pferd am Zügel. Der General saß unter Beihilfe des Wachtmeisters auf und ritt im Galopp weiter. Die übrigen sechs Reiter folgten ihm eiligst.

Fabrizzio sprang wütend auf und rannte ihnen nach mit dem lauten Ruf: »Ladri! Ladri!« (Räuber! Räuber!) Eine komische Sache, mitten auf einem Schlachtfeld Räubern nachzulaufen.

Bald war der Stab mit dem General hinter einer Weidenreihe verschwunden. Fabrizzio kam wutschnaubend ebenfalls an eine Baumreihe; er sah sich vor einem sehr tiefen Graben, über den er hinwegsetzte. Auf der anderen Seite fing er von neuem an zu fluchen, als er, freilich in sehr weiter Entfernung, den General und den Stab nochmals erblickte, bis sie hinter Baumgruppen verschwanden.

»Räuber! Räuber!« rief er wieder, jetzt auf französisch. Verzweifelt, weniger über den Verlust seines Pferdes als über den Verrat, sank er am Grabenrand nieder, müde und halb verhungert. Wenn ihm sein schönes Pferd vom Feind genommen worden wäre, würde er sich keine Gedanken darüber gemacht haben, aber sich beraubt zu sehen von diesem Wachtmeister, den er so geliebt hatte, und von diesen Husaren, die er gleich Brüdern geachtet, das brach ihm das Herz! Er konnte über so viel Niedertracht nicht hinwegkommen, und den Rücken an eine Weide gelehnt, begann er bitterlich zu weinen. Nacheinander nahm er Abschied von all den schönen Träumen von ritterlicher und erhabener Freundschaft, wie sie die Helden des ›Befreiten Jerusalems‹ übten. Dem Tod in das Auge zu sehen, war nichts, wenn man von heldenmütigen und gefühlsfähigen Seelen umgeben ist, von edlen Freunden, die einem beim letzten Atemzug die Hand drücken. Aber wie konnte er seine Begeisterung bewahren inmitten gemeiner Spitzbuben? Fabrizzio übertrieb wie jeder empörte Mensch.

Nach einer Viertelstunde der Rührung nahm er wahr, daß die Kugeln bis in die Baumreihe schlugen, in deren Dunkel er grübelnd saß. Er erhob sich und suchte sich zurecht zu finden. Er betrachtete sich den Wiesenplan, der von einem breiten Graben und einer Reihe buschiger Weiden begrenzt war. Das kam ihm bekannt vor. Eine Infanteriemasse ging durch den Graben und betrat die Wiesen, tausend Schritt von ihm entfernt.

›Ich wäre beinahe eingeschlafen‹, sagte er zu sich. ›Ich darf mich nicht gefangen nehmen lassen.‹ Er begann tüchtig loszumarschieren. Beim Näherkommen beruhigte er sich. Er erkannte die Uniform; die Regimenter, von denen er gefürchtet hatte, abgeschnitten zu werden, waren französische. Er bog nach rechts ab, um zu ihnen zu gelangen.

Zu dem seelischen Schmerz darüber, daß er so schimpflich verraten und bestohlen worden war, gesellte sich ein anderer, der sich mit jedem Augenblick mehr fühlbar machte: er kam vor Hunger um. Darum war er höchst erfreut, als er nach zehn Minuten Marsch oder, besser,

Laufschritt bemerkte, daß die Infanteriemasse, die auch sehr flott vorgerückt war, Halt machte, vermutlich, um sich zu entwickeln. Wenige Minuten später war er mitten unter den nächsten Soldaten.

»Kameraden, könnt ihr mir nicht ein Stück Brot verkaufen?«

»Das dumme Luder hält uns für Bäcker!«

Dieses grobe Wort und das allgemeine Hohngelächter, das darauf folgte, gaben Fabrizzio den Rest. Der Krieg war also nicht mehr jener edle allgemeine Aufschwung ruhmliebender Seelen, wie er sich nach den Aufrufen Napoleons eingebildet hatte! Er setzte sich, oder vielmehr, er sank auf den Rasen nieder. Er ward totenbleich. Der Soldat, der mit ihm gesprochen hatte und der stehen geblieben war, um sein Gewehrschloß mit dem Sacktuch abzuwischen, kam heran und warf ihm ein Stück Brot zu. Als er sah, daß jener es nicht aufhob, steckte er ihm ein Stück davon in den Mund. Fabrizzio schlug die Augen auf und aß das Brot, hatte aber nicht die Kraft, etwas zu sagen. Und als er den Soldaten mit den Augen suchte, um ihn zu bezahlen, sah er sich allein. Die nächsten Soldaten waren bereits hundert Schritt weit im Vormarsch. Mechanisch erhob er sich und folgte ihnen.

Er trat in ein Gehölz, nahe daran, vor Ermattung umzufallen, und suchte schon mit dem Auge einen geeigneten Fleck. Wie groß war da seine Freude, als er erst das Pferd, dann das Wägelchen und schließlich die Marketenderin vom Vormittag wiedererkannte! Sie eilte auf ihn zu und war erschrocken über sein Aussehen.

»Komm nur mit, mein Jungchen!« sagte sie zu ihm.

»Du bist wohl verwundet? Und dein schönes Pferd ...?«

Mit diesen Worten führte sie ihn an ihren Wagen, ließ ihn hinaufklettern und stützte ihn dabei unter dem Arm. Kaum im Wagen, fiel unser Held, von Müdigkeit überwältigt, in tiefen Schlaf.

4.

Nichts vermochte ihn zu wecken, weder das Gewehrfeuer, das den kleinen Wagen umknatterte, noch das Traben des Pferdchens, das die Marketenderin mit der Peitsche antrieb. Das Regiment war unversehens von preußischen Kavallerieschwärmen angegriffen worden, nachdem es den ganzen Tag über an den Sieg geglaubt hatte. Jetzt ging es zurück, oder vielmehr: es floh in der Richtung auf die französische Grenze.

Der Oberst, ein schöner junger Dandy, der unlängst das Regiment von Macon übernommen hatte, wurde niedergesäbelt. Einer der Bataillonskommandeure, der an seine Stelle trat, ein alter Krieger mit weißem Haar, ließ das Regiment Halt machen.

»Zum Teufel!« schrie er den Soldaten zu. »Zu Zeiten der Republik wartete man mit dem Auskneifen, bis einen der Feind dazu zwang. Jeden Zollbreit Erde müßt ihr verteidigen! Und wenn ihr totgeschossen werdet!« fluchte er. »Euer Vaterland ists, das die Preußen besetzen wollen!«

Das Wägelchen hielt, und Fabrizzio wachte plötzlich auf. Die Sonne war schon lange untergegangen. Er war ganz verdutzt, als er sah, daß es beinahe Nacht geworden war. Die Soldaten hasteten zu beiden Seiten in wirrer Unordnung dahin. Unserem Helden kam das seltsam vor. Sie sahen ihm alle recht kläglich aus.

»Was ist denn los?« fragte er die Marketenderin.

»Nichts. Wir sind die Gepritschten, mein Jungchen! Die preußische Kavallerie verhaut uns, weiter nichts. Der Esel von einem General hat erst geglaubt, es sei unsere eigene. – Los, komm! Hilf mir mal den Strang von Kokotte zusammenbinden! Er ist gerissen.«

Zehn Schritt weit fielen ein paar Schüsse. Unser Held, wieder frisch und kampflustig, meinte bei sich: ›Eigentlich bin ich den ganzen Tag über gar nicht ins Gefecht gekommen; ich war nur im Gefolge eines Generals.‹

»Ich muß ins Feuer!« sagte er laut zur Marketenderin.

»Beruhige dich! Du kommst schon noch ins Feuer, und mehr, als du willst! Wir sind futsch! – Aubry, mein Junge«, rief sie einem Korporal zu, der vorbeimarschierte, »vergiß nicht, dich ab und zu nach meinem Karren umzugucken!«

»Gehen Sie ins Gefecht?« fragte Fabrizzio den Unteroffizier.

»Nee, nur auf den Tanzboden!«

»Ich komme mit!«

»Den kleinen Husaren kann ich dir empfehlen. Der Bursche hat Mut!« rief die Marketenderin.

Der Korporal Aubry schritt stumm seines Wegs. Acht bis zehn Soldaten stießen in eiligem Lauf zu ihm. Er führte sie hinter eine mächtige Eiche, die von Brombeersträuchern umgeben war. Dort angekommen, stellte er sie längs des Waldrandes auf, immer noch, ohne einen Ton zu reden, in weiten Abständen, mindestens zehn Schritt voneinander entfernt.

»Nun paßt mal auf!« sagte er dann, und das war das erste, was er sprach. »Gebt nicht eher Feuer, als bis ichs befehle. Denkt daran, daß jeder nur drei Patronen hat!«

›Was geht denn eigentlich vor?‹ fragte sich Fabrizzio. Als er schließlich allein mit dem Korporal dastand, sagte er zu ihm: »Ich hab kein Gewehr!«

»Zunächst halts Maul! Lauf ein Stück vor! Da, fünfzig Schritt vor dem Gehölz, findest du welche bei den armen Kerlen des Regiments, die vorhin niedergehauen worden sind. Nimm dir Flinte und Patronentasche, aber von keinem Verwundeten, und flink, sonst kriegst du Feuer von unseren eigenen Leuten!«

Fabrizzio lief hin und kam alsbald mit einem Gewehr und einer Patronentasche zurück.

»Lade dein Gewehr und stell dich dort hinter den Baum! Vor allem schießt du nicht eher, als ichs befehle. – Herr, du mein Gott! Er kann nicht mal laden!«

Er half Fabrizzio, indem er dabei seine Unterweisung fortsetzte: »Wenn ein feindlicher Reiter auf dich losgaloppiert kommt und dich niedersäbeln will, so krauchst du hinter deinen Baum und gibst deinen Schuß erst ab, wenn dein Reiter auf drei Schritt an dich heran ist. Dein Bajonett muß fast schon an seinen Rock stoßen. – Schmeiß doch deinen langen Säbel weg!« schrie er. »Willst du drüber stolpern? Weiß der Teufel, was für Soldaten wir jetzt haben!«

Bei diesen Worten nahm er ihm den Säbel eigenhändig ab und schleuderte ihn wütend weit fort.

»Du, wische mal den Zündstein mit dem Taschentuch ab! Hast du überhaupt in deinem Leben schon einmal ein Gewehr abgefeuert?«

»Ich bin Jäger.«

»Gott sei gelobt!« entgegnete der Korporal mit einem schweren Seufzer. »Vor allem schieße nicht, ehe ichs befehle!« Damit ging er.

Fabrizzio war außer sich vor Freude. ›Endlich komme ich richtig ins Gefecht!‹ sagte er sich. ›Werde einen Feind töten! Heute morgen haben sie uns beschossen, aber ich habe nichts getan, als mich nur den Kugeln ausgesetzt. Das kann jeder!‹ Er spähte mit gespannter Neugier nach allen Richtungen. Nach einer Weile hörte er sieben bis acht Gewehrschüsse in seiner nächsten Nähe. Aber da er keinen Befehl zum Schießen bekam, blieb er ruhig hinter seinem Baum. Es war beinahe Nacht. Er kam sich vor, als wäre er auf dem Anstand, auf der Bärenjagd, in den Bergen der Tremezzina oberhalb von Grianta. Ein Jägereinfall kam ihm. Er holte eine Patrone aus seiner Patronentasche und brach die Kugel heraus. ›Wenn ich etwas sehe, muß ich es treffen!‹ Und er ließ diese zweite Kugel in den Gewehrlauf gleiten. Wiederum fielen zwei Schüsse dicht neben seinem Baum; gleichzeitig sah er einen Reiter in blauem Rock vor sich von rechts nach links galoppieren. ›Drei Schritt sind das nicht‹, sagte er bei sich, ›aber auf diese Entfernung bin ich meines Schusses sicher.‹ Er verfolgte den Reiter mit der Mündung seines Gewehres und drückte schließlich ab. Der Reiter fiel samt seinem Pferd. Unser Held wähnte sich auf der Jagd. Voller Freude rannte er nach dem soeben erlegten Stück Wild. Schon wollte er den Mann anfassen, der offenbar im Sterben lag, als in unglaublicher Schnelle zwei preußische Reiter anritten, um ihn niederzusäbeln. Fabrizzio rettete sich, so schnell ihn seine Beine trugen, nach dem Gehölz; um besser laufen zu können, warf er sein Gewehr weg. Die preußischen Reiter waren keine drei Schritt mehr von ihm, als er in eine junge Eichenschonung gelangte, die sich vor dem Hochwald hinzog. Von den armhohen Bäumchen wurden die Reiter einen Augenblick aufgehalten, dann brachen sie durch und verfolgten Fabrizzio über eine Lichtung. Wiederum waren sie nahe daran, ihn zu fassen, als er eine Gruppe von sieben bis acht dicken Bäumen erreichte. In diesem Augenblick streiften ihn fünf oder sechs Schüsse so nahe, daß ihm fast das Gesicht verbrannt wurde. Er duckte sich nieder; als er sich wieder aufrichtete, stand der Korporal vor ihm.

»Du hast getroffen«, meinte Aubry.

»Jawohl, aber ich habe mein Gewehr verloren.«

»An Gewehren fehlts uns nicht. Du bist ein braver Kerl und gar nicht so dumm, wie du aussiehst. Du hast deine Sache gut gemacht. Die anderen Kerle da haben die beiden Reiter verfehlt, die dir nachsetzten und gerade auf sie zukamen. Ich selber konnte sie nicht sehen. Jetzt heißt es glattweg Leine ziehen. Das Regiment kann keine tausend Schritt weit sein, und außerdem ist da ein Stück Wiese, wo man uns umstellen kann.«

Während der Korporal so sprach, setzte er sich im Laufschritt an die Spitze seiner zehn Leute. Nach zweihundert Schritten kamen sie an die kleine Wiese, wo ihnen ein verwundeter General, von seinem Adjutanten und einem Diener gestützt, begegnete.

»Geben Sie mir vier von Ihren Leuten!« befahl er dem Korporal mit ersterbender Stimme. »Ich muß auf einen Verbandplatz gebracht werden. Das Bein ist mir zerschmettert.«

»Hol dich der Teufel«, erwiderte der Korporal, »dich und alle Generale! Ihr habt heute allesamt den Kaiser verraten!«

»Was«, rief der General wütend, »Sie verweigern mir den Gehorsam? Wissen Sie, daß ich der General Graf B. bin, Ihr Divisionskommandeur?«

Er sagte noch mehr. Der Adjutant ging auf die Soldaten los. Der Korporal stieß ihm das Bajonett in den Arm. Dann lief er mit seinen Leuten doppelt schnell davon.

»Möchten alle deinesgleichen«, wiederholte der Korporal fluchend, »Arme und Beine zerschmettert kriegen! Laffenpack! Alle miteinander habt ihr euch an die Bourbonen verkauft, ihr Kaiserverräter!«

Fabrizzio war von dieser fürchterlichen Beschuldigung tief ergriffen.

Gegen zehn Uhr abends erreichte der kleine Trupp wieder das Regiment, am Eingang eines großen Dorfes mit mehreren sehr engen Gassen. Fabrizzio bemerkte, daß der Korporal Aubry die Nähe von Offizieren mied.

»Unmöglich, vorwärts zu kommen!« polterte der Korporal.

Alle Dorfstraßen wimmelten von Infanterie, Kavallerie und besonders von Munitions- und Futterwagen. Der Korporal versuchte in drei Gassen, durchzuschlüpfen.

Nirgends kam man nach zwanzig Schritt weiter. Alles fluchte und schimpfte.

»Hier kommandiert gewiß wieder so ein Verräter!« rief der Korporal. »Wenn der Feind so schlau ist, das Dorf zu umstellen, dann sitzen wir in der Falle! Kommt, folgt mir!«

Fabrizzio sah sich um. Nur noch sechs Mann waren hinter dem Korporal. Durch ein großes Tor, das offen stand, gelangten sie in einen geräumigen Wirtschaftshof, von da in einen Stall, aus dem ein Türchen in den Garten führte. Dort verloren sie ein paar Augenblicke, da sie nicht gleich einen Ausweg fanden. Aber nach einigem Umherirren übersprangen sie eine Hecke und kamen in ein Weizenfeld. Nach einer knappen halben Stunde gewannen sie, von dem Geschrei und dem verworrenen Lärm geleitet, die Landstraße am anderen Ausgang des

Dorfes. Die Straßengräben waren dort voller weggeworfener Gewehre. Fabrizzio suchte sich eines heraus. Die Straße war trotz ihrer Breite so von Flüchtlingen und Fahrzeugen vollgepfropft, daß der Korporal und Fabrizzio in einer halben Stunde kaum fünfhundert Schritt weiter kamen. Es hieß, die Straße führe nach Charleroi. Als es von der Dorf kirche elf Uhr schlug, rief der Korporal: »Wir müssen von neuem querfeldein laufen!«

Der kleine Trupp bestand nur noch aus drei Soldaten, dem Korporal und Fabrizzio. Als man tausend Schritt von der Heerstraße weg war, sagte einer der Soldaten: »Ich kann nicht mehr.«

»Ich auch nicht!« ein anderer.

»Das ist ja reizend! Da sitzen wir alle miteinander da!« sagte der Korporal. »Aber folgt mir nur! Ihr werdet gut dabei fahren!«

Er bemerkte fünf, sechs Bäume, die längs eines kleinen Grabens mitten in einem riesigen Getreidefeld standen.

»Nach den Bäumen!« befahl er seinen Leuten. Als sie die Stelle erreicht hatten, sagte er: »Legt euch hier hin und verhaltet euch mäuschenstill! Aber ehe wir einschlafen: Wer hat noch ein Stück Brot?«

»Ich!« meldete einer der Soldaten.

»Her damit!« sagte der Korporal herrisch. Er teilte das Brot in fünf Teile und nahm sich den kleinsten.

Während er aß, sagte er: »Eine Viertelstunde vor Tagesanbruch werden wir die feindliche Kavallerie im Nacken haben. Wir dürfen uns nicht niederhauen lassen. Ein einzelner ist verloren in diesem offenen, ebenen Gelände, wenn Kavallerie ihn verfolgt. Fünfe aber können sich retten. Bleibt mir gut zusammen und schießt nur auf ganz nahe Ziele! Ich mache mich anheischig, euch morgen abend nach Charleroi zu bringen.«

Eine Stunde vor Tagesanbruch weckte der Korporal die anderen und ließ die Gewehre neu laden. Der Lärm auf der Heerstraße dauerte an. Er hatte die ganze Nacht hindurch nicht aufgehört. Er klang wie das Brausen eines fernen Stromes.

»Wie aufgescheuchte Hammel!« meinte Fabrizzio arglos zum Korporal.

»Willst du wohl dein Maul halten, du Grünschnabel!« sagte der Korporal empört. Und die drei Soldaten, die mit Fabrizzio sein Heer ausmachten, blickten ihn ebenfalls mit Zornesblicken an, als ob er gelästert hätte. Er hatte die Nation beleidigt.

›Das ist doch stark‹, dachte unser Held. ›Diese Beobachtung habe ich schon unter dem Vizekönig in Mailand gemacht. Sie fliehen nicht. Gott bewahre! Diesen Franzosen darf man die Wahrheit nicht sagen, wenn sie ihre Eitelkeit verletzt. Aber über ihre kläglichen Gesichter lache ich, und das muß ich sie merken lassen.‹

Sie marschierten immer fünfhundert Schritt abseits vom Strom der Flüchtlinge, der die Heerstraße füllte. Eine Stunde danach kamen sie über einen Seitenweg, der von der großen Straße abzweigte und an dem eine Menge Soldaten lagerte. Einem kaufte Fabrizzio ein leidlich gutes Pferd ab, das ihn vierzig Franken kostete, und unter den umherliegenden Säbeln suchte er sich sorgfältig einen langen Pallasch aus. ›Einen zum Stechen!‹ dachte er bei sich. ›Die sollen am besten sein!‹ So ausgerüstet, setzte er sich in Galopp und holte den Korporal, der weitermarschiert war, bald ein. Er stellte sich in die Steigbügel, erfaßte die Scheide seines Pallaschs mit der linken Hand und sagte zu den vier Soldaten: »Die da auf der Heerstraße laufen, sehen aus wie eine Hammelherde. Sie reißen aus wie aufgescheuchte Hammel!«

Auf das Wort Hammel legte Fabrizzio einen besonderen Ton. Seine Kameraden erinnerten sich nicht mehr, daß sie sich über diesen Ausdruck vor einer Stunde geärgert hatten. Darin verrät sich einer der Gegensätze zwischen dem italienischen und dem französischen Wesen. Der Franzose ist zweifellos glücklicher; er gleitet über die Ereignisse des Lebens hinweg und trägt nicht nach.

Wir wollen nicht verhehlen, daß Fabrizzio eine Genugtuung darin fand, das Wort Hammel ausgesprochen zu haben.

Der Marsch ging ohne große Unterhaltung weiter. Zwei Stunden später sagte der Korporal, höchst erstaunt, daß sich immer noch keine feindliche Kavallerie zeigte, zu Fabrizzio: »Sie sind unsere Kavallerie. Galoppieren Sie nach dem Gehöft da auf der kleinen Anhöhe und fragen Sie den Bauern, ob er uns etwas zum Frühstück verkaufen will. Sagen Sie ihm, wir seien unser fünf. Wenn er nicht gleich will, geben Sie ihm fünf Franken im voraus. Haben Sie keine Angst, den Silberling nehmen wir ihm nach dem Frühstück wieder ab!«

Fabrizzio bückte den Korporal an; der hatte eine unerschütterliche Würde und wirklich den Ausdruck geistiger Überlegenheit. Er gehorchte. Alles ging, wie es sein Vorgesetzter vorausgesehen hatte; nur bestand Fabrizzio darauf, daß man dem Bauern die fünf Franken, die er ihm bezahlt hatte, nicht mit Gewalt wieder abnahm.

»Das Geld gehört mir«, sagte er zu den Kameraden.

»Ich habe es nicht für euch bezahlt; ich zahle es für den Hafer, den er meinem Pferde gegeben hat.«

Fabrizzio sprach das Französische so schlecht aus, daß seine Kameraden glaubten, in seiner Rede läge etwas wie Überhebung. Sie fühlten sich arg verletzt, und in ihren Gemütern reifte der Gedanke, ihn am Abend zu stellen. Sie fanden ihn ganz anders als sich selber, und das ärgerte sie. Fabrizzio dagegen fing an, sich als ihr guter Freund zu fühlen.

So marschierte man zwei Stunden lang stumm weiter, als der Korporal mit einem Blick auf die Heerstraße begeistert ausrief: »Das Regiment!« Alsbald waren sie auf der Straße, aber um den Adler waren keine zweihundert Mann geschart. Fabrizzios Auge hatte bald die Marketenderin erspäht. Sie lief zu Fuß, hatte rote Augen, und zuweilen rannen ihr die Tränen herab. Vergeblich suchte Fabrizzio das Wäglein sowie Kokotte.

»Ausgeplündert, beraubt, vernichtet!« rief die Marketenderin als Antwort auf die Blicke unseres Helden. Ohne ein Wort zu verlieren, saß er vom Pferd ab, nahm es am Zügel und sagte zur Marketenderin: »Sitzen Sie auf!«

Sie ließ sich das nicht zweimal sagen.

»Mach mir die Steigbügel kürzer!« sagte sie.

Sobald sie im Sattel saß, begann sie, Fabrizzio ihr Mißgeschick während der Nacht zu berichten. Ihre Erzählung war endlos, aber unser Held horchte begierig darauf. Wenn er auch, offen gestanden, so gut wie nichts davon verstand, so hegte er doch eine zärtliche Freundschaft für die Marketenderin. Sie schloß mit den Worten: »Und es waren Franzosen, die mich ausgeplündert, geschlagen und zugrunde gerichtet haben.«

»Was, es waren keine Feinde?« fragte er treuherzig, was seinem schönen, ernsten und blassen Gesicht reizend stand.

»Bist du dumm, mein lieber Junge!« sagte die Marketenderin und lachte unter Tränen. »Aber du bist trotzdem ein gutes Kerlchen!«

»Und dieses Kerlchen hat seinen Preußen fein weggeputzt!« meinte der Korporal Aubry, der im Wirrwarr zufällig neben dem Pferde, das die Marketenderin ritt, wieder auftauchte.

»Aber er ist hochmütig!« setzte der Korporal hinzu. Fabrizzio machte eine heftige Gebärde.

»Wie heißt du eigentlich?« fragte der Korporal darauf. »Wenn ich Meldung erstatten muß, möchte ich dich doch nennen.«

»Ich heiße Vasi«, antwortete Fabrizzio und zog ein dummes Gesicht. »Das heißt Boulot«, verbesserte er sich rasch.

Boulot hieß der Inhaber des Soldbuches, das ihm die Kerkermeistersfrau eingehändigt hatte. Er hatte es am Tag vorher während des Marsches genau studiert, denn er fing an, besonnener zu werden, und war den Dingen schon besser gewachsen. Außer dem Soldbuche des Husaren Boulot bewahrte er sorglich auch den italienischen Paß, der ihn zur Führung des edlen Namens Vasi, Händlers mit Wettergläsern, berechtigte.

Als der Korporal ihm Hochmut vorwarf, war er nahe daran gewesen, zu antworten: »Ich hochmütig, ich, Fabrizzio Valserra, Marchesino del Dongo, der sich nicht schämt, den Namen eines Hausierers zu tragen?«

Während er nachdachte und sich sagte: ›Ich darf nicht vergessen, daß ich Boulot heiße und mich vor dem Kerker hüten muß, mit dem mir das Schicksal droht‹, wechselten der Korporal und die Marketenderin ein paar Worte leise über ihn.

»Glauben Sie nicht, ich sei neugierig«, sagte die Marketenderin zu ihm, indem sie ihn nicht mehr duzte. »Es ist nur zu Ihrem Wohl, wenn ich Fragen stelle. Wer sind Sie eigentlich?«

Fabrizzio antwortete nicht sofort. Er überlegte sich, daß er keine treueren Freunde und keinen besseren Rat finden könne, und Rates bedurfte er sehr. ›Wir kommen auf einen Sammelplatz‹, sagte er sich. ›Der Befehlführende wird fragen, wer ich sei, und wenn ich durch meine Antworten verrate, daß ich vom vierten Husarenregiment, dessen Uniform ich trage, keine Katze kenne, nageln sie mich fest.‹

Als österreichischer Untertan wußte Fabrizzio, wie wichtig ein Paß ist. Seine Familie hatte, obwohl sie adlig und fromm war und obwohl sie zur siegreichen Partei gehörte, mehr als zwanzigmal Scherereien in Paßangelegenheiten gehabt. Die Frage der Marketenderin verletzte ihn also keineswegs; aber ehe er eine Antwort gab, suchte er nach den klarsten französischen Worten. Die Marketenderin brannte vor Neugier, und um ihn zum Reden zu ermutigen, sagte sie: »Korporal Aubry und ich, wir werden Ihnen gut raten, wie Sie sich zu verhalten haben.«

»Daran zweifle ich nicht«, erwiderte Fabrizzio. »Ich heiße Vasi und bin aus Genua; meine Schwester, eine berühmte Schönheit, ist mit einem Rittmeister verheiratet. Da ich erst siebzehn Jahre alt bin, sollte ich sie besuchen, um Frankreich kennen zu lernen und ein bißchen Schliff zu erhalten. In Paris fand ich sie nicht, erfuhr aber, daß sie hier bei der Armee wäre. So bin ich hergekommen und habe sie überall gesucht, ohne sie zu finden. Soldaten, denen meine Aussprache auffiel, haben mich festnehmen lassen. Ich hatte Geld und gab davon dem Kerkermeister, der mir ein Soldbuch und eine Uniform gab und sagte: ›Lauf, schwöre mir aber, daß du nie meinen Namen nennst!‹«

»Wie hieß er?« fragte die Marketenderin.

»Ich habe mein Wort gegeben«, versetzte Fabrizzio.

»Er hat recht«, fiel der Korporal ein. »Der Kerkermeister ist ein Lump, aber der Kamerad darf seinen Namen nicht sagen. Und wie heißt der Rittmeister, der Mann Ihrer Schwester? Wenn wir das wissen, können wir ihn suchen.«

»Teulier, Rittmeister bei den vierten Husaren«, antwortete unser Held.

»So«, sagte der Korporal mit einiger Schärfe, »und wegen Ihrer fremdländischen Aussprache haben die Soldaten Sie für einen Spion gehalten?«

»Da haben wir dies niederträchtige Wort!« rief Fabrizzio mit flammenden Augen. »Ich, der ich den Kaiser und die Franzosen so liebe! Diese Beleidigung hat mich am meisten geärgert.«

»Darin liegt nichts Beleidigendes. Sie täuschen sich. Der Irrtum der Soldaten war sehr natürlich«, erwiderte Korporal Aubry ernst.

Darauf setzte er ihm schulmeisterlich auseinander, daß man bei der Armee einem Truppenteil angehören und eine Uniform tragen müsse. Andernfalls sei es ganz natürlich, daß man für einen Spion gehalten werde.

»Der Feind schickt uns viele. Alle Welt ist in diesem Kriege verräterisch.«

Fabrizzio fiel es wie Schuppen von den Augen. Zum ersten Male begriff er, daß er alles, was ihm seit zwei Monaten widerfahren war, falsch angesehen hatte.

»Der Kleine muß uns aber alles erzählen«, sagte die Marketenderin, deren Neugier immer mehr angestachelt wurde.

Fabrizzio willfahrte ihr. Als er zu Ende war, sagte die Marketenderin in gewichtigem Ton zu dem Korporal: »Im Grunde ist der Junge gar nicht Soldat. Wir gehen üblen Kämpfen entgegen, jetzt, da wir geschlagen und verkauft sind. Warum soll er sich um Gotteslohn die Knochen zerschlagen lassen?«

»Noch dazu«, ergänzte der Korporal, »da er sein Gewehr nicht einmal laden kann, weder mit zwölf Griffen noch überhaupt. Ich habe ihm die Knarre laden müssen, als er den Preußen niederknallte.«

»Und dann zeigt er allen Leuten sein Geld«, setzte die Marketenderin hinzu. »Sobald er nicht mehr bei uns ist, wird ihm alles abgenommen werden.«

»Der erste beste Kavallerieunteroffizier, dem er begegnet«, sagte der Korporal, »steckt es ein und jagt es durch die Gurgel. Und wer weiß, vielleicht wirbt man ihn gar für den Feind an, denn überall lauern Verräter. Irgendwer befiehlt ihm, zu folgen, und er folgt ihm. Das beste wärs, er träte bei unserm Regiment ein.«

»Nein, nein, das gefälligst nicht, Herr Korporal!« rief Fabrizzio lebhaft. »Reiten ist bequemer! Und übrigens verstehe ich das Gewehrladen wirklich nicht, aber wie Sie sehen, kann ich mit einem Gaul umgehen.«

Auf diese kleine Auseinandersetzung war Fabrizzio sehr stolz. Die lange Verhandlung über sein weiteres Schicksal, die zwischen dem Korporal und der Marketenderin stattfand, wollen wir übergehen. Fabrizzio hörte, daß die beiden sich alle Einzelheiten seiner Erlebnisse drei- oder viermal wiederholten: den Verdacht der Soldaten, die Geschichte mit dem Kerkermeister, der ihm ein Soldbuch und eine Uniform verkauft hatte, die Art und Weise, wie er sich tags zuvor dem Stabe des Marschalls anschlossen, wie er den Kaiser hatte vorbeigaloppieren sehen, wie man ihn um sein Pferd gebracht hatte, und so weiter.

Mit weiblicher Neugier kam die Marketenderin immer wieder darauf zurück, wie man ihm das schöne Pferd abgenommen hatte, das sie ihm hatte kaufen helfen: »Du merktest, wie man dich an den Beinen packte, dich sacht über die Kruppe des Pferdes herunterzog und dich auf den Boden setzte …«

›Wozu so oft wiederholen‹, sagte Fabrizzio bei sich, ›was wir alle drei längst wissen?‹

Er wußte noch nicht, daß die kleinen Leute in Frankreich sich auf diese Weise auf Gedanken bringen.

»Wieviel Geld hast du?« fragte ihn die Marketenderin plötzlich. Fabrizzio antwortete ihr ohne Verzug. Er war der anständigen Gesinnung dieser Frau sicher; das ist eine schöne Seite an den Franzosen.

»Alles in allem muß ich noch dreißig Napoleons in Gold und acht bis zehn Fünffrankenstücke haben.«

»Dann hast du gewonnenes Spiel!« rief die Marketenderin. »Mache dich fort von dieser geschlagenen Armee, drücke dich beiseite und nimm den ersten besten reitbaren Weg rechts ab. Gib deinem Gaul die Zinken und suche immer mehr vom Heer abzukommen. Bei der ersten Gelegenheit kaufst du dir Zivil. Wenn du acht bis zehn Meilen Vorsprung hast und keine Soldaten mehr siehst, setzt du dich in die Post. In irgendeiner netten Stadt erholst du dich acht Tage lang und ißt ordentlich Beefsteaks. Erzähle keinem Menschen, daß du bei der Armee gewesen bist. Die Gendarmen könnten dich als Fahnenflüchtigen festnehmen, denn so gescheit du sein magst, Kleiner, um einem Gendarmen Rede zu stehen, bist du nicht gerissen genug. Sobald du Zivilkleider auf dem Buckel hast, zerfetzt du dein Soldbuch in tausend Stücke und nimmst deinen wirklichen Namen wieder an. Hießest du nicht Vasi? Und«, fragte sie den Korporal, »was soll er sagen, woher er käme?«

»Von Cambrai an der Schelde. Das ist eine nette kleine Stadt, weißt du, von wegen der Kathedrale und Fénelon[9].«

»Ganz recht!« sagte die Marketenderin. »Sage keinem Menschen, daß du in der Schlacht gewesen bist. Erwähne kein Sterbenswörtchen, weder von B. noch vom Kerkermeister, der dir das Soldbuch verkauft hat. Wenn du nach Paris willst, so gehe erst nach Versailles und bummle von dort über die Stadtgrenze; geh zu Fuß wie ein Spaziergänger. Deine Napoleons nähst du dir in die Hose ein, und wenn du irgend etwas zu bezahlen hast, so zeige nie mehr Geld, als gerade nötig ist. Ich habe eine Mordsangst, daß man dich begaunert und dir alles wegstibitzt, was du hast. Und was sollte dann ohne Geld aus dir werden, wo du dich so gar nicht zurechtzufinden verstehst?«

Die gutmütige Marketenderin redete noch lange weiter; der Korporal unterstützte ihre Ratschläge durch Kopfnicken, da er nicht zu Worte kommen konnte. Mit einem Male verdoppelte die Menschenmasse,

---

9 François de Fénelon (1651-1715), Erzbischof von Cambrai. Er liegt unter seinem Marmordenkmal in der Kathedrale begraben.

die auf der großen Straße hinflutete, ihre Marschgeschwindigkeit. Einen Augenblick später sprang alles über den Straßengraben zur Linken und rannte in wilder Flucht davon.

»Die Kosaken! Die Kosaken!« schrie es von allen Seiten.

»Nimm dein Pferd wieder!« rief die Marketenderin. »Gottbewahre!« sagte Fabrizzio. »Fliehen Sie! Galoppieren Sie davon! Ich gebe es ihnen! Wollen Sie Geld, damit Sie sich wieder einen kleinen Wagen kaufen können? Die Hälfte von dem, was ich habe, gehört Ihnen!«

»Nimm dein Pferd wieder, sag ich dir!« rief die Marketenderin zornig und machte Miene, abzusitzen. Fabrizzio zog seinen Säbel.

»Halten Sie sich fest!« rief er ihr zu und versetzte dem Pferd zwei oder drei Hiebe mit der flachen Klinge. Es galoppierte an und setzte den Flüchtenden nach.

Unser Held sah sich um. Eben noch hatten sich drei- bis viertausend Menschen auf der Heerstraße hingedrängt, eng aneinandergepfercht wie die Bauern hinter einer Prozession. Nach dem Rufe ›Die Kosaken!‹ erblickte er tatsächlich keine Menschenseele mehr. Die Fliehenden hatten Tschakos, Gewehre, Säbel und alles hingeworfen. Verwundert stieg Fabrizzio auf den Acker rechts der Straße, der zwanzig bis dreißig Fuß höher gelegen war. Dort überblickte er die Heerstraße nach beiden Seiten hin, ebenso die Ebene. Von Kosaken keine Spur. ›Drollige Leute, diese Franzosen!‹ sagte er sich. ›Da ich ja nach rechts abbiegen soll, werde ich gleich weitermarschieren. Möglicherweise haben sie einen Grund zum Weglaufen, den ich nicht kenne.‹ Er hob ein Gewehr auf, sah nach, ob es geladen sei, schüttete das Zündpulver um, wischte den Stein ab, suchte sich eine wohlgefüllte Patronentasche und sah sich nochmals nach allen Seiten um. Er war mutterseelenallein mitten in dieser Ebene, wo es eben noch so von Menschen gewimmelt hatte. Weit in der Ferne sah er die Fliehenden, die bald hinter Bäumen verschwanden, immer noch im Laufen. ›Das ist doch sonderbar!‹ dachte er. Und in Erinnerung daran, wie es der Korporal gestern abend gemacht hatte, setzte er sich mitten in ein Kornfeld. Er ging nicht von der Stelle, weil er seine guten Freunde wiedertreffen wollte, die Marketenderin und den Korporal Aubry.

In dem Kornfeld stellte er fest, daß er nur noch achtzehn Napoleons besaß statt dreißig, wie er gedacht hatte; aber er hatte noch ein paar kleine Brillanten, die er an jenem Morgen in B. in der Stube der Kerkermeistersfrau in das Lederfutter eines seiner Husarenstiefel gesteckt hatte. Er verbarg seine Napoleons, so gut er konnte, und geriet dabei in Grübelei: ›Warum die hastige Flucht? Ist das ein schlechtes Zeichen für mich?‹ fragte er sich. Sein Hauptkummer war, daß er den Korporal Aubry nicht noch gefragt hatte: ›Habe ich wirklich eine Schlacht mitgemacht?‹ Es schien ihm ganz so, aber er wäre überglücklich gewesen, wenn er darüber Gewißheit gehabt hätte.

›Auf alle Fälle‹, sagte er sich, ›war ich dabei unter dem Namen eines Häftlings. Ich habe das Soldbuch eines solchen in meiner Tasche, und mehr noch, ich trage seinen Rock. Das ist verhängnisvoll für die Zukunft. Was würde der Abbate Blanio dazu sagen? Und dieser unselige Boulot ist im Gefängnis gestorben. Das ist ein schlimmes Vorzeichen! Das Schicksal wird mich in den Kerker führen!‹

Fabrizzio hätte alles in der Welt darum gegeben, wenn er gewußt hätte, ob der Husar Boulot wirklich schuldig war. Er versenkte sich in seine Erinnerungen, und es kam ihm vor, als hätte die Kerkermeistersfrau in B. ihm erzählt, der Husar sei nicht nur wegen des silbernen Bestecks eingelocht worden, sondern auch, weil er einem Bauern eine Kuh geraubt und den Mann über die Maßen verprügelt hatte. Fabrizzio zweifelte nicht daran, daß er eines Tages eines Vergehens wegen, das in gewissen Beziehungen zu dem des Husaren Boulot stünde, ins Gefängnis käme. Er gedachte seines Freundes, des Abbaten Blanio. Was hätte er darum gegeben, wenn er ihn hätte um Rat fragen können! Dann fiel ihm ein, daß er seiner Tante, seit er Paris verlassen, nicht geschrieben hatte. ›Arme Gina!‹ sagte er sich. Er hatte Tränen in den Augen, als er plötzlich dicht neben sich ein leises Geräusch wahrnahm. Es war ein Soldat mit drei Pferden, die an langen Zügeln im Korn grasten; sie waren sichtlich halbtot vor Hunger. Er hielt sie an den Trensen. Fabrizzio flog auf wie ein Rebhuhn. Der Soldat bekam Angst. Unser Held bemerkte das und konnte der Lust nicht widerstehen, eine Weile den Landsknecht zu spielen.

»Einer der Gäule gehört mir, du Gauner!« rief er. »Aber ich will dir gern fünf Franken geben für die Mühe, daß du mir ihn hergebracht hast.«

»Willst du mich uzen?« sagte der Soldat.

Fabrizzio legte sein Gewehr auf sechs Schritt Entfernung an:

»Laß das Pferd los, oder ich schieße!«

Der Soldat hatte sein Gewehr am Riemen über der Schulter und machte einen Ruck, um es zu fassen.

»Wenn du dich im geringsten rührst, bist du des Todes!« schrie Fabrizzio und sprang auf ihn zu.

»Meinetwegen, geben Sie mir fünf Franken und nehmen Sie sich eins der Pferde«, sagte der Soldat verwirrt, nachdem er einen sehnsüchtigen Blick nach der Heerstraße geworfen hatte, wo weit und breit kein Mensch zu sehen war. Fabrizzio hielt sein Gewehr mit der Linken schußbereit und warf ihm mit der Rechten drei Fünffrankenstücke zu.

»Runter, oder du bist des Todes! Zäume den Rappen auf und schere dich mit den beiden andern davon! Ich schieß dich nieder, wenn du dich muckst!«

Der Soldat gehorchte mürrisch. Fabrizzio ging an den Rappen heran und nahm die Zügel um seinen linken Arm, ohne den Soldaten, der sich langsam entfernte, aus den Augen zu lassen. Als er ihn ungefähr fünfzig Schritt von sich entfernt sah, schwang er sich behend in den Sattel. Er war kaum oben und suchte noch mit dem Fuß den rechten Steigbügel, als er eine Kugel dicht an sich vorbeisausen hörte. Der Soldat hatte einen Schuß auf ihn abgegeben. Der Zorn riß Fabrizzio hin. Er galoppierte auf den Soldaten los. Der jagte auf einem seiner Pferde davon, so schnell es laufen konnte, und war bald den Blicken Fabrizzios entschwunden.

›Gut‹, sagte er bei sich, ›der ist außer Schußweite!‹ Das Pferd, das er soeben gekauft hatte, war prächtig, aber offenbar vor Hunger halbtot. Fabrizzio wandte sich wieder zur Heerstraße, wo immer noch kein Mensch zu sehen war. Er ritt quer über die Straße hinweg und trabte an, um linker Hand auf eine kleine Anhöhe zu gelangen. Er hoffte, dort die Marketenderin wiederzufinden, aber als er oben auf dem Hügel war, sah er nichts als ein paar einzelne Soldaten, mehrere tausend Meter entfernt.

›Es steht geschrieben, daß ich sie nicht wiedersehen soll‹, sagte er mit einem Seufzer zu sich, ›die brave, gute Frau!‹ Er ritt auf ein Gehöft zu, das er in der Ferne erblickte, rechts von der Straße. Ohne abzusitzen und nachdem er im voraus bezahlt hatte, ließ er seinem armen Pferde Hafer geben. Es war so verhungert, daß es in die Krippe biß.

Eine Stunde später trabte Fabrizzio auf der Heerstraße dahin, immer in der unbestimmten Hoffnung, die Marketenderin oder wenigstens den Korporal Aubry wiederzutreffen. Fortwährend sah er sich unterwegs nach allen Seiten um. So kam er an einen sumpfigen Fluß, über den eine ziemlich schmale Holzbrücke führte. Vor der Brücke, auf der rechten Straßenseite, stand ein einsames Haus, ein Gasthof, der ein weißes Roß im Schild führte. ›Hier werde ich zu Mittag essen‹, nahm sich Fabrizzio vor.

Ein Kavallerieoffizier, den Arm in der Binde, stand am Brückenkopf. Er war zu Pferd und sah recht trübselig aus. Zehn Schritt von ihm entfernt hielten drei abgesessene Kavalleristen und klopften ihre Pfeifen aus.

›Das sind Leute‹, sagte Fabrizzio bei sich, ›die mir ganz so aussehen, als wollten sie mir meinen Gaul billiger abkaufen, als ich ihn erstanden habe.‹

Der verwundete Offizier und die drei Reiter zu Fuß sahen ihn kommen und erwarteten ihn offenbar.

›Das Gescheiteste wäre es wohl, nicht über die Brücke zu reiten, sondern am rechten Ufer hin‹, sagte sich unser Held. ›Diese Richtung hat mir die Marketenderin empfohlen, damit ich in Sicherheit käme. Gewiß, aber wenn ich die Flucht ergreife, werde ich mich morgen darüber ärgern. Obendrein ist mein Pferd gut auf den Beinen und das des Offiziers wahrscheinlich müde. Wenn er sich unterfinge, mich absitzen zu lassen, galoppierte ich ihm davon.‹

Mit dieser Überlegung versammelte Fabrizzio sein Pferd und ritt in kurzem Schritt heran.

»Reiten Sie schneller, Husar!« rief ihm der Offizier im Befehlston entgegen.

Fabrizzio ritt noch ein paar Schritte und hielt dann.

»Wollen Sie mir mein Pferd nehmen?« rief er.

»Fällt mir gar nicht ein. Vorwärts!«

Fabrizzio sah den Offizier an; er hatte einen weißen Schnurrbart und das ehrlichste Gesicht von der Welt. Das Taschentuch, das seinen Arm trug, war voller Blut; ebenso hatte seine rechte Hand einen blutigen Verband. ›Aber die zu Fuß haben es auf mein Pferd abgesehen‹, sagte sich Fabrizzio; doch als er sie sich näher betrachtete, bemerkte er, daß auch sie verwundet waren.

»Im Namen der Ehre«, sagte der Offizier, der die Abzeichen eines Obersten trug, »stellen Sie sich hier als Posten auf und sagen Sie allen Dragonern, Jägern und Husaren, die Sie zu sehen bekommen, daß der Oberst Lebaron da im Gasthof ist und ihnen befiehlt, sich unter ihm zu sammeln!«

Der alte Oberst hatte schmerzentstellte Züge. Vom ersten Wort an hatte er unseren Helden gewonnen.

Fabrizzio antwortete ihm verständig: »Herr Oberst, ich bin zu jung, als daß man auf mich hörte. Bitte um schriftlichen Befehl.«

»Er hat recht«, sagte der Oberst und sah ihn wohlgefällig an. »Schreib den Befehl, Larose; du hast eine rechte Hand!«

Ohne etwas zu sagen, zog Larose aus seiner Tasche ein kleines Merkbuch, schrieb ein paar Zeilen, riß das Blatt heraus und händigte es Fabrizzio aus. Der Oberst wiederholte seinen Befehl, indem er hinzufügte, daß er nach zwei Stunden vorschriftsmäßig durch einen der drei verwundeten Reiter von seinem Posten abgelöst werde.

Nachdem er das gesagt hatte, ging er mit seinen Leuten in das Wirtshaus. Fabrizzio sah ihnen nach und blieb regungslos am Anfang der Holzbrücke stehen, so tief hatte ihn der düstere, wortkarge Schmerz dieser Menschen betroffen.

›Man möchte meinen, es seien verzauberte Geister‹, sagte er sich. Nach einer Weile faltete er das Blatt auseinander und las den folgendermaßen abgefaßten Befehl:

›Oberst Lebaron vom sechsten Dragonerregiment, Kommandeur der zweiten Brigade der ersten Kavalleriedivision des vierzehnten Armeekorps, befiehlt allen Reitern, Dragonern, Jägern und Husaren, nicht über die Brücke zu reiten und sich im Gasthof zum Weißen Roß an der Brücke, seinem Quartier, unter seinem Kommando zu sammeln.

Gegeben an der Sainte-Brücke am 19. Juni 1815. Auf Befehl des am rechten Arm verwundeten Obersten Lebaron Larose, Wachtmeister.‹

Kaum stand Fabrizzio eine halbe Stunde an der Brücke auf seinem Posten, als er sechs Jäger zu Pferd und drei zu Fuß kommen sah. Er teilte ihnen den Befehl des Obersten mit.

»Wir kommen sogleich wieder«, erwiderten vier von den Berittenen und ritten in starkem Trab über die Brücke. Fabrizzio unterhandelte nun mit den beiden anderen. Während des Wortwechsels, der immer lebhafter wurde, überschritten die drei Unberittenen die Brücke. Einer von den beiden Berittenen, die zurückgeblieben waren, verlangte schließlich den Befehl zu sehen, und indem er ihn nahm, sagte er: »Ich will ihn meinen Kameraden zeigen. Die werden gleich umkehren. Verlaß dich drauf!«

Damit galoppierte er von dannen. Sein Kamerad folgte ihm. Alles das geschah im Handumdrehen.

Voller Wut rief Fabrizzio einen der verwundeten Soldaten, der an einem Fenster des ›Weißen Rosses‹ erschien. Der, ein Wachtmeister, wie Fabrizzio an seinen Tressen sah, kam heraus und rief von weitem: »Zieh den Säbel! Du stehst doch Wache!«

Fabrizzio gehorchte. Dann meldete er: »Sie haben mir den Befehl weggenommen.«

»Den Kerlen steckt noch die gestrige Geschichte in den Gliedern!« sagte der Wachtmeister mit finsterer Miene. »Ich will dir eine meiner Pistolen geben. Will man wieder den Übergang erzwingen, so schieße sie in die Luft ab. Ich werde kommen, oder der Oberst wird selbst erscheinen.« Fabrizzio hatte sehr wohl bemerkt, daß der Wachtmeister bei der Meldung von der Wegnahme des Befehls eine empörte Gebärde gemacht hatte. Er begriff, daß man ihm einen persönlichen Schimpf angetan hatte, und er gelobte sich, sich nicht wieder zum besten halten zu lassen.

Mit der Sattelpistole des Wachtmeisters bewaffnet, nahm Fabrizzio seinen Posten stolz wieder ein. Da sah er sieben berittene Husaren anreiten. Er hatte sich so aufgestellt, daß er die Brücke sperrte. Er teilte ihnen den Befehl des Obersten mit. Die Reiter sind wenig erbaut darüber. Der keckste versucht durchzukommen. Fabrizzio, eingedenk einer weisen Lehre seiner Freundin, der Marketenderin, die ihm einmal gesagt hatte, man müsse stechen und nicht hauen, senkt die Spitze seines langen Pallaschs und macht Miene, dem, der den Übergang erzwingen will, einen Stich beizubringen.

»Was, er will uns zu Leibe, der grüne Junge?« schreien die Husaren. »Als ob gestern nicht gerade genug von uns gefallen wären!«

Alle miteinander ziehen ihre Säbel und stürmen auf Fabrizzio ein. Er hält sich für verloren, aber er denkt an die empörte Gebärde des Wachtmeisters und will nicht von neuem mißachtet werden.

Auf seine Brücke zu weichend, trachtet er danach, zu stechen. Es sah drollig aus, wie er seinen langen geraden Säbel, einen Pallasch der schweren Reiter und viel zu schwer für ihn, handhabe, so daß die Husaren alsbald wußten, mit wem sie es zu tun hatten. Nun suchten sie ihn nicht zu verwunden, sondern ihm nur den Rock vom Leibe zu säbeln. So erhielt Fabrizzio drei bis vier flache Hiebe über die Arme. Er seinerseits, der Vorschrift der Marketenderin weiter getreu, stach tapfer darauf los. Unglücklicherweise verletzte er einen Husaren mit seiner Säbelspitze an der Hand. Äußerst ergrimmt, von so einem Soldaten verwundet worden zu sein, stach er als Antwort fest zu und traf Fabrizzio in den Oberschenkel. Der Stich ging um so tiefer, als das Pferd unseres Helden, statt dem Geplänkel zu entfliehen, offenbar Gefallen daran fand und den Angreifern entgegendrängte. Als diese das Blut an Fabrizzios rechtem Bein herabrinnen sahen, ward ihnen bange, den Scherz zu weit getrieben zu haben. Sie drückten ihn gegen das linke Brückengeländer und machten sich im Galopp davon. Sobald Fabrizzio frei war, schoß er seine Pistole in die Luft ab, um den Obersten zu rufen.

Vier Husaren zu Pferd und zwei zu Fuß vom selben Regiment wie die früheren näherten sich der Brücke und waren noch zweihundert Schritt davon entfernt, als der Pistolenschuß fiel. Sie hatten den Vorgang auf der Brücke von weitem genauestens beobachtet, und in der Annahme, Fabrizzio hätte auf ihre Kameraden geschossen, sprengten die vier Berittenen mit ausgelegten Säbeln auf ihn los. Es war ein regelrechter Angriff.

Durch den Pistolenschuß aufgeschreckt, trat der Oberst Lebaron eilends aus der Tür des Gasthofes und war gerade in dem Augenblick auf der Brücke, als die Husaren angeritten kamen. Er befahl ihnen persönlich Halt.

»Hier gibts keinen Oberst mehr!« rief einer von den vieren und drückte sein Pferd vorwärts.

Außer sich vor Zorn, hielt der Oberst in seinen Vorhaltungen inne und ergriff mit seiner rechten verwundeten Hand den rechten Zügel dieses Reiters.

»Halt, Saukerl!« rief er dem Husaren zu. »Ich kenne dich. Du bist von der Schwadron des Rittmeisters Henriet!«

»Dann mag mir der Rittmeister selber den Befehl geben! Rittmeister Henriet ist gestern gefallen und wird dir eins pfeifen!« höhnte der Husar.

Bei diesen Worten will er den Übergang erzwingen und überreitet den alten Oberst, so daß er auf den Brückenbelag stürzt, wo er sitzen bleibt. Fabrizzio, der zwei Schritt hinter ihm auf der Brücke steht, auf der dem Gasthof entgegengesetzten Seite, treibt sein Pferd an. Während das Pferd, das der Oberst krampfhaft am Zügel festhält, diesen ganz umwirft, bringt der empörte Fabrizzio dem Husaren einen festen Säbelstich bei. Zu seinem Glück macht das Pferd, von dem stürzenden Oberst am Zügel gezerrt, eine Wendung zur Seite, so daß die lange Klinge von Fabrizzios schwerem Reitersäbel an der Husarenjacke abgleitet. In seiner Wut wendet sich der Husar gegen ihn und versetzt ihm mit aller Kraft einen Hieb, der das Ärmeltuch zerschneidet und tief in den Arm dringt. Unser Held fällt.

Einer der unberittenen Husaren sieht die beiden Brückenverteidiger am Boden liegen, benutzt die Gelegenheit, schwingt sich auf Fabrizzios Pferd und will es eben in Galopp setzen. Der Wachtmeister ist inzwischen aus dem Gasthof herbeigeeilt, weil er seinen Oberst hat fallen sehen und ihn schwer verletzt glaubt. Er rennt dem Pferde Fabrizzios nach und stößt seine Säbelspitze dem Räuber in die Lenden. Der fällt.

Als die übrigen Husaren nur noch den Wachtmeister auf der Brücke stehen sehen, reiten sie im Galopp darüber weg und verschwinden schleunigst. Der zu Fuß flieht in die Felder.

Der Wachtmeister ging zu den Verwundeten. Fabrizzio war bereits wieder auf den Beinen. Die Wunde schmerzte nicht weiter, blutete jedoch stark. Der Oberst erhob sich nur mühsam; sein Sturz hatte ihn betäubt, aber er war nicht verletzt.

»Ich habe keine Schmerzen«, sagte er zum Wachtmeister, »nur in meiner alten Wunde an der Hand.«

Der vom Wachtmeister verwundete Husar starb.

»Zum Teufel mit ihm!« rief der Oberst, und zum Wachtmeister und den anderen beiden herbeikommenden Reitern gewandt, fügte er hinzu: »Sorgt nur für den jungen Kerl da, dem es so übel ergangen ist durch meine Schuld! Ich will selber auf der Brücke bleiben und versuchen, die Tollgewordenen aufzuhalten. Führt den jungen Mann in den Gasthof und verbindet ihm den Arm! Nehmt eins von meinen Hemden!«

5.

Das ganze Abenteuer hatte keine Minute gedauert. Fabrizzios Wunden waren unbedeutend. Man verband ihm den Arm mit Leinwandstreifen, die aus dem Hemd des Obersts geschnitten wurden, und wollte ihm ein Lager im Obergeschoß des Gasthofs bereiten.

»Aber während ich hier in der Oberstube aufgepäppelt werde«, sagte Fabrizzio zum Wachtmeister, »wird sich mein Pferd unten im Stall allein langweilen und mit einem anderen Herrn auf und davon gehen.«

»Gar nicht übel für einen Rekruten!« meinte der Wachtmeister.

Man bettete Fabrizzio auf frisches Stroh in demselben Stand, wo sein Pferd angebunden war. Da er sich sehr schwach fühlte, brachte ihm der Wachtmeister einen Becher Glühwein und unterhielt sich ein wenig mit ihm. Ein paar in die Unterhaltung eingeflochtene Lobsprüche versetzten unseren Helden in den siebenten Himmel.

Der Morgen graute schon, als Fabrizzio erwachte. Die Pferde wieherten unablässig und machten schrecklichen Lärm. Der Stall war voller Rauch. Zunächst begriff Fabrizzio die Unruhe nicht. Er besann sich kaum, wo er sei. Schließlich, halb erstickt vom Qualm, kam er auf den Gedanken, das Haus müsse brennen. Im Nu war er aus dem Stall und aufgesessen. Er hielt Umschau. Mächtiger Rauch quoll aus den beiden Fenstern über dem Stall, und das ganze Dach stak in wirbelndem, schwarzem Qualm. Etwa hundert Flüchtlinge waren nachts im Weißen Roß angelangt. Alles schrie und fluchte. Die fünf oder sechs, die Fabrizzio am nächsten standen, waren offenbar sinnlos betrunken. Einer von ihnen wollte ihn festnehmen und brüllte ihn an: »Wohin willst du mit meinem Gaul?«

Als Fabrizzio eine Viertelstunde geritten war, wandte er sich um. Kein Mensch war ihm gefolgt. Der Gasthof stand in Flammen. In der Ferne sah Fabrizzio die Brücke. Er begann seine Wunde zu fühlen. Der Verband drückte, und der Arm war ganz heiß. ›Was mag aus dem alten Oberst geworden sein?‹ dachte er. ›Er hat sein Hemd hergegeben, damit mein Arm verbunden würde.‹

Unser Held war an diesem Morgen wundervoll kaltblütig. Der starke Blutverlust hatte ihm die ganze Romantik seines Wesens genommen.

›Nach rechts‹, sagte er sich, ›und weg von hier!‹ Gemächlich begann er den Fluß entlang zu reiten, der unterhalb der Brücke nach rechts von der Straße fortfloß. Die Ratschläge der guten Marketenderin fielen ihm wieder ein. ›Das war Freundschaft!‹ sagte er sich. ›Was für ein ehrlicher Charakter!‹

Nach einer Stunde Wegs fühlte er sich sehr matt. ›Ach, ob ich ohnmächtig werde?‹ sagte er sich. ›Wenn ich ohnmächtig werde, wird man mir mein Pferd rauben und vielleicht meine Kleider und damit mein Hab und Gut.‹ Er hatte nicht mehr die Kraft, die Zügel zu halten, und saß nur noch mühsam aufrecht. Da kam ein Bauer, der auf einem Felde dicht an der Straße gearbeitet und seine Blässe bemerkt hatte, und bot ihm ein Glas Bier und ein Stück Brot an.

»Als ich Sie so bleich sah, habe ich mir gleich gedacht, daß Sie einer der Verwundeten aus der großen Schlacht sind«, sagte der Landmann zu ihm. Nie kam Hilfe gelegener. Im Augenblick, da Fabrizzio in das Stück Schwarzbrot biß, begann es ihm vor den Augen zu flimmern.

Als er sich ein wenig erholt hatte, bedankte er sich.

»Und wo bin ich?« fragte er.

Der Bauer sagte ihm, daß er noch drei Viertelstunden vom Marktflecken Zoonders entfernt sei, wo er gute Pflege finden werde.

Fabrizzio erreichte den Ort, ohne zu wissen, wie; bei jedem Schritt fürchtete er, vom Pferde zu fallen. Er erblickte ein weites, offenes Tor und ritt hinein. Es war der ›Gasthof zur Prelle‹. Alsbald kam die gutmütige Wirtin, ein Riesenweib, herbei. Voller Mitleid rief sie nach ihren Leuten. Zwei junge Mädchen halfen Fabrizzio aus dem Sattel. Kaum war er vom Pferd herunter, als er die Besinnung gänzlich verlor. Ein Arzt wurde gerufen; man ließ ihn zur Ader. Diesen und die folgenden Tage wußte Fabrizzio nicht, was ihm geschah; er schlief fast ununterbrochen.

Die Stichwunde im Schenkel drohte bedenklich zu eitern. Als er wieder bei Besinnung war, legte er den Leuten die Pflege seines Pferdes ans Herz und wiederholte öfters, daß er gut zahlen werde. Das kränkte die gute Wirtin und ihre Töchter.

Vierzehn Tage lang wurde er bewundernswürdig gepflegt. Er begann wieder klarere Gedanken zu haben. Da bemerkte er eines Abends, daß seine Wirtsleute sehr verstört aussahen. Bald darauf trat ein deutscher Offizier in die Stube. Um ihm zu antworten, bediente man sich einer Sprache, die Fabrizzio nicht verstand, aber er merkte sehr wohl, daß die Rede von ihm war. Er tat, als ob er schliefe. Eine Weile darauf, als er dachte, der Offizier könne fort sein, rief er seine Wirtsleute.

»Hat mich der Offizier nicht eben in eine Liste eingetragen und mich für kriegsgefangen erklärt?«

Die Wirtin gab es mit Tränen in den Augen zu.

»Gut! In meiner Attila steckt Geld!« rief er und richtete sich in seinem Bett auf. »Kaufen Sie mir Zivilkleider! Ich will heute nacht auf meinem Pferde davonreiten. Sie haben mir bereits einmal das Leben gerettet, als Sie mich in einem Augenblick aufnahmen, da ich nahe daran war, auf der Straße umzufallen. Retten Sie es mir ein zweites Mal, indem Sie mir behilflich sind, zu meiner Mutter zurückzukehren.«

Da wollten die Töchter der Wirtin in Tränen zerfließen; sie zitterten für Fabrizzio, und da sie einige Brocken Französisch konnten, setzten sie sich an sein Bett und richteten allerlei Fragen an ihn. Mit ihrer Mutter besprachen sie sich auf flämisch, wobei sie sich fortwährend mit zärtlichen Blicken nach unserem Helden umwandten. Er glaubte zu verstehen, daß ihnen seine Flucht große Unannehmlichkeiten bereiten könne, sie es jedoch gern darauf ankommen lassen wollten. Er dankte ihnen in überschwenglichen Worten und faltete dabei die Hände. Ein Jude im Ort besorgte einen vollständigen Anzug. Aber als er ihn gegen zehn Uhr abends brachte und die jungen Mädchen den Zivilrock mit seiner Uniform verglichen, stellte es sich heraus, daß er viel zu weit war. Sogleich gingen sie an die Arbeit des Engernähens. Es gab keine Zeit zu verlieren. Fabrizzio bezeichnete die Stellen seiner Attila, wo Napoleons verborgen staken, und bat seine Wirtsleute, sie in die neuen Kleidungsstücke einzunähen. Zugleich mit dem Anzug war ein schönes Paar neuer Stiefel gebracht worden. Fabrizzio trug kein Bedenken, die Mädchen zu bitten, die Schäfte der Husarenstiefel an der Stelle aufzuschneiden, die er ihnen angab, und seine kleinen Brillanten im Futter der neuen Stiefel zu verbergen.

Durch eine seltsame Wirkung des Blutverlustes und des daraus folgenden Schwächezustandes hatte Fabrizzio sein ganzes Französisch vergessen. Er redete mit seinen Wirtsleuten italienisch, und diese antworteten in ihrer flämischen Mundart. So vermochten sie sich fast nur durch Zeichen zu verständigen. Als die jungen Mädchen, die übrigens nicht im geringsten an Eigennutz dachten, die Edelsteine erblickten, kannte ihre Schwärmerei für Fabrizzio keine Grenzen mehr. Sie hielten ihn für einen verkappten Prinzen. Ännchen, die Jüngere, umarmte ihn schlankweg.

Fabrizzio seinerseits fand die Mädchen reizend, und um Mitternacht, als er nach der Vorschrift des Arztes einen Schluck Wein als Stärkung für die bevorstehende Reise nahm, hatte er geradezu Lust, nicht abzureisen. ›Wo wäre ich besser aufgehoben als hier?‹ fragte er sich. Gleichwohl kleidete er sich gegen zwei Uhr morgens an. Im Augenblick, da er aus seiner Stube trat, sagte ihm die Wirtin, daß sein Pferd von dem Offizier, der vor ein paar Stunden das Haus durchsucht hatte, mit weggeführt worden sei.

»O der Hundsfott!« fluchte Fabrizzio. »Einem Verwundeten sein Pferd zu stehlen!« Der junge Italiener war nicht Philosoph genug, daran zu denken, zu welchem Preis er selber dieses Pferd erstanden hatte.

Ännchen berichtete ihm weinend, man habe ihm ein anderes Pferd gemietet. Am liebsten hätte sie es gehabt, daß er dabliebe. Der Abschied war zärtlich. Zwei kräftige Burschen, Verwandte der guten Wirtin, halfen Fabrizzio in den Sattel. Unterwegs stützten sie ihn auf seinem Pferd, während ein dritter der kleinen Karawane einige hundert Schritt vorausritt und ausspähte, ob sich keine verdächtige Streife nahe.

Nach einem zweistündigen Ritt machte man bei einer Base der Wirtin ›zur Prelle‹ Halt. Was auch Fabrizzio einwenden mochte, die jungen Männer, die ihn begleiteten, wollten ihn um keinen Preis verlassen; sie behaupteten, kein Mensch kenne die Waldwege so gut wie sie.

»Aber wenn man in der Frühe meine Flucht entdeckt und euch vermißt, so wird euch euere Abwesenheit Ungelegenheiten bereiten«, meinte Fabrizzio.

Man setzte den Marsch fort. Zum Glück war die Ebene, als der Tag graute, mit dichtem Nebel bedeckt. Gegen acht Uhr morgens erreichte man eine kleine Stadt. Einer der jungen Männer ritt voraus, um zu erkunden, ob die Postpferde geraubt seien. Der Posthalter hatte Zeit gehabt, sie verschwinden zu lassen und elende Schinder aufzutreiben, die nun seine Ställe zierten. Man holte zwei Pferde zurück aus dem Sumpf, wo sie versteckt waren, und drei Stunden später stieg Fabrizzio in einen zwar morschen, aber mit zwei guten Postpferden bespannten leichten Wagen. Er fühlte sich wieder bei Kräften. Die Trennung von den beiden jungen Männern war ungemein rührend. Welchen liebenswürdigen Vorwand Fabrizzio auch ersinnen mochte, um keinen Preis nahmen sie Geld an.

»In Ihrer Lage, mein Herr, haben Sie es nötiger als wir«, erwiderten die biederen jungen Leute immer wieder. Schließlich schieden sie von Fabrizzio. Er gab ihnen Briefe mit, in denen er, durch die Aufregung der Reise begeistert, den Versuch machte, seinen Wirtsleuten zu sagen, wie sehr er sich in ihrer Schuld fühle. Fabrizzio hatte mit tränenden

Augen geschrieben, und aus dem an Ännchen gerichteten Brief sprach wirklich etwas Liebe.

Die weitere Reise brachte nichts Besonderes. Als er in Amiens anlangte, begann die Stichwunde im Oberschenkel von neuem tüchtig zu schmerzen. Der Landarzt hatte es unterlassen, die Wunde ordentlich zu reinigen, und so hatte sich trotz dem Aderlasse ein Eiterherd gebildet. Während der vierzehn Tage, die Fabrizzio in Amiens in einem Gasthof bei liebedienerischen und habsüchtigen Leuten zubrachte, drangen die Verbündeten in Frankreich ein. Fabrizzio ward geradezu ein anderer Mensch, so tief grübelte er über die Dinge nach, die er in der letzten Zeit erlebt hatte. Nur in einem Punkte war er ein Kind geblieben: War das, was er gesehen hatte, eine Schlacht? Und war diese Schlacht die von Waterloo?

Zum ersten Male in seinem Leben empfand er Vergnügen beim Lesen; immer hoffte er, in den Zeitungen oder in den Schlachtberichten irgendeine Schilderung zu finden, in der er die Gegend wiedererkannte, die er im Gefolge des Marschalls Ney und später mit dem anderen General durchritten hatte.

Während seiner Rast in Amiens schrieb er fast alle Tage an seine lieben Freunde in der ›Prelle‹. Sobald er hergestellt war, ging er nach Paris, wo er in seinem früheren Hotel zwanzig Briefe von seiner Mutter und seiner Tante vorfand, die ihn inständig baten, so schnell wie möglich heimzukehren. Der letzte Brief der Gräfin Pietranera enthielt eine gewisse rätselhafte Stelle, die ihn stark beunruhigte. Sie vernichtete alle seine zärtlichen Träumereien. Bei Menschen seines Schlages ist ein einziges Wort imstande, sie zum größten Schwarzseher zu machen. Seine rege Phantasie malte sich alsbald ein Unglück mit den gräßlichsten Einzelheiten aus. ›Hüte Dich wohl‹, schrieb die Gräfin, ›die Briefe, in denen Du uns Nachrichten von Dir gibst, mit Deinem Namen zu zeichnen. Auf der Heimreise darfst Du nicht gleich über den Comer See kommen; bleibe zunächst in Lugano auf Schweizer Boden …‹ Er sollte in dieser kleinen Stadt unter dem Namen Cavi rasten; dort würde er im besten Gasthof den Kammerdiener der Gräfin vorfinden, von dem er weitere Verhaltungsmaßregeln erhalte. Seine Tante schloß mit folgenden Worten: ›Mit allen nur möglichen Mitteln verbirg die Torheit, die Du begangen hast. Und trage vor allen Dingen keinerlei bedruckte oder beschriebene Papiere bei Dir. In der Schweiz wirst Du von Freunden der Santa Margherita[10] umringt sein. Sobald ich genug Geld habe, werde ich jemanden nach Genf in das ›Hôtel des Balances‹ schicken, durch den Du Einzelheiten erfahren wirst. Ich kann sie Dir jetzt nicht mitteilen. Du mußt sie aber wissen, ehe Du ankommst. Aber um Gottes willen, verweile keinen Tag länger in Paris! Du würdest dort von unseren Spionen erkannt.‹

Die seltsamsten Bilder spukten in Fabrizzios Kopf, und er war zu jedem anderen Zeitvertreib unfähig, außer zu dem, darüber nachzugrübeln, was seine Tante ihm so Wichtiges mitzuteilen habe.

Auf seiner Fahrt durch Frankreich wurde er zweimal angehalten, aber er wußte sich durchzuschwindeln. Diese Unannehmlichkeiten verdankte er seinem italienischen Paß und seiner sonderbaren Eigenschaft als Barometerhändler, zu der sein jugendliches Gesicht und sein verbundener Arm nicht gerade paßten.

Endlich fand er in Genf einen Mann aus der Dienerschaft der Gräfin, der ihm erzählte, daß er, Fabrizzio, bei der Mailänder Polizei angezeigt sei, und zwar, weil er Napoleon Vorschläge zu einer großen, sich über das ganze ehemalige Königreich Italien erstreckenden Verschwörung überbracht habe. Wozu, hieß es in der Anzeige weiter, habe er sonst auf seiner Reise einen falschen Namen angenommen? Seine Mutter wolle versuchen, den wahren Sachverhalt zu beweisen, das heißt, erstens, daß er niemals die Schweiz verlassen, zweitens, daß er das Schloß urplötzlich nach einem Zwist mit seinem älteren Bruder verlassen habe.

Bei dieser Nachricht überkam Fabrizzio ein stolzes Gefühl. »Ich soll eine Art Gesandter bei Napoleon gewesen sein!« sagte er sich. »Ich soll die Ehre gehabt haben, mit diesem großen Mann zu sprechen! Hätte es Gott so gefallen!« Er erinnerte sich, daß sein Vorfahr in der siebenten Generation, der Enkel jenes Dongo, der im Gefolge Sforzas nach Mailand gekommen war, die Ehre gehabt hatte, von den Feinden des Herzogs erwischt und geköpft zu werden, als er nach der Schweiz ging, um den löblichen Kantonen Vorschläge zu machen und Truppen zu werben. Vor seinem geistigen Auge erschien jener Stich aus der Chronik seiner Familie, der sich auf dieses Geschehnis bezog. Als er

10   Santa Margherita: Silvio Pellico hat diesem Namen europäischen Ruf verliehen; es ist der jener Straße in Mailand, wo sich der Polizeipalast und das Gefängnis befinden. (Stendhal.)

den Kammerdiener ausfragte, merkte er, daß dieser über eine Einzelheit besonders aufgebracht war, die ihm schließlich trotz dem ausdrücklichen und mehrfach eingeschärften Verbote der Gräfin entschlüpfte, nämlich, daß es Ascanio, sein älterer Bruder, gewesen sei, der ihn bei der Mailänder Polizei verleumdet habe. Diese grausame Kunde verursachte bei unserem Helden eine Art Tobsuchtsanfall.

Um von Genf nach Italien zu kommen, muß man über Lausanne. Fabrizzio wäre am liebsten auf der Stelle zu Fuß aufgebrochen und wäre zehn bis zwölf Meilen marschiert, obwohl die Post von Genf nach Lausanne schon in zwei Stunden abfahren mußte. Zu guter Letzt geriet er in einem der traurigen Genfer Kaffeehäuser noch mit einem jungen Menschen in Streit, der ihn, wie er sagte, sonderbar angesehen habe. Und das stimmte durchaus. Der phlegmatische und vernünftige Genfer, der an nichts dachte als an Geld, hielt ihn für verrückt. Beim Eintritt in das Kaffeehaus hatte Fabrizzio wilde Blicke nach allen Seiten geworfen und dann die Tasse Kaffee, die man ihm brachte, über seine Beinkleider verschüttet. Bei dem Wortwechsel entsprach Fabrizzios erste Bewegung ganz dem Cinquecento. Statt den jungen Genfer einfach zu fordern, zog er seinen Dolch und warf sich auf ihn, um ihn zu erstechen. In diesem Augenblick der Leidenschaft vergaß er alles, was er vom Ehrenkodex gelernt hatte, und folgte nur dem Instinkt oder, besser gesagt, den Erinnerungen seiner Kindertage.

Der Vertrauensmann, den er in Lugano traf, schürte seine Wut durch neue Einzelheiten noch mehr. Beliebt, wie Fabrizzio in Grianta war, hätte ohne das liebenswürdige Vorgehen seines Bruders kein Mensch seinen Namen erwähnt. Jedermann hätte getan, als wisse er ihn in Mailand, und nie wäre die Mailänder Polizei auf seine Abwesenheit aufmerksam geworden.

»Zweifellos haben die Zollbeamten Ihren Steckbrief«, sagte der Bote seiner Tante zu ihm, »und wenn Sie auf der Hauptstraße reisen, werden Sie an der Grenze des lombardo-venezianischen Königreichs festgenommen.«

Fabrizzio und seine Leute kannten in den Bergen zwischen Lugano und dem Comer See jeden Weg und Steg.

Sie verkleideten sich als Jäger, das heißt als Schmuggler, und da sie ihrer drei waren und recht energische Mienen zur Schau trugen, begnügten sich die Grenzwächter, die ihnen begegneten, mit einem Gruß. Fabrizzio richtete es so ein, daß er das Schloß erst gegen Mitternacht erreichte. Um diese Stunde waren sein Vater und die gepuderten Bedienten schon lange schlafen gegangen. Mühelos kletterte er in den tiefen Graben und stieg durch ein kleines Kellerfenster in das Schloß, wo er von seiner Mutter und seiner Tante erwartet wurde. Bald kamen seine Schwestern herbeigeeilt. Die Zärtlichkeitsergüsse und Tränen wollten nicht aufhören, und kaum begann man sich vernünftig zu unterhalten, als die ersten Strahlen der Morgensonne diese Menschen, die sich nun nicht mehr für unglücklich hielten, an die Flüchtigkeit der Zeit mahnten.

»Vermutlich hat dein Bruder keine Ahnung von deiner Heimkehr«, sagte die Pietranera zu ihm. »Ich habe seit seiner schönen Tat kein Wort mehr mit ihm gesprochen, wofür mir seine Eigenliebe die Ehre erwiesen hat, beleidigt zu sein. Heute beim Abendessen habe ich geruht, das Wort an ihn zu richten. Ich mußte einen Vorwand finden, um meine tolle Freude zu bemänteln, die ihn hätte argwöhnisch machen können. Als ich dann bemerkte, daß er auf diese scheinbare Aussöhnung ganz stolz war, habe ich mir sein Behagen zunutze gemacht und ihn über die Maßen zum Trinken verleitet. Sicherlich hat er heute nicht daran gedacht, sich auf die Lauer zu legen, um sein Spionieren fortzusetzen.«

»Wir müssen unseren Husaren in deinen Gemächern verbergen«, rief die Marchesa. »Er kann nicht sogleich wieder abreisen. Für den ersten Augenblick sind wir nicht genügend Herr unseres Denkens, und doch handelt es sich darum, die schreckliche Mailänder Polizei auf die beste Art zu beschwichtigen.«

Man befolgte ihren Vorschlag, aber es fiel dem Marchese und seinem ältesten Sohne tags darauf doch auf, daß die Marchesa ununterbrochen im Zimmer ihrer Schwägerin weilte.

Wir wollen uns nicht dabei aufhalten, den zärtlichen Freudenrausch zu schildern, der an diesem Tage jene glücklichen Wesen beseelte. Die italienischen Herzen werden viel mehr als unsere von Argwohn und törichten Gedanken gequält, die ihnen eine feurige Einbildungsgabe heraufbeschwört, dafür aber sind ihre Freuden inniger und währen länger. Jenen ganzen Tag über waren die Gräfin und die Marchesa vollkommen bar aller Vernunft. Sie nötigten Fabrizio, seinen ganzen Bericht noch einmal zum besten zu geben. Schließlich kam man überein, die allgemeine Freude in Mailand weiter zu genießen, da es allzu schwierig dünkte, sie vor den Späheraugen des Marchese und seines Sohnes Ascanio länger zu verbergen.

Man nahm die gewöhnliche Barke des Hauses und fuhr nach Como. Anders zu handeln, hätte tausendfachen Verdacht erweckt. Als sie in Como anlegten, tat die Marchesa so, als ob sie in Grianta Papiere von größter Wichtigkeit vergessen hätte. Schnell schickte sie die Ruderknechte dahin zurück, so daß diese Leute keinerlei Beobachtungen darüber anstellen konnten, auf welche Weise die beiden Damen ihre Zeit in Como verbrachten. Kaum angekommen, mieteten sie auf gut Glück einen Wagen, wie sie an dem bekannten hohen mittelalterlichen Turm über dem Mailänder Tor auf Fahrgäste zu warten pflegen. Unverzüglich fuhr man ab, ohne daß der Kutscher Zeit hatte, mit irgendwem ein Wort zu wechseln. Eine Viertelstunde vor der Stadt begegnete den Damen ein Jäger, den sie kannten und der ihnen, da die Damen keinen männlichen Begleiter hatten, seine Ritterdienste bis an die Tore von Mailand anbot, wohin er einen Jagdausflug machte. Alles ging gut, und die Damen plauderten mit dem jungen Mann auf das vergnügteste, als an einer Biegung der Landstraße um den entzückenden Hügel und das Wäldchen von San Giovanni drei verkleidete Gendarmen den Pferden in die Zügel fielen.

»Ach, mein Mann hat uns verraten!« rief die Marchesa und ward ohnmächtig. Ein Wachtmeister, der ein wenig zurückgeblieben war, trat stolpernd an den Wagenschlag und sagte mit einer Stimme, als ob er aus dem Wirtshaus käme:

»Ich bedaure den Auftrag, den ich zu erfüllen habe, aber ich verhafte Sie, Herr General Fabio Conti!«

Fabrizzio glaubte, der Wachtmeister mache einen schlechten Witz, indem er ihn mit General anredete.

›Das soll dir teuer zu stehen kommen!‹ sagte er sich. Er beobachtete die verkleideten Gendarmen und spähte nach einem günstigen Augenblick, um aus dem Wagen herauszuspringen und sich in die Felder zu retten.

Die Gräfin lächelte keck darauflos und sagte dann zu dem Wachtmeister:

»Bester Herr Wachtmeister, halten Sie diesen sechzehnjährigen Jungen für den General Conti?«

»Sind Sie nicht die Tochter des Generals?« fragte der Wachtmeister.

»Sehen Sie sich meinen Vater an!« scherzte die Gräfin und wies auf Fabrizzio. Die Gendarmen brachen in ein tolles Gelächter aus.

»Zeigen Sie Ihre Pässe vor und reden Sie nicht!« befahl der Wachtmeister, den die allgemeine Heiterkeit ärgerte.

»Die Damen nehmen nie Pässe mit, wenn sie nach Mailand fahren«, sagte der Kutscher mit kalter Philosophenmiene. »Sie kommen von ihrem Schloß Grianta. Das hier ist die Frau Gräfin Pietranera und das die Frau Marchesa del Dongo.«

Gänzlich außer Fassung gebracht, lief der Wachtmeister vor die Pferde des Wagens und beriet sich dort mit seinen Leuten. Diese Beratung dauerte schon reichlich fünf Minuten, als die Gräfin Pietranera die Herren um Erlaubnis bat, daß der Wagen ein paar Schritte weiter in den Schatten fahre. Die Hitze war drückend, obgleich es erst elf Uhr war. Fabrizzio blickte sich sehr aufmerksam um, ob sich nicht ein Weg zur Flucht böte, da sah er auf einem Seitenpfad, der durch die Felder führte, ein junges Mädchen der staubigen Landstraße zuschreiten. Es mochte vierzehn bis fünfzehn Jahre alt sein und weinte ängstlich in das vorgehaltene Taschentuch. Zwei Gendarmen in Uniform begleiteten es; hinterher schritt, ebenfalls zwischen zwei Gendarmen, ein großer, magerer Herr, gravitätisch wie ein hoher Staatsbeamter, der einer Prozession folgt.

»Wo habt ihr denn die erwischt?« rief der in diesem Augenblick gänzlich verwirrte Wachtmeister.

»Sie liefen querfeldein und ohne Paß.«

Der Wachtmeister war sichtlich nahe daran, seinen Verstand zu verlieren; statt der zwei Gefangenen, die er haben sollte, standen fünf vor ihm. Er ging ein paar Schritte seitwärts und ließ nur einen seiner Leute zurück, den Verhafteten mit dem würdevollen Gebaren zu bewachen, dazu einen, um die Pferde am Weiterfahren zu hindern.

»Bleib!« flüsterte die Gräfin Fabrizzio zu, der schon aus dem Wagen gesprungen war. »Es wird sich alles machen.«

Sie hörte einen der Gendarmen rufen: »Ach was! Wenn sie keine Pässe haben, sind sie allemal ein guter Fang!«

Der Wachtmeister schien nicht ganz so entschlossen. Der Name der Gräfin Pietranera verursachte ihm Bedenken. Er kannte den General, wußte aber nicht, daß er gestorben war. ›Der General ist nicht der Mann, der mit sich spaßen läßt, wenn ich seine Frau ohne Grund festnehme‹, sagte er sich.

Während diese Beratung fortdauerte, spann die Gräfin ein Gespräch mit dem jungen Mädchen an, das neben dem Wagen im Straßenstaub stand; seine Schönheit fiel ihr außerordentlich auf.

»Sie werden einen Sonnenstich bekommen, Signorina«, sagte sie, und halb zu dem Gendarmen gewandt, der die Pferde bewachte: »Der brave Soldat wird wohl nichts dagegen haben, wenn Sie in den Wagen steigen.«

Fabrizzio, der um den Wagen herumschlich, sprang schnell herbei, um der jungen Dame beim Einsteigen behilflich zu sein. Sie hatte schon einen Fuß auf den Wagentritt gesetzt, und Fabrizzio stützte ihr den Arm beim Einsteigen, als der große Mann, der sechs Schritt hinter dem Wagen stand, sie mit einer Stimme, die gebieterisch klingen sollte, anbrüllte: »Bleib auf der Straße! Der Wagen gehört uns nicht. Wie kannst du einsteigen?« Fabrizzio hatte diesen Befehl überhört; das junge Mädchen wollte, statt in den Wagen zu steigen, zurücktreten. Als Fabrizzio es weiterhin stützte, fiel es in seine Arme. Er lächelte, und das Mädchen errötete tief. Es löste sich aus seinen Armen, und einen Augenblick sahen sie sich gegenseitig an.

›Das wäre eine reizende Gefängnisgenossin‹, sagte sich Fabrizzio. ›Welche Versonnenheit hinter dieser Stirn! Sie muß zu lieben verstehen!‹

Der Wachtmeister kam gewichtig heran und fragte: »Welche von den Damen heißt Clelia Conti?«

»Ich«, sagte das junge Mädchen.

»Und ich«, setzte der alte Herr hinzu, »bin der General Fabio Conti, Kammerherr Seiner Hoheit des Fürsten von Parma. Ich finde es im höchsten Grade unziemlich, daß ein Mann meines Standes wie ein Dieb behandelt wird.«

»Als Sie sich vorgestern im Hafen von Como einschifften, haben Sie da nicht den Polizeiinspektor, der nach Ihrem Paß fragte, grob abgewiesen? Nun, heute vergilt ers.«

»Mein Boot war schon abgestoßen. Ich hatte Eile. Ein Unwetter war im Anzug. Ein Mann ohne Uniform rief mir vom Staden zu, ich sollte in den Hafen zurückkehren. Ich habe ihm meinen Namen zugerufen und meine Fahrt fortgesetzt.«

»Und diesen Morgen haben Sie sich aus Como gedrückt?«

»Ein Mann wie ich braucht keinen Paß, um von Mailand aus den Comer See zu besuchen. Heute morgen sagte man mir in Como, ich werde am Tor angehalten werden. Ich bin mit meiner Tochter zu Fuß weggegangen, in der Hoffnung, auf der Straße irgendeinen Wagen zu treffen, der uns nach Mailand brächte, wo ich sicherlich meinen ersten Besuch dem Kommandierenden General mache, um mich zu beschweren.«

Der Wachtmeister war zweifellos eine große Sorge los.

»Sehr wohl, Herr General! Sie sind verhaftet und folgen mir nach Mailand! – Und Sie, wer sind Sie?« fragte er Fabrizzio.

»Mein Sohn«, warf die Gräfin rasch ein, »Ascanio, Sohn des Generalleutnants Pietranera.«

»Ohne Paß, Frau Gräfin?« fragte der Wachtmeister sehr höflich.

»In seinem Alter hat er noch nie einen gehabt; er reist niemals allein, sondern stets mit mir.«

Während dieses Gesprächs zeigte sich der General Conti den Gendarmen gegenüber mehr und mehr in seiner Würde gekränkt.

»Kein Wort weiter!« rief einer von ihnen. »Sie sind verhaftet, und damit basta!«

»Danken Sie noch Ihrem Schöpfer«, sagte der Wachtmeister, »daß wir Ihnen erlauben, sich irgendein Bauernpferd zu mieten; andernfalls marschieren Sie trotz Staub und Hitze und trotz Ihrem Range als Kammerherr von Parma ganz einfach zu Fuß zwischen unseren Pferden!« Der General begann zu fluchen.

»Wollt Ihr wohl ruhig sein?« wiederholte der Gendarm. »Ich sehe keine Generalsuniform. Da könnte jeder kommen und sagen, er sei General.«

Der General erboste sich noch mehr. Unterdessen hatten sich die Umstände im Wagen bedeutend gebessert. Die Gräfin behandelte die Gendarmen, als ob sie ihre Dienstboten wären. Sie gab einem einen Taler, er solle aus einem Bauerngut, das man in einer Entfernung von zweihundert Schritt liegen sah, eine Flasche Wein und vor allen Dingen frisches Wasser holen. Es war ihr auch gelungen, Fabrizzio zu beruhigen, der darauf bestanden hatte, sich in das Gehölz auf dem Hügel zu retten. »Ich habe gute Pistolen!« hatte er gesagt. Dann setzte sie bei dem wütenden General durch, daß seine Tochter im Wagen Platz nehmen durfte. Bei dieser Gelegenheit erzählte der General, der gern von sich und seiner Familie sprach, den Damen, daß seine Tochter erst zwölf Jahre alt sei; sie sei am 27. Oktober 1803 geboren, aber alle Welt halte sie für vierzehn oder fünfzehn, so gescheit sei sie.

›Ein ganz gewöhnlicher Mensch!‹ sagten die Augen der Gräfin zur Marchesa. Der Gräfin war es zu danken, daß die Angelegenheit nach einstündiger Verhandlung ins reine kam. Ein Gendarm, der in einem Nachbardorfe zu tun hatte, lieh dem General Conti sein Pferd, nachdem ihm die Gräfin gesagt hatte: »Sie bekommen zehn Franken dafür!«

Der Wachtmeister ritt mit dem General weg; die anderen blieben unter einem Baum in Gemeinschaft mit vier großen Flaschen Wein, die der nach dem Gehöft entsandte Gendarm mit Hilfe eines Bauern herbeigebracht hatte. Keiner dachte mehr daran, den Sohn des braven Generals Grafen Pietranera festzunehmen.

Nach den ersten Augenblicken, die der Höflichkeit und der Erörterung des kleinen Zwischenfalls galten, bemerkte Clelia Conti, mit welchem Anflug von Begeisterung die schöne Gräfin mit Fabrizzio sprach; sicherlich war sie nicht seine Mutter. Ihre Aufmerksamkeit wurde besonders erregt durch wiederholte Anspielungen auf etwas Heldenhaftes, Tollkühnes, im höchsten Grade Gefahrvolles, das vor kurzem stattgefunden haben mußte; aber trotz ihrer Klugheit konnte die junge Clelia nicht erraten, worum es sich handelte.

Mit Verwunderung beobachtete sie den jungen Helden, dessen Augen noch das ganze Feuer der Tat zu sprühen schienen. Er seinerseits war ein wenig betroffen über die seltsame Schönheit des jungen zwölfjährigen Mädchens, das unter seinem Blick errötete.

Eine Wegstunde vor Mailand sagte Fabrizzio, er wolle seinen Onkel besuchen, und verabschiedete sich von den Damen.

»Wenn meine Sache günstig ausläuft«, sagte er zu Clelia, »so werde ich mir die schönen Gemälde in Parma ansehen, und vielleicht haben Sie dann die Gnade, sich meines Namens zu erinnern: Fabrizzio del Dongo.«

»Ausgezeichnet!« sagte die Gräfin. »Du verstehst dein Inkognito zu wahren! Signorina, erinnern Sie sich gütigst, daß dieser Schlingel mein Sohn ist und Pietranera, nicht del Dongo heißt!«

Abends, sehr spät, schlich sich Fabrizzio in Mailand durch die Porta Rense ein, die nach einer beliebten Promenade führt. Die Reise der beiden Diener nach der Schweiz hatte die sehr geringen Ersparnisse der Marchesa und ihrer Schwägerin erschöpft. Zum Glück besaß Fabrizzio noch ein paar Goldstücke und einen Diamanten, den man zu verkaufen beschloß.

Die Damen waren in der ganzen Stadt beliebt und bekannt. Die angesehensten Persönlichkeiten von der österreichischen regierungstreuen Partei verwandten sich zugunsten Fabrizzios beim Baron Binder, dem Polizeidirektor. Sie sagten, sie begriffen nicht, wie man den Streich eines sechzehnjährigen Jungen ernst nehmen könne, der sich mit seinem älteren Bruder zankt und ausreißt.

»Es ist mein Beruf, alles ernst zu nehmen«, antwortete mild der Baron Binder, ein kluger und griesgrämiger Mann. Er richtete damals die berüchtigte Mailänder Polizei ein und hatte sich verpflichtet, einer Revolution vorzubeugen wie der von 1746, die die Österreicher aus Genua verjagt hatte. Die Mailänder Polizei, die seitdem durch die Erlebnisse von Silvio Pellico[11] und Andryane so berühmt geworden ist, war nicht eigentlich grausam. Sie waltete verstandesgemäß und mitleidslos nach strengem Gesetz. Kaiser Franz II. wollte die kühne italienische Phantasie durch Schrecken lähmen.

»Geben Sie mir«, wiederholte der Baron Binder Fabrizzios Gönnern, »einen nachweisbaren Bericht, was der junge Marchesino del Dongo Tag für Tag getan hat. Verfolgen wir ihn vom Augenblick seiner Abreise aus Grianta, vom 8. März, bis zu seiner Ankunft gestern abend hier in der Stadt, wo er sich in der Wohnung seiner Mutter verborgen hält, und ich bin bereit, ihn als den liebenswürdigsten, wenn auch übermütigsten jungen Mann in Mailand zu behandeln. Wenn Sie mir aber den Reiseweg des jungen Mannes seit seiner Abreise aus Grianta nicht Tag für Tag angeben können, ist es dann nicht meine Pflicht, ihn trotz seiner vornehmen Geburt und trotz aller Hochachtung vor den Freunden seiner Familie verhaften zu lassen? Muß ich ihn nicht in Haft behalten, bis er mir den Beweis liefert, daß er Napoleon keine Vorschläge überbracht hat von einigen Unzufriedenen, die in der Lombardei unter den Untertanen Seiner Kaiserlichen und Königlichen Majestät sein können? Beachten Sie fernerhin, meine Herren, wenn es dem jungen del Dongo gelänge, sich in diesem Punkte zu rechtfertigen, so bliebe er immerhin schuldig, ohne vorschriftsmäßig ausge-

---

11 Silvio Pellico (1789-1854), der Dichter der ›Francesca da Rimini‹, einer der Märtyrer des Risorgimentos. Von 1820 bis 1830 war er in Mailand, Venedig und schließlich auf dem berüchtigten Spielberg eingekerkert. Sein berühmtes Buch ›Le mie prigioni‹ (Meine Gefängnisse) ist 1833 erschienen.

stellten Paß ins Ausland gegangen zu sein, mehr noch, unter falschem Namen und indem er sich wissentlich eines Passes bediente, der einem einfachen Handwerker ausgestellt war, also einer Person, die tief unter der Klasse steht, der er angehört.«

Diese erbarmungslos logische Erklärung wurde mit allen Zeichen der Ergebenheit und Hochachtung gegeben, die das Polizeioberhaupt der hohen Stellung der Marchesa del Dongo und den angesehenen Persönlichkeiten schuldete, die gekommen waren, sich für sie ins Mittel zu legen.

Die Marchesa war in Verzweiflung, als sie die Antwort des Barons Binder erfuhr.

»Fabrizzio wird verhaftet werden«, rief sie weinend, »und wenn er einmal im Gefängnis ist, weiß Gott, wann er wieder herauskommt. Sein Vater wird ihn verleugnen.«

Die Pietranera und ihre Schwägerin hielten mit zwei oder drei vertrauten Freunden Rat, und was sie auch sagen mochten, die Marchesa wollte ihren Sohn durchaus sofort abreisen lassen.

»Aber du siehst doch«, sagte die Gräfin zu ihr, »daß der Baron Binder weiß, daß dein Sohn hier ist. Dieser Mann ist keineswegs bösartig.«

»Nein, aber er will sich beim Kaiser Franz beliebt machen.«

»Aber wenn er es für seine Laufbahn nützlich hielte, Fabrizzio ins Gefängnis zu werfen, so wäre er längst drin. Es hieße ihm ein beleidigendes Mißtrauen bezeigen, wenn man ihn flüchten ließe.«

»Aber uns eingestehen, daß er weiß, wo Fabrizzio ist, heißt uns sagen: ›Laßt ihn fliehen!‹ Nein, ich kann nicht aufatmen, solange ich mir wiederholen muß: In einer Viertelstunde kann mein Sohn zwischen vier Kerkermauern sitzen! Wie es auch mit Baron Binders Ehrgeiz stehen mag«, fuhr die Marchesa fort, »es dünkt ihn vorteilhaft für seine persönliche Stellung hierzulande, einem Mann vom Range meines Gatten gegenüber Zurückhaltung zur Schau zu tragen, und ich sehe den Beweis dafür in dieser sonderbaren Offenherzigkeit, mit der er bekennt, er wisse, wo mein Sohn zu fassen sei. Noch mehr: der Baron erläutert freundlichst die beiden Übertretungen, deren Fabrizzio durch die Anzeige seines würdelosen Bruders beschuldigt ist. Er weist darauf hin, daß beide Übertretungen Gefängnisstrafen nach sich ziehen. Heißt das alles nicht: Wenn wir die Verbannung vorziehen, so steht die Wahl bei uns?«

»Wenn du die Verbannung wählst«, wiederholte die Gräfin immer wieder, »werden wir ihn im Leben nicht wiedersehen.«

Fabrizzio war bei der ganzen Unterhaltung zugegen, ebenso ein alter Freund der Marchesa, jetzt Rat an dem von den Österreichern eingesetzten Gerichtshof. Fabrizzio war durchaus dafür, sich aus dem Staube zu machen; und in der Tat verließ er am Abend den Palast, in dem Wagen versteckt, mit dem seine Mutter und seine Tante zur Scala fuhren. Der Kutscher, dem man mißtraute, kehrte wie gewöhnlich in einem Wirtshaus ein, und während der Diener, ein zuverlässiger Mann, die Pferde bewachte, schlüpfte Fabrizzio, als Bauer verkleidet, aus dem Wagen und verließ die Stadt. Am nächsten Morgen kam er mit gleichem Glück über die Grenze, und einige Stunden später war er auf einem Landgut, das seine Mutter in Piemont besaß. Es lag nahe bei Novara, genauer bei Romagnano, wo Bayard gefallen ist.

Man kann sich denken, mit welcher Aufmerksamkeit die Damen in ihrer Loge in der Scala der Oper zuhörten. Sie waren nur hingegangen, um einige Freunde befragen zu können, die zur liberalen Partei gehörten und deren Erscheinen im Palazzo del Dongo von der Polizei übel gedeutet werden konnte. In der Loge wurde beschlossen, einen neuen Schritt beim Baron Binder zu unternehmen. Jenem hohen Beamten, einem durchaus ehrenhaften Manne, Geld zu bieten, war ausgeschlossen, zumal die Damen äußerst arm waren; sie hatten Fabrizzio genötigt, alles mitzunehmen, was aus dem Erlös des Diamanten übrig geblieben war.

Es war jedenfalls sehr wichtig, das letzte Wort des Barons zu wissen. Die Freunde der Gräfin erinnerten sie an einen gewissen Kanonikus Borda, einen äußerst liebenswürdigen jungen Mann, der ihr früher den Hof hatte machen wollen, und zwar auf ziemlich häßliche Weise. Da er nichts erreichen konnte, hatte er dem General Pietranera ihre Freundschaft mit Limercati hinterbracht, worauf er als Schurke zum Teufel gejagt wurde. Nun spielte dieser Kanonikus allabendlich eine Partie Tarock mit der Baronin Binder und war natürlich der vertraute Freund des Gatten. Die Gräfin entschloß sich zu dem fürchterlich peinlichen Schritt, dem Kanonikus einen Besuch zu machen; und am folgenden Morgen ließ sie sich bei ihm zu früher Stunde, bevor er ausging, melden.

Als der einzige Diener dem Kanonikus den Namen der Gräfin Pietranera meldete, wurde er so erregt, daß er fast nicht sprechen konnte; er vergaß sogar, seinen sehr einfachen Morgenanzug etwas zu ordnen.

»Führen Sie die Dame herein und gehen Sie!« sagte er mit erstickter Stimme.

Die Gräfin trat ein. Borda warf sich auf die Kniee.

»Nur in dieser Stellung darf ein unglücklicher Tor Ihre Befehle entgegennehmen!« sagte er zur Gräfin, die an jenem Morgen in ihrem leichten Kleid, ein wenig vermummt, von unwiderstehlichem Reiz war. Ihr tiefer Schmerz über Fabrizzios Verbannung, der starke Wille, mit dem sie sich überwand, einen Mann aufzusuchen, der sich ihr gegenüber heimtückisch benommen hatte, – alles wirkte zusammen, ihrem Blick einen unbeschreiblichen Glanz zu geben.

»Nur in dieser Stellung will ich Ihre Befehle entgegennehmen«, rief der Kanonikus, »denn offenbar wollen Sie mich um einen Dienst bitten, sonst hätten Sie das armselige Haus eines unglücklichen Narren nie mit Ihrer Gegenwart beehrt. Ich habe damals, verleitet von Liebe und Eifersucht, gemein gegen Sie gehandelt, als ich sah, daß ich Ihnen nicht zu gefallen vermochte.«

Diese Worte waren aufrichtig und um so edler, als der Kanonikus sich jetzt großer Macht erfreute. Die Gräfin war darüber bis zu Tränen gerührt. Demütigung und Angst hatten ihre Seele erstarrt; im Nu vertrieben Rührung und leise Hoffnung diese Empfindungen. Aus einem tief unglücklichen Zustand geriet sie blitzschnell beinahe ins Glück.

»Küsse mir die Hand«, sagte sie zum Kanonikus, indem sie ihm die Rechte reichte, »und steh auf!« (Man muß wissen, daß das Duzen in Italien ebenso offene und ehrliche Freundschaft wie ein zärtlicheres Gefühl bedeutet.) »Ich wollte dich bitten, dich für meinen Neffen Fabrizzio einzusetzen. Was du hörst, ist die reine Wahrheit, wie man sie einem alten Freunde sagt. Er ist sechzehn und ein halbes Jahr alt und hat soeben eine großartige Tat begangen. Wir waren im Schlosse Grianta am Comer See. Eines Abends um sieben Uhr erfahren wir durch eine Barke von Como die Landung des Kaisers im Golf von Juan. Am anderen Morgen schmuggelt sich Fabrizzio nach Frankreich hinüber, mit dem Paß eines seiner Freunde aus dem Volke, eines Barometerhändlers, namens Vasi. Da er nicht gerade wie ein Hausierer aussieht, ist er keine zehn Meilen drinnen in Frankreich, als man ihn bereits einsperrt; seine überschwenglichen Schwärmereien in schlechtem Französisch hatten Verdacht erweckt. Nach geraumer Zeit ist er wieder entwischt und nach Genf geflohen. Wir haben ihn in Lugano abholen lassen ...«

»Das heißt in Genf«, unterbrach sie der Kanonikus lächelnd.

Die Gräfin führte ihre Erzählung zu Ende.

»Ich werde das Menschenmögliche für Sie tun«, erwiderte der Kanonikus herzlich. »Ich stehe Ihnen ganz zu Diensten. Ich will sogar Unvorsichtigkeiten begehen«, fügte er hinzu. »Sagen Sie mir, was ich zu tun habe in dem Augenblick, da dieses ärmliche Zimmer wieder leer ist von der himmlischen Erscheinung, die in der Geschichte meines Daseins ein großes Erlebnis bedeutet!«

»Sie müssen zum Baron Binder gehen und ihm sagen, daß Sie Fabrizzio von der Wiege an liebten, daß Sie zur Zeit seiner Geburt in unserem Hause verkehrt hätten. Bitten Sie ihn, er möge aus Freundschaft für Sie alle seine Spione in Bewegung setzen, um klarzustellen, ob Fabrizzio vor seiner Abreise nach der Schweiz irgendwie in Verbindung mit einem jener Liberalen gestanden hat, die er überwachen läßt. Wenn der Baron nur im geringsten gut bedient wird, so muß er sehen, daß es sich hier lediglich um eine echte Jugendeselei handelt. Wie Sie wissen, hatte ich in meiner schönen Wohnung im Palazzo Dugnani Stiche von den siegreichen Schlachten Napoleons. An den Unterschriften dieser Stiche hat mein Neffe das Lesen gelernt. Von seinem fünften Jahre an wurden ihm von meinem armen Mann jene Siege erklärt. Wir setzten ihm den Helm meines Mannes auf, und der Junge schleppte seinen langen Säbel. Dann, eines schönen Tages, erfährt er, daß der Abgott meines Mannes, daß der Kaiser nach Frankreich zurückgekehrt ist. Er will zu ihm in seiner jugendlichen Unbesonnenheit, aber es gelingt ihm nicht. Fragen Sie Ihren Baron, mit welcher Strafe diese Torheit gesühnt werden soll!«

»Ich habe etwas vergessen«, rief der Kanonikus. »Sie werden sehen, daß ich der Verzeihung, die Sie mir gewähren, nicht unwürdig bin. Hier«, sagte er, unter seinen Akten auf dem Schreibtisch suchend, »sehen Sie, ist die Denunziation jenes niederträchtigen Heuchlers, unterzeichnet mit Ascanio Valserra del Dongo. Damit hat die ganze Geschichte angefangen. Ich habe das Aktenstück gestern abend im Polizeiamt an mich genommen und bin in die Scala gegangen, in der Hoffnung, irgendeinem Freund Ihrer Loge zu begegnen, durch den ich es Ihnen hätte zustellen können. Eine Abschrift dieses Schreibens befindet sich schon längst in Wien. Da haben Sie den Feind, den wir bekämpfen müssen!«

Der Kanonikus las die Anzeige zusammen mit der Gräfin durch, und man kam überein, daß ihr im Laufe des Tages durch eine sichere Person eine Abschrift davon zugehen sollte. Voller Freude kehrte die Gräfin in den Palazzo del Dongo zurück.

»Unmöglich kann man mehr galantuomo sein als dieser ehemalige Bösewicht«, berichtete sie der Marchesa. »Wir werden heute abend in der Scala, wenn die Theateruhr drei Viertel elf zeigt, jedermann aus unserer Loge hinausschicken, die Lichter auslöschen und die Tür schließen. Um elf Uhr will der Kanonikus persönlich kommen und uns mitteilen, was er hat tun können. Auf diese Weise ist die Geschichte am wenigsten gefährlich für ihn.«

Der Kanonikus war kein Dummkopf. Er hütete sich, das Stelldichein zu versäumen, und benahm sich dabei so vollendet liebenswürdig und wirklich offenherzig, wie man das nur in einem Lande findet, wo die Eitelkeit nicht der Gefühle höchstes ist. Daß er die Gräfin ihrem Manne, dem General Piettanera, verraten, hatte ihn beständig gepeinigt, und hier bot sich ein Mittel, es wieder gut zu machen.

Er war von seiner Leidenschaft noch keineswegs geheilt; am Vormittag, als die Gräfin ihn verlassen, hatte er sich voll Bitternis gesagt: ›Sie hat mit ihrem Neffen ein Liebesverhältnis. Wie käme diese stolze Frau sonst in mein Haus? Beim Tode des armen Pietranera hat sie voller Abscheu meine Dienste zurückgewiesen, so höflich ich sie ihr durch den damaligen Oberst Scotti, einen früheren Verehrer von ihr, anbieten ließ. Die schöne Pietranera und mit fünfzehnhundert Franken auskommen!‹ sagte der Kanonikus, erregt auf und ab gehend. ›Und dann im Schloß Grianta mit einem abscheulichen Griesgram, diesem Marchese del Dongo, zusammen hausen! Jetzt wird mir alles klar! Warum auch nicht? Dieser junge Fabrizzio ist voll Geist und Anmut, groß, wohlgebaut, immer heiter, und mehr noch‹, fuhr er bitter fort, ›in seinen Augen liegt süße Wollust. Er hat ein Correggio- Gesicht. Und der Unterschied im Alter ist nicht zu groß. Fabrizzio ist nach dem Einmarsch der Franzosen geboren, um 1798, wenn ich mich nicht irre. Die Gräfin mag sieben- oder achtundzwanzig sein. Hübscher, anbetungswürdiger zu sein, ist unmöglich. In diesem schönheitsreichen Lande kommt ihr keine gleich; die Marini, die Gherardi, die Ruga, die Arese, die Pietragrua, keine; sie überragt alle diese Frauen. Sie lebten in glücklicher Verborgenheit am schönen Comer See, als der junge Mann zu Napoleon wollte. Es gibt doch noch große Seelen in Italien, man mag sie noch so unterdrücken! Teures Vaterland!‹

›Nein‹, fuhr dieses vor Eifersucht flammende Herz fort, ›anders läßt sich ihr entsagungsvolles Stilleben auf dem Lande unmöglich erklären. Tag für Tag, Mahlzeit für Mahlzeit das scheußliche Gesicht des Marchese del Dongo und dazu die niederträchtige Heuchlerfratze des Marchesino Ascanio, die noch schlimmer ist als die des Alten! Trotz alledem, ich will ihr offen und ehrlich dienen! Zum mindesten habe ich das Vergnügen, sie nicht mehr nur durch mein Opernglas zu sehen.‹

In der Scala legte der Kanonikus den Damen die Sachlage klar und deutlich auseinander. Im Grunde war Binder gar nicht ungünstig gesinnt. Es war ihm recht lieb, daß sich Fabrizzio aus dem Staube gemacht hatte, ehe der Haftbefehl aus Wien eingegangen war. Aber er konnte nichts Entscheidendes in der Sache tun; wie in allen anderen Angelegenheiten wartete er auf Befehle von oben. Täglich schickte er genaue Abschriften aller Ermittlungen nach Wien; im übrigen wartete er ab.

Er verlangte aber: erstens, daß Fabrizzio in seiner Verbannung in Romagnano alle Tage in die Messe gehe, daß er einen geistvollen, monarchisch gesinnten Beichtvater nähme und ihm nur ganz harmlose Dinge beichte; zweitens, daß er mit niemandem verkehre, der als aufgeklärter Mensch galt, und immer nur mit Abscheu von revolutionären Dingen wie von etwas streng Verpöntem spräche; drittens, daß er sich in keinem Kaffeehaus blicken ließe und nie andere Zeitungen als die Amtsblätter von Turin und Mailand läse, im allgemeinen eine Abneigung gegen jede Lektüre zur Schau trüge, insbesondere nichts läse, was nach 1720 gedruckt sei, die Romane von Walter Scott allenfalls ausgenommen.

Diesen Bedingungen fügte der Kanonikus ein wenig boshaft als vierte hinzu, er müsse vor allen Dingen irgendeiner hübschen Dame des Landes, selbstverständlich aus der vornehmen Gesellschaft, offenkundig den Hof machen. Damit werde er beweisen, daß er nicht den finsteren, unzufriedenen Geist eines angehenden Verschwörers habe.

Vor dem Zubettgehen schrieben die Gräfin und die Marchesa zwei endlose Briefe an Fabrizzio, in denen sie ihm in reizendster Besorgnis die Ratschläge, die Borda gegeben hatte, darlegten.

Fabrizzio hatte ganz und gar keine Neigung zu Verschwörungen. Er liebte Napoleon, hielt sich in seiner Eigenschaft als Edelmann für ein bevorzugtes Wesen und fand das Bürgertum lächerlich. Seit seiner Schulzeit hatte er nie ein Buch in die Hand genommen, und auch da hatte er keine anderen Bücher gelesen als solche, die von Jesuiten zurechtgestutzt waren. Er nahm seinen Wohnsitz in einem prächtigen Landschloß unweit Romagnanos, einem Meisterwerk des berühmten Baukünstlers San Micheli[12]. Da es seit dreißig Jahren unbewohnt war, regnete es in alle Zimmer hinein, und kein Fenster schloß ordentlich. Er beschlagnahmte die Pferde des Verwalters und ritt sie früh wie abends. Er war wortkarg und nachdenklich. Der Rat, sich eine Geliebte aus der staatsgetreuen Gesellschaft zu wählen, erschien ihm spaßig, aber er befolgte ihn buchstäblich. Zum Beichtvater nahm er einen ränkesüchtigen jungen Priester, der Bischof werden wollte (wie der Beichtvater vom Spielberg[13]). Mitunter legte er drei Meilen zu Fuß zurück und hüllte sich in ein Geheimnis, das er undurchdringbar wähnte, um den ›Constitutionnel‹ zu lesen, den er erhaben fand. ›Das ist ebenso schön wie Alfieri und Dante!‹ rief er oftmals aus. Darin hatte Fabrizzio eine Ähnlichkeit mit den jungen Franzosen, die sich viel angelegentlicher mit ihren Pferden und ihren Zeitungen beschäftigen als mit einer ihnen treuen Geliebten. Jedoch war in seiner unverdorbenen und starken Seele noch kein Raum zur Nachäfferei der anderen, und er gewann keine Freunde in der Gesellschaft des Städtchens

12   San Micheli: Michele San Micheli (1484-1559), dessen Hauptwerke man in Venedig sieht. Beyle hat hier vermutlich die berühmte Villa Soranza bei Castelfranco (in der Lombardei) im Sinne, die Vasari geschildert hat. Bei Romagnano findet sich kein Bau San Michelis.

13   Spielberg: Die merkwürdigen Memoiren von Andryane, die spannend sind wie ein Roman und von bleibendem Wert wie Tacitus. (Stendhal.) Alexandre Andryanes ›Denkwürdigkeiten‹ sind 1837 erschienen. Der Spielberg ist das berüchtigte österreichische Gefängnis, wo die Vorkämpfer der Freiheit Italiens jahrzehntelang eingekerkert waren. Für den General (1812 Marschall) Gouvion-Saint-Cyr (1764-1830) hat Stendhal eine Vorliebe. Er nennt ihn öfters in seinen Büchern. Vergleiche auch seine Erwähnung im Briefe an Balzac.

Romagnano. Seine Schlichtheit galt für Hochmut; man wußte mit diesem Sonderling nichts anzufangen. »Er ist mißvergnügt, weil er nicht der Erstgeborene seines Hauses ist«, meinte der Pfarrer.

6.

Wir wollen freimütig gestehen, daß die Eifersucht des Kanonikus Borda nicht ganz grundlos war. Nach seiner Heimkehr aus Frankreich erschien Fabrizzio der Gräfin Pietranera wie ein schöner Fremdling, den sie früher einmal gut gekannt hatte. Hätte er Liebesworte gesprochen, dann hätte sie ihn wiedergeliebt, zumal sie für sein Verhalten und für seine Art eine leidenschaftliche, ja grenzenlose Bewunderung hegte. Aber Fabrizzio umarmte sie in so ungemein harmloser Dankbarkeit und unbefangener Zuneigung, daß sie sich vor sich selber geschämt hätte, wenn sie hinter dieser geradezu kindlichen Freundschaft ein anderes Gefühl gesucht hätte. ›Im Grunde‹, sagte sich die Gräfin, ›mögen mich etliche Freunde, die mich vor sechs Jahren am Hofe des Fürsten Eugen gekannt haben, noch hübsch und sogar noch jung finden, doch für ihn bin ich die achtbare Tante und ohne jegliche Schonung meiner Eigenliebe muß ich es wohl sagen – ein Frau von Jahren.‹ Die Gräfin täuschte sich in der Beurteilung des Alters, das sie erreicht hatte, aber nicht in der Weise alltäglicher Frauen. ›In seinen Jahren‹, fügte sie hinzu, ›sieht man die Spuren der Zeit übertriebener, als sie wirklich sind; ein Mann von reiferer Lebenserfahrung hingegen …‹

Die Gräfin war in ihrem Salon auf und ab gegangen, dann blieb sie vor einem Spiegel stehen und lächelte. Man muß wissen, daß das Herz der Gräfin Pietranera seit ein paar Monaten durch eine seltsame Persönlichkeit ernstlich bestürmt wurde. Kurze Zeit nach Fabrizzios Abreise nach Frankreich war die Gräfin in tiefe Schwermut verfallen. Ohne daß sie es sich recht gestand, hatte sie sich viel mit ihm zu beschäftigen begonnen. Alles, was sie tat, erschien ihr reizlos und, wenn man so sagen darf, ohne Saft und Kraft. Sie glaubte, Napoleon, der seine italienischen Untertanen an sich fesseln wollte, werde Fabrizzio in seine persönliche Umgebung nehmen.

»Er ist für mich verloren!« rief sie weinend. »Nie werde ich ihn wiedersehen! Er wird mir Briefe schreiben, aber was bin ich ihm in zehn Jahren?«

In dieser Gemütsverfassung unternahm sie eine Reise nach Mailand; sie hoffte, dort genauere Nachrichten über Napoleon und, wer weiß, vielleicht auch auf Umwegen über Fabrizzio zu erhalten. Ihre tatenlustige Seele war des eintönigen Daseins, das sie auf dem Lande führte, bereits überdrüssig. ›Das ist tödliche Langweile, aber kein Leben!‹ sagte sie sich. Tag für Tag sah sie dieselben gepuderten Köpfe, den Bruder, den Neffen Ascanio und deren Kammerdiener! Was waren die Spaziergänge am See ohne Fabrizzio? Ihr einziger Trost lag in ihrer innigen Freundschaft mit der Marchesa. Aber seit einiger Zeit begann ihr diese Freundschaft zur Mutter Fabrizzios, die älter als sie war und vom Leben nichts mehr erwartete, nicht mehr so viel Freude zu machen.

Seit Fabrizzios Abreise war die Gräfin Pietranera in dieser sonderbaren Stimmung. Von der Zukunft erhoffte sie nicht viel; ihr Herz bedurfte des Trostes und neuer Anregung. Nach Mailand zurückgekehrt, fand sie ein leidenschaftliches Vergnügen an der neueren Oper; stundenlang schloß sie sich einsam in die Loge des Generals Scotti, ihres alten Freundes, ein. Die Menschen, deren Gesellschaft sie aufsuchte, um Nachrichten über Napoleon und seine Armee zu erfahren, kamen ihr gewöhnlich und grob vor. Zu Hause improvisierte sie dann auf ihrem Klavier bis drei Uhr morgens.

Eines Abends wurde ihr in der Loge einer ihrer Freundinnen, wo sie Neuigkeiten aus Frankreich einholen wollte, der Graf Mosca, Minister von Parma, vorgestellt, ein Weltmann, der über Frankreich und Napoleon in einer Weise plauderte, die ihrem Herzen neuen Stoff zu Hoffnungen und Befürchtungen gab. Am Abend darauf suchte sie diese Loge wieder auf. Der geistvolle Mann war ebenfalls da, und während der ganzen Vorstellung unterhielt sie sich mit ihm auf das beste. Seit Fabrizzios Weggang hatte sie noch keinen Abend so angenehm verlebt.

Der Mann, der sie zu unterhalten verstand, der Graf Mosca della Rovere Sorezana, war damals Kriegs-, Polizei- und Finanzminister jenes berüchtigten Fürsten von Parma, Ernsts IV., berüchtigt wegen seiner Strenge, die von den Liberalen von Mailand als Grausamkeit bezeichnet wurde. Mosca mochte vierzig bis fünfundvierzig Jahre zählen. Er hatte ausgeprägte Züge, war aber nicht im geringsten wichtigtuerisch, sondern schlicht und heiter. Man war sofort von ihm eingenommen. Er wäre noch recht annehmbar gewesen, wenn er nicht einer Laune seines Fürsten zuliebe das Haar gepudert getragen hätte, gleichsam als Beweis treuer politischer Gesinnung. Da man in Italien wenig fürchtet, die Eitelkeit zu verletzen, so gelangt man sehr schnell zu einem vertraulichen Ton und zu persönlichen Bemerkungen. Der Fehler an dieser Art des Verkehrs ist der, daß man auf immer bricht, wenn man etwas übel genommen hat.

»Warum tragen Sie eigentlich das Haar gepudert, Graf?« fragte die Pietranera, als sie sich zum dritten Male sahen. »Puder! Ein Mann wie Sie, liebenswürdig, noch jung, der den Feldzug in Spanien mitgemacht hat, auf unserer Seite!«

»Ja, das kommt daher, daß ich in Spanien nichts gestohlen habe und doch leben muß! Ich war vernarrt in den Ruhm. Ein Lob des französischen Generals Gouvion-Saint-Cyr, unseres Oberbefehlshabers, war mir damals alles. Beim Sturze Napoleons stellte es sich heraus, daß ich in seinen Diensten mein Vermögen aufgezehrt hatte, während mein Vater, der mich schon als General sah, mir in Parma bereits einen Palast gebaut hatte. So hatte ich im Jahre 1813 als ganzen Besitz ein halbfertiges Riesenhaus und eine Pension ...«

»Eine Pension, dreitausendfünfhundert Franken, wie mein Mann!«

»Der Graf Pietranera war Divisionskommandeur. Meine Pension als armseliger Schwadronschef beträgt nur achthundert Franken und wird mir übrigens erst ausgezahlt, seitdem ich Finanzminister bin.«

Da sonst niemand in der Loge war als ihre Besitzerin, eine Dame mit ausgesprochen liberalen Ansichten, so spann sich das Gespräch in gleicher Freimütigkeit weiter. Der Graf Mosca erzählte auf Befragen von seiner Lebensweise in Parma.

»In Spanien unter Saint-Cyr stellte ich mich in den Kugelregen für das Kreuz der Ehrenlegion und ein wenig Ruhmesglanz. Jetzt ziehe ich mich wie ein Hanswurst an, um ein behagliches Leben zu führen und ein paar tausend Franken zu erhäschen. Ich hatte mich nun einmal in diese Art Schachspiel eingelassen, ärgerte mich über die Unverschämtheit meiner Vorgesetzten und nahm mir vor, hochzukommen. Ich habe es erreicht. Aber meine glücklichsten Tage sind immer die, die ich von Zeit zu Zeit in Mailand verbringe. Hier, meine ich, schlägt noch das Herz euerer Italien-Armee!«

Die Offenheit, die disinvoltura, mit der dieser Minister eines allgemein gefürchteten Fürsten plauderte, reizte die Neugier der Gräfin.
Seinem Titel gemäß hatte sie einen kleinlichen Wichtigmacher in ihm
erwartet; sie fand einen Mann, der sich der Würde seiner Stellung
schämte. Mosca hatte versprochen, ihr alle Neuigkeiten über Frankreich, die er auftreiben könne, zu bringen. Das war in Mailand einen
Monat vor der Schlacht von Waterloo eine große Indiskretion. Es
handelte sich um das Sein oder Nichtsein Italiens; alle Welt war im
Fieber der Angst oder der Hoffnung. Mitten in diesem allgemeinen
Wirrwarr zog die Gräfin Erkundigungen über den Mann ein, der so
leichtsinnig über eine vielbeneidete Stellung sprach, die obendrein
seine einzige Hilfsquelle war.

Man hinterbrachte der Gräfin Pietranera seltsame, spannende und
widerspruchsvolle Dinge. Der Graf Mosca della Rovere Sorezana, berichtete man ihr, stehe auf dem Punkte, Premierminister und erster
Günstling von Ernesto Ranuccio IV. zu werden, dem Autokraten von
Parma, einem der reichsten Fürsten Europas. Der Graf hätte diesen
höchsten Posten längst erreicht, wenn er sich standesbewußter benommen hätte. Öfters habe ihm der Fürst über diesen Punkt höchstselbst
den Text gelesen. »Was kümmert Eure Hoheit meine Lebensart«, solle
er freimütig geantwortet haben, »wenn ich Allerhöchstdero Angelegenheiten gut erledige?« Das Glück dieses Günstlings, fügte man hinzu,
sei nicht ohne Dornen. Er habe sich die Gunst eines Landesherrn zu
erhalten, der zweifellos klug und geistreich sei, seit seiner Thronbestei-
gung aber sichtlich den Kopf verloren habe und ein wahrhaft weibi-
sches Mißtrauen hege.

Ernst IV. war nur im Kriege ein Held. Auf den Schlachtfeldern
hatte man ihn als braven General ein dutzendmal die Kolonnen zum
Sturm führen sehen, doch als er nach dem Tod seines Vaters Ernst
III. in seine Lande heimkehrte, wo ihm unglücklicherweise unumschränkte Herrschergewalt zuteil geworden, begann er gegen die Liberalen und die Freiheit wie toll vorzugehen. Sehr bald bildete er sich
ein, man hasse ihn. Zu guter Letzt ließ er in einer Anwandlung von
schlechter Laune zwei Liberale hängen, die wahrscheinlich nicht viel
verbrochen hatten. Ein gewisser Rassi, sozusagen sein Justizminister,
ein elender Kerl, hatte ihn dazu verleitet.

Seit dieser verhängnisvollen Stunde ist das Leben des Fürsten von
Grund aus verändert. Der sonderbarste Argwohn peinigt ihn. Er ist

noch keine fünfzig, aber die Angst hat ihn so arg ausgemergelt, wenn man sich dieses Ausdrucks bedienen darf, daß sein Gesicht das Aussehen eines Achtzigjährigen annimmt, wenn er von Jakobinern und Pariser Revolutionsideen spricht. Er fürchtet sich wie ein kleines Kind vor dem Zauberer aus dem Märchen. Dieser Furcht seines Gebieters verdankt sein Günstling Rassi, der Großfiskal (Oberrichter), seinen Einfluß, und sobald er den irgendwie gefährdet wähnt, entdeckt er schleunigst eine neue Verschwörung der schlimmsten und abenteuerlichsten Art. Dreißig Unvorsichtige haben sich zusammengetan und auf ein Exemplar des ›Constitutionnel‹ abonniert; sogleich erklärt Rassi sie für Verschwörer und läßt sie in die berüchtigte Zitadelle von Parma, den Schrecken der ganzen Lombardei, einkerkern. Da sie sehr hoch gelegen ist, angeblich hundertundachtzig Fuß, so sieht man sie schon aus weiter Ferne über der ungeheueren Ebene. Das Äußere dieses Gefängnisses und die gräßlichen Dinge, die man sich von ihm erzählt, machen es zur gefürchteten Tyrannin der lombardischen Ebene, die sich von Mailand bis Bologna ausdehnt.

»Sie werden es kaum glauben«, erzählte ein anderer Reisender der Gräfin, »Ernst IV. zittert nachts im dritten Stock seines Palastes, obwohl dieser von achtzig Posten bewacht wird, die alle Viertelstunden laut brüllen müssen. Sämtliche Türen sind zehnfach verschlossen, und die angrenzenden Zimmer über und unter den seinen sind wegen seiner Jakobinerangst voller Soldaten. Wenn das Parkett knarrt, so greift er nach seinen Pistolen, im Wahn, ein Liberaler stecke unter seinem Bett. Sogleich werden alle Klingeln im Schloß in Bewegung gesetzt, und ein Adjutant weckt eiligst den Grafen Mosca. Im Schloß angelangt, hütet sich der Polizeiminister, die Verschwörung zu leugnen, im Gegenteil. Allein mit dem Fürsten und bis an die Zähne bewaffnet, durchsucht er alle Winkel der Gemächer, sieht unter die Betten, mit einem Wort, er unterzieht sich einer Menge lächerlicher Handlungen, die eines alten Weibes würdig wären. Alle diese Sicherheitsmaßregeln wären dem Fürsten in den schönen Zeiten, als er im Kriege war und nur den Massenmord auf dem Gewissen hatte, selber demütigend erschienen. Als kluger Mann schämt er sich dieser Vorkehrungen; sie dünken ihn lächerlich, selbst im Augenblick, da er ihnen verfallen ist; und die unbegrenzte Macht des Grafen liegt darin, daß er seine ganze Gewandtheit aufbietet, damit der Fürst in seiner Gegenwart niemals zu erröten braucht. Mosca besteht in seiner Eigenschaft als Polizeiminister selbst darauf, unter alle Möbel und, wie man in Parma sagt, sogar in die Geigenkästen hineinzugucken. Dann ist es der Fürst, der sich dem widersetzt und seinen Minister wegen seiner übertriebenen Genauigkeit auslacht. »Das muß sein!« antwortet der Graf Mosca. »Hoheit wollen an die Spottgedichte denken, mit denen uns die Jakobiner überschütten würden, wenn wir Serenissimus ermorden ließen. Wir schützen nicht nur Allerhöchstdero Leben, wir schützen unsere Ehre!« Aber der Fürst ist offenbar nur halb überzeugt, denn sobald irgendwer in der Stadt sich untersteht zu sagen, man habe gestern im Schloß eine schlaflose Nacht verbracht, läßt der Oberrichter Rassi das Schandmaul in die Zitadelle sperren, und ist der Verbrecher einmal in dieser höheren Wohnung, in guter Luft, wie man in Parma zu sagen pflegt, so müßte ein Wunder geschehen, wenn man sich je des Eingelochten wieder erinnerte. Weil der Fürst Soldat ist und sich in Spanien soundsovielmal mit der Pistole in der Hand bei Überfällen durchgeschlagen hat, schätzt er Mosca mehr als Rassi, der geschmeidiger und gewöhnlicher ist. Die unglücklichen Gefangenen in der Zitadelle werden in strenger Abgeschlossenheit gehalten, und man erfindet auf ihre Unkosten Mordsgeschichten. Die Liberalen behaupten, auf Rassis Weisung hätten die Gefängniswärter und Beichtväter Befehl, ihnen einzureden, daß ungefähr jeden Monat einer von ihnen hingerichtet werde. An solchen Tagen erhalten die Gefangenen die Erlaubnis, die Plattform des mächtigen Turmes zu betreten, die hundertundachtzig Fuß über der Ebene liegt, und von da zuzuschauen, wie ein Zug dahinwallt, bei dem ein Spitzel die Rolle eines zur Richtstätte schreitenden armen Sünders spielt.«

Solche und andere Geschichten von derselben Art und nicht geringerer Glaubwürdigkeit machten auf die Gräfin Pietranera lebhaften Eindruck. Tags darauf bat sie den Grafen Mosca um nähere Angaben und machte ihre Scherze darüber. Sie fand ihn unterhaltsam und verzieh ihm, daß er im Grund und ohne es selber zu wissen, ein Ungeheuer war.

Eines Tages sagte der Graf, als er in seinen Gasthof heimkam: »Die Gräfin Pietranera ist nicht nur eine reizende Frau, sie bringt es sogar zuwege, daß ich an den Abenden, da ich in ihrer Loge bin, gewisse Dinge von Parma vergesse, deren Erinnerung mir einen Stich ins Herz versetzt.« Der Minister hatte trotz seiner leichten Art und seinen glänzenden Umgangsformen keine französische Seele; er konnte seine

Sorgen nicht vergessen. Wenn sein Pfühl einen Dorn barg, mußte er ihm die Spitze abbrechen, und wenn er sich dabei noch so weh tat. Ich bitte um Entschuldigung für diese Wendung aus dem Italienischen.

Der Tag nach jener Entdeckung kam dem Grafen, obwohl er in Mailand allerlei Geschäfte hatte, endlos lang vor. An keinem Ort hielt er es lange aus; kein Wagen fuhr ihm schnell genug. Gegen sechs Uhr nahm er sich ein Reitpferd und ritt über den Korso, in der schwachen Hoffnung, der Pietranera zu begegnen. Da er sie dort nicht erblickte, fiel ihm ein, daß die Scala um acht Uhr geöffnet wurde. Er ging hin, fand aber in dem Riesensaal keine zehn Personen. Er schämte sich gewissermaßen, daß er da war. ›Ist es möglich‹, sagte er sich, ›daß ich mit meinen fünfundvierzig Jahren Torheiten begehe, über die ein junger Leutnant errötet? Zum Glück ahnt sie kein Mensch.‹ Er machte, daß er wieder hinauskam, und versuchte, sich die Zeit damit zu vertreiben, daß er durch die hübschen Straßen schlenderte, die das Theater umgeben. Es gibt in ihnen zahlreiche Kaffeehäuser, die um diese Stunde von Menschen wimmeln; vor jedem dieser Lokale sitzt eine Menge Neugieriger auf Stühlen mitten auf der Straße, schlürft Sorbetti und bekrittelt die Vorübergehenden. Der Graf fiel auf, zumal er das Vergnügen hatte, erkannt und angesprochen zu werden. Drei oder vier Aufdringliche von der Sorte, die man nicht los wird, benutzten die Gelegenheit, sich bei dem allmächtigen Minister Gehör zu verschaffen. Zwei andere überreichten ihm Bittschriften. Ein dritter begnügte sich damit, ihm langatmige politische Ratschläge zu geben.

›Mit viel Geist‹, sagte er sich, ›kann man nicht schlafen und mit viel Macht nicht ungestört spazieren gehen.‹ Er kehrte wieder in die Scala zurück und kam auf den Einfall, eine Loge im dritten Rang zu nehmen. Von dort aus konnte er unbeobachtet die Loge im zweiten Rang überblicken, in der er die Gräfin zu sehen hoffte. Zwei volle Stunden des Harrens kamen dem Verliebten nicht zu lang vor. Sicher, nicht gesehen zu werden, überließ er sich voller Behagen so recht seiner Torheit. ›Zeigt sich das Alter nicht vor allem daran, daß man solcher köstlicher Kindereien nicht mehr fähig ist?‹

Endlich erschien die Gräfin. Mit Entzücken betrachtete er sie durch sein Opernglas. ›Jung, glänzend, behend wie ein Vogel‹, sagte er sich. ›Sie ist keine fünfundzwanzig alt. Dabei ist ihre Schönheit ihr geringster Reiz. Wo wäre eine gleich aufrichtige Seele zu finden, die niemals mit Vorbedacht handelt, die sich ganz der Eingebung des Augenblicks hingibt, die nur danach trachtet, immer von etwas Neuem begeistert zu werden? Ich begreife die Narreteien des Grafen Nani.‹

Der Graf dachte so sehr daran, das Glück zu erobern, das er vor seinen Augen sah, daß er treffende Gründe fand, ein Tor zu sein. Er fand weniger gute, als er darauf sein Alter in Betracht zog und die Sorgen, die sein Leben manchmal recht trübselig machten. ›Ein schlauer Mensch, dem nur die Angst den Verstand benimmt, gewährt mir eine hohe Stellung und viel Geld, solange ich sein Minister bin; aber wenn er mich morgen entläßt, dann sitze ich alt und arm da, bin also der verächtlichste Tropf der Welt. Ein schöner Liebhaber für solch eine Frau!‹ Derlei Gedanken waren zu düster. Er dachte immer wieder an die Pietranera. Er konnte den Blick nicht von ihr wenden, und um besser von ihr zu träumen, ging er nicht in ihre Loge hinunter. »Sie hat sich mit Nani nur darum eingelassen, sagt man mir, um dem Schafskopf, dem Limercati, einen Possen zu spielen, weil er nichts davon wissen wollte, dem Mörder ihres Mannes mit dem Degen oder dem Dolch in der Hand auf den Leib zu rücken. Ich würde mich ein dutzendmal für sie schlagen!« rief der Graf begeistert aus. Alle Augenblicke sah er nach der Theateruhr, die den Zuschauern durch matt erleuchtete Ziffern auf dunklem Grund von fünf zu fünf Minuten die Stunde anzeigte, da es ihnen erlaubt war, in eine befreundete Loge zu kommen. Der Graf sagte zu sich: ›Als Bekannter so frischen Datums darf ich höchstens eine halbe Stunde in ihrer Loge sein; wenn ich länger dableibe, mache ich mich lächerlich, bei meinem Alter und ganz besonders mit meinen verdammten gepuderten Haaren.‹ Aber ein anderer Gedanke brachte ihn urplötzlich zum Entschluß: ›Wenn sie jetzt ihre Loge verließe, um einen Besuch zu machen, da hätte ich einen netten Lohn für den Geiz, mir diesen Genuß so lange aufzusparen.‹ Er stand auf, um in die Loge der Gräfin hinunterzugehen. Mit einem Male empfand er beinahe keine Lust, sich dort einzustellen. ›Das ist ja reizend!‹ meinte er belustigt bei sich und blieb auf der Treppe stehen. ›Ein richtiger Anfall von Schüchternheit! Solch ein Abenteuer ist mir seit fünfundzwanzig Jahren nicht mehr widerfahren!‹

Er trat in die Loge, wobei er sich beinahe Gewalt antun mußte, aber als Weltmann benützte er das Mißgeschick, das ihn heimsuchte, und gab sich gar keine Mühe, heiter oder geistreich zu sein. Er stürzte sich in keine scherzhafte Unterhaltung; er hatte den Mut, schüchtern zu sein, und wandte seinen Geist dazu an, seine Verwirrung leicht durchblicken zu lassen, ohne lächerlich zu werden. ›Wenn sie die Sache falsch auffaßt‹, sagte er sich, ›bin ich verloren für immer. Was, schüchtern mit gepudertem Haar, das ohne den Puder grau aussähe? Aber schließlich ist es einmal so, und etwas Wahres kann nicht lächerlich sein, wenn ich es nicht übertreibe oder damit prahle.‹

Die Gräfin hatte sich im Schloß Grianta in Gesellschaft der Puderköpfe ihres Bruders, ihres Neffen und gutgesinnter geistloser Nachbarn so oft gelangweilt, daß es ihr nicht einfiel, sich um die Haartracht ihres neuen Verehrers zu kümmern. Viel zu klug, war sie gefeit dagegen, sofort über irgend etwas zu lachen; sie war auf nichts gespannt als auf Nachrichten von Frankreich, die Mosca ihr immer insgeheim überbrachte, sobald er ihre Loge betrat. Zweifellos erdichtete er sie. Während sie mit ihm darüber sprach, bemerkte sie an diesem Abend, daß in seinen Augen Schönheit und Güte lagen.

»Ich denke mir«, sagte sie zu ihm, »daß Sie in Parma mitten unter Ihren Sklaven keinen so liebenswürdigen Blick haben; das würde alles verderben und trügerische Hoffnungen erwecken; man würde den Galgen nicht mehr fürchten.«

Der völlige Mangel an Wichtigtuerei bei einem Mann, der für den ersten Staatsmann Italiens galt, kam der Gräfin sonderlich vor; sie fand sogar, er habe Anmut. Da er sonst vorzüglich und mit Feuer zu plaudern verstand, war sie schließlich gar nicht unangenehm berührt, daß er es für einen Abend vorzog, ausnahmsweise die Rolle des aufmerksamen Zuhörers zu spielen.

Das war ein großer Schritt vorwärts, aber recht gefährlich. Zum Glück für den Minister, der in Parma sprödes Verhalten nicht gewöhnt war, weilte die Gräfin erst wenige Tage in Mailand; ihr Geist war von dem Einerlei des Landlebens noch ganz eingerostet. Sie hatte das Scherzen verlernt, und alle Dinge, die zu einer eleganten, flotten Lebensweise gehören, hatten in ihren Augen einen Schimmer der Neuheit angenommen, der wie ein Heiligenschein wirkte. Sie war keinesfalls zum Spotten aufgelegt, nicht einmal über einen fünfundvierzigjährigen schüchternen Verliebten. Acht Tage später hätte das Wagnis des Grafen vielleicht eine ganz andere Aufnahme gefunden.

In der Scala ist es Brauch, derartige kleine Logenbesuche nicht über zwanzig Minuten dauern zu lassen. Der Graf blieb den ganzen Abend in der Loge, wo er das Glück hatte, mit der Gräfin Pietranera zusammen zu sein. ›Diese Frau‹, sagte er sich, ›verleiht mir alle Torheiten der Jugend wieder!‹ Allein er verhehlte sich auch die Gefahr nicht. ›Vermag meine Stellung als allmächtiger Pascha, vierzig Stunden fern von hier, diese Narrheit zu entschuldigen? Parma ödet mich so an!‹ Trotzdem gelobte er sich von Viertel- zu Viertelstunde, zu gehen.

»Ich muß Ihnen gestehen, Gräfin«, sagte er lachend zu ihr, »daß ich in Parma vor Langerweile umkomme, und es muß mir erlaubt sein, mich in einem Genuß zu berauschen, wenn ich ihn auf meinem Wege finde. So bitte ich um die Erlaubnis, jetzt und nur heute abend vor Ihnen die Rolle des Liebhabers zu spielen. Ach, in wenigen Tagen werde ich recht weit weg von dieser Loge sein, deren Zauber allen Verdruß und sogar, werden Sie sagen, die Gesetze des Anstands vergessen läßt.«

Acht Tage nach diesem auffälligen Logenbesuch in der Scala war der Graf Mosca infolge verschiedener kleiner Zwischenfälle, deren Aufzählung zu weitschweifig wäre, ganz närrisch vor Liebe und die Gräfin bereits der Meinung, daß das Alter eines Liebhabers gar nicht in Frage komme, wenn man ihn nur sonst liebenswert finde.

So standen die Dinge, als der Graf durch einen Boten nach Parma zurückbefohlen ward. Wahrscheinlich hatte Serenissimus in seiner Einsamkeit einen Angstanfall. Die Gräfin reiste nach Grianta zurück, aber ihrer Phantasie genügte dieser schöne Ort nicht mehr; er erschien ihr öde. ›Sollte ich wirklich eine ernsthafte Neigung zu diesem Manne gefaßt haben?‹ fragte sie sich.

Mosca schrieb und brauchte nichts vorzuspiegeln; die Trennung hatte seinen Geist belebt. Seine Briefe waren unterhaltsam. Er sandte sie – im vollen Einverständnis mit der Gräfin – absonderlicherweise durch Eilboten nach Como, Lecco, Varese oder nach irgendeinem anderen jener entzückenden kleinen Städte in der Umgebung des Sees, wo sie auf die Post gegeben wurden. Dadurch vermied man die Nörgeleien des Marchese del Dongo, der ungern Briefporto bezahlte. Mosca wollte damit erreichen, daß der Bote ihm schließlich gleich die Antworten brächte, und das gelang ihm.

Bald wurden die Tage, an denen der Eilbote eintraf, für die Gräfin bedeutungsvoll. Die Briefe waren von kleinen Geschenken ohne Wert, von Blumen und Früchten begleitet, die ihr und auch ihrer Schwägerin Vergnügen machten. Die Erinnerung an den Grafen vermischte sich mit dem Gedanken an seine große Macht. Die Gräfin war neugierig auf alles, was man ihr über ihn sagte; sogar die Liberalen rühmten seine Fähigkeiten.

Der schlimme Ruf des Grafen rührte vornehmlich daher, daß er für das Haupt der Reaktionspartei am Hofe von Parma galt und daß die liberale Gegenpartei eine zu allem fähige, ja sogar erfolgreiche Intrigantin an ihrer Spitze hatte, die ungeheuer reiche Marchesa Raversi. Der Fürst hütete sich, die Partei, die nicht am Ruder war, ganz fallen zu lassen; er wußte, daß er immer der Herr blieb, selbst mit einem Ministerium, das aus dem Salon der Frau Raversi hervorging. In Grianta erzählte man sich tausend Einzelheiten über dieses Ränkespiel. Überall schilderte man Mosca als Staatsleiter von höchstem Talent und als Mann der Tat. Seine Abwesenheit verwischte den Eindruck seiner gepuderten Haare; und was ihr bisher der Inbegriff alles Steifen und Trübseligen gewesen, erschien bei ihm als belanglose Kleinigkeit, als höfischer Zwang. Im übrigen spielte er ja am Hofe eine so prächtige Rolle. »Ein Hof ist etwas Lächerliches«, sagte die Gräfin zur Marchesa, »und doch unterhaltend, ein Spiel, das einen in Spannung versetzt; aber man muß sich seinen Regeln fügen. Wer hätte sich nicht gegen die lächerlichen Spielregeln des Piketts ereifert? Und doch, sobald man mit ihnen vertraut ist, macht es Spaß, den Gegner ›repic‹ und ›capot‹ zu machen.«

Die Gräfin dachte häufig an den Schreiber so vieler liebenswürdiger Briefe. Die Tage, an denen sie solche empfing, waren Feste. Sie stieg in ihre Barke und las sie an den schönsten Stellen des Sees, an der Pliniana, in Bellano, im Hain der Sfrondata. Diese Briefe trösteten sie ein wenig über Fabrizzios Fernsein. Zum mindesten war sie nicht imstande, über die tolle Verliebtheit des Grafen unwillig zu sein. Keine vier Wochen waren verflossen, als sie seiner bereits in zärtlicher Freundschaft gedachte.

Graf Mosca seinerseits meinte es fast ernst, als er ihr anbot, er wolle seinen Abschied einreichen, seinen Ministerposten verlassen und mit ihr in Mailand oder sonstwo leben. ›Ich besitze vierhunderttausend Franken‹, schrieb er ihr unter anderem, ›also fünfzehntausend Lire Rente.‹ ›Wieder eine Loge, Pferde und so weiter!‹ sagte sich die Gräfin. Das waren holde Träume. Von neuem entzückte sie die erhabene Schönheit des Comer Sees. An seinen Gestaden träumte sie von der Rückkehr in jenes glänzende, wunderbare Leben, das sich ihr gegen alle Wahrscheinlichkeit wieder auftat. Sie sah sich auf dem Mailänder

Korso, glücklich und heiter wie einst zur Zeit des Vizekönigs. ›Die Jugend oder wenigstens wirkliches Leben wird für mich wiederkehren!‹

Die Glut ihrer Einbildungen setzte sich bisweilen über die Dinge hinweg, aber niemals verlor sie sich in jenen bewußten Täuschungen, in denen sich die Feigheit wiegt. Sie war vor allem eine gegen sich selbst aufrichtige Frau. ›Da ich ein wenig zu alt bin, um Torheiten zu begehen‹, sagte sie sich, ›so kann der Neid, der sich ebenso wie die Liebe Vorspiegelungen macht, mir den Aufenthalt in Mailand vergiften. Nach dem Tode meines Mannes erregte meine stolze Armut und die zweimalige Abweisung eines großen Vermögens Aufsehen. Mein armer lieber Mosca besitzt nicht den zwanzigsten Teil von dem Überfluß, den jene beiden Tröpfe, der Limercati und der Nani, mir zu Füßen gelegt haben. Die mit Mühe und Not erlangte kärgliche Witwenpension, die aufsehenerregende Entlassung meiner Dienerschaft, das kleine Stübchen im vierten Stock und täglich zwanzig Wagen vor dem Hause, alles das waren einst seltsame Erlebnisse. Aber so gut ich mich auch darein schickte, ich würde doch unangenehme Augenblicke haben, wenn ich wieder in Mailand leben wollte, in gut bürgerlichen Verhältnissen, wie sie uns meine Witwenpension und die fünfzehntausend Lire Rente gestatteten, die Mosca nach seinem Abgang verblieben. Überdies ist der Graf verheiratet, wenn er auch von seiner Frau seit langem getrennt lebt; diese Trennung ist in Parma stadtbekannt, aber nicht in Mailand, und man würde in mir den Grund suchen. Der Neid würde das als schreckliche Waffe gegen mich benützen. So leb denn wohl, meine schöne Scala, mein göttlicher Comer See, leb wohl!‹

Trotz allen diesen Bedenken wäre die Gräfin auf das Anerbieten Moscas, seine Entlassung einzureichen, eingegangen, wenn sie selbst nur ein wenig Vermögen besessen hätte. Sie hielt sich für alt, und das Leben am Hofe schreckte sie ab. Nördlich der Alpen wird man es für höchst unwahrscheinlich halten, daß der Graf seinen Abschied mit Freuden genommen hätte. Zum mindesten brachte er es fertig, seine Freundin davon zu überzeugen. In allen seine Briefen bat er sie inständig und mit täglich wachsender Narrheit um ein zweites Wiedersehen in Mailand. Sie willfahrte ihm.

»Wenn ich Ihnen schwören sollte, daß ich für Sie eine wahnsinnige Leidenschaft hegte«, sagte die Gräfin eines Tages zu ihm, »so wäre das eine Lüge. Ich wäre selber überglücklich, wenn ich heute mit meinen dreißig Jahren lieben könnte wie einst mit zweiundzwanzig.

Aber ich habe so vieles in Trümmer zusammensinken sehen, was ich für ewig gehalten hatte! Ich empfinde für Sie die zärtlichste Freundschaft, ich hege zu Ihnen ein Vertrauen ohne Grenzen, und von allen Männern sind Sie mir der liebste.«

Die Gräfin hielt sich für durchaus aufrichtig, und doch enthielten die letzten Worte eine kleine Lüge. Wenn Fabrizzio gewollt hatte, wäre er vielleicht der Eroberer ihres ganzen Herzens geworden. In den Augen des Grafen Mosca freilich war Fabrizzio nur ein Kind. Drei Tage nach dessen Flucht nach Novara war Mosca in Mailand und verwandte sich sofort beim Baron Binder für den Verbannten. Der Graf war danach der Meinung, die Sache sei aussichtslos.

Mosca war nicht allein nach Mailand gekommen. Er hatte in seinem Wagen den Duca di Sanseverina-Taxis mitgebracht, einen netten alten Herrn von achtundsechzig Jahren, leicht ergraut, mit besten Umgangsformen, sehr geschmackvoll und unermeßlich reich. Sein Adel war allerdings nicht weit her. Sein Großvater hatte als Generalpächter der gesamten Staatseinnahmen von Parma Millionen auf Millionen gehäuft. Sein Vater war Gesandter des vormaligen Fürsten von Parma am Hofe zu ... geworden, und zwar dank folgender Erörterung:

›Serenissimus zahlen dem Gesandten am Hofe zu ... ein Gehalt von dreißigtausend Franken, womit dieser dort eine ziemlich mäßige Rolle spielt. Wenn Eure Hoheit geruhen wollten, mir diesen Posten zu übertragen, nähme ich ihn mit sechstausend Franken Gehalt. Mein Auftreten am Hofe zu ... sollte mir nicht unter hunderttausend Franken im Jahre zu stehen kommen. Mein Vermögensverwalter würde überdies der Kasse der auswärtigen Angelegenheiten in Parma jährlich zwanzigtausend Franken überweisen. Mit dieser Summe könnte man mir einen Legationssekretär beigeben, und ich wäre keineswegs auf diplomatische Geheimnisse eifersüchtig, wenn es solche gäbe. Mein Ziel ist, meinem noch jungen Hause Ansehen zu verschaffen und es durch eine hohe Staatsstellung auszuzeichnen.‹

Der jetzige Duca, der Sohn jenes Gesandten, hatte den Fehler begangen, sich einen halb liberalen Anstrich zu geben, und lebte seit zwei Jahren in tiefer Verzweiflung. Zu Zeiten Napoleons hatte er durch sein hartnäckiges Verbleiben im Ausland zwei oder drei Millionen eingebüßt, und nach der Wiederherstellung der Ordnung in Europa war es ihm trotz alledem nicht gelungen, ein gewisses Ordensband zu erringen, das das Bildnis seines Vaters schmückte. Das Ausbleiben des Großkreuzes hatte ihn gänzlich gebrochen.

Die Vertraulichkeit, die in Italien mit der Liebe verknüpft ist, hebt zwischen zwei Liebenden alle Eitelkeitsrücksichten auf. Also sagte Mosca mit der größten Natürlichkeit zu seiner Angebeteten: »Ich habe Ihnen zwei oder drei gründlich durchdachte Pläne vorzulegen. Seit drei Monaten träume ich von nichts anderem.

Erstens: Ich reiche meine Entlassung ein, und wir leben gut bürgerlich in Mailand, Florenz oder Neapel, wo Sie wünschen. Wir haben jährlich fünfzehntausend Lire zu verzehren und sind unabhängig von der mehr oder minder unbeständigen Fürstengunst.

Zweitens: Sie geruhen in das Land zu kommen, wo ich etwas bedeute. Sie kaufen sich ein Gut, Sacca zum Beispiel, ein allerliebster Wohnsitz mitten im Wald, mit Aussicht auf den Po. Der Kaufvertrag könnte binnen acht Tagen unterschrieben sein. Sie werden am Hofe des Fürsten verkehren. Aber die Sache hat einen gewaltigen Haken. Man wird Sie bei Hofe gut aufnehmen; es fällt niemandem ein, mir Hindernisse in den Weg zu legen. Überdies hält sich die Fürstin für unglücklich, und ich habe ihr kürzlich im Hinblick auf Sie einen Dienst erwiesen. Aber, wie gesagt, die Sache stößt auf ein beträchtliches Hindernis: Serenissimus ist höchst bigott, und wie Sie wissen, will es das Verhängnis, daß ich verheiratet bin. Daraus entspringen tausend kleine Unannehmlichkeiten. Sie sind Witwe, an und für sich ein hübscher Titel, den Sie gegen einen anderen eintauschen müßten. Und darin gipfelt mein dritter Vorschlag.

Ein neuer Gatte, ein nicht im mindesten unbequemer, wäre schon zu finden; er müßte nur recht alt sein. Warum sollten Sie mir nicht die Hoffnung lassen, eines Tages an seine Stelle zu treten? Nun hören Sie! Ich habe diesen merkwürdigen Fall mit dem Duca di Sanseverina-Taxis besprochen, selbstverständlich ohne ihm den Namen der künftigen Duchezza zu verraten. Er weiß nur, daß er durch Sie Gesandter und Großkomtur desselben Ordens werden wird, den sein Vater getragen hat und dessen Ausbleiben ihn zum Unglücklichsten aller Sterblichen macht. Abgesehen von dieser Schrulle ist der Herzog durchaus kein übler Mann. Er läßt sich seine Kleidung und seine Perücken aus Paris kommen. Ein vorbedachter Bösewicht ist er keineswegs; nur glaubt er steif und fest, die höchste Ehre hafte an jenem Ordensband. Vor einem Jahre machte er mir den Vorschlag, er wolle dafür ein Krankenhaus errichten. Ich habe ihn ausgelacht; aber er hat mich nicht im mindesten ausgelacht, als ich ihm den Heiratsvorschlag machte. Ich habe ihm, wohlverstanden, die Hauptbedingung gestellt, daß er nie wieder den Fuß nach Parma setzt.«

»Wissen Sie auch, daß Ihr Vorschlag im höchsten Grade unmoralisch ist?« sagte die Gräfin.

»Nicht unmoralischer als alles, was an unserem Hofe und an einem Dutzend anderer gang und gäbe ist. Der Absolutismus hat das Bequeme, daß er in den Augen des Volkes alles billigt. Das ist lächerlich, aber niemand merkt es. In den nächsten zwanzig Jahren wird unsere Politik von der Angst vor den Jakobinern geleitet werden, und von was für einer Angst! Jahr für Jahr wird man wähnen, am Vorabend von Anno 93 zu stehen. Ich hoffe, Sie werden die Phrasen zu hören bekommen, die ich bei offiziellen Gelegenheiten loslasse. Genug! Was jener Furcht nicht neue Nahrung gibt, ist in den Augen des Adels und der Klerikalen unantastbar moralisch. Nun sitzt in Parma alles, was nicht adlig oder bigott ist, im Gefängnis oder ist auf dem Sprunge dahin. Seien Sie überzeugt, solange ich in Gnaden stehe, wird kein Mensch an dieser Heirat etwas Auffälliges finden. Mit diesem Abkommen wird niemand betrogen. Das scheint mir die Hauptsache. Der Fürst, von dessen Gunst unser Wohl und Wehe abhängt, macht seine Einwilligung nur von einer Bedingung abhängig: die künftige Herzogin muß von altem Adel sein. Im vergangenen Jahre hat mir mein Posten hundertsiebentausend Franken eingebracht; alles in allem gerechnet, habe ich also hundertzweiundzwanzigtausend Franken Gehalt; davon habe ich zwanzigtausend in Lyon angelegt. Wählen Sie nun! Auf der einen Seite winkt Ihnen ein großartiges Leben mit hundertzweiundzwanzigtausend Franken im Jahre. Das ist in Parma soviel wie vierhunderttausend Franken in Mailand; allerdings heiraten Sie dafür einen annehmbaren Mann und tragen seinen Namen, aber Sie sollen ihn außer am Traualtar nie wieder zu sehen bekommen. Auf der anderen Seite ein kleinbürgerliches Dasein mit fünfzehntausend Lire in Florenz oder Neapel, denn ich bin ganz Ihrer Meinung, in Mailand hat man Sie allzusehr bewundert; dort würde uns die Mißgunst heimsuchen und uns unsere gute Laune verderben. Das große Leben in Parma wird, hoffe ich, den Reiz des Neuen haben, selbst in Ihren Augen, die den Hof des Fürsten Eugen gesehen haben. Lernen Sie es nur erst kennen! Glauben Sie nicht, daß ich Sie in Ihrem Entschluß zu beeinflussen suche. Mein Standpunkt steht fest; ich lebe lieber im dritten Stock zusammen mit Ihnen, als daß ich mein großes Leben einsam weiterführe.«

Das Für und Wider dieser seltsamen Heirat wurde täglich zwischen den beiden Liebenden erwogen. Auf dem Ball in der Scala lernte die Gräfin den Duca di Sanseverina- Taxis kennen. Er kam ihr ganz annehmbar vor. Während eines ihrer letzten Gespräche faßte Mosca seinen Vorschlag noch einmal wie folgt zusammen: »Wir müssen zu einem entscheidenden Entschluß kommen, um Ruhe in unser Leben zu bringen. Der Fürst hat seine Einwilligung gegeben. Sanseverina ist eine Persönlichkeit mit mehr guten als schlechten Seiten. Er besitzt den schönsten Palast von Parma und ein maßloses Vermögen; er ist achtundsechzig Jahre alt und hat nur die törichte Ordenssucht. Freilich haftet ein großer Makel an seinem Leben: er hat vor Jahren für zehntausend Franken eine Büste Napoleons von Canova gekauft. Und dann hat er eine Todsünde begangen, von der Sie ihn erlösen sollen: er hat einem gewissen Ferrante Palla fünfundzwanzig Napoleons geborgt. Das ist ein sonderbarer Heiliger, im Grunde ein genialer Kerl, den wir zum Tode verurteilt haben, glücklicherweise in contumaciam. Dieser Ferrante hat im ganzen zweihundert Verse geschrieben. Die sind unvergleichlich. Ich werde sie Ihnen gelegentlich vorlesen; sie sind ebenso schön wie Dantes Verse. Serenissimus schickt den Sanseverina an den Hof von … Am Tage seines Wegganges heiratet er Sie. Ein Jahr darauf bekommt er sein Großkreuz, ohne das er nicht leben kann. Sie werden an ihm einen Bruder haben, der ganz und gar nicht lästig ist. Er unterschreibt im voraus alles, was ich ihm vorlege; und im übrigen werden Sie ihn selten oder gar nicht zu Gesicht bekommen, ganz wie es Ihnen beliebt. Er verlangt nichts weiter, als daß er sich in Parma nicht zu zeigen braucht, wo ihn sein Großvater, der Generalpächter, und das Gerücht, er sei liberal, belästigen. Rassi, unser Henker, hat behauptet, der Duca sei heimlich auf den ›Constitutionnel‹ abonniert gewesen, und zwar durch Vermittlung des Dichters Ferrante Palla, und diese Verleumdung hat lange Zeit der Einwilligung des Fürsten ernstlich im Weg gestanden.«

Wie könnte den Geschichtsschreiber, der dieses Gespräch bis in die geringsten Einzelheiten treu verfolgt, irgendwelche Schuld an den Geschehnissen treffen? Ist es seine Schuld, wenn die Gestalten, beherrscht von Leidenschaften, die er durchaus nicht teilt, zu seinem

Unglück auf gänzlich unmoralische Handlungen verfallen? Wahrlich, solche Dinge kommen in einem Lande nicht mehr vor, wo die einzige, alle anderen erstickende Leidenschaft, die Sucht nach Geld, der Träger der Eitelkeit ist.

Drei Monate nach den soeben erzählten Ereignissen setzte die Duchezza di Sanseverinain Bewunderung durch ihre ungezwungene Liebenswürdigkeit und die edle Heiterkeit ihres Geistes. Ihr Haus wurde unbestritten das beliebteste der Stadt. Das hatte Mosca seinem Gebieter versprochen. Ranuccio Ernesto IV., der regierende Fürst, und seine Gemahlin, die Fürstin, denen die Duchezza durch zwei der vornehmsten Damen des Landes vorgestellt worden war, empfingen sie auf das huldvollste. Die Duchezza war begierig, diesen Fürsten, den Herrn über das Schicksal dessen, den sie liebte, kennen zu lernen; sie wollte ihm gefallen, und das gelang ihr nur zu gut. Sie fand einen Mann von hoher, nur ein wenig starker Gestalt; sein Haar, sein Schnurrbart und sein riesiger Backenbart waren, wie die Hofschranzen meinten, vom schönsten Blond; bei einem anderen hätten sie diese nichtssagende Farbe mit dem unedlen Wort ›Semmelblond‹ bezeichnet. In der Mitte eines breiten Gesichts war eine kleine, beinahe weibische Stumpfnase kaum bemerkbar. Die Duchezza machte die Bemerkung, daß alle diese Merkmale von Häßlichkeit nur dann auffielen, wenn man sie absichtlich einzeln aufs Korn nahm. Im ganzen machte er den Eindruck eines Mannes von Geist und Charakter. Die Haltung des Fürsten, seine Art, sich zu geben, entbehrten nicht des Hoheitsvollen; nur bisweilen, wenn er mit jemandem sprach, auf den er Eindruck machen wollte, fiel er aus seiner Rolle und wiegte sich von einem Bein auf das andere. Sonst hatte Ernst IV. einen scharfen Herrscherblick; seine Bewegungen waren vornehm und seine Worte ebenso gemessen wie bestimmt.

Mosca hatte die Herzogin im voraus auf ein Kniestück Ludwigs XIV. und auf einen sehr schönen Tisch aus Florentiner Scagliola im Audienzsaal aufmerksam gemacht. Sie fand die Ähnlichkeit erstaunlich. Offensichtlich ahmte der Fürst den Blick und die vornehme Sprechweise Ludwigs XIV. nach und stützte sich dabei auf den Scagliola-Tisch in einer Weise, als ob er sich die Haltung Josephs II. geben wolle. Sofort nach den ersten Worten, die er an die Duchezza gerichtet hatte, setzte er sich, um ihr Gelegenheit zu geben, von einem ihrem Rang gebührenden Vorrecht Gebrauch zu machen. An jenem Hofe setzten sich die Herzoginnen, Fürstinnen und die Damen von spanischen Granden ohne Geheiß. Die anderen Damen warteten, bis der Fürst oder die Fürstin sie dazu aufforderten; und um den Rangunterschied merklich zu machen, pflegten die allerhöchsten Herrschaften immer absichtlich eine kleine Frist verstreichen zu lassen, ehe sie Damen, die nicht Herzoginnen waren, zum Platznehmen einluden. Die Herzogin fand die Nachahmung Ludwigs XIV. in gewissen Augenblicken am Fürsten ein wenig zu auffällig, zum Beispiel in der Art, wie er, huldvoll lächelnd, das ganze Gesicht verzog.

Ernst IV. trug einen Frack nach der neuesten Pariser Mode. Man sandte ihm alle Monate aus dieser Stadt, die ihm ein Greuel war, einen Frack, einen Rock und einen Hut. Aber an dem Tage, da die Herzogin empfangen wurde, trug er in sonderbarem Kostümmischmasch ein Paar rote Beinkleider, seidene Strümpfe und Schuhe mit sehr langen Klappen, wie man sie auf Bildnissen Josephs II. sehen kann.

Er empfing die Sanseverina liebenswürdig; er sagte ihr geistreiche und feine Worte, aber sie merkte doch sehr wohl, daß der Empfang nicht übermäßig gnädig war.

»Wissen Sie warum?« fragte der Graf Mosca, als sie von dem Empfang zurückkam. »Weil Mailand eine größere und schönere Stadt als Parma ist. Wenn er Ihnen den Empfang hätte zuteil werden lassen, den ich erwartet und auf den er mir Hoffnung gemacht hatte, so hätte er dabei Angst gehabt, wie ein Provinzler zu erscheinen, den die Huld einer schönen Dame aus der Hauptstadt in Verzückung versetzt. Außerdem stört ihn noch ein besonderer Umstand, den ich Ihnen kaum zu sagen wage: der Fürst hat an seinem Hofe keine Dame, die Ihnen an Schönheit den Rang streitig machen könnte. Das war gestern abend beim Schlafengehen der einzige Gegenstand der Unterhaltung mit seinem Ersten Kammerdiener Pernico, der mir sehr gewogen ist. Ich sehe eine kleine Umwälzung unserer Hofgebräuche voraus. Mein ärgster Feind am Hofe hier ist ein Narr, den man den General Fabio Conti betitelt. Stellen Sie sich einen wunderlichen Kauz vor, der in seinem Leben vielleicht einen Tag im Felde war und aus diesem Grunde Friedrich den Großen nachäfft. Dazu möchte er die vornehme Leutseligkeit des Generals Lafayette zur Schau tragen, und zwar, weil er hier das Haupt der liberalen Partei ist, Gott weiß, von was für Liberalen.«

»Ich kenne Fabio Conti«, sagte die Duchezza. »Ich habe ihn einmal in der Nähe von Como flüchtig gesehen. Er zankte sich mit Gendarmen herum …«

Sie erzählte das kleine Abenteuer, dessen sich der Leser vielleicht noch erinnert.

»Gnädige Frau, eines Tages, wenn Ihr Geist jemals die Tiefen unserer Hofgebräuche ergründet, werden Sie wissen, daß die jungen Damen erst nach ihrer Verheiratung bei Hofe erscheinen dürfen. Serenissimus hegt aber, was die Erhabenheit Parmas über alle anderen Städte angeht, einen so glühenden Vaterlandsstolz, daß ich wetten möchte, er findet Mittel und Wege, sich die kleine Clelia Conti, die Tochter unseres Lafayette, vorstellen zu lassen. Sie ist wirklich allerliebst und galt noch vor acht Tagen für die Schönste im ganzen Fürstentum.

Ich weiß nicht«, fuhr der Graf fort, »ob die Schändlichkeiten, die die Feinde des Monarchen zu seinen Ungunsten verbreitet haben, bis in das Schloß Grianta gedrungen sind. Man hat ihn als Ungeheuer, als Scheusal hingestellt. Es ist aber Tatsache, daß Ernst IV. eine ganze Menge netter kleiner Tugenden besitzt, und man kann getrost sagen, wäre er unverwundbar wie Achill, dann wäre er das Muster eines Machthabers geblieben. Aber in einer Anwandlung von Langerweile und Ärger und auch ein wenig, um Ludwig XIV. nachzueifern, der, ich weiß nicht, welchen Helden der Fronde hat köpfen lassen, der friedlich auf seinem Landgut lebte, unverschämterweise dicht bei Versailles, fünfzig Jahre nach besagten Unruhen, hat er eines Tages zwei Liberale hängen lassen. Diese Unvorsichtigen hatten sich wohl an bestimmten Tagen zusammengefunden, sich über den Fürsten abfällig geäußert und heiße Gebete zum Himmel gesandt, er möge die Pest über Parma kommen lassen und sie vom Tyrannen befreien. Das Wort Tyrann ist beglaubigt. Rassi nannte das eine Verschwörung; er ließ die Verdächtigen zum Tode verurteilen, und besonders die Hinrichtung des einen, des Grafen Palanza, war gräßlich. Das hat sich vor meiner Zeit ereignet. Seit dieser verhängnisvollen Tat«, fuhr der Graf mit gedämpfter Stimme fort, »leidet der Fürst an Angstanfällen, die eines Mannes unwürdig sind, die aber die einzige Quelle der Gunst sind, deren ich mich erfreue. Ohne diese Schwäche des Monarchen wäre meine Laufbahn zu schnell, zu verletzend für diesen Hof, wo die Dummheit herrscht. Sie werden es kaum glauben, der Fürst sieht vor dem Schlafengehen unter die Betten seiner Gemächer und gibt eine

Million aus, um eine gute Polizei zu haben, und Sie sehen den Chef dieser schrecklichen Polizei vor sich. Durch dieses Amt, das heißt durch die Angst, bin ich Kriegs- und Finanzminister geworden. Da der Minister des Inneren eigentlich mein Vorgesetzter ist, soweit er die Oberaufsicht über die Polizei hat, so habe ich dieses Portefeuille dem Grafen Zurla-Contarini zuteilen lassen, einem einfältigen Arbeitstier, das sich das Vergnügen macht, täglich achtzig Briefe zu schreiben. Ich habe gerade heute vormittag einen bekommen; zu seiner Befriedigung hat Graf Zurla-Contarini die Briefbuchnummer 20715 eigenhändig davorsetzen können.«

Die Herzogin von Sanseverina wurde der trübseligen Fürstin von Parma, Clara Paolina, vorgestellt, die sich, weil ihr Mann eine Mätresse hatte (eine recht hübsche Frau, die Marchesa Balbi), für das allerunglücklichste Weib auf Erden hielt. Jedenfalls war sie das langweiligste. Die Duchezza fand eine sehr große und sehr hagere Dame, die keine sechsunddreißig Jahre alt war und doch wie eine Fünfzigerin aussah. Ihr regelmäßiges vornehmes Gesicht hätte für schön gelten können, wenn es nicht durch dicke, runde, kurzsichtige Augen entstellt worden wäre. Sie empfing die Duchezza mit so auffälliger Schüchternheit, daß einige dem Grafen Mosca feindselig gesinnte Hofleute zu sagen wagten, es habe ganz so ausgesehen, als sei die Fürstin die vorzustellende Dame und die Duchezza die Monarchin gewesen. Die Herzogin war so betroffen und fast verlegen, daß sie kaum Ausdrücke fand, um vor dieser Fürstin, die sich so untertänig benahm, die Untertänigkeit zu wahren. Um die Ärmste, die im Grunde gar nicht so geistlos war, einigermaßen wieder in Haltung zu bringen, fand die Duchezza kein besseres Mittel, als ein langes Gespräch über botanische Dinge anzuspinnen und im Fluß zu erhalten. Auf diesem Gebiet hatte die Fürstin wirkliche Kenntnisse; sie besaß prächtige Gewächshäuser mit einer Menge von Tropenpflanzen. Indem die Duchezza auf diese ganz einfache Weise ihr und sich aus der Verlegenheit half, gewann sie die Fürstin auf ewig. So schüchtern und ungeschickt Clara Paolina auch zu Anfang gewesen sein mochte, schließlich fühlte sie sich so in ihrem Fahrwasser, daß dieser erste Empfang gegen alle Vorschriften der Hofordnung nicht weniger als fünf Viertelstunden dauerte. Am anderen Tage ließ die Duchezza südländische Gewächse aufkaufen und gab sich für eine große Pflanzenliebhaberin aus.

Die Fürstin verbrachte ihr Leben mit dem ehrwürdigen Padre Landriani, dem Erzbischof von Parma, einem sehr gelehrten, sogar geistvollen und durch und durch rechtschaffenen Mann, der freilich einen sonderbaren Anblick darbot, wenn er in seinem karmesinroten Lehnstuhl saß (das war das Vorrecht seiner Stellung) und ihm gegenüber die Fürstin, umgeben von ihren Hof- und Ehrendamen. Der alte Prälat in seinen langen weißen Haaren war wohl noch schüchterner als die Fürstin. Sie sahen sich alle Tage, aber alle seine Besuche begannen mit einer reichlichen Viertelstunde beiderseitigen Schweigens. Die Gräfin Alvizi, eine der Ehrendamen, war darum sozusagen ihr Liebling geworden, weil sie sich darauf verstand, das Stillschweigen zu brechen und eine Unterhaltung in Gang zu bringen.

Die Reihe der Vorstellungen schloß damit, daß die Duchezza bei Seiner Hoheit dem Erbprinzen eingeführt wurde. Dieser war noch größer als sein Vater und noch schüchterner als seine Mutter. Er war ein großer Mineralog und sechzehn Jahre alt. Als er die Duchezza eintreten sah, ward er über und über rot und geriet derartig in Verlegenheit, daß er nicht ein Wort fand, das er der schönen Dame hätte sagen können. Er war ein recht schöner Mensch und verbrachte seine Tage im Walde, mit einem Hammer in der Hand. Im Augenblick, als sich die Duchezza erhob, um dem stummen Empfang ein Ende zu machen, rief der Erbprinz aus: »Mein Gott, gnädige Frau, wie sind Sie hübsch!«, was der Dame, die vorgestellt wurde, keinen allzu üblen Geschmack verriet.

Die Marchesa Balbi, eine junge Frau von fünfundzwanzig Jahren, konnte zwei oder drei Jahre vor der Ankunft der Herzogin in Parma für das vollendete Urbild einer hübschen Italienerin gelten. Noch jetzt hatte sie die schönsten Augen von der Welt und das anmutigste Benehmen. Aber aus der Nähe betrachtet, war ihre Haut von einer Unzahl feiner Fältchen durchzogen, die ihr ein altes Aussehen gaben. Von weitem gesehen, zum Beispiel im Theater, in ihrer Loge, war sie noch eine Schönheit, und die Leute im Parkett fanden, der Fürst habe einen sehr guten Geschmack. Er verbrachte alle Abende bei der Marchesa Balbi, aber sehr oft tat er den Mund nicht auf, und die Wahrnehmung, daß sich der Fürst langweile, hatte die arme Frau auffällig abmagern lassen. Sie gab sich den Anstrich ungemeiner Klugheit und lächelte häufig boshaft; sie besaß die schönsten Zähne der Welt und wollte durch ihr Lächeln, das im Grunde gar nichts bedeutete, ihren

Worten einen tieferen Sinn verleihen. Graf Mosca behauptete, durch dieses ewige Lächeln, hinter dem sie innerlich gähne, seien ihre vielen Runzeln entstanden. Die Balbi mischte sich in alle Staatsgeschäfte, und die Staatskasse nahm keinen Tausendfrankenschein ein, ohne daß dabei für die Marchesa ein Souvenir, wie man in Parma verständnisvoll sagte, abgefallen wäre. Ein Gerücht im Volke behauptete, sie habe in England sechs Millionen angelegt; in Wirklichkeit überschritt ihr ja noch junges Vermögen nicht die Höhe von anderthalb Millionen. Um vor ihren Kniffen sicher zu sein und sie in der Hand zu haben, hatte sich der Graf Mosca zum Finanzminister gemacht. Die einzige Leidenschaft der Marchesa war die hinter schmutzigem Geiz versteckte Furcht: ›Ich werde auf einer Schütte Stroh sterben!‹ Den Fürsten, dem sie dies bisweilen sagte, empörte ihre Redensart. Die Duchezza machte die Wahrnehmung, daß im schwervergoldeten Vorzimmer des Palazzo Balbi eine einzige Kerze benutzt wurde, deren Wachs auf einen kostbaren Marmortisch herabträufelte, und daß an den Salontüren Abdrücke von schmutzigen Lakaienfingern zu sehen waren.

»Sie hat mich empfangen«, erzählte die Duchezza ihrem Freunde, »als ob sie eine Spende von fünfzig Franken von mir erwartet hätte.«

Die Reihe der Erfolge der Duchezza wurde ein wenig durch den Empfang unterbrochen, den ihr die verschlagenste Frau am Hofe, die berüchtigte Marchesa Raversi[14], bereitete, eine vollendete Intrigantin und das Haupt der dem Grafen Mosca feindlichen Partei. Sie wollte ihn stürzen, und jetzt mehr denn je, weil sie die Nichte des Duca di Sanseverina war und ihre Erbaussicht durch die Reize der neuen Herzogin bedroht sah.

»Über die Raversi darf man nicht ohne weiteres hinweggehen«, erklärte der Graf seiner Freundin. »Ich halte sie zu allem fähig. Ich habe mich einzig deshalb von meiner Frau getrennt, weil die Raversi darauf versessen war, ihr den Cavaliere Bentivoglio, einen ihrer Freunde, als Servente zuzuschieben.«

Diese Dame, ein Mannweib mit tiefschwarzem Haar, auffällig durch ihre Brillanten, die sie von früh an trug, und durch ihre Schminke,

14 Die berüchtigte Marchesa Raversi: Auch darin steckt eine Reminiszenz an Beyles ihm unvergeßliche Zeit in Mailand. Seine ›einzige Feindin‹ (wie er in seinen ›Souvenirs d'Égotisme‹ sagt) war eine Signora Raversi, die Freundin von Mathilde Dembowska.

hatte sich im voraus für eine Feindin der Duchezza erklärt und benutzte deren ersten Besuch, um den Krieg zu beginnen. Der Duca di Sanseverina hatte in den Briefen, die er aus … schrieb, so sehr von seinem Gesandtschaftsposten und vor allem von seiner Aussicht auf das Großkreuz geschwärmt, daß seine Verwandten Angst bekamen, er könne einen Teil seines Vermögens seiner Gattin vermachen, die er mit kleinen Geschenken überhäufte. Trotz ihrer ausgesprochenen Häßlichkeit hatte die Raversi zum Liebhaber den Grafen Baldi, den hübschesten Mann am ganzen Hofe; es gelang ihr eben in der Hauptsache alles, was sie sich vornahm.

Die Duchezza machte ein sehr großes Haus. Der Palazzo Sanseverina war von jeher einer der großartigsten Parmas, und der Duca hatte bei seiner Ernennung zum Gesandten und als künftiger Großkomtur eine Riesensumme zu weiterer Verschönerung ausgesetzt; die Herzogin leitete die Erneuerungen.

Der Graf hatte richtig geraten. Wenige Tage nach der Vorstellung der Herzogin bei Hofe wurde die junge Clelia Conti hoffähig; man hatte sie zur Stiftsdame erhoben. Um den Hieb aufzufangen, den dieser Gnadenbeweis dem Ansehen des Grafen versetzte, gab die Duchezza ein Fest, angeblich zur Einweihung ihres Schloßgartens, und machte Clelia, die sie mit Liebenswürdigkeit überschüttete und ihre junge Freundin vom Comer See nannte, zur Königin des Abends. Wie durch Zufall leuchtete ihr Namenszug an den größten Lampions. Die junge Clelia sprach, wenn auch ein wenig nachdenklich, sehr liebenswürdig von dem kleinen Abenteuer am See und war voll lebhaften Dankes. Man sagte ihr nach, sie sei sehr fromm und eine große Freundin der Einsamkeit.

»Ich möchte wetten«, meinte der Graf, »sie ist verständig genug, sich ihres Vaters zu schämen.«

Die Duchezza gewann sich das junge Mädchen zur Freundin; sie empfand Zuneigung für sie. Sie wollte nicht eifersüchtig erscheinen und zog sie zu allen ihren Vergnügungen heran. Planmäßig suchte sie jeglichen Haß, dessen Ziel der Graf war, zu entwaffnen.

Alles lächelte der Duchezza zu. Das Hofleben, wo immer ein Sturm zu befürchten ist, machte ihr Spaß; es war ihr, als hätte sie ihr Dasein von neuem begonnen. Sie war dem Grafen zärtlich zugetan und er im vollsten Sinne des Wortes närrisch vor Glück. Dieses Glück feite ihn gegen alles, was seine ehrgeizigen Pläne bedrohte. So errang er kaum zwei Monate nach der Ankunft der Duchezza Würde und Rang eines Premierministers, wodurch ihm beinahe die gleiche Macht zufiel wie dem Monarchen selbst. Der Graf beherrschte den Geist seines Herrschers vollständig, und man erlebte in Parma einen Beweis davon, der alle Gemüter in Staunen versetzte.

Im Südosten, ungefähr zehn Minuten vor der Stadt, erhebt sich eine berüchtigte und in ganz Italien wohlbekannte Zitadelle, deren mächtiger Turm, hundertundachtzig Fuß hoch, weithin sichtbar ist. Dieser Turm, der nach dem Vorbild der Engelsburg in Rom von den Farnesen, den Enkeln Pauls III., zu Beginn des Cinquecento erbaut ist, war so breit, daß auf seiner Plattform ein Palast für den Festungskommandanten und ein neues Gefängnis, die Torre Farnese, Platz gefunden hatten. Dieses Gefängnis, zu Ehren des ältesten Sohnes von Ranuccio Ernesto II. errichtet (er war der Geliebte seiner Stiefmutter), galt weit und breit für eine Sehenswürdigkeit. Die Duchezza wollte es aus Neugier besichtigen. Am Tage ihres Besuches herrschte in Parma eine erdrückende Hitze. Die Duchezza fand oben, an diesem erhöhten Ort, die frischere Luft so entzückend, daß sie mehrere Stunden dort blieb. Man beeilte sich, ihr die Säle der Torre Farnese aufzuschließen.

Auf der Plattform begegnete die Duchezza einem armen eingesperrten Liberalen, der sich seines halbstündigen Spazierganges erfreute, den man ihm alle drei Tage gestattete. Da sie noch nicht die an einem absolutistischen Hofe erforderliche Vorsicht besaß, plauderte sie hinterher von diesem Gefangenen, der ihr seine ganze Geschichte erzählt hatte. Die Partei der Marchesa Raversi griff diese Äußerung der Duchezza auf und verbreitete sie in der Hoffnung, sie werde den Fürsten unliebsam berühren. In der Tat hatte Ernst IV. wiederholt erklärt, man müsse hauptsächlich auf die Einbildungskraft der Untertanen wirken. »Lebenslänglich«, pflegte er zu sagen, »das ist ein schweres Wort und in Italien fürchterlicher als anderwärts.« Demzufolge hatte er noch nie in seinem Leben jemanden begnadigt.

Acht Tage nach ihrem Besuch der Zitadelle erhielt die Duchezza eine Begnadigungsurkunde, die vom Fürsten und dem Premierminister unterzeichnet war; der Name war jedoch nicht ausgefüllt. Der Sträfling, dessen Namen sie einträge, sollte sein Vermögen zurückerhalten sowie die Erlaubnis, den Rest seines Lebens in Amerika zu verbringen. Die Duchezza schrieb den Namen des Mannes, mit dem sie gesprochen hatte, in die Urkunde. Unglücklicherweise war das gerade ein halber

Schurke, ein schwacher Charakter: auf sein Geständnis hin war der berühmte Ferrante Palla zum Tode verurteilt worden. Dieser einzig dastehende Gnadenakt hob die Stellung der Duchezza noch mehr. Graf Mosca war närrisch vor Glück; er stand im Zenit seines Lebens.

Alles das wurde von entscheidendem Einfluß auf Fabrizzios Geschick. Er war noch immer in Romagnano bei Novara, beichtete, ging auf die Jagd, las nicht eine Zeile und machte einer vornehmen Dame den Hof, wie es die Vorschrift verlangte. Über diese letzte Notwendigkeit war die Gräfin von Anfang an ein wenig aufgebracht. Ebenso merkwürdig war es, daß sie niemals in Gegenwart des Grafen von Fabrizzio sprach, ohne sich vorher jedes Wort ihrer Rede zu überlegen, während sie ihm gegenüber sonst in allen Dingen von der größten Offenheit war und in seiner Gegenwart geradezu laut dachte. Ihm war es entgangen.

»Wenn es Ihnen recht ist«, sagte er zu ihr, »schreibe ich Ihrem liebenswürdigen Bruder am Comer See, diesem Marchese del Dongo, und nötige ihn, indem ich meinen Einfluß und den meiner Freunde in … aufbiete, Ihrem lieben Fabrizzio Begnadigung zu erwirken. Wenn es wahr ist, und ich wage nicht daran zu zweifeln, daß er etwas höher steht als die übrige Jugend, die ihre englischen Pferde in den Straßen Mailands tummelt, so muß es ihn bedrücken, mit achtzehn Jahren nichts zu tun zu haben und voraussichtlich niemals im Leben etwas zu tun zu kriegen. Wenn ihm der Himmel irgendeine Leidenschaft verliehen hätte, wofür es auch sei, und wäre es die, zu angeln, so ließe ich es mir gefallen; aber was sollte er in Mailand anfangen, selbst wenn er begnadigt würde? Zu bestimmter Stunde reitet er seinen englischen Vollblüter, zu einer anderen treibt ihn sein Müßiggang zu seiner Geliebten, die er weniger liebt als sein Pferd. Wenn es Ihnen recht ist, will ich versuchen, Ihrem Neffen einen Wirkungskreis zu schaffen.«

»Ich möchte gern, daß er Offizier wird«, sagte die Duchezza.

»Welcher Monarch sollte einen Posten, der eines schönen Tages von gewisser Bedeutung sein kann, einem jungen Mann anvertrauen, der erstens begeisterungsfähig ist und zweitens Begeisterung für Napoleon bekundet hat, indem er bei Waterloo zu ihm wollte? Bedenken Sie, was wären wir alle heute, wenn Napoleon bei Waterloo gesiegt hätte? Die Liberalen hätten wir allerdings nicht zu fürchten; aber die Monarchen aus den alten Herrscherhäusern könnten sich ihre Krone nur erhalten, wenn sie die Töchter napoleonischer Marschälle heirateten. Unter den heutigen Umständen wäre die Soldatenlaufbahn für Fabrizzio genau so wie das Dasein eines Eichhörnchens im Drehkäfig: viel Bewegung und kein Vorwärtskommen. Er hätte den Ärger, sich von jedem plebejischen Streber überflügelt zu sehen. Heutzutage, das heißt etwa in den nächsten fünfzig Jahren, solange wir Angst haben und die Tradition noch nicht wieder hergestellt ist, kommt es für einen jungen Mann vor allem darauf an, unfähig zur Begeisterung und arm an Geist zu sein. Ich habe an etwas gedacht, worüber Sie vielleicht zunächst entsetzt sein werden und was mir endlose Scherereien – und nicht nur für kurze Zeit – machen wird, ja was geradezu eine Torheit ist, die ich Ihnen zuliebe vollführen will. Aber gestehen Sie es mir, Sie wissen ja, welche Torheit beginge ich nicht, nur um ein Lächeln von Ihnen zu erringen?«

»Nun?« fragte die Duchezza.

»Nun, wir haben in Parma drei Mitglieder Ihres Hauses als Erzbischöfe gehabt: Ascanio del Dongo, der 1650 im Amt war, Fabrizzio Anno 1699 und noch einen Ascanio Anno 1740. Wenn Fabrizzio in den geistlichen Stand treten und sich höchster Tugend befleißigen wollte, so mache ich ihn irgendwo zum Bischof und später hier zum Erzbischof, wenn ich dann noch die Macht habe. Der einzige stichhaltige Einwand wäre der: Bleibe ich lange genug Minister, um diesen schönen Plan zu verwirklichen, der mehrere Jahre erfordert? Der Fürst kann sterben; er kann den dummen Einfall haben, mich zu entlassen. Aber es ist der einzige Weg, auf dem ich aus Fabrizzio etwas machen kann, was Ihrer würdig wäre.«

Man erwog den Plan lange hin und her; er war der Duchezza stark zuwider.

»Beweisen Sie mir«, sagte sie zum Grafen, »daß jede andere Laufbahn für Fabrizzio unmöglich ist!«

Der Graf bewies es.

»Sie bedauern«, schloß er, »daß er keine glänzende Uniform tragen wird; aber das kann ich nicht ändern.«

Nach vier Wochen Bedenkzeit fügte sie sich seufzend in die weisen Vorschläge des Ministers.

»Entweder reitet er blasiert seinen Vollblüter in irgendeiner Großstadt«, wiederholte der Graf, »oder er ergreift einen Beruf, der sich mit seinem Namen nicht verträgt. Einen Mittelweg finde ich nicht. Es ist ein Unglück, daß ein Edelmann heutzutage nicht Arzt und nicht

Advokat werden kann. Das neunzehnte Jahrhundert ist den Rechtsver-
drehern günstig.«

»Erinnern Sie sich auch immer daran, gnädige Frau«, fügte Mosca
hinzu, »daß Sie Ihrem Neffen auf dem Pflaster Mailands das Schicksal
aller bevorzugten jungen Leute bereiten. Sobald er seine Begnadigung
erlangt hat, geben Sie ihm fünfzehn-, zwanzig-, dreißigtausend Franken.
Sie haben es ja. Wir wollen alle beide keine Ersparnisse machen.«

Die Herzogin war für Ruhm empfänglich. Sie wollte nicht, daß Fabrizzio ein bloßer Geldvertuer werde. Das führte sie auf den Plan ihres
Geliebten zurück.

»Bedenken Sie«, sagte der Graf, »daß ich aus Fabrizzio keinen typi-
schen Priester machen will, wie sie in Massen umherlaufen. Nein, er
soll vor allem ein Grandseigneur werden. Er kann vollkommen Igno-
rant bleiben, wenn ihm das Spaß macht, und dabei doch Bischof und
Erzbischof werden; nur muß der Fürst in mir weiterhin einen nützli-
chen Menschen sehen.

Sobald Ihre Befehle meinen Vorschlag in eine unumstößliche Ver-
fügung verwandelt haben«, setzte der Graf hinzu, »soll Parma unseren
Schützling keinesfalls in ärmlichen Verhältnissen erblicken. Wenn er
als einfacher Priester aufträte, so wäre das ein Fehler. Er darf in Parma
nur in violetten Strümpfen[15] auftauchen und mit entsprechendem
Lebenszuschnitt. Dann wird jedermann von vornherein erraten, daß
Ihr Neffe Bischof werden soll, und kein Mensch hat etwas dagegen.
Wenn Sie auf meinen Rat hören wollen, so lassen Sie Fabrizzio
Theologie studieren und schicken ihn drei Jahre nach Neapel. Seine
akademischen Ferien kann er in Paris und London verleben, wenn er
will; nur darf er sich niemals in Parma zeigen.«

Diese Forderung gab der Duchezza einen Stich ins Herz. Sie
schickte ihrem Neffen einen Eilboten und bestellte ihn zu einer Zusammenkunft nach Piacenza. Es bedarf wohl keiner Erwähnung, daß
dieser Bote zugleich der Überbringer der nötigen Pässe und Geldmittel
war.

---

15   In Italien werden junge Leute mit Konnexion oder besonderer Gelehr-
      samkeit Monsignore und Prälat und dürfen die violetten Strümpfe tragen,
      obwohl sie nicht Bischof sind. Um Monsignore zu werden, braucht man
      kein Priestergelübde abzulegen; man kann die violetten Strümpfe wieder
      ablegen und heiraten. (Stendhal.)

Fabrizzio kam vor der Duchezza in Piacenza an. Er eilte seiner Tante entgegen und umarmte sie so leidenschaftlich, daß sie in Tränen zerfloß. Sie war froh, daß der Graf nicht zugegen war. Es war das erste Mal, seit sie mit ihm ein Liebesverhältnis hatte, daß diese Empfindung sie befiel.

Fabrizzio war tief bewegt und dann tief betrübt über die Pläne, die die Duchezza mit ihm vorhatte. Es war immer seine Hoffnung gewesen, schließlich Soldat zu werden, wenn die Geschichte von Waterloo ins reine gebracht wäre. Ein Umstand setzte die Herzogin in Erstaunen und bestärkte sie in dem romantischen Urteil, das sie sich über ihren Neffen gebildet hatte: er zeigte durchaus keine Neigung, ein Kaffeehausleben in einer italienischen Großstadt zu führen.

»Du könntest dich auf dem Korso von Florenz oder Neapel mit englischen Vollblutpferden sehen lassen«, sagte die Duchezza zu ihm. »Du könntest einen Wagen haben, eine hübsche Wohnung und so weiter!«

Voller Entzücken verweilte sie bei der Schilderung dieses Alltagsglückes, das Fabrizzio verächtlich zurückwies. ›Er ist ein Held!‹ dachte sie.

»Und wenn ich zehn Jahre lang dieses Leben der großen Welt geführt habe, was mache ich dann?« fragte Fabrizzio. »Was bin ich dann? Ein fertiger junger Mann, der das Feld dem Erstbesten überläßt, der neu in die Welt tritt und auch seine Vollblüter besitzt.«

Den Vorschlag mit der Kirche wies Fabrizzio zunächst weit von sich. Er sprach davon, nach Neuyork zu gehen, das Bürgerrecht zu erwerben und Soldat der amerikanischen Republik zu werden.

»Da würdest du stark enttäuscht sein! Dort drüben wirst du keinen Krieg erleben und auch ein Kaffeehausleben führen, nur ohne Eleganz, ohne Musik, ohne Liebe«, warf die Duchezza ein. »Glaube mir, für Menschen wie du und ich wäre ein Leben wie das amerikanische traurig.«

Sie erläuterte ihm die Dollaranbetung und die Rücksicht, die man dort auf jeden kleinen Handwerker nehmen müsse, weil von dessen Stimme alles abhinge. So kam man auf die geistliche Laufbahn zurück.

»Bevor du dich allzusehr ereiferst«, riet die Herzogin, »höre erst einmal genau an, was der Graf von dir will. Es handelt sich durchaus nicht darum, daß du ein armer, mehr oder weniger musterhafter und tugendsamer Priester wirst, wie etwa der Abbate Blanio. Denke daran, was deine Großonkel, die Erzbischöfe von Parma, gewesen sind; lies einmal deren Leben im Anhang unserer Familienchronik! Ein Mann deines Namens muß in erster Linie Grandseigneur sein, vornehm, großmütig, ein Beschützer der Gerechtigkeit, fähig, an die Spitze seines Standes zu treten, ein Mensch, der in seinem ganzen Leben nur einmal ein Halunke ist, dann aber ordentlich zu seinem Nutzen.«

»So werden alle meine Träume zu Wasser«, sagte Fabrizzio mit einem tiefen Seufzer. »Ein grausames Opfer! Ich sehe es ein, ich hatte den Abscheu vor Schwärmerei und Geist nicht bedacht, der fortan unter den unumschränkten Monarchen herrschen wird, selbst wenn es zu ihren Gunsten ist.«

»Bedenke, daß eine politische Kundgebung, eine Laune des Herzens den Schwärmer in die entgegengesetzte Richtung drängt als die, der er bis dahin gedient hat.«

»Ich bin ein Schwärmer!« wiederholte Fabrizzio. »Seltsamer Vorwurf! Ich kann nicht einmal verliebt sein!«

»Wie?« rief die Duchezza aus.

»Wenn ich die Ehre habe, einer Schönheit den Hof zu machen, selbst wenn sie von guter Herkunft und noch so fromm ist, kann ich doch nur an sie denken, solange ich sie sehe.«

Dieses Geständnis machte auf die Duchezza besonderen Eindruck.

»Ich bitte dich um einen Monat Frist«, begann Fabrizzio wieder. »Ich will von Frau C. in Novara Abschied nehmen und, was mir schwerer fallen wird, von den Luftschlössern meines bisherigen Lebens. Ich werde an meine Mutter schreiben, die wohl die Güte haben wird, nach Belgirate am piemontesischen Ufer des Lago Maggiore zu kommen, um mich zu sehen. Heute in einunddreißig Tagen werde ich inkognito in Parma sein.«

»Laß dir das ja nicht einfallen!« rief die Duchezza. Sie wollte nicht, daß sie der Graf Mosca im Geplauder mit Fabrizzio sähe.

So sahen sie sich in Piacenza wieder. Die Duchezza kam sehr aufgeregt hin; am Hofe zu Parma herrschte Sturm. Die Partei der Marchesa Raversi war nahe daran, zu triumphieren. Es war nicht unmöglich, daß Graf Mosca durch den General Fabio Conti ersetzt wurde, dem Oberhaupt der sogenannten liberalen Partei in Parma. Mit Ausnahme des Namens dieses Gegners, der in der Gunst des Fürsten gestiegen war, berichtete die Herzogin ihrem Neffen alles. Von neuem erwog sie die Aussichten seiner Zukunft, selbst für den Fall, daß die allmächtige Gunst des Grafen wegfiele.

»Ich werde drei Jahre an der theologischen Akademie in Neapel studieren«, sagte Fabrizzio. »Da ich ja in erster Linie ein junger Edelmann sein soll und du das strenge Leben eines tugendsamen Seminaristen von mir gar nicht verlangst, so ist mir um den Aufenthalt in Neapel nicht bange. So gut wie in Romagnano wird sich da auch leben lassen. Die gute Gesellschaft in meinem Nest fing an, mich für einen Jakobiner zu halten. In meiner Verbannung habe ich die Entdeckung gemacht, daß ich nichts gelernt habe, nicht einmal Latein, ja nicht einmal Rechtschreibung. Ich hatte mir vorgenommen, meine Erziehung in Novara zu vervollständigen. Ich will gern in Neapel Theologie studieren; das ist eine vertrackte Wissenschaft.«

Die Duchezza war entzückt.

»Wenn wir weggejagt werden«, sagte sie zu ihm, »so besuchen wir dich in Neapel. Aber bis auf weitere Befehle hältst du dich zur Partei der violetten Strümpfe. Der Graf, der unser jetziges Italien ziemlich gut kennt, hat mir ein paar Winke für dich mitgegeben: Glaube oder glaube nicht an das, was man dich lehren wird, aber mache nie den geringsten Einwand! Bilde dir ein, man bringe dir die Regeln des Whists bei. Würdest du dagegen Einwände erheben? Ich habe dem Grafen erzählt, daß du gläubig seist. Er hat sich darüber höchlichst gefreut. Der Glaube ist in dieser wie in jener Welt nützlich. Aber da du gläubig bist, so verfalle nicht in die Geschmacklosigkeit, mit Schaudern von Voltaire, Diderot, Raynal und all den tollkühnen Vorläufern des Parlamentarismus zu sprechen. Nimm diese Namen nur selten in den Mund, aber wenn es sein muß, dann sprich von ihnen mit ironischer Ruhe: diese Leute sind längst abgetan, und ihre Angriffe haben keine Bedeutung mehr. Glaube blindlings alles, was man dir in der Akademie vortragen wird. Denke daran, daß es Leute gibt, die dir den leisesten Widerspruch ewig nachtrügen. Ein kleines Liebesabenteuer verzeiht man dir, wenn es geschickt durchgeführt wird, nie aber einen Zweifel; und mit den Jahren nimmt das Liebesgetändel ab und der Zweifel zu. Mache dir das auch im Beichtstuhl zur Richtschnur! Du bekommst einen Empfehlungsbrief an einen Bischof mit, der die rechte Hand des Kardinal-Erzbischofs von Neapel ist. Das ist der einzige, dem du deine Durchbrennerei nach Frankreich und deine Teilnahme am 18. Juni bei Waterloo gestehen darfst. Übrigens mache es kurz: verkleinere dieses Abenteuer; bekenne es lediglich, damit man dir nicht vorwerfen kann, du habest es verschwiegen. Du warst damals so jung!

Zweitens läßt dir der Graf sagen: Wenn dir ein glänzender Einfall, eine schlagende Erwiderung in den Sinn kommt, die der Unterhaltung eine neue Wendung verleiht, so gib der Versuchung, zu glänzen, beileibe nicht nach. Bleibe stumm! Kluge Leute werden dir den Geist aus den Augen absehen. Wenn du einmal Bischof bist, dann ist es an der Zeit, Geist zu zeigen.«

Fabrizzio kam in Neapel in einem bescheidenen Wagen und mit vier Dienern an, braven Mailändern, die ihm seine Tante mitgegeben hatte. Nach seinem ersten Studienjahre sagte ihm kein Mensch nach, er habe Geist; man hielt ihn für einen fleißigen, sehr freigebigen, nur etwas liederlichen Edelmann.

Dieses für Fabrizzio leidlich vergnügte Jahr war für die Duchezza schrecklich. Drei- oder viermal war der Graf um Daumenbreite am Sturz. Der Fürst, furchtsamer denn je, weil er während dieses Jahres krank war, glaubte die verhaßte Erinnerung an jene Hinrichtungen los zu werden, wenn er Mosca entließ. Rassi war der Günstling seines Herzens; ihn wollte er vor allem behalten. Die Gefahr, in der der Graf schwebte, machte ihm die Duchezza leidenschaftlich zugetan; an Fabrizzio dachte sie nicht mehr. Um ihren möglichen Weggang einigermaßen zu begründen, fand sie, die Luft von Parma, die in der Tat ein wenig feucht ist wie die der ganzen Lombardei, sei ihrer Gesundheit nicht zuträglich. Nach zeitweiliger Ungnade, die so weit ging, daß der Graf, obwohl er Premierminister war, von seinem Gebieter mehr als zwanzig Tage lang nicht unter vier Augen empfangen wurde, trug Mosca den Sieg davon. Er ließ den General Fabio Conti, diesen angeblichen Liberalen, zum Kommandanten der Zitadelle ernennen, wo die durch Rassi verurteilten Liberalen eingesperrt waren.

»Übt Conti gegen seine Gefangenen Nachsicht«, sagte Mosca zu seiner Freundin, »so fällt er in Ungnade als Jakobiner, der über seinen politischen Anschauungen seine Kommandantenpflichten vergißt; ist er streng und mitleidslos – und anscheinend neigt er dazu –, so hört er auf, das Haupt seiner eigenen Partei zu sein, und macht sich alle Familien zu Feinden, die einen der Ihren in der Zitadelle haben. Dieser klägliche Kerl hat es weg, beim Nahen des Fürsten ein Gesicht aufzuziehen, das von Untertänigkeit trieft; wenn es verlangt wird, wechselt er viermal am Tag den Anzug. Eine Frage der Hofordnung versteht er stundenlang zu erörtern; aber er hat ganz und gar nicht das Zeug, den schwierigen Weg herauszufinden, der ihn allein retten könnte. Und in jedem Fall bin ich auch noch da.«

Am Tage nach der Ernennung des Generals Fabio Conti, die der Ministerkrise ein Ende machte, erfuhr man, daß Parma eine ultramonarchische Tageszeitung erhalten solle.

»Was für Streitereien wird diese Zeitung veranlassen!« meinte die Herzogin.

»Der Gedanke, diese Zeitung ins Leben zu rufen, ist vielleicht mein Meisterstück«, antwortete der Graf lachend. »Nach und nach will ich mir, scheinbar gegen meinen Willen, ihre Leitung durch ein paar wütende Reaktionäre aus der Hand nehmen lassen. Für die beiden Schriftleiterstellen habe ich schöne Gehälter ausgesetzt. Man wird sich von allen Seiten um diese Posten reißen. Diese Angelegenheit wird die Gemüter einen oder zwei Monate beschäftigen, und man vergißt darüber die Gefahren, die ich soeben überstanden habe.«

»Aber diese Zeitung muß doch empörend blödsinnig ausfallen.«

»Darauf rechne ich stark«, erwiderte der Graf. »Der Fürst wird sie alle Morgen lesen und die Meinung ihres Gründers bewundern. Einzelheiten wird er billigen oder mißbilligen. Von den Stunden, die er der Arbeit widmet, sind damit schon zwei in Anspruch genommen. Die Zeitung soll Widerspruch erregen, aber wenn ernstliche Klagen entstehen, in acht bis zehn Monaten, wird sie gänzlich in den Händen wütender Reaktionäre sein. Dann muß diese Partei, die mich ärgert, Erwiderungen bringen, und ich werde Einwände gegen die Zeitung machen. Im Grunde sind mir hundert fürchterliche Ungereimtheiten lieber als ein einziger Gehängter. Wer denkt in zwei Jahren noch an irgendeinen Blödsinn, der in einer Nummer der amtlichen Zeitung gestanden hat? Dagegen würde der Haß der Söhne und der Familie eines Gehängten mich so lange verfolgen, wie ich lebe, und mir womöglich mein Dasein verkürzen.«

Die Duchezza, immer leidenschaftlich bei der Sache, immer tätig, niemals müßig, hatte mehr Verstand als der gesamte Hof von Parma, aber sie war nicht geduldig und kaltblütig genug, um in Intrigen Glück zu haben. Gleichwohl hatte sie es so weit gebracht, die Machenschaften der verschiedenen Klüngel eifrigst zu verfolgen. Sie begann sogar persönliches Ansehen beim Fürsten zu genießen. Clara Paolina, die regierende Fürstin, obwohl mit Ehren überschüttet, war in eine höchst veraltete Hofordnung gezwängt und hielt sich darum für die Unglücklichste aller Frauen. Die Herzogin von Sanseverina machte ihr den Hof und unternahm es, ihr zu beweisen, daß sie gar nicht so unglücklich sei. Man muß wissen, daß der Fürst seine Gemahlin nur zur Mittagstafel sah; diese Mahlzeit dauerte dreißig Minuten, und es vergingen ganze Wochen, ohne daß der Fürst ein Wort an Clara Paolina richtete. Die Sanseverina versuchte das alles zu ändern. Sie heiterte den Fürsten auf, und das gelang ihr um so besser, weil sie sich ihre volle Unabhängigkeit zu wahren gewußt hatte. Auch beim besten Willen wäre es ihr doch nicht gelungen, keinen von den Trotteln zu verletzen, von denen es an diesem Hofe wimmelte. Ihre Ungeschicklichkeit in dieser Hinsicht machte sie bei der Mehrzahl der Hofschranzen verhaßt, lauter Grafen und Marchesi, die durchschnittlich ihre fünftausend Lire im Jahre zu verzehren hatten. Mit diesem Pech fand sie sich vom ersten Tage an ab, und so bemühte sie sich lediglich um die Gunst des Monarchen und seiner Gemahlin, von der sich der Erbprinz völlig leiten ließ. Die Duchezza verstand es, den Fürsten zu belustigen, und da der Fürst ihre geringsten Äußerungen aufmerksam anhörte, nützte sie das aus, um den Höflingen, die sie haßte, Lächerlichkeiten anzuhängen. Seit jenen Torheiten, zu denen ihn Rassi verleitet hatte – und blutige Torheiten lassen sich nicht wieder gutmachen –, bekam der Fürst zuweilen Anwandlungen von Angst und oft von Langerweile. Das machte ihn trübsinnig und neidisch. Er war sich bewußt, wie wenig Freude er hatte, und er ward schlechter Laune, wenn er zu sehen glaubte, daß sich andere vergnügten. Der Anblick von Glück machte ihn wütend.

»Wir müssen unsere Liebe verheimlichen«, sagte die Duchezza zu ihrem Freunde und gab dem Fürsten zu verstehen, daß der Graf, ein so achtenswerter Mensch er auch sei, ihr nur mäßig gefalle.

Diese Eröffnung bereitete Serenissimus einen glücklichen Tag. Von Zeit zu Zeit ließ die Duchezza durchblicken, daß sie den Plan hege, alljährlich etliche Monate Urlaub zu nehmen, um sich Italien anzusehen, das sie noch gar nicht kenne; sie wolle Neapel, Florenz, Rom besuchen. Nun vermochte nichts auf der Welt den Fürsten mehr zu ärgern als eine so offenkundige Fahnenflucht. Darin lag eine seiner Hauptschwächen. Handlungen, aus denen auch nur der Schein von Geringschätzung gegen seine Residenzstadt sprach, schnitten ihm ins

Herz. Er war sich klar, daß ihm kein Mittel zu Gebote stand, die Sanseverina zurückzuhalten, anderseits, daß die Duchezza die glänzendste Erscheinung an seinem Hofe war.

Etwas war bei der italienischen Faulheit ganz ungewöhnlich: zu den Donnerstagen der Herzogin kam die Gesellschaft von Parma selbst von den Gütern der Umgebung. Das waren wirkliche Feste; fast jedesmal hatte die Herzogin etwas Neues und Anregendes. Der Fürst hätte sich für sein Leben gern einmal einen solchen Donnerstag angesehen. Aber wie sollte er es ermöglichen? Ein Privathaus betreten? Das hatte weder sein Vater noch er je getan!

An einem Donnerstag war regnerisches, kaltes Wetter. Des Abends hörte Serenissimus alle Augenblicke Wagen über das Pflaster des Schloßplatzes rasseln, die zum Palazzo Sanseverina fuhren. Er ward ungeduldig: andere belustigten sich, und er, der souveräne Fürst, der unumschränkte Herrscher, der sich von Rechts wegen mehr erheitern müßte als die ganze Gesellschaft, er langweilte sich gründlichst. Er schellte nach seinem Adjutanten. Zunächst dauerte es eine Weile, bis ein Dutzend Geheimpolizisten auf der Straße vom Schloß Seiner Hoheit bis zum Palazzo Sanseverina aufgestellt war. Endlich, nach einer Stunde, die dem Fürsten wie ein Jahrhundert vorkam und während der er zwanzigmal im Begriff war, den Dolchen zu trotzen und keck und ohne Vorsichtsmaßregeln hinzufahren, erschien er im ersten Salon der Frau Sanseverina. Ein Blitzschlag hätte keine größere Bestürzung erzeugen können. Urplötzlich, je weiter der Fürst schritt, trat in diesen eben noch so geräuschvollen und fröhlichen Gemächern eine unheimliche Stille ein. Alles riß die Augen weit auf und starrte nach dem Fürsten. Die Hofschranzen waren gänzlich außer Fassung. Nur die Herzogin zeigte sich nicht im geringsten überrascht. Als man schließlich die Kraft zum Sprechen wiederfand, beschäftigten sich alle Anwesenden angelegentlichst mit der wichtigen Frage: War die Herzogin vom Erscheinen des Fürsten benachrichtigt oder war sie ebenso überrumpelt wie alle anderen?

Serenissimus unterhielt sich gut. Daraus kann man auf die schnell entschlossene Art der Herzogin und auf die grenzenlose Macht schließen, die sie durch die paar geschickt hingeworfenen Andeutungen ihrer angeblichen Reisepläne erlangt hatte. Als sie dem Fürsten am Ende das Geleit gab und er die allerliebenswürdigsten Worte an sie richtete, hatte sie einen absonderlichen Einfall, den sie ihm ganz einfach zu offenbaren wagte, als sei es weiter gar nichts:

»Wenn Eure Hoheit ein paar von den herrlichen Worten, die mich beglückt haben, an die Fürstin richten wollten, so würde Serenissimus mich ganz gewiß viel glücklicher machen, als wenn mir Hoheit hier sagen, ich sei lieb und nett. Um alles in der Welt möchte ich nämlich nicht, daß Allerhöchstdero Gnadenbeweis, der mich soeben geehrt, von der Fürstin falsch aufgefaßt würde.«

Der Fürst sah die schöne Frau starr an und antwortete trocken: »Es steht mir doch wohl frei, dahin zu gehen, wo es mir beliebt?«

Die Duchezza errötete. »Ich wollte«, antwortete sie augenblicklich, »Eurer Hoheit nur eine unnütze Fahrt ersparen. Es ist nämlich mein letzter Donnerstag. Ich gedenke einige Tage in Bologna und Florenz zu verbringen.«

Als sie in ihre Räume zurückkam, glaubte jedermann, sie stehe in der hellsten Gnadensonne, und doch hatte sie soeben etwas gewagt, wozu sich seit Menschengedenken niemand in Parma erdreistet hatte. Sie gab dem Grafen einen Wink. Er stand von seinem Whisttisch auf und folgte ihr in einen kleinen erleuchteten, aber menschenleeren Salon.

»Was Sie getan haben, war sehr kühn«, erwiderte er ihr. »Ich hätte Ihnen nicht dazu geraten. Aber in vollen Herzen«, setzte er lachend hinzu, »steigert das Glück die Liebe. Wenn Sie morgen vormittag abreisen, bin ich morgen abend bei Ihnen. Mich hält nichts zurück als die Schererei, die ich mir törichterweise mit dem Finanzministerium selber aufgehalst habe; aber in vier gut ausgenützten Stunden kann man eine Menge Kassen übergeben. Kehren wir zur Gesellschaft zurück, liebe Freundin, und spielen wir die ministerielle Blasiertheit frei und ungezwungen weiter. Es ist vielleicht die letzte Vorstellung, die wir in dieser Stadt geben. Hält er Ihr Benehmen für Trotz, dann ist der Mann zu allem fähig. Er wird das ein Exempel statuieren nennen. Wenn die Gesellschaft zu Ende ist, wollen wir uns überlegen, wie wir Sie für diese Nacht verschanzen. Es wäre vielleicht das beste, wenn Sie ohne Verzug abreisten nach Sacca, auf Ihr Landgut am Po. Von da ist es nur eine halbe Stunde bis zum österreichischen Gebiet.«

Dieser Augenblick war für die Liebe wie für die Eigenliebe der Herzogin gleich köstlich. Sie blickte den Grafen an, und ihre Augen füllten sich mit Tränen. Der allmächtige Minister, den der Haufe der

Hofschranzen umschmeichelte wie den Fürsten selbst, war bereit, alles um ihretwillen im Stich zu lassen, – und so leichten Herzens! Als sie wieder in ihren Gemächern erschien, war sie närrisch vor Freude. Alles neigte sich tief vor ihr.

»Wie das Glück die Duchezza verwandelt!« flüsterten die Hofmenschen von allen Seiten. »Sie ist nicht wiederzuerkennen. Endlich läßt sich diese über alles erhabene Römerseele herab, die unerhörte Gunst zu würdigen, die der Fürst ihr heute geschenkt hat!«

Bevor man auseinanderging, trat der Graf zu ihr heran. »Ich muß Ihnen eine Neuigkeit bringen.« Sofort zog sich alles um die Duchezza zurück. »Der Fürst«, fuhr der Graf fort, »hat sich bei seiner Rückkehr ins Schloß bei seiner Frau melden lassen. Stellen Sie sich die Überraschung vor! ›Ich komme‹, hat er zu ihr gesagt, ›um Ihnen von einer wirklich ganz allerliebsten Abendgesellschaft zu berichten, an der ich soeben im Hause der Sanseverina teilgenommen habe. Sie selbst hat mich gebeten, Ihnen bis ins einzelne zu erzählen, wie sie diesen alten, verräucherten Palast wieder instand gebracht hat.‹ Dann hat der Fürst Platz genommen und begonnen, Ihre Gemächer der Reihe nach zu beschreiben. Länger als fünfundzwanzig Minuten verweilte er bei seiner Gemahlin. Sie weinte vor Freude. Trotz ihrer Klugheit hat sie kein Wort zu finden vermocht, um die Unterhaltung in dem leichten Ton fortzusetzen, den Serenissimus anzuschlagen geruht hat.«

Im Grunde war der Fürst, was die Liberalen auch dagegen sagen mochten, kein bösartiger Mensch. Allerdings hatte er eine reichliche Anzahl von ihnen einsperren lassen, aber nur aus Furcht, und er pflegte gelegentlich zu sagen, wie um sich selbst über gewisse Erinnerungen zu beruhigen: »Es ist besser, wir schlagen den Teufel tot, als daß er uns totschlägt!« Am Tage nach jener Abendgesellschaft war er äußerst vergnügt. Er hatte zwei schöne Taten vollbracht: er war zu der Donnerstaggesellschaft gefahren und hatte mit seiner Frau gesprochen. Bei der Tafel richtete er das Wort an sie. Kurz und gut, jener Donnerstag bei der Duchezza hatte eine Palastrevolution heraufbeschworen, von der ganz Parma widerhallte.

Die Raversi war außer sich, und die Duchezza hatte eine doppelte Freude. Sie hatte ihrem Geliebten nützlich sein können und ihn verliebter gefunden als je.

»Alles wegen eines unbesonnenen Einfalls!« sagte sie zum Grafen. »Ohne Zweifel wäre ich freier in Neapel oder in Rom, aber fände ich dort ein so fesselndes Spiel? Nein, mein lieber Graf, niemals! Und Sie sind mein Glück!«

7.

Derlei Hofhistörchen, wie die soeben erzählten, füllen die Geschichte der nächsten vier Jahre. Jedes Frühjahr kam die Marchesa del Dongo mit ihren Töchtern und verlebte zwei Monate im Palazzo Sanseverina oder auf dem Gute Sacca am Ufer des Po. Es gab da herrliche Stunden, öfters war von Fabrizzio die Rede, aber der Graf wollte ihm niemals einen Besuch in Parma gestatten. Die Duchezza und der Minister hatten wohl ab und zu gewisse Unbesonnenheiten Fabrizzios wieder gutzumachen, aber im allgemeinen führte er mit ziemlichem Verständnis die ihm vorgeschriebene Lebensweise; er gab sich eben wie ein hoher Herr, der Theologie studiert und seine Laufbahn nicht allzusehr auf seine Tugendhaftigkeit baut.

In Neapel hatte ihn eine außerordentlich rege Vorliebe für das Studium der Antike ergriffen. Er veranstaltete Ausgrabungen. Diese Neigung hatte seine ehemalige Pferdeliebhaberei fast verdrängt. Seine englischen Vollblüter hatte er verkauft, um seine Grabungen bei Misenum fortsetzen zu können. Dort hatte er eine Tiberiusbüste gefunden[16], die den Kaiser in jugendlichem Alter darstellte; sie gehört zum Schönsten, was die Antike hinterlassen hat. Die Entdeckung dieser Büste war wohl die innigste Freude, die er in Neapel erlebte. Er besaß eine viel zu hohe Seele, als daß er es den anderen jungen Leuten gleichtun und etwa die Rolle des Verliebten mit einem gewissen Ernst hätte spielen mögen. Selbstverständlich fehlte es ihm nicht an Liebschaften, aber sie beschäftigten ihn nur oberflächlich, und man konnte von ihm trotz seinem Alter sagen, daß er von der Liebe nichts wußte. Um so mehr wurde er geliebt. Aber nichts vermochte ihn aus seiner schönen Kaltblütigkeit zu bringen; ihm galt eine junge Schönheit immer genau so viel wie jede andere junge Schönheit, nur daß ihm die am lockendsten erschien, die er zuletzt kennen gelernt hatte. Eine

16   Genau so hat Beyle selbst eine Tiberiusbüste besessen, die er (1832) einem Bauern abgekauft hatte, der sie beim Graben einer Grube gefunden hatte.

der gefeiertesten Damen von Neapel hatte im letzten Jahre seines Aufenthaltes Torheiten für ihn begangen; das hatte ihn anfangs belustigt, schließlich aber dermaßen gelangweilt, daß er es wie ein Glück empfand, durch seine Abreise den Aufmerksamkeiten der reizenden Duchezza von Albarocca enthoben zu sein.

Im Jahre 1821, nachdem er alle seine Prüfungen leidlich bestanden hatte, bekam sein Rektor einen Orden und ein Geschenk, und Fabrizzio machte sich auf, um zum ersten Mal jene Stadt Parma zu besuchen, an die er so viel gedacht hatte. Er war Monsignore und fuhr vierspännig. Von der letzten Poststation vor Parma an behielt er nur noch zwei Pferde, und in der Stadt ließ er vor der Kirche San Giovanni halten. Dort besuchte er das prunkvolle Grabmal des Erzbischofs Ascanio del Dongo, seines Urgroßonkels, der die lateinische Familiengeschichte verfaßt hatte. Er betete am Grabe und ging dann zu Fuß nach dem Palast der Herzogin, die ihn erst in ein paar Tagen erwartet hatte. In ihrem Salon war zahlreicher Besuch; alsbald verabschiedete sich alles.

»Nun, bist du mit mir zufrieden?« sagte er und sank in ihre Arme. »Dir verdanke ich es, daß ich vier recht glückliche Jahre in Neapel verlebt habe, statt mich in Novara mit meiner von der Polizei genehmigten Geliebten zu langweilen.«

Die Herzogin kam aus ihrem Erstaunen nicht heraus; sie hätte ihn nicht wiedererkannt, wenn sie ihm auf der Straße begegnet wäre. Sie fand, er sei wirklich einer der hübschesten Männer von Italien; besonders sein Gesichtsausdruck war entzückend. Als sie ihn nach Neapel schickte, war er ein echter Draufgänger gewesen; die Reitpeitsche, die er immer bei sich zu haben pflegte, schien damals ein Teil seines Wesens. Jetzt trug er vor Fremden das vornehmste, gemessenste Benehmen zur Schau. Nur unter vier Augen fand sie sein ganzes jugendliches Feuer wieder. Er war wie ein Diamant, der beim Schleifen nichts verloren hatte.

Fabrizzio war noch keine Stunde da, als sich Graf Mosca einstellte. Er kam ein wenig zu früh. Der junge Mann sprach in so gewählten Worten von dem Parmaer Orden, mit dem sein Rektor ausgezeichnet worden war, und drückte ihm auch für andere Wohltaten, die er nur in verblümter Weise anzudeuten wagte, mit so vollendetem Anstand seinen Dank aus, daß der Minister vom ersten Augenblick an die günstigste Meinung von ihm bekam.

»Ihr Neffe«, sagte er leise zur Duchezza, »ist wie geschaffen für die hohen Würden, zu denen Sie ihn bald erheben wollen.«

So weit ging alles vortrefflich; als aber der Minister, der mit Fabrizzio sehr zufrieden war und bisher einzig auf ihn achtgegeben hatte, die Duchezza ansah, fand er etwas Ungewohntes in ihren Augen. ›Der junge Mann macht einen merkwürdigen Eindruck auf sie‹, sagte er sich. Diese Erkenntnis war bitter. Der Graf hatte die Fünfzig erreicht, – ein grausames Wort, dessen Bedeutung wohl nur ein grenzenlos verliebter Mann verstehen kann. Er war sehr rüstig, durchaus der Liebe wert, trotz seiner Ministerwürde. Aber jenes grausame Wort Fünfzig warf einen Schatten auf sein ganzes Dasein; es stimmte ihn beinahe feindselig gegen sich selbst. In den fünf Jahren, seitdem er die Duchezza bewogen hatte, nach Parma zu kommen, hatte sie des öfteren seine Eifersucht herausgefordert, besonders in den ersten Zeiten, aber niemals hatte sie ihm einen ernstlichen Anlaß dazu gegeben. Er war überzeugt, und das mit Recht, daß sie bisweilen den oder jenen schmucken jungen Mann am Hofe zum Schein ausgezeichnet hatte, einzig, um sich seines Herzens um so fester zu versichern. Unter anderem wußte er genau, daß sie die Huldigungen des Fürsten von sich gewiesen hatte, der bei dieser Gelegenheit sogar eine lehrreiche Äußerung getan hatte.

»Wenn ich nun Eurer Hoheit Huldigungen annehmen wollte«, hatte ihm die Duchezza lachend erwidert, »wie sollte ich mich dann dem Grafen gegenüber benehmen?«

»Das würde mich fast ebenso in Verlegenheit setzen wie Sie. Der liebe Graf, mein Freund! Aber dieses Hindernis wäre doch leicht zu beseitigen, und ich habe schon daran gedacht: der Graf wird einfach lebenslänglich in die Zitadelle gesteckt.«

Bei Fabrizzios Ankunft war die Duchezza so außer sich vor Glück, daß sie gar nicht auf den Gedanken kam, was für einen Eindruck ihr glückliches Aussehen auf den Grafen machen könne. Die Wirkung war tief und der Argwohn unheilbar.

Zwei Stunden nach seiner Ankunft wurde Fabrizzio dem Fürsten vorgestellt. In der Voraussicht, daß ein derartig rascher Empfang in der Öffentlichkeit günstigen Eindruck verursachen werde, hatte die Duchezza bereits seit zwei Monaten darum nachgesucht. Diese Vergünstigung stellte Fabrizzio von vornherein außer Reih und Glied. Sie hatte den Vorwand gebraucht, er berühre Parma nur auf der Durchreise und wolle alsbald seine Mutter in Piemont besuchen.

In dem Augenblick, als der Fürst durch ein reizendes kleines Kärtchen der Duchezza erfuhr, daß Fabrizzio seiner Befehle harre, langweilte sich Serenissimus gerade. ›Da werde ich wohl einen blöden kleinen Heiligen zu sehen bekommen‹, sagte er sich, ›einen Narren oder einen Heuchler.‹

Der Festungskommandant hatte ihm bereits Fabrizzios ersten Besuch am Grabmal des Onkel-Erzbischofs hinterbracht. Der Fürst sah einen schlanken jungen Herrn eintreten, den er ohne seine violetten Strümpfe für einen jungen Offizier gehalten hätte.

Die kleine Überraschung verscheuchte die Langeweile. ›Da ist das Bürschchen‹, meinte er bei sich, ›für das man mich um, Gott weiß, was für Gnaden bitten wird, um alles, was in meiner Macht steht. Er kommt soeben an; er muß befangen sein. Ich werde ein bißchen Jakobinerpolitik machen. Wir werden sehen, wie er antwortet.‹

Nach den ersten huldvollen Worten fragte der Fürst: »Nun, Monsignore, ist das Volk von Neapel glücklich? Ist der König beliebt?«

»Serenissimus«, entgegnete Fabrizzio, ohne einen Augenblick zu zögern, »in den Straßen Neapels habe ich die vorzügliche Haltung der Soldaten von verschiedenen Regimentern Seiner Majestät des Königs bewundert. Die gute Gesellschaft erweist den höchsten Herrschaften die geziemende Ehrfurcht. Ich muß aber gestehen, daß ich nie geduldet habe, daß die Leute aus den niederen Klassen mir von anderen Dingen erzählten als von der Arbeit, für die ich sie bezahle.«

›Donnerwetter!‹ sagte sich der Fürst. ›Das ist ja ein schön zugestutzter Vogel! Ganz der Geist der Sanseverina.‹

Das Spiel reizte ihn, und der Fürst wandte seine ganze Schlauheit auf, um Fabrizzio auf dem Glatteis dieses Themas zum Sprechen zu bringen. Den jungen Mann regte die Gefahr an; er hatte das Glück, bewundernswerte Antworten zu finden.

»Es ist fast eine Dreistigkeit«, sagte er, »seinem König Liebe zu bekunden; blinden Gehorsam schuldet man ihm.«

Angesichts so übergroßer Vorsicht wurde der Fürst beinahe mißlaunig. ›Wie es scheint, ist das ein geistreiches Menschenkind, das da aus Neapel zu uns kommt. Die Sorte liebe ich nicht. Geistreiche Leute, mögen sie die besten Grundsätze haben und noch so strenggläubig sein, sind immer irgendwie Blutsverwandte von Voltaire und Rousseau.‹

Das gute Benehmen und die so unanfechtbaren Antworten des jungen Mannes, der kaum der Schulbank entronnen war, berührten den Fürsten wie Trotz. Er sah sich in seiner Erwartung getäuscht. Augenblicklich nahm er einen leutseligen Ton an und kam nach einigen Zwischenworten auf die wesentlichen Grundsätze von Staat und Gesellschaft zu sprechen. An passenden Stellen flocht er ein paar Redensarten aus Fénelon ein, die man ihm in seiner Jugend zur Verwendung bei Empfängen eingepaukt hatte.

»Sie staunen über diese Grundsätze, junger Mann«, sagte er zu Fabrizzio – er hatte ihn zu Beginn des Empfangs mit Monsignore angesprochen und beabsichtigt, ihn mit Monsignore zu entlassen, aber im Laufe der Unterhaltung fand er es geschickter und vorteilhafter, für sein schwülstiges Gerede eine freundschaftlichere Bezeichnung zu verwenden –, »Sie staunen über diese Grundsätze, junger Mann, und ich gebe zu, sie sind grundverschieden von den absolutistischen Tiraden«, – das war sein Ausdruck – »die man alle Tage in meinem Amtsblatt lesen kann. – Aber, mein Gott, was erzähle ich Ihnen da? Die Mitarbeiter dieser Zeitung sind Ihnen doch gänzlich unbekannt.«

»Serenissimus geruhen mir allergnädigst zu verzeihen: ich lese nicht nur das Parmaer Tageblatt, das ich recht gut geschrieben finde, sondern teile auch seine Ansicht, daß alles, was seit dem Tode Ludwigs XIV. im Jahre 1715 geschehen ist, ebenso verbrecherisch wie töricht ist. Die Hauptsache für den Menschen ist sein Seelenheil. Darüber kann es nicht zweierlei Ansichten geben, und die Seligkeit muß von ewiger Dauer sein. Die Worte Freiheit, Gerechtigkeit, öffentliche Wohlfahrt sind verrucht und sündhaft. Sie gewöhnen die Gemüter nur ans Diskutieren und ans Mißtrauen. Ein Parlament wird dem, was diese Leute ein Ministerium nennen, nie etwas Gutes zutrauen. Wenn dieses verhängnisvolle gewohnheitsmäßige Mißtrauen einmal eingerissen ist, so wendet es die menschliche Schwäche auf alles an. Dann kommt der Mensch so weit, an der Heiligen Schrift, an den Geboten der Kirche, an der Tradition zu zweifeln, und dann ist er verloren! Und selbst wenn das Mißtrauen – was gräßlich, irrig und verbrecherisch zu sagen ist –, wenn das Mißtrauen gegen die Autorität der Fürsten von Gottes Gnaden uns für die zwanzig oder dreißig Jahre hienieden, auf die jeder von uns rechnen kann, Glück brächte, was ist ein halbes, ja ein ganzes Jahrhundert im Vergleich zur ewigen Verdammnis?«

Man erkennt aus der Art, wie Fabrizzio sprach, daß er bestrebt war, seine Gedanken in eine leicht verständliche Form zu fassen. Es war klar, daß er nichts Einstudiertes herleierte.

Sehr bald gab es der Fürst auf, sich mit diesem jungen Mann herumzuärgern, dessen schlichte, ernste Grundsätze ihm lästig waren.

»Leben Sie wohl, Monsignore!« sagte er plötzlich. »Ich sehe, die Schulung auf der theologischen Akademie in Neapel ist vortrefflich, und wenn solche trefflichen Lehren gar in einem hervorragenden Geist aufgehen, so ist es ganz natürlich, daß man glänzende Erfolge erzielt. Leben Sie wohl!«

Damit drehte er ihm den Rücken.

›Diesem Schafskopf habe ich ganz und gar nicht gefallen‹, sagte sich Fabrizzio.

›Jetzt bleibt es abzuwarten‹, erwog der Fürst, sobald er allein war, ›ob dieser schöne junge Mann empfänglich für irgendeine Leidenschaft ist. Dann wäre er vollkommen. – Er ist ein geistreicher Nachbeter der guten Lehren seiner Tante. Ich habe sie richtig reden hören. Wenn es einmal eine Revolution in meinem Lande geben sollte, dann wäre sie diejenige, die den ›Vorwärts‹ herausgibt, wie damals die San Felice in Neapel[17]. Na, trotz ihren fünfundzwanzig Jahren und ihrer Schönheit hat man die San Felice ein bißchen aufgeknüpft. Ein warnendes Beispiel für überkluge Weiber!‹

Mit seiner Vermutung, Fabrizzio sei der Schüler seiner Tante, war der Fürst im Irrtum. Geistig begabte Menschen, die auf einem Thron oder in seiner Nähe geboren sind, verlieren häufig das Feingefühl. Um sie herum ist freimütige Unterhaltung verpönt; sie erscheint ihnen grob. Sie wollen nur Masken sehen und maßen sich doch ein Urteil über die Schönheit der Gesichtsfarbe an. Das Drollige dabei ist, daß sie sich viel Feingefühl zutrauen. Im vorliegenden Fall zum Beispiel glaubte Fabrizzio ungefähr alles, was wir ihn haben sprechen hören; allerdings dachte er keine zweimal im Monat an diese erhabenen

---

17 Die Marchesa Luisa San Felice wurde im Jahre 1800 auf Befehl des von seinen Kurtisanen beherrschten Königs Ferdinand I. von Neapel als Verschwörerin gehenkt.

Grundsätze. Er war ein aufgeschlossener und kluger Mensch, aber er war gläubig.

Der Freiheitsdrang, die Mode und der Kult der Volksbeglückung, diese Krankheiten des neunzehnten Jahrhunderts, waren in seinen Augen nichts als eine Ketzerei, die wieder verschwinden wird wie alle anderen, aber erst nach der Vernichtung vieler Seelen, so wie einst die Pest da, wo sie wütete, viele Körper hingerafft hat. Und trotz alledem las Fabrizzio die französischen Zeitungen voll Entzücken und beging sogar zuweilen die Unvorsichtigkeit, sich welche zu verschaffen.

Als Fabrizzio, noch ganz verblüfft vom Empfang im Schloß, zurückkam und seiner Tante von den verschiedenen Fallstricken des Fürsten erzählte, sagte sie zu ihm:

»Du mußt nun unverzüglich dem Padre Landriani, unserem ehrwürdigen Erzbischof, deinen Besuch machen. Geh zu Fuß hin, steige die Treppen geräuschlos hinauf, mache möglichst wenig Lärm in den Vorzimmern. Wenn man dich warten läßt, um so besser, um so viel tausendmal besser! Mit einem Wort: Benimm dich apostolisch!«

»Ich verstehe«, meinte Fabrizzio, »der Mann ist ein Tartüff.«

»Ganz und gar nicht! Er ist die leibhafte Tugend.«

»Trotz seiner Haltung bei der Hinrichtung des Grafen Palanza?« erwiderte Fabrizzio verwundert.

»Jawohl, mein lieber Freund, trotzdem! Der Vater unseres Erzbischofs war Unterbeamter im Finanzministerium, ein Kleinbürger. Das erklärt alles. Monsignore Landriani ist ein Mann von regem Verstand und gründlichem Wissen, ein ehrlicher Mensch. Er liebt die Tugend. Ich bin überzeugt: käme ein neuer Kaiser Decius auf die Welt, so stürbe er den Märtyrertod wie Polyeukt in der Oper, die man vergangene Woche gegeben hat. Das ist die gute Seite. Jetzt kommt die Kehrseite der Medaille. Sobald er dem Monarchen oder auch nur dem Premierminister gegenübersteht, ist er geblendet von so viel Größe. Er wird verwirrt, er errötet. Es ist ihm tatsächlich unmöglich, nein zu sagen. Daraus erklärt sich seine damalige Handlungsweise, die ihm in ganz Italien den Ruf der Grausamkeit eingebracht hat. Aber eines weiß man nicht: Als ihn die öffentliche Meinung über den Prozeß des Grafen Palanza aufklärte, da legte er sich die Buße auf, dreizehn Wochen von Wasser und Brot zu leben, so viel Wochen, wie der Name Davide Palanza Buchstaben hat. Wir haben hier am Hof einen grenzenlos durchtriebenen Schurken, namens Rassi, den Oberrichter oder

Großfiskal, der den Pater Landriani zur Zeit der Hinrichtung des Grafen Palanza im Garn hatte. Während seiner dreizehnwöchigen Fastenzeit lud ihn der Graf Mosca aus Mitleid und auch ein wenig aus Bosheit und gar zweimal wöchentlich zu Tisch ein. Der gutmütige Erzbischof aß aus Unterwürfigkeit mit wie alle anderen; er hätte es für Rebellion und Jakobinertum gehalten, sich öffentlich anmerken zu lassen, daß er sich für eine vom Landesherrn gutgeheißene Tat eine Buße auferlegt hatte. Aber man wußte, daß er für jede Einladung, bei der ihn seine treue Untertanenpflicht zwang, wie alle anderen zu essen, sich je zwei weitere Bußtage bei Wasser und Brot aufbrummte.

Monsignore Landriani, ein höherer Geist, ein Gelehrter ersten Ranges, hat nur eine Schwäche: er will verehrt sein. Sei also gerührt, wenn du ihn erblickst, und liebe ihn beim dritten Besuch wirklich. Im Verein mit deiner Abkunft wird dich das alsbald zu seinem Liebling machen. Zeige kein Befremden, wenn er dich bis an die Treppe geleitet; tue, als wärst du dergleichen gewöhnt. Er hat den Geburtsfehler, vor dem Adel zu knien. Im übrigen sei schlicht, apostolisch, keinesfalls geistreich, glänze nicht, und sei nicht etwa rasch im Antworten. Wenn du ihn kein bißchen schüchtern machst, dann behagst du ihm. Denke daran, daß er dich aus eigenem Antrieb zu seinem Großvikar ernennen muß. Der Graf und ich werden über diese allzu schnelle Beförderung überrascht und sogar ärgerlich tun. Das ist dem Fürsten gegenüber notwendig.«

Fabrizzio eilte in den erzbischöflichen Palast. Ein sonderbarer Zufall fügte es, daß der etwas schwerhörige Kammerdiener des trefflichen Prälaten den Namen del Dongo überhörte; er meldete einen jungen Priester namens Fabrizzio an. Der Erzbischof hatte gerade einen Pfarrer von wenig musterhafter Führung vor sich, den er sich hatte kommen lassen, um ihm den Standpunkt klar zu machen. Er war eben dabei, ihn abzukanzeln – etwas ihm höchst Peinliches –, und wollte sich seines Schmerzes gründlichst entledigen. Darum mußte der Großneffe des berühmten Erzbischofs Ascanio del Dongo drei Viertelstunden warten.

Er begleitete den Pfarrer bis ins letzte Vorzimmer und fragte beim Zurückkommen den Wartenden beiläufig, womit er ihm dienen könne. Wie soll man seine Entschuldigungen und seine Verzweiflung schildern, als er die violetten Strümpfe gewahrte und den Namen Fabrizzio del Dongo vernahm? Unserem Helden kam die Geschichte so spaßig vor, dass er es wagte, obgleich es sein erster Besuch war, in einer Anwandlung von Zärtlichkeit dem würdigen Prälaten die Hand zu küssen. Er mußte es anhören, wie der Erzbischof ganz außer sich immer wieder sagte: »Ein del Dongo muß in meinem Vorzimmer warten!« Gleichsam als Entschuldigung hielt er sich für verpflichtet, ihm die ganze Geschichte mit dem Pfarrer, seine Verstöße, seine Ausreden und so weiter zu erzählen.

›Wie ist es nur möglich‹, fragte sich Fabrizzio auf dem Heimweg zum Palazzo Sanseverina, ›dass dieser Mann die Hinrichtung des armen Grafen Palanza hat beschleunigen können?‹

»Was denken vostr' Eccellenza?« rief ihm der Graf Mosca lachend entgegen, als er ihn in das Zimmer der Duchezza eintreten sah. (Der Graf hatte es nicht gern, wenn Fabrizzio ihn Exzellenz nannte.)

»Ich bin wie aus den Wolken gefallen. Nichts verstehe ich vom Wesen der Menschen. Wenn ich seinen Ruf nicht kennte, ich hätte gewettet, er könne kein Huhn schlachten sehen.«

»Und die Wette hätten Sie gewonnen« entgegnete der Graf. »Aber wenn er vor dem Fürsten steht oder nur vor mir, so kann er nicht nein sagen. Allerdings, um zur vollen Wirkung zu kommen, muß ich das große gelbe Ordensband überm Rock tragen. Im Frack widerspräche er mir. Wenn ich ihn empfange, trage ich auch immer Uniform. Es kommt uns nicht zu, das Ansehen der Macht zu untergraben; das besorgen die französischen Zeitungen schon rasch genug. Wer weiß, ob das Katzbuckeln nicht eher stirbt als wir! Aber Sie, mein lieber Neffe, Sie werden den Respekt überleben. Sie, Sie werden ein Mustermensch werden!«

Fabrizzio gefiel sich ungemein im Umgang mit dem Grafen. Er war der erste höhere Mensch, der sich herabließ, mit ihm ohne Umschweife zu reden. Überdies hatten sie eine gemeinsame Liebhaberei: die für Altertümer und Ausgrabungen. Der Graf fühlte sich seinerseits durch die grenzenlose Aufmerksamkeit geschmeichelt, mit der ihm der junge Mann zuhörte. Aber etwas mißfiel ihm gewaltig: Fabrizzio hatte seine Wohnung in der Casa Sanseverina; er lebte mit der Duchezza zusammen und ließ sich in aller Unschuld anmerken, dass ihn dieser vertrauliche Verkehr beglückte. Fabrizzios Augen und seine frische Hautfarbe brachten den Grafen zur Verzweiflung. Seit langem ärgerte sich Ernesto Ranuccio IV., dem Sprödigkeit selten vorgekommen war, dass die am Hofe sattsam bekannte Tugend der Duchezza keine Ausnahme zu seinen Gunsten machte. Wir wissen, dass ihm Fabrizzios Klugheit und Geistesgegenwart vom ersten Tage an mißfallen hatten. Er nahm die außerordentliche Freundschaft übel, die seine Tante und er leichtsinnig zur Schau trugen, und lieh dem maßlosen Hofklatsch ein besonders geneigtes Ohr. Die Ankunft des jungen Mannes und der so ungewöhnliche Empfang, der ihm zuteil geworden war, gaben vier Wochen lang dem Gespräch und der Verwunderung aller Adligen im Staate Parma immer wieder neue Nahrung. ›Wir sind im Jahrhundert der Ungeheuerlichkeiten!‹ sagte man mit einem Augenaufschlag gen Himmel. Da hatte Serenissimus einen Einfall.

Es gab in der Leibgarde einen Grenadier ohne Rang, der eine unglaubliche Menge von Wein vertrug; dieser Mann verbrachte sein Leben im Wirtshaus und unterrichtete den Monarchen ohne Zwischenpersonen über die Stimmung im Heer. Carlone besaß nicht die geringste Bildung, sonst wäre er längst mehr geworden. Sein Dienst war, sich alle Tage im Schloß einzufinden, wenn die grosse Turmuhr zwölf schlug. Der Fürst stellte kurz vor Mittag höchstselbst den Laden eines Fensters im Zwischenstock, neben seinem Ankleidezimmer, auf eine bestimmte Art. Mit dem letzten Schlag zwölf kam er wieder in den Zwischenstock, wo er den Soldaten vorfand.

Der Fürst hatte in seiner Tasche ein Blatt Papier und Schreibzeug und diktierte dem Mann folgende Zeilen:

›Eure Exzellenz besitzen ohne Zweifel viel Verstand, und nur Dero tiefer Weisheit verdanken wir die so treffliche Regierung unseres Landes. Allein, mein lieber Graf, so grosse Erfolge ziehen stets ein wenig Mißgunst nach sich, und darum fürchte ich stark, dass man sich ein bisschen auf Ihre Kosten lustig macht, wenn Ihr Scharfsinn nicht dahinterkommt, dass ein gewisser fescher junger Mann das Glück hat, vielleicht wider seinen Willen, eine ganz merkwürdige Leidenschaft zu verursachen. Der glückliche Sterbliche soll erst dreiundzwanzig Jahre alt sein, und, lieber Graf, es ist eine verzwickte Geschichte, Sie wie ich sind alle beide reichlich doppelt so alt. Abends, aus einer gewissen Entfernung, ist der Graf ein entzückender, sprühender, geistreicher und überaus liebenswürdiger Mann, allein früh, in nächster Nähe, ist der Eindringling, wenn man sichs recht besieht, vielleicht verführerischer. Nun geben wir Frauen, besonders wir, die wir die Dreißig hinter uns haben, viel auf Jugendfrische. Spricht man nicht sogar bereits davon, dass dieser liebenswürdige Jüngling durch irgendeine nette Stellung ganz an unseren Hof gefesselt werden soll? Und welche Person spricht denn mit Eurer Exzellenz am häufigsten davon?‹

Der Fürst nahm den Brief und gab dem Grenadier zwei Taler.

»Das ist ganz extra!« sagte er mit finsterer Miene zu ihm. »Unverbrüchliches Stillschweigen gegen jedermann oder das feuchteste Kellerloch in der Zitadelle!«

Der Fürst hatte in seinem Schreibtisch einen Vorrat von Briefumschlägen mit den Anschriften seiner meisten Hofschranzen von der Hand des nämlichen Soldaten, der als des Schreibens unkundig galt und nicht einmal seinen Dienstbericht je selber geschrieben hatte. Der Fürst suchte sich den entsprechenden Umschlag heraus.

Ein paar Stunden später erhielt der Graf Mosca einen Brief durch die Post. Die Stunde, in der er ankommen musste, war ausgerechnet, und im Augenblick, als der Briefträger, den man mit einem kleinen Brief hatte hineingehen sehen, wieder aus dem Ministerium herauskam, wurde Mosca zu Serenissimus befohlen. Nie war der Günstling in tieferem Trübsinn erschienen. Um sich so recht daran zu weiden, rief ihm der Fürst zu, als er seiner ansichtig wurde: »Ich möchte mich in gemütlicher Plauderei mit dem Freund erholen, statt mit dem Minister zu arbeiten. Ich habe heute abend tolle Kopfschmerzen. Außerdem plagen mich trübe Gedanken.«

Der Premierminister Graf Mosca della Rovere war natürlich in der gräßlichsten Laune, als er seinen hohen Herrn endlich verlassen durfte. Ranuccio Ernesto IV. war in der Kunst, ein Herz zu martern, von vollendeter Geschicklichkeit, und der Vergleich mit dem Tiger, der gern mit seiner Beute spielt, ist hier ohne allzu großes Unrecht am Platze.

Der Graf ließ sich im Galopp nach Hause fahren, schrie, ohne stehen zu bleiben, seine Leute an, er wäre für kein lebendiges Wesen zu sprechen, ließ dem diensthabenden Auditore sagen, er brauche ihn nicht – einen Menschen in Hörweite zu wissen, war ihm unerträglich –, und schloß sich eiligst in den großen Gemäldesaal ein. Dort konnte er sich endlich ganz seiner Wut hingeben; dort verbrachte er den Abend im Dunkeln, wie ein Besessener ziellos hin und her rennend. Er versuchte, seinem Herzen Ruhe zu gebieten und die ganze Kraft seines Hirns auf die Überlegung seines künftigen Verhaltens zu sammeln. In seiner tiefen Herzensnot, die seine grausamsten Feinde mitleidig gestimmt hätte, sagte er sich: ›Der Mann, den ich tief verabscheue, wohnt im Hause der Duchezza, verbringt jede Minute mit ihr. Soll ich versuchen, eine ihrer Kammerjungfern zum Sprechen zu bringen? Nichts wäre gefährlicher. Sie ist so gütig; sie entlohnt sie so reichlich! Sie wird deshalb vergöttert. Und, grosser Gott, wer sollte sie nicht vergöttern?

Es fragt sich jetzt‹, begann er in neuer Wut, ›soll ich mir die Eifersucht, die mich verzehrt, anmerken lassen oder gar nicht davon sprechen? Wenn ich schweige, wird man sich nicht im geringsten verstellen. Ich kenne Gina. Sie ist ein Weib von feuriger Natur; ihr Tun und Denken ist sogar für sie selber unberechenbar. Wenn sie sich eine Rolle vornimmt, bleibt sie darin stecken; im Augenblick der Ausführung kommt ihr immer ein neuer Gedanke, den sie leidenschaftlich aufgreift, als ob es der beste auf der Welt wäre, und so verdirbt sie sich alles.

Wenn ich kein Wort über mein Martyrium rede, verheimlicht man mir nichts, und ich sehe alles, was vorgehen mag.

Ja, aber wenn ich spreche, dann schaffe ich eine neue Lage. Ich bringe sie zum Nachdenken. Ich komme einer Menge schrecklicher Dinge zuvor, die sich ereignen könnten. – Vielleicht wird er aus dem Hause geschickt;‹ sagte der Graf aufatmend, ›dann habe ich so gut wie gewonnenes Spiel. Wenn sie auch im Augenblick schlechter Laune wäre, ich werde sie beschwichtigen. Schlechte Laune, – ganz natürlich! Sie liebt ihn seit fünfzehn Jahren wie einen Sohn. Dann aber, als er nach Waterloo ging, ward er ihr entrückt. Als er von Neapel zurückkam, war er, zumal für sie, ein anderer Mensch. Ein anderer Mensch!‹ wiederholte er wütend. ›Und ein reizender Mensch! Vor allem hat er jenes offene und zärtliche Aussehen, jenes Lachen im Auge, das so viel Glück verheißt. Und solche Augen an unserem Hofe zu finden, ist die Duchezza nicht gerade gewöhnt. Hier gibt es statt dessen finstere oder höhnische Blicke. Was für Augen mag ich oftmals machen, unter der Last meiner Geschäfte! Ich, der ich nur durch meinen Einfluss auf einen Mann herrsche, dem es ein Vergnügen wäre, wenn ich mich bloßstellte! Ach, soviel Mühe ich mir auch gebe, es ist doch gerade mein Blick, der alt aussieht! Streift meine Heiterkeit nicht immer an Ironie? Mehr noch – hier muß ich aufrichtig sein! – lässt meine Heiterkeit nicht die unumschränkte Macht und die – Bosheit durchschimmern? Sage ich mir zuweilen nicht selber, besonders wenn man mich reizt: Ich kann, was ich will! Ich füge sogar eine Dummheit hinzu:

Ich muß glücklicher sein als andere, weil ich besitze, was die anderen nicht haben: Herrschergewalt in drei Vierteln aller Dinge. – Nun, wir wollen gerecht sein: dieser gewohnheitsmäßige Gedanke muss mir mein Lachen vergiften, muß mir etwas wie selbstzufriedene Eigenliebe verleihen. Wie reizend dagegen ist sein Lachen! Er besitzt den siegesfrohen Zauber der ersten Jugend und überträgt ihn auf andere.‹

Zum Unglück für den Grafen war die Luft an jenem Abend heiss, drückend, gewitterschwül, kurzum, es war einer jener Tage, die in südlichen Ländern zu gewaltsamen Entschlüssen verleiten. Es würde zu weit führen, alle Gedankengänge und Standpunkte aufzuzählen, die diesen leidenschaftlichen Mann drei qualvolle Stunden hindurch folterten. Schließlich gab der Verstand den Ausschlag, einzig und allein auf Grund folgender Überlegung: ›Ich bin wahrscheinlich toll. Ich bilde mir ein, vernünftig zu denken, und denke gar nicht vernünftig; ich drehe mich nur im Kreise herum, um einen weniger grausamen Zustand zu schaffen, und renne dabei an einem entscheidenden Entschluss vorbei. Da mich das Übermaß des Schmerzes blind gemacht hat, muss ich mich an die Regel aller klugen Leute halten, die da heisst: Vorsicht! Sonst, wenn das Schicksalswort Eifersucht einmal gefallen ist, steht meine Rolle ewiglich fest. Sage ich dagegen heute nichts, dann kann ich morgen sprechen und bleibe Herr über das Ganze.‹ Die Krise war allzu heftig; der Graf wäre wahnsinnig geworden, wenn sie länger gedauert hätte. Für Augenblicke fühlte er sich erleichtert; seine Aufmerksamkeit richtete sich auf den Brief ohne Unterschrift. Von wem konnte er kommen? Er zählte sich eine Reihe Personen auf und urteilte über jede. Das lenkte ihn ab. Endlich erinnerte er sich an ein boshaftes Flackern im Auge des Fürsten, als er ihm gegen Ende des Empfangs sagte: ›Ja, teurer Freund, gestehen wir es uns nur, die Genüsse und die Sorgen des glücklichsten Ehrgeizes, selbst der unbeschränktesten Macht sind nichts gegen das stille Glück zärtlicher Liebe. Über dem Fürsten bin ich Mensch, und wenn ich das Glück habe, zu lieben, dann hat es meine Geliebte mit dem Menschen zu tun, nicht mit dem Fürsten.‹ Der Graf brachte dieses Aufleuchten boshaften Glücks mit folgender Wendung in dem Brief in Beziehung: ›Nur Dero tiefer Weisheit verdanken wir die so treffliche Regierung unseres Landes.‹

»Der Satz rührt vom Fürsten her!« rief Mosca aus. »Von einem Mann am Hofe wäre er eine unverantwortliche Unvorsichtigkeit. Der Brief kommt von Serenissimus!«

Als das Rätsel gelöst war, machte die kleine Freude des Erratens bald wieder dem quälenden Gedanken an die liebenswürdige Anmut Fabrizzios Platz, der ihn abermals heimsuchte. Wie eine Riesenlast fiel es von neuem auf das Herz des Unglücklichen. »Was nützt es mir, zu wissen, von wem der Brief ohne Unterschrift ist!« rief er voller Wut. ›Die Tatsache, die er mir enthüllt, bleibt nichtsdestoweniger bestehen. Diese Laune kann mein Leben umwerfen!‹ sagte er sich wie zur Entschuldigung, dass er so närrisch war. »Wenn sie ihn in bewußter Weise liebt, dann reist sie unversehens mit ihm ab, nach Belgirate, nach der Schweiz, nach irgendeinem Winkel der Welt. Sie ist reich, aber auch wenn sie mit ein paar Louisdor jährlich auskommen müßte, was stört sie das? Hat sie mir nicht vor kaum acht Tagen gestanden, ihr Palast, der so hübsch eingerichtet, so prächtig ist, langweile sie? Ihre jugendliche Seele braucht Abwechselung! Und wie einfach und natürlich bietet sich ihr dies neue Glück! Ehe sie an die Gefahr denkt, wird sie hingerissen sein, ehe sie daran denkt, mich zu bedauern! Und doch bin ich so unglücklich!« rief der Graf und brach in Tränen aus.

Er hatte sich das Gelübde gegeben, diesen Abend nicht zur Duchezza zu gehen, aber er konnte es nicht halten; nie hatten seine Augen heftiger nach ihrem Anblick gedürstet. Gegen Mitternacht fand er sich bei ihr ein. Er traf sie allein mit ihrem Neffen; um zehn Uhr hatte sie die übrigen verabschiedet und die Haustür schliessen lassen. Beim Anblick der zärtlichen Vertraulichkeit, die zwischen den beiden Menschen herrschte, und des echten Frohsinns der Duchezza türmte sich vor den Augen des Grafen eine furchtbare Schwierigkeit auf, und ganz plötzlich! Während seiner langen Grübelei in der Gemäldegalerie hatte er nicht an das Eine gedacht: Wie sollte er seine Eifersucht verbergen?

Er wußte nicht, zu welchem Vorwand er seine Zuflucht nehmen sollte, und so behauptete er, der Fürst sei heute abend ungemein ungnädig zu ihm gewesen; er hätte ihm beständig widersprochen, und so weiter. Zu seinem Schmerz nahm er wahr, dass ihm die Duchezza kaum zuhörte und dieser Tatsache, die sie noch tags zuvor zu endlosen Betrachtungen veranlaßt hätte, keinerlei Anteilnahme schenkte. Der Graf blickte Fabrizzio an. Noch nie war ihm dieses schöne Lombardengesicht so aufrichtig und vornehm erschienen. Fabrizzio war mehr Ohr als die Duchezza für die Misshelligkeiten, von denen er erzählte.

›Wahrlich‹, sagte er sich, ›dieses Gesicht vereint grenzenlose Güte mit dem Ausdruck einer gewissen zärtlichen und unschuldigen Heiterkeit, die unwiderstehlich ist. Offenbar sagt es: Nur Liebe und Glück sind ernste Dinge auf dieser Welt! Und dennoch, wenn man einen Gesprächsstoff berührt, der Geist erfordert, so blitzt es in seinen Augen, und man ist erstaunt und verwirrt. Alles ist in seinen Augen einfach, weil er alles von oben herab betrachtet. Grosser Gott! Wie soll man einen solchen Gegner aus dem Felde schlagen? Und trotz alledem, was wäre das Leben ohne Ginas Liebe? Mit welchem Entzücken lauscht sie sichtlich den reizenden, sprühenden Einfällen dieses so jugendlichen Geistes, der einer Frau unvergleichlich erscheinen muß!‹

Ein gräßlicher Gedanke befiel den Grafen wie ein Krampf: ›Soll ich den da vor ihren Augen erdolchen und dann Hand an mich selbst legen?‹

Er durchmaß das Zimmer; seine Beine trugen ihn kaum, und die Hand krampfte sich um den Dolchgriff. Die beiden kümmerte nicht, was er tat. Er sagte, er wolle einem Diener einen Auftrag geben; sie hörten kaum darauf. Die Duchezza lachte herzlich über ein Wort, das Fabrizzio soeben an sie gerichtet hatte. Der Graf trat an eine Lampe im Nebengemach und prüfte, ob die Spitze seines Dolches scharf geschliffen sei.

›Man muss nett und manierlich mit dem jungen Mann umgehen‹, sagte er sich, indem er zurückkam und auf das Paar zuschritt.

Er wurde verrückt; es kam ihm vor, als ob sie sich zueinander beugten und sich küßten, dort, unter seinen Augen. ›Das ist unmöglich‹, sagte er sich, ›in meiner Gegenwart! Mein Verstand ist verwirrt. Ich muß mich beruhigen. Wenn ich mich roh benehme, ist die Duchezza imstande, ihm lediglich aus gekränkter Eitelkeit nach Belgirate zu folgen. Dort oder unterwegs kann der Zufall das Wort herbeiführen, das den Empfindungen beider den rechten Namen gibt, und im Augenblick folgt alles Weitere daraus. Die Einsamkeit wird dieses Wort prägen, und dann? Wenn die Duchezza einmal fern von mir ist, was wird dann? Selbst wenn ich alle Schwierigkeiten überwinde, die mir der Fürst auftürmt, wenn ich mein verkümmertes altes Gesicht in Belgirate sehen lasse, welche Rolle spiele ich fortan unter diesen vor Glück närrischen Menschen? Selbst hier, was bin ich anderes als der terzo incommodo? – Die schöne italienische, Sprache ist wie geschaffen für die Liebe. – Terzo incommodo! (Der störende Dritte!) Wie schmerzlich für einen geistvollen Mann, zu fühlen, daß er diese abscheuliche Rolle spielt, und es nicht über sich zu gewinnen, aufzustehen und wegzugehen!‹

Der Graf war nahe daran, herauszuplatzen oder zum mindesten sich durch seine entstellten Züge zu verraten. Als er bei seinem Hin- und Hergehen im Salon gerade an der Tür war, ergriff er die Flucht, indem er in gutmütigem und vertraulichem Tone rief: »Gute Nacht, ihr beiden!« Und für sich fügte er hinzu: ›Es soll kein Blut fließen!‹

Am Morgen nach diesem schrecklichen Abend, nach einer Nacht, die der Graf damit verbracht hatte, sich bald Fabrizzios Vorzüge bis ins einzelne auszumalen, bald sich den gräßlichsten Ausbrüchen grausamster Eifersucht hinzugeben, geriet er auf den Einfall, einen jungen Kammerdiener zu sich rufen zu lassen. Dieser Bursche machte einem jungen Mädchen namens Cechina den Hof, die Kammerzofe bei der Duchezza war und sehr gut bei ihr stand. Zum Glück war der junge Diener in seiner Führung höchst ordentlich, sogar geizig, und strebte nach einem Pförtnerposten in einem der Regierungsgebäude von Parma. Der Graf befahl dem Menschen, augenblicklich Cechina, seine Geliebte, herzubringen. Der Diener gehorchte, und eine Stunde darauf erschien der Graf unversehens in der Stube, wo sich das junge Mädchen mit ihrem Bräutigam befand. Der Graf versetzte beide in Schrecken durch den Haufen Gold, den er ihnen gab. Sodann blickte er die zitternde Cechina mit scharfen Augen an und richtete die kurzen Worte an sie: »Die Duchezza und der Monsignore – fanno l'amore?«

»Nein«, sagte das junge Mädchen nach einem Augenblicke des Stillschweigens, »nein, noch nicht; aber er küßt der gnädigen Frau oft die Hände, zwar lachend, aber leidenschaftlich.«

Diese Zeugenaussage wurde durch hundert weitere Antworten auf ebenso viele grimmige Fragen des Grafen ergänzt. Seine ruhelose Leidenschaft machte es den armen Leuten nicht leicht, sich das Geld zu verdienen, das er ihnen hingeworfen hatte. Am Ende glaubte er, was sie ihm sagten, und war nicht mehr so unglücklich.

»Wenn die Duchezza je eine Ahnung von diesem Verhör bekommt«, sagte er zu Cechina, »dann schicke ich Eueren Bräutigam auf zwanzig Jahre in die Zitadelle, und Ihr sollt ihn erst in weißen Haaren wiedersehen.«

Während der nächsten Tage verlor Fabrizzio völlig seine Heiterkeit.

»Ich versichere dir«, sagte er zur Duchezza, »der Graf Mosca hat eine Abneigung gegen mich.«

»Um so schlimmer für Seine Exzellenz«, antwortete sie mit einem Anflug von Verdruß.

Das war aber keineswegs die wahre Ursache der Unruhe, die Fabrizzio seines Frohsinns beraubte. ›Die Stellung, in die mich der Zufall setzt, ist nicht haltbar‹, sagte er sich. ›Ich bin überzeugt, sie wird nie etwas sagen; vor einem allzu deutlichen Wort würde sie zurückschaudern wie vor einer Blutschande. Aber wenn sie einmal abends nach einem ausgelassenen, unvorsichtigen Tag ihr Gewissen prüfte und zu der Überzeugung käme, ich müßte ihre Gefühle für mich ahnen, welche Rolle spielte ich dann in ihren Augen? Buchstäblich die des keuschen Josephs! Wie soll ich ihr in schöner Offenherzigkeit begreiflich machen, daß ich ernsthafter Liebe nicht fähig bin? Ich bin nur nicht geistreich genug, dieser Tatsache derart Ausdruck zu geben, daß sie nicht der Dreistigkeit ähnelt wie ein Ei dem anderen. Mir bleibt nur die Ausrede, eine große Leidenschaft in Neapel zu haben. Für diesen Fall muß ich einmal auf einen Tag dahin zurück. Dieser Plan ist schlau, aber recht unbequem. Es ginge auch mit einer kleinen Liebelei in irgendeinem Hinterhause. Nicht gerade mein Geschmack, aber immerhin besser als die abscheuliche Rolle eines Mannes, der nicht verstehen will. Der zweite Plan könnte allerdings meine Zukunft gefährden. Ich müßte die größte Vorsicht aufwenden und mir Verschwiegenheit erkaufen, um die Gefahr zu mindern.‹

Das Grausame bei diesen Erwägungen war, daß Fabrizzio die Duchezza wirklich und weit mehr als sonst jemand auf der Welt liebte. ›Ich muß sehr ungeschickt sein‹, sagte er sich ärgerlich, ›daß ich solche große Furcht habe, ich könnte etwas so Wahres nicht durchblicken lassen.‹ Da er die Geschicklichkeit, sich aus dieser Schwierigkeit herauszuhelfen, nicht besaß, wurde er düster und kummervoll. ›Großer Gott, was soll aus mir werden, wenn ich mich mit dem einzigen Wesen entzweie, für das ich eine leidenschaftliche Zuneigung hege?‹ Anderseits konnte sich Fabrizzio nicht entschließen, ein so köstliches Glück durch ein zu deutliches Wort zu vernichten. Seine Stellung zur Duchezza war so reizvoll! Die vertraute Freundschaft mit einer so liebenswürdigen und so hübschen Frau war so süß! Auch in viel Geringerem brachte ihm ihre Gunst und Gnade Annehmlichkeiten an diesem

Hofe; die großen Ränke, die sie ihm aufdeckte, belustigten ihn wie eine Komödie. ›Mein Gott, diese so fröhlichen, so zärtlichen Abende im traulichen Zwiegespräch mit einer so reizenden Frau: was wird das Ende vom Liede sein?‹ fragte er sich. ›Sie wird einen Liebhaber in mir sehen. Sie wird von mir Leidenschaft, Torheit verlangen, und ich hätte ihr nie etwas zu bieten als die regste Freundschaft, aber keine Liebe. Die Natur hat mir diese Art erhabener Narrheit versagt. Was für Vorwürfe habe ich deshalb nicht schon einstecken müssen! Noch höre ich die Duchezza von Albarocca, und wie habe ich mich da lustig gemacht! Gina wird meinen, ich liebte sie nicht, und doch vermag ich überhaupt nicht zu lieben. Nie wird sie mich verstehen wollen. Wenn sie mir ein Hofgeschichtchen erzählt mit ihrer Anmut und Ausgelassenheit, die sonst niemand auf der Welt besitzt, wie oft küsse ich ihr da die Hände und zuweilen die Wange! Was soll ich tun, wenn ihre Hand meinen Druck in einer gewissen Weise erwidert?‹

Fabrizzio ließ sich täglich in den vornehmsten und langweiligsten Häusern Parmas sehen. Dem schlauen Rat der Duchezza gemäß machte er den beiden Fürsten, Vater und Sohn, der Fürstin Clara Paolina und Seiner Hochwürden dem Erzbischof in kluger Weise den Hof. Er hatte Erfolg, aber das enthob ihn keineswegs der Todesangst, daß er sich mit der Duchezza überwerfen könnte.

8.

So teilte Fabrizzio kaum vier Wochen nach seinem Antritt bei Hof alle Sorgen eines Höflings, und die traute Freundschaft, die das Glück seines Daseins ausmachte, war vergiftet. Gequält von solchen Gedanken, verließ er eines Abends die Gemächer der Duchezza, wo er allzu sichtlich als der bevorzugte Liebhaber gelten durfte, irrte auf gut Glück durch die Stadt und kam am hell erleuchteten Theater vorüber. Er ging hinein. Das war eine unverantwortliche Unvorsichtigkeit für einen Mann seines Standes, die in Parma zu vermeiden er sich eigentlich gelobt hatte; schließlich war es nur eine kleine Stadt von vierzigtausend Einwohnern. Allerdings hatte er vom ersten Tage an seine Berufstracht abgelegt. Wenn er nicht gerade in eine sehr große Gesellschaft ging, trug er abends einfache schwarze Kleidung wie ein Herr in Trauer.

Im Theater nahm er sich eine Loge im dritten Rang, um nicht gesehen zu werden. Man gab Goldonis ›Locandiera‹. Er musterte die Architektur des Hauses; nach der Bühne wandte er seine Blicke fast gar nicht. Aber das zahlreiche Publikum brach alle Augenblicke in Lachen aus. Fabizzio sah nach der jungen Schauspielerin, die die Wirtin spielte; er fand sie drollig. Er widmete ihr mehr Aufmerksamkeit; sie schien ihm allerliebst und vor allem voller Natürlichkeit, eine junge Naive, die über die hübschen Dinge, die ihr Goldoni in den Mund legte, immer zuerst lachte und dann ein ganz verdutztes Gesicht machte. Er erkundigte sich, wie sie hieße, und man sagte ihm: Marietta Valserra.

›Aha‹, dachte er, ›sie trägt meinen Namen; das ist merkwürdig.‹ Trotz seinen Vorsätzen verließ er das Theater erst nach Schluß des Stückes. Am anderen Tage kam er wieder. Drei Tage später wußte er die Wohnung von Marietta Valserra. Am Abend desselben Tages, als er dies mit ziemlich viel Mühe erkundet hatte, bemerkte er, daß der Graf ihn liebenswürdig behandelte. Der arme, eifersüchtige Verliebte, der sich nur mit Aufbietung aller Kräfte in den Schranken der Vorsicht hielt, hatte dem jungen Mann Aufpasser nachgeschickt. Sein Kulissenabenteuer machte ihm Spaß. Einen Tag, nachdem er es über sich gebracht hatte, zu Fabrizzio liebenswürdig zu sein, erfuhr er, daß dieser, halb verkleidet in einem langen blauen Rock, in das armselige Stübchen hinaufgeklettert war, wo Marietta im vierten Stock eines alten Hauses hinter dem Theater hauste. Seine Freude verdoppelte sich, als er vernahm, daß Fabrizzio unter falschem Namen mit ihr bekannt geworden war und die Ehre hatte, die Eifersucht eines üblen Kerls namens Giletti zu erregen, der in der Stadt Rollen dritten Ranges spielte und auf den Dörfern als Seiltänzer auftrat. Dieser edle Verehrer Mariettas erging sich in Drohungen gegen Fabrizzio und schwur, er wolle ihn umbringen.

Die Operngesellschaften werden durch einen Impresario zusammengebracht, der von da und dort Mitglieder anwirbt, je nachdem sie gerade frei sind und von ihm bezahlt werden können. So eine aufs Geratewohl zusammengelaufene Truppe bleibt eine, höchstens zwei Spielzeiten beieinander. Anders verhält es sich mit den Lustspieltruppen. Diese ziehen von Stadt zu Stadt und wechseln den Spielort alle zwei bis drei Monate; sie bilden dabei gleichsam eine Familie, deren Angehörige sich gegenseitig lieben oder hassen. Es gibt bei solchen

Gesellschaften richtige Haushalte, wilde Ehen, die auseinanderzubringen den Lebemännern in den Städten, wo die Truppe auftritt, oft große Schwierigkeiten macht. So ging es auch unserem Helden. Die kleine Marietta liebte ihn wohl, aber sie hatte schreckliche Angst vor Giletti, der ihr alleiniger Herr und Gebieter zu sein beanspruchte und sie auf Schritt und Tritt überwachte. Immer und überall drohte er, den Monsignore zu töten; er war Fabrizzio nachgegangen und hatte seinen Namen erkundet. Dieser Giletti war unstreitig das häßlichste Wesen, zu nichts weniger als zur Liebe geschaffen: baumlang, gräßlich mager und stark pockennarbig, auch schielte er ein wenig. Übrigens besaß er gewisse Berufstalente; gewöhnlich kam er radschlagend oder mit einem anderen Kunststück hinter die Kulissen, wo seine Kollegen versammelt standen. Seine Glanzrollen waren solche, in denen der Darsteller mit weiß bemaltem Gesicht auftreten muß und entweder tüchtige Prügel austeilt oder welche bekommt. Dieser würdige Neben-buhler Fabrizzios bezog eine Monatsgage von zweiunddreißig Lire und hielt sich für riesig reich.

Als die Aufpasser dem Grafen diese beglaubigten Einzelheiten hin-terbrachten, kam er sich wie neu geboren vor. Seine gute Laune kehrte zurück; er erschien in den Gemächern der Duchezza als heiterer und besserer Gesellschafter denn je, hütete sich aber, von dem kleinen Abenteuer, das ihn dem Leben zurückgegeben hatte, irgend etwas verlauten zu lassen. Er traf vielmehr Maßregeln, daß die Duchezza so spät wie möglich von der ganzen Geschichte erfuhr. Endlich hatte er den Mut, der Stimme der Vernunft zu folgen, die ihm seit vier Wochen zuschrie, daß ein Liebhaber, dessen Glücksstern zu erbleichen beginnt, auf alle Fälle verreisen müsse.

Eine wichtige Angelegenheit rief ihn nach Bologna. Zweimal am Tage brachten ihm Staatskuriere weniger dienstliche Akten aus seinen Kanzleien als vielmehr neue Nachrichten über die Liebesgeschichte der kleinen Marietta, über die Rachsucht des schrecklichen Giletti und die Abenteuer Fabrizzios.

Einer der Gewährsmänner des Grafen bestellte mehrere Male ›Arle-chino in der Pastete‹, eine der Glanzrollen Gilettis, worin er gerade in dem Augenblick aus der Pastete steigt, da sein Rivale Brighella sie anschneidet, den er dann ordentlich verprügelt. Das war ein Vorwand, ihm hundert Franken zuzuwenden. Giletti, der bis über die Ohren in

Schulden stak, hütete sich zwar, von dieser Sondereinnahme zu reden, wurde aber erstaunlich stolz.

Fabrizzios flüchtige Laune wandelte sich in verletzte Eigenliebe. Vor Herzeleid nahm er trotz seinem Alter seine Zuflucht bereits zu Grillen. Die Eitelkeit lockte ihn ins Theater. Das kleine Mädchen spielte überaus lustig und zerstreute ihn; hinterher war er immer eine Stunde lang verliebt.

Der Graf kehrte nach Parma zurück, als er erfuhr, daß Fabrizzio in wirklicher Gefahr schwebte. Giletti, der in dem schönen Regiment der Napoleondragoner gedient hatte, sprach allen Ernstes davon, den Monsignore zu ermorden, und traf Anstalten, um hinterher nach der Romagna zu entfliehen.

Wenn der Leser sehr jung ist, wird er über unsere Bewunderung dieses schönen moralischen Zuges am Grafen erstaunt sein. Gleichwohl war es für ihn kein geringer Aufwand an Edelmut, von Bologna zurückzukehren; sah er doch bisweilen, besonders des Morgens, recht verlebt aus, und Fabrizzio dagegen frisch und heiter. Wem wäre es eingefallen, ihm aus Fabrizzios Ermordung, die in seiner Abwesenheit und aus so törichtem Anlaß geschehen wäre, einen Vorwurf zu machen? Aber er gehörte zu jenen seltenen Seelen, die ewig Gewissensbisse empfinden, wenn sie eine edle Tat, die sich ihnen geboten, nicht vollbracht haben. Übrigens war ihm der Gedanke unerträglich, die Duchezza durch seine Schuld traurig zu sehen.

Bei seiner Ankunft fand er sie schweigsam und schwermütig. Folgendes war vorgefallen: Die kleine Kammerzofe Cechina, von Reue gequält und die Größe ihrer Verfehlung nach der stattlichen Bestechungssumme bemessend, war krank geworden. Eines Abends kam die Duchezza, die sie gern hatte, in ihre Kammer hinauf. Diesem Beweis von Güte vermochte das Mädchen nicht zu widerstehen; sie brach in Tränen aus, wollte ihrer Herrin zurückgeben, was sie von dem empfangenen Gelde noch besaß, und fand am Ende den Mut, ihr das Verhör zu gestehen, das der Graf mit ihr angestellt hatte. Die Duchezza lief schnell zur Lampe und löschte sie aus, dann sagte sie zu der kleinen Cechina, sie verzeihe ihr, doch unter der Bedingung, daß sie niemandem ein Wort von dem merkwürdigen Vorgang erzähle. »Der arme Graf«, sagte sie leichthin, »fürchtet die Lächerlichkeit. So sind die Männer alle.«

Die Duchezza eilte in ihr Zimmer hinab. Kaum hatte sie sich dort eingeschlossen, als sie in Tränen ausbrach. Der Gedanke, mit Fabrizzio, an dessen Wiege sie gestanden, eine Liebschaft zu haben, war ihr entsetzlich. Und doch: war ihr Benehmen nicht danach?

Das war die erste Ursache der düsteren Schwermut, in der sie der Graf antraf. Als er wieder da war, zeigte sie sich launisch gegen ihn und fast auch gegen Fabrizzio; am liebsten hätte sie alle beide nicht wiedersehen mögen. Sie ärgerte sich über die ihr lächerliche Rolle, die Fabrizzio bei der kleinen Marietta spielte; der Graf, der wie alle Verliebten nicht reinen Mund halten konnte, hatte ihr nämlich alles erzählt. Sie konnte sich an dieses Unglück nicht gewöhnen. Ihr Abgott hatte einen Makel. Schließlich fragte sie in einem Augenblick guten Einvernehmens den Grafen um Rat. Das war für ihn ein köstlicher Augenblick und eine schöne Belohnung für die ehrenwerte Regung, die ihn nach Parma zurückgeführt hatte.

»Nichts ist einfacher als das!« meinte Mosca lachend. »Die jungen Männer begehren alle Frauen, und am Tag darauf denken sie nicht mehr an sie. Könnte er nicht nach Belgirate gehen und der Marchesa del Dongo einen Besuch abstatten? Während seiner Abwesenheit werde ich die Komödiantentruppe ersuchen, ihre Künste anderswo zu zeigen. Die Reisekosten will ich ihr bezahlen. Aber geben Sie acht: binnen kurzem werden wir ihn in das erste beste andere hübsche Weib verliebt sehen, das der Zufall über seinen Weg führt. Das ist ganz in der Ordnung, und ich möchte gar nicht, daß es anders wäre. – Nötigenfalls veranlassen Sie die Marchesa, ihm zu schreiben.«

Dieser Vorschlag, den er mit völlig gleichgültiger Miene machte, war für die Duchezza ein Lichtblick: sie hatte Angst vor Giletti. Am Abend bemerkte der Graf beiläufig, daß ein Eilbote, der von Wien gekommen sei, nach Mailand weiterginge. Drei Tage darauf empfing Fabrizzio einen Brief von seiner Mutter. Er reiste ab, sehr ärgerlich darüber, daß er, dank Gilettis Eifersucht, nichts mehr von der liebevollen Gesinnung haben durfte, deren ihn die kleine Marietta durch ihre Mammaccia, eine alte Komödiantenmutter, hatte versichern lassen.

In Belgirate traf Fabrizzio seine Mutter und seine Schwestern. Belgirate ist ein großes piemontesisches Dorf am westlichen Ufer des Lago Maggiore; das östliche gehört den Mailändern oder richtiger den Österreichern. Dieser See, der sich gleichlaufend dem Corner See von Norden nach Süden erstreckt, liegt etwa zwölf Meilen westlicher. Die

Gebirgsluft, der erhabene und friedliche Anblick des köstlichen Sees erinnerten Fabrizzio an den anderen See, wo er seine Kindheit verlebt hatte; alles das wirkte zusammen, seinen Kummer und Groll in sanfte Schwermut aufzulösen. Jetzt mischte sich in die Erinnerung an die Duchezza eine namenlose Zärtlichkeit; es war ihm, als ob ihn fern von ihr jene Liebe ergriffe, die er niemals für ein Weib empfunden hatte. Nichts wäre ihm unerträglicher gewesen, als auf ewig von ihr getrennt zu sein. Hätte sich die Duchezza herabgelassen, auch nur ganz wenig Koketterie zu Hilfe zu nehmen, so hätte sie sich sein Herz erobert, zum Beispiel, wenn sie ihm einen Nebenbuhler gegenübergestellt hätte. Weit entfernt, einen so entscheidenden Entschluß zu fassen, ertappte sie sich, nicht ohne heftige Selbstvorwürfe, doch dabei, wie ihre Gedanken immer der Reise des jungen Wandersmannes nachschwebten. Sie warf sich das vor, was sie noch eine Laune nannte, als wäre es ein Greuel. Sie verdoppelte ihre Aufmerksamkeit und Zuvorkommenheit gegen den Grafen, der, von so viel Liebenswürdigkeit hingerissen, nicht auf die Stimme der Vernunft hörte, die ihm eine zweite Reise nach Bologna anbefahl.

Die Marchesa del Dongo konnte ihrem Lieblingssohne nur drei Tage widmen, da die Vermählung ihrer ältesten Tochter mit einem Mailänder Principe bevorstand. Nie hatte sie Fabrizzio so zärtlich und anhänglich gefunden. Mitten in der Schwermut, die sich seiner Seele mehr und mehr bemächtigte, stieg in ihm ein wirrer und lächerlicher Gedanke auf, den er sofort zur Ausführung brachte. Darf es gesagt werden? Er wollte den Abbate Blanio um Rat fragen. Dieser treffliche alte Mann war zwar unfähig, das Herzeleid einer ebenso jugendlichen wie ungestümen Leidenschaft zu verstehen. Überdies hätte es einer Zeit von acht Tagen bedurft, um ihm alle Rücksichten klar zu machen, die Fabrizzio in Parma zu nehmen hatte. Aber mit dem Einfall, Blanio um Rat zu fragen, fand Fabrizzio die volle Spannkraft eines Sechzehnjährigen wieder. Wird man es glauben? Fabrizzio wollte ihn nicht nur als bedachtsamen Mann und treuen Freund befragen; der Zweck seiner Reise und die Gefühle, die unseren Helden während der fünfzig Stunden ihrer Dauer erfüllten, waren so aberwitzig, daß es zweifellos für die Erzählung besser wäre, sie unerwähnt zu lassen. Ich fürchte, Fabrizzios Aberglaube wird ihm das Wohlwollen der Leser verscherzen. Aber er war nun einmal so. Wozu ihm mehr schmeicheln als anderen? Ich habe weder dem Grafen Mosca noch dem Fürsten geschmeichelt.

Um also alles zu berichten: Fabrizzio begleitete seine Mutter bis zum Hafen von Laveno am östlichen Gestade des Lago Maggiore auf österreichischem Gebiet, wo sie gegen acht Uhr abends ausstieg. Man sieht den See als neutrales Gebiet an und verlangt von jemandem, der nicht ans Land geht, keinen Paß. Aber kaum war die Nacht hereingebrochen, da ließ sich Fabrizzio nach demselben österreichischen Ufer hinüberrudern und landete an einer kleinen, waldbedeckten Landspitze. Er mietete sich eine Sediola, eine Art leichten ländlichen zweiräderigen Wagens, mit dem er der Kutsche seiner Mutter in einer Entfernung von fünfhundert Schritt folgen konnte. Er war als Diener mit der Livree der Casa del Dongo verkleidet, und keinem der zahlreichen Zoll- und Polizeibeamten fiel es ein, ihn nach seinem Paß zu fragen.

Eine viertel Meile vor Como, wo die Marchesa und ihre Töchter übernachten mußten, bog er in einen Seitenpfad linker Hand ein, der um den Ort Vico herum und schließlich auf einen neuerdings dicht am Seeufer angelegten schmalen Weg führte. Es war Mitternacht, und Fabrizzio konnte hoffen, keinem Gendarmen zu begegnen. Die Wipfel der Baumreihen, durch die der kleine Weg hinlief, hoben sich mit den schwarzen Umrissen ihres Blätterwerks vom Sternenzelt ab, das ein leichter Nebel verschleierte. Wasser und Himmel dehnten sich in tiefem Schweigen. Fabrizzios Seele konnte dieser erhabenen Schönheit nicht widerstehen. Er machte Halt und setzte sich auf einen Felsen, der wie ein kleines Vorgebirge in den See ragte. Nichts klang durch die Stille ringsum als der leise Wellenschlag des Sees, der sich gleichmäßig am Gestade brach. Fabrizzio hatte ein italienisches Herz und somit nur manchmal Anfälle von Eitelkeit. Der bloße Anblick erhabener Schönheit rührte ihn und nahm seinem Leid alle Schärfe und Bitternis. Er blieb auf seinem einsamen Felsen, wo er nicht auf Gendarmen zu achten brauchte, im Schütze der dunklen Nacht und der grenzenlosen Stille sitzen, und süße Tränen traten ihm in die Augen; dort erlebte er, einsam für sich, die glücklichsten Stunden, die er seit langem gehabt hatte.

Er faßte den Entschluß, die Duchezza niemals zu belügen, und gerade weil er sie in diesem Augenblick bis zur Vergötterung liebte, gelobte er sich, ihr seine Liebe nie einzugestehen. Nie wollte er das Wort Liebe zu ihr sagen, da das, was man Leidenschaft nennt, seinem Herzen fremd war. Im Überschwang von Edelmut und Mannestugend, der ihn jetzt beseligte, entschloß er sich, ihr bei der ersten Gelegenheit alles zu sagen.

Nachdem er diesen mutigen Vorsatz einmal fest gefaßt hatte, fühlte er sich wie von einer Zentnerlast befreit. ›Vielleicht wird sie mir ein paar Worte wegen Marietta sagen. Meinetwegen, ich will die kleine Marietta nie wiedersehen‹, gab er sich vergnügt zur Antwort.

Die schwüle Hitze, die tagsüber geherrscht hatte, begann der frischen Morgenluft zu weichen. Schon erhellte die Dämmerung mit bleichem Schimmer die Zacken der Alpen, die im Norden und gegen Osten des Corner Sees aufragen. Ihre selbst im Juni beschneiten Flächen hoben sich von dem reinen Blau des in jenen ungemessenen Höhen immer klaren Himmels ab. Ein Ausläufer der Alpen wagt sich südwärts in das glückliche Italien vor und trennt die Berge des Comer Sees von denen des Gardasees. Fabrizzios Auge folgte all den herrlichen Spitzen und Kämmen; der heller dämmernde Morgen ließ die trennenden Täler hervortreten und durchleuchtete den leichten Nebel, der aus ihren Gründen emporwallte.

Endlich machte sich Fabrizzio wieder auf den Weg. Er überschritt den Hügel, der die Halbinsel Durini bildet, und endlich tauchte vor seinen Augen der Turm der Dorfkirche von Grianta auf, wo er so oft mit dem Abbate Blanio die Gestirne beobachtet hatte.

›Wie unwissend war ich doch damals!‹ sagte er zu sich. ›Ich konnte nicht einmal das lächerliche Latein jener astrologischen Schriften verstehen, die mein Lehrer studierte. Ich glaube, ich hatte gerade deshalb so große Scheu davor, weil ich nur hier und da ein paar Brocken davon verstand und meine Phantasie damit beschäftigt war, einen Sinn, und zwar einen möglichst verstiegenen, hineinzulegen.‹

Allmählich nahm seine Träumerei eine andere Richtung. ›Sollte wirklich etwas Wahres in dieser Wissenschaft stecken? Warum sollte sie sich von den anderen unterscheiden? So kommt zum Beispiel ein bestimmter Kreis von Einfaltspinseln und Schwindlern überein, die mexikanische Ursprache zu verstehen, und nötigt sich mit dieser Eigenschaft der Gesellschaft auf, die sie anerkennt, und den Regierungen, die sie bezahlt. Man überhäuft sie mit Auszeichnungen, just weil sie durchaus keinen Geist haben, so daß die Regierung keine Furcht zu haben braucht, sie könnten die Massen aufreizen und hochherzige Gefühle zum Auflodern bringen. So einer ist der Abbate Bari, dem der Fürst dafür, daß er neunzehn Verse einer griechischen Dithyrambe textlich wieder herstellte, ein Jahresgeld von viertausend Franken und das Ritterkreuz seines Hausordens verliehen hat.

Aber, großer Gott, habe ich eigentlich das Recht, derartige Dinge lächerlich zu finden? Steht es mir wohl zu, darüber zu schimpfen?‹ sagte er plötzlich zu sich und hielt inne. ›Ist das nicht der gleiche Orden, den vor kurzem mein Rektor in Neapel bekommen hat?‹

Fabrizzio überkam tiefes Unbehagen. Die schöne Tugendwallung, die sein Herz soeben hatte höher schlagen lassen, machte dem niedrigen Empfinden Platz, an einem Raub teilzuhaben. ›Wie dem auch sei‹, sagte er sich schließlich mit den erloschenen Augen eines mit sich unzufriedenen Menschen, ›da meine Geburt mir das Recht verleiht, aus solchen Mißständen Vorteil zu ziehen, so wäre es eine hervorragende Dummheit von mir, wenn ich keinen Gebrauch davon machte. Nur ist es durchaus nicht nötig, daß ich mir einfallen lasse, darüber öffentlich zu lästern.‹ Diese Betrachtungen waren gewiß richtig, aber Fabrizzio war vom Gipfel des erhabensten Glückes hinabgestürzt, zu dem er sich eine Stunde vorher erhoben gefühlt hatte. Der Gedanke an Vorrechte hatte jene ewig zarte Blume geknickt, die man das Glück nennt.

›Wenn man nicht an die Astrologie glauben darf‹, fuhr er fort, indem er sich zu betäuben suchte, ›wenn diese Wissenschaft, wie drei Viertel aller nicht mathematischen Wissenschaften, nichts als eine Vereinbarung von begeisterten Narren und durchtriebenen Heuchlern im Solde derer ist, denen sie dienen, woher kommt es dann, daß ich so oft und tief bewegt an einen schicksalsvollen Umstand denke? Einst bin ich dem Gefängnis zu B. entronnen, aber im Rock und mit dem Paß eines Soldaten, den man gerechter Gründe wegen eingesperrt hatte.‹

Weiter vermochte Fabrizzios Verstand nie einzudringen; er rannte auf hundert Wegen um das Hindernis herum, ohne je darüber hinweg zu gelangen. Er war noch zu jung. In müßigen Stunden schwelgte seine Seele im Genuß romantischer Empfindungen, die ihm seine stets rege Einbildungskraft verschaffte. Er war weit entfernt, seine Zeit geduldigen Betrachtungen des Tatsächlichen zu widmen und seine Beweggründe zu ahnen. Die Wirklichkeit erschien ihm noch seicht und schmutzig. Ich gebe zu, daß niemand sie gern betrachtet, aber dann muß man auch kein Urteil darüber fällen. Vor allem darf man keine Einwände dagegen mit dem Rüstzeug seiner Unwissenheit machen.

So war Fabrizzio, ohne daß es ihm an Geist gebrach, nicht imstande, zu erkennen, daß sein Halbglaube an Vorzeichen seine Religion war, eine von Kindheit an tief eingewurzelte Neigung. An diesen Glauben zu denken, war ihm Fühlen, war ihm Glück. Und er grübelte hartnäckig nach, wie dieser Glaube eine Erfahrungswissenschaft, etwa wie die Geometrie, werden könne. Voll Eifer suchte er in seinem Gedächtnis nach all den Umständen, unter denen er ein Vorzeichen beobachtet hatte, dem ein vorausgesagtes glückliches oder unglückliches Ereignis nicht gefolgt war. Aber während er meinte, logisch zu denken und der Wahrheit nachzuspüren, verweilte seine Aufmerksamkeit glückselig bei der Erinnerung an Fälle, wo der Vorbedeutung das glückliche oder unglückliche Ereignis, das sie angekündet, vollauf gefolgt war. Das rührte seine Seele und erfüllte sie mit Ehrfurcht. Er hätte eine unüberwindliche Abneigung gegen den Menschen gehabt, der Vorzeichen geleugnet oder gar Spott darüber gezeigt hätte.

Traumverloren wandelte Fabrizzio dahin und war mit seinen ohnmächtigen Grübeleien gerade so weit gelangt, als er aufblickte und sich vor der Mauer des väterlichen Gartens sah. Diese Mauer, der Unterbau einer herrlichen Terrasse, erhob sich rechts vom Wege bis zur Höhe von vierzig Fuß. Ein Gesims von Quadersteinen an ihrem oberen Rande, dicht unter der Brüstung, gab ihr etwas Erhabenes. ›Nicht übel‹, sagte Fabrizzio kalt bei sich. ›Kein schlechter Stil, beinahe altrömisch‹, setzte er in Anwendung seiner neu erworbenen Kunstkenntnisse hinzu. Dann wandte er sich voll Ekel ab. Die Härte seines Vaters und ganz besonders die Anzeige seines Bruders Ascanio nach seiner Heimkehr aus Frankreich kamen ihm in den Sinn.

›Diese widernatürliche Anzeige ist der Ursprung meines jetzigen Lebens. Ich kann sie hassen, ich kann sie verachten, aber schließlich hat sie mein Schicksal gewendet. Was wäre aus mir geworden, als ich nach Novara verbannt war, wo mich kaum der väterliche Verwalter dulden mochte, wenn meine Tante keine Liebschaft mit einem mächtigen Minister gehabt hätte? Wenn meine Tante statt ihrer zärtlichen und leidenschaftlichen Seele eine nüchterne und gewöhnliche Seele hätte und nicht mit jener gewissen Begeisterung liebte, die mich in Verwunderung setzt? Ja, wo stünde ich heute, wenn die Duchezza die Seele ihres Bruders, des Marchese del Dongo, hätte?

Von diesen grausamen Erinnerungen ergriffen, ging Fabrizzio nur unsicheren Schrittes weiter; er gelangte an den Rand des Grabens gegenüber der prächtigen Schloßfassade. Er warf aber kaum einen Blick auf das große, altersgraue Gebäude. Der Gedanke an seinen Bruder und Vater verschloß seine Seele jedem Gefühl für Schönheit. Seine Aufmerksamkeit richtete sich nur darauf, sich vor seinen scheinheiligen und gefährlichen Feinden in acht zu nehmen. Einen Augenblick lang sah er mit starkem Abscheu hinauf nach dem kleinen Fenster des Zimmers, das er vor 1815 im zweiten Stock bewohnt hatte. Der Charakter seines Vaters hatte die Erinnerung an seine Kinderzeit allen Zaubers beraubt.

›Dort war ich nicht wieder‹, dachte er, ›seit dem 7. März 1815 abends acht Uhr. Ich ging weg, um mir Vasis Paß zu verschaffen, und am anderen Morgen machte ich mich aus Angst vor Spitzeln Hals über Kopf auf die Reise. Als ich nach meiner Rückkehr aus Frankreich hier war, hatte ich dank der Gemeinheit meines Bruders nicht einmal Zeit, hinaufzugehen, um mir meine Kupferstiche wieder anzusehen.‹

Fabrizzio blickte voll Widerwillen weg. ›Der Abbate Blanio ist älter als dreiundachtzig Jahre‹, sagte er traurig bei sich. ›Er kommt fast gar nicht mehr ins Schloß, wie mir meine Schwester erzählt hat. Die Beschwerden des Alters haben sich bei ihm eingestellt. Dieses so feste und so edle Herz ist vergreist. Gott weiß, wie lange er seinen Kirchturm nicht mehr bestiegen hat! Ich werde mich im Keller verstecken, hinter den Fässern oder hinter der Weinpresse, bis er aufsteht. Ich möchte den Schlaf des guten alten Mannes nicht stören. Wahrscheinlich wird er vergessen haben, wie ich aussehe. Sechs Jahre sind viel bei seinem Alter! Ich werde nur noch den Schatten eines Freundes finden. – Es ist wirklich eine Kinderei‹, fügte er hinzu, ›hierher zu kommen und sich vom väterlichen Schloß anekeln zu lassen.‹

Fabrizzio betrat den kleinen Platz vor der Kirche. Zu seinem Erstaunen, das sich zur Freude steigerte, bemerkte er im zweiten Stock des alten Kirchturms, daß die lange, schmale Luke durch die kleine Laterne des Abbaten Blanio erleuchtet war. Der Abbate hatte die Gewohnheit, sie dorthin zu stellen, wenn er in den Holzkäfig hinaufkletterte, der seine Sternwarte war, damit der Lichtschein ihn nicht am Lesen seiner Himmelskarte hindere. Diese Karte war auf einem großen Tonkübel angebracht, in dem ehemals ein Orangenbaum des Schlosses gestanden hatte. Auf dem Boden des Kübels brannte ein winziges Lämpchen, dessen Qualm ein kleines Blechrohr ableitete. Der Schatten des Blechrohres zeigte auf der Karte Norden an. Alle diese schlichten Erinnerungen überfluteten Fabrizzios Seele mit Rührung und erfüllten sie mit Glück.

Beinahe unwillkürlich pfiff er zwischen seinen beiden Händen den kurzen, leisen Pfiff, das einstmalige Zeichen, daß er Einlaß begehre. Alsbald hörte er, daß mehrmals an der Schnur gezogen wurde, mit der man von der Warte aus den Riegel der Kirchturmtür heben konnte. Er stürzte die Treppe hinan, erregt bis zum Überschwang. Er fand den Abbate auf seinem gewohnten Platz in seinem hölzernen Lehnstuhl; sein Blick hing unverwandt an dem kleinen Fernrohr eines Mauerquadranten. Mit der linken Hand machte ihm der Abbate ein Zeichen, er möge ihn in seiner Beobachtung nicht stören; einen Augenblick darauf vermerkte er etwas auf einer Spielkarte, worauf er sich in seinem Lehnstuhl umwandte und unserem Helden die Arme entgegenstreckte. Fabrizzio fiel ihm weinend um den Hals. Der Abbate Blanio war sein wahrer Vater.

»Ich habe dich erwartet!« sagte Blanio nach den ersten Worten zärtlicher Herzensergießungen. Spielte der Abbate den allwissenden Astrologen oder hatte ihm, da er häufig an Fabrizzio dachte, wirklich ein Zeichen des Himmels seine von reinem Zufall geleitete Rückkehr verkündet?

»Nun naht mein Tod!« sagte der Abbate Blanio.

»Wie?« rief Fabrizzio ergriffen.

»Gewiß«, fuhr der Abbate in ernstem, aber durchaus nicht traurigem Tone fort, »fünf und einen halben oder sechs und einen halben Monat nach dem Wiedersehen mit dir, wodurch das Maß meines Glückes voll ist, wird mein Leben verlöschen, come face al mancar dell'alimento (wie ein Lämpchen, dem das Öl ausgeht). Wahrscheinlich werde ich einen oder zwei Monate zubringen, ohne zu sprechen, ehe mein letztes Stündlein schlägt; dann werde ich in die ewige Seligkeit eingehen, wenn Gott findet, daß ich meine Pflicht auf dem Posten erfüllt habe, auf den er mich als Wache gestellt hat.

Du wirst sehr müde sein, und nach dieser Erregung wirst du bald einschlafen. Seitdem ich dich erwarte, halte ich für dich ein Brot und eine Flasche Branntwein in meinem großen Instrumentenkasten versteckt. Stärke dich damit, damit du mir noch ein paar Augenblicke lang zuhören kannst. Es steht in meiner Macht, dir verschiedene Dinge zu sagen, ehe die Nacht dem Tage völlig weicht. Ich sehe sie jetzt deutlicher, als ich sie vielleicht morgen sehen werde. Denn, mein

Kind, wir sind allezeit schwach und müssen diese Schwachheit immer mit berücksichtigen. Morgen ist der alte Mann, der irdische Mensch, vielleicht mit Todesvorbereitungen beschäftigt, und morgen abend um neun Uhr mußt du mich verlassen.«

Fabrizzio hatte ihm nach alter Gewohnheit schweigend zugehört.

»Es ist doch wahr«, fuhr der Greis fort, »daß du bei dem Versuch, nach Waterloo zu kommen, zunächst in ein Gefängnis geraten bist?«

»Ja, mein Vater«, erwiderte Fabrizzio erstaunt.

»Nun, das war ein seltenes Glück, denn von meiner Stimme gewarnt, kann sich deine Seele auf ein anderes, viel härteres, viel schrecklicheres Gefängnis vorbereiten. Wahrscheinlich wirst du nur durch ein Verbrechen wieder daraus entkommen, aber Gott sei Dank wird dieses Verbrechen nicht von dir begangen werden. Laß dich nie zu einem Verbrechen hinreißen, wie stark auch die Versuchung dazu sein möge! Ich glaube vorauszusehen, daß es sich um die Ermordung eines Unschuldigen handelt, der nichts ahnend sich deine Rechte anmaßt. Überwindest du die mächtige Versuchung, die scheinbar durch die Satzungen der Ehre gerechtfertigt ist, so wird dein Leben in den Augen der Menschen sehr glücklich sein und wahrhaft glücklich in den Augen des Weisen«, fügte er nach kurzem Nachdenken hinzu. »Du wirst sterben wie ich, mein Sohn, in einem hölzernen Lehnstuhl sitzend, fern allem Überfluß und enttäuscht vom Überfluß und, wie ich, ohne schwere Selbstanklagen.

Jetzt, da die künftigen Dinge zwischen uns abgetan sind, könnte ich nichts von Bedeutung hinzufügen. Vergeblich habe ich zu ergründen gesucht, von wie langer Dauer deine Gefangenschaft sein wird; handelt es sich um ein halbes Jahr, um ein ganzes Jahr, um zehn Jahre? Ich habe nichts entdecken können. Vermutlich habe ich irgendeinen Fehler begangen, und der Himmel wollte mich mit dem Kummer über diese Ungewißheit strafen. Ich habe nur gesehen, daß nach der Gefangenschaft – aber ich weiß nicht, ob das im Augenblick deiner Befreiung ist – etwas geschehen wird, was ich ein Verbrechen nenne. Zum Glück, ich glaube das bestimmt, wird es nicht durch dich begangen. Wenn du so schwach wärest, an diesem Verbrechen teilzunehmen, sind alle meine übrigen Berechnungen nur eine lange Kette von Irrtümern. Dann wirst du keineswegs in Seelenfrieden, nicht in einem hölzernen Lehnstuhl und nicht in weißem Gewand sterben.«

Bei diesen Worten wollte der Abbate Blanio aufstehen. Jetzt erst bemerkte Fabrizzio an ihm die tiefen Spuren des Alters. Er brauchte fast eine Minute, um sich zu erheben und sich nach Fabrizzio umzuwenden. Der wartete regungslos und schweigsam. Der Abbate umarmte ihn mehrmals und drückte ihn in innigster Zärtlichkeit an sich. Darauf sagte er mit seiner vollen früheren Heiterkeit: »Versuche, es dir inmitten meiner Instrumente ein wenig bequem zum Schlafen zu machen. Nimm meine Pelze! Ein paar darunter sind kostbar; die Duchezza Sanseverina hat sie mir vor vier Jahren geschenkt. Sie bat mich, das Horoskop für dich zu stellen. Ich hütete mich, ihr Mitteilungen zu machen, wenn ich auch ihre Pelze und ihren schönen Quadranten behielt. Jede Voraussage der Zukunft ist ein Eingriff in die Ordnung der Dinge und droht ihren Lauf zu ändern, und dann sinkt die ganze Wissenschaft zusammen wie ein Kartenhaus. Übrigens hätte ich der immer noch so hübschen Duchezza schlimme Dinge sagen müssen. Genug! Laß dich in deinem Schlummer nicht etwa durch die Glocken stören; sie vollführen einen Höllenlärm dicht neben deinen Ohren, wenn zur Frühmesse geläutet wird. Später wird ein Stockwerk tiefer die große Glocke geläutet, daß alle meine Instrumente klappern. Heute ist San Giovita, der Tag des Märtyrers und Soldaten. Du weißt, das kleine Dorf Grianta hat den nämlichen Schutzpatron wie die große Stadt Brescia, was, beiläufig bemerkt, meinen berühmten Lehrer Giacomo Marini aus Ravenna zu einem spaßigen Irrtum verleitet hat. Er hat mir des öfteren prophezeit, meiner harre eine recht reiche Pfründe. Er glaubte, ich würde Pfarrer der prächtigen Kirche San Giovita in Brescia. Ich bin Pfarrer eines kleinen Dorfes von siebenhundertundfünfzig Herdstätten geworden! Es hat auch so sein Gutes gehabt. Ich habe erkannt – es ist noch keine zehn Jahre her –, welches Schicksal meiner als Pfarrer von Brescia geharrt hätte: ich wäre ins Gefängnis auf einem Berg in Mähren gekommen, dem Spielberg. Morgen werde ich dir allerlei Leckerbissen bringen von dem Festessen, das ich sämtlichen Pfarrern der Umgegend gebe, die herkommen, um mir beim Hochamt zu ministrieren. Ich werde sie unten hinlegen, mache aber keine Versuche, mich zu sehen. Gehe erst hinunter, um dir diese guten Sachen zu holen, wenn du mich hast weggehen hören. Du darfst mich bei Tage nicht sehen, und da die Sonne morgen um 7 Uhr 27 Minuten untergeht, werde ich erst gegen acht kommen und dich begrüßen. Du mußt in der zehnten Stunde, ehe die Uhr zehn schlägt, wieder weg von hier. Gib acht, daß man dich nicht an den Turmfenstern sieht. Die Gendarmen haben deinen Steckbrief; sie stehen gewissermaßen unter dem Befehl deines Bruders, der ein berüchtigter Gewaltmensch ist. Der Marchese del Dongo ist altersschwach«, fügte Blanio traurig hinzu, »und wenn er dich wiedersähe, steckte er dir vielleicht etwas zu; aber dergleichen Vorteile, an denen ein Makel hängt, ziemen sich nicht für einen Mann wie dich, dessen Kraft eines Tages sein gutes Gewissen sein soll. Der Marchese verabscheut seinen Sohn Ascanio, und diesem Sohne fallen einst seine fünf bis sechs Millionen zu. Das ist Gerechtigkeit. Wenn er stirbt, wirst du ein Jahresgeld von viertausend Franken bekommen und fünfzig Ellen schwarzes Tuch zu Trauerkleidern für deine Leute.«

9.

Fabrizzios Seele war durch die Reden des Alten, durch seine angestrengte Aufmerksamkeit und seine Übermüdung erregt. Lange konnte er nicht einschlafen, und sein Schlaf ward von Träumen, vielleicht Ahnungen der Zukunft, heimgesucht. Am Morgen um zehn Uhr weckte ihn ein Schwanken des ganzen Turmes; ein schreckliches Getöse schien von draußen zu kommen. Gedankenlos stand er auf; es war ihm, als stürze die Welt zusammen. Dann wähnte er sich im Gefängnis. Erst nach einer Weile besann er sich, daß das Getöse von der Hauptglocke herrührte, die vierzig Bauern zu Ehren des großen San Giovita in Bewegung setzten. Zehn hätten genügt.

Fabrizzio sah sich nach einem geeigneten Platz um, von wo er alles überblicken konnte, ohne selbst gesehen zu werden. Er bemerkte, daß man von dieser ansehnlichen Höhe aus die Gärten überschauen konnte, sogar den Innenhof des väterlichen Schlosses. Er hatte seinen Vater vergessen. Der Gedanke, daß dessen Lebensende nahe sei, wandelte alle seine Gefühle. Deutlich sah er sogar die Spatzen, die ein paar Brotkrumen auf der langen Terrasse am Speisesaal aufpickten. ›Das sind die Nachkommen derer, die ich einst zahm gemacht habe‹, sagte er sich. Auf dieser Terrasse standen wie auf allen anderen Terrassen des Schlosses zahlreiche Orangenbäume in mehr oder minder großen Tonkübeln. Ihr Anblick rührte Fabrizzio. Der Blick in den

Innenhof mit diesen wohlverschnittenen Bäumen, die im grellen Sonnenlicht scharfe Schatten warfen, war wirklich großartig.

Wiederum kam ihm die Altersschwäche seines Vaters in den Sinn. ›Das ist wahrlich sonderbar‹, sagte er zu sich. ›Mein Vater ist nur fünfunddreißig Jahre älter als ich. Fünfunddreißig und dreiundzwanzig machen zusammen nur achtundfünfzig!‹ Seine Blicke hafteten starr an den Zimmerfenstern jenes strengen Mannes, den er nie geliebt hatte, und seine Augen füllten sich mit Tränen. Er zitterte, und ein plötzlicher Schauer durchrieselte seine Adern, als er seinen Vater zu erkennen wähnte, wie er über eine von Orangenbäumen eingefaßte Terrasse schritt, die sich vor seinem Schlafzimmer hinzog. Aber es war nur ein Kammerdiener. Mit einem Male sah er unter dem Turm eine Schar junger Mädchen in weißen Kleidern in verschiedenen Gruppen; sie waren dabei, rote, blaue und gelbe Blumen nach einem bestimmten Muster auf den Weg zu streuen, den die Prozession nehmen sollte. Aber schon sprach ein lebhafteres Schauspiel zu Fabrizzios Seele. Vom Turm aus schweiften seine Augen auf die beiden Arme des meilenlangen Sees; und dieser herrliche Anblick ließ ihn bald alles andere vergessen; er erweckte in ihm die hehrsten Empfindungen. Eine Flut von Erinnerungen aus seiner Kindheit drängte sich in seine Gedanken. Dieser Tag, den er in einem Glockenturm eingesperrt verbrachte, war vielleicht einer der glücklichsten seines Lebens.

Das Glück hob ihn empor in eine seinem Wesen recht fremde Gedankenwelt. Er betrachtete das Leben, er, der noch so jung war, als ob er schon am Ziel seines Strebens angelangt sei. ›Ich muß gestehen‹, sagte er sich schließlich nach stundenlanger köstlicher Träumerei, ›seit meiner Ankunft in Parma habe ich keine so ruhige und reine Freude gehabt wie in Neapel, wenn ich auf den Wegen des Vomero hingaloppierte oder am Gestade von Misenum wandelte. Die verwickelten Anliegen jenes boshaften kleinen Hofes haben mich boshaft gemacht. Ich habe gar keine Freude am Hassen; ich glaube sogar, es wäre für mich ein trübseliges Glück, meine Feinde, wenn ich welche hätte, zu demütigen. Aber ich habe keinen einzigen Feind ... Halt‹, fiel ihm plötzlich ein, ›ich habe Giletti zum Feinde! – Eines ist seltsam:‹ sagte er sich, ›das Vergnügen, das ich empfände, wenn dieser häßliche Kerl zum Teufel spazierte, hat meine sehr flüchtige Laune für die kleine Marietta überdauert. Sie reicht nicht im geringsten an die Duchezza von Albarocca heran, die zu lieben ich in Neapel verpflichtet war, weil ich ihr gesagt hatte, ich wäre verliebt in sie. Du mein Gott! Wie oft habe ich mich bei den langen Zusammenkünften gelangweilt, die mir diese Duchezza gewährte. Niemals habe ich dergleichen in dem armseligen Stübchen empfunden, das zugleich als Küche diente, wo mich die kleine Marietta zweimal und nur auf ein paar Minuten empfing.

Ach, mein Gott! Was hatten diese Leutchen zu essen! Das war zum Erbarmen! Ich hätte ihr und der Mammaccia eine Pension von täglich drei Beefsteaks aussetzen sollen. – Die kleine Marietta‹, fügte er hinzu, ›verscheuchte mir die boshaften Gedanken, die mir der Dunstkreis des Hofes eingab.

Es wäre vielleicht besser für mich gewesen, wenn ich das Kaffeehausleben geführt hätte, wie es mir die Duchezza geschildert hat. Sie schien es zu billigen, und sie hat viel mehr Weitsicht als ich. Dank ihrer Freigebigkeit oder auch nur mit meinem Jahresgeld von viertausend Franken und den Zinsen von den vierzigtausend Franken, die in Lyon angelegt sind, einem Geschenk meiner Mutter, hätte ich immer meinen Gaul sowie ein paar Taler für Ausgrabungen und für meine Antikensammlung gehabt. Da ich augenscheinlich nicht erfahren soll, was Liebe ist, so wird das für mich immer die Hauptquelle des Glücks bleiben. Ehe ich sterbe, möchte ich noch einmal das Schlachtfeld von Waterloo besuchen und mich nach jener Wiese umsehen, wo ich so spaßig vom Pferd gezogen und auf die Erde gesetzt worden bin. Nach dieser Pilgerfahrt möchte ich häufig an diesen köstlichen See kommen. Es gibt nichts Schöneres auf der Welt zu sehen, wenigstens nicht für mein Herz. Warum in die Ferne schweifen, um das Glück zu suchen? Hier liegt es vor meinen Augen!

Ach‹, sagte sich Fabrizzio, gleichsam als Einwand, ›die Polizei verjagt mich vom Comer See, aber ich bin jünger als die Leute, die die Ränke dieser Polizei lenken. Hier fände ich keine Duchezza von Albarocca‹, fügte er lachend hinzu, ›aber ich fände eine von den kleinen Mädchen da unten, die Blumen auf die Straße streuen, und, wahrlich, ich liebte sie ganz ebenso. Die Heuchelei macht mich sogar in der Liebe eiskalt, und unsere vornehmen Damen trachten nach allzu erhabenen Erfolgen. Napoleon hat ihnen Begriffe von Moral und Treue beigebracht ...‹

»Zum Teufel!« rief er plötzlich und zog den Kopf vom Fenster weg, als ob er fürchte, trotz dem Schatten der dicken Holzläden, die die Glocken vor dem Regen schützten, erkannt zu werden. »Da kommen Gendarmen in vollem Wichs!« In der Tat erschienen zehn Gendarmen, darunter vier Obergendarmen, am Ende der großen Dorfstraße. Der Wachtmeister stellte sie mit hundert Schritt Abstand längs des Weges auf, den die Prozession nehmen sollte.

›Jeder Mensch kennt mich hier. Wenn man mich gewahrt, komme ich im Nu vom Comer See nach dem Spielberg, wo man mir an jedes Bein eine hundertpfündige Kette hängt. Welch ein Schmerz wäre das für die Duchezza!‹

Fabrizzio brauchte zwei oder drei Minuten, um sich zu vergegenwärtigen, daß er sich in einer Höhe von mehr als achtzig Fuß befand, daß sein Standpunkt verhältnismäßig im Dunkeln lag, daß die Augen der Gendarmen, die ihn hätten erblicken können, vom grellen Sonnenschein geblendet wurden, und schließlich, daß sie mit aufgerissenen Augen durch die Straßen liefen, deren Häuser dem Fest des heiligen Giovita zu Ehren sämtlich frisch getüncht waren. Trotz dieser so klaren Überlegung wäre Fabrizzios italienische Seele fortan außerstande gewesen, das geringste Vergnügen zu finden, wenn er nicht ein Stück alte Leinwand, in das er zwei Löcher für die Augen schnitt, zwischen sich und die Gendarmen vor die Turmluke genagelt hätte.

Die Glocken erschütterten die Luft seit zehn Minuten; die Prozession kam aus der Kirche; die Mortaretti (Böller) knatterten los. Fabrizzio wandte den Kopf und schaute nach dem kleinen Platz, den eine Mauerbrüstung umschloß und von dem aus man den ganzen See übersah. Dort hatte er als Junge oft gestanden, und die Mortaretti waren zwischen seinen Beinen losgegangen, weshalb seine Mutter ihn am Morgen von Festtagen nicht von sich weg ließ.

Die Mortaretti sind bekanntlich nichts weiter als Gewehrläufe, in vier Zoll lange Stücke zersägt. Nur dazu sammeln die Bauern eifrig die Gewehre, die die Politik Europas seit 1796 in Massen über die lombardische Ebene verstreut hat. Die vier Zoll langen Stücke stopft man ganz voll Pulver, gräbt sie senkrecht in die Erde und verbindet sie untereinander mit einer Zündschnur. Man baut sie in drei Reihen auf, zwei- bis dreihundert Stück, unweit des Prozessionsweges. Sobald sich das Allerheiligste nähert, brennt man die Zündschnur an, und nun beginnt das unregelmäßigste und spaßigste Schützenfeuer von der Welt. Die Frauen sind toll vor Freude. Nichts ist lustiger als das Geknatter dieser Mortaretti, das weit über den See hin schallt, gedämpft durch das Rauschen der Fluten. Dieser seltsame Lärm, an dem er als Kind so oft seine Freude hatte, verscheuchte die etwas zu ernsten

Gedanken, die unseren Helden übermannt hatten. Er holte sich das große astronomische Fernglas des Abbaten herbei und erkannte die Mehrzahl der Männer und Frauen, die der Prozession folgten. Viele von den reizenden kleinen Mädchen, die Fabrizzio im Alter von elf und zwölf Jahren verlassen hatte, waren jetzt stattliche Frauen in vollster Jugendkraft. Sie weckten den Mut unseres Helden wieder; um mit ihnen zu plaudern, hätte er den Gendarmen getrotzt.

Als die Prozession vorübergezogen und durch eine Seitentür, die Fabrizzio nicht sehen konnte, wieder in der Kirche verschwunden war, wurde die Hitze trotz der Höhe des Turmes bald unerträglich. Die Dorfbewohner kehrten in ihre Häuser zurück, und das Dorf sank in tiefe Stille. Etliche Barken füllten sich mit Bauern, die nach Bellagio, Menaggio und anderen Orten am See heimfuhren. Fabrizzio vernahm deutlich jeden einzelnen Ruderschlag. Der geringfügige Klang riß ihn hin; seine jetzige Freude beruhte im Grund auf all dem Unglück, all dem Zwang des ränkevollen Hoflebens. Wie glücklich wäre er in diesem Augenblick gewesen, hätte er ein Stück auf diesem schönen, so friedsamen See fahren dürfen, in dem sich der tiefblaue Himmel so klar widerspiegelte.

Er hörte die Tür unten im Turm gehen; es war die alte Haushälterin des Abbaten Blanio, die einen großen Korb brachte. Mit der größten Mühe bezwang er sich, nicht mit ihr zu sprechen. ›Sie hat mich fast ebenso ins Herz geschlossen wie ihr Herr‹, sagte er sich, ›und überdies reise ich heute abend um neun Uhr ab. Könnte sie das Geheimnis nicht ein paar Stunden lang wahren, wenn sie es mir gelobte? Aber es wäre vielleicht meinem Freunde nicht recht; ich könnte ihn vor den Gendarmen bloßstellen.‹ Und er ließ Ghita gehen, ohne mit ihr zu sprechen. Das Essen war vortrefflich; dann machte er sichs bequem, um eine Weile zu schlafen. Erst um halb neun Uhr abends erwachte er. Der Abbate schüttelte ihn am Arm. Es war Nacht.

Blanio war außerordentlich müde; er sah fünfzig Jahre älter aus als am Tage zuvor. Er redete nichts von Bedeutung. In seinem hölzernen Lehnstuhl sitzend, sprach er zu Fabrizio: »Umarme mich!« Er schloß ihn wiederholt in seine Arme. »Der Tod«, sagte er schließlich, »der meinem so langen Leben bald ein Ende macht, wird nichts Schmerzliches für mich haben außer der Trennung von dir. Ich habe eine Geldsumme, die ich Ghita zur Aufbewahrung geben werde, mit der Anweisung, für ihre Bedürfnisse davon zu nehmen, den Rest aber für dich aufzuheben, wenn du sie je darum bitten solltest. Ich kenne sie; auf diese Anordnung hin ist sie imstande, aus Sparsamkeit für dich sich keine viermal im Jahre Fleisch zu kaufen, wenn du es ihr nicht ausdrücklich befiehlst. Du kannst in Not geraten, und das Scherflein des alten Freundes wird dir dann dienlich sein. Von deinem Bruder erwarte nichts als Schlimmes. Suche Geld zu gewinnen durch eine Arbeit, die der Menschheit Nutzen schafft. Ich ahne merkwürdige Stürme. Vielleicht duldet man in fünfzig Jahren keine Nichtstuer mehr. Deine Mutter und deine Tante werden dahingehen; deine Schwestern müssen ihren Männern gehorsam sein … Fort, fort!«

Blanio stieß diese letzten Worte hastig aus. Ein leises Geräusch in der Turmuhr zeigte ihm an, daß sie sogleich zehn Uhr schlagen werde. Er wollte Fabrizzio kaum erlauben, ihn ein letztes Mal zu umarmen.

»Schnell, schnell!« rief er ihm zu. »Du brauchst mindestens eine Minute, um die Treppe hinunterzukommen. Nimm dich vor dem Fallen in acht! Das wäre eine schlimme Vorbedeutung.«

Fabrizzio lief eiligst die Treppe hinab. Auf dem Kirchplatz angelangt, fing er an zu rennen. Er war gerade vor dem Schloß seines Vaters, als die Kirchenuhr zehn schlug. Schlag für Schlag hallte in seinem Herzen wider und erweckte darin seltsame Unruhe. Er blieb stehen, um nachzudenken oder vielmehr, um sich den leidenschaftlichen Empfindungen zu überlassen, die der Anblick dieses gewaltigen Baues in ihm erweckte, der ihn gestern so kalt gelassen hatte.

Mitten in seinen Träumereien störten ihn Männertritte. Er blickte auf und sah sich vier Gendarmen gegenüber. Er hatte zwei vorzügliche Taschenpistolen bei sich, deren Zündhütchen er während des Mittagsmahles erneuert hatte. Das leise Geräusch, das beim Spannen des Hahnes entstand, erregte die Aufmerksamkeit eines der Gendarmen. Es fehlte nicht viel, so wäre er festgenommen worden. Er ward der Gefahr inne, in der er schwebte, und dachte daran, zuerst zu schießen. Er hielt das für sein Recht und für das einzige Mittel, sich vier wohlbewaffnete Gendarmen vom Leibe zu halten. Zum Glück hatten die Gendarmen, die ihre Streife durch die Schenken machten, um sie zu leeren, sich den Aufmerksamkeiten nicht abhold erwiesen, die ihnen in mehreren dieser freundlichen Stätten bezeigt worden waren. Sie entschlossen sich nicht schnell genug zur Erfüllung ihrer Pflicht. Fabrizzio ergriff die Flucht und lief, so schnell ihn seine Beine tragen konnten. Die Gendarmen rannten auch einige Schritte und schrieen: »Halt! Halt!« Dann ward alles wieder still.

Nach dreihundert Schritten hielt Fabrizzio an, um zu verschnaufen. ›Das Spannen meiner Pistolen hätte mich fast meine Freiheit gekostet. Die Duchezza hätte mir mit vollem Recht sagen können, wenn anders ich ihre schönen Augen je wiedergesehen hätte, ich fände Genuß im Betrachten von Dingen, die sich in zehn Jahren ereignen können, aber vergäße darüber ins Auge zu fassen, was sich gegenwärtig rings um mich abspielt.‹

Es durchschauerte Fabrizzio, als er an die Gefahr dachte, der er soeben entronnen war. Er verdoppelte seine Schritte; doch bald geriet er unwillkürlich ins Laufen, was nicht gerade vorsichtig war, denn es lenkte die Aufmerksamkeit mehrerer heimkehrender Landleute auf sich. Erst mehr als eine Meile hinter Grianta, in den Bergen, brachte er es über sich, stehen zu bleiben, und selbst da rann ihm kalter Schweiß von der Stirn, wenn er an den Spielberg dachte.

›Ich bin ein rechter Hasenfuß!‹ sagte er sich, und beim Klange dieses Wortes schämte er sich beinahe. ›Aber sagt mir meine Tante nicht immer, was ich am allernötigsten zu lernen hätte, das wäre Nachsicht gegen mich selber? Ich vergleiche mich immer mit einem Ideal, das es nicht geben kann. Gut, ich verzeihe mir meine Angst. Ich war ja auch entschlossen, meine Freiheit zu verteidigen, und alle vier hätten es nicht fertig bekommen, mich ins Gefängnis zu schleppen. – Was ich eben jetzt tue‹, fügte er hinzu, ›ist nicht soldatisch. Statt schleunigst zu verschwinden, nachdem ich mein Vorhaben ausgeführt, freilich wohl auch meine Feinde aufgescheucht habe, vergnüge ich mich an einer Schwärmerei, die vielleicht lächerlicher ist als alle Weisungen des braven Abbaten.‹

In der Tat, statt sich auf dem kürzesten Wege zu entfernen und das Gestade des Lago Maggiore zu erreichen, wo ihn seine Barke erwartete, machte er einen riesigen Umweg, um ›seinen Baum‹ zu besuchen. Der Leser erinnert sich vielleicht, wie sehr Fabrizzio einen Kastanienbaum liebte, den seine Mutter vor dreiundzwanzig Jahren gepflanzt hatte. ›Es sähe meinem Bruder ganz ähnlich‹, sagte er sich, ›wenn er diesen Baum hätte fällen lassen. Aber Leute seines Schlages haben kein Gefühl für Feinheiten. Es wird ihm nicht eingefallen sein. Und wenn auch, es soll mir keine schlimme Vorbedeutung sein!‹ setzte er entschlossen hinzu.

Zwei Stunden später war er höchst betroffen. Böswillige Hände oder ein Unwetter hatten einen der stärksten Äste des jungen Baumes gebrochen; er hing verdorrt herab. Fabrizzio schnitt ihn ehrfürchtig mit seinem Dolch ab und glättete die Bruchstelle sorgfältig, damit das Wasser nicht in den Stamm eindränge. So kostbar die Zeit für ihn war – der Tag brach bald an –, vertat er doch eine reichliche Stunde, um das Erdreich rings um den geliebten Baum zu lockern. Nach diesen Torheiten setzte er seinen Eilmarsch zum Lago Maggiore fort. Alles in allem war er durchaus nicht trübselig. Der Baum war prächtig gediehen, war kräftiger denn je und in den fünf Jahren beinahe doppelt so groß geworden. Der Astbruch war nur ein unbedeutender Unfall. Sachgemäß verschnitten, litt der Baum darunter nicht mehr; im Gegenteil, er war schlanker geworden und konnte sich mehr nach oben auslegen.

Fabrizzio hatte noch keine Meile zurückgelegt, als sich im Osten von einem weiß schimmernden Lichtstreifen die Zacken des Resegone di Lecco, eines im Lande berühmten Gipfels, scharf abhoben. Die Straße, die er dahinschritt, füllte sich mit Landvolk, aber statt soldatisch zu denken, ließ sich Fabrizzio durch den erhabenen oder rührenden Anblick der Wälder um den Comer See bezaubern. ›Sie sind vielleicht die schönsten auf Erden; ich will nicht sagen, weil sie die meisten blanken Taler einbringen, wie man in der Schweiz sagen würde, sondern weil sie am meisten zur Seele sprechen.‹

Daß Fabrizzio in seiner Lage, angesichts der Späheraugen der lombardo-venezianischen Gendarmen, solche Reden führte, war wirklich eine Kinderei. Endlich sagte er sich: ›Ich bin eine halbe Stunde von der Grenze entfernt; ich kann Zollbeamten und Gendarmen auf ihrem Morgengang begegnen. Mein guter Rock wird ihren Verdacht erregen; sie werden mich nach meinem Paß fragen, und dieser Paß weist buchstäblich einen Namen auf, der Gefängnis verheißt. Ich wäre also in der angenehmen Zwangslage, einen Mord zu begehen. Wenn die Gendarmen wie gewöhnlich zu zweien umherstreifen, kann ich schlechterdings mit meinem Schuß nicht warten, bis mich einer von beiden am Kragen gepackt hat. Wenn er mich nur im Fallen einen Augenblick packt, sitze ich auf dem Spielberg.

Fabrizzio durchrieselte ein Schaudern, besonders vor dem Zwang, zuerst schießen zu müssen und vielleicht gar auf einen ehemaligen Soldaten seines Onkels, des Grafen Pietranera. Eilends verbarg er sich in dem hohlen Stamm einer mächtigen Kastanie und setzte gerade neue Zündhütchen auf seine Pistolen, als er jemanden durch den Wald näher kommen hörte, der sehr hübsch eine köstliche Weise von Mercadante sang, der damals in der Lombardei beliebt war.

›Das ist ein gutes Zeichen‹, sagte sich Fabrizzio. Das Lied, dem er andächtig lauschte, nahm ihm den leichten Anflug von Zorn, der sich in seine Überlegungen zu mengen begann. Aufmerksam lugte er die Straße hinauf und hinab; er entdeckte niemanden. ›Der Sänger wird auf einem Querweg kommen‹, sagte er sich. Fast im nämlichen Augenblick sah er einen Diener in sehr feschem englischem Reitanzug gemächlich dahinreiten, an der Hand ein schönes Vollblutpferd, das vielleicht ein wenig zu mager war.

›Ach, wenn ich jetzt wie Mosca dächte‹, sagte sich Fabrizzio, ›der mir tausendmal gesagt hat: die Gefahren, in denen ein Mann schwebt, sind immer der Maßstab seiner Rechte gegen den Nächsten, so jagte ich diesem Reitknecht eine Pistolenkugel durch den Kopf. Sitze ich erst auf dem mageren Gaul, dann will ich auf alle Gendarmen der Welt pfeifen. In Parma angelangt, schicke ich dem Mann oder seiner Witwe Geld. – Aber das wäre schauderhaft.‹

10.

Während Fabrizzio sich diese Moralpredigt hielt, sprang er auf die große Straße, die von der Lombardei nach der Schweiz führt. Der Wald liegt an dieser Stelle fünf bis sechs Fuß höher. ›Wenn mein Mann Angst hat, so galoppiert er von dannen‹, sagte sich Fabrizzio, ›und ich bin der Dumme und habe das Nachsehen.‹ In diesem Augenblick war er zehn Schritt von dem Reitknecht entfernt, der aufgehört hatte, zu singen; er sah ihm an den Augen an, daß er Furcht hatte. Vielleicht wollte er umkehren. Ohne bestimmten Entschluß sprang Fabrizzio hinzu und griff dem mageren Pferd in die Zugel.

»Mein Freund«, sagte er zu dem Reitknecht, »ich bin kein gewöhnlicher Spitzbube, denn ich will dir zunächst mal zwanzig Franken geben, aber ich muß notgedrungen dein Handpferd entleihen. Ich bin des Todes, wenn ich mich nicht auf und davon mache. Die vier Brüder Riva sind mir auf den Fersen, die großen Nimrode, die dir zweifellos bekannt sind. Sie haben mich im Schlafzimmer ihrer Schwester erwischt; ich bin durchs Fenster entronnen und nun hier. Mit ihren Hunden und Flinten folgen sie mir durch den Wald nach. In der großen, hohlen Kastanie da habe ich mich versteckt gehalten. Einen von ihnen habe ich über die Straße laufen sehen. Die Hunde müssen meine Spur finden. Ich werde dein Handpferd nehmen und eine Meile über Como hinausgaloppieren. In Mailand werde ich mich dem Statthalter zu Füßen werfen. Dein Pferd werde ich in der Post abgeben nebst zwei Napoleons für dich, wenn du einwilligst. Muckst du dich auch nur, so knalle ich dich mit den Pistolen hier nieder, und hetzt du mir die Gendarmen nach, wenn ich weg bin, dann wird mein Vetter, der wackere Graf Alari, Kaiserlicher Stallmeister, sichs angelegen sein lassen, dir die Knochen klein zu schlagen!«

Fabrizzio erfand diese Geschichte, während er sie mit der friedlichsten Miene vortrug.

»Übrigens«, sagte er lachend, »ist mein Name gar kein Geheimnis. Ich bin der Marchesino Ascanio del Dongo. Mein Schloß liegt gar nicht weit von hier, in Grianta … Zum Donnerwetter«, fuhr er mit erhobener Stimme fort, »laß den Gaul los!«

Der verblüffte Reitknecht brachte kein Wort heraus. Fabrizzio nahm seine Pistole in die linke Hand, ergriff den Handzügel, den der andere fahren ließ, schwang sich in den Sattel und ritt in kurzem Galopp davon. Als er dreihundert Galoppsprünge gemacht hatte, fiel ihm ein, daß er die versprochenen zwanzig Franken zu geben vergessen hatte. Er hielt. Es war immer noch niemand auf der Straße außer dem Reitknecht, der ihm nachgaloppiert kam. Er machte ihm mit dem Taschentuch ein Zeichen, vorwärts zu reiten; und als er ihn bis auf fünfzig Schritt herangelassen hatte, warf er eine Handvoll Geld auf die Straße und ritt weiter. Aus der Ferne sah er, daß der Reitknecht die Geldstücke auflas. ›Das ist wirklich ein gescheiter Kerl‹, sagte sich Fabrizzio lachend, ›kein Freund unnützer Worte!‹

Er ritt scharf nach Süden zu, machte bei einem einsamen Hause Rast und nahm ein paar Stunden später seinen Weg wieder auf. Um zwei Uhr morgens war er am Ufer des Lago Maggiore. Sehr bald bemerkte er seine Barke, die auf dem Wasser lag und auf das verabredete Zeichen heranruderte. Er sah keinen Landmann, dem er hätte das Pferd übergeben können; so ließ er das edle Tier frei laufen. Drei Stunden darauf war er in Belgirate. Dort, im Freundesland, gönnte er sich Ruhe. Er war voller Freude; alles war vorzüglich abgelaufen.

Darf die wahre Ursache seiner Freude berichtet werden? Sein Baum war herrlich gediehen und seine Seele wieder aufgefrischt durch die tiefe Rührung, die er in den Armen des Abbaten Blanio gefunden hatte.

›Glaubt er wirklich‹, fragte er sich, ›an alle die Weissagungen, die er mir gemacht hat? Oder wollte er nur, weil mein Bruder mich in den Ruf eines Jakobiners, eines Menschen ohne Treu und Glauben gebracht hat, der zu allem fähig ist, mich davon abbringen, im Falle der Versuchung irgendeinem Esel, der mir einen schlechten Streich spielt, den Schädel einzuschlagen?‹

Zwei Tage darauf war Fabrizzio in Parma. Er belustigte die Duchezza und den Grafen höchlichst mit seinem wie immer sehr ausführlichen Bericht über die ganze Geschichte seiner Reise.

Bei seiner Ankunft hatte Fabrizzio bemerkt, daß der Pförtner und die gesamte Dienerschaft des Palazzo Sanseverina die Abzeichen der tiefsten Trauer trugen.

»Welcher Verlust hat uns betroffen?« fragte er die Duchezza.

»Der treffliche Mann, der als mein Gatte galt, ist kürzlich in Baden-Baden verstorben. Er hat mir diesen Palast vermacht; das war selbstverständlich. Aber als Zeichen seiner guten Freundschaft hat er ein Vermächtnis von dreihunderttausend Franken hinzugefügt. Das bringt mich in arge Verlegenheit. Zugunsten seiner Nichte, der Marchesa Raversi, darauf verzichten will ich nicht. Die spielt mir tagtäglich die nichtswürdigsten Streiche. Du als Kunstfreund wirst mir irgendeinen guten Bildhauer auftreiben: ich will dem Duca für die dreimalhunderttausend Franken ein Grabmal errichten.«

Der Graf begann Anekdoten von der Raversi zu erzählen.

»Vergeblich habe ich mich bemüht«, sagte die Duchezza, »sie durch Wohltaten klein zu kriegen. Die Neffen des Duca habe ich samt und sonders zu Obersten und Generalen gemacht. Zum Dank dafür vergeht kein Monat, ohne daß sie mir irgendeinen schändlichen Brief ohne Unterschrift schicken. Ich habe mir einen Sekretär nehmen müssen, der derartige Briefe liest.«

»Diese Briefe ohne Unterschrift sind noch das wenigste«, meinte Graf Mosca. »Es gibt da eine wahre Werkstätte für niederträchtige Angebereien. Schon zwanzigmal hätte ich die ganze Bande vor die Gerichte bringen können. Eccellenza«, fügte er, zu Fabrizzio gewandt, hinzu, »können sich die Urteile meiner braven Richter ausdenken!«

»Das ist es ja gerade, was mir alles verdirbt«, entgegnete Fabrizzio in seiner für einen Hofmann höchst spaßigen Unschuld. »Es wäre mir lieber gewesen, wenn sie durch gerechte Richter verurteilt worden wären.«

»Sie würden mir ein Vergnügen bereiten, Sie, der Sie so lehrreiche Reisen gemacht haben, wenn Sie mir die Anschriften von solchen Beamten geben wollten. Ehe ich zu Bett gehe, werde ich an sie schreiben.«

»Wenn ich Minister wäre, würde mich das Fehlen ehrlicher Richter in meiner Eigenliebe verletzen.«

»Es scheint mir nur«, versetzte der Graf, »als ob Eccellenza, der Sie die Franzosen so lieben und ihnen einst sogar Ihren unbesiegbaren Arm geliehen haben, in diesem Augenblick einen Ihrer Hauptgrundsätze vergäßen: Besser, ich schlage den Teufel tot, als daß er mich totschlägt! Ich möchte wissen, wie Sie diese Schwärmerseelen regieren würden, die täglich in der Geschichte der Französischen Revolution lesen, wenn Sie Richter hätten, die alle Leute freisprächen, die ich anklage; sie würden die unbestritten größten Halunken freisprechen und sich für Brutusse halten. Aber darf ich Ihnen eine Frage stellen? Spürt Ihre so empfindsame Seele gar keine Gewissensbisse darüber, daß Sie jenes schöne, nur ein wenig zu magere Pferd am Ufer des Lago Maggiore im Stich gelassen haben?«

»Ich hoffe bestimmt«, sagte Fabrizzio sehr ernst, »dem Besitzer des Pferdes das Schuldige zu zahlen und ihm die Kosten der öffentlichen Bekanntmachung und den Finderlohn zurückzuerstatten. Ich werde das Mailänder Tageblatt regelmäßig lesen, um die Verlustanzeige des Pferdes zu finden. Ich kenne sein Aussehen ganz genau.«

»Er ist wirklich ein Kind«, sagte der Graf zur Duchezza. »Und was wäre aus Eccellenza geworden«, fuhr er lachend fort, »wenn dieser Mietgaul, auf dem Sie im Galopp davongeritten sind, sich einen Fehltritt erlaubt hätte? Sie säßen auf dem Spielberg, mein lieber Neffe, und mein Einfluß hätte Ihnen im besten Falle eine Erleichterung Ihrer Fußketten um dreißig Pfund erwirkt. An diesem vergnüglichen Ort wären Sie ein Dutzend Jährchen verblieben. Vielleicht wären Ihre Beine angeschwollen und brandig geworden; dann hätte man sie Ihnen fein säuberlich abgeschnitten …«

»Ums Himmels willen!« rief die Duchezza, Tränen in den Augen. »Malen Sie eine so traurige Geschichte nicht noch weiter aus! Er ist ja wieder da!«

»Und ich habe mehr Freude daran als Sie; das können Sie mir glauben«, erwiderte der Graf in tiefem Ernst. »Aber warum hat mich dieses Sorgenkind nicht um einen Paß mit passendem Namen ersucht, wenn er einmal in die Lombardei wollte? Bei der ersten Kunde von seiner Festnahme wäre ich nach Mailand geeilt, und meine dortigen Freunde hätten schon ein Auge zugedrückt in der Annahme, ihre Polizei habe einen Untertanen des Fürsten von Parma eingesponnen. Die Erzählung Ihrer Fahrt ist nett und unterhaltsam; das gebe ich gern zu«, fuhr der Graf weniger ernst fort. »Ihr Ausfall aus dem Walde auf die große Straße macht mir weidlich Spaß, aber, unter uns gesagt, da dieser Reitknecht Ihr Leben in seinen Händen hatte, so hatten Sie das Recht, das seine zu nehmen. Wir werden Eccellenza eine glänzende Laufbahn bereiten; zum mindesten befiehlt es mir die gnädige Frau hier, und ich glaube nicht, daß mir mein ärgster Feind vorwerfen könnte, ich hätte je ihren Befehlen nicht gehorcht. Welch herber Schmerz wäre es für sie und für mich gewesen, wenn dieser Ritt auf Leben und Tod, den Sie auf Ihrem mageren Klepper gemacht haben, mit einem Sturz geendet hätte! Dann wäre es noch das beste gewesen, Sie hätten dabei das Genick gebrochen.«

»Sie sind heute abend tragisch gestimmt, mein Freund«, sagte die Duchezza ganz erregt.

»Gewiß, weil wir mitten in der Tragödie stehen«, entgegnete der Graf ebenso bewegt. »Wir sind hier nicht in Frankreich, wo alles in einem Possenspiel endet oder schlimmstenfalls mit einem oder zwei Jahren Gefängnis. Es ist tatsächlich unrecht von mir, von derlei Dingen lachend zu reden. Genug, mein lieber Neffe! Ich gedenke bald Gelegenheit zu finden, Sie zum Bischof zu machen; denn mit dem Erzbistum von Parma kann ich schlechterdings nicht anfangen, wie es die anwesende Frau Gräfin klüglich verlangt. – Jetzt erzählen Sie uns ein wenig, welche Politik Sie in Ihrem Bistum betreiben wollen, wo Sie fern von unseren weisen Ratschlägen sein werden!«

»Besser, ich schlage den Teufel tot, als er schlägt mich tot, wie meine Freunde, die Franzosen, so vortrefflich zu sagen pflegen«, erwiderte Fabrizzio mit glühenden Augen. »Ich werde mir mit allen möglichen Mitteln, selbst einen Pistolenschuß nicht ausgeschlossen, die

Stellung wahren, die Sie mir verschaffen werden. Ich habe in der Genealogie der del Dongo die Geschichte des Vorfahren gelesen, der das Schloß Grianta erbaut hat[18]. Gegen Ende seines Lebens entsendet ihn sein guter Freund Galeazzo, Herzog von Mailand, zur Besichtigung einer Burg an unserem See. Man befürchtete einen neuen Einfall der Schweizer. ›Ich muß aber dem Kommandanten ein paar huldvolle Worte schreiben‹, sagte der Herzog von Mailand zu ihm beim Abschied. Er schreibt und übergibt ihm einen Brief von zwei Zeilen. Dann verlangt er ihn noch einmal zurück und versiegelt ihn. ›Das ist höflicher‹, meinte der Fürst. Vespasiano del Dongo reist ab, aber während der Fahrt über den See fällt ihm ein altgriechisches Geschichtchen ein. Er war nämlich ein gelehrter Herr. Er erbricht den Brief seines lieben Gebieters und findet darin den Befehl an den Burgkommandanten, ihn sofort nach seiner Ankunft ins Jenseits zu befördern. Der Sforza, allzu begierig auf das abgekartete Spiel, das er mit unserem Ahnherrn spielte, hatte zwischen der letzten Zeile des Briefes und seiner Unterschrift einen Zwischenraum gelassen. Vespasiano del Dongo schneidet den Kopf des Briefes ab und schreibt dafür den Befehl hin, der Burgkommandant habe ihn als Oberbefehlshaber aller Burgen am See anzuerkennen. Nach seiner Ankunft und Anerkennung in der Burg wirft er den Kommandanten in einen Brunnen, erklärt dem Sforza den Krieg und tauscht nach Verlauf etlicher Jahre seine Festung gegen jene ungeheuren Landgüter ein, die das Vermögen aller Zweige unserer Familie gebildet haben und die mir eines Tages viertausend Lire Rente einbringen werden.«

18   Dieser Episode liegt ohne Zweifel folgende historische Begebenheit zugrunde: Im Jahre 1526 brachte der gewalttätige Emporkömmling Gian Giacomo Medici die mächtige, auf steiler Höhe gelegene Burg Musso, westlich des Ortes Dongo am Comer See (erbaut von Marschall Trivulzio), durch List in seinen Besitz und erlangte dadurch die Herrschaft über das ganze Gebiet des Sees. Er verteidigte sie dann mehrere Jahre lang gegen den Mailänder Herzog Sforza und gegen die Schweizer, trat sie aber schließlich nach einer zehnmonatigen Belagerung gegen hohe Entschädigung an Mailand ab, das die Feste schleifen ließ. Noch heute sind stattliche Ruinen vorhanden. – Stendhal pflegte, wenn ihm eine Gegend besonders gefiel, Geschichte und Sage des Ortes genau zu studieren. ›Die schönste Gegend gewinnt immer durch historische Reminiszenzen‹, ist ein bekannter Ausspruch von ihm.

»Sie reden wie ein Akademiker«, rief der Graf lachend.

»Sie erzählen uns da einen meisterlichen Streich, aber es bietet sich höchstens alle zehn Jahre die kurzweilige Gelegenheit, so rühmliche Dinge zu vollführen. Sehr häufig genießen halb stumpfsinnige Menschen, die aber jederzeit aufmerksam und vorsichtig sind, das Vergnügen, über geniale Leute zu triumphieren. Es war eine Narrheit des Genies, daß sich Napoleon dem vorsichtigen John Bull anvertraute, statt nach Amerika zu entwischen. John Bull mag in seinem Kontor schön über seinen Brief gelacht haben, in dem er Themistokles zitiert. Zu allen Zeiten werden sich die gewöhnlichen Sancho Pansas vor den erhabenen Don Quichottes im Vorteil befinden. Wenn Sie sich vornehmen wollen, nichts Außergewöhnliches zu tun, dann bezweifle ich nicht, daß Sie ein sehr geachteter, wenn auch kein sehr achtenswerter Bischof werden. Immerhin bleibe ich dabei: Eccellenza hat sich bei der Pferdegeschichte gewandt benommen. Die Sache streift haarscharf an lebenslängliches Gefängnis.«

Bei diesen Worten überlief Fabrizzio ein Schauder; er verfiel in tiefes Sinnen. ›War dies das Gefängnis, das mir drohen soll? Und das Verbrechen, das ich nicht begehen darf? Blanios Voraussagungen, die er als Prophezeiungen verlacht hatte, gewannen in seinen Augen die volle Bedeutung wirklicher Weissagungen.

»Was hast du denn?« fragte ihn die Duchezza erstaunt. »Der Graf hat dir einen Schrecken eingejagt.«

»Eine neue Wahrheit hat mich durchleuchtet, und statt sich gegen sie aufzulehnen, erkennt mein Verstand sie an. Wahrlich, ich habe das lebenslängliche Gefängnis haarscharf gestreift. Aber jener Reitknecht sah in seinem englischen Anzug so nett aus. Ihn zu töten, wäre schade gewesen!«

Der Minister war von Fabrizzios altklugem Gesicht entzückt.

»Er ist in jeder Hinsicht prächtig«, meinte er, indem er die Duchezza ansah. »Ich möchte Ihnen sagen, lieber Freund, Sie haben eine Eroberung gemacht und vielleicht die allerbegehrenswerteste.«

›Aha‹, dachte Fabrizzio, ›das ist eine Anspielung auf die kleine Marietta.‹ Aber er täuschte sich.

Der Graf fuhr fort: »Ihre biblische Schlichtheit hat das Herz unseres ehrwürdigen Erzbischofs, des Padre Landriani, gewonnen. In den nächsten Tagen werden wir Sie zum Großvikar ernennen, und das Spaßhafteste an dieser reizenden Geschichte ist, daß die drei jetzigen

Großvikare, verdienstliche Männer, Arbeiter ersten Ranges, von denen zwei, wenn ich nicht irre, bereits vor Ihrer Geburt Großvikare waren, den Erzbischof durch ein schönes Schreiben ersuchen wollen, Ihnen den Vorrang vor ihnen zu geben. Die Herren stützen ihr Gesuch vorerst auf Ihre Tugenden und dann darauf, daß Sie ein Großneffe des berühmten Erzbischofs Ascanio del Dongo sind. Als ich von der Hochschätzung erfuhr, die man Ihren Tugenden zollt, habe ich den Neffen des ältesten Großvikars auf der Stelle zum Hauptmann ernannt; er war Leutnant seit der Belagerung von Tarragona[19] unter dem Marschall Suchet.«

»Mache dich sofort auf, wie du bist, und statte deinem Erzbischof einen rührenden Besuch ab!« rief die Duchezza. »Erzähle ihm von der Heirat deiner Schwester. Wenn er erfährt, daß sie Principessa wird, wird er dich noch viel apostolischer finden. Übrigens weißt du nichts von allem, was dir der Graf soeben von deiner künftigen Ernennung anvertraut hat.«

Fabrizzio ging spornstreichs in den erzbischöflichen Palast. Dort benahm er sich schlicht und bescheiden, was ihm allezeit gelang. Er mußte sich im Gegenteil stets Zwang antun, wenn er den großen Herrn spielen wollte. Während er den etwas langatmigen Reden des Monsignore Landriani lauschte, sagte er sich: ›Hätte ich wirklich meine Pistole auf den Reitknecht abdrücken sollen, der das magere Pferd am Handzügel führte?‹ Sein Verstand sagte ihm ja, aber sein Herz konnte sich an das blutige Bild des entstellt vom Pferd sinkenden schönen jungen Mannes nicht gewöhnen.

›Meinte Blanio dieses Gefängnis, in das ich geraten wäre, wenn das Pferd gestürzt wäre? War es das Gefängnis, mit dem mir so viele Vorzeichen gedroht haben?‹

Diese Frage war ihm von grenzenloser Wichtigkeit, und der Erzbischof war erbaut von seiner tiefen Aufmerksamkeit.

19 Belagerung von Tarragona: Der General Suchet hatte Stadt und Festung 1811 genommen und wurde 1813 daselbst von den Engländern so hart bedrängt, daß er die Befestigungswerke in die Luft sprengte.

11.

Nach dem Besuch im erzbischöflichen Palast ging Fabrizzio zur kleinen Marietta. Schon von weitem vernahm er die grobe Stimme Gilettis, der Wein aufgefahren hatte und sich mit seinen Freunden, dem Souffleur und dem Lampenputzer, daran gütlich tat. Die Mammaccia war die einzige, die auf sein Zeichen antwortete.

»Allerhand Neuigkeiten für dich!« sagte die Alte. »Zwei oder drei Schauspieler von uns sind angeklagt, den Geburtstag des großen Napoleon durch ein wüstes Gelage gefeiert zu haben. Nun ist unsere arme Truppe als jakobinisch verschrieen und hat Befehl erhalten, das Gebiet von Parma zu verlassen. Es lebe Napoleon! Der Minister soll Zaster gespendet haben. So viel ist gewiß, Giletti hat Geld, ich weiß nicht, wieviel, aber ich habe eine Handvoll Taler bei ihm gesehen. Marietta hat von unserem Direktor fünf Taler Reisegeld bis Mantua und Venedig bekommen und ich einen. Sie ist immer noch ganz verschossen in dich; aber Giletti schüchtert sie ein. Vor drei Tagen, bei der Abschiedsvorstellung, die wir gegeben haben, wollte er sie durchaus umbringen. Er hat ihr zwei tüchtige Maulschellen gegeben und – das ist abscheulich – ihr blaues Kopftuch zerrissen. Wenn du ihr ein blaues Kopftuch schenken wolltest, wärst du ein guter Kerl; wir würden sagen, wir hätten im Lotto gewonnen. Morgen gibt der Fechtmeister von den Karabinieri ein Fechtspiel; die Zeit wirst du an allen Straßenecken angeschlagen finden. Komm und besuche uns! Er geht in die Vorstellung, und so können wir hoffen, daß er nicht so bald zurückkommt. Ich werde am Fenster sein und dir ein Zeichen geben, heraufzukommen. Vergiß nicht, uns etwas recht Nettes mitzubringen! Und Marietta liebt dich leidenschaftlich!«

Als Fabrizzio die Wendeltreppe der elenden Bude hinunterstieg, war er ganz zerknirscht. ›Ich bin in keiner Beziehung ein anderer geworden‹, sagte er sich. ›Die guten Vorsätze, die ich am Ufer unseres Sees gefaßt hatte, als ich das Leben mit Philosophenaugen betrachtete, sind wie weggeblasen. Meine Seele hatte sich über die Alltagsstimmung erhoben. Alles das war ein schöner Traum, der vor der rauhen Wirklichkeit zerfließt.‹

›Jetzt wäre der Augenblick der Tat da!‹ sagte sich Fabrizzio, als er gegen elf Uhr in den Palazzo Sanseverina zurückkehrte. Aber umsonst suchte er in seinem Herzen nach dem Mut zu jener erhabenen Aufrichtigkeit, die ihn in der Nacht am Ufer des Corner Sees so leicht gedünkt hatte. ›Ich werde das Wesen erzürnen, das ich am meisten auf der Welt liebe. Wenn ich rede, werde ich mich wie ein schlechter Komödiant benehmen. Ich tauge wirklich nur in gewissen Augenblicken der Begeisterung etwas!‹

»Der Graf benimmt sich mir gegenüber bewundernswert«, sagte er zur Duchezza, nachdem er über seinen Besuch im erzbischöflichen Palast berichtet hatte. »Ich schätze sein Verhalten um so mehr, als ich zu bemerken glaube, daß ich ihm nur mäßig gefalle. Mein Auftreten soll in seinen Augen unbedingt tadellos sein. Er veranstaltet in Sanguigna Ausgrabungen, auf die er ganz versessen ist, wenigstens nach seiner gestrigen Reise zu urteilen. Er hat zwölf Meilen im Galopp zurückgelegt, um zwei Stunden bei seinen Arbeitern zu verbringen. Man könnte in dem antiken Tempel, dessen Grundmauern er kürzlich aufgedeckt hat, Bruchstücke von Bildsäulen finden, und er hat Angst, daß sie ihm gestohlen werden. Ich habe Lust, ihm anzubieten, auf sechsunddreißig Stunden nach Sanguigna zu gehen. Ich muß morgen gegen fünf Uhr nochmals zum Erzbischof, könnte am Abend abreiten und mir die nächtliche Kühle für den Ritt zunutze machen.«

Die Duchezza gab zunächst keine Antwort.

»Es scheint, als ob du nach Vorwänden suchst, mich zu meiden«, sagte sie nach einer Weile mit innigster Zärtlichkeit. »Kaum bist du von Belgirate zurück, so findest du einen Grund, von neuem wegzugehen.«

›Das ist eine günstige Gelegenheit zur Aussprache‹, sagte sich Fabrizzio. ›Am See war ich ja ein bißchen verrückt. In meinem Aufrichtigkeitstaumel habe ich außer acht gelassen, daß meine Schmeichelei nur auf eine Unverschämtheit hinausläuft. Ich müßte sagen: Ich liebe dich in aufrichtiger Freundschaft, und so weiter, aber meine Seele ist der Liebe unfähig. Hieße das nicht mit anderen Worten: Ich sehe, daß du mich liebst, aber nimm dich in acht, ich kann nicht mit gleicher Münze zahlen? Wenn mich die Duchezza liebt, so könnte sie ärgerlich sein, daß ich sie durchschaue, aber sie wäre empört über meine Unverfrorenheit, wenn sie für mich ganz einfach Freundschaft empfände. Das wäre eine unverzeihliche Beleidigung …‹

Während er diese wichtigen Gedanken gegeneinander abwog, lief er, ohne es zu wissen, mit ernstem und herrischem Gesicht im Gemach hin und her, wie ein Mann, der zehn Schritt vor sich das Unglück sieht. Die Duchezza sah ihm mit Bewunderung zu. Das war nicht mehr das Kind, dessen Geburt sie beigewohnt hatte; das war nicht mehr der allzeit getreue Neffe. Das war ein ernster Mann, von dem geliebt zu werden köstlich sein mußte. Sie erhob sich von der Ottomane, auf der sie gesessen hatte, und warf sich leidenschaftlich in seine Arme: »Du willst mich also fliehen?« fragte sie.

»Nein«, erwiderte er mit der Miene eines römischen Imperators, »aber ich will vernünftig sein.«

Dieses Wort ließ verschiedene Deutungen zu; Fabrizzio fühlte nicht den Mut in sich, weiter zu gehen, auf die Gefahr hin, dieses anbetungswürdige Weib zu verletzen. Er war zu jung, zu empfänglich für Gemütsbewegungen; sein Geist kam ihm mit keiner liebenswürdigen Wendung zu Hilfe, mit der er hätte ausdrücken können, was er sagen wollte. In einer natürlichen Wallung, aller Vernunft entgegen, nahm er die verführerische Frau in seine Arme und bedeckte sie mit Küssen. Im selben Augenblick hörte man den Wagen des Grafen in den Hof einfahren, und fast unmittelbar darauf erschien er selbst im Gemach. Er war sichtlich sehr bewegt.

»Sie flößen merkwürdige Leidenschaften ein«, sagte er zu Fabrizzio, den dieser Ausdruck ganz verdutzt machte. »Der Erzbischof hatte heute abend seinen gewohnten Donnerstagsempfang bei Serenissimus. Soeben hat mir der Fürst erzählt, der Erzbischof habe mit verstörter Miene eine auswendig gelernte, höchst gelehrte Rede angehoben, von der Durchlaucht zunächst nichts verstanden habe. Am Schluß habe Landriani erklärt, es sei wichtig für die parmesanische Kirche, daß Monsignore Fabrizzio del Dongo zum Ersten Großvikar ernannt werde und später, nach Vollendung seines vierundzwanzigsten Lebensjahres, zum Koadjutor und künftigen Nachfolger.

Ich gestehe«, fuhr der Graf fort, »dieses Wort hat mir Schrecken eingejagt. Das war doch ein wenig zu rasch. Ich fürchtete eine Anwandlung von schlechter Laune bei Serenissimus. Statt dessen sah er mich lachend an und sagte auf französisch zu mir: ›Das ist einer Ihrer Streiche, Graf!‹ – ›Ich kann es vor Gott und vor Eurer Hoheit beschwören‹, habe ich ihm möglichst salbungsvoll geantwortet, ›daß ich von der späteren Nachfolge nicht die leiseste Ahnung hatte.‹ Damit habe ich die Wahrheit gesagt, wie wir sie erst vor ein paar Stunden hier besprochen haben. Ich habe nachdrücklich hinzugesetzt, ich würde es als die höchste Gnade ansehen, wenn Serenissimus geruhen wollten, ihm zunächst ein kleines Bistum zu verleihen. Der Fürst muß mir geglaubt haben, denn er wurde alsbald sehr huldvoll. Mit der denkbar größten Einfalt sagte er zu mir:

›Das ist eine offizielle Angelegenheit zwischen mir und dem Erzbischof, die Sie gar nicht berührt. Der Biedermann hat mir einen sehr langen und ziemlich langweiligen Vortrag gehalten, der mit einem amtlichen Vorschlag schloß. Ich habe ihm sehr kühl geantwortet, daß der Betreffende reichlich jung sei und vor allem an meinem Hofe noch ein Neuling, so daß es fast aussähe, als bezahlte ich einen vom Kaiser auf mich ausgestellten Wechsel, wenn ich dem Sohne eines der Großwürdenträger seines lombardo-venezianischen Königreichs die Anwartschaft auf eine so hohe Stellung gewährte. Der Erzbischof beteuerte, es habe keinerlei derartige Empfehlung stattgefunden. Das mir zu sagen, war eine rechte Dummheit. Das hat mich an einem doch klugen Mann überrascht. Aber er gerät immer in Verlegenheit, wenn er mit mir spricht; und heute abend war er verlegener denn je, woraus ich schließe, daß ihm sein Wunsch gewaltig am Herzen liegt. Ich habe ihm erwidert, ich wisse besser als er, daß sich keine hohe Persönlichkeit zugunsten del Dongos verwendet habe, daß niemand an meinem Hofe an seiner Fähigkeit zweifle, daß sein Lebenswandel nicht allzu schlecht beurteilt werde; nur hielte ich ihn für leicht begeisterungsfähig, und ich hätte mir vorgenommen, Narren dieses Schlages, deren ein Fürst nie sicher ist, niemals in hohe Würden zu erheben. Nun‹, fuhr Serenissimus fort, ›mußte ich einen zweiten Schwall von Worten über mich ergehen lassen. Der Erzbischof pries die Begeisterung für das Reich Gottes. ›Tölpel‹, sagte ich bei mir, ›du begehst Torheiten, du gefährdest die Ernennung, die beinahe schon bestätigt war!‹ Er hätte sich kurz fassen und gerührt danken sollen. Fiel ihm gar nicht ein. Er setzte seine Predigt mit lächerlicher Unerschrockenheit fort. Ich suchte nach einer Entgegnung, die für den kleinen del Dongo nicht allzu nachteilig klingen sollte. Ich fand eine, und eine recht glückliche, wie Sie gleich sehen werden. ›Monsignore‹, habe ich zu ihm gesagt, ›Pius VII.[20] war ein großer Papst und ein sehr heiliger

20 Pius VII. (Chiaramonti), Papst von 1800 bis 1823, ehedem Kardinal und Bischof von Cesena. Sein Grabmal in Rom von Thorwaldsen. Er hat 1804 Napoleon zum Kaiser gesalbt. 1809 wurde er verhaftet und nach Fontainebleau gebracht. Diese Gefangennahme ist von Stendhal in seiner

Mann; von allen Herrschern wagte er allein, dem Tyrannen, der Europa zu seinen Füßen sah, nein zu sagen. Er war eben ein Schwärmer. Als er Bischof von Imola war, hat ihn das verführt, seinen berühmten Hirtenbrief des Bürgerkardinals Chiaramonti zugunsten der Zisalpinischen Republik zu schreiben.‹

Mein armer Erzbischof war ganz verblüfft, und um ihn vollends zu verblüffen, sagte ich ernst: ›Leben Sie wohl, Monsignore! Ich werde Ihrem Vorschlag vierundzwanzig Stunden Überlegung widmen.‹ Der Unglücksmensch erging sich noch in ein paar recht schlecht angebrachten und ungeschickt ausgedrückten Bitten, nachdem das Wort: ›Leben Sie wohl!‹ gefallen war. Jetzt beauftrage ich Sie, Graf Mosca della Rovere, der Duchezza zu sagen, daß ich eine für sie so erfreuliche Nachricht nicht vierundzwanzig Stunden verzögern will. Setzen Sie sich, bitte, hierher und schreiben Sie dem Erzbischof ein Jawort, das die ganze Sache entscheidet.‹ Ich schrieb, er unterzeichnete und sagte zu mir: ›Bringen Sie es unverzüglich der Duchezza!‹ – Hier ist das Schreiben, gnädige Frau! Dem verdanke ich das Glück, Sie heute abend noch einmal zu sehen.«

Die Duchezza las das Schreiben voller Entzücken. Während des langen Berichts des Grafen hatte Fabrizzio Zeit, sich zu sammeln. Dieses Ereignis setzte ihn augenscheinlich gar nicht in Erstaunen. Er nahm die Sache so recht wie ein Grandseigneur hin, der selbstverständlich immer geglaubt hat, er habe ein Anrecht auf so außergewöhnliche Beförderungen, auf Glücksfälle, die einen Spießbürger ganz aus dem Häuschen brächten. Er dankte dem Grafen in gewählten Ausdrücken und schloß mit den Worten: »Ein guter Hofmann muß der herrschenden Vorliebe huldigen. Sie haben gestern die Befürchtung geäußert, Ihre Arbeiter in Sanguigna könnten Bruchstücke antiker Kunstwerke beim Ausgraben stehlen. Ich bin ein Liebhaber von Ausgrabungen. Wenn Sie es mir gütigst gestatten, werde ich die Arbeiter beaufsichtigen. Morgen abend, nach den nötigen Dankesbesuchen im Schloß und im erzbischöflichen Palast, will ich nach Sanguigna abreiten.«

»Ahnen Sie denn«, fragte die Duchezza den Grafen, »wovon diese plötzliche Neigung des guten Erzbischofs für Fabrizzio herrührt?«

1824 geschriebenen Novelle ›Erinnerungen eines römischen Edelmannes‹ ausführlich geschildert.

»Zu ahnen brauche ich das nicht. Der Großvikar, der Bruder des Hauptmanns, sagte gestern zu mir: ›Monsignore Landriani geht von dem richtigen Grundsatz aus, daß der Titular über dem Koadjutor steht, und es ist ihm eine Freude, daß ein del Dongo unter seinem Befehl steht und ihm verpflichtet ist. Alles, was Fabrizzios hohe Geburt ins volle Licht setzt, erhöht sein inneres Glück. Einen solchen Menschen zum Adjutanten zu haben! Zum anderen gefällt ihm Fabrizzio, weil er in seiner Gegenwart keine Befangenheit empfindet. Und schließlich hegt er seit zehn Jahren einen wohlbegründeten Haß gegen den Bischof von Piacenza, der seine Ansprüche auf die Nachfolge im Erzbistum Parma unverhohlen ausspricht und noch dazu ein Müllerssohn ist. Im Hinblick auf die künftige Nachfolge hat der Bischof von Piacenza sehr enge Beziehungen zur Marchesa Raversi angeknüpft, und diese Beziehungen machen den Erzbischof besorgt um die Erfüllung seines Lieblingsplanes, einen del Dongo in seinem Stab und unter seinem Befehl zu haben.‹«

Am übernächsten Tage leitete Fabrizzio frühzeitig die Ausgrabungsarbeiten bei Sanguigna, gegenüber von Colorno, dem Versailles des Fürsten von Parma. Diese Grabungen fanden in der Ebene statt, ganz nahe der Landstraße, die von Parma nach der Brücke von Casalmaggiore, der ersten österreichischen Stadt, führt. Die Arbeiter hoben einen langen, acht Fuß tiefen, aber möglichst schmalen Graben aus; man wollte längs der alten Römerstraße die Reste eines zweiten Tempels aufdecken, der nach mündlicher Überlieferung noch im Mittelalter gestanden hatte. Obwohl es Befehl des Fürsten war, sahen mehrere Bauern auf diese langen Gräben, die ihren Grund und Boden durchquerten, mit scheelen Augen. Was man ihnen auch sagen mochte, sie bildeten sich ein, man suche nach einem Schatz, und Fabrizzio kam gerade recht, um einen kleinen Aufstand zu verhindern. Er langweilte sich nicht im geringsten. Leidenschaftlich verfolgte er die Arbeiten. Hin und wieder fand man Münzen, und er ließ den Arbeitern absichtlich keine Zeit, sich untereinander über das Beiseitebringen solcher Funde zu einigen.

Es war ein schöner Tag. Es mochte sechs Uhr morgens sein. Er hatte sich eine alte einläufige Büchse geliehen und schoß ein paar Lerchen. Eine angeschossene fiel auf die große Straße nieder. Als Fabrizzio zu ihr lief, bemerkte er in der Ferne einen Wagen, der von Parma her in der Richtung nach dem Grenzort Casalmaggiore fuhr.

Er hatte eben seine Büchse neu geladen, da kam der höchst klapprige Wagen langsam heran, und er erkannte die kleine Marietta. Links und rechts von ihr saßen der lange Lümmel Giletti und die alte Mammaccia.

Giletti bildete sich ein, Fabrizzio stünde mit einem Gewehr in der Hand so mitten auf der Landstraße, um ihn zu überfallen und wohl gar die kleine Marietta zu entführen. Beherzt, wie er war, sprang er aus dem Wagen, in der Linken eine große verrostete Pistole und in der Rechten einen Degen, der noch in der Scheide stak. Das waren seine Requisiten, wenn ihm die Truppe eine Ritterrolle anvertraute.

»Ha, du Brigant!« schrie er. »Ausgezeichnet, daß ich dich hier so nahe an der Grenze treffe! Ich will mit dir abrechnen! Hier schützen dich deine violetten Socken nicht!«

Fabrizzio liebäugelte mit der kleinen Marietta und kümmerte sich gar nicht um das Geschimpfe Gilettis, bis er mit einem Male drei Fuß vor seiner Brust die Mündung der verrosteten Pistole erblickte. Er hatte gerade noch Zeit, die Pistole niederzuschlagen, indem er seine Büchse wie einen Stock gebrauchte. Die Pistole ging los, verwundete aber niemanden.

»Halt doch an, Schafskopf!« brüllte Giletti dem Kutscher zu. Zugleich packte er geschickt die Flinte seines Gegners an der Mündung und hielt sie von sich ab. Beide zogen aus Leibeskräften an der Waffe. Der weit kräftigere Giletti setzte eine Hand vor die andere und kam dadurch immer näher an das Schloß der Büchse. Schon hatte er sie ihm halb entrissen, als Fabrizzio, um die Waffe unschädlich zu machen, den Hahn abdrückte. Er hatte vorher wohl bemerkt, daß die Mündung mehr als drei Zoll über Gilettis Schulter war. Der Schuß ging dicht an dessen Ohr vorbei. Eine Sekunde war der Komödiant verdutzt, erholte sich aber im Nu.

»Ha! Du willst mich vor den Kopf schießen, Hundsfott! Ich werde dir heimleuchten!«

Giletti zog seinen Ritterdegen aus der Scheide und drang mit bewunderungswürdiger Schnelligkeit auf Fabrizzio ein. Der war völlig wehrlos und sah sich verloren.

Er rettete sich nach dem Wagen, der etwa zwölf Schritt hinter Giletti stand. Er lief nach links, und indem er sich mit der einen Hand an einer der Wagenfedern festhielt, bog er blitzschnell um den Wagen herum; so gelangte er vor den geöffneten rechten Wagenschlag. Giletti stürmte mit seinen langen Beinen nach, kam aber nicht auf den Einfall, sich an der Wagenfeder festzuhalten, und schoß noch ein paar Schritte weiter, ehe er stehen blieb.

Im Augenblick, als Fabrizzio an den offenen Wagenschlag gelangte, hörte er, wie ihm Marietta zuflüsterte: »Hüte dich! Er will dich morden! Nimm!«

Gleichzeitig sah Fabrizzio, wie eine Art langer Hirschfänger aus der Tür fiel. Er bückte sich, um ihn aufzuheben, aber da traf ihn ein Degenstoß Gilettis in die Schulter. Fabrizzio richtete sich auf und sah sich sechs Zoll weit von Giletti, der ihm mit dem Degengriff einen wütenden Schlag ins Gesicht versetzte. Dieser Schlag war so wuchtig geführt, daß Fabrizzio seine Besinnung verlor. Es fehlte nicht viel, und er wäre getötet worden. Zum Glück für ihn stand Giletti allzu nahe, als daß er ihm noch einen Stoß mit der Degenspitze beibringen konnte. Sobald Fabrizzio wieder zu sich kam, ergriff er die Flucht und lief, was er konnte. Beim Laufen zog er den Hirschfänger aus der Scheide und wandte sich dann plötzlich um. Giletti, der ihn verfolgte, war drei Schritte vor ihm. Während er noch im Schuß war, stach Fabrizzio nach ihm. Giletti wollte den Hirschfänger mit seinem Degen abfangen, lenkte den Stoß aber nur nach oben und bekam ihn mitten in die linke Backe. Er stürzte auf Fabrizzio zu, der einen Stich im Schenkel fühlte; es war Gilettis Messer, das dieser inzwischen gezogen hatte. Fabrizzio machte einen Sprung nach rechts und drehte sich um. Endlich standen sich die beiden Gegner im richtigen Fechtabstand gegenüber.

Giletti fluchte wie ein Wilder. »Warte, du Pfaffenluder! Ich werde dir die Gurgel abschneiden!« brüllte er immer wieder.

Fabrizzio war ganz außer Atem und konnte nicht sprechen. Der Schlag mit dem Degengriff ins Gesicht verursachte ihm heftige Schmerzen, und seine Nase blutete stark. Mehrere Stöße wehrte er mit seinem Hirschfänger ab und stieß einige Male damit zu, ohne recht zu wissen, was er tat. Er hatte das unklare Gefühl, bei einer öffentlichen Fechtvorstellung zu sein. Diesen Gedanken hatte ihm die Gegenwart seiner Arbeiter eingegeben, die, fünfundzwanzig bis dreißig an der Zahl, einen Kreis um die Kämpfer gebildet hatten, freilich in gehörigem Abstand, denn die beiden stürmten bald hier, bald dort ohne Pause aufeinander los.

Der Kampf schien ein wenig nachzulassen; die Stöße folgten nicht mehr so blitzschnell hintereinander. Da sagte sich Fabrizzio: ›Nach den Schmerzen zu urteilen, die ich im Gesicht fühle, muß er mich übel zugerichtet haben.‹ Bei diesem Gedanken packte ihn die Wut; er stürzte, die Spitze des Hirschfängers vor sich hin haltend, auf seinen Gegner los. Der Stahl drang Giletti in die rechte Brustseite und kam an der linken Schulter wieder heraus. Zu gleicher Zeit drang Gilettis Degen in seiner ganzen Länge durch Fabrizzios Arm, aber er glitt unter der Haut hin und verursachte nur eine unbedeutende Wunde.

Giletti war gefallen. Im Augenblick, da Fabrizzio auf ihn zutrat, mit dem Blick auf dessen linke Hand, die ein Messer hielt, öffnete sich diese Hand mechanisch und ließ die Waffe fallen.

›Der Schuft ist tot‹, sagte sich Fabrizzio. Er sah ihm ins Gesicht. Giletti spie eine Menge Blut. Fabrizzio eilte an den Wagen.

»Hast du einen Spiegel?« rief er Marietta zu. Sie starrte ihn ganz bleich an und vermochte nicht zu antworten. Die Alte nahm mit großer Kaltblütigkeit eine grüne Tasche zur Hand und reichte Fabrizzio einen kleinen Handspiegel. Er betrachtete sich und untersuchte sein Gesicht. ›Die Augen sind heil‹, sagte er sich. ›Das ist schon viel.‹ Er besah sich die Zähne: ›Sie sind alle ganz‹ – ›Woher habe ich nur solche Schmerzen?‹ fragte er sich halblaut. Die Alte erwiderte ihm: »Weil Giletti Ihnen mit seinem Degengriff die ganze Backe bis auf den Knochen durchgeschlagen hat. Ihre Wange ist furchtbar geschwollen und ganz blau. Setzen Sie sich gleich ein paar Blutegel an, und die Sache ist gemacht!«

»So! Gleich Blutegel!« lachte Fabrizzio; er hatte seine Kaltblütigkeit wieder. Er bemerkte, daß die Arbeiter alle um Giletti standen und ihn anglotzten, aber nicht wagten, ihn anzurühren.

»So helft dem Manne doch!« rief er ihnen zu. »Zieht ihm den Rock aus!«

Er wollte noch mehr sagen, aber als er aufschaute, gewahrte er fünf oder sechs Männer dreihundert Schritt entfernt auf der Landstraße, die zu Fuß und in gleichmäßigem Schritt auf den Tatort zukamen.

›Das sind Gendarmen‹, dachte er, ›und da hier ein Toter liegt, werden sie mich festnehmen, und ich habe die Ehre eines feierlichen Einzugs in Parma. Was für ein Klatschstoff für die Sippschaft der Raversi, die meine Tante haßt!‹

Blitzschnell warf er den verdutzten Arbeitern alles Geld zu, das er in seinen Taschen hatte, und schwang sich in den Wagen.

»Hindert die Gendarmen, mich zu verfolgen!« rief er den Arbeitern zu. »Ich werde euch reich belohnen. Sagt ihnen, daß ich schuldlos bin, daß dieser Mensch mich angegriffen hat und mich ermorden wollte!«

»Und du«, sagte er zum Kutscher, »laß deine Pferde Galopp laufen! Du bekommst vier Napoleons, wenn du über den Po kommst, ehe mich die Männer da erwischen.« »Es gilt!« antwortete der Kutscher. »Haben Sie nur keine Bange! Die Leute da sind zu Fuß, und schon im Trab kriegen meine Pferdchen einen riesigen Vorsprung vor ihnen.«

Mit diesen Worten fuhr er im Galopp los.

Unser Held ärgerte sich über das Wort ›Bange‹ im Munde des Kutschers. In der Tat, seit er den Schlag mit dem Degengriff im Gesicht verspürt hatte, hegte er unbändige Angst.

»Wir können Reitern begegnen«, sagte der kluge Rosselenker, der an die vier Napoleons dachte, »und unsere Verfolger können ihnen zurufen, sie sollen uns festnehmen.« Das hieß soviel wie: ›Laden Sie Ihre Waffe wieder!‹

»O, wie tapfer du bist, mein kleiner Abbate!« sagte Marietta und umarmte Fabrizzio. Die Alte steckte den Kopf zum Wagenfenster hinaus und hielt Umschau. Nach einer Weile zog sie ihn wieder zurück.

»Kein Mensch verfolgt uns, mein Herr«, sagte sie kaltblütig zu Fabrizzio, »und vor uns ist auch niemand auf der Straße. Sie wissen, wie argwöhnisch die österreichische Polizei ist. Wenn sie uns so im Galopp ankommen sieht, verhaftet sie uns an der Po-Brücke. Das können Sie mir glauben!«

Fabrizzio sah zum Fenster hinaus.

»Trab!« befahl er dem Kutscher. Dann fragte er die Alte: »Was für einen Paß haben Sie?«

»Drei statt einen«, antwortete sie. »Stück für Stück hat uns vier Franken gekostet. Ist das nicht schauderhaft für arme Mimen, die das ganze Jahr unterwegs sind? Hier ist der Paß vom Herrn Schauspieler Giletti; der ist für Sie! Hier sind zwei Pässe für Marietta und für mich. Ach, Giletti hatte unser ganzes Geld in der Tasche! Was soll aus uns werden?«

»Wieviel hatte er?« fragte Fabrizzio.

»Vierzig blitzblanke Skudi!« sagte die Alte.

»Das soll heißen sechs und etwas Kleingeld!« verbesserte Marietta und lachte. »Ich will nicht, daß mein kleiner Abbate betrogen wird.«

»Ist es nicht ganz natürlich, hoher Herr«, fuhr die Alte unverfroren fort, »wenn ich Ihnen vierunddreißig Taler aufzubrummen suche? Was sind vierunddreißig Taler für Sie? Wir aber, wir haben unseren Beschützer verloren. Wer wird uns nun die Wohnungen mieten, mit den Fuhrleuten wegen der Preise handeln, wenn wir unterwegs sind, und aller Welt Angst machen? Giletti war nicht schön, aber er war sehr bequem. Und wäre die Kleine da nicht so albern, sich gleich bis über die Ohren in Sie zu vergaffen, so hätte Giletti nicht das mindeste gemerkt, und Sie hätten uns manchen schönen Taler zustecken können. Wir sind wirklich sehr arm.«

Fabrizzio war gerührt; er zog seine Börse und gab der Alten ein paar Napoleons.

»Sie sehen«, sagte er zu ihr, »mir bleiben nur noch fünfzehn. Es hat also fortan keinen Zweck, mich zu schröpfen.«

Die kleine Marietta fiel ihm um den Hals, und die Alte küßte ihm die Hände. Der Wagen fuhr in gemächlichem Trab weiter. Als man in der Ferne die gelb und schwarz gestreiften Schlagbäume sah, die Zeichen des österreichischen Gebietes, sagte die Alte zu Fabrizzio:

»Es wäre besser, wenn Sie, mit Gilettis Paß in der Tasche, zu Fuß über die Grenze gingen. Wir werden einen Augenblick halten, angeblich, um uns ein bißchen herzurichten. Überdies werden die Zöllner unser Gepäck durchsuchen. Wenn Sie auf mich hören wollen, schlendern Sie gemächlich durch Casalmaggiore. Sie können sogar in ein Kaffeehaus gehen und einen Likör trinken. Sind Sie erst aus dem Ort hinaus, dann nehmen Sie die Beine unter den Arm. Die Polizei ist verdammt wachsam im Lande Österreich. Sie wird sehr bald wissen, daß ein Mann ermordet worden ist. Sie reisen mit einem falschen Paß. Das genügt schon, um zwei Jahre Gefängnis zu kriegen. Wenn Sie die Stadt hinter sich haben, halten Sie auf das rechte Po-Ufer zu, mieten einen Kahn und entwischen nach Ravenna oder Ferrara. Machen Sie, daß Sie möglichst rasch aus dem österreichischen Gebiet hinauskommen. Für zwei Louis können Sie sich von irgendeinem Zollbeamten einen anderen Paß verschaffen. Der da könnte Ihnen verhängnisvoll werden. Vergessen Sie nicht, daß Sie den Mann umgebracht haben!«

Während Fabrizzio zu Fuß auf die Schiffsbrücke von Casalmaggiore zuschritt, studierte er aufmerksam Gilettis Paß. Unser Held hatte eine Heidenangst. Er erinnerte sich deutlich alles dessen, was ihm Graf Mosca über die Gefahr gesagt hatte, die ihm beim Wiederbetreten österreichischen Gebietes drohe. Nun sah er zweihundert Schritt vor sich die schreckliche Brücke, die ihm Einlaß in jenes Land gewähren sollte, dessen Hauptstadt in seinen Augen der Spielberg war. Aber was sollte er sonst machen? Das Herzogtum Modena, das im Süden an das Fürstentum Parma angrenzt, lieferte auf Grund eines Sonderabkommens Flüchtlinge dahin aus. Die Landesgrenze in den Bergen nach der Genueser Seite lag allzu fern. Sein Mißgeschick wäre in Parma bekannt geworden, ehe er jenes Gebirge hätte erreichen können. Also blieb ihm nichts übrig, als das österreichische Gebiet auf dem linken Po-Ufer. Ehe die österreichischen Behörden benachrichtigt und um seine Verhaftung ersucht würden, verstrichen vielleicht sechsunddreißig bis achtundvierzig Stunden. Nachdem er zum Entschluß gekommen war, verbrannte er seinen Paß mit dem Feuer seiner Zigarre: er wollte in Österreich lieber Landstreicher als Fabrizzio del Dongo sein. Möglicherweise durchsuchte man ihn.

Abgesehen von seinem völlig natürlichen Widerwillen, sein Leben dem Paß des unglücklichen Giletti anzuvertrauen, brachte dieser Ausweis äußerliche Schwierigkeiten mit sich. Fabrizzios Körpermaß betrug höchstens fünf Fuß und fünf Zoll, aber nicht fünf Fuß und zehn Zoll, wie der Paß angab. Er war ungefähr vierundzwanzig Jahre alt, sah aber jünger aus, Giletti neununddreißig. Wir müssen gestehen, daß unser Held eine reichliche halbe Stunde auf einem Damm nahe der Po-Brücke auf und ab ging, ehe er sich entschloß, hinüberzugehen. ›Was würde ich einem anderen raten, der sich an meiner Stelle befände?‹ fragte er sich schließlich. ›Wahrscheinlich, er solle hinübergehen. Es ist gefahrvoll, im Staate Parma zu bleiben. Vielleicht ist ein Gendarm zur Verfolgung des Mannes ausgesandt, der einen anderen, wenn auch aus Notwehr, totgeschlagen hat.‹ Fabrizzio durchsuchte seine Taschen, zerriß alle Papiere und behielt nur sein Taschentuch und seine Zigarrentasche. Es lag ihm daran, die Durchsuchung, der er entgegenging, abzukürzen. Er dachte an eine schreckliche Vorhaltung, die man ihm machen könnte und auf die er nur schlechte Antworten fände: er war im Begriff, sich Giletti zu nennen, und seine ganze Wäsche war mit F.D. gezeichnet.

Wie man sieht, war Fabrizzio einer von den Unglücklichen, die ihre Vorstellungsgabe quält. Das ist gewöhnlich der Fehler geistvoller Italiener. Ein französischer Soldat mit dem gleichen oder selbst geringerem Mut hätte die Brücke sofort und unverzüglich überschritten und vorher an keinerlei Schwierigkeit gedacht, aber er hätte dabei auch seine ganze Kaltblütigkeit bewahrt. Fabrizzio war weit davon entfernt, kalten Blutes zu sein, als ihn am Ausgang der Brücke ein Männchen in grauer Uniform anredete: »Verfügen Sie sich in die Polizeikanzlei wegen Ihres Passes!«

Diese Kanzlei hatte verräucherte Wände mit einer Reihe Haken, an denen die Tabakspfeifen und die schmutzigen Käppis der Grenzbeamten hingen. Das große Schreibpult aus Fichtenholz, hinter dem sie verschanzt saßen, war voller Tinten- und Weinspuren. Zwei oder drei dicke Folianten mit grünen Ledereinbänden zeigten Flecke in allen Farben, und der Schnitt ihrer Seiten war schwarz von Fingerabdrücken. Auf einem Haufen übereinandergeschichteter Eintragebücher lagen drei mächtige Lorbeerkränze, die zwei Tage vorher zu Kaisers Geburtstag ihren Dienst verrichtet hatten.

Fabrizzio war von all diesen Einzelheiten betroffen; sie schnürten ihm das Herz zusammen. Das war das Sühnegeld für die Sauberkeit und den Prunk, die seine hübsche Wohnung im Palazzo Sanseverina zierten. Er war gezwungen, diese schmutzige Kanzlei zu betreten und hier als Individuum niederen Standes zu erscheinen, ja, er ging einem Verhör entgegen. Der Beamte, der seine gelbe Hand zur Empfangnahme seines Passes ausstreckte, war klein und schwarz; er trug eine Schmucknadel aus Messing in der Krawatte. ›Ein mißlauniger Spießer!‹ sagte sich Fabrizzio. Der Mann sah im höchsten Maße überrascht aus, während er den Paß las, und dieses Lesen währte reichlich fünf Minuten.

»Sie haben einen Unfall erlitten?« sagte er zu dem Fremden mit einem Blick auf seine Backe.

»Der Kutscher hat uns am Po-Damm umgeworfen.«

Abermaliges Stillschweigen. Der Beamte sandte dem Reisenden ein paar grimmige Blicke zu.

›Ich bin hineingefallen‹, sagte sich Fabrizzio. ›Er wird mir gleich sagen, es tue ihm leid, mir eine unangenehme Mitteilung machen zu müssen: ich sei verhaftet.‹ Alle möglichen törichten Gedanken schossen unserem Helden, der in diesem Augenblick nicht besonders logisch war, durch den Kopf. Zum Beispiel hatte er den Einfall, durch die offen gebliebene Tür der Kanzlei zu entfliehen. ›Ich entledige mich meines Rockes, springe in den Po und komme ohne Zweifel schwimmend hinüber. Nichts ist so schlimm wie der Spielberg!‹ Als er gerade erwog, ob ein derartiges Ausreißen gelingen könne, sah ihn der Zollbeamte scharf an. Das gab zwei seltene Gesichter. Die Gefahr macht einen vernünftigen Menschen genial; sie hebt ihn sozusagen über sich selbst empor. Dem Phantasiemenschen gibt sie Romane ein, die wohl kühn sind, aber zumeist unsinnig.

Die gespannte Miene unseres Helden vor dem prüfenden Blick des Polizeibeamten mit der kupfernen Schmucknadel war sehenswert. ›Wenn ich ihn umbrächte‹, sagte sich Fabrizzio, ›so würde ich wegen Mordes zu zwanzig Jahren Galeere oder zum Tode verurteilt. Der ist weniger gräßlich als der Spielberg mit einer hundertzwanzigpfündigen Kette an jedem Fuß und einem halben Pfund Brot als einziger Kost. Und das zwanzig Jahre lang; also käme ich erst im Alter von vierundvierzig Jahren wieder frei.‹ Fabrizzio vergaß bei seiner Logik, daß er seinen Paß verbrannt hatte, daß der Polizeibeamte keinesfalls wissen konnte, daß er der Rebell Fabrizzio del Dongo war. Man sieht, unser Held war hinlänglich verängstigt. Er wäre es noch viel mehr gewesen, wenn er gewußt hätte, was für Gedanken den Polizeibeamten beschäftigten. Dieser Mann war ein guter Bekannter Gilettis. Man kann sich sein Erstaunen vorstellen, als er dessen Paß in den Händen eines Fremden sah. Sein erster Gedanke war, den Fremdling festnehmen zu lassen; dann fiel ihm ein, Giletti könne seinen Paß diesem schönen jungen Mann verkauft haben, der augenscheinlich jüngst irgendwelchen üblen Streich in Parma vollführt hatte. ›Wenn ich ihn festnehme‹, sagte er sich, ›fällt Giletti auch hinein. Man wird mit Leichtigkeit herausbekommen, daß er seinen Paß verkauft hat. Anderseits, was werden meine Vorgesetzten sagen, wenn es ruchbar wird, daß ich, Gilettis Freund, seinen Paß in den Händen eines anderen visiert habe?‹

Der Beamte stand gähnend auf und sagte zu Fabrizzio: »Warten Sie, mein Herr!« Dann fügte er mit Amtsmiene hinzu: »So schnell geht das nicht!«

Fabrizzio sagte bei sich: ›Es wird wohl bei der Flucht bleiben.‹

In der Tat verließ der Beamte die Kanzlei und ließ die Tür offen. Der Paß blieb auf dem fichtenen Schreibpult liegen. ›Die Gefahr ist offensichtlich‹, dachte Fabrizzio. ›Ich werde meinen Paß nehmen und langsam über die Brücke zurückgehen. Dem Gendarmen werde ich sagen, falls er mich fragt, ich hätte vergessen, meinen Paß im letzten Ort im parmesanischen Gebiete vom Polizeibeamten visieren zu lassen.‹ Fabrizzio hatte bereits seinen Paß in der Hand, als er zu seinem unbeschreiblichen Erstaunen hörte, wie der Mann mit der Nadel sagte: »Bei Gott, ich kann nicht mehr! Die Hitze bringt mich um. Ich werde im Kaffeehaus ein Täßchen genehmigen. Gehen Sie in die Kanzlei, wenn Sie mit Ihrer Pfeife fertig sind! Es ist ein Paß zu visieren. Der Fremde steht drin.«

Fabrizzio, der sich an die Tür geschlichen hatte, sah sich einem hübschen jungen Mann gegenüber, der trällernd vor sich hin sagte: »Na, visieren wir den Paß! Geben wir unsere Unterschrift! – Wohin will der Herr?«

»Nach Mantua, Venedig, Ferrara.«

»Ferrara, gut!« antwortete der Beamte und pfiff vor sich hin. Er nahm einen Stempel, drückte das Visum in blauer Farbe auf den Paß, schrieb rasch die Worte: ›Mantua, Venedig und Ferrara‹ in den vom Stempel umrahmten Raum, holte mehrfach mit der Hand hoch in der Luft aus, unterschrieb und tauchte die Feder nochmals ein für seinen Schnörkel, den er langsam und mit unendlicher Sorgfalt hinmalte. Fabrizzio folgte allen Bewegungen seiner Feder. Der Unterbeamte liebäugelte selbstzufrieden mit seinem Werk, fügte ihm fünf oder sechs Tüpfelchen hinzu und händigte endlich Fabrizzio den Paß wieder ein, indem er leichthin sagte: »Glückliche Reise, mein Herr!«

Fabrizzio entfernte sich in einer Gangart, deren Hast er nach Kräften zu verbergen suchte, als er sich am linken Ärmel festgehalten fühlte. Unwillkürlich fuhr er mit der Hand nach dem Griff seines Hirschfängers. Wenn er sich nicht zwischen Häusern gewußt hätte, so hätte er vielleicht eine Unbesonnenheit begangen. Der Mann, der ihn am linken Ärmel gefaßt hatte, sah ein ganz erschrockenes Gesicht und sagte im Ton der Entschuldigung: »Ich habe den Herrn doch dreimal angerufen, habe aber keine Antwort bekommen. Hat der Herr irgend etwas, was auf dem Zollamt verzollt werden muß?«

»Ich habe nichts als mein Taschentuch bei mir. Ich gehe nur ganz in der Nähe zu einem Verwandten auf die Jagd.«

Er wäre in arge Verlegenheit geraten, wenn man ihn um den Namen dieses Verwandten ersucht hätte. Infolge der großen Hitze, die herrschte, und in seiner Aufregung war Fabrizzio durch und durch naß, als ob er in den Po gefallen wäre. ›Komödianten gegenüber fehlt es mir nicht an Mut. Kleine Beamte aber mit Krawattennadeln aus Kupfer bringen mich außer Fassung. Diese Wahrnehmung werde ich zu einem Spottgedicht für die Duchezza verwenden.‹

Nach den ersten Häusern von Casalmaggiore bog Fabrizzio rechts in eine üble Gasse ein, die nach dem Po hinabführte. ›Ich spüre Verlangen nach der Hilfe von Bacchus und Ceres‹, sagte er sich und trat in eine kleine Kneipe ein, über der ein kleiner grauer Lappen an einer Stange hing; das Wort Trattoria stand darauf. Ein grobes Leinentuch, das über zwei dünne hölzerne Reifen gespannt war und bis drei Fuß über dem Boden hinabhing, schützte die Tür vor den senkrechten Sonnenstrahlen. Drinnen empfing eine halbnackte und recht hübsche Frau unseren Helden sehr ehrerbietig, was ihn höchlich belustigte. Er beeilte sich, ihr zu sagen, er käme vor Hunger um.

Während die Frau das Frühstück zurecht machte, kam ein Mann von ungefähr dreißig Jahren herein. Ohne zu grüßen, nahm er Platz. Mit einem Male erhob er sich wieder von der Bank, auf die er sich hingelümmelt hatte, und sagte zu Fabrizzio: »Eccellenza, la riverisco!« (Guten Tag, Exzellenz!)

Fabrizzio war gerade in heiterster Laune, und statt sich finstere Gedanken zu machen, antwortete er lachend: »Zum Teufel, woher weißt du, daß ich eine Eccellenza bin?«

»Wie, Eccellenza kennen Ludovico nicht mehr, den früheren Kutscher der Frau Duchezza Sanseverina? In Sacca, auf dem Landgut, wohin es alle Jahre ging, bekam ich jedesmal das Fieber. Ich bat die gnädige Frau um Entlassung und ging in den Ruhestand. Ich bin hier reich. Statt der Pension von zwölf Talern im Jahre, auf die ich höchstens Anspruch hatte, hat mir die gnädige Frau vierundzwanzig Taler ausgesetzt, damit ich Muße hätte, Sonette zu machen, wie sie mir sagte; ich bin nämlich Volksdichter. Und der Herr Graf hat mir gesagt, wenn es mir mal schlecht ginge, solle ich nur zu ihm kommen und es sagen. Ich hatte die Ehre, Monsignore eine Strecke Weges zu fahren, als Monsignore, wie es einem guten Christen geziemt, sein Retiro[21] in der Kartause von Velleia abhielt.«

21 In Italien herrscht noch heutigentags unter Weltgeistlichen und auch unter vornehmen Laien die Sitte, daß man sich dann und wann auf bestimmte Zeit in die Klosterzucht zurückzieht, gleichsam als selbst auferlegte Buße für seine Sünden. Das nennt man Retiro. (Stendhal.)

Fabrizzio sah sich den Mann genauer an und erkannte ihn halbwegs wieder. Er war einer der schmucksten Kutscher der Casa Sanseverina gewesen. Jetzt, da er reich war, wie er sagte, bestand seine ganze Kleidung aus einem groben, zerrissenen Hemd und einer ehedem schwarz gewesenen Kattunhose, die ihm kaum bis an die Kniee reichte.

Ein Paar Schuhe und ein schäbiger Hut vervollständigten den Anzug. Dazu hatte er sich seit vierzehn Tagen nicht rasieren lassen.

Während Fabrizzio seinen Eierkuchen verzehrte, unterhielt er sich mit Ludovico ganz wie mit seinesgleichen. Es kam ihm vor, als wäre Ludovico der Schatz der Wirtin. Er beendete sein Frühstück hastig und flüsterte dann Ludovico zu: »Ich habe dir ein Wort zu sagen!«

»Eccellenza können vor der da getrost reden. Das ist ein kreuzbraves Weib!« sagte Ludovico zärtlich.

»Nun gut, meine Freunde«, entgegnete Fabrizzio ohne Zögern, »ich bin in Not und bedarf eurer Hilfe! Zunächst: Politisches ist nichts dabei. Ich habe ganz einfach einen Mann erstochen, der mich ermorden wollte, weil ich mit seiner Liebsten geredet habe.«

»Armer junger Mann!« sagte die Wirtsfrau.

»Eccellenza können auf mich rechnen!« rief der Kutscher laut, und seine Augen flammten vor leidenschaftlicher Treue. »Wohin wollen Eccellenza?«

»Nach Ferrara. Ich habe einen Paß; aber am liebsten möchte ich mit keinem Gendarmen zu tun haben. Die könnten von dem Vorfall schon Kenntnis haben.«

»Wann haben Sie den anderen ins Jenseits befördert?«

»Heute früh um sechs.«

»Haben Eccellenza gar keine Blutflecke an den Kleidern?«

»Daran habe ich auch schon gedacht«, meinte der Kutscher, »und überdies ist der Stoff dieser Kleider viel zu fein. So etwas kriegt man in hiesiger Gegend selten zu sehen. Das fällt auf. Ich will beim Juden einen Anzug kaufen. Eccellenza haben ungefähr meine Gestalt, ein klein wenig schmächtiger.«

»Bitte, nennt mich nicht mehr Eccellenza! Es könnte auffallen.«

»Zu Befehl, Eccellenza!« erwiderte der Kutscher und verließ die Kneipe.

»Hehe«, rief ihm Fabrizzio nach, »das Geld! Komm noch mal rein!«

»Wieso Geld?« sagte die Wirtsfrau. »Er besitzt siebenundsechzig Taler, die zu Ihrer Verfügung stehen. Ich selber«, fügte sie mit verhaltener Stimme hinzu, »ich habe Stücker vierzig Taler, die ich Ihnen herzlich gern anbiete. Man hat gewöhnlich kein Geld bei sich, wenn einem derlei zustößt.«

Fabrizzio hatte beim Eintritt in die Trattoria wegen der Hitze seinen Rock ausgezogen.

»Sie tragen da eine Weste, die uns Unannehmlichkeiten machen könnte, wenn irgend jemand käme. Der schöne englische Pikee würde auffallen.«

Sie holte unserem Flüchtling eine schwarze Kattunweste, die ihrem Mann gehörte. Ein großer junger Mensch kam durch eine Hintertür in die Kneipe; er war mit einer gewissen Vornehmheit gekleidet.

»Das ist mein Mann!« erklärte die Wirtin. »Du, Pietr' Antonio«, sagte sie zu ihrem Gatten, »der Herr ist ein Freund von Ludovico. Ihm ist heute früh ein Unglück zugestoßen, drüben auf dem anderen Ufer. Er möchte nach Ferrara flüchten.«

»Schön! Wir werden ihn hinüberschaffen«, sagte der Mann äußerst höflich. »Wir nehmen Carlo Giuseppes Kahn.«

Eine neue Schwäche unseres Helden, die wir ebenso freimütig bekennen wollen, wie wir seine Angst in der Polizeiwache an der Brücke erzählt haben, trieb ihm die Tränen in die Augen. Die grenzenlose Ergebenheit, die ihm diese Leute erwiesen, rührte ihn tief. Dabei fiel ihm die Güte seiner Tante ein. Er hätte diese Leute gern glücklich gemacht.

Ludovico kam mit einem Bündel zurück.

»Weg mit dem alten Adam!« sagte der Wirt zu Fabrizzio im Ton gemütlicher Freundschaft.

»Das ist jetzt nicht die Hauptsache«, erwiderte Ludovico mit erregter Stimme. »Man redet bereits von Ihnen. Man hat beobachtet, wie scheu Sie in unser Gäßchen eingebogen sind und die Hauptstraße verlassen haben gleich einem, der sich verdrücken will.«

»Gehen Sie schnell in die Oberstube hinauf!« sagte der Wirt.

Diese sehr große und sehr nette Stube hatte statt der Glasscheiben graue Leinwand vor den Fenstern. Vier Betten standen darin, jedes sechs Fuß breit und fünf lang.

»Nur schnell, nur schnell!« rief Ludovico. »Seit kurzem ist ein Laffe von Grenzer hier, der möchte mit der hübschen Frau da unten anbändeln. Ich habe ihm schon prophezeit, daß ihm auf der Landstraße leicht mal eine Flintenkugel in die Quere kommen könnte. Wenn dieser Schuft von Eurer Exzellenz reden hört, könnte er uns einen Streich spielen und Sie hier verhaften wollen, um die Trattoria der Theodolinda in Verruf zu bringen … Zum Teufel!« unterbrach sich Ludovico, als er Fabrizzios über und über mit Blut besudeltes Hemd und seine mit Taschentüchern verbundenen Wunden bemerkte. »Das Schwein hat sich also zur Wehr gesetzt? Das wäre hundertmal Anlaß zur Verhaftung! Ein Hemd habe ich nicht mitgebracht.«

Ohne Umstände öffnete er den Schrank des Wirtes und gab Fabrizzio eines von dessen Hemden. Der verwandelte sich alsbald in einen reichen Bauern. Ludovico nahm ein Netz, das an der Wand hing, steckte Fabrizzios Kleider in den Fischkorb, eilte dann hinunter und verließ das Haus schleunigst durch eine Hintertür. Fabrizzio folgte ihm.

»Theodolinda«, rief er im Vorbeigehen in die Gaststube hinein, »versteck den Kram oben! Wir werden an den Weiden warten! Du, Pietr' Antonio, schaff uns schnell einen Kahn! Er wird gut bezahlt!«

Ludovico führte Fabrizzio über mehr als zwanzig Gräben. Über den breiteren lagen sehr lange, schwippende Bretter, die als Brücken dienten. Sobald man hinüber war, zog Ludovico diese Bretter zurück. Nach dem letzten Wassergraben sagte er: »Jetzt wollen wir verschnaufen! – Dieser Hund von einem Grenzer liefe meilenweit, wenn er Eure Exzellenz erwischen könnte. – Sie sehen recht blaß aus. Ich habe das Schnapsfläschchen nicht vergessen.«

»Das kommt mir sehr gelegen. Die Wunde im Schenkel fängt an, sich bemerkbar zu machen. Übrigens habe ich in der Teufelsbude an der Brücke eine Mordsangst ausgestanden.«

»Das glaube ich gern«, meinte Ludovico, »mit einem Hemd voller Blut wie das Ihre! Ich begreife nur nicht, wie Sie gewagt haben, da hineinzugehen. Was die Wunden betrifft, so verstehe ich mich darauf. Ich werde Sie an einen recht kühlen Platz bringen, wo Sie eine Stunde schlafen können. Der Kahn wird uns dort abholen, wenn überhaupt einer aufzutreiben ist. Sonst gehen wir, sobald Sie sich ein wenig erholt haben, noch zwei Stündchen weiter, und ich geleite Sie zu einer Mühle, wo ich mir einen Kahn beschaffen werde. – Eccellenza sind viel klüger als ich. Aber die gnädige Frau wird außer sich sein, wenn sie von dem Unfall erfährt. Man wird ihr berichten, Sie seien zu Tode verwundet, vielleicht gar, Sie hätten den anderen meuchlings ermordet. Die Marchesa Raversi wird sich die Gelegenheit nicht entgehen lassen, allerlei böse Gerüchte in Umlauf zu setzen, um die gnädige Frau zu ärgern. Eccellenza könnten einen Brief schreiben.«

»Aber wie soll der Brief hinkommen?«

»Die Burschen von der Mühle, zu der wir wollen, verdienen am Tag zwölf Soldi. In anderthalb Tagen ist einer in Parma. Also vier Lire für den Weg, zwei Lire für die Abnutzung der Stiefel. Wenn der Gang für einen armen Kerl wie mich wäre, so kostete er sechs Lire; da er für einen hohen Herrn ist, werde ich zwölf geben.«

Als sie an dem überaus schattigen und kühlen Rastort, einem Gebüsch von Erlen und Weiden, angelangt waren, ging Ludovico mehr als eine Stunde weit, um Tinte und Feder aufzutreiben.

»Großer Gott«, rief Fabrizzio aus, »wie wohl ist mir hier! Glück, fahr wohl! Ich werde nimmermehr Erzbischof!«

Als Ludovico wiederkam, fand er ihn in tiefem Schlummer und wollte ihn nicht wecken. Der Kahn traf erst gegen Sonnenuntergang ein. Sobald ihn Ludovico in der Ferne auftauchen sah, rief er Fabrizzio. Der Erwachte schrieb zwei Briefe.

»Eccellenza sind viel klüger als ich«, sagte Ludovico verlegen, »und ich fürchte sehr, Ihnen im Grunde des Herzens zu mißfallen, wenn ich trotz alledem auch etwas sage.«

»Ich bin nicht so albern, wie Sie denken«, entgegnete Fabrizzio, »und was Sie auch sagen mögen, Sie werden in meinen Augen immer ein treuer Diener meiner Tante sein und ein Mann, der alles mögliche getan hat, um mich aus einer recht schlimmen Geschichte herauszuziehen.«

Es bedurfte noch vieler anderer Beteuerungen, um Ludovico zum Sprechen zu bringen, und als er sich endlich dazu entschlossen hatte, begann er mit einer Vorrede, die reichlich fünf Minuten dauerte. Fabrizzio ward ungeduldig; dann sagte er sich: ›Was ist schuld daran? Unsere Eitelkeit, die dieser Mann von der Höhe seines Kutscherbockes herab sehr wohl beobachtet hat.‹

Schließlich bewog Ludovico seine Ergebenheit zu dem Wagnis, frei von der Leber weg zu reden: »Wieviel würde die Marchesa Raversi nicht dem Boten geben, den Sie nach Parma senden wollen, um die beiden Briefe in die Hand zu bekommen! Sie tragen Ihre Handschrift und sind infolgedessen rechtsgültige Beweise gegen Sie. Eccellenza werden mich für neugierig und aufdringlich halten. Vielleicht schämen Sie sich auch, den Augen der Frau Herzogin meine armselige Kutscherhandschrift zu unterbreiten; aber schließlich öffnet mir die Sorge um Ihre Sicherheit den Mund, wenn Sie auch glauben könnten, ich sei unverschämt. Wollen mir Eccellenza die beiden Briefe nicht diktieren? Dann bin ich allein bloßgestellt und könnte schlimmstenfalls aussagen, Sie seien mir mitten auf einem Feld begegnet, ein Taschenschreibzeug in der einen, eine Pistole in der anderen Hand, und hätten mir befohlen, zu schreiben.«

»Gib mir die Hand, mein lieber Ludovico!« rief Fabrizzio aus. »Und um dir zu beweisen, daß ich nicht das geringste Geheimnis vor einem Freunde wie dir haben will, hier, schreib die Briefe ab, so, wie sie sind!«

Ludovico begriff die Tragweite solchen Vertrauens völlig und war dafür außerordentlich empfänglich. Aber nach ein paar Zeilen, als er sah, wie flott sich der Kahn auf dem Fluß näherte, sagte er zu Fabrizzio: »Die Briefe würden eher fertig, wenn sich Eccellenza die Mühe nehmen wollten, sie mir zu diktieren.«

Als die Briefe fertig waren, setzte Fabrizzio ein A und ein B unter beide und kritzelte auf einen kleinen Papierstreifen, den er dann zusammenknüllte, auf französisch: ›Glaube A und B!‹ Der Bote sollte dieses zusammengeknüllte Stück Papier in seinen Kleidern verstecken.

Als der Kahn in Hörweite gekommen war, rief Ludovico die Schiffer mit Namen an, die nicht die ihren waren. Sie antworteten gar nicht, legten fünfhundert Schritt weiter stromab an und spähten nach allen Seiten aus, ob sie auch nicht von irgendeinem Zollwächter beobachtet würden.

»Ich stehe Ihnen zur Verfügung«, sagte Ludovico zu Fabrizzio. »Wollen Sie, daß ich die Briefe selber nach Parma bringe? Oder wollen Sie, daß ich Sie nach Ferrara begleite?«

»Mich nach Ferrara begleiten, das ist ein Dienst, um den ich dich kaum zu bitten gewagt hätte. Wir müssen vor der Stadt landen und hineinzukommen suchen, ohne den Paß zu zeigen. Ich gestehe dir, ich habe den größten Widerwillen dagegen, unter Gilettis Namen zu reisen, und nur du könntest mir einen anderen Paß kaufen.«

»Warum haben Sie das nicht in Casalmaggiore gesagt? Ich kenne da einen Spitzel, der mir einen vorzüglichen Paß verkauft hätte, und nicht zu teuer, für vierzig oder fünfzig Franken.«

Einer der beiden Schiffer, der vom rechten Po-Ufer gebürtig war und deshalb keinen Auslandspaß zur Reise nach Parma nötig hatte, übernahm die Bestellung der Briefe. Ludovico, der zu rudern verstand, machte sich mit dem anderen daran.

»Weiter stromab«, sagte er, »werden wir auf mehrere Kähne mit bewaffneten Zöllnern stoßen, aber ich werde ihnen schon ausweichen.«

Mehr als zehnmal war man genötigt, sich hinter kleinen Inseln mit Wasserblumen und Weidengestrüpp zu verstecken. Dreimal wurde ausgestiegen, um den Kahn leer an den Wachtbooten dahintreiben zu lassen. Ludovico benutzte diese langen Ruhepausen, um Fabrizzio etliche seiner Sonette vorzutragen. Sie waren leidlich wahr empfunden, aber überschwenglich im Ausdruck und des Aufschreibens nicht wert. Merkwürdig war es, daß dieser ehemalige Kutscher Leidenschaften und lebhafte Künstleraugen hatte. Nur was er zu Papier brachte, war kalt und gewöhnlich. ›Das ist der Gegensatz zu dem, was wir in der Gesellschaft sehen‹, sagte sich Fabrizzio. ›Man versteht jetzt, alles geschliffen auszudrücken, aber die Herzen haben nichts zu sagen.‹ Er begriff, daß er diesem treuen Diener kein größeres Vertrauen bereiten konnte, als ihm die Schnitzer in seinen Sonetten zu verbessern.

»Man lacht über mich, wenn ich mein Heft ausleihe«, sagte Ludovico, »aber wenn Eccellenza geruhten, mir die richtige Schreibweise meiner Worte Buchstaben für Buchstaben zu diktieren, könnten die Neider nichts mehr sagen. Die Rechtschreibung macht das Genie nicht aus!«

Erst in der übernächsten Nacht konnte Fabrizzio mit voller Sicherheit an einem Erlengebüsch ans Land gehen, eine Meile vor Ponte Lagoscuro. Den ganzen Tag über hielt er sich in einem Hanffeld verborgen. Inzwischen ging Ludovico nach Ferrara voraus und mietete dort eine kleine Wohnung bei einem armen Juden, der auf der Stelle erfaßte, daß es Geld zu verdienen gäbe, wenn er zu schweigen verstünde.

Gegen Abend, als die Sonne sank, ritt Fabrizzio auf einem kleinen Pferd in Ferrara ein. Er hatte diese Erleichterung sehr nötig; die Hitze auf dem Strom hatte ihn arg mitgenommen. Die Messerwunde im Schenkel und die Wunde an der Schulter, die ihm Giletti zu Anfang des Kampfes mit dem Degen beigebracht hatte, waren entzündet, und Fabrizzio hatte Fieber.

12.

Der jüdische Hauswirt hatte einen verschwiegenen Wundarzt holen lassen, der ebenfalls erkannte, daß hier Geld zu verdienen war. Er sagte zu Ludovico, sein Gewissen verpflichte ihn, der Polizei von der Verwundung des jungen Mannes, den Ludovico für seinen Bruder ausgab, Anzeige zu machen.

»Die Vorschriften verlangen es«, fügte er hinzu. »Augenscheinlich hat sich Ihr Bruder nicht selber verletzt, wie er erzählt, beim Sturz von einer Leiter, gerade als er ein blankes Messer in der Hand hielt.«

Ludovico entgegnete diesem Ehrenmann von einem Arzt gelassen, wenn dieser sich einfallen ließe, seinem Gewissen zu gehorchen, würde er vor seinem Weggang von Ferrara die Ehre haben, mit einem blanken Messer in der Hand ausgerechnet auf ihn zu fallen.

Als er Fabrizzio von diesem Vorgang berichtete, tadelte dieser ihn sehr, aber es war zur Flucht kein Augenblick mehr zu verlieren. Ludovico sagte zu dem Juden, er wolle versuchen, seinen Bruder an die frische Luft zu führen. Er holte einen Wagen, und unsere Freunde verließen das Haus auf Nimmerwiederkehr.

Zweifellos findet der Leser die Erzählung aller dieser Maßregeln, die das Fehlen des Passes notwendig machte, recht weitschweifig. Eine derartige Überwachung gibt es in Frankreich nicht mehr; aber in Italien, zumal in der Po-Gegend, dreht sich alles um den Paß.

Als sie ohne Zwischenfall aus Ferrara hinaus waren, schickte Ludovico den Wagen zurück, als ob sie einen Spaziergang machen wollten; dann ging er durch ein anderes Tor allein wieder in die Stadt und holte Fabrizzio mit einer Kutsche ab, die er auf zwölf Meilen gemietet hatte.

In der Nähe von Bologna ließen sich unsere Freunde querfeldein nach der großen Straße fahren, die von Bologna nach Florenz führt. Sie verbrachten die Nacht in der elendesten Herberge, die sie entdecken konnten. Da sich Fabrizzio am anderen Morgen kräftig genug fühlte, ein Stück zu laufen, betraten sie Bologna wie Spaziergänger. Gilettis Paß war verbrannt worden. Der Tod des Komödianten mußte bekannt geworden sein, und so war weniger Gefahr dabei, ohne Paß festgenommen zu werden, als mit dem Paß des Getöteten.

In Bologna kannte Ludovico zwei oder drei Diener in herrschaftlichen Häusern. Es wurde verabredet, er solle ihnen ein Märchen aufbinden. Er erzählte ihnen, er käme aus Florenz und sei mit seinem jüngeren Bruder gewandert. Jener sei ermüdet zurückgeblieben, während er allein weitergegangen wäre, eine Stunde vor Sonnenaufgang. In der Stadt hätten sie sich wieder treffen wollen. Als der Bruder aber nicht nachkam, sei er, Ludovico, umgekehrt und habe den anderen am Wege gefunden, verwundet durch einen Steinwurf und etliche Messerstiche, überdies ausgeplündert. Dieser Bruder sei ein hübscher Bursche, der reiten und fahren, schreiben und lesen könne; er suche eine Stellung in einem guten Hause. Falls sich die Gelegenheit böte, wollte Ludovico hinzufügen, die Räuber hätten dem am Boden Liegenden den Reisesack mit seiner Wäsche und seinen Paß abgenommen.

Bei seiner Ankunft in Bologna fühlte sich Fabrizzio sehr ermüdet. Aber da er sich ohne Paß in kein Wirtshaus wagte, so trat er in die riesenhafte Kirche von San Petronio ein. Drinnen herrschte eine köstliche Kühle; bald fühlte er sich wieder ganz frisch.

›Wie undankbar ich bin!‹ fiel ihm plötzlich ein. ›Ich gehe in eine Kirche, und zwar um mich auszuruhen wie in einem Kaffeehaus!‹

Er warf sich auf die Knie und dankte Gott inbrünstig für den sichtlichen Schutz, den er ihm habe angedeihen lassen, seit er das Unglück gehabt, Giletti zu töten. Noch in der Erinnerung schauderte ihn vor der überstandenen Gefahr bei den Polizisten von Casalmaggiore. ›Warum hat der Beamte‹, sagte er sich, ›dessen Blicke mich so argwöhnisch musterten und der meinen Paß wohl dreimal durchgelesen hat, nicht bemerkt, daß ich nicht fünf Fuß zehn Zoll groß bin, daß ich keine achtunddreißig Jahre alt bin, daß ich keine Blatternarben habe? Wieviel Dank schulde ich dir, du mein Gott! Und ich vermochte bis zu diesem Augenblick zu zögern, dir mein Nichts zu Füßen zu legen! Mein Stolz wollte mich zu dem Wahn verleiten, nichtige irdische Vorsicht sei es gewesen, der ich das Glück verdanke, dem Spielberg entronnen zu sein, der sich schon öffnete, mich zu verschlingen.‹

Mehr als eine Stunde verbrachte Fabrizzio in dieser äußerst gerührten Stimmung über die ewige Güte Gottes. Ludovico näherte sich Fabrizzio, der sein Wiederkommen nicht hörte, und blieb vor ihm stehen. Fabrizzio, der die Stirn mit seinen Händen bedeckt hatte, blickte auf, und sein treuer Begleiter sah die Tränen, die von seinen Wangen rannen.

»Kommen Sie in einer Stunde wieder!« sagte Fabrizzio ziemlich barsch zu ihm.

Ludovico verzieh ihm diesen Ton aus Frömmigkeit. Fabrizzio sagte mehrere Male die sieben Bußpsalmen her, die er auswendig wußte; lange verweilte er bei den Versen, die zu seiner gegenwärtigen Lage in Beziehung standen.

Er bat Gott für vielerlei um Vergebung, aber sonderbarerweise kam ihm nicht in den Sinn, unter seine Sünden auch seine Absicht zu rechnen, Erzbischof lediglich deshalb werden zu wollen, weil der Graf Mosca Premierminister war und diese Stelle und die damit verknüpfte hohe Würde für den Neffen der Duchezza passend fand. Er hatte leidenschaftslos danach gestrebt, das ist wahr, aber doch daran gedacht wie an eine Minister- oder Generalsstelle. Nie war ihm der Gedanke gekommen, daß sein Gewissen durch diesen Plan der Duchezza mit betroffen werde. Das ist ein bemerkenswerter Zug der Religionsauffassung, die er der Erziehung bei den Jesuiten in Mailand verdankte. Ihre Lehre unterdrückt den Mut, über ungewöhnliche Dinge nachzudenken, und verbietet ganz besonders die Selbstbetrachtung als die gröblichste aller Sünden, als eine Neigung zum Protestantismus. Um seine Schuld zu erfahren, muß man seinen Beichtvater befragen oder das Sündenverzeichnis nachlesen, so wie es in den Büchern mit dem Titel ›Vorbereitung zum Sakrament der Buße‹ gedruckt steht. Fabrizzio wußte das in lateinischer Sprache abgefaßte Sündenverzeichnis auswendig, das er auf der geistlichen Akademie in Neapel gelernt hatte. Indem er also dieses Verzeichnis durchging und an den Punkt vom Töten kam, klagte er sich vor Gott allerdings an, einen Menschen getötet zu haben, aber es war ja aus Notwehr geschehen. Rasch und ohne jede Aufmerksamkeit ging er über die verschiedenen die Simonie betreffenden Punkte hinweg. Darunter versteht man, sich geistliche Würden für Geld zu verschaffen. Hätte man ihm vorgeschlagen, hundert Louis zu zahlen, um Erster Großvikar des Erzbischofs von Parma zu werden, so hätte er solches Ansinnen mit Abscheu von sich gewiesen. Obgleich es ihm nicht an Geist gebrach noch gar an Logik, war es ihm dennoch kein einziges Mal in den Sinn gekommen, daß die zu seinen Gunsten verwendete Macht des Grafen Mosca Simonie sei. Es ist der Triumph der jesuitischen Erziehung, sich gewohnheitsmäßig über Dinge hinwegzusetzen, die klarer sind als das Sonnenlicht. Ein Franzose, der im Pariser Dunstkreis der Eigenliebe und der Ironie erzogen ist, hätte, ohne ungerecht zu sein, Fabrizzio der Heuchelei gerade in dem Augenblick bezichtigen können, da unser Held seine Seele mit der größten Aufrichtigkeit und der tiefsten Ergriffenheit vor Gott auftat.

Ehe Fabrizzio die Kirche verließ, bereitete er sich auf die Beichte vor, zu der er am nächsten Tage zu gehen sich vornahm. Er fand Ludovico auf den Stufen der großen steinernen Säulenhalle sitzen, die sich über dem großen Platz vor der Fassade von San Petronio erhebt. Wie nach einem Gewittersturm die Luft reiner ist, so war Fabrizzios Seele ruhig, glücklich und wie aufgefrischt.

»Ich fühle mich sehr wohl; ich spüre meine Wunden fast nicht mehr;« redete er Ludovico an, »aber zunächst muß ich dich um Verzeihung bitten. Ich habe dir unwirsch geantwortet, als du in der Kirche mit mir reden wolltest. Ich hielt gerade Zwiesprache mit mir. – Nun, wie steht es mit unserer Sache?«

»Vortrefflich steht sie. Ich habe eine Wohnung, die allerdings Eurer Exzellenz nicht ganz würdig ist, bei der Frau eines meiner Freunde gemietet. Ein bildhübsches Weib, überdies in engen Beziehungen zu einem der ersten Polizeibeamten. Morgen werde ich melden, wie uns unsere Pässe gestohlen worden sind. Dieses Märchen wird gefällige Ohren finden, aber ich werde das Porto für den Brief bezahlen, den die Polizei nach Casalmaggiore schreiben wird, um festzustellen, ob es in jener Gemeinde einen gewissen Ludovico San Micheli gebe und ob er einen Bruder namens Fabrizzio habe, der im Dienst der Frau Duchezza Sanseverina in Parma stehe. Die Sache ist gemacht. Wir sind gerettet!«

Fabrizzio nahm plötzlich eine sehr ernste Miene an. Er bat Ludovico, einen Augenblick zu warten, ging abermals, beinahe eilig, in die Kirche und sank, kaum drinnen, wiederum in die Kniee. Demütig küßte er die Steinfliesen.

»Herr, das ist ein Wunder!« rief er aus, Tränen in den Augen. »Da du meine Seele bereit sahst, zu ihrer Pflicht zurückzukehren, hast du mich gerettet. Großer Gott, es ist möglich, daß ich bei irgendwelcher Gelegenheit getötet werde: gedenke in meiner Todesstunde des Zustandes, in dem sich meine Seele in diesem Augenblick befindet!«

Voll innigster Freude sagte Fabrizzio nochmals die sieben Bußpsalmen her. Ehe er hinausging, trat er an eine alte Frau heran, die unter einem großen Madonnenbilde saß, neben einem eisernen Triangel auf einem Gestell aus gleichem Metall. Auf dem Rande hatte der Triangel eine Menge kleine Stacheln, um die Kerzen festzuhalten, die fromme Gläubige vor der berühmten Madonna von Cimabue anzündeten. Nur sieben Kerzen brannten, als Fabrizzio herantrat. Er prägte diesen Umstand seinem Gedächtnis ein in der Absicht, später mit Muße darüber nachzudenken.

»Was kosten die Lichte?« fragte er die Frau.

»Zwei Bajokkos das Stück.«

Sie waren tatsächlich nicht stärker als ein Federkiel und keinen Fuß lang.

»Wieviel Lichte kann man noch auf Eueren Triangel stecken?«

»Dreiundsechzig, weil schon sieben daraufbrennen.«

›Aha‹, sagte sich Fabrizzio, ›dreiundsechzig und sieben macht siebzig. Das muß ich mir ebenfalls merken.‹

Er bezahlte die Kerzen, steckte sie auf und brannte die ersten sieben selber an, dann kniete er nieder, um zu beten. Als er wieder aufstand, meinte er zu der Alten: »Das ist für empfangene Gnade!«

Als er wieder zu Ludovico trat, sagte er: »Ich sterbe vor Hunger.«

»In eine Kneipe können wir auf keinen Fall gehen. Gehen wir in die Wohnung! Die Wirtin wird Ihnen das Frühstück holen. Sie wird Sie um ein paar Groschen prellen, dafür aber dem neuen Mieter um so geneigter sein.«

»Das heißt mit anderen Worten, daß ich eine volle Stunde länger hungern soll«, sagte Fabrizzio und lachte heiter wie ein Kind. Er trat in eine Kneipe neben San Petronio. Zu seinem höchsten Erstaunen bemerkte er am Nebentisch Peppo, den ersten Kammerdiener seiner Tante, denselben, der ihm einst bis Genf entgegengekommen war. Fabrizzio machte ihm ein Zeichen, zu schweigen. Dann, nach einem hastigen Frühstück, bei dem ihm das Lächeln des Glücks um die Lippen spielte, stand er auf. Peppo folgte ihm, und zum dritten Male betrat unser Held die Kirche San Petronio. Taktvoll blieb Ludovico draußen und wandelte auf dem Platz auf und ab.

»O mein Gott, Monsignore! Was machen Ihre Wunden? Die Frau Duchezza ist in fürchterlicher Unruhe. Einen ganzen Tag hat sie geglaubt, Sie seien tot, umgekommen auf irgendeiner Po-Insel. Ich will gleich einen Eilboten absenden. Ich suche Sie seit sechs Tagen. Drei war ich in Ferrara, wo ich alle Gasthäuser abgesucht habe.«

»Haben Sie einen Paß für mich?«

»Drei verschiedene: einen mit dem vollen Namen und allen Titeln Eurer Exzellenz, einen nur mit dem Namen und den dritten mit einem falschen Namen, Giuseppe Bossi. Alle drei sind so ausgestellt, daß Eccellenza nach Belieben von Florenz oder Modena her eintreffen können. Sie brauchen nur einen Ausflug in die Umgebung der Stadt zu machen. Der Herr Graf sähe es gern, wenn Sie im Albergo del Pellegrino absteigen wollten. Der Wirt ist sein Freund.«

Fabrizzio tat, als ginge er aufs Geratewohl, und schritt im rechten Seitenschiff bis an die Stelle, wo seine Kerzen brannten. Seine Blicke hefteten sich auf die Madonna von Cimabue. Indem er niederkniete, sagte er zu Peppo: »Ich muß schnell ein Dankgebet sprechen.«

Peppo tat desgleichen. Beim Verlassen der Kirche bemerkte er, daß Fabrizzio dem ersten Armen, der ihn anbettelte, ein Zwanzigfrankenstück gab. Der Bettler stieß vor Überraschung einen Schrei aus, was dem mildtätigen Geber Schwärme von Bettlern aller Art, wie sie gewöhnlich die Piazza San Petronio zieren, auf den Hals hetzte. Alle wollten ihr Teil an dem Napoleon haben. Die Weiber, die keine Aussicht hatten, sich durchzudrängen, stürzten auf Fabrizzio zu und schrieen auf ihn ein, ob er wirklich nicht gewollt habe, daß sein Napoleon unter sämtliche Arme des lieben Gottes verteilt werde. Peppo schwang seinen Rohrstock mit goldenem Knauf und gebot ihnen, Seine Exzellenz in Ruhe zu lassen.

»Ah, Eccellenza«, fingen alle diese Weiber in noch gellenderer Tonart an, »Eccellenza, geben Sie auch für die armen Frauen einen Napoleondor!«

Fabrizzio verdoppelte seine Schritte; die Weiber folgten ihm schreiend. Dazu kam eine Menge Bettler, die aus allen Straßen herbeieilten. Es entstand ein Auflauf. Dieser ganze entsetzlich schmutzige und hartnäckige Volkshaufe schrie in einem fort: »Eccellenza!« Fabrizzio hatte viel Mühe, die Rotte los zu werden. Der Vorfall rief seine Phantasie zur Erde zurück. ›Ich verdiene es nicht anders‹, sagte er sich. ›Ich habe mich mit der Canaille abgegeben.‹

Zwei Weiber verfolgten ihn bis zur Porta di Saragozza, durch die er die Stadt verließ. Peppo hielt sie zurück, indem er ihnen ernstlich mit seinem Stock drohte und ihnen ein paar Münzen hinwarf. Fabrizzio erstieg den reizenden Hügel von San Michele in Bosco, umwanderte einen Teil der Stadt außerhalb der Umwallung, schlug einen Fußweg ein und erreichte fünfhundert Schritt vor der Stadt die große Straße nach Florenz. Auf ihr ging er dann nach Bologna zurück. Feierlich übergab er dem Polizeibeamten den einen Paß, auf dem er in genauester Weise beschrieben war. Dieser Paß nannte ihn Giuseppe Bossi, Student der Theologie. Unten in der rechten Ecke des Papiers entdeckte Fabrizzio einen winzigen roten Tintenklecks, wie zufällig daraufgespritzt. Zwei Stunden später folgte ihm auf Schritt und Tritt ein Spitzel. Daran war der Titel Eccellenza schuld, mit dem ihn sein Gefährte vor den Bettlern von San Petronio angeredet hatte, wo doch sein Paß keinen Stand angab, der ihm die Berechtigung gegeben hätte, sich von seiner Dienerschaft mit Eccellenza anreden zu lassen.

Fabrizzio bemerkte den Spitzel und belustigte sich höchlichst darüber. Er dachte nicht mehr an Pässe und Polizei und ergötzte sich an allem wie ein Kind. Peppo, der Befehl hatte, um ihn zu bleiben, sah, wie zufrieden er mit Ludovico war, und zog es vor, der Duchezza so gute Nachrichten persönlich zu bringen. Fabrizzio schrieb zwei ellenlange Briefe an die beiden Menschen, die ihm teuer waren; dann hatte er den Einfall, einen dritten an den hochwürdigen Erzbischof Landriani zu schreiben. Dieser Brief hatte eine wunderbare Wirkung. Er enthielt einen ziemlich genauen Bericht seines Kampfes mit Giletti. Der treffliche Erzbischof war ganz gerührt und verfehlte nicht, den Brief dem Fürsten vorzulesen, der ihn mit Behagen anhörte, da er reichlich neugierig war, zu erfahren, wie dieser junge Monsignore es wohl anfinge, einen so abscheulichen Totschlag zu beschönigen. Dank den zahlreichen Freunden der Raversi war der Fürst und nicht minder die ganze Stadt Parma der Meinung, Fabrizzio habe mit Hilfe von zwanzig bis dreißig Bauern einen elenden Komödianten umgebracht, weil dieser die Frechheit gehabt hatte, ihm die kleine Marietta streitig zu machen. An Despotenhöfen verfügt der erste geschickte Ränkeschmied über die Wahrheit wie in Paris die Mode.

»Aber zum Teufel«, sagte der Fürst zum Erzbischof, »dergleichen läßt man doch durch andere abmachen! Selbst Hand anlegen ist nicht Brauch. Und dann bringt man einen solchen Komödianten wie Giletti nicht um; man erkauft ihn.«

Fabrizzio hatte keine Ahnung von dem, was in Parma vorging. In der Tat handelte es sich um die Frage: Wird der Tod dieses Komödianten, der zu Lebzeiten zweiunddreißig Lire im Monat verdient hat, den Sturz des konservativen Ministeriums und seines obersten Leiters, des Grafen Mosca, nach sich ziehen?

Als Serenissimus den Tod Gilettis erfuhr, hatte er, aufgebracht über das herrische Gebaren der Duchezza, dem Großfiskal Rassi Befehl erteilt, den ganzen Prozeß so zu führen, als handle es sich um einen Liberalen. Fabrizzio dagegen glaubte, ein Mann seines Ranges stehe jenseits der Gesetze; er zog nicht in Betracht, daß in Ländern, wo Träger großer Namen niemals bestraft werden, die Intrige alles vermag, selbst gegen sie. Des öfteren sprach er mit Ludovico von seiner völligen Schuldlosigkeit, die sehr bald offenbar werden müsse. Sein Hauptbeweis war, daß er nicht schuldig sei. Darauf sagte Ludovico eines Tages zu ihm: »Ich begreife nicht, daß Eure Exzellenz bei aller Klugheit und Gelehrsamkeit sich die Mühe nimmt, solche Dinge mir zu sagen, mir, der ich Ihr untertäniger Diener bin. Eccellenza gebrauchen allzuviel Vorsicht. Derlei ist in der Öffentlichkeit oder vor Gericht angebracht.«

›Dieser Mensch hält mich für einen Mörder‹, sagte sich Fabrizzio, ›und liebt mich trotzdem.‹ Er war wie aus den Wolken gefallen.

Drei Tage nach Peppos Abreise empfing er zu seinem höchsten Erstaunen ein Riesenschreiben, das mit einer Seidenschnur umschlungen war wie zu Ludwigs XIV. Zeiten und die Aufschrift trug: ›Seiner Exzellenz, Hochwürden, Monsignore Fabrizzio del Dongo, Erstem Großvikar der Diözese von Parma, Kanonikus etc.‹

›Bin ich denn das alles noch?‹ sagte er sich lachend.

Dieses Schreiben des Erzbischofs Landriani war ein Meisterstück von Logik und Klarheit. Es enthielt auf nicht weniger als neunzehn Quartseiten einen ganz genauen Bericht über alles, was sich seit Gilettis Tode in Parma zugetragen hatte.

›Das Anrücken einer französischen Armee unter dem Befehl des Marschalls Ney‹, schrieb der gute Erzbischof, ›hätte nicht mehr Aufsehen erregen können. Mit Ausnahme der Duchezza und mir, mein lieber Sohn, glaubt jedermann, Sie hätten sich den Spaß gemacht, den Histrionen Giletti zu ermorden. Wäre Ihnen dieses Unglück zugestoßen, so ließe sich das mit zweihundert Louis und einer sechsmonatigen Abwesenheit in Vergessenheit bringen. Aber die Raversi will den Grafen Mosca mit Hilfe dieses Vorfalls stürzen. Es ist keineswegs die abscheuliche Sünde des Mordes, was die öffentliche Meinung Ihnen vorwirft, sondern allein die Ungeschicklichkeit oder, besser gesagt, die Dreistigkeit, die Sache nicht lieber einem Bulo, einem gedungenen Mörder, übertragen zu haben. Ich teile Ihnen in klaren Worten die Redereien mit, die überall im Schwange sind, denn seit dem bedauerlichen Unglück habe ich Tag für Tag in drei der angesehensten Häuser Besuche gemacht, um Gelegenheit zu finden, Sie zu rechtfertigen. Und wohl nie habe ich einen heiligeren Gebrauch von der geringen Beredsamkeit gemacht, die mir der Himmel zu verleihen die Gnade gehabt hat.‹

Wie Schuppen fiel es von Fabrizzios Augen. Die zahlreichen Briefe der Duchezza, übervoll von innigster Freundschaft, hatten davon kein Wort erwähnt. Die Duchezza schwor ihm, sie wolle Parma auf immer verlassen, wenn er nicht bald im Triumph wiederkehren könne. ›Der Graf will alles für Dich tun, was menschenmöglich ist‹, schrieb sie in dem Briefe, der gleichzeitig mit dem des Erzbischofs ankam. ›Was mich betrifft, so hast Du durch diesen schönen Streich meinen Charakter umgewandelt. Ich bin jetzt genau so geizig wie der Bankier Torlonia. Ich habe alle meine Arbeiter weggeschickt; mehr noch, ich habe dem Grafen eine Aufnahme meines Vermögens diktiert, wobei es sich herausgestellt hat, daß es viel unbedeutender ist, als ich gedacht hatte. Beim Tode des trefflichen Grafen Pietranera, den Du übrigens viel lieber hättest rächen sollen, als daß Du Dich eines Menschen vom Schlage Gilettis wegen in Gefahren stürztest, sind mir zwölfhundert Lire Pension und fünftausend Franken Schulden verblieben. Ich erinnere mich unter anderem, daß zweieinhalb Dutzend weiße Pariser Atlasschuhe da waren und nur ein einziges Paar Straßenstiefel. Ich habe große Lust, die dreihunderttausend Franken, die mir der Duca vermacht hat und die ich zur Errichtung eines großartigen Grabmals für ihn verwenden wollte, für mich zu nehmen. Übrigens ist die Marchesa Raversi Deine Erzfeindin, weil sie die meine ist. Wenn Du Dich in Bologna langweilst, brauchst Du nur ein Wort zu schreiben, und ich komme zu Dir. Anbei vier weitere Schecks‹, und so weiter.

Die Duchezza erwähnte mit keinem Wort, wie man seine Angelegenheit in Parma auffaßte; sie wollte ihn vor allem trösten, und überdies erschien ihr der Tod einer so lächerlichen Person wie Giletti zu geringfügig, einem del Dongo einen ernstlichen Vorwurf daraus zu machen. »Wieviel Gilettis haben unsere Vorfahren in das Jenseits befördert«, sagte sie einmal zum Grafen, »ohne daß ein Hahn danach gekräht hat!«

Fabrizzio, dem zum ersten Male eine Ahnung über den wahren Stand der Dinge aufging, war arg betroffen und vertiefte sich in den Brief des Erzbischofs. Unglücklicherweise hielt ihn der Prälat für besser im Bilde, als er es wirklich war. Fabrizzio begriff, daß die Marchesa Raversi besonders deshalb frohlockte, weil es unmöglich war, Augenzeugen jenes unseligen Zweikampfes aufzufinden. Die kleine Marietta und die alte Mammaccia waren spurlos verschwunden. Der Kutscher, der die drei gefahren hatte, war von der Marchesa bestochen worden und hatte daraufhin eine schändliche Aussage gemacht.

›Obgleich die gerichtliche Untersuchung in tiefster Heimlichkeit geführt wird‹, schrieb der gute Erzbischof in seinem ciceronianischen Stil, ›und in den Händen des Großfiskals Rassi liegt, über den Schlechtes zu sagen mich lediglich die christliche Nächstenliebe abhält, der aber sein Glück gemacht hat, indem er hinter unglücklichen Angeklagten her war wie ein Jagdhund hinter dem Hasen, obgleich dieser Rassi, sage ich, dessen Schändlichkeit und Bestechlichkeit Ihre Phantasie sich nicht schlimm genug ausmalen kann, durch den aufgebrachten Fürsten mit der Führung des Prozesses beauftragt ist, habe ich doch die drei Aussagen des Kutschers zu Gesicht bekommen. Zum größten Glück hat sich dieser Unselige widersprochen. Und ich will hinzufügen, weil ich zu meinem Großvikar spreche, zu dem, der nach mir der Oberhirt dieser Diözese werden soll, daß ich den Pfarrer des Sprengels, dem dieser verirrte Sünder angehört, ins Gebet genommen habe. Ich will Ihnen sagen, mein heißgeliebter Sohn, aber unter dem Siegel des Beichtgeheimnisses, daß dieser Pfarrer durch die Frau des Kutschers bereits weiß, wieviel Taler er von der Marchesa Raversi erhalten hat. Ich wage nicht zu behaupten, die Marchesa habe von ihm verlangt, Sie zu verdächtigen, aber wahrscheinlich ist es so. Das Geld ist ihm durch einen unglücklichen Priester ausgehändigt worden, der bei dieser Marchesa eine wenig ehrenvolle Rolle spielt und dem ich bereits zum zweiten Male das Messelesen verbieten mußte. Ich will Sie nicht mit der Aufzählung einiger weiterer Schritte ermüden, die Sie von mir erwarten mußten und die überdies zu meinen Pflichten gehören. Ein Kanonikus, Ihr Amtsgenosse an der Kathedrale, der sich übrigens allzuoft des Einflusses erinnert, den ihm das Vermögen seiner Familie gewährt, deren einziger Erbe er durch Gottes Ratschluß geblieben ist, hat im Hause des Grafen Zurla, des Ministers des Inneren, zu äußern gewagt, er hielte diese ganze Belanglosigkeit als zu Ihren Ungunsten bewiesen und sprach von der ›Ermordung‹ des unglücklichen Giletti. Ich habe ihn zu mir kommen lassen und in Gegenwart meiner drei anderen Großvikare, meines Almoseniers und zweier

Pfarrer, die gerade im Vorzimmer warteten, um die Erklärung ersucht, worauf sich seine Überzeugung von der Schuld seines Amtsgenossen an der Kathedrale stütze. Der Unselige vermochte nur wenig stichhaltige Gründe herzustammeln. Alle Anwesenden waren empört über ihn, und obwohl ich ihm nur ein paar kurze Worte sagen zu müssen glaubte, brach er in Tränen aus und legte vor uns ein volles Geständnis seines tiefen Irrtums ab. Darauf sicherte ich ihm in meinem wie in aller Anwesenden Namen Stillschweigen über diese Unterredung zu, aber unter der Bedingung, daß er alles aufböte, um die falschen Gerüchte zu entkräften, die seit vierzehn Tagen durch seine Äußerungen in Umlauf seien.

Ich will Ihnen, mein lieber Sohn, keineswegs wiederholen, was Sie sicherlich längst wissen, zum Beispiel, daß von den vierunddreißig Bauern, die vom Grafen Mosca bei den Ausgrabungen angestellt waren und von denen die Raversi behauptet, sie seien von Ihnen zur Beihilfe an einem Verbrechen besoldet worden, zweiunddreißig unten im Graben in ihre Arbeit vertieft waren, als Sie den Hirschfänger in die Hände bekamen und ihn aus Notwehr gegen den Menschen gebrauchten, der Sie so unversehens angegriffen hatte. Zwei Bauern, die gerade nicht im Graben waren, haben den anderen zugerufen: ›Man mordet den Monsignore!‹ Dieser Ruf allein beweist sonnenklar Ihre Schuldlosigkeit. Nun aber behauptet der Gerichtspräsident Rassi, diese beiden Männer seien verschwunden. Mehr noch, man hat acht von denen verhört, die im Graben gearbeitet haben. Von ihnen haben sechs beim ersten Verhör ausgesagt, sie hätten den Ruf: ›Man mordet den Monsignore!‹ gehört. Ich habe auf Umwegen festgestellt, daß sie beim fünften Verhör, das gestern abend stattgefunden hat, bis auf einen ausgesagt haben, sie könnten sich nicht besinnen, ob sie den Ruf selbst gehört hätten oder ob das nur von einem ihrer Kameraden erzählt worden wäre. Ich habe angeordnet, den Aufenthaltsort dieser Erdarbeiter zu ermitteln; ihre Beichtväter werden ihnen dann ins Gewissen reden, daß sie sich die Verdammnis zuziehen, wenn sie sich für ein paar Taler zu falschem Zeugnis verleiten lassen.‹

Der gute Erzbischof verlor sich in endlose Einzelheiten, wie man aus dem Angeführten bereits ersehen kann. Dann fuhr er in lateinischer Sprache fort: ›Die ganze Geschichte ist nur ein Versuch, das Ministerium zu stürzen. Falls Sie verurteilt würden, könnte es nur zu Zuchthaus oder zum Tode sein. Ich würde von meinem bischöflichen

Stuhl herab dagegen Einspruch erheben und erklären, ich wüßte, daß Sie unschuldig seien, daß Sie ganz einfach Ihr Leben gegen einen Briganten verteidigt hätten, und schließlich, daß ich Ihnen verboten hätte, nach Parma zurückzukehren, solange Ihre Feinde die Oberhand hätten. Ich bin sogar gewillt, den Großfiskal verdientermaßen an den Pranger zu stellen. Man haßt diesen Menschen allgemein; niemand schätzt seinen Charakter. Ferner würde am Tage, bevor der Großfiskal dieses so ungerechte Urteil ausspräche, die Duchezza Sanseverina die Stadt und vielleicht gar die Lande Parmas verlassen. Selbstverständlich reichte dann der Graf Mosca sofort seine Entlassung ein. Höchstwahrscheinlich käme dann der General Fabio in das Ministerium, und die Marchesa Raversi würde triumphieren. Das Schlimmste an Ihrer Sache ist, daß man keinen geeigneten Mann damit beauftragt hat, die nötigen Untersuchungen zum Beweise Ihrer Schuldlosigkeit anzustellen und die Bestechungsversuche an den Zeugen zu enthüllen. Graf Mosca denkt, er tue das, aber er ist viel zu sehr Grandseigneur, sich zu gewissen Kleinigkeiten herabzulassen. Zudem hat er in seiner Eigenschaft als Polizeiminister im ersten Augenblick die strengsten Maßregeln gegen Sie ergreifen müssen. Kurzum, – darf ich es sagen? Serenissimus hält Sie für schuldig, zum mindesten trägt er diesen Glauben zur Schau, wodurch sich die Sache noch mehr zuspitzt.‹

Die Worte von ›Serenissimus‹ bis ›zur Schau‹ waren in griechischen Buchstaben geschrieben, und Fabrizzio empfand eine grenzenlose Dankbarkeit, weil der Erzbischof sie zu schreiben gewagt hatte. Er schnitt diese Stelle mit einer Schere aus und vernichtete sie augenblicklich.

Zwanzigmal unterbrach sich Fabrizzio beim Lesen; Regungen innigster Dankbarkeit durchfluteten ihn. Ohne Verzug antwortete er mit einem acht Seiten langen Brief. Oft mußte er sich aufrichten, damit seine Tränen nicht auf das Papier tropften. Am anderen Morgen, als er eben den Brief siegeln wollte, fand er den Stil zu weltlich. ›Ich werde in lateinischer Sprache schreiben‹, sagte er sich. ›Das wird dem ehrwürdigen Erzbischof schicklicher erscheinen.‹ Als er aber nach recht schönen und fein gedrechselten lateinischen Redensarten in ciceronianischem Stil suchte, fiel ihm ein, daß der Erzbischof im Gespräch einmal Napoleon absichtlich Bonaparte genannt hatte; und im Nu war all die Rührung verschwunden, die ihn am Tage zuvor bis zu Tränen ergriffen hatte. »O König von Italien«, rief er aus, »die Treue, die dir bei Lebzeiten so viele andere gelobt haben, ich will sie dir nach deinem Tode halten! Der Erzbischof liebt mich, zweifellos aber, weil ich ein del Dongo bin und er der Sohn eines Spießbürgers ist.« Damit sein schöner italienischer Brief keine verlorene Sache sei, brachte er einige nötige Änderungen darin an und sandte ihn an den Grafen Mosca ab.

Am selben Tage begegnete Fabrizzio auf der Straße der kleinen Marietta. Sie wurde rot vor Glück und gab ihm ein Zeichen, ihr stumm zu folgen. Rasch lief sie in einen einsamen Säulengang. Dort zog sie den schwarzen Spitzenschleier, den sie nach landesüblicher Mode um den Kopf trug, noch dichter zusammen, so daß man sie nicht erkennen konnte. Dann wandte sie sich flink um.

»Wie kommt es«, sagte sie zu Fabrizzio, »daß Sie so frei auf der Straße gehen?«

Fabrizzio erzählte ihr seine Erlebnisse.

»Großer Gott! Sie waren in Ferrara! Und ich habe Sie dort so gesucht! Wissen Sie, ich habe mich mit der Alten überworfen, weil sie mich nach Venedig schleppen wollte, wo ich doch wußte, daß Sie niemals dorthin gingen, da Sie auf der schwarzen Liste der Österreicher stehen. Ich habe meine goldene Halskette verkauft, um nach Bologna zu kommen. Eine Ahnung sagte mir, daß ich hier das Glück hätte, Sie wiederzusehen. Vor zwei Tagen ist mir die Alte nachgekommen. Ich möchte Sie also bitten, uns nicht zu besuchen; die Alte ginge Sie wieder mit ihren gemeinen Geldbetteleien an, deren ich mich so schäme. Wir haben seit jenem Unglückstag, wissen Sie, sehr anständig gelebt und doch nicht den vierten Teil von dem ausgegeben, was Sie uns geschenkt haben. Ich möchte Sie auch nicht im Albergo del Pellegrino besuchen. Das wäre zu öffentlich. Mieten Sie doch ein Stübchen in einer entlegenen Straße, und nach dem Ave- Maria werde ich mich wieder hier unter diesem Säulengang einfinden.«

Mit diesen Worten entschwand sie.

13.

Alle ernsten Gedanken waren bei dem unerwarteten Erscheinen dieses lieblichen Mädchens vergessen. Fabrizzio begann in Bologna ein Leben voll Freude und eitel Sorglosigkeit. Seine harmlose Art, sich bei allem, was sein Leben erfüllte, glücklich zu fühlen, spiegelte sich in seinen Briefen an die Duchezza wider, und zwar so deutlich, daß sie darüber verstimmt wurde, was aber Fabrizzio kaum wahrnahm. Allerdings kritzelte er in abgekürzten Zeichen auf das Glas seiner Taschenuhr: ›W[enn] ich der D[uchezza] schreibe, nie sagen: als ich Th[eologe] war, als ich ein A[ngehöriger] der K[irche] war. Das ä[rgert] sie.‹

Er hatte sich zwei kleine Pferde gekauft, mit denen er recht zufrieden war. Er spannte sie vor einen gemieteten leichten Wagen, jedesmal wenn die kleine Marietta einen Ausflug nach irgendeinem der entzückenden Orte der Umgegend Bolognas zu machen wünschte. Fast alle Abende fuhr er sie nach dem Renofall. Auf der Heimfahrt hielt er bei dem liebenswürdigen Crescentini an, der sich halb für Mariettas Vater hielt.

›Wahrlich‹, sagte er sich, ›wenn dies das Kaffeehausleben ist, das mir für einen einigermaßen gehaltvollen Mann so lächerlich erschien, dann habe ich es mit Unrecht von mir gewiesen.‹ Er vergaß dabei, daß er immer nur ins Kaffeehaus ging, um den ›Constitutionnel‹ zu lesen, und daß bei ihm, den kein einziger Mensch in Bologna kannte, die Freuden befriedigter Eitelkeit gar keine Rolle in seinem gegenwärtigen Glück spielten. Wenn er nicht in Gesellschaft der kleinen Marietta war, sah man ihn in der Sternwarte, wo er astronomische Vorträge hörte. Der Professor hatte ihn sehr ins Herz geschlossen, und Fabrizzio lieh ihm sonntags seine Pferde, damit er mit seiner Frau auf dem Corso della Montagnola glänzen konnte.

Fabrizzio verabscheute es, einen Menschen unglücklich zu machen, selbst wenn er ihn noch so gering achtete. Marietta war sehr dagegen, daß er die Alte besuche, aber eines Tages, als er aus der Kirche kam, ging er zur Mammaccia hinauf, die bei seinem Anblick rot vor Wut wurde. ›Aha‹, dachte Fabrizzio, ›hier muß ich den del Dongo spielen!‹

»Wieviel verdient Marietta im Monat, wenn sie fest verpflichtet ist?« fragte er sie von oben herab wie ein junger Dandy, der im ersten Rang der Opera buffa in Paris von sich reden machen will.

»Fünfzig Taler.«

»Du lügst wie immer. Sprich die Wahrheit, oder, bei Gott, du kriegst keinen Soldo mehr!«

»Nun, sie verdiente bei unserer Truppe in Parma zweiundzwanzig Taler, als wir das Unglück hatten, Ihre Bekanntschaft zu machen. Ich, ich hatte zwölf Taler Gage. Wir haben Giletti, unserem Beschützer, jede ein Drittel unseres Verdienstes abgegeben. Dagegen machte Giletti ungefähr alle Monate der Marietta ein Geschenk, das etwa zwei Taler wert war ...«

»Du lügst immer noch. Du, du hast nur vier Taler bekommen! Wenn du aber nett mit Marietta sein willst, dann stelle ich dich an, als ob ich Impresario wäre. Du kriegst alle Monate zwölf Taler für dich und zweiundzwanzig für sie. Sehe ich sie jedoch wieder mit rotgeweinten Augen, dann erkläre ich mich für bankrott.«

»Sie spielen den Hochmütigen, jawohl, aber mit Ihrer schönen Großmut kommen wir auf den Hund!« antwortete die Alte mit wütender Miene. »Wir verlieren die Kundschaft. Wenn wir das Riesenpech hätten, den Beistand Eurer Exzellenz einzubüßen, wird keine Truppe mehr was von uns wissen wollen. Keine wird uns nehmen. Wir werden nirgends eine Anstellung kriegen und Ihretwegen Hunger leiden.«

»Scher dich zum Teufel!« sagte Fabrizzio und wollte sie verlassen.

»Ich werde nicht zum Teufel gehen, Sie abscheulicher Heide, sondern ganz einfach auf das Polizeiamt, wo man von mir erfahren soll, daß Sie ein Monsignore sind, der aus der Kutte gesprungen ist, und daß Sie ebensowenig Giuseppe Bossi heißen wie ich!«

Fabrizzio war schon ein paar Stufen hinunter, da kehrte er wieder um.

»Erstens weiß die Polizei meinen richtigen Namen besser als du. Aber wenn du dir einfallen läßt, mich anzuzeigen, wenn du diese Niedertracht begehst«, sagte er todernst, »dann wird Ludovico ein Wörtchen mit dir reden und dir den Dolch ins Gerippe stoßen, und nicht sechsmal, sondern ein dutzendmal, so daß du ein halbes Jahr lang im Spittel liegst, – und ohne einen Pfifferling!«

Die Alte wurde bleich, stürzte auf Fabrizzios Hand zu und wollte sie küssen: »Ich nehme das Los mit Dank an, das Sie Marietta und mir bieten. Sie sehen so gutmütig aus, und da habe ich Sie für einen Toffel gehalten. Glauben Sie mir, jede andere wäre demselben Irrtum verfallen wie ich. Ich rate Ihnen, schauen Sie immer ein bißchen mehr wie ein großer Herr drein!« Und mit bewundernswürdiger Unverfrorenheit fuhr sie fort: »Vergessen Sie diesen guten Rat nie! Der Winter ist nicht mehr allzu fern. Machen Sie der Marietta und mir ein Geschenk: zwei gute Kleider von dem englischen Tuch, wie es der dicke Kaufmann da auf der Piazza di San Petronio zu verkaufen hat.«

Die Liebe der hübschen Marietta gewährte Fabrizzio alle Reize der innigsten Freundschaft und eine Vorstellung von dem ähnlichen Glück, das er hätte bei der Duchezza finden können.

›Aber ist es nicht drollig‹, sagte er sich zuweilen, ›daß ich jener grenzenlosen und leidenschaftlichen Befangenheit unfähig bin, die man die Liebe nennt? Bin ich je bei den Liebeleien, in die mich der Zufall in Novara oder in Neapel geführt hat, einem Weibe begegnet, dessen Gegenwart mir auch nur in den ersten Tagen lieber gewesen wäre als ein Spazierritt auf einem hübschen neuen Pferd? Was man Liebe nennt‹, fuhr er fort, ›ist das nicht doch eine Lüge? Zweifellos bin ich verliebt, ebenso wie ich um sechs Uhr tüchtigen Hunger habe. Haben die Dichter aus diesem etwas gewöhnlichen Gefühl die Liebe Othellos, die Liebe Tankreds zusammengelogen? Oder soll ich glauben, ich sei anders geartet als die übrigen Menschen? Sollte meiner Seele eine Leidenschaft fehlen? Warum nur? Das wäre ein sonderbares Verhängnis!‹

In Neapel war Fabrizzio, zumal in der letzten Zeit, Frauen begegnet, die, stolz auf ihre Schönheit, ihren Rang und die gesellschaftliche Stellung der Liebhaber, die sie ihm geopfert hatten, ihn am Gängelband zu führen wähnten. Solchem Vorhaben gegenüber hatte er unverzüglich und auf empörende Art einen Bruch herbeigeführt. ›Also‹, schloß er, ›wenn mich der zweifellos sehr lebhafte Genuß, mit jenem hübschen Weibe, der sogenannten Duchezza Sanseverina, gut zu stehen, niemals hingerissen hat, so gleiche ich auf ein Haar jenem leichtsinnigen Franzosen, der eines Tages die Henne mit den goldenen Eiern getötet hat. Gerade der Duchezza verdanke ich das einzige Glück, das ich je durch zärtliche Empfindungen erfahren habe. Meine Freundschaft zu ihr ist mein Leben, und überdies, was wäre ich ohne sie? Ein armer Geächteter, gezwungen, mein Leben in einem baufälligen Schlosse bei Novara zu fristen. Ich erinnere mich, während der langen Herbstregen mußte ich abends, um nicht naß zu werden, noch einen Regenschirm an meinem Betthimmel anbringen. Ich ritt die Pferde des Verwalters, der dies wohl aus Achtung vor meinem blauen Blut duldete, aber mein Aufenthalt deuchte ihn schon zu lang. Mein Vater hatte mir ein Jahresgeld von zwölfhundert Franken ausgesetzt, kam sich dabei aber wie ein der Hölle Verfallener vor, weil er einem Jakobiner das tägliche Brot gewährte. Meine arme Mutter und meine Schwestern darbten es sich an ihren Kleidern ab, um mich in den Stand zu setzen, meinen

Geliebten kleine Geschenke zu machen. Diese Art Edelmut durchbohrte mir das Herz. Obendrein begann man mein Elend zu durchschauen; die jungen Edelleute der Umgegend bemitleideten mich bereits. Früher oder später hätte sich einer dieser Gecken seine Verachtung für einen armen entgleisten Jakobiner merken lassen, denn in ihren Augen war ich nichts anderes. Ich hätte einen gut sitzenden Degenstoß versetzt oder bekommen und wäre dann in die Festung Fenestrella gesteckt worden oder hätte mich wieder nach der Schweiz geflüchtet, und das alles mit zwölfhundert Franken Jahresgeld. Daß ich vor all dem Elend bewahrt geblieben bin, danke ich zum Glück der Duchezza. Überdies hegt sie zu mir eine leidenschaftliche Freundschaft, und ich sollte doch Gleiches mit Gleichem vergelten.

An Stelle dieses lächerlichen und erbärmlichen Lebens, das mich zum traurigen Tier, zum Narren machte, lebe ich seit vier Jahren in einer Hauptstadt und führe ein vornehmes Dasein, das mich davor schützt, den Neid und die niedrigen Gefühle der Provinzler kennen zu lernen. Meine allzu liebenswerte Tante schilt mich immer aus, ich holte mir nicht genügend Geld vom Bankier. Soll ich mir diese herrliche Lebenslage auf ewig verscherzen? Soll ich die einzige Freundin verlieren, die ich in der Welt habe? Ich brauche nur eine Lüge auszusprechen, ich brauche nur einer reizenden Frau, die vielleicht auf Erden nicht ihresgleichen hat und für die ich die leidenschaftlichste Freundschaft hege, zu sagen: ›Ich liebe dich!‹ Ich, der ich nicht weiß, was Lieben aus Liebe ist –. Sie würde es mir ewig als Verbrechen vorwerfen, daß diese leidenschaftlichen Wallungen mir unbekannt sind. Im Gegensatz dazu glaubt Marietta, die mir nicht ins Herz sieht und Liebkosungen für Seelenwallungen nimmt, ich sei toll in sie verliebt, und hält sich für die Glücklichste aller Frauen.

Etwas von jener zärtlichen Befangenheit, die man wohl Liebe nennt, habe ich nur einmal wirklich empfunden; das war für das junge Ännchen im Gasthof von Zoonders an der belgischen Grenze.‹

Bedauerlicherweise muß hier eine der schändlichsten Missetaten Fabrizzios ihren Platz finden. Mitten in diesem friedsamen Leben traf sein der Liebe so widerspenstiges Herz ein elender Stachel der Eitelkeit und trieb ihn recht weit vom Wege ab.

In Bologna gastierte gerade die berühmte Fausta F.[22], ohne Zweifel eine der ersten Sängerinnen ihrer Zeit und vielleicht die launenhafteste Frau, die es geben kann. Der ausgezeichnete venezianische Dichter Pietro Buratti[23] hat auf sie ein berühmtes satirisches Sonett gedichtet,

22 Die Episode der Fausta hat Stendhal einer alten italienischen Chronik entlehnt. Der Codex italianus 171 der Pariser Nationalbibliothek, der aus Stendhals Nachlaß stammt, enthält unter anderem: *Racheakt des Kardinals Aldobrandini an Girolamo Langobardi, römischem Edelmann.* Folgende charakteristische Parallelstellen seien hier wiedergegeben: ›... Es gab damals in Rom eine gewisse Anna Felicia Brocchi, eine Sängerin von hohem Rufe, deren süße Stimme und musikalische Begabung sich mit übernatürlicher Schönheit paarten ... Sie wurde von Langobardi ausgehalten, der mit ängstlicher Eifersucht über sie wachte ... Durch die Lobreden seines ganzen Hofes hörte der Kardinal von dem Zauber und der Schönheit der Dame und begehrte glühend ihre Bekanntschaft. In dieser Absicht ging er täglich vor der Wohnung der Anna auf und ab und folgte ihr in die Kirche della Pace, wo sie die Mittagsmesse zu hören pflegte. Eines Tages hielt es Anna für klug, Girolamo von ihrem Anbeter im Purpurkleid zu erzählen. Langobardi war höchst aufgebracht ... Er entschloß sich, seine Geliebte beobachten zu lassen ... Die Berichte der Spione bewirkten, daß die Liebe zwischen dem Kardinal und der Brocchi täglich wuchs. Um sich selbst davon zu überzeugen, ging er am Sankt-Matthäus-Tage nach der Kirche Santa Maria della Pace ... und verbarg sich daselbst im Hintergrund einer Kapelle so, daß er alles sehen konnte, ohne gesehen zu werden ...‹ Nun folgt fast wörtlich die Szene in der Kirche und die nachfolgende im Hause der Sängerin, die von ihrem Liebhaber mit dem Dolche bedroht wird ... ›Erschrocken gestand die Sängerin alles ein und gab als Grund ihres beharrlichen Schweigens an, sie habe Zwistigkeiten zwischen ihrem Geliebten und dem Kardinal befürchtet ...‹ Der Chronist berichtet schließlich einen tragischen Ausgang: ›Eines Morgens fand man mitten auf der Piazza di San Pietro, auf eine Pike gespießt, das Haupt des unglücklichen Girolamo ...‹ Der Kardinal wurde als Täter dieses Verbrechens erkannt. Aber als Neffe des Papstes entrann er den Gerichten und verlor nur seine Titel, Würden und Pfründe.

23 Pietro Buratti (1778-1832), Venezianer, einer der Lieblinge Stendhals, in ›De l'Amour‹ wie in ›Rome, Naples et Florence‹ viel erwähnt. Beyle kannte ihn persönlich und vermittelte es, daß Lord Byron seine Satiren kennen lernte. Stendhal behauptet, ohne Byrons Bewunderung des Buratti wäre sein ›Don Juan‹ niemals entstanden.

das damals in aller Munde war, unter den Fürsten wie unter den letzten Straßenbuben:

Bereuen, was im Augenblick sie wollte,
Anbeten, was sie kaum geschmäht im Spott,
Im Wankelmut zu sehn den höchsten Gott
Und hassen, wenn die Menge Beifall zollte.

Das und noch viel ists, was von Fausta droht.
Es flieh die Schlange, wem sie nahen sollte!
Sie fesselt den, der vorher wild ihr grollte,
Bis er vergißt, was Klugheit ihm gebot.

Er lauscht der Circe voller Glücksverlangen,
Und unversehens ist es ihm ergangen
Wie einstmals den Gefährten des Odyß ...

Für den Augenblick war dieses Wunder an Schönheit im Banne des riesigen Backenbartes und der großen Unverschämtheit des jungen Grafen Martinengo, und zwar derart, daß sie sich sogar seine gräßliche Eifersucht gefallen ließ. Fabrizzio sah den Grafen öfters in den Straßen von Bologna und fühlte sich unangenehm von der anmaßenden Weise berührt, in der er über das Pflaster stolzierte und mit seinen Reizen prahlte. Der junge Mann war sehr reich, dachte, es sei ihm alles erlaubt, und zeigte sich, da ihm seine Anmaßung einige Drohungen eingebracht hatte, stets mit einem Gefolge von acht bis zehn Buli, einer Art Messerhelden, die seine Dienertracht trugen und die er von seinen Gütern bei Brescia hatte kommen lassen. Ein- oder zweimal hatten sich Fabrizzios Blicke und die des schrecklichen Grafen gekreuzt, als Fabrizzio die Fausta singen hörte. Der himmlische Zauber ihrer Stimme berauschte ihn; er glaubte nie etwas Ähnliches vernommen zu haben. Ihr verdankte er Empfindungen des höchsten Glückes, die zu der Beschaulichkeit seines gegenwärtigen Lebens in einem starken Gegensatz standen. ›Wird das endlich die Liebe sein?‹ fragte er sich. Er war höchst begierig, dieses Gefühl zu erfahren, und obendrein froh über die Aussicht, dem Grafen Martinengo die Stirn zu bieten, dessen Miene grimmiger war als die eines Tambourmajors. So stürzte sich unser Held in die Kinderei, viel zu häufige Fensterpromenaden vor dem Palazzo Tanari zu machen, den der Graf für Fausta gemietet hatte.

Eines Tages, bei Anbruch der Nacht, versuchte Fabrizzio, von Fausta bemerkt zu werden, wobei er von den Buli des Grafen, die am Tor des Palazzos Tanari lungerten, mit einem kräftigen Gelächter empfangen ward. Er eilte in seine Wohnung, versah sich mit guten Waffen und erschien von neuem vor dem Palast. Fausta, die hinter den Vorhängen verborgen lugte, hatte sein Wiederkommen erwartet und rechnete es ihm hoch an. Der Graf, auf alle Welt eifersüchtig, ward es ganz besonders auf Herrn Giuseppe Bossi und erging sich in lächerlichen Reden.

Fortan ließ ihm unser Held allmorgendlich Kärtchen zukommen, die nichts als folgende Worte enthielten:

Signor Giuseppe Bossi
empfiehlt sich
zur Vertreibung lästiger Insekten.
Albergo del Pellegrino, Via larga, Nr. 79.

Der Graf Martinengo, gewöhnt an die Hochachtung, die ihm allerorts sein Riesenvermögen, sein blaues Blut und die Unerschrockenheit seiner dreißig Lakaien sicherten, spürte nicht die geringste Lust, vom Sinn dieser Karten Kenntnis zu nehmen.

Fabrizzio schrieb andere an Fausta. Der Graf ließ diesen Nebenbuhler, der vielleicht Erfolg haben konnte, mit Aufpassern umgeben. Zunächst kundschaftete er seinen richtigen Namen aus und dann die Tatsache, daß er augenblicklich Parma meiden mußte. Ein paar Tage darauf reisten der Graf, seine Buli, seine prächtigen Pferde und die Fausta nach Parma ab.

Fabrizzio kitzelte es, ihm am nächsten Tage zu folgen. Umsonst machte ihm der brave Ludovico feierliche Vorhaltungen. Fabrizzio lachte ihn aus, und Ludovico, der selber seinen Mann stellte, bewunderte ihn. Überdies brachte ihn diese Reise seinem hübschen Schätzchen in Casalmaggiore näher. Ludovico trug also Sorge, daß acht bis zehn ausgediente Soldaten aus napoleonischen Regimentern als Diener in Herrn Giuseppe Bossis Dienste traten. ›Vorausgesetzt, daß ich bei der Verrücktheit, Fausta zu folgen‹, sagte sich Fabrizzio, ›weder mit dem Polizeiminister, dem Grafen Mosca, noch mit der Duchezza in

Berührung komme, setze ich nur mich einer Gefahr aus. Hinterher werde ich meiner Tante sagen, ich sei der Liebe nachgejagt, der schönen Sache, die ich noch nie gefunden habe. Tatsächlich, ich denke an Fausta, sogar wenn ich sie nicht sehe. Aber ist es die Erinnerung an ihre Stimme, die ich liebe, oder sie selber?‹ Fabrizzio, der nicht mehr an seine geistliche Laufbahn dachte, hatte sich den Schnurrbart und fast ebenso schreckliche Koteletten wie der Graf Martinengo stehen lassen. Das machte ihm ein wenig Spaß. Sein Hauptquartier schlug er nicht in Parma auf – das wäre zu unvorsichtig gewesen –, sondern in einem Dorf der Umgegend, mitten im Walde, an der Straße nach Sacca, wo das Schloß seiner Tante lag. Auf Ludovicos Rat meldete er sich in diesem Dorf als Kammerdiener eines englischen Lords an, eines großen Sonderlings, der jährlich hunderttausend Franken für Jagdvergnügungen ausgab und der binnen kurzem vom Comer See, wo ihn der Forellenfang fesselte, eintreffen werde.

Glücklicherweise lag der hübsche kleine Palast, den der Graf Martinengo für die schöne Fausta gemietet hatte, am Südende der Stadt Parma, gerade an der Straße nach Sacca, und Faustas Fenster gingen auf die schönen alten Baumalleen, die sich unter dem großen Turm der Zitadelle hinziehen. Fabrizzio war in diesem entlegenen Viertel gänzlich unbekannt. Er ließ den Grafen Martinengo unausgesetzt beobachten, und eines Tages, als dieser soeben die bewunderungswürdige Sängerin verlassen hatte, besaß Fabrizzio die Keckheit, am hellen, lichten Tag auf der Straße zu erscheinen; allerdings ritt er ein vorzügliches Pferd und war gut bewaffnet. Musikanten von der Sorte, wie sie in Italien immer auf den Straßen umherziehen und die mitunter vortrefflich sind, mußten ihre Kontrabässe unter Faustas Fenstern aufpflanzen. Nach einer Ouvertüre stimmten sie zu Faustas Ehren eine recht leidliche Kantate an. Fausta zeigte sich am Fenster und sah sofort einen überaus artigen jungen Mann, der zu Pferd mitten auf der Straße hielt, sie zunächst grüßte und sie dann mit kaum zu mißdeutenden Blicken bombardierte. Trotz seiner übertrieben englischen Kleidung erkannte sie sehr bald den Verfasser jener leidenschaftlichen Briefe, die ihre Abreise von Bologna zur Folge gehabt hatten.

»Ein sonderbarer Mensch!« sagte sie sich. »Ich glaube, ich bin schon in ihn verliebt. Ich habe hundert Louis erübrigt; da könnte ich diesem gräßlichen Grafen Martinengo getrost den Laufpaß geben. Er hat wirklich gar kein bißchen Geist, so gar nichts Unberechenbares, und kurzweilig ist er höchstens ein wenig wegen des grimmigen Gebarens seiner Leute.«

Tags darauf hatte Fabrizzio erkundet, daß Fausta tagtäglich gegen elf Uhr in das Stadtinnere zur Messe ging, in die nämliche Kirche San Giovanni, wo sich das Grabmal seines Großonkels, des Erzbischofs Ascanio del Dongo befand. Er wagte, ihr dahin zu folgen. Allerdings hatte ihm Ludovico eine schöne Engländerperücke mit knallroten Haaren besorgt. Auf die Farbe dieser Perücke, rot wie die Flammen, die sein Herz versengten, machte er ein Sonett, das Fausta entzückend fand. Eine unbekannte Hand sorgte dafür, daß es auf ihrem Klavier lag.

Dieser Kleinkrieg währte reichlich acht Tage. Fabrizzio fand, daß er trotz seinen mannigfaltigen Vorstößen keine richtigen Fortschritte mache: Fausta gewährte ihm kein Stelldichein. Er übertrieb die seltsamen Verkleidungen. Später gestand ihm Fausta, daß sie Angst vor ihm gehabt habe. Trotzdem ließ Fabrizzio nicht ab; er hegte immer noch einen Rest von Hoffnung, das zu erfahren, was man Liebe nennt; zuweilen freilich langweilte er sich.

»Monsignore, reisen wir ab!« bat Ludovico immer wieder. »Sie sind kein bißchen verliebt. Ich sehe, Sie sind so kaltblütig und vernünftig, daß Hopfen und Malz verloren ist. Und dann kommen Sie auch gar nicht vorwärts. Ehe wir uns bloßstellen, lieber fort!«

Im ersten Augenblick der Mißstimmung wäre Fabrizzio beinahe abgereist; da erfuhr er, daß die Fausta im Hause der Duchezza Sanseverina singen werde. »Vielleicht wird ihre erhabene Stimme mein Herz endlich entflammen«, sagte er sich und unternahm es tatsächlich, verkleidet in den Palast einzudringen, wo ihn aller Augen kannten. Man kann sich die Aufregung der Duchezza vorstellen, als sie gegen Ende des Konzertes mit einem Male einen Menschen in Jägertracht dicht an der Tür des großen Saales bemerkte, dessen Art und Weise sie an einen gewissen Jemand erinnerte. Sie winkte den Grafen Mosca heran, der ihr jetzt erst den großartigen und wirklich unglaublich tollen Streich Fabrizzios mitteilte. Er faßte die Geschichte durchaus heiter auf. Diese Liebe zu einer anderen als der Duchezza gefiel ihm über die Maßen. Durch und durch ritterlich, wie der Graf war, wenn es sich nicht um Politik drehte, pflegte er nach dem Grundsatz zu handeln, daß er nur dann glücklich sein könne, wenn es die Duchezza auch sei. »Ich werde ihn vor sich selbst schützen«, beruhigte er seine

Freundin. »Bedenken Sie, wie sich unsere Feinde freuten, wenn man ihn in diesem Palais verhaftete. Ich habe mehr als hundert Mann in der nächsten Nähe. Deshalb ließ ich Sie auch um die Schlüssel zum großen Wasserbehälter bitten. Fabrizzio tut, als sei er toll verliebt in die Fausta, aber bis jetzt ist es ihm nicht gelungen, sie dem Grafen Martinengo abspenstig zu machen, der dieser Närrin das Dasein einer Königin gewährt.«

Das Antlitz der Duchezza verriet den tiefsten Schmerz: Fabrizzio war also doch nur ein leichtsinniger Mensch, keiner zärtlichen und ernsthaften Empfindung fähig! »Und mir keinen Besuch zu machen«, sagte sie schließlich, »mir, die ich ihm tagtäglich nach Bologna geschrieben habe!«

»Ich rechne ihm diese Zurückhaltung sehr hoch an«, entgegnete der Graf. »Er will uns mit seinen losen Geschichten nicht gefährden. Ich freue mich schon darauf, ihn hinterher erzählen zu hören.«

Fausta war viel zu närrisch, über das, was sie beschäftigte, schweigen zu können. Während des Konzertes verrieten ihre Blicke, daß alle ihre Arien dem schlanken jungen Mann in Jägertracht galten; und tags darauf erzählte sie dem Grafen Martinengo von einem aufmerksamen Unbekannten.

»Wo haben Sie ihn gesehen?« fragte der Graf wütend.

»Auf der Straße, in der Kirche …«, antwortete Fausta verlegen. Sie wollte ihre Unvorsichtigkeit wieder gutmachen oder wenigstens alles tun, um Martinengos Augenmerk von Fabrizzio abzulenken. Sie verlor sich in die endlose Beschreibung eines schlanken jungen Mannes mit roten Haaren und blauen Augen; ohne Zweifel sei es irgendein steinreicher und sehr linkischer Engländer oder irgendein Fürst. Dieses letzte Wort hatte zur Folge, daß der Graf, der alles für bare Münze nahm, sich einbildete – und das war etwas Köstliches für seine Eitelkeit –, sein Nebenbuhler sei kein anderer als der Erbprinz von Parma. Dieser arme junge Kopfhänger in der Obhut seiner fünf oder sechs Erzieher, Hofmeister und Präzeptoren, die ihn nur nach gemeinsamer Beratung ausgehen ließen, pflegte allerdings allen leidlich hübschen Frauen, in deren Nähe zu kommen ihm erlaubt war, sonderbare Blicke zu widmen. Im Konzert bei der Duchezza hatte er, seinem Rang gemäß, einen Platz vor allen Zuhörern, in einem einzeln stehenden Lehnstuhl, drei Schritt von der schönen Fausta entfernt, und seine Blicke hatten den Grafen Martinengo höchlichst geärgert. Dieser ausgesucht eitle Wahn, er habe einen Prinzen zum Nebenbuhler, machte der Fausta unbändigen Spaß; sie suchte ein Vergnügen darin, den Grafen durch tausend hingeworfene Einzelheiten in seiner Vermutung zu bestärken.

»Ist Ihre Familie«, fragte sie den Grafen, »ebenso alt wie die der Farnesen[24], der dieser junge Mann angehört?«

»Was meinen Sie? Ebenso alt? Ich, ich habe keine Bastarde unter meinen Ahnen!«

Der Zufall fügte es, daß der Graf Martinengo seinen vermeintlichen Nebenbuhler niemals zu Gesicht bekommen konnte, was ihn erst recht in seinem schmeichelhaften Wahn förderte, einen Prinzen zum Widersacher zu haben. Dazu kam, daß Fabrizzio, sobald er seines Planes wegen nicht unbedingt an Parma gefesselt war, sich in den Wäldern bei Sacca und an den Ufern des Po aufhielt. Graf Martinengo wurde noch einmal so stolz, aber auch ebenso vorsichtig, seitdem er sich einbildete, mit einem Prinzen um Faustas Herz zu ringen. In vollem Ernst bat er sie, bei allem, was sie tue, sich der größten Zurückhaltung zu befleißigen. In seiner eifersüchtigen und leidenschaftlichen Liebe fiel er vor ihr auf die Kniee und setzte ihr klar und deutlich auseinander, es sei ihm Ehrensache, daß sie sich nicht von dem jungen Prinzen betören lasse.

»Erlauben Sie, ich wäre nicht betört, wenn ich ihn liebte. Ich habe nie einen Prinzen mir zu Füßen gehabt.«

»Wenn Sie ihm nachgeben«, entgegnete er mit einem hochmütigen Blick, »kann ich mich vielleicht nicht am Prinzen rächen, aber rächen werde ich mich sicherlich.«

Damit ging er und warf die Tür hinter sich mit aller Gewalt zu. Wäre Fabrizzio in diesem Augenblick zur Stelle gewesen, so hätte er seine Sache gewonnen.

»Wenn Ihnen Ihr Leben lieb ist«, sagte Martinengo zu ihr am Abend, als er nach dem Theater von ihr ging, »so lassen Sie mich nie hören, daß der junge Prinz in Ihr Haus gedrungen ist. Ich kann ihm

24   Pier Luigi Farnese, der erste Souverän aus der Familie Farnese, der 1545 zum Herzog von Parma und Piacenza erhoben ward und wegen seines Lebenswandels einen üblen Ruf genoß, ist bekanntlich ein natürlicher Sohn Seiner Heiligkeit des Papstes Paul III. (Alessandro Farnese). (Stendhal.) Er wurde 1547 ermordet.

nichts anhaben, beim Teufel, aber vergessen Sie nicht, daß ich Ihnen alles antun kann!«

»O mein kleiner Fabrizzio«, dachte Fausta, »wenn ich nur wüßte, wo ich dich finden könnte!«

Bei einem reichen jungen Manne, der von seiner Wiege an immer von Schmeichlern umgeben war, ist die verletzte Eitelkeit besonders heftig. Die durch und durch echte Leidenschaft, die der Graf Martinengo für Fausta hegte, steigerte sich bis zur Raserei. Sie wurde keineswegs durch die gefährliche Aussicht gehemmt, mit dem einzigen Sohne des Fürsten, in dessen Land er sich aufhielt, in Streit zu geraten. Aber er hatte auch nicht Unternehmungsgeist genug, zu versuchen, dieses Prinzen ansichtig zu werden oder ihn wenigstens beobachten zu lassen. Da er ihm sonst nichts Ernstliches antun konnte, kam er auf den kühnen Gedanken, ihn lächerlich zu machen. »Ich werde für ewige Zeiten aus den Parmaer Landen verwiesen«, sagte er sich. »Nun, was tuts?«

Wenn der Graf Martinengo sich bemüht hätte, die feindliche Stellung ordentlich zu erkunden, so hätte er erfahren, daß der arme junge Prinz niemals ausging, außer in Begleitung von drei bis vier Mummelgreisen, langweiligen Hütern der Etikette, und daß das einzige selbstgewählte Vergnügen, das man ihm hienieden gestattete, die Mineralogie war.

Der kleine Palazzo, den die Fausta bewohnte und der ein Treffpunkt der guten Gesellschaft geworden war, wurde Tag und Nacht von Beobachtern umlagert. Der Graf Martinengo wußte Stunde für Stunde, was sie tat, und besonders, was um sie her geschah. Lobenswert war an diesen Vorsichtsmaßregeln des Eifersüchtigen, daß das so launenhafte Weib zunächst keine Ahnung von der verdoppelten Überwachung hatte. Die Berichte aller seiner Aufpasser meldeten dem Grafen, daß ein sehr junger Mann mit einer roten Perücke Fausta tagtäglich Fensterpromenaden mache, aber in immer anderer Verkleidung. »Augenscheinlich der Erbprinz!« sagte sich Martinengo. »Warum sonst diese Verkleidungen? Donnerwetter! Ein Kavalier wie ich ist nicht der Mann, ihm das Feld zu räumen. Ohne die Übergriffe der Republik Venedig wäre ich geradesogut Prinz aus einem regierenden Hause!«

Am Sankt-Stephans-Tag lauteten die Berichte der Spitzel bedenklicher; es schienen Anzeichen vorhanden, daß Fausta auf die Huldigungen des Unbekannten einzugehen begann. »Ich könnte auf der Stelle mit diesem Weibe abreisen!« sagte sich der Graf. »Aber wozu? In Bologna bin ich vor del Dongo ausgerissen. Hier soll ich vor einem Prinzen weichen? Dieser junge Mann bildet sich dann wer weiß was ein! Etwa gar, er habe mir Angst eingejagt! Beim Teufel, ich stamme aus einem ebenso guten Hause wie er!«

Martinengo war wütend, und sein Unglück erreichte dadurch sein volles Maß, daß er sich in Gegenwart Faustas, die zu spötteln liebte, nicht durch Eifersucht lächerlich machen durfte.

Am Stephanstag also verbrachte er vormittags eine Stunde bei ihr; sie empfing ihn mit einer Liebenswürdigkeit, die ihn der Inbegriff aller Falschheit deuchte. Gegen elf Uhr trennte er sich von ihr, um sich zur Messe in der Kirche San Giovanni umzukleiden. Martinengo ging nach Hause, zog ein schäbiges schwarzes Seminaristenröckchen an und rannte nach San Giovanni. Er suchte sich einen Platz hinter einem der Grabmäler aus, die die dritte Kapelle im rechten Seitenschiff zieren; von dort konnte er alles beobachten, was in der Kirche vorging, unter dem Arm eines Kardinals weg, der auf dem Grabmal kniend darge-stellt war. Dieses Standbild verdunkelte die Kapelle und verbarg ihn hinlänglich. Nach einer Weile erschien Fausta, schöner denn je. Sie kam im Gesellschaftskleid; um sie herum ein Schwarm von zwanzig Verehrern aus dem Hofkreise. Aus ihren Augen und um ihren Mund lachte sonnige Freude. »Es ist klar«, sagte sich der unglückliche Eifer-süchtige, »sie rechnet darauf, hier ihren Liebsten zu treffen, den sie dank meinen Maßregeln vielleicht lange nicht hat sehen können.«

Mit einem Male strahlten Faustas Augen in verdoppeltem Glänze. »Mein Nebenbuhler ist da!« sagte sich Martinengo, und seine eitle Wut ward grenzenlos. »Was für eine Rolle spiele ich hier als Gegen-stück zu einem verkleideten Prinzen!« Aber soviel Mühe er sich geben mochte, es gelang ihm nicht, den Nebenbuhler zu entdecken, den seine gierigen Blicke überall suchten.

Jedesmal, wenn Fausta ihre Blicke durch die ganze Kirche schweifen ließ, blieben sie schließlich immer voll Liebe und Glück an dem dunklen Winkel hängen, wo sich Martinengo verborgen hielt. Ein leidenschaftliches Herz wird durch die Liebe dazu verleitet, die leisesten Wahrnehmungen zu übertreiben und die lächerlichsten Folgerungen daraus zu ziehen. Der arme Martinengo redete sich zuletzt wirklich ein, Fausta habe ihn trotz seinen Bemühungen entdeckt und wolle ihm seine tödliche Eifersucht mit diesen zärtlichen Blicken vorwerfen und ihn gleichzeitig trösten.

Das Grabmal des Kardinals, hinter dem Martinengo seinen Beobachtungsposten inne hatte, erhob sich vier bis fünf Fuß über die Marmorfliesen der Kirche. Der Modegottesdienst war gegen ein Uhr zu Ende; der größte Teil der Gläubigen ging weg, und Fausta entließ die Dandys der Stadt unter dem Vorwand, eine stille Andacht verrichten zu wollen. Sie verharrte in knieender Stellung vor ihrem Sitz, während ihre Augen noch zärtlicher und strahlender unverwandt auf Martinengo blickten. Als kein Mensch mehr in der Kirche war, gaben sich ihre Augen nicht mehr die Mühe, erst in der ganzen Kirche umherzuschweifen, ehe sie glückselig am Standbilde des Kardinals haften blieben. »Welches Zartgefühl!« sagte sich der Graf, im Wahn, daß diese Blicke ihm galten. Endlich stand Fausta auf und schritt hastig zur Kirche hinaus, nachdem sie mit den Händen ein paar seltsame Bewegungen gemacht hatte.

Liebestoll und seiner verrückten Eifersucht fast ledig, verließ Martinengo seinen Platz, um nach dem Palast seiner Favoritin zu eilen und ihr tausend- und aber tausendmal zu danken; da gewahrte er beim Umgehen des Grabmals einen ganz schwarz gekleideten jungen Herrn. Diese Trauergestalt hatte bisher dicht am Grabmal gekniet, und zwar so, daß die Blicke des eifersüchtigen Suchers über seinen Kopf hinweggegangen waren, ohne ihn im geringsten gewahren zu können.

Der junge Mann erhob sich und eilte davon. Im Nu umringten ihn sieben bis acht handfeste Männer von verdächtigem Aussehen, die offenbar zu ihm gehörten. Der Graf beschleunigte seine Schritte, wurde aber in der Windfangtür des Ausganges scheinbar zufällig von den handfesten Männern aufgehalten. Als er endlich hinter ihnen auf die Straße gelangte, sah er nichts weiter als die geschlossene Tür einer Kutsche von dürftigem Aussehen, vor die in wunderlichem Widerspruch zwei prächtige Pferde gespannt waren. Einen Augenblick später war der Wagen außer Sehweite.

Wutschnaubend ging er nach Hause. Alsbald kamen seine Aufpasser, die ihm herzlos berichteten, der geheimnisvolle Verliebte habe heute, als Priester verkleidet, sehr andächtig dicht an einem Grabmal, am Eingang zu einer dunklen Kapelle, in der Kirche San Giovanni gekniet. Fausta sei in der Kirche geblieben, bis sie fast ganz leer geworden sei, und habe dann rasch ein gewisses Zeichen mit dem Unbekannten gewechselt. Mit den Händen habe sie so etwas wie Kreuze geschlagen.

Der Graf eilte zu der Treulosen. Zum ersten Male gelang es ihr nicht, ihre Unruhe zu verbergen. Sie erzählte mit der verlogenen Einfalt einer leidenschaftlichen Frau, sie sei ihrer Gewohnheit gemäß in die Kirche San Giovanni gegangen, habe aber den Menschen, der sie immer verfolge, dort nicht bemerkt. Außer sich über diese Worte, schmähte sie der Graf, sie sei das verworfenste Geschöpf, und sagte ihr alles, was er mit eigenen Augen beobachtet hatte. Je heftiger seine Vorwürfe wurden, um so mehr wuchs die Kühnheit der Lügnerin. Er zog seinen Dolch und stürzte auf sie los. Kaltblütig entgegnete ihm Fausta: »Gut! Alles, worüber Sie sich beklagen, ist reine Wahrheit; ich habe jedoch versucht, es vor Ihnen geheim zu halten, um Ihr Liebesfeuer nicht in eine sinnlose Rachsucht zu verwandeln, die uns alle beide verderben könnte. Denn, verstehen Sie wohl, meiner Mutmaßung nach ist der Mann, der mich mit seinen Aufmerksamkeiten verfolgt, einer von denen, deren Willen kein Hindernis kennt, am wenigsten in diesem Staate.«

Nachdem sie dem Grafen sehr geschickt nahegelegt hatte, daß er gar kein Recht auf sie habe, schloß sie mit der Erklärung, sie ginge wahrscheinlich nicht wieder in die Kirche San Giovanni.

Martinengo war kopflos verliebt. Ein bißchen Schöntun, im Verein mit der Klugheit im Herzen des jungen Weibes, beschwichtigte ihn. Erst dachte er daran, Parma zu verlassen; der junge Prinz konnte ihm, so mächtig er sein mochte, nicht folgen, oder wenn er es täte, wäre er nur noch seinesgleichen. Aber der Stolz flüsterte ihm von neuem ein, daß eine solche Abreise immer wie eine Flucht aussähe, und diesen Gedanken wehrte Graf Martinengo ab.

»Er hat keine Ahnung davon, daß mein kleiner Fabrizzio hier ist!« frohlockte die Sängerin. »Jetzt können wir uns in der köstlichsten Weise über ihn lustig machen!«

Fabrizzio ahnte sein Glück nicht. Als er am anderen Morgen die Fenster der Sängerin sorglich verhängt fand und keine Spur von ihr wahrnahm, begann ihm der Spaß langweilig zu werden. Er verspürte Reue. »In welche Lage habe ich den armen Grafen Mosca in seiner Eigenschaft als Polizeiminister gebracht! Man wird ihn für meinen Spießgesellen halten, und am Ende bin ich nur in dieses Land gekommen, daß ich die Ursache seines Sturzes werde. Gebe ich anderseits eine so weit gediehene Sache auf, was wird die Duchezza sagen, wenn ich ihr meine Liebesfahrten erzähle?«

Eines Abends, als er, so mit sich hadernd und nahe daran, die Flinte ins Korn zu werfen, unter den großen Bäumen zwischen Faustas Palazzo und der Zitadelle umherschlich, bemerkte er, daß er von einem Aufpasser von recht schmächtiger Gestalt verfolgt wurde. Vergeblich bog er in mehrere Straßen ein, um sich seiner zu entledigen; der Knirps schien an seine Fersen gebannt. Ärgerlich lief er in eine abgelegene Gasse am Ufer der Parma, wo seine Leute im Hinterhalt standen. Auf sein Zeichen fielen sie über den armen kleinen Spitzel her, der sich ihnen zu Füßen warf: es war Bettina, Faustas Kammerzofe. Nach drei Tagen des Mißvergnügens, die Fausta hinter verschlossenen Türen zugebracht hatte, war Bettina in Männerkleidern entschlüpft, um dem Dolche des Grafen Martinengo zu entgehen, vor dem sie ebenso wie ihre Herrin eine Heidenangst hatte. Sie wollte Fabrizzio wissen lassen, daß man ihn leidenschaftlich liebe und in Sehnsucht nach ihm vergehe; nur in die Kirche San Giovanni könne man nicht mehr kommen.

»Es war Zeit!« sagte sich Fabrizzio. »Es lebe die Ausdauer!«

Die kleine Kammerzofe war sehr hübsch, was Fabrizzio seinen moralischen Gedanken entriß. Sie teilte ihm mit, daß die Promenade und alle Straßen, durch die er gegangen sei, diesen Abend durch Martinengos Spitzel sorgsam beobachtet worden seien, ohne daß er es bemerkt habe. Man habe Zimmer in verschiedenen Erdgeschossen und ersten Stockwerken gemietet; hinter Vorhängen und bei tiefem Schweigen beobachte man alles, was auf der so unbelebt scheinenden Straße vorgehe, und belausche, was unten gesprochen werde.

»Wenn diese Aufpasser meine Stimme erkannt hätten«, sagte die kleine Bettina, »dann wäre ich ohne Gnade beim Nachhausekommen erdolcht worden und meine arme Herrin vielleicht mit mir.«

Diese schreckliche Gefahr machte sie in Fabrizzios Augen verführerisch.

»Graf Martinengo«, fuhr sie fort, »ist wütend. Und meine Herrin weiß, daß er zu allem fähig ist. Sie hat mich beauftragt, Ihnen zu sagen, sie wünsche, mit Ihnen hundert Meilen weit weg von hier zu sein.«

Dann erzählte sie von dem Vorfall am Sankt-Stephans- Tag und von der Wut Martinengos, dem kein Blick und keines der verliebten Zeichen entgangen sei, die ihm Fausta an jenem Tage in ihrer Narretei für Fabrizzio gemacht habe. Der Graf habe seinen Dolch gezückt,

Fausta an den Haaren gepackt, und nur durch ihre Geistesgegenwart sei sie gerettet worden.

Fabrizzio führte die hübsche Bettina in ein Stübchen, das er in der Nähe hatte. Er erzählte ihr, er sei aus Turin, der Sohn einer hohen Persönlichkeit, die sich augenblicklich in Parma aufhalte, deshalb genötigt, sich sehr in acht zu nehmen. Bettina erwiderte ihm lachend, er sei ein viel größerer Herr, als er es scheinen wolle. Unser Held begriff erst nach einer Weile, daß das reizende Mädchen ihn für keinen Geringeren als den Erbprinzen selbst hielt. Fausta empfand, seit sie für Fabrizzio glühte, Angst um ihn und hatte es auf sich genommen, ihrer Kammerzofe seinen wahren Namen nicht zu sagen, sondern ihr von dem Prinzen zu fabeln. Fabrizzio gestand dem hübschen Mädchen schließlich, daß sie richtig vermutet habe, und setzte hinzu:

»Wenn mein Name aber ruchbar wird, so darf ich deine Herrin trotz meiner großen Leidenschaft, von der ich ihr so viele Beweise gegeben habe, nie wiedersehen. Die Minister meines Vaters, diese hämischen Kunden, die ich eines Tages absetzen werde, würden dann nicht eher ruhen, als bis sie des Landes verwiesen wird, das sie jetzt durch ihre Gegenwart verschönt.«

Gegen Morgen beriet Fabrizzio mit dem Kammerkätzchen mehrere Pläne, um ein Stelldichein mit Fausta zu ermöglichen. Er ließ Ludovico und einen anderen recht handfesten Mann von seinen Leuten herbeiholen, die sich mit Bettina verabredeten, während er einen überschwenglichen Brief an Fausta schrieb. Die Lage brachte alle Übertreibungen einer Tragödie mit sich, was Fabrizzio nicht unausgenutzt ließ. Es war heller Tag, als er sich von der kleinen Zofe trennte, die mit dem Verhalten des jungen Prinzen höchlichst zufrieden war.

Es war ihm hundertfach eingeschärft worden, daß er nun, da Fausta mit dem Geliebten einig war, keine Fensterpromenaden mehr machen solle, bis er zu einem Stelldichein in den Palast schleichen könne. Dazu werde er ein Zeichen bekommen. Aber Fabrizzio, der in Bettina verliebt war und sich bei Fausta dicht am Ziel wähnte, hielt es in seinem Dorf zwei Meilen von Parma nicht aus. Am folgenden Tag kam er gegen Mitternacht unter sicherer Begleitung geritten, um unter Faustas Fenster ein Lied zu singen, das damals Mode war und dessen Text er umgeändert hatte. »Tun die Herren Verliebten nicht derlei?« sagte er sich.

Seitdem ihm Fausta die Sehnsucht nach einem Beisammensein eingestanden hatte, kam ihm dies ganze Werben recht langweilig vor. »Nein, ich liebe kein bißchen«, sagte er sich, während er unter den Fenstern des kleinen Palazzos drauflos sang. »Eigentlich ist die Bettina hundertmal reizvoller als die Fausta; ihretwegen möchte ich jetzt Einlaß finden.«

Reichlich gelangweilt, ritt er nach seinem Dorfe zurück. Fünfhundert Schritt von Faustas Palast fielen fünfzehn bis zwanzig Männer über ihn her; vier davon griffen seinem Pferd in die Zügel, zwei packten ihn an den Armen. Ludovico und Fabrizzios Bravi wurden umringt, vermochten sich aber zu retten. Sie gaben ein paar Pistolenschüsse ab. Alles war das Ereignis eines Augenblicks. Im Nu und wie hergezaubert tauchten fünfzig brennende Fackeln auf; ihre Träger waren alle wohlbewaffnet. Fabrizzio war aus dem Sattel gesprungen, obgleich ihn die Männer festhielten. Er versuchte, sich Bahn zu brechen; einen von den Männern, dessen Hände ihn wie Schraubstöcke gepackt hatten, verwundete er sogar. Zu seinem Erstaunen vernahm er, wie dieser Mensch in unterwürfigstem Ton sagte: »Eure Hoheit werden mir für diese Wunde eine anständige Pension bewilligen. Das wird besser für mich sein, als wenn ich mich eines Majestätsverbrechens schuldig mache, indem ich den Degen gegen meinen Fürsten ziehe.«

»Das ist die gerechte Strafe für meine Dummheit!« sagte sich Fabrizzio. »Ich werde eine Sünde büßen müssen, die mich gar nicht einmal lockte.«

Kaum hatte der kleine Handel ein Ende, da erschienen mehrere Lakaien in Galalivree mit einer vergoldeten und seltsam bemalten Sänfte. Es war eines der schnurrigen Beförderungsmittel, die man zu Karnevalsmaskeraden benutzt. Sechs Männer, Dolche in der Hand, ersuchten Seine Hoheit, einzusteigen, indem sie sagten, die frische Nachtluft könne seiner Stimme schaden. Man wahrte aufs äußerste die Form; das Wort Hoheit wurde alle Augenblicke wiederholt und geradezu laut gerufen. Der Zug begann sich in Bewegung zu setzen. Fabrizzio zählte auf der Straße mehr als fünfzig Mann mit Pechfackeln.

Es mochte ein Uhr morgens sein. Alle Welt lief an die Fenster; der Zug zog mit einer gewissen Feierlichkeit dahin.

»Ich fürchtete Dolchstöße Martinengos«, sagte sich Fabrizzio. »Er begnügt sich, mich zu verhöhnen. So viel guten Geschmack hätte ich ihm gar nicht zugetraut. Oder sollte er wirklich glauben, es mit dem

Erbprinzen zu tun zu haben? Wenn er wüßte, daß ich nur Fabrizzio bin, dann Achtung vor Dolchstößen!«

Die fünfzig Mann mit den Pechfackeln und die zwanzig Bewaffneten hielten erst lange unter den Fenstern Faustas und zogen dann feierlich an den vornehmsten Palästen vorüber. Zu beiden Seiten der Sänfte liefen zwei Haushofmeister, die Seine Hoheit von Zeit zu Zeit fragten, ob er Befehle für sie habe. Fabrizzio verlor seine Fassung nicht einen Augenblick; dank der Helle, die die Fackeln verbreiteten, bemerkte er, daß Ludovico und seine Leute dem Zuge nach Möglichkeit folgten. Fabrizzio sagte sich: »Ludovico hat nur acht bis zehn Mann und kann keinen Angriff wagen.« Aus seiner Sänfte heraus sah er sehr wohl, daß die Männer, die mit der Ausführung dieses üblen Spaßes betraut waren, alle miteinander bis an die Zähne bewaffnet waren. Er zwang sich, mit den Haushofmeistern, die sich um ihn zu kümmern hatten, zu scherzen.

Als dieser Festzug bereits länger als zwei Stunden gedauert hatte, zog man, wie er sah, auch durch die Straße, in der der Palazzo Sanseverina lag. Beim Einbiegen in diese Straße öffnet Fabrizzio rasch die Tür der Sänfte, die nach vorn geht, springt über die Tragstange, sticht einen Lakaien, der ihm seine Fackel ins Gesicht hält, mit einem Dolchstoß über den Haufen. Er bekommt einen Messerstich in die Schulter; ein anderer Lakai versengt ihm mit seiner lodernden Pechfackel den Bart; aber schließlich dringt Fabrizzio zu Ludovico durch und schreit ihm zu:

»Nieder mit den Fackelträgern!«

Ludovico teilt Degenstöße aus und befreit Fabrizzio von zwei Männern, die hinter ihm hersetzen. Fabrizzio rennt bis zum Tor des Palazzos Sanseverina. Der Pförtner hatte aus Neugier die kleine niedrige Tür, die in das Tor eingelassen war, geöffnet und glotzte ganz verwundert den großen Fackelzug an. Fabrizzio ist mit einem Satz im Haus und schließt das Pförtchen hinter sich, eilt durch den Garten und entkommt durch eine Tür, die auf eine einsame Straße führt.

Eine Stunde später war er außerhalb der Stadt. Bei Tage überschritt er die Grenze nach dem Gebiet von Modena und war in Sicherheit. Am Abend befand er sich wieder in Bologna.

»Das war ja eine hübsche Geschichte!« sagte er bei sich. »Ich habe mit meiner Schönen nicht einmal reden können.«

Schleunigst schrieb er zwei Entschuldigungsbriefe an den Grafen Mosca und an die Duchezza, vorsichtige Briefe, die die Vorgänge seines Herzens schilderten, ohne daß sie einem Feinde das geringste verraten hätten. »Ich war verliebt in die Liebe«, schrieb er der Duchezza. »Alles in der Welt habe ich getan, um sie zu erfahren. Aber offenbar hat mir die Natur das Herz zur Liebe und zur Schwermut versagt. Ich kann mich nicht über die gewöhnliche Sinnenlust hinaus erheben.«

Man kann sich keinen Begriff machen, was für Staub dieses Abenteuer in Parma aufwirbelte. Das Geheimnisvolle erweckt die Neugier. Zahllose Menschen hatten den Fackelzug und die Sänfte gesehen. Aber wer war der Mann, den man entführt und dem die ganze Feierlichkeit gegolten hatte? Am Morgen wurde keine bekannte Persönlichkeit in der Stadt vermißt.

Das niedere Volk, das in der Straße wohnte, wo der Gefangene entronnen war, munkelte, es wäre ein Leichnam zu sehen gewesen; aber am hell-lichten Tage, als die Einwohner aus ihren Häusern herauszukommen wagten, fand man keine anderen Spuren als ein paar Blutlachen auf dem Pflaster. Mehr als zwanzigtausend Neugierige besuchten tagsüber jene Straße. Die italienischen Städte sind an sonderbare Schauspiele gewöhnt, aber immer erfährt man das Warum und das Wie. Was Parma bei diesem Vorkommnis verblüffte, das war, daß niemand, auch nach vier Wochen nicht, als dieser Fackelzug nicht mehr den einzigen Gesprächsstoff bildete, imstande war, den Namen des Nebenbuhlers zu erraten, der Fausta dem Grafen Martinengo hatte abspenstig machen wollen. Das war der Umsicht des Grafen Mosca zu danken. Der eifersüchtige und rachedurstige Verliebte hatte zu Beginn des Festzuges die Flucht ergriffen; Fausta war auf Befehl Moscas in die Zitadelle gesperrt worden. Die Duchezza lachte herzhaft über diese kleine Ungerechtigkeit, die sich der Graf erlauben mußte, um die Neugier des Fürsten irrezuführen, da dieser sonst unserem Fabrizzio auf die Spur gekommen wäre.

Es hielt sich damals in Parma ein Gelehrter auf, ein Nordländer, der eine Geschichte des Mittelalters schreiben wollte. Er durchstöberte die Handschriften der Bibliotheken, und der Graf hatte ihm weitgehende Befugnisse gewährt. Dieser noch jugendliche Gelehrte war nun sehr jähzornig; zum Beispiel argwöhnte er, in Parma wolle sich alle Welt über ihn lustig machen. Allerdings liefen ihm zuweilen die Gassenjungen nach wegen der knallroten Riesenperücke, die er stolz zur

Schau trug. Er argwöhnte, man verlange ihm in seinem Gasthof für alle Dinge erhöhte Preise ab, und bezahlte nicht die geringste Kleinigkeit, ohne den Preis im Reiseführer einer Mrs. Starke nachzuschlagen, der die zwanzigste Auflage erreicht hatte, weil er den vorsichtigen Engländern den Preis eines Truthahns, eines Apfels, eines Glases Milch genau angab. Der Gelehrte mit der roten Mähne war am nämlichen Tage, als Fabrizzio jenen unfreiwilligen Umzug machte, in seinem Gasthof wütend geworden und hatte aus seiner Tasche ein Paar kleine Pistolen gezogen, um sich am Kammerdiener zu rächen, der für einen mäßigen Pfirsich zwei Soldi verlangte. Man nahm ihn fest, denn das Tragen kleiner Pistolen ist ein großes Verbrechen!

Da dieser jähzornige Gelehrte lang und mager war, kam der Graf am anderen Morgen auf den Einfall, ihn dem Fürsten als jenen Missetäter hinzustellen, der bei seinem Unterfangen, Fausta dem Grafen Martinengo zu entführen, zum Narren gehalten worden sei. Auf das Tragen von Taschenpistolen steht in Parma eine Strafe von drei Jahren Zuchthaus, aber sie war niemals verhängt worden. Nach vierzehn Tagen Untersuchungshaft, in denen der Gelehrte keinen Menschen zu sehen bekommen hatte außer einem Advokaten, der ihm fürchterliche Angst machte vor den harten Gesetzen, die die Machthaber in ihrer Angst gegen das Tragen verborgener Waffen erlassen hatten, erschien ein anderer Advokat im Gefängnis und erzählte ihm von dem Umzug, durch den sich der Graf Martinengo an einem unbekannt gebliebenen Nebenbuhler gerächt hatte. Der Polizei sei es unangenehm, dem Fürsten einzugestehen, sie habe nicht herausbekommen können, wer jener Nebenbuhler gewesen sei. »Gestehen Sie, Sie hätten der Fausta ein Vergnügen bereiten wollen; als Sie unter ihren Fenstern gesungen hätten, wären Sie von fünfzig Wegelagerern überfallen und eine Stunde lang in einer Sänfte umhergetragen worden, ohne daß Ihnen irgend etwas anderes als Ehrenbezeigungen erwiesen worden seien. Dieses Geständnis hat gar nichts Demütigendes: man wird Sie ganz kurz verhören. Sofort nach dem Geständnis werden Sie einen Geleitbrief erhalten. Man wird Sie in eine Postkutsche setzen und an die Grenze fahren, wo man Ihnen guten Abend wünschen wird.«

Vier Wochen lang sträubte sich der Gelehrte. Zweidreimal war der Fürst nahe daran, sich ihn im Ministerium des Inneren vorführen und in seiner Gegenwart vernehmen zu lassen. Aber schließlich dachte er schon nicht mehr daran, als der Historiker sich aus Langerweile entschloß, alles zu gestehen. Er ward über die Grenze abgeschoben. Serenissimus blieb zeit seines Lebens bei dem Glauben, der Nebenbuhler des Grafen Martinengo sei ein verrückter Kauz mit roten Haaren gewesen.

Drei Tage nach dem Umzug erfuhr Fabrizzio, der sich in Bologna verborgen hielt und mit Hilfe des treuen Ludovico Erkundigungen nach dem Grafen Martinengo angestellt hatte, daß dieser sich in einem Gebirgsdorf an der Straße nach Florenz ebenfalls verborgen halte. Der Graf habe nur drei seiner Buli bei sich. Wiederum einen Tag später wurde der Graf, gerade als er von einem Spaziergang heimkam, von acht maskierten Männern, die sich für Schergen von Parma ausgaben, überfallen. Nachdem man ihm die Augen verbunden hatte, schleppte man ihn in eine Herberge, zwei Meilen tiefer im Gebirge, wo man ihm alle möglichen Ehren erwies und ein sehr reichliches Abendessen vorsetzte. Man trug ihm die besten italienischen und spanischen Weine auf.

»Bin ich denn ein Staatsgefangener?« fragte der Graf.

»Nicht im geringsten«, antwortete ihm der maskierte Ludovico äußerst höflich. »Sie haben einen einfachen Privatmann beleidigt, indem Sie ihn einen Umzug in einer Sänfte haben machen lassen. Morgen früh will er sich mit Ihnen schlagen. Falls Sie ihn töten, werden Sie zwei gute Pferde bereit finden sowie Geld und vorbestellte Wechselpferde auf der Straße nach Genua.«

»Wie heißt der Raufbold?« fragte der Graf gereizt.

»Er nennt sich Bombaccio. Sie können Waffen und Sekundanten wählen, ganz wie es Brauch ist, aber einer von beiden muß fallen!«

»Das ist ja Meuchelmord!« rief der Graf entsetzt.

»Gott bewahre! Das ist ganz einfach ein Zweikampf auf Tod oder Leben mit dem jungen Manne, den Sie mitten in der Nacht durch die Straßen von Parma haben umhertragen lassen. Wenn Sie am Leben blieben, wäre er auf ewig entehrt. Einer von Ihnen beiden ist zuviel auf Erden. Versuchen Sie also, ihn zu töten! Sie können wählen zwischen Degen, Pistolen, Säbeln und jeglicher Waffe, die man innerhalb weniger Stunden auftreiben kann. Denn Eile ist geboten. Die Polizei von Bologna ist sehr flink, wie Sie wohl wissen; aber sie soll diesen Zweikampf nicht verhindern; es ist zur Wiederherstellung der Ehre des von Ihnen beleidigten Mannes unerläßlich.«

»Wenn aber dieser junge Mann ein Prinz ist?«

»Er ist ein einfacher Privatmann wie Sie und sogar weniger reich als Sie, aber er will sich auf Leben oder Tod schlagen und Sie zwingen, sich ihm zu stellen. Ich teile Ihnen dies mit.«

»Ich fürchte nichts auf der Welt!« rief der Graf.

»Das gerade ersehnt sich Ihr Gegner auf das leidenschaftlichste!« entgegnete Ludovico. »Halten Sie sich morgen in aller Frühe bereit, Ihr Leben zu verteidigen. Es wird von einem Mann angegriffen werden, der zu heftigem Zorn berechtigt ist und Sie nicht schonen wird. Ich wiederhole Ihnen, Sie haben die Wahl der Waffen. Und machen Sie Ihr Testament!«

Am anderen Morgen gegen sechs Uhr trug man dem Grafen Martinengo ein Frühstück auf; dann öffnete man eine Tür der Stube, in die er eingesperrt worden war, und ersuchte ihn, auf den Hof des ländlichen Gasthauses hinauszukommen. Dieser Hof war von Zäunen und Mauern von leidlicher Höhe umgeben; die Tore waren sorglich verschlossen.

In einer Ecke stand ein Tisch, an den zu treten man den Grafen einlud. Er fand darauf einige Flaschen Wein und Schnaps, zwei Pistolen, zwei Degen, zwei Säbel, Papier und Tinte. Einige zwanzig Bauern lagen in den Fenstern der Herberge, die auf den Hof hinaus gingen. Der Graf flehte sie um Mitleid an.

»Man will mich morden!« rief er aus. »Rettet mein Leben!«

»Sie irren sich oder wollen sich irren!« rief ihm Fabrizzio zu, der an der entgegengesetzten Ecke des Hofes an einem mit Waffen bedeckten Tisch stand. Er war in Hemdärmeln und hatte vor dem Gesicht eine Drahtmaske, wie man sie auf dem Fechtboden trägt.

»Ich fordere Sie auf«, fuhr Fabrizzio fort, »die Drahtmaske aufzusetzen, die auf Ihrem Tische liegt! Dann treten Sie mit einem Degen oder einer Pistole an! Wie man Ihnen gestern abend erklärt hat, können Sie die Waffen wählen.«

Graf Martinengo machte zahllose Schwierigkeiten und zeigte gar keine Lust, sich zu schlagen. Fabrizzio anderseits befürchtete, die Polizei könne dazwischenkommen, obgleich man im Gebirge, gut fünf Meilen von Bologna entfernt war. Schließlich schleuderte er seinem Gegner die gräßlichsten Beleidigungen an den Kopf. Endlich glückte es ihm, den Grafen Martinengo in Wut zu bringen. Er ergriff einen Degen und ging auf Fabrizzio los. Der Kampf begann ziemlich lässig.

Nach etlichen Minuten wurde der Zweikampf durch lauten Lärm unterbrochen. Unser Held hatte wohl erkannt, daß er sich in einen Handel einließ, der ihm zeit seines Lebens Vorwürfe oder zum mindesten verleumderische Anschuldigungen eintragen konnte. Deshalb hatte er Ludovico ausgeschickt, um Zeugen aufzutreiben. Ludovico hatte fremden Leuten, die im benachbarten Walde arbeiteten, Geld gegeben. Unter lautem Geschrei kamen sie herbeigeeilt, in der Meinung, es handle sich darum, einen Feind des Mannes zu töten, der sie bezahlt hatte. In der Herberge angekommen, ersuchte sie Ludovico, die Augen aufzusperren und genau aufzupassen, ob keiner der beiden Kämpfenden sich unehrlich benähme und sich unerlaubter Vorteile bediente.

Durch das Mordsgeschrei der Bauern unterbrochen, begann der Zweikampf langsam von neuem. Fabrizzio warf dem Grafen abermals seine Schlappheit vor.

»Herr Graf«, rief er ihm zu, »wenn man unverschämt ist, muß man tapfer sein. Ich sehe, das fällt Ihnen schwer. Lieber besolden Sie andere, die tapfer sind.«

Der gereizte Graf entgegnete ihm laut, er habe lange Zeit den Paukboden des berühmten Battistini in Neapel besucht; er werde ihm seine Unverschämtheit schon eintränken. Nun war die Wut des Grafen Martinengo entfacht, und er focht mit leidlichem Kraftaufwand. Nichtsdestoweniger brachte ihm Fabrizzio einen vorzüglich sitzenden Stich in die Brust bei, der ihn für mehrere Monate ans Bett fesselte.

Ludovico legte ihm einen Notverband an und flüsterte ihm dabei ins Ohr:

»Wenn Sie diesen Zweikampf der Polizei anzeigen, erdolche ich Sie in Ihrem Bett!«

Fabrizzio flüchtete nach Florenz. Da er sich in Bologna unauffindbar gemacht hatte, erhielt er erst jetzt alle die vorwurfsvollen Briefe der Duchezza. Sie konnte es ihm nicht verzeihen, daß er in ihr Konzert gekommen war, ohne den Versuch zu machen, mit ihr zu sprechen. Die Briefe des Grafen Mosca entzückten Fabrizzio; sie atmeten freimütige Freundschaft und die vornehmste Gesinnung. Augenscheinlich hatte Graf Mosca absichtlich nach Bologna geschrieben und dadurch etwaige Untersuchungen in der Angelegenheit des Zweikampfs gegen ihn niedergeschlagen. Die Polizei waltete rasch ihres Amtes; sie stellte fest, daß zwei Fremde, von denen nur der eine, der Verwundete, Graf

Martinengo, zu ermitteln war, einen Zweikampf auf Degen gehabt hatten, dessen Zeugen dreißig Bauern gewesen waren. Zu diesen habe sich gegen Ende des Zweikampfes der Dorfpfarrer gesellt und vergebliche Versuche gemacht, die Kämpfer auseinanderzubringen. Da der Name Giuseppe Bossi bei der ganzen Angelegenheit nicht erwähnt wurde, so wagte es Fabrizzio, nach kaum acht Wochen nach Bologna zurückzukehren, mehr denn je überzeugt, sein Geschick habe ihn verdammt, das Geistige und Edle an der Liebe niemals zu erfahren. Mit wahrem Vergnügen setzte er das der Duchezza lang und breit auseinander. Seines Einsiedlerlebens war er sattsam überdrüssig und voll leidenschaftlicher Sehnsucht nach jenen entzückenden Abenden, die er ehedem mit seiner Tante und dem Grafen verbracht hatte. Seitdem hatte er die Reize der guten Gesellschaft nicht gekostet.

Er schrieb der Duchezza: ›Ich bin so mißgestimmt über die Liebe, die ich mir verschaffen wollte, und über Fausta, daß ich nun, selbst wenn mir ihre launische Gunst noch gälte, keine sieben Meilen zurücklegte, um sie beim Wort zu nehmen. Fürchte also nicht, wie Du mir schriebst, daß ich nach Paris gehe, wo sie, wie ich erfahren habe, mit Bombenerfolg auftritt. Bis ans Ende der Welt wollte ich wandern, um wieder einen Abend mit Dir und dem Grafen zu verbringen, der seinen Freunden ein so guter Helfer ist.‹

14.

Während Fabrizzio in einem Dörfchen bei Parma auf der Jagd nach der Liebe war, hatte der Großfiskal Rassi, der nicht ahnte, wie nahe er ihm war, seinen Prozeß weitergeführt, als ob er ein Liberaler sei. Er behauptete, die Entlastungszeugen wären unauffindbar, und schüchterte sie ein. Nach einer höchst spitzfindigen Arbeit, die fast ein Jahr in Anspruch genommen hatte, etwa zwei Monate nach Fabrizzios zweiter Einkehr in Bologna, verkündete endlich die Marchesa Raversi eines Freitags freudestrahlend jedem, der ihre Gemächer betrat, morgen werde das Urteil, das seit einer Stunde zuungunsten des kleinen del Dongo gefällt sei, Serenissimus zur Unterschrift vorgelegt und von ihm bestätigt werden. Wenige Augenblicke darauf erhielt die Duchezza Kunde von diesem Sieg ihrer Feindin.

›Der Graf muß von seinen Spitzeln recht schlecht bedient werden‹, sagte sie sich. ›Noch heute morgen glaubte er, das Urteil könne nicht eher als in acht Tagen gefällt werden. Am Ende ist er gar nicht betrübt, wenn mein kleiner Großvikar von Parma fernbleibt. Aber‹, fuhr sie siegesgewiß fort, ›wir erleben schon seine Wiederkehr, und eines Tages wird er auch Bischof!‹

Die Duchezza klingelte.

»Rufen Sie die gesamte Dienerschaft in den großen Saal zusammen«, befahl sie ihrem Kammerdiener, »auch das Küchenpersonal! Dann gehen Sie in die Kommandantur und holen einen vorschriftsmäßigen Erlaubnisschein zur Bestellung von vier Postpferden. Diese vier Pferde sollen binnen einer halben Stunde vor meinen Reisewagen gespannt bereit stehen!«

Alle weiblichen Hände im Hause machten sich ans Kofferpacken. Die Duchezza zog hastig ein Reisekleid an. Dem Grafen teilte sie nichts mit. Der Gedanke, ihm einen kleinen Streich zu spielen, versetzte sie in Entzücken.

»Meine Freunde«, sagte sie zu der versammelten Dienerschaft, »ich habe erfahren, daß mein armer Neffe soeben in contumaciam verurteilt worden ist, weil er den Mut gehabt hat, sein Leben gegen einen Wüterich zu verteidigen. Giletti wollte ihn ermorden. Jeder von euch hat mit eigenen Augen sehen können, wie gütig und verträglich Fabrizzio ist. Mit vollem Recht empört über diese gräßliche Ungerechtigkeit, reise ich nach Florenz. Ich zahle jedem von euch seinen Lohn auf zehn Jahre aus. Wenn es euch einmal schlecht gehen sollte, dann schreibt mir, und solange ich noch eine Zechine besitze, werde ich immer für euch etwas übrig haben.«

Die Duchezza dachte genau so, wie sie sprach. Bei ihren letzten Worten begannen die Diener zu schluchzen. Sie bekam selber feuchte Augen. Mit bewegter Stimme fuhr sie fort: »Betet zu Gott für mich und Monsignore Fabrizzio del Dongo, den Großvikar der Diözese, der morgen zur Galeere verurteilt wird oder, was viel gescheiter wäre, zum Tode.«

Die Tränen der Dienerschaft flossen noch reichlicher, verwandelten sich aber allmählich in geradezu aufrührerische Rufe. Die Duchezza bestieg ihren Wagen und befahl, nach dem fürstlichen Schlosse zu fahren. Trotz der ungebührlichen Stunde ließ sie sich durch den General Fontana, den diensttuenden Flügeladjutanten, einen Empfang auswirken. Sie war freilich nichts weniger als hoffähig gekleidet, was den Flügeladjutanten arg verblüffte. Serenissimus war jedoch keineswegs verwundert oder gar irgendwie ungnädig über ihre nachgesuchte Unterredung.

›Da werden wir wohl nicht zu knapp Tränen aus schönen Augen zu sehen kriegen!‹ sagte er sich und rieb sich schmunzelnd die Hände. ›Sie kommt, um Gnade zu erflehen. Endlich duckt sich diese stolze Schönheit! Sie war auch nachgerade unerträglich mit ihrem überlegenen Gehabe. Ihre Augen kamen mir immer vor, als wollten sie mir beim geringsten Anlaß, wenn ihr etwas nicht paßte, sagen: ›Neapel oder Mailand sind doch viel nettere Orte zum Leben als dies kleinstädtische Parma!‹ Über Neapel und Mailand regiere ich nun einmal nicht. Aber die hohe Dame kommt doch schließlich, mich um etwas zu bitten, was lediglich von mir abhängt und worauf sie brennt. Ich habe immer gemeint, irgendeinen Vorteil wird mir die Ankunft ihres Neffen doch bringen.‹

Während Serenissimus bei diesen Gedanken lächelte und sich in angenehme Aussichten verlor, schritt er in seinem Arbeitszimmer auf und ab, an dessen Tür der General Fontana immer noch kerzengerade und steif wie ein Soldat im Glied stand. Als er die Augen des Fürsten leuchten sah und sich dabei die Reisekleidung der Duchezza vergegenwärtigte, glaubte er, die Monarchie sei am Untergehen. Seine Verwunderung steigerte sich ins Grenzenlose, als er hörte, wie Serenissimus zu ihm sagte: »Bitten Sie die Frau Duchezza, sich ein Viertelstündchen zu gedulden!«

Der diensttuende General machte Kehrt wie ein Soldat bei der Parade. Der Fürst lächelte ihm nach. ›Der ist auch nicht gewöhnt‹, sagte er sich, ›die stolze Duchezza warten zu sehen! Das verdutzte Gesicht, mit dem er ihr sagen wird, sie solle ein Viertelstündchen warten, ist das Vorspiel zu der rührenden Tränenszene, die dieses Gemach alsbald erleben wird.‹

Dieses Viertelstündchen war für Serenissimus köstlich. Er lief mit festen, gleichmäßigen Schritten hin und her: er war Herrscher.

›Hier handelt es sich darum, nichts zu sagen, was nicht unbedingt angebracht ist. Welcher Art auch meine Gefühle der Duchezza gegenüber sein mögen, ich darf auf keinen Fall vergessen, daß sie eine der ersten Damen meines Hofes ist. Wie hat Ludwig XIV. die Prinzessinnen-Töchter empfangen, wenn er Anlaß hatte, über sie ungehalten zu sein!‹ Seine Blicke blieben an dem Bildnis des großen Königs haften.

Das Spaßige an der Geschichte war, daß sich der Fürst gar nicht die Frage vorlegte, ob und inwiefern er Fabrizzio Gnade angedeihen lassen wolle. Nach zwanzig Minuten erschien endlich der getreue Fontana abermals in der Tür, doch ohne ein Wort zu sagen.

»Die Duchezza kann eintreten!« rief Serenissimus mit theatralischer Miene. ›Die Tränen gehen los!‹ dachte er und zog, wie um sich auf dieses Schauspiel vorzubereiten, sein Taschentuch heraus.

Die Duchezza war schöner und anmutiger denn je. Man sah ihr keine fünfundzwanzig Jahre an. Beim Anblick ihres leichten, flinken Schrittes, mit dem sie über die Teppiche hinschwebte, war der Flügeladjutant nahe daran, seinen Verstand gänzlich zu verlieren.

»Ich habe Serenissimus um Verzeihung zu bitten«, begann die Duchezza mit unbeschwerter und heiterer Flüsterstimme, »daß ich mir die Freiheit genommen habe, vor Eurer Hoheit in einem Kleid zu erscheinen, das nicht ganz der Hofordnung entspricht, aber Serenissimus haben mich dermaßen mit Allerhöchstdero Güte verwöhnt, daß ich zu hoffen wage, Eure Hoheit werden mir auch noch diese letzte Gnade erweisen.«

Die Duchezza setzte ihre Worte recht langsam, um einen ausgiebigeren Genuß am Mienenspiel des Fürsten zu haben. Es war köstlich durch die Mischung von tiefem Erstaunen und einem Rest von hoheitsvollem Ausdruck, der aus der Kopf- und Armhaltung sprach. Der Fürst stand lange wie vom Blitz erstarrt. Mit seiner leisen, schrillen Stimme, die ganz verwirrt klang, stieß er ab und zu nur mühsam ein »Wieso? Wieso?« hervor.

Die Duchezza heuchelte Ehrfurcht und ließ Serenissimus nach einer Verbeugung volle Zeit zur Antwort. Schließlich begann sie von neuem:

»Ich wage zu hoffen, daß Serenissimus mir mein ungebührliches Kostüm allergnädigst verzeihen.«

Während sie das sagte, schimmerten ihre Spötteraugen in so lebhaftem Feuer, daß es dem Fürsten unerträglich ward. Er blickte zur Decke empor. Das war an Serenissimus immer das Kennzeichen der äußersten Hilflosigkeit.

»Wieso? Wieso?« wiederholte er. Dann fand er zum Glück eine Redensart: »Frau Duchezza, nehmen Sie doch Platz!«

Er rückte ihr höchst eigenhändig und leidlich gewandt einen Lehnsessel zurecht. Die Duchezza war für diese Artigkeit keineswegs unempfänglich; sie mäßigte das Ungestüm ihrer Blicke.

»Wieso? Wieso?« wiederholte Serenissimus abermals, indem er sich in seinem Lehnsessel rekelte, als ob er den richtigen Fleck zum Sitzen nicht finden könne.

»Ich will die Nachtkühle zur Postfahrt benutzen«, entgegnete ihm die Duchezza, »und da meine Abwesenheit vielleicht von einiger Dauer sein wird, so habe ich das Land Eurer Hoheit auf keinen Fall verlassen wollen, ohne für all die Gnade und das Gute untertänigst zu danken, mit denen Serenissimus mich seit fünf Jahren allergnädigst ausgezeichnet haben.«

Bei diesen Worten begriff der Fürst endlich. Er wurde fahl. Er war just einer, den es im höchsten Grade schmerzte, wenn er sich in seinen Voraussetzungen getäuscht sah. Dann nahm er eine ungemein hoheitsvolle Miene an, deren sich Ludwig XIV. droben in seinem Rahmen nicht hätte zu schämen brauchen.

›Ausgezeichnet!‹ sagte sich die Duchezza. ›Das ist ein Mann!‹

»Und was ist die Veranlassung zu dieser plötzlichen Abreise?« fragte Serenissimus ziemlich scharf.

»Ich hegte diese Absicht schon lange«, erwiderte die Duchezza, »aber eine kleine Unbill, die man Monsignore del Dongo angetan hat, der morgen zum Tode oder zur Galeere verurteilt wird, hat meine Abreise beschleunigt.«

»Und in welche Stadt gehen Sie?«

»Ich denke, nach Neapel.« Und indem sie sich erhob, fügte sie hinzu: »Es bleibt mir nichts mehr übrig, als von Eurer Hoheit Abschied zu nehmen. Ich danke Serenissimus alleruntertänigst für die frühere Huld und Gnade.«

Die Duchezza hatte in so festem Tone gesprochen, daß der Fürst wohl erkannte, in zwei Minuten sei alles vorbei. Ward diese verblüffende Abreise einmal zur Tatsache, dann war ein Ausgleich ein Ding der Unmöglichkeit. Sie war keine Frau, die einen einmal getanen Schritt zurückging. Serenissimus lief ihr nach.

»Sie wissen sehr wohl, Frau Duchezza«, sagte er zu ihr und ergriff ihre Hand, »daß ich Sie immer geliebt habe, und zwar aus einer Freundschaft, der einen anderen Namen zu geben nur an Ihnen gelegen hat. Es ist ein Mord begangen worden; das läßt sich nicht leugnen. Ich habe die Untersuchung in die Hände meiner besten Richter gelegt.«

Bei diesen Worten stand die Duchezza in ihrer vollen Hoheit da. Jede Spur von Untertänigkeit und selbst von Höflichkeit wich mit einem Schlage von ihr. Das empörte Weib kam zutage, das empörte Weib, das sich einem Manne entgegenstellt, von dessen Unredlichkeit es überzeugt ist. Mit dem Ausdruck des leidenschaftlichsten Zornes, ja der Verachtung sagte die Duchezza, jedes einzelne Wort betonend: »Ich verlasse die Lande Eurer Hoheit für immer. Ich will nie wieder vom Großfiskal Rassi und den übrigen niederträchtigen Mordgesellen sprechen hören, die meinen Neffen wie manchen anderen zum Tode verurteilt haben. Wollen Serenissimus nicht Bitternis in diese letzten Augenblicke träufeln, die ich bei einem Fürsten verbringe, der liebenswürdig und geistvoll ist, wofern er nicht hintergangen wird, so bitte ich alleruntertänigst, mich nicht an jene elenden Richter erinnern zu wollen, die sich für tausend Taler oder um ein Ordenskreuz verkaufen.«

Vor der bewundernswerten und vor allem überzeugten Kraft, mit der diese Worte ausgesprochen wurden, erschrak der Fürst. Einen Augenblick fürchtete er, zu erleben, daß seine Würde durch eine noch unmittelbarere Anklage bloßgestellt werde, aber im großen ganzen schlug seine Stimmung rasch in ein Behagen um: er bewunderte die Duchezza; in diesem Augenblick trug ihre Persönlichkeit den Stempel erhabener Schönheit.

›Großer Gott, wie ist sie schön!‹ sagte sich Serenissimus. ›Man muß wohl etwas nachgiebig sein vor einem solchen Prachtweib, das es in ganz Italien kein zweites Mal gibt. Nun, mit ein wenig Geschick wird es mir vielleicht gelingen, sie eines Tages zu meiner Montespan zu machen. Welch ein himmelweiter Unterschied zwischen ihr und dieser Zierpuppe, der Marchesa Balbi, die obendrein meinen armen Untertanen jedes Jahr mindestens dreimalhunderttausend Franken stiehlt. – Habe ich aber recht gehört?‹ fiel ihm plötzlich ein. ›Sie hat gesagt: ›meinen Neffen wie manchen anderen zum Tode verurteilt‹?‹

Nun gewann der Zorn in ihm die Oberhand, und mit einer des höchsten Thrones würdigen Hoheit sagte er nach einigem Stillschweigen: »Und was müßte geschehen, damit die gnädige Frau nicht abreist?«

»Eine Tat, deren Hoheit nicht fähig sind!« erwiderte die Duchezza im Tone bittersten Spottes und unverhohlener Verachtung.

Serenissimus war außer sich, aber sein selbstbewußtes Herrscheramt hatte ihm die Kraft anerzogen, dem ersten Eindruck nicht nachzugeben.

›Ich muß dieses Weib haben!‹ sagte er sich. ›Das bin ich mir schuldig. Hinterher lasse ich sie in Verachtung sterben. – Wenn sie so aus diesem Gemach geht, sehe ich sie niemals wieder!‹

Aber wie sollte er jetzt, berauscht von Zorn und Haß, das rechte Wort finden, um der Pflicht gegen sich selbst zu genügen und die Duchezza davon abzubringen, seinen Hof auf der Stelle zu verlassen? ›Eine Geste läßt sich weder berichtigen noch lächerlich machen‹, sagte er sich und trat zwischen die Duchezza und die Tür seines Arbeitszimmers. Da vernahm er ein leises Klopfen an dieser Tür.

»Was für ein Hanswurst«, fluchte er mit Donnerstimme, »was für ein Hanswurst will mich mit seiner albernen Gegenwart belästigen?«

Der arme General Fontana tauchte mit entfärbtem und gänzlich verstörtem Gesicht auf. Wie ein zum Tode Verurteilter stammelte er mühselig die Worte: »Seine Exzellenz der Graf Mosca bittet alleruntertänigst, vorgelassen zu werden.«

»Er soll eintreten!« schrie Serenissimus, und als sich Mosca verbeugte, sagte er zu ihm: »Die Frau Duchezza di Sanseverina hier ist im Begriff, Parma zu verlassen und nach Neapel überzusiedeln. Obendrein sagt sie mir Grobheiten.«

»Ich verstehe nicht«, erwiderte Mosca bleich.

»Was? Sie wissen nichts von diesem Reiseplan?«

»Nicht ein Sterbenswort! Als ich die gnädige Frau um sechs Uhr verließ, war sie lustig und guter Dinge.«

Die Wirkung dieser Worte auf den Fürsten war unbeschreiblich. Zunächst blickte er Mosca an; dessen Blaßwerden bewies ihm, daß er die Wahrheit gesprochen und an dem tollen Streich der Duchezza keinen Anteil hatte. ›Dann verliere ich sie auf immer‹, sagte er sich. Vergnügen und Rachgier waren mit einem Male völlig von ihm gewichen. ›In Neapel wird sie zusammen mit ihrem Neffen Fabrizzio Epigramme auf den Riesengrimm des Zwergfürsten von Parma schmieden.‹ Er sah die Duchezza an. Die heftigste Verachtung stritt sich in ihrem Herzen mit dem Zorn; ihre Augen hafteten gerade auf dem Grafen Mosca, und die so feinen Linien ihres schönen Mundes verrieten die bitterste Geringschätzung. Ihr ganzes Gesicht sagte: ›Elender Höfling!‹

›Somit entgeht mir dieses Mittel, sie in meinem Lande zurückzuhalten‹, sagte sich der Fürst nach einem prüfenden Blick auf die Duchezza. ›Noch in dieser Stunde, wenn sie dieses Zimmer verläßt, ist sie für mich verloren. Gott weiß, was sie in Neapel über meine Justiz erzählen wird. Mit ihrem Witz und der göttlichen Überzeugungskraft, die ihr der Himmel verliehen hat, wird sie es fertig bringen, daß ihr alle Welt glaubt. Ich werde ihr den Ruf eines lächerlichen Tyrannen verdanken, der nachts aufsteht und unter sein Bett guckt.‹

Durch eine geschickte Bewegung, als ob er hin und her liefe, um seine Bewegung zu dämpfen, nahm Serenissimus wiederum an der Tür seines Zimmers Aufstellung. Der Graf stand zu seiner Rechten, drei Schritt von ihm, totenblaß, entstellt und dermaßen aufgeregt, daß er sich auf die Rückenlehne des Sessels stützen mußte, auf dem die Duchezza bei Beginn der Unterredung gesessen und den der Fürst in einer Zorneswallung weit weggestoßen hatte. ›Wenn die Herzogin abreist‹, sagte er sich, ›folge ich ihr; wird sie aber meine Begleitung haben wollen? Das ist die Frage!‹

Zur Linken des Fürsten stand die Duchezza. Hoch aufgerichtet, die Arme gekreuzt und gegen ihre Brust gedrückt, blickte sie ihn mit bewundernswürdiger Dreistigkeit an. Blutlose Blässe hatte die lebhaften Farben völlig verdrängt, die sonst ihr stolzes Antlitz belebten.

Im Gegensatz zu den beiden hatte der Fürst einen roten Kopf und unruhige Mienen. Seine linke Hand spielte nervös mit dem Stern an dem großen Bande seines Hausordens, den er unterm Rocke trug; mit der rechten strich er sich das Kinn.

»Was muß geschehen?« fragte er den Grafen, ohne recht zu wissen, was er tat, nur von der Gewohnheit geleitet, ihn in allen Dingen zu befragen.

»Ich weiß es wirklich nicht, Serenissimus!« erwiderte der Graf im Ton eines Sterbenden. Er brachte seine Entgegnung nur mühsam hervor. Der Klang seiner Stimme war für den Fürsten der erste Balsam während dieser Unterredung, die seinen Stolz verletzte, und dieses bescheidene Glück gab ihm ein paar Worte ein, die seiner Eigenliebe schmeichelten.

»Wie dem auch sei«, sagte« er, »ich bin von uns dreien der Vernünftigste. Ich muß wohl von meiner Stellung in der Welt gänzlich absehen. Ich will als Freund sprechen.« Ein huldvolles Lächeln begleitete diese Worte, das den glückseligen Zeiten Ludwigs XIV. ganz prächtig abgeschaut war. »Jawohl, als Freund zu Freunden! Frau Duchezza, was muß geschehen, damit Sie einen überstürzten Entschluß wieder rückgängig machen?«

»Wahrlich, ich weiß es nicht!« antwortete die Duchezza mit einem tiefen Seufzer. »Wahrlich, ich weiß es nicht, so sehr ist mir Parma zuwider geworden!« Sie hatte dieser Antwort keineswegs eine Spitze geben wollen; man sah es ihr an, daß ihr Mund die Wahrheit sprach. Der Graf drehte sich jäh nach ihr um. Seine Höflingsseele bäumte sich auf. Er warf dem Fürsten einen flehentlichen Blick zu. Mit viel Würde und Kaltblütigkeit ließ Serenissimus einen Augenblick verstreichen; dann wandte er sich an den Grafen.

»Ich sehe«, sagte er, »Ihre reizende Freundin ist völlig außer Fassung. Sehr einfach: sie betet ihren Neffen an.« Dann wandte er sich zur Duchezza und fuhr mit schmeichelndem Blick und in einem Tone fort, der die Komödie streifte: »Was muß geschehen, um diesen schönen Augen zu gefallen?«

Die Duchezza hatte Zeit zur Überlegung gehabt; langsam und bestimmt, gleichsam als diktiere sie ihr Ultimatum, erwiderte sie: »Serenissimus müßten mir einen huldvollen Brief schreiben, wie Eure Hoheit das vortrefflich verstehen. Der Inhalt müßte sein, daß Serenissimus von der Schuld des Fabrizzio del Dongo, Ersten Großvikars des Erzbischofs, keineswegs überzeugt seien und deshalb das Urteil nicht bestätigen wollen, wenn es Eurer Hoheit unterbreitet wird, und daß dieser ungerechte Prozeß keinerlei Folgen für die Zukunft haben soll …«

»Wie? Ungerecht?« rief der Fürst, bis in die Haarwurzeln errötend und von neuem aufbrausend.

»Das ist nicht alles!« erwiderte die Duchezza mit dem Stolz einer Römerin. »Noch heute nacht«, sagte sie mit einem Blick auf die Wanduhr, »– und es ist bereits ein Viertel auf zwölf –, noch heute nacht müßten Serenissimus der Marchesa Raversi den Rat erteilen lassen, sich auf ihrem Landgut von den Anstrengungen zu erholen, die sie ein gewisser Prozeß kostete, von dem sie bei Beginn ihrer heutigen Abendgesellschaft geredet hat.«

Der Fürst lief in seinem Arbeitszimmer umher wie ein wütender Löwe.

»Hat man je so ein Weib erblickt?« rief er aus. »Sie vergißt allen Respekt vor mir!«

Die Duchezza antwortete mit vollendetem Liebreiz: »Nie in meinem Leben ist es mir in den Sinn gekommen, vor Serenissimus den Respekt zu vergessen. Eure Hoheit hatten aber die außerordentliche Gnade, zu sagen, Hoheit sprächen als Freund zu Freunden. Übrigens verspüre ich gar keine Lust, in Parma zu bleiben.«

Bei diesen letzten Worten sah sie den Grafen voll unsäglicher Verachtung an. Dieser Blick brachte den Fürsten zum Entschluß. Bis dahin hatte er sehr geschwankt, wenn er auch seinen Worten nach zu einem Entgegenkommen geneigt erschienen war. Er spottete gern aller Worte.

Nach etlichem Hinundherreden gab er dem Grafen schließlich doch den Befehl, einen Brief aufzusetzen, wie ihn die Duchezza mit Anmut ertrotzt hatte. Der Graf ließ den Satz, der ungerechte Prozeß solle keinerlei Folgen für die Zukunft haben, aus. ›Es genügt‹, sagte er sich, ›daß Serenissimus verspricht, das Urteil nicht zu unterschreiben, wenn es ihm vorgelegt wird.‹ Der Fürst dankte ihm mit einem Blick, als er den Brief unterzeichnete.

Damit hatte der Graf einen großen Fehler begangen. Der Fürst war müde und hätte alles unterschrieben. Er glaubte, er habe sich gut aus der Verlegenheit gezogen, und während der ganzen Komödie hatte ihn nur der eine Gedanke beherrscht: ›Wenn die Duchezza meinen Hof verläßt, ist er in acht Tagen verödet.‹

Der Graf beobachtete, wie der Monarch das Datum durchstrich und das des nächsten Tages dafür hinschrieb. Er schaute auf die Wanduhr: Der Zeiger stand kurz vor Mitternacht. Der Minister sah in dieser Berichtigung des Datums nur den kleinlichen Eifer des Fürsten, seine Peinlichkeit und fürsorgliche Regierung zu zeigen. Gegen die Verbannung der Marchesa Raversi wandte Serenissimus keine Silbe ein. Ernst IV. machte es besonderen Spaß, Leute in die Verbannung zu schicken.

»General Fontana!« befahl er, indem er die Tür ein wenig öffnete.

Der General erschien mit so verdutztem und so neugierigem Gesichte, daß die Duchezza und der Graf deswegen einen belustigten Blick wechselten. Dieser Blick war ihr Friedensschluß.

»General Fontana«, sagte der Fürst, »nehmen Sie meinen Wagen, der in der Halle bereit steht, und fahren Sie zur Marchesa Raversi! Lassen Sie sich bei ihr anmelden! Ist sie zu Bett, dann fügen Sie hinzu, Sie kämen von mir. Wenn Sie in ihrem Zimmer sind, dann sagen Sie ihr buchstäblich folgende Worte und nichts weiter: ›Frau Marchesa Raversi, Serenissimus ersucht Sie, morgen vor acht Uhr vormittags nach Ihrem Schloß Velleia abzureisen. Serenissimus wird Ihnen anzeigen lassen, wann Sie nach Parma zurückzukehren haben.‹«

Die Augen des Fürsten suchten die der Duchezza. Ohne ihm Dank zu sagen, wie er es eigentlich erwartet hatte, machte sie ihm eine tiefe, ehrfurchtsvolle Verbeugung und ging rasch hinaus.

»Das ist ein Weib!« sagte Serenissimus und wandte sich zu Mosca.

Entzückt über die Verbannung der Marchesa Raversi, die allen seinen Handlungen als Minister entgegenarbeitete, sprach der Graf eine reichliche halbe Stunde als waschechter Höfling. Er wollte die Eigenliebe des Monarchen trösten und verließ ihn nicht eher, als bis er ihn durch und durch überzeugt sah, daß die anekdotenreiche Lebensgeschichte Ludwigs XIV. keine so herrliche Episode enthalte wie die, die er seinem künftigen Biographen soeben geliefert hatte.

In ihren Palazzo zurückgekehrt, schloß sich die Duchezza ein und befahl, niemanden vorzulassen, sogar den Grafen nicht. Sie wollte allein mit sich selbst sein und sich über den soeben erlebten Auftritt klar werden. Sie hatte blindlings drauflos gehandelt, so, wie es ihr im Augenblick Freude machte. Aber nach welcher Richtung sie sich hätte hinreißen lassen, sie hätte sie unwandelbar weiterverfolgt. Sie hätte sich keinerlei Vorwürfe gemacht, sobald sie wieder bei kaltem Blute war, noch weniger hätte sie etwas bereut. So war ihr Charakter, kraft dessen sie noch mit sechsunddreißig Jahren die ansehnlichste Frau am Hofe zu sein vermochte.

Sie grübelte nun nach, was ihr Parma Angenehmes bieten könne, als ob sie von einer langen Reise zurückgekommen sei, so sicher war sie in der Zeit von neun bis elf Uhr abends gewesen, diesem Land auf immer den Rücken zu kehren.

›Der arme Graf sah spaßig aus, als er bei Serenissimus meine Abreise erfuhr! Tatsächlich, er ist ein liebenswürdiger Mann mit einem recht seltenen Herzen. Er hätte seinen Ministerposten im Stich gelassen, um mir zu folgen … Aber er hat mir auch ganze fünf Jahre lang keine Untreue vorzuwerfen gehabt. Wieviel verheiratete Frauen können ihrem Herrn und Gebieter das gleiche sagen? Man muß gestehen, er macht sich gar nicht wichtig, ist gar nicht heikel; er reizt einen nie dazu, ihn zu hintergehen. Vor mir scheint er sich immer seiner Macht zu schämen … Er zog ein drolliges Gesicht vorhin bei seinem Herrn und

Meister. Wäre er hier, ich fiele ihm um den Hals ... Aber um nichts in der Welt möchte ich dazu da sein, einen Minister, der seinen Posten verloren hat, aufzuheitern; das ist ein Übel, das nur der Tod heilt und das – zum Sterben wäre. Welch ein Unglück mag es sein, in jungen Jahren Minister zu werden! Ich muß ihm schreiben. Das muß er in aller Form erfahren, ehe er sich mit seinem Fürsten überwirft. – Aber ich habe meine brave Dienerschaft vergessen.‹

Die Duchezza klingelte. Die weiblichen Dienstboten waren immer noch mit dem Kofferpacken beschäftigt. Der Reisewagen war unter dem Torweg vorgefahren, und man belud ihn. Alle Diener, die keine Arbeit hatten, umstanden den Wagen, Tränen in den Augen. Cechina, die allein bei wichtigen Anlässen zu ihr kommen durfte, berichtete ihr davon.

»Ruf sie herauf!« befahl die Duchezza. Kurz danach betrat sie den großen Empfangssaal.

»Man hat mir versprochen«, sagte sie zu den Leuten, »daß das Urteil gegen meinen Neffen vom Fürsten nicht unterzeichnet wird. Ich gebe vorläufig meine Abreise auf. Wir wollen abwarten, ob meine Feinde so mächtig sind, diesen Entschluß umzustoßen.«

Nach einem kurzen Stillschweigen begannen die Dienstboten zu rufen: »Die Frau Duchezza lebe hoch!« Dazu klatschten sie wie rasend Beifall. Die Duchezza, die schon im Nebenzimmer war, erschien wie eine herausgerufene Schauspielerin von neuem, machte ihren Leuten eine leichte, gelungene Verbeugung und sagte zu ihnen: »Ich danke euch, meine Freunde!« Sie hätte in diesem Augenblick nur ein Wort zu sagen brauchen, und die ganze Schar wäre nach dem Schloß marschiert und hätte es gestürmt.

Sie winkte einem Kutscher, der früher Schmuggler gewesen war, einem zuverlässigen Menschen. Er folgte ihr.

»Du wirst dich sogleich als wohlhabender Bauer verkleiden und auf irgendeine Weise Parma verlassen. Du mietest eine Kutsche und fährst so rasch wie möglich nach Bologna. Dort gehst du wie ein Spaziergänger in die Stadt hinein, und zwar durch das Florenzer Tor, und stellst Fabrizzio, der im Pellegrino wohnt, ein Paket zu, das dir Cechina einhändigen wird. Fabrizzio hält sich verborgen, und zwar unter dem Namen Signor Giuseppe Bossi. Verrate ihn ja nicht durch eine Unbesonnenheit! Laß dir auch nicht anmerken, daß du ihn kennst. Meine Feinde schicken dir vielleicht Aufpasser nach. Nach ein paar Stunden oder etlichen Tagen wird dich Fabrizzio wieder zurückschicken. Ganz besonders mußt du auf dem Heimweg vorsichtig sein, damit du ihn nicht verrätst.«

»Aha«, schmunzelte der Kutscher, »die Leute der Marchesa Raversi! Wir werden aufpassen, und wenn die gnädige Frau nur wollte, so sollte sie bald von der Bildfläche verschwunden sein!«

»Vielleicht später einmal! Du haftest mir mit deinem Kopf, daß nichts gegen meinen Befehl geschieht.«

Es war eine Abschrift des Briefes von Serenissimus, die die Duchezza an Fabrizzio senden wollte; sie konnte sich das Vergnügen nicht versagen, ihn damit aufzuheitern. Sie fügte auch ein paar Worte über den Vorfall hinzu, dem sie den Brief verdankte. Diese paar Worte wurden zu zehn Seiten. Dann rief sie den Kutscher zum zweiten Male.

»Du kannst nicht vor früh vier Uhr aufbrechen«, sagte sie zu ihm, »erst wenn das Tor geöffnet ist.«

»Ich hatte die Absicht, mich durch die große Schleuse hinauszuschmuggeln. Das Wasser geht einem bis zum Kinn, aber ich komme schon durch.«

»Nein«, sagte die Duchezza, »ich dulde nicht, daß sich einer meiner treuesten Diener der Malaria aussetzt. Hast du irgendeinen Freund unter den Leuten Seiner Hochwürden des Erzbischofs?«

»Der zweite Kutscher ist mein Freund.«

»Hier ist ein Brief an Monsignore. Begib dich lautlos in seinen Palazzo und laß dich zu seinem Kammerdiener führen! Ich möchte nicht, daß man Seine Hochwürden stört. Hat er sich bereits in sein Schlafzimmer eingeschlossen, dann bleibst du die Nacht über im Palazzo und läßt dich früh um vier Uhr als von mir gesandt anmelden. Monsignore hat die Gewohnheit, mit Tagesanbruch aufzustehen. Erbitte dir von Seiner Hochwürden den Segen, überreiche ihm meinen Brief und nimm etwaige Briefschaften in Empfang, die er dir für Bologna einhändigt.«

Dem Erzbischof sandte die Duchezza die Urschrift des fürstlichen Briefes. Da sich dieses Schreiben auf seinen Großvikar bezöge, bäte sie ihn, es dem erzbischöflichen Archiv einzuverleiben. Sie hoffe insgeheim, die Herren Großvikare und Kanoniker, die Amtsbrüder ihres Neffen, würden davon Kenntnis erhalten. Alles natürlich unter dem Siegel der tiefsten Verschwiegenheit.

Die Duchezza schrieb an Monsignore Landriani mit einer Vertraulichkeit, die diesen Spießbürger entzücken mußte. Allein die Unterschrift betrug drei Zeilen. Der überaus freundschaftliche Brief schloß mit folgendem Wortschwall:

Angelina Cornelia Isotta Valserra del Dongo, Duchezza di Sanseverina.

›So umständlich‹, dachte sie und lachte dabei, ›habe ich mich seit meinem Ehevertrag mit dem armen Duca nicht unterzeichnet! Aber man gewinnt Leute dieses Schlages nur mit dergleichen. In den Augen von Spießbürgern ist Karikatur Schönheit.‹

Sie konnte ihr Tagewerk nicht beschließen, ohne der Versuchung nachzugeben, dem armen Grafen einen Brief voller Bosheit zu schreiben. Sie machte ihm die förmliche Anzeige ›zur Nachachtung in seinem Verkehr mit gekrönten Häuptern‹, daß sie sich nicht fähig fühle, einen in Ungnade gefallenen Minister aufzuheitern. ›Serenissimus jagt Ihnen Furcht ein‹, schrieb sie. ›Wenn Sie nicht mehr vor ihn treten dürfen, dann müßte ich Ihnen Furcht einjagen.‹ Diesen Brief ließ sie auf der Stelle besorgen.

Am anderen Morgen gegen sieben Uhr befahl Serenissimus den Grafen Zurla, den Minister des Inneren, zu sich.

»Erlassen Sie erneut die strengsten Verfügungen an alle Behörden, Herrn Fabrizzio del Dongo zu verhaften«, sagte er zu ihm. »Mir ist zur Kenntnis gekommen, daß er es vielleicht wagen wird, unsere Lande wieder zu betreten. Dieser Flüchtling hält sich in Bologna auf, wo er den Armen unserer Gerichtsbarkeit zu trotzen scheint. Schicken Sie Schergen, die ihn persönlich kennen:

erstens in alle Dörfer längs der großen Straße Bologna – Parma,

zweitens in die Umgebung des Schlosses der Duchezza di Sanseverina bei Sacca und ihrer Besitzung bei Castelnuovo,

drittens in die Nähe des Landgutes des Grafen Mosca.

Ich erwarte von Ihrer hohen Klugheit, Graf, daß diese Verfügungen Ihres Fürsten vor den Schnüffeleien des Grafen Mosca geheim bleiben. Sie wissen, ich will die Verhaftung des Herrn Fabrizzio del Dongo.«

Kaum war der Minister hinausgegangen, da trat durch eine verborgene Tür der Großfiskal Rassi in das Zimmer des Fürsten. Er sah aus wie ein halb zugeklapptes Taschenmesser und machte bei jedem Schritt eine Verbeugung. Die Gesichtszüge dieses Halunken waren zum Malen; sie stimmten vollkommen zu der niederträchtigen Rolle, die er am

Hofe spielte. Der unstete und unsichere Blick seiner Augen verriet das Bewußtsein seiner Schlechtigkeit, aber der anmaßende und verzerrte Zug von Zuversicht um seinen Mund bewies, daß er der Verachtung zu trotzen wagte.

Da diese Persönlichkeit einen ziemlich bedeutenden Einfluß auf das Geschick Fabrizzios haben wird, so müssen wir ihr ein paar Worte widmen. Rassi war von hoher Gestalt, hatte schöne, überaus kluge Augen, aber ein von Blatternarben entstelltes Gesicht. Geistig war er äußerst begabt und durchtrieben; man schrieb ihm die vollste Beherrschung der Rechtswissenschaft zu. Worin er aber besonders hervorragte, das war, daß er stets eine Hintertür hatte. Wie ein Fall auch liegen mochte, er fand mühelos und binnen wenigen Augenblicken rechtliche Mittel und Wege, um eine Verurteilung oder Freisprechung durchzusetzen. Er war ein Meister in Advokatenschlichen.

Dieser Mensch, um den die größten Monarchieen Europas den Fürsten von Parma beneiden konnten, hatte nur eine Leidenschaft: mit hohen Persönlichkeiten auf vertrautem Fuße zu stehen und sich durch Narreteien bei ihnen beliebt zu machen. Einerlei, ob ein Mächtiger über das lachte, was er sagte, oder gar über seine Person oder empörend über Frau Rassi witzelte: wenn er nur überhaupt lachte und ihn vertraulich behandelte, dann war er zufrieden. Bisweilen hatte Serenissimus, wenn er nicht wußte, wie er diesen würdigen Oberrichter aufziehen sollte, ihm sogar Fußtritte gegeben, und der fing an zu heulen, wenn sie ihm weh taten. Sein angeborener Hang zu Harlekinaden war so stark, daß ihm der Salon eines Ministers, der ihn verhöhnte, lieber war als sein eigener, wo er das Zepter über alle schwarzen Talare des Landes schwang. Eine ganz besondere Stellung hatte sich Rassi dadurch geschaffen, daß es auch dem anmaßendsten Edelmann unmöglich war, ihn zu demütigen. Seine Rache für all die Unbill, die er täglich hinnahm, bestand darin, daß er sie dem Fürsten erzählte, bei dem er sich das Vorrecht erworben hatte, alles sagen zu dürfen. Allerdings war die Quittung dafür öfters eine wohlgezielte Ohrfeige, die ihn zwar schmerzte, aus der er sich aber im übrigen nichts machte. Die Gegenwart dieses Oberrichters zerstreute Serenissimus in Augenblicken übler Laune; dann belustigte er sich damit, ihn zu peinigen. Man sieht, Rassi war die vollendetste Hofschranze: ohne Ehrgefühl und immer guter Laune.

»Verschwiegenheit vor allen Dingen!« rief ihm der Fürst entgegen, ohne ihn zu begrüßen, als ob er einen Schuljungen vor sich hätte, er, der sonst gegen jedermann so höflich war.

»Von wann ist das Urteil?«

»Serenissimus, von gestern vormittag.«

»Wie viele Richter haben es unterschrieben?«

»Alle fünf.«

»Und wie lautet es?«

»Zwanzig Jahre Festung, wie Eure Hoheit mir befohlen haben.«

»Die Todesstrafe hätte Entrüstung hervorgerufen«, sagte der Fürst wie im Selbstgespräch. »Eigentlich schade! Welchen Eindruck hatte das auf dieses Weib gemacht! Aber es ist ein del Dongo, und dieser Name steht in Parma in hohem Ansehen wegen der drei Erzbischöfe, die fast unmittelbar aufeinander gefolgt sind. Zwanzig Jahre Festung, sagten Sie?«

»Jawohl, Serenissimus«, entgegnete der Großfiskal Rassi, immer noch in seiner Taschenmesserstellung, »nach vorhergegangener öffentlicher Abbitte vor dem Bildnis Eurer Hoheit, und überdies Fasten bei Wasser und Brot an allen Freitagen und an den Vorabenden aller hohen Feiertage wegen offenkundiger Gottlosigkeit. Dies, um ihm zugleich für alle Zukunft den Hals zu brechen.«

»Schreiben Sie!« sagte der Fürst. »Seine Hoheit haben sich bewogen gefühlt, infolge untertäniger Bitten der Marchesa del Dongo, Mutter des Schuldigen, sowie der Duchezza di Sanseverina, seiner Tante, die vorstellig geworden sind, daß ihr Sohn und Neffe zur Zeit seines Verbrechens noch sehr jung und überdies von einer wahnsinnigen Leidenschaft zu der Frau des unglücklichen Giletti beherrscht gewesen sei, besagte Strafe des Fabrizzio del Dongo, trotz dem Abscheu vor einem derartigen Mord, allergnädigst in zwölf Jahre Festungshaft auf der Zitadelle zu verwandeln.«

»Geben Sie her zur Unterschrift!«

Der Fürst unterzeichnete und datierte um einen Tag zurück. Dann gab er Rassi das Urteil wieder und sagte: »Schreiben Sie unmittelbar unter meine Unterschrift: ›Nachdem die Duchezza di Sanseverina abermals einen Fußfall vor Seiner Hoheit getan, haben Allerhöchstderselbe zu erlauben geruht, daß der Verurteilte jeden Donnerstag eine Stunde auf der Plattform des großen fünfeckigen Turmes, gewöhnlich Torre Farnese genannt, spazieren gehen darf.‹«

»Unterschreiben Sie das!« sagte der Fürst. »Und vor allen Dingen reinen Mund, was Ihnen auch in der Stadt zu Ohren kommen möge. Dem Signor dei Capitani, der für zwei Jahre Festung war und für dieses lächerliche Maß auch noch Stimmung gemacht hat, lasse ich sagen, er möge die Gesetze und Verfügungen besser studieren. Nochmals: Stillschweigen und guten Morgen!«

Der Gerichtspräsident machte höchst würdevoll drei tiefe Bücklinge, die Serenissimus nicht beachtete.

Das ereignete sich früh sieben Uhr. Etliche Stunden später verbreitete sich die Neuigkeit von der Verbannung der Marchesa Raversi in der Stadt und in den Kaffeehäusern. Alle Welt sprach alsbald von diesem großen Ereignis. Die Verbannung der Marchesa verjagte für eine Weile aus Parma die unerbittliche Feindin der Kleinstädte und Duodezhöfe, die Langeweile. Der General Fabio Conti, der sich im Geist als Minister gesehen hatte, schützte einen Gichtanfall vor und kam mehrere Tage lang nicht aus seiner Zitadelle heraus. Die Bürgerschaft und also auch die kleinen Leute folgerten aus diesen Geschehnissen, es sei klar, daß sich Serenissimus entschlossen habe, das Erzbistum von Parma dem Monsignore del Dongo zu übertragen. Schlaue Kaffeehauspolitiker verstiegen sich sogar zu der Behauptung, man habe dem Padre Landriani, dem jetzigen Erzbischof, nahegelegt, Krankheit vorzuschützen und um seine Entlassung einzukommen; man wolle ihm ein fettes Jahresgehalt aus dem Tabakmonopol bewilligen. Das sei sicher. Dieses Gerücht drang bis zum Erzbischof, der sich darüber arg beunruhigte und dessen Eifer für unseren Helden mehrere Tage lang an starker Abkühlung litt. Zwei Monate später tauchte diese hübsche Neuigkeit in den Pariser Tageszeitungen auf, nur mit der kleinen Änderung, Graf Mosca, der Neffe der Herzogin von Sanseverina, würde demnächst Erzbischof.

Die Marchesa Raversi auf ihrem Schlosse Velleia war wütend. Sie war keineswegs ein Weibchen von der Sorte, die sich zu rächen wähnt, wenn sie ein paar kränkende Äußerungen gegen ihre Feinde vom Stapel läßt. Bereits am Tage nach ihrer Kaltstellung meldeten sich der Cavaliere Riscara und drei andere ihrer Freunde auf ihr Geheiß zu einem Empfang bei Serenissimus und baten um die Erlaubnis, sie in ihrem Schloß besuchen zu dürfen. Serenissimus empfing diese Herren höchst huldvoll, und ihr Eintreffen in Velleia gab der Marchesa Rückgrat. Vor Ablauf der zweiten Woche hatte sie dreißig Personen in ihrem Schlosse, lauter Leute, denen der liberale Minister später Stellungen verschaffen sollte. Allabendlich hielt die Marchesa eine regelrechte Beratung mit ihren bestunterrichteten Freunden ab. Eines Tages, als sie mehrere Briefe aus Parma und Bologna erhalten hatte, zog sie sich zeitig zurück. Ihre Lieblingszofe berief zunächst den jetzigen Herzenskönig der Marchesa, den Grafen Baldi, einen schmucken, aber gänzlich unbedeutenden jungen Mann, und dann den Cavaliere Riscara, seinen Vorgänger. Das war ein Männchen mit schwarzem Haar und schwarzer Seele, das seine Laufbahn als Mathematiklehrer an der Ritterakademie zu Parma begonnen hatte und jetzt Staatsrat und Ritter mehrerer Orden war.

»Ich habe die gute Gewohnheit«, sagte die Marchesa zu den beiden Herren, »niemals irgendein Schriftstück zu vernichten, und das lohnt sich. Hier sind neun Briefe, die mir die Sanseverina bei verschiedenen Gelegenheiten geschrieben hat. Sie werden alle beide nach Genua reisen; dort suchen Sie unter den Galeerensträflingen einen ehemaligen Notar namens Buratti, einen Namensvetter des großen venezianischen Dichters, oder Duratti. Sie, Graf, Sie setzen sich an meinen Schreibtisch und schreiben, was ich Ihnen diktieren werde:

›Mir fällt eben etwas ein, und ich schreibe es Dir. Ich gehe auf mein Landgütchen bei Castelnuovo. Wenn Du zwölf Stunden mit mir verleben wolltest, so wäre ich sehr glücklich. Wie mir scheint, ist nach dem, was sich hier soeben zugetragen hat, keine große Gefahr dabei. Die Wolken verziehen sich. Mache jedoch einen Halt, ehe Du nach Castelnuovo hineingehst. Du wirst auf der Landstraße einen meiner Leute finden; sie lieben Dich alle wie närrisch. Wohlverstanden, behalte für diese kleine Reise Deinen Namen Bossi. Man hat mir erzählt, Du trügst einen Bart wie der allerschönste Kapuziner; in Parma hat man Dich ja nur mit dem glatten Gesicht eines Großvikars gesehen ...‹

Verstehst du, Riscara?«

»Vollkommen. Nur ist die Reise nach Genua überflüssiger Aufwand. Ich kenne in Parma jemand, der allerdings noch nicht auf der Galeere ist, aber todsicher einmal hinkommt. Der wird die Handschrift der Sanseverina ausgezeichnet nachmachen.«

Bei diesen Worten riß Graf Baldi seine schönen Augen gewaltig auf. Jetzt begriff er.

»Wenn du diesen werten Parmaer kennst, auf dessen Beförderung du dich spitzt«, sagte die Marchesa zu Riscara, »dann kennt er dich offenbar auch. Seine Geliebte, sein Beichtvater oder sein Freund könnten von der Sanseverina bestochen sein. Ich will dieses Späßchen lieber ein paar Tage hinausschieben, als mich irgendeinem dummen Zufall aussetzen. In zwei Stunden reist ihr ab wie brave Lämmer! Laßt euch in Genua von keiner Seele sehen und kommt schleunigst wieder!«

Der Cavaliere Riscara machte sich lachend auf und näselte wie Pulcinell, indem er mit tollen Sprüngen davonlief: »Ich muß die Koffer packen!« Er wollte Baldi mit der Marchesa allein lassen.

Fünf Tage später führte er der Marchesa ihren Grafen ganz zerschunden wieder vor. Um sechs Meilen abzuschneiden, hatte er ihn überredet, auf dem Rücken eines Maulesels über das Gebirge zu reiten. Baldi schwur, man werde ihn nicht wieder dazu bringen, eine große Reise zu machen.

Riscara brachte der Marchesa drei Exemplare des Briefes mit, den sie ihm diktiert hatte, sowie fünf bis sechs andere in derselben Handschrift, die er selbst abgefaßt hatte und deren man sich vielleicht später bedienen konnte. Der eine dieser Briefe enthielt sehr nette Scherze über die Angst, die Serenissimus nachts ausstünde, und über die klägliche Magerkeit der Marchesa Balbi, seiner Mätresse. Man sagte von ihr, sie hinterlasse auf dem Polster eines Sessels, auf dem sie einen Augenblick gesessen, Spuren wie von einer Zange. Man hätte schwören mögen, alle diese Briefe seien von der Hand der Duchezza di Sanseverina geschrieben.

»Inzwischen habe ich erfahren«, sagte die Marchesa, »daß ihr Herzensfreund Fabrizzio sich ohne jeden Zweifel in Bologna oder in der Umgegend aufhält.«

»Ich bin gar zu elend«, rief Graf Baldi dazwischen. »Ich bitte, mit dieser zweiten Reise gnädigst verschont zu werden. Zum mindesten möchte ich ein paar Tage Ruhe haben, um meine Gesundheit wieder herzustellen.«

»Ich werde die Sache übernehmen!« erklärte Riscara, stand auf und unterhielt sich leise mit der Marchesa.

»Gut! Ich bin damit einverstanden!« erwiderte sie lächelnd. »Beruhigen Sie sich! Sie brauchen keinesfalls zu reisen«, sagte sie dann ziemlich verächtlich zu Baldi.

»Ich danke!« erwiderte dieser dankbaren Herzens.

In der Tat stieg Riscara allein in die Postkutsche. Er war keine zwei Tage in Bologna, da entdeckte er in einer Kalesche Fabrizzio mit der kleinen Marietta.

›Zum Teufel‹, sagte er sich, ›unser künftiger Erzbischof scheint sich nicht großen Zwang anzutun! Das muß der Duchezza hinterbracht werden; sie wird erbaut davon sein.‹

Riscara brauchte sich nur die Mühe zu machen, ihm zu folgen, um seine Wohnung zu erfahren. Am anderen Morgen empfing Fabrizzio durch einen Boten das Genueser Machwerk. Er fand die Briefe etwas trocken, schöpfte im übrigen aber keinerlei Verdacht. Der Gedanke, die Duchezza und den Grafen wiederzusehen, machte ihn ganz ausgelassen, und was auch Ludovico einwenden mochte, er nahm ein Postpferd und ritt im Galopp los. Ohne daß er eine Ahnung davon hatte, wurde er in geringem Abstand vom Cavaliere Riscara verfolgt. Als dieser sechs Meilen vor Parma an der Post von Castelnuovo anlangte, sah er mit Vergnügen einen großen Volksauflauf auf dem Platze vor dem Ortsgefängnis. Man hatte soeben unseren Helden dorthin gebracht. Er war in der Post von zwei Schergen des Grafen Zurla erkannt worden, als er sein Pferd wechseln wollte.

Die Äuglein des Cavaliere Riscara strahlten vor Freude. Er erkundigte sich in der Stadt mit beispielloser Geduld nach allen Einzelheiten des Vorfalls und fertigte alsdann einen Boten an die Marchesa Raversi ab. Nachher schlenderte er durch die Straßen und sah sich die sehr merkwürdige Kirche an. Als er schließlich nach einem Bilde des Parmigianino suchte, das es, wie man ihm berichtet hatte, dort geben sollte, traf er mit dem Podesta zusammen, der sich beeilte, dem Staatsrat seine Unterwürfigkeit zu zeigen. Riscara sprach seine Verwunderung darüber aus, daß er den Verschwörer, den er glücklich verhaftet hätte, nicht unverzüglich nach der Zitadelle von Parma befördert habe.

»Es wäre nicht unmöglich«, fügte Riscara kühl hinzu, »daß seine zahlreichen Freunde, die vorgestern seine Reise durch das Gebiet Seiner Hoheit decken wollten, die Gendarmen angriffen. Diese Rebellen waren ihrer zwölf bis fünfzehn zu Pferde.«

»Intelligenti pauca!« meinte der Podesta mit pfiffiger Miene.

15.

Zwei Stunden später fuhr der arme Fabrizzio, mit Handschellen versehen und mit einer langen Kette an den Wagen gebunden, den er hatte besteigen müssen, unter Bedeckung von acht Gendarmen nach der Zitadelle von Parma. Es war befohlen, daß sich in den Dörfern, durch die der Marsch ging, alle Gendarmen dem Zuge anschließen sollten. Der Podesta von Castelnuovo gab dem Staatsverbrecher das Geleit. Gegen sieben Uhr abends kreuzte der Wagen, hinter dem alle Straßenjungen von Parma und dreißig Gendarmen hermarschierten, die schöne Promenade, zog an dem kleinen Palazzo vorüber, wo einige Monate vorher Fausta gewohnt hatte, und erschien endlich vor dem Außentor der Zitadelle, gerade in dem Augenblick, als der General Fabio Conti mit seiner Tochter auszufahren im Begriff war. Der Wagen des Kommandanten machte Halt, ehe er über die Zugbrücke fuhr, um den Wagen vorbeizulassen, an den Fabrizzio gekettet war. Der General befahl sogleich, man solle die Tore der Zitadelle schließen, und eilte in das Aufnahmezimmer, um flüchtig nachzusehen, worum es sich handle. Er war nicht wenig überrascht, als er den Gefangenen erkannte, der während der langen Fahrt durch die Fesseln ganz steif geworden war. Vier Gendarmen hatten ihn aus seinem Wagen gehoben und in die Kanzlei geschleppt. ›Jetzt habe ich diesen berüchtigten Fabrizzio del Dongo in meiner Gewalt‹, sagte sich der eitle Kommandant, ›ihn, der seit Jahresfrist den Hauptgesprächsstoff der Hofgesellschaft von Parma bildet!‹

Zwanzigmal war der General ihm bei Hofe, im Hause der Duchezza und sonstwo begegnet, aber es fiel ihm nicht ein, sich anmerken zu lassen, daß er ihn kannte. Er hatte Angst, sich Unannehmlichkeiten zu bereiten.

»Daß Ihr mir einen genauen Bericht aufsetzt«, befahl er dem Gefängnisschreiber, »über die Auslieferung dieses Häftlings durch den löblichen Podesta von Castelnuovo!«

Barbone, der Schreiber, eine wegen seines gewaltigen Bartes und seines rauhen Auftretens gefürchtete Person, nahm eine noch wichtigere Miene als gewöhnlich an, sozusagen die eines deutschen Kerkermeisters. Da seiner Meinung nach hauptsächlich die Duchezza di Sanseverina die Schuld daran trug, daß sein Vorgesetzter, der Kommandant, nicht Kriegsminister geworden war, so benahm er sich gegen den Gefangenen um so unverschämter. Er redete ihn mit Ihr an, wie man in Italien nur mit Dienstboten zu sprechen pflegt.

»Ich bin Prälat der heiligen römischen Kirche«, antwortete ihm Fabrizzio trotzig, »und Großvikar dieser Diözese. Allein meine Geburt gewährt mir ein Recht auf rücksichtsvolle Behandlung.«

»Davon weiß ich nichts!« entgegnete der Schreiber frech.

»Beweist Eure Behauptungen durch Urkunden, die Euch zu diesen hochehrenwerten Titeln berechtigen.«

Fabrizzio hatte keinerlei Papiere bei sich und antwortete nicht. Der General Fabio Conti, der hochmütig neben seinem Schreiber stand, sah auf die Niederschrift, ohne dem Gefangenen einen Blick zu gönnen. Er wollte nicht gern bestätigen, daß es wirklich Fabrizzio del Dongo war.

Clelia Conti, die im Wagen wartete, vernahm plötzlich einen schrecklichen Lärm im Amtszimmer. Der Schreiber Barbone hatte eine unverschämte und umständliche Beschreibung des Gefangenen aufgenommen und ihm befohlen, seinen Anzug aufzuknöpfen, damit man die Anzahl und den Zustand der bei dem Auftritt mit Giletti empfangenen Wunden untersuchen und feststellen könne.

»Das kann ich nicht«, sagte Fabrizzio mit höhnischem Lächeln. »Ich bin nicht imstande, den Befehlen des Herrn zu gehorchen. Die Handschellen hindern mich daran!«

»Was«, rief der General in unschuldigem Tone, »der Gefangene hat Handschellen? Innerhalb der Zitadelle? Das ist gegen die Ordnung! Es bedürfte eines besonderen Befehls dazu. Nehmen Sie ihm die Handschellen ab!«

Fabrizzio blickte ihn an. ›Ein spaßiger Jesuit!‹ dachte er. ›Seit einer Stunde sieht er mich mit diesen Handschellen, die mich gräßlich belästigen, und jetzt spielt er den Erstaunten!‹

Die Handschellen wurden ihm von den Gendarmen abgenommen; sie hatten erfahren, daß Fabrizzio der Neffe der Duchezza di Sanseverina war, und beeilten sich, ihn auf das allerhöflichste zu behandeln, was von der Grobheit des Schreibers auffällig abstach. Darüber sichtlich ergrimmt, fuhr dieser Fabrizzio, der regungslos dastand, an: »Na, nun los! Rasch! Zeigt die Narben, die von dem armen Giletti herrühren, von dem Mord her!«

Mit einem Sprunge stürzte Fabrizzio sich auf den Schreiber und gab ihm eine derartige Ohrfeige, daß Barbone von seinem Sessel über die Beine des Generals fiel. Die Gendarmen hielten Fabrizzio, der sich nicht rührte, an den Armen fest. Der General selbst und zwei Gendarmen, die neben ihm standen, hoben den Schreiber eiligst auf. Sein Gesicht blutete stark. Zwei Gendarmen, die entfernter gestanden hatten, verschlossen schleunigst die Kanzlei, im Glauben, der Gefangene suche zu entkommen. Der Wachtmeister, der die Oberaufsicht hatte, meinte zwar, der junge del Dongo könne einen wirklich ernsten Fluchtversuch gar nicht unternehmen, da er innerhalb der Zitadelle sei. Trotzdem aber stellte er sich aus Polizisteninstinkt ans Fenster, um eine völlige Unordnung zu verhindern. Gerade vor diesem offenen Fenster hielt, zwei Schritt entfernt, der Wagen des Generals. Clelia hatte sich in die Ecke geschmiegt, um nicht Zeugin des traurigen Auftrittes zu sein, der sich drinnen abspielte. Als sie den Lärm hörte, blickte sie hin.

»Was geht da vor?« fragte sie den Wachtmeister.

»Signorina, das ist der junge del Dongo. Er hat dem frechen Barbone soeben eine anständige Ohrfeige gegeben!«

»Wie, der Verhaftete ist Monsignore del Dongo?«

»Zweifellos!« antwortete der Wachtmeister. »Wegen der hohen Herkunft des armen jungen Mannes hat man so große Umstände gemacht. Ich dachte, Signorina wüßten alles.«

Clelia wich nicht mehr vom Wagenfenster. Als die Gendarmen, die den Tisch umstanden, ein wenig auseinanderrückten, sah sie den Gefangenen. ›Wer hätte gedacht, als ich ihm auf der Straße am Comer See begegnete‹, dachte sie, ›daß ich ihn zum ersten Male in so trauriger Lage wiedertreffen sollte? Er reichte mir die Hand, als ich in den Wagen seiner Mutter stieg ... Die Duchezza war mit dabei ... Ob ihre Liebe damals gerade anfing?‹

Der Leser muß wissen, daß die von der Marchesa Raversi und dem General Conti gelenkte liberale Partei die Überzeugung zur Schau trug, daß zwischen Fabrizzio und der Duchezza zarte Beziehungen bestünden. Der hintergangene Graf Mosca, den man haßte, war der Gegenstand ewiger Witzeleien.

›So ist er nun in der Hand seiner Feinde!‹ dachte Clelia. ›Der Graf Mosca wird sich heimlich über diesen Fang ins Fäustchen lachen. Sonst müßte er ein Engel sein.‹ Im Amtszimmer erscholl unbändiges Gelächter.

»Jacopo«, fragte sie den Wachtmeister mit unsicherer Stimme, »was gibts?«

»Der General hat den Gefangenen barsch gefragt, warum er Barbone geschlagen habe. Monsignore Fabrizzio hat kaltblütig geantwortet: ›Er hat mich einen Mörder genannt; er soll mir die Urkunden vorweisen, die ihn berechtigen, mir diesen Titel beizulegen!‹ Darüber lacht man.«

Ein schreibkundiger Aufseher ersetzte Barbone. Clelia sah diesen aus dem Hause kommen, wie er sich mit seinem Taschentuch das Blut abwischte, das ihm reichlich über sein scheußliches Gesicht tropfte. Er fluchte wie ein Heide. »Dieser verdammte Fabrizzio«, wetterte er dröhnend, »soll nur durch meine Hand sterben, und wenn ich Henker werden sollte!«

Er war zwischen dem Fenster des Amtszimmers und dem Wagen des Generals stehen geblieben, um Fabrizzio zu beobachten; seine Schimpfereien verdoppelten sich.

»Geh deiner Wege«, rief ihm der Wachtmeister zu, »oder fluche wenigstens nicht so vor der Signorina!«

Barbone wandte den Kopf und sah in den Wagen; seine Augen begegneten denen Clelias. Sie stieß einen Schrei des Entsetzens aus; nie hatte sie ein Gesicht mit so abscheulichem Ausdruck gesehen. ›Er wird Fabrizzio ermorden!‹ sagte sie sich. ›Ich muß schnell Don Cesare für ihn gewinnen!‹ Das war ihr Onkel, einer der angesehensten Geistlichen der Stadt. Sein Bruder, der General Conti, hatte ihm die Stelle des Verwalters und Almoseniers im Gefängnis verschafft.

Der General stieg wieder in den Wagen.

»Willst du nach Hause zurück«, fragte er seine Tochter, »oder willst du im Schloßhof warten? Es dauert vielleicht lange. Ich muß Serenissimus über alles Geschehene sofort Vortrag halten.«

Fabrizzio verließ die Kanzlei in Begleitung von drei Gendarmen; man führte ihn nach seiner Zelle. Clelia blickte durch das Wagenfenster; der Gefangene ging dicht an ihr vorüber. Sie antwortete gerade auf die Frage ihres Vaters und sagte: »Ich möchte mit dir gehen!«

Fabrizzio hörte diese ganz nahe bei ihm gesprochenen Worte, er sah auf, und sein Blick begegnete dem des jungen Mädchens. Der schwermütige Ausdruck in Clelias Antlitz fiel ihm besonders auf. ›Seit Como ist sie viel schöner geworden! Wie gedankenvoll ihre Augen sind! Man vergleicht sie nicht zu Unrecht mit der Duchezza. Sie hat wahrhaftig ein Gesicht wie ein Engel!‹

Barbone, der blutende Schreiber, der nicht ohne Grund in der Nähe des Wagens stehen geblieben war, hielt die drei Gendarmen, die Fabrizzio abführten, durch einen Blick auf und ging von hinten an den Wagen heran. Auf der Seite, wo der General saß, an das Wagenfenster tretend, sagte er zu diesem: »Da der Gefangene innerhalb der Zitadelle gewalttätig geworden ist, wäre es da nach Paragraph 157 der Gefängnisordnung nicht angebracht, ihm auf drei Tage Handschellen anzulegen?«

»Scher dich zum Teufel!« fuhr ihn der General an, den diese Verhaftung arg in Verlegenheit brachte. Es lag ihm daran, es weder mit der Duchezza noch mit dem Grafen Mosca zu verderben. Wie würde der Graf übrigens diese Geschichte auffassen? Im Grunde war die Ermordung Gilettis eine Kleinigkeit, und nur Quertreibereien hatten die Sache aufgebauscht.

Während dieser kurzen Unterredung stand Fabrizzio zwischen den Gendarmen stolzer und vornehmer denn je; seine zarten, feinen Züge und das verächtliche Lächeln, das um seine Lippen spielte, bildeten einen entzückenden Gegensatz zu dem plumpen Aussehen der ihn umringenden Gendarmen. Aber alles das war sozusagen nur das Gefäß seiner Empfindungen. Er war über Clelias Schönheit beseligt, und seine Augen verrieten sein helles Staunen. Tief in Grübeleien versunken, hatte sich Clelia vergessen und sah immer noch zum Wagenfenster hinaus; er grüßte sie mit einem leisen, ehrfürchtigen Lächeln und sagte darauf: »Signorina, wenn ich nicht irre, habe ich bereits einmal, in der Nähe des Sees, die Ehre gehabt, Ihnen unter Bedeckung von Gendarmen zu begegnen.«

Clelia wurde rot und so verlegen, daß sie keine Antwort fand. ›Wie vornehm er aussieht, mitten unter diesen groben Leuten!‹ sagte sie sich, als Fabrizzio sie ansprach. Das tiefe Mitleid, man könnte beinahe sagen, die Rührung, die sie ergriff, benahm ihr die nötige Geistesgegenwart für irgendein paar Worte. Sie wurde sich ihres Stillschweigens bewußt und errötete noch stärker.

In diesem Augenblick schob man die Riegel des Haupttores der Zitadelle mit Wucht zurück; wartete doch der Wagen Seiner Exzellenz schon mindestens eine Minute. Es polterte so heftig im Torgewölbe, daß Clelia nun erst recht nichts einfiel, und Fabrizzio hätte ihre Worte auch nicht verstehen können.

Der Wagen rollte dahin; jenseits der Zugbrücke trabten die Pferde sofort an. ›Er wird mich recht kindisch gefunden haben!‹ sagte Clelia zu sich. ›Nein, nicht nur kindisch. Er wird denken, ich hätte eine gemeine Seele; er wird denken, ich hätte seinen Gruß nicht erwidert, weil er ein Gefangener ist und ich die Tochter des Kommandanten bin.‹

Dieser Gedanke brachte das junge Mädchen, das eine erhabene Seele hatte, zur Verzweiflung. ›Was mein Benehmen ganz verächtlich macht‹, fuhr sie fort, ›das ist der Umstand, daß ich damals, als wir uns zum ersten Male sahen, ebenfalls unter Bedeckung von Gendarmen war, wie er sagt, daß ich mich selbst damals in Gefangenschaft befand und daß er mir zu Diensten war und mich aus einer sehr mißlichen Lage befreite. Jawohl, ich muß es bekennen, mein Benehmen ist der Gipfel der Unartigkeit und Undankbarkeit. Ach, der arme junge Mann! Jetzt, da er im Unglück ist, wendet sich alle Welt von ihm ab. Damals hat er zu mir gesagt: ›Werden Sie sich in Parma meines Namens erinnern?‹ Wie sehr wird er mich nun verachten! Ich hätte ihm so leicht ein verbindliches Wort sagen können! Mein Benehmen gegen ihn war wirklich gräßlich! Ohne die großmütige Aufforderung seiner Mutter, in ihren Wagen zu steigen, hätte ich damals zu Fuß hinter den Gendarmen gehen oder mich gar, was noch schlimmer gewesen wäre, hinten auf die Kruppe eines ihrer Pferde setzen müssen. Damals war mein Vater ein Gefangener und ich ohne Schutz! Gewiß, mein Benehmen ist unerhört. Und wie tief mag das eine Natur wie er empfinden! Was für ein Unterschied zwischen seinen edlen Mienen und meinem Verhalten! Welche Vornehmheit, welche Gelassenheit! Er sah aus wie ein Held, umringt von seinen niedrigen Feinden! Jetzt begreife ich die Leidenschaft der Duchezza. Wenn er in einer derart mißlichen Lage, die noch die schrecklichsten Folgen haben kann, so ist, wie muß er dann erst sein, wenn seine Seele jubelt!‹

Der Wagen des Kommandanten der Zitadelle wartete länger als anderthalb Stunden im Schloßhof, und doch fand Clelia, als der General von seinem Empfang bei Serenissimus zurückkam, gar nicht, daß er allzu lange ausgeblieben wäre.

»Welche Absichten hat Serenissimus?« fragte Clelia.

»Seinem Worte nach: Gefängnis, aber seinem Blicke nach: den Tod!«

»Den Tod! Großer Gott!« rief Clelia aus.

»Ei, schweig doch still!« brummte der General. »Was bin ich so dumm, einem Kinde zu antworten!«

Unterdessen stieg Fabrizzio die dreihundertundachtzig Stufen hinauf, die zur Torre Farnese führen, dem neuen Gefängnis, das auf der Plattform des breiten, turmartigen Unterbaues in wunderbarer Höhe angelegt ist. Nicht ein einziges Mal wurde er sich klar bewußt, welch großer Umschwung sich soeben in seinem Geschick vollzogen hatte. ›Was für ein Blick!‹ sagte er sich. ›Was drückte er nicht alles aus! Welches tiefe Mitgefühl! Als ob er sagen wollte: ›Das Leben ist nur eine Kette von Unglücksfällen! Betrübe dich nicht über das, was dir zustößt! Sind wir nicht alle nur da, um unglücklich zu sein?‹ – Wie lange ihre schönen Augen doch auf mir ruhten, selbst dann noch, als die Pferde mit Donnergepolter durch das Torgewölbe liefen!‹

Fabrizzio vergaß völlig, unglücklich zu sein.

Clelia folgte ihrem Vater durch mehrere Gemächer; zu Beginn der Abendgesellschaft wußte noch kein Mensch die Neuigkeit von der Verhaftung des großen Verbrechers. So nämlich wurde der unvorsichtige arme junge Mann zwei Stunden später von der Hofgesellschaft getauft.

An diesem Abend bemerkte man, daß Clelias Gesicht bewegter als sonst war; denn Teilnahme für ihre Umgebung war das, was diesem edlen Mädchen vornehmlich fehlte. Wenn man ihre Schönheit mit der der Duchezza verglich, so war es hauptsächlich ihre Art, sich durch nichts rühren zu lassen, gleichsam über alle Dinge erhaben zu sein, was die Waagschale zugunsten ihrer Nebenbuhlerin sinken ließ. In England oder in Frankreich, dem Lande der Eitelkeit, hätte man wahrscheinlich ein ganz entgegengesetztes Urteil gefällt. Clelia Conti war noch ein wenig zu schlank, als daß man sie mit den schönen Gestalten Guido Renis vergleichen konnte. Wir wollen keineswegs leugnen, daß man ihrem Antlitz, an der griechischen Antike gemessen, etwas zu ausgeprägte Züge vorwerfen konnte; so waren beispielsweise ihre Lippen bei aller Holdseligkeit etwas zu voll. Die bewundernswerte Eigenart ihres Gesichtes, aus dem Jugendfrische und hoher Seelenadel hervorleuchteten, erinnerte bei aller seltenen und seltsamen Schönheit in keiner Weise an die Köpfe griechischer Statuen. Im Gegensatz zu ihr wies die Duchezza ein wenig zuviel von dem allbekannten Schönheitsideal auf. Ihr echt lombardischer Kopf gemahnte an das wollüstige Lächeln und die zärtliche Schwermut der schönen Tochter der Herodias von Leonardo da Vinci. So sprühend von Geist und Bosheit die Duchezza war, so leidenschaftlich, wenn man so sagen darf, sie sich für alle Dinge erwärmte, die der Lauf eines Gespräches vor ihr geistiges Auge führte, ebenso kühl und schwer zu begeistern war Clelia, sei es aus Geringschätzung gegen ihre Umwelt, sei es aus Sehnsucht nach irgendeinem unerreichbaren Traumbild. Lange Zeit ging das Gerücht, sie wolle sogar ins Kloster gehen. Mit zwanzig Jahren machte sich ihre Abneigung, Bälle zu besuchen, bemerkbar, und wenn sie sich mit ihrem Vater in Gesellschaften zeigte, so geschah das nur aus Gehorsam und um seine ehrgeizigen Pläne nicht zu schädigen.

›Obwohl mir der Himmel‹, pflegte sich die gewöhnliche Seele des Generals zu sagen, ›das schönste und tugendsamste Mädchen im Lande zur Tochter gegeben hat, so wird es mir doch unmöglich sein, daraus irgendwelchen Vorteil für mein Vorwärtskommen zu ziehen. Ich stehe viel zu einsam da, habe niemanden in der Welt und bedarf in hohem Grade einer Familie, die mich in der Gesellschaft stützt und mir eine gewisse Anzahl Salons eröffnet, wo meine Verdienste und vor allem meine Fähigkeit zum Minister ohne Widerrede anerkannt werden. Je nun, meine Tochter, so schön, so klug, so fromm sie ist, wird schlechter Laune, sobald ihr ein bei Hofe gut angeschriebener junger Mann seine Huldigungen darzubringen wagt. Ist ein Freier höflich abgewiesen, so wird ihr Wesen weniger düster, ja ich finde sie beinahe heiter, so lange, bis sich wieder ein anderer Bewerber einstellt. Der schönste Mann am Hofe, der Graf Baldi, hat um sie geworben und ihr mißfallen. Der reichste Mensch im Staate Parma, der Marchese Crescenzi, ist nach ihm gekommen; sie behauptet, er würde sie unglücklich machen.‹

›Unbestritten‹, sagte der General andere Male, ›hat meine Tochter schönere Augen als die Duchezza, zumal sie die Fähigkeit haben, bei besonderen Anlässen den seelenvollsten Ausdruck anzunehmen. Aber wer kriegt diesen herrlichen Ausdruck zu sehen? Im Salon, wo sie ihr Glück damit machen könnte, kein Mensch! Höchstens auf der Promenade, wenn sie allein mit mir ist, wenn sie sich rühren läßt, zum Beispiel durch das Unglück irgendeines schrecklichen Krüppels. Behalte etwas von diesem himmlischen Ausdruck, sage ich bisweilen zu ihr, für die Gesellschaft, in die wir heute abend gehen wollen! Gerade nicht! Geruht sie, überhaupt dabei zu sein, so nimmt ihr edles und keusches Gesicht den genugsam hochmütigen und wenig ermutigenden

Ausdruck unfrohen Gehorsams an.‹ Der General scheute ersichtlich keine Mühe, einen passenden Schwiegersohn zu finden, und was er da sagte, das stimmte.

Die Augen der Höflinge, denen ihre Seele nicht zu schaffen macht, sind immer auf Äußerlichkeiten eingestellt. Sie hatten beobachtet, daß die Duchezza besonders an solchen Tagen, da Clelia nicht aus ihren süßen Träumereien aufzuwachen und Teilnahme für irgend etwas vorzutäuschen vermochte, sich mit Vorliebe ihr zu nähern und mit ihr zu plaudern suchte. Clelia hatte aschblondes Haar, das sich auf das lieblichste gegen die zarte Färbung ihrer fast zu blassen Wangen abhob. Schon an der Form ihrer Stirn konnte ein aufmerksamer Betrachter erkennen, daß diese edle Erscheinung, dieser Gang, der die alltägliche Anmut tief in den Schatten stellte, aus einer gründlichen Gleichgültigkeit gegen alles Gewöhnliche entsprang. Sie litt am Mangel, aber nicht an der Unfähigkeit, sich für irgend etwas zu erwärmen. Seit ihr Vater Kommandant der Zitadelle war, fühlte sich Clelia in ihrer hochgelegenen Wohnung glücklich oder mindestens kummerfrei. Die gräßlich vielen Stufen, die man steigen mußte, um in die Kommandantur auf der Plattform des breiten Turmes zu gelangen, hielten langweilige Besucher fern. Aus diesem äußeren Grunde erfreute sich Clelia einer gleichsam klösterlichen Einsamkeit, wie sie ihr immer als das Ideal von Glück vorschwebte, so daß sie eine Zeit lang tatsächlich an den Eintritt in ein Kloster gedacht hatte. Eine Art Schauder ergriff sie, wenn sie nur daran dachte, ihre teuere Stille und ihre verborgensten Gedanken einem jungen Manne preiszugeben, den der Titel Ehegemahl berechtigte, ihr Innenleben zu stören. Hatte sie durch diese Abgeschiedenheit auch nicht das Glück gefunden, so half sie ihr doch wenigstens, schmerzlichen Erlebnissen aus dem Wege zu gehen.

An dem Tage, da Fabrizio in die Zitadelle gebracht worden war, traf Clelia in der Abendgesellschaft beim Grafen Zurla, dem Minister des Inneren, mit der Duchezza zusammen. Alle Welt umringte die beiden Damen, aber an diesem Abend übertraf Clelia die Duchezza an Schönheit. Die Augen des jungen Mädchens hatten einen so seltsamen und innigen Ausdruck, daß sie fast verräterisch erschienen: sie sprachen von Mitleid, Entrüstung und Zorn. Die Heiterkeit und die sprühende Laune der Duchezza schienen Clelia wehmütige Anwandlungen einzuflößen, die sich bis zum Grausen steigerten. ›Wie würde die arme Frau jammern und seufzen, wenn sie wüßte, daß ihr Geliebter, jener hochherzige junge Mann mit dem so vornehmen Gesicht, soeben in den Kerker geworfen worden ist! wenn sie die Blicke des Fürsten gesehen hätte, die ihn zum Tode verurteilt haben! O Italien, wann wird dich kein Absolutismus mehr bedrücken! Weg mit den käuflichen und niedrigen Menschen! Ach, daß ich die Tochter eines Kerkermeisters bin! Und ich habe dem edlen Manne nicht gezeigt, daß ich mich dessen schäme! Ich habe ihn keiner Antwort gewürdigt, obgleich er einst mein Wohltäter war. Was mag er jetzt von mir denken, einsam in seiner Zelle, beim Schimmer eines dürftigen Lämpchens?‹

Aufgewühlt durch den Gedanken daran, sah Clelia voller Entsetzen in den großartig erleuchteten Empfangssaal des Ministers.

Im Schwärm der Höflinge, die die beiden Modeschönheiten umdrängten und sich in ihre Plaudereien einzumischen suchten, flüsterte man sich zu: »In so lebhafter, zuweilen sogar vertraulicher Weise haben sich die beiden nie unterhalten! Sollte die Duchezza, die immer bemüht ist, den durch den Premierminister entfachten Haß zu beschwichtigen, irgendeinen Heiratsplan mit Clelia im Schilde führen?«

Diese Vermutung gewann Nahrung durch eine Tatsache, die von der Hofgesellschaft zum allerersten Male festgestellt wurde: die Augen des jungen Mädchens hatten mehr Feuer, ja, wenn man so sagen darf, mehr Leidenschaft als die Augen der Herzogin. Selbst die Sanseverina war erstaunt und – zu ihrer Ehre sei es gesagt – entzückt über diesen neuen Reiz, den sie an der schönen Einsiedlerin entdeckte; seit einer Stunde betrachtete sie Clelia mit einer Freude, wie sie wohl selten angesichts einer Nebenbuhlerin empfunden wird. ›Was geht da vor sich?‹ fragte sich die Duchezza. ›Nie hat Clelia so schön, man möchte sagen, so rührend ausgesehen; sollte ihr Herz erwacht sein? Aber dann ist es sicherlich eine unglückliche Liebe, im Hintergrund ihrer so jungen Leidenschaft lauert düsterer Kummer. Unglückliche Liebe ist stumm. Will sie sich einen Wankelmütigen durch einen Triumph in der Gesellschaft wiedererobern?‹

Die Duchezza musterte aufmerksam die jungen Männer um sie herum; allenthalben erblickte sie Alltagsgesichter, lauter mehr oder weniger selbstzufriedene Übersättigung. ›Hier geschieht ein Wunder!‹ dachte die Duchezza, ärgerlich, es nicht enträtseln zu können. ›Wo ist der Graf Mosca, der feine Menschenkenner? Ich täusche mich gewiß nicht. Clelia blickt mich so aufmerksam an, als ob ich ihr der Gegenstand einer soeben geweckten Teilnahme wäre. Ist das die Folge von irgendeinem Befehl ihres Vaters, dieses feilen Hofschranzen? Nein, ich glaube nicht, daß sich diese reine, junge Seele dazu erniedrigt. Sollte der General Fabio Conti dem Grafen ein wichtiges Anliegen übermitteln wollen?‹

Gegen zehn Uhr trat ein Freund der Duchezza nahe an sie heran und flüsterte ihr ganz leise ein paar Worte zu. Die Sanseverina ward totenbleich. Clelia ergriff ihre Hand und wagte sie zu drücken.

»Ich danke Ihnen! Und jetzt verstehe ich Sie. Sie sind hochherzig!« sagte die Duchezza, sich mit Mühe fassend. Sie hatte kaum die Kraft, diese wenigen Worte herauszubringen. Sie widmete der Hausfrau ein Lächeln und verabschiedete sich. Die Gräfin Zurla stand auf und gab ihr bis zur Tür des letzten Gemachs das Geleit. Diese Ehrenbezeigung, die nur Prinzessinnen von Geblüt zusteht, ließ die Duchezza ihr augenblickliches Unglück um so grausamer empfinden. Sie lächelte der Gräfin auf das liebenswürdigste zu, aber trotz größter Anstrengung vermochte sie ihr nicht ein einziges Wort zu sagen.

Clelias Augen füllten sich mit Tränen, als sie die Duchezza so mitten durch diese Gemächer wandeln sah, die alles bevölkerte, was damals in der Gesellschaft hervorragte. ›Was wird die arme Frau tun, wenn sie allein in ihrem Wagen sitzt? Es wäre anmaßend von mir, böte ich ihr meine Begleitung an! Ich wage es nicht. Was für ein Trost wäre es für den armen Gefangenen, der in seiner öden Zelle sitzt bei seinem dürftigen Lämpchen, wenn er wüßte, daß er so geliebt wird! Er schmachtet in gräßlicher Einsamkeit, und wir, wir sind hier in diesen strahlenden Gemächern! Schauderhaft! Gibt es ein Mittel, ihm ein Wort zukommen zu lassen? Großer Gott, das hieße Verrat an meinem Vater üben! Seine Stellung zwischen den beiden Parteien ist so schwierig! Was geschähe, wenn er dem leidenschaftlichen Haß der Duchezza verfiele? Sie hat den größten Einfluß auf den Premierminister, und der ist in drei Vierteln aller Staatsangelegenheiten der Gebieter! Anderseits beschäftigt sich Serenissimus unaufhörlich mit den Vorgängen in der Zitadelle und versteht in dieser Hinsicht keinen Spaß. Die Angst macht ihn grausam. Auf alle Fälle ist Fabrizzio – Clelia nannte ihn nicht mehr Monsignore del Dongo – unendlich zu bedauern. Es handelt sich für ihn um mehr als nur den Verlust einer einträglichen Pfründe. Und die Duchezza! Was für eine schreckliche Leidenschaft ist die Liebe! Und doch faseln alle Schwärmer der Welt von ihr als dem Born des Glücks! Man beklagt alt gewordene Frauen, weil sie keine Liebe mehr empfinden und erwecken können! Nie werde ich vergessen, was ich soeben gesehen habe! Was für eine Umwandlung war das! Wie wurden die schönen, strahlenden Augen der Duchezza so trüb und lichtlos nach der verhängnisvollen Kunde, die ihr der Marchese R. mitteilte! Fabrizzio muß es wohl wert sein, geliebt zu werden!‹

Mitten in diesen tiefernsten Betrachtungen, die Clelias Seele ganz erfüllten, kamen ihr die geschwätzigen Schmeichler, die sie immerfort umschwärmten, noch abscheulicher vor als sonst. Um sich ihrer zu entledigen, trat sie an ein offenes Fenster, dessen seidener Vorhang halb heruntergelassen war. Sie hoffte, in diesen Schlupfwinkel ihr zu folgen, werde niemand sich getrauen. Das Fenster ging nach einem kleinen Orangenhain unter freiem Himmel, der allerdings jeden Winter durch ein Dach geschützt werden mußte. Mit Entzücken atmete Clelia den Duft der Orangenblüten ein, und dieses Labsal beruhigte ihre Seele ein wenig. ›Er hat ein überaus edles Wesen‹, dachte sie, ›aber in einer so hervorragenden Frau eine solche Leidenschaft wachzurufen! Man rühmt ihr nach, sie habe die Huldigungen von Serenissimus abgewiesen. Wenn sie ihn erhört hätte, wäre sie die Königin seines Landes. Mein Vater hat erzählt, die Leidenschaft des Fürsten sei so weit gegangen, daß er sie geheiratet hätte, wenn er je frei geworden wäre. Und ihre Liebe zu Fabrizzio währt schon so lange! Denn es ist doch fünf Jahre her, daß wir einander in der Nähe des Comer Sees begegnet sind. Jawohl, es ist fünf Jahre her‹, sagte sie sich nach einigem Nachgrübeln. ›Ich war schon damals betroffen, als so manches Unverstandene vor meinen Kinderaugen geschah. Wie die beiden Damen Fabrizzio sichtlich bewunderten!‹

Mit Befriedigung nahm Clelia wahr, daß keiner von den jungen Männern, die so überschwenglich mit ihr geplaudert hatten, sich ihrem Fenster zu nähern wagte. Einer, der Marchese Crescenzi, hatte ein paar Schritte in dieser Absicht gemacht, war dann aber an einem Spieltisch stehen geblieben. ›Sähe ich wenigstens von meinem kleinen Fenster in unserer Wohnung in der Zitadelle‹, sagte sie sich, ›dem einzigen, das schattig liegt, auf so hübsche Orangenbäume wie diese dort, dann wären meine Gedanken nicht so trüb und traurig. Aber als einzige Aussicht die riesigen Quader der Torre Farnese! Ach‹, dachte sie zusammenzuckend, ›dorthin wird man ihn sicherlich gesperrt haben! Wie ich mich danach sehne, mit Don Cesare sprechen zu können! Mein Vater wird mir während der Heimfahrt zur Zitadelle gewiß nichts sagen, aber von Don Cesare kann ich alles erfahren. – Ich habe Geld, ich könnte mehrere Orangenbäume kaufen. Wenn ich sie unter dem Fenster meiner Vogelstube aufstellte, brauche ich die Riesenmauer der Torre Farnese nicht mehr zu sehen. Der Turm wird mir jetzt noch viel häßlicher vorkommen, da ich einen von den Menschen kenne, denen er das Licht raubt!

Dreimal habe ich ihn gerade gesehen: einmal auf dem Hofball am Geburtstag der Fürstin, dann heute, zwischen drei Gendarmen, während der ekelhafte Barbone für ihn Handschellen verlangte, und schließlich in der Nähe des Comer Sees … Das war vor fünf Jahren. Was für ein böses Jungengesicht er damals machte! Wie er die Gendarmen anstarrte, und was für sonderbare Blicke ihm seine Mutter und seine Tante zuwarfen! Gewiß gab es an jenem Tag irgendein Geheimnis, irgend etwas Außergewöhnliches zwischen ihnen. Hinterher ist mir der Gedanke gekommen, sie hätten auch Angst vor den Gendarmen gehabt.‹ Clelia erbebte. ›Ach, wie unwissend war ich doch! Zweifellos hegte die Duchezza schon damals eine Neigung zu ihm. – Nach einer Weile, als sich die Damen trotz ihrer sichtlichen Befangenheit ein wenig an die Gegenwart einer Fremden gewöhnt hatten, wie brachte er uns da zum Lachen! Und heute abend wußte ich keine Antwort auf das, was er zu mir gesagt hatte! Wie dumm und feig! Das ist oft das Schlechteste, was es gibt! Dabei bin ich schon über zwanzig Jahre alt. Meine Klostergedanken waren sehr berechtigt. Wirklich, ich tauge nur für die Abgeschiedenheit. Eine richtige Kerkermeisterstochter! So wird er gesagt haben. Er verachtet mich, und wenn er der Duchezza wird schreiben dürfen, dann wird er meine Empfindungslosigkeit erwähnen, und die Duchezza wird meinen, ich sei ein recht falsches Ding. Denn heute abend konnte sie glauben, ich fühle mit ihr.‹

Clelia merkte, daß sich ihr jemand näherte, und zwar offenbar in der Absicht, sich neben sie auf den eisernen Balkon ihres Fensters zu stellen. Sie war, obgleich sie sich deswegen Vorwürfe machte, verdrießlich darüber. Die Träumereien, aus denen sie aufgeschreckt wurde, waren doch so süß! ›Den zudringlichen Menschen werde ich schön empfangen!‹ dachte sie. Sie wandte den Kopf mit hochmütiger Miene, da erkannte sie das schüchterne Gesicht des Erzbischofs, der mit kleinen, unauffälligen Bewegungen dem Balkon näher rückte. ›Der fromme Mann hat gar keine Lebensart‹, dachte Clelia. ›Wozu will er ein armes Ding wie mich stören? Mein Frieden ist all mein Besitz.‹ Sie begrüßte ihn ehrfürchtig, aber förmlich. Da sagte der Kirchenfürst zu ihr: »Signorina, erfuhren Sie schon das Schreckliche?«

Die Augen des jungen Mädchens wechselten bereits ihren Ausdruck, aber einer hundertmal wiederholten Vorschrift ihres Vaters eingedenk, antwortete sie in einem Ton, als ob sie von nichts wisse, sosehr die Sprache ihrer Augen sie der Lüge zieh: »Ich habe nichts gehört, Monsignore.«

»Mein Erster Großvikar, der arme Fabrizzio del Dongo, der am Tode des Gauners Giletti ebenso schuldig ist wie ich selber, hatte sich nach Bologna geflüchtet. Dort lebte er unter dem angenommenen Namen Giuseppe Bossi. Man hat ihn in Ihre Zitadelle gesperrt. Mit Ketten an seinen Wagen gefesselt, kam er da an. Ein gewisser Gefängnisbeamter, namens Barbone, der vor Jahren seinen eigenen Bruder ermordet hat, aber begnadigt worden ist, hat Fabrizzio mißhandeln wollen. Doch mein junger Freund ist nicht der Mann, eine Beleidigung zu erdulden. Er hat seinen niederträchtigen Angreifer zu Boden gestreckt. Deshalb hat man ihm Handschellen angetan und ihn in ein Gewölbe, zwanzig Fuß unter der Erde, geworfen.«

»Handschellen, nein!«

»Ah, Sie wissen etwas!« rief der Erzbischof, und die Züge des Greises verloren ihre tiefe Mutlosigkeit. »Vor allem, ehe sich jemand diesem Balkon nähert und uns stört: Wollen Sie so barmherzig sein und Don Cesare meinen Hirtenring hier eigenhändig überbringen?«

Das junge Mädchen nahm den Ring, aber sie wußte nicht, wo sie ihn verbergen sollte, ohne Gefahr zu laufen, ihn zu verlieren.

»Tragen Sie ihn am Daumen!« riet der Erzbischof und steckte ihr ihn selbst an. »Kann ich darauf bauen, daß Sie den Ring hinbringen?«

»Gewiß, Monsignore!«

»Wollen Sie mir versprechen, das, was ich Ihnen noch sagen möchte, als Geheimnis zu bewahren, selbst für den Fall, daß Sie nicht geneigt sind, mir meine Bitte zu erfüllen?«

»Ja, Monsignore!« entgegnete das junge Mädchen, über und über bebend, da sie die düstere und ernste Miene sah, die der Greis plötzlich hatte. »Euer Ehrwürden«, fügte sie hinzu, »wird mir nichts auftragen, was seiner und meiner nicht würdig wäre.«

»Sagen Sie Don Cesare, daß ich ihm meinen Adoptivsohn ans Herz
lege. Wie ich weiß, haben die Schergen ihm nicht die Zeit gelassen,
sein Brevier mitzunehmen. Ich bitte Don Cesare, ihm das seine zu
geben, und wenn Ihr Herr Onkel morgen in den erzbischöflichen
Palast schicken will, werde ich ihm das Fabrizzio überlassene Buch
ersetzen. Ebenso bitte ich Don Cesare, den Ring, den Ihre schöne
Hand trägt, Fabrizzio zuzustellen ...«

Der Erzbischof wurde durch den General Fabio Conti unterbrochen,
der seine Tochter holen wollte, um mit ihr nach Hause zu fahren. Es
entwickelte sich eine kleine Unterhaltung, die auf Seiten des Prälaten
der Diplomatie nicht entbehrte. Ohne den neuen Gefangenen irgendwie
zu erwähnen, brachte er es zuwege, im Laufe des Gesprächs gewisse
moralische und politische Grundsätze an passenden Stellen einzuflech-
ten; so sagte er zum Beispiel: »Es gibt vorübergehende Spannungen
im Hofleben, die auf lange Zeit hinaus über Sein und Nichtsein der
hervorragendsten Persönlichkeiten entscheiden. Dabei wäre es recht
unklug, politische Abneigung, die oft nur die ganz natürliche Folge
entgegengesetzter Standpunkte ist, in persönlichen Haß zu verkehren.«
Ja, der Erzbischof ließ sich durch den tiefen Kummer, den ihm die
so unvorhergesehene Verhaftung bereitete, zu der Äußerung verleiten,
man sei sicherlich berechtigt, die Stellung zu wahren, die man inne
habe, aber es sei eine recht fruchtlose Unvernunft, sich für die Zukunft
wilden Haß aufzuladen, indem man sich zu Dingen hergäbe, die einem
nie vergessen würden.

Als der General mit seiner Tochter in seinem Wagen saß, sagte er
zu ihr: »Das sollte wohl eine Drohung sein? Eine Drohung einem
Manne meines Schlages!«

Weiter fielen in den zwanzig Minuten keine Worte zwischen Vater
und Tochter.

Als Clelia den Hirtenring des Erzbischofs annahm, hatte sie sich
wohl vorgenommen, ihrem Vater, sobald sie im Wagen wären, von
dem kleinen Dienst zu berichten, um den der Prälat sie angegangen
hatte. Nachdem er aber das Wort ›Drohung‹ mit so zorniger Betonung
ausgesprochen hatte, war sie überzeugt, daß ihr Vater sie an der
Ausführung des Auftrages hindern werde. Sie verdeckte den Ring mit
der linken Hand und hielt ihn leidenschaftlich fest. Während der
ganzen Zeit, die die Fahrt vom Ministerium des Inneren bis in den
Hof der Zitadelle in Anspruch nahm, überlegte sie sich, ob es Sünde

sei, ihrem Vater nichts zu sagen. Clelia war sehr fromm und gottes-
fürchtig, und ihr sonst so ruhiges Herz schlug mit ungewohnter Heftigkeit. Aber schließlich rief der Posten, der auf dem Wall über dem
Tore Wache stand, sein »Wer da?«, bevor sie die geeigneten Worte
gefunden hatte, um ihren Vater zu bereden, ihre Bitte nicht abzuschlagen; so sehr fürchtete sie, daß sie ihr abgeschlagen werden könnte.
Als sie die dreihundertsechzig Stufen zur Kommandantur hinaufschrit-
ten, fand sie Clelia erst recht nicht.

Sobald es anging, sprach sie mit ihrem Onkel, der sie ausschalt und
sich auf nichts einließ.

16.

»Gib acht«, rief der General, als er seinen Bruder Don Cesare sah,
»die Duchezza wird hunderttausend Taler daran setzen, mir einen
Streich zu spielen und dem Gefangenen die Freiheit zu verschaffen!«

Für einige Zeit müssen wir Fabrizzio nun in seinem Gefängnis im
obersten Stock der Zitadelle sich selbst überlassen. Man bewachte ihn
gut, und wir werden ihn vielleicht ein wenig verändert wiederfinden.
Wir wollen uns zunächst mit der Hofgesellschaft beschäftigen, in der
verwickelte Ränke und vor allem die Leidenschaft einer unglücklichen
Frau sein Schicksal entscheiden werden. Während Fabrizzio die drei-
hundertneunzig Stufen zu seiner Zelle in der Torre Farnese hinaufstieg,
hatte er keine Zeit, über sein Unglück nachzudenken.

Als die Duchezza von der Abendgesellschaft beim Grafen Zurla
heimkehrte, schickte sie ihre Kammerfrauen mit einer Handbewegung
weg; dann warf sie sich unausgekleidet auf ihr Bett.

»Fabrizzio«, schrie sie laut auf, »ist in der Macht seiner Feinde, und
vielleicht vergiften sie ihn meinetwegen!«

Die Verzweiflung, die dieser Erkenntnis folgte, ist nicht zu schildern,
zumal bei einer wenig vernünftigen Frau, die eine Sklavin ihrer augenblicklichen Stimmung und, ohne es sich einzugestehen, in den jungen
Gefangenen unsinnig verliebt war: Gestammel, Wutausbrüche,
krampfhafte Zuckungen, aber keine Tränen.

Sie schickte ihre Dienerschaft weg, um ihren Zustand zu verbergen.
Sie hatte geglaubt, sie müsse in Schluchzen ausbrechen, sobald sie allein
sei, aber die Tränen, der erste Trost in großen Schmerzen, blieben

völlig aus. Wut, Entrüstung, das Gefühl ihrer Ohnmacht gegenüber dem Fürsten beherrschten ihre stolze Seele völlig.

»Bin ich nun gedemütigt genug?« rief sie wieder und wieder. »Man beschimpft mich, mehr noch, man gefährdet Fabrizzios Leben! Und ich soll mich nicht rächen? Halt, Serenissimus! Sie können ihn morden, gut, Sie haben die Macht dazu! Aber dann gehe ich Ihnen ans Leben! Ach, armer Fabrizzio, was hast du davon? Was für ein Unterschied zwischen heute und jenem Tage, als ich Parma verlassen wollte! Und wie unglücklich wähnte ich mich damals doch! Welche Verblendung! Ich wollte auf alle Annehmlichkeiten im Leben verzichten ... O, ungewollt rühre ich da an ein Ereignis, das mein Geschick auf ewig entschieden hat. Hätte der Graf in seiner abscheulichen Hofschranzengewohnheit nicht die Worte ›ungerechter Prozeß‹ unterdrückt, in dem unseligen Brief, den ich dem Dünkel des Fürsten abtrotzte, so wären wir gerettet. Mehr aus Glück als aus Geschicklichkeit hatte ich seine Eitelkeit auf seine geliebte Stadt Parma mit ins Spiel gezogen. Damals drohte ich mit meiner Abreise; damals war ich frei! Großer Gott, jetzt bin ich eine rechte Sklavin! Jetzt stecke ich tief in diesem verruchten Pfuhl; und Fabrizzio liegt in Ketten in der Zitadelle, in dieser Zitadelle, die für manchen Edlen ein Vorhof des Todes ist! Ich vermag den Tiger nicht mehr zu bändigen mit der Furcht, daß ich seine Raubtierhöhle verlasse!

Er ist viel zu schlau, nicht zu merken, daß ich mich nie und nimmer von diesem verruchten Turm, an den mein Herz gefesselt ist, entfernen werde. Jetzt kann die verletzte Selbstgefälligkeit dieses Mannes ihm die sonderlichsten Gedanken einjagen, ja, seine verrückte Grausamkeit wird seine unglaubliche Eigenliebe noch anstacheln. Wenn er seine alten, faden Liebesanträge erneuert, wenn er mir sagt: ›Erhören Sie die Huldigungen Ihres Sklaven, oder Fabrizzio ist des Todes!‹ – meinetwegen! Die alte Geschichte von der Judith! Ja, aber das wäre nicht nur Selbstmord meinerseits, das wäre Mord an Fabrizzio! Der Tropf von Nachfolger, unser Erbprinz, und der niederträchtige Henker Rassi brächten Fabrizzio als meinen Mitschuldigen an den Galgen.«

Die Duchezza schrie laut auf; dieses Entweder – oder, vor dem sie keinen Ausweg sah, marterte ihr unglückliches Herz. Ihr wirrer Kopf erblickte keine dritte Möglichkeit am Horizonte. Zehn Minuten lang tobte sie wie von Sinnen. Schließlich löste ein kurzer Schlaf diesen schrecklichen Zustand völliger Erschöpfung ab; ihre Lebenskraft war zu Ende. Nach ein paar Minuten fuhr sie jäh aus ihrem Schlummer auf und fand sich auf ihrem Bett sitzend. Ihr hatte geträumt, der Fürst wolle Fabrizzio in ihrer Gegenwart köpfen lassen. Mit verstörten Augen schaute die Duchezza um sich. Als sie sich endlich klar ward, daß weder Serenissimus noch Fabrizzio ihr vor Augen stand, sank sie auf ihr Bett zurück, einer Ohnmacht nahe. Ihre Glieder waren so schwach, daß sie nicht die Kraft hatte, sich anders hinzulegen. »Mein Gott, wenn ich sterben könnte!« rief sie. »Aber wie feig von mir! Ich sollte Fabrizzio im Unglück allein lassen? Ich bin irre. Die Augen auf! Kehren wir zur Wirklichkeit zurück! Betrachten wir kaltblütig die verwünschte Lage, in die ich wie zum Spaß hineingetaumelt bin! Was für ein unheilvoller Leichtsinn, an den Hof eines selbstherrlichen Fürsten zu gehen, eines Tyrannen, der alle seine Opfer kennt, der in jedem Blicke Trotz wider seine Macht wittert! Ach, das haben wir nicht berücksichtigt, weder ich noch der Graf, als ich Mailand verließ; ich hatte nur die Reize eines liebenswürdigen Hofes vor Augen, den ich mir wohl etwas kleiner vorstellte, aber doch so ähnlich wie den mailändischen in den schönen Tagen unter dem Fürsten Eugen.

Aus der Ferne machte ich mir keinen Begriff, was die unumschränkte Macht eines Despoten bedeutet, der alle seine Untertanen von Angesicht zu Angesicht kennt. Die äußere Form des Absolutismus ist die gleiche wie die anderer Regierungsformen. Es gibt zum Beispiel Richter; aber das sind Leute wie Rassi. Dieses Ungeheuer fände nichts Außergewöhnliches dabei, seinen eigenen Vater aufzuknüpfen, wenn Serenissimus es anbeföhle. Er würde das seine Pflicht nennen. – Rassi bestechen? Ich Unglückliche! Dazu bin ich zu arm! Was könnte ich ihm anbieten? Vielleicht hunderttausend Franken. Es geht das Gerücht, nach dem Anschlag auf sein Leben, dem der Fürst entronnen ist – so wollte es der Zorn des Himmels über diesem unglücklichen Lande! –, habe er ihm zehntausend Zechinen in Gold in einer Schatulle übersandt! Welche Geldsumme sollte ihn da bestechen? Seine schmutzige Seele, die in den Blicken der Menschen immer nur Verachtung gelesen hat, weidet sich jetzt daran, uns in Angst, ja demütig zu sehen. Er kann Polizeiminister werden, warum nicht? Dann werden drei Viertel der Untertanen vor ihm kriechen und zittern, ebenso knechtisch, wie er selber vor Serenissimus zittert.

Ich darf aus diesem abscheulichen Ort nicht fliehen; ich muß um Fabrizzios willen hierbleiben. Wenn ich fern, einsam, verzweifelt leben wollte, was erreichte ich damit für ihn? Auf, raffe dich empor, unglückliches Weib! Tu deine Pflicht! Geh unter die Leute; tu so, als ob du nicht mehr an Fabrizzio dächtest! Ach, tun, als ob ich dich vergäße, mein Liebling!«

Bei diesen Worten brach die Duchezza in Tränen aus; endlich konnte sie weinen. Nach einer Stunde, die sie dieser menschlichen Schwäche zollte, fühlte sie sich ein wenig getröstet; ihre Gedanken begannen sich aufzuhellen. ›Ich möchte einen Zaubermantel haben‹, sagte sie sich, ›um Fabrizzio aus der Zitadelle zu entführen und mit ihm in irgendein glückliches Land zu entfliehen, wohin uns keiner verfolgen kann, zum Beispiel nach Paris. Dort lebten wir zunächst von den zwölfhundert Franken, die mir der Verwalter seines Vaters immer mit so spaßiger Pünktlichkeit zukommen läßt. Aus den Trümmern meines Vermögens könnte ich wohl hunderttausend Franken zusammenscharren ...‹

Die Duchezza malte sich alle Einzelheiten des Lebens, das sie dreihundert Meilen fern von Parma führen würde, in unsagbar köstlichen Farben aus. ›Unter einem anderen Namen‹, sagte sie sich, ›könnte er dort Offizier werden. In einem der braven französischen Regimenter erlangt der junge Valserra vielleicht bald einen Ruf. Endlich wäre er glücklich!‹

Diese herrlichen Schwärmereien lockten ihr von neuem Tränen ab, aber es waren milde Tränen. Irgendwo gab es doch noch ein Glück! Dieser Zustand hielt lange an. Der armen Frau widerstand es, der abstoßenden Wirklichkeit ins Auge zu schauen. Endlich, als der Tag zu dämmern begann und die Wipfel der Bäume im Park mit einer lichten Linie umwob, kehrte ihre Willenskraft zurück. ›In ein paar Stunden‹, sagte sie sich, ›werde ich auf dem Kampfplatz sein. Es gilt zu handeln; und wenn es so kommen sollte, daß mich irgend etwas reizt, wenn Serenissimus sich unterfängt, eine Bemerkung über Fabrizzio zu machen, dann bin ich nicht sicher, ob ich meine Kaltblütigkeit wahren kann. Ich muß also auf der Stelle und ohne Verzug einen Entschluß fassen.

Wenn ich landesverräterischer Umtriebe bezichtigt werde, beschlagnahmt Rassi alles, was sich in meinem Palast vorfindet. Am Ersten des Monats haben wir, der Graf und ich, wie gewöhnlich alle Papiere verbrannt, die von der Polizei mißbraucht werden könnten. Dabei ist er Polizeiminister, wie drollig! Ich besitze drei Diamanten von einigem

Wert. Morgen soll Fulgenzio, mein alter Fährmann aus Grianta, nach Genf reisen und sie dorthin in Sicherheit bringen. Wenn Fabrizzio je entkommt – großer Gott, steh mir bei! –‹, sagte sie, sich bekreuzigend, ›so könnte der Marchese del Dongo in seiner maßlosen Feigheit es für sündhaft finden, einem Menschen, der von einem legitimen Fürsten verfolgt wird, sein Brot zu gewähren. Dann soll er wenigstens meine Diamanten haben und nicht zu hungern brauchen.

Ich nehme den Besuch des Grafen nicht an. Allein mit ihm zu sein nach dem, was sich soeben ereignet hat, das ist mir unmöglich. Der arme Mann! Er ist keineswegs bösartig; im Gegenteil, er ist nur schwach. Seine Alltagsseele reicht bei weitem nicht zur Höhe der unsrigen hinan. Armer Fabrizzio, daß du nicht einen Augenblick bei mir sein kannst, um mit mir über die Gefahren zu beraten, die uns drohen!

Die peinliche Vorsicht des Grafen würde meine Pläne nur beengen; zudem ist es nicht nötig, ihn mit in mein Verderben hineinzureißen. Denn warum sollte mich die Eitelkeit jenes Tyrannen nicht in den Kerker werfen, als eine Mitverschworene? Nichts ist leichter zu beweisen. Wenn er mich in die Zitadelle sperrte, und ich könnte Fabrizzio mit Hilfe von Gold sprechen, und wäre es nur einen Augenblick, mit welchem Mute gingen wir da gemeinsam in den Tod! – Aber weg mit diesen Albernheiten! Sein Rassi könnte ihm ebensogut raten, mich zu vergiften. Wenn ich auf einem Karren durch die Straßen gefahren würde, so könnte das seinen teuren Untertanen auf die Nerven gehen. – O nein, nicht so romanhaft! Ach, solche Torheiten sind verzeihlich bei einem armen Weibe, dessen wirkliches Schicksal so traurig ist! In Wahrheit fällt es Serenissimus gar nicht ein, mich in den Tod zu schicken; aber nichts ist für ihn einfacher, als mich in den Kerker zu werfen und dort schmachten zu lassen. Er brauchte nur in einem Winkel meines Palastes allerlei verdächtige Schriftstücke verstecken zu lassen, wie es bei jenem armen L. geschah. Dazu drei Richter, die gar nicht einmal Schurken sein müssen. Denn was sie Beweisstücke nennen, ist ja da, und ein Dutzend falscher Zeugen dazu. Ich kann also als Verschwörerin zum Tode verurteilt werden. Serenissimus wird jedoch in seiner grenzenlosen Milde und in Anbetracht dessen, daß ich einst die Ehre hatte, seinem Hofe anzugehören, meine Strafe in zehn Jahre Festung umwandeln. Ich aber werde dann meinen ungestümen Charakter nicht verleugnen, der mich verleitet hat, der Marchesa

Raversi und meinen anderen Feinden so manche Bosheit zu sagen: ich werde mich tapfer vergiften. Zum mindesten wird das Publikum die Güte haben, dies zu glauben; ich wette aber, Rassi erscheint in meiner Zelle und überbringt mir ritterlicherweise, im Auftrag des Fürsten, ein Fläschchen mit Strychnin oder Opium von Perugia.

Ja, ich muß mich mit dem Grafen ganz offenkundig entzweien, denn ich will ihn nicht mit in mein Verderben ziehen; das wäre Niedertracht. Der arme Mann hat mich mit so viel Aufrichtigkeit geliebt. Es war eine Dummheit von mir, zu glauben, daß in einem echten Hofmann so viel Seele übrig bleiben könnte, um der Liebe fähig zu sein. Höchstwahrscheinlich wird Serenissimus irgendeinen Vorwand finden, mich in den Kerker zu werfen. Er wird befürchten, ich könne die öffentliche Meinung für Fabrizzio gewinnen. Der Graf hat ein sehr feines Ehrgefühl. Er bringt im Augenblick zuwege, was die Wichte hier am Hof in ihrer völligen Verblüffung eine Torheit nennen würden: er wird den Hof verlassen. Ich habe an jenem Abend mit dem Brief die Würde des Fürsten verletzt; bei seiner gekränkten Eitelkeit kann ich mich auf alles gefaßt machen. Vergißt ein geborener Fürst jemals eine Empfindung, wie ich sie an jenem Abend verursacht habe? Ist der Graf übrigens mit mir entzweit, so ist er viel mehr in der Lage, Fabrizzio zu nützen. Aber wird er nicht aus Verzweiflung über meinen Entschluß auf Rache sinnen? Halt! Da habe ich ja gleich einen Einfall, auf den er niemals geraten wäre. Die tiefe Gemeinheit des Fürsten geht ihm völlig ab. Er kann einen niederträchtigen Erlaß seufzend gegenzeichnen und bleibt doch ein Ehrenmann. Und dann, weshalb sollte er sich rächen wollen? Nur weil ich nach fünf Jahren treuester Liebe ihm sage: ›Mein lieber Graf! Ich hatte das Glück, Sie zu lieben. Nun ist diese Flamme erloschen. Ich liebe Sie nicht mehr. Aber ich kenne Ihr Herz gründlich; ich bewahre Ihnen eine tiefe Verehrung, und Sie werden stets mein bester Freund sein.‹ Was kann ein ritterlicher Mann auf eine so aufrichtige Erklärung antworten?

Ich werde einen neuen Geliebten nehmen, wenigstens wird man das in der Gesellschaft glauben. Zu diesem Liebhaber werde ich sagen: ›Im Grunde hat Serenissimus recht, daß er Fabrizzios Unbesonnenheit bestraft. Aber ich zweifle nicht daran, daß unser allergnädigster Landesherr an seinem Geburtstag ihm die Freiheit wiederschenken wird.‹ Damit gewinne ich sechs Monate. Den neuen Liebhaber schreibt die Klugheit vor. Es müßte dieser bestechliche Richter, dieser verruchte

Henker, dieser Rassi sein … Er würde sich geadelt fühlen, und in der Tat, ich würde ihn in die gute Gesellschaft einführen. – Verzeih, lieber Fabrizzio! Einer solchen Kraftleistung bin ich nicht fähig! Ja, wenn sich dieses Ungeheuer, das noch so besudelt ist vom Blute des Grafen Palanza und des D., mir näherte, ich stürbe vor Ekel, oder vielmehr ich nähme einen Dolch und bohrte ihn in sein verruchtes Herz. Bitte mich nicht um Unmögliches!

Ja, vor allem Fabrizzio vergessen! Und nicht einen Schatten von Wut gegen Serenissimus! Meine gewöhnliche Heiterkeit bewahren! Sie wird diesen schmutzigen Seelen um so liebenswürdiger erscheinen, erstens, weil es so aussieht, als unterwürfe ich mich gutwillig ihrem Gebieter, und zweitens, weil ich, weit entfernt, ihrer zu spotten, bemüht sein will, ihre hübschen kleinen Verdienste anzuerkennen. Zum Beispiel werde ich dem Grafen Zurla eine Schmeichelei über seine schöne weiße Hutfeder sagen, die er sich durch einen Boten aus Lyon hat kommen lassen und die sein ganzer Stolz ist. Einen Geliebten aus der Partei der Raversi wählen! Wenn der Graf geht, wird ihre Partei ans Ruder gelangen; sie wird die Macht haben. Ein Freund der Raversi wird dann Kommandant der Zitadelle, denn Fabio Conti wird Minister. Wie wird Serenissimus, dieser Weltmann, dieser geistreiche Mensch, an die liebenswürdige Arbeitsweise des Grafen gewöhnt, mit diesem Schafskopf auskommen, mit diesem Esel aller Esel, dessen Hauptproblem es zeit seines Lebens gewesen ist, ob Allerhöchstdero Soldaten an ihren Waffenröcken sieben oder besser neun Knöpfe tragen sollen? So sind diese rohen Schranzen, die auf mich eifersüchtig sind, und das ist es, was dich so in Gefahr bringt, teurer Fabrizzio! So sind diese rohen Schranzen, die mein und dein Schicksal entscheiden sollen! Also nicht dulden, daß der Graf seine Entlassung einreicht! Er muß bleiben, und sollte er Demütigungen hinnehmen! Er bildet sich immer ein, das Entlassungsgesuch sei das größte Opfer, das ein Premierminister bringen könne. Und allemal, wenn ihm sein Spiegel sagt, daß er altert, bietet er mir dieses Opfer an. Folglich: völliger Bruch! Ja, und nur dann eine Versöhnung, wenn es kein anderes Mittel gäbe, ihn am Gehen zu hindern. Wir werden uns ganz gewiß in allergrößter Freundschaft trennen. Aber nach der schranzenhaften Weglassung der Worte ›ungerechter Prozeß‹ im Brief des Fürsten fühle ich, daß ich ihn hassen muß, wenn ich ihn nicht ein paar Monate meide. An jenem Abend bedurfte ich seines Geistes nicht; er hätte nur mein

Diktat nachzuschreiben brauchen: nur diese zwei Worte, die mein Charakter ertrotzt hatte! Seine niedrigen Höflingsmanieren haben ihn irregeleitet. Am nächsten Tage sagte er zu mir, er hätte seinem Fürsten keine Geschmacklosigkeit zur Unterschrift vorlegen können; es hätte ein Gnadenschreiben sein müssen. O du mein Gott, von solchen Leuten, von solchen Ungeheuern der Eitelkeit und Ränkesucht, von einem Farnese nimmt man, was man kriegt!‹ Bei diesem Gedanken entbrannte der ganze Zorn der Duchezza von neuem. ›Der Fürst hat mich betrogen‹, sagte sie sich, ›und mit welcher Feigheit! Der Mann ist nicht zu entschuldigen. Er hat Geist, Scharfsinn, Verstand; an ihm ist nichts gemein als seine Leidenschaften. Der Graf und ich, wir haben ihn zwanzigmal beobachtet; sein Geist wird nur gemein, wenn er sich einbildet, man wolle ihm etwas antun. Gut! Fabrizzios Vergehen hat mit der Politik nichts zu tun. Er hat ein Mördchen begangen, wie ihrer alljährlich in diesen glücklichen Landen Hunderte vorkommen. Und der Graf hat mir geschworen, er habe die genauesten Erkundigungen einziehen lassen, und Fabrizzio sei unschuldig. Dieser Giletti war keineswegs ohne Mut; als er sich zwei Schritt vor der Grenze sah, kam er plötzlich in die Versuchung, sich eines glücklichen Nebenbuhlers zu entledigen.‹

Lange grübelte die Duchezza nach, ob es möglich sei, an Fabrizzios Schuld zu glauben. Sie fand, es sei für einen Edelmann vom Rang ihres Neffen keine große Sünde weiter, sich eines unverschämten Komödianten zu entledigen. Aber in ihrer Verzweiflung stellte sich bei ihr das undeutliche Gefühl ein, sie sei verpflichtet, für den Unschuldsbeweis Fabrizzios zu kämpfen. ›Nein‹, sagte sie sich schließlich, ›ich habe einen unumstößlichen Beweis. Er ist wie der arme Pietranera. Immer trägt er die Taschen voller Waffen, aber gerade an dem Tage hatte er nur eine erbärmliche Flinte, die er sich obendrein von einem Arbeiter geborgt hatte.

Ich hasse Serenissimus, weil er mich betrogen hat, betrogen in der allerfeigsten Art und Weise. Nach seinem Begnadigungsbrief hat er den armen Jungen in Bologna aufgreifen lassen. Aber diese Rechnung wird ausgeglichen!‹

Vernichtet durch diesen langen Verzweiflungsanfall, klingelte die Duchezza gegen fünf Uhr morgens ihren Kammerzofen. Die schrieen laut auf, als sie ihre Herrin auf dem Bett liegen sahen, völlig angekleidet, in ihrem Diamantenschmuck, bleich wie die Kissen, die Augen geschlossen. Sie kam ihnen vor wie eine prunkvolle Leiche. Sie hätten geglaubt, sie sei wirklich tot, wenn sie sich nicht erinnert hätten, daß sie soeben nach ihnen geklingelt hatte. Hin und wieder rannen ihr einzelne Tränen über die farblosen Wangen. Die Frauen begriffen ihren Wink, daß sie zu Bett gebracht sein wolle.

Nach der Abendgesellschaft beim Minister Zurla hatte sich Graf Mosca zweimal im Hause der Duchezza eingestellt. Da er beide Male nicht empfangen wurde, so schrieb er ihr, er bedürfe ihres Rates für seine eigene Person. Solle er seinen Posten behalten nach dem Schimpf, den man ihm anzutun gewagt? Weiterhin schrieb er: ›Der junge Mann ist unschuldig. Durfte man ihn verhaften, ohne mich vorher davon in Kenntnis zu setzen, mich, seinen erklärten Beschützer?‹ Die Duchezza bekam den Brief erst am anderen Tage.

Der Graf war Amoralist, ja man könnte hinzufügen, daß er das, was die Liberalen unter Tugend verstehen, nämlich die Fürsorge für das Allgemeinwohl, für eitel Spiegelfechterei hielt. Er glaubte sich verpflichtet, vor allem für das Heil des Grafen Mosca della Rovere zu sorgen. Aber er war von feinem Ehrgefühl und durchaus aufrichtig, wenn er von seinem Abschiedsgesuch sprach. Noch nie im Leben hatte er der Duchezza eine Lüge gesagt. Übrigens schenkte sie seinem Brief nicht die geringste Aufmerksamkeit. Ihr Entschluß, ein recht schmerzlicher Entschluß, war gefaßt: sich stellen, als ob sie Fabrizzio vergäße. Nach dieser Kraftprobe war ihr alles andere gleichgültig.

Anderntags wurde der Graf, der zehnmal vergeblich im Palazzo Sanseverina vorgesprochen hatte, endlich gegen Mittag vorgelassen. Er war beim Anblick der Duchezza wie vom Donner gerührt. ›Sie ist vierzig Jahre alt‹, sagte er sich, ›und gestern sah sie so glänzend, so blühend aus! Alle Welt hat mir gesagt, während ihres langen Gesprächs mit Clelia Conti habe sie jung wie diese und geradezu verführerisch ausgesehen.‹

Der Klang ihrer Stimme war ebenso befremdend wie ihr Gesichtsausdruck. Dieser Klang, bar jeder Leidenschaft, jedes Anteils am Leben, jedes Trotzes, ließ den Grafen erbleichen. Er erinnerte ihn an einen seiner Freunde, der ihn vor wenigen Monaten nach Empfang der Sterbesakramente noch einmal hatte rufen lassen.

Es dauerte einige Minuten, bis die Duchezza zu sprechen vermochte. Sie schaute ihn an, aber ihre Augen blieben erloschen: »Trennen wir uns, mein lieber Graf!« sagte sie zu ihm mit schwacher, aber fester

Stimme, indem sie sich alle Mühe gab, einen liebenswürdigen Ton anzuschlagen. »Trennen wir uns! Es ist nötig. Der Himmel ist mein Zeuge, daß ich mir in diesen fünf Jahren nichts gegen Sie vorzuwerfen habe. Sie haben mir ein glänzendes Dasein verschafft, mich aus der Langenweile befreit, die in Grianta mein trübseliges Los war. Ohne Sie hätte mich das Alter ein paar Jahre früher heimgesucht. Anderseits ist es mein einziges Streben gewesen, Ihnen zu helfen, glücklich zu sein. Und weil ich Sie liebe, sage ich Ihnen: Wir wollen gütlich auseinandergehen, à l'amiable, wie man in Frankreich zu sagen pflegt.«

Der Graf verstand sie nicht. Sie mußte es ihm mehrere Male wiederholen. Er wurde totenfahl, fiel vor ihrem Bett auf die Knie und sagte alles, was tiefe Verblüfftheit und höchste Verzweiflung einem klugen, leidenschaftlich verliebten Mann eingeben können. Immer wieder bot er ihr an, seine Entlassung einzureichen und seiner Freundin nach irgendeiner Zufluchtsstätte tausend Meilen von Parma zu folgen.

»Sie wagen mir vom Weggehen zu reden, wo Fabrizzio hierbleibt?« rief sie aus und richtete sich endlich halb auf. Aber da sie bemerkte, daß der Name Fabrizzio ihn schmerzlich berührte, fügte sie nach kurzem Schweigen hinzu, indem sie des Grafen Hand leicht drückte: »Nein, teurer Freund, ich will nicht behaupten, daß ich Sie mit jener Glut geliebt habe, die man vermutlich nicht einmal mit dreißig Jahren mehr hat, und ich bin über dieses Alter schon recht weit hinaus. Man wird Ihnen zugeflüstert haben, ich liebte Fabrizzio … Ich kenne ja den Klatsch, der an diesem boshaften Hof in Blüte steht.« Ihre Augen glänzten zum ersten Male während dieses Zwiegesprächs wieder auf, als sie das Wort ›boshaft‹ aussprach. »Ich schwöre Ihnen bei Gott und bei Fabrizzios Leben, daß zwischen ihm und mir nie auch nur das geringste geschehen ist, was das Auge eines Dritten hätte scheuen müssen. Ich will Ihnen nicht gerade sagen, daß ich ihn in schwesterlicher Zuneigung liebe; ich liebe ihn sozusagen – aus Instinkt. Ich liebe an ihm seinen schlichten und vollendeten Heldenmut, von dem man behaupten kann, daß er selber ihn nicht kennt. Ich erinnere mich, daß diese Art von Bewunderung begonnen hat, als er von Waterloo zurückkam. Er war noch ein Kind trotz seinen siebzehn Jahren. Seine größte Sorge war die, zu wissen, ob er wirklich an der Schlacht teilgenommen hatte, und wenn das der Fall war, ob er sagen dürfe, er sei Mitkämpfer gewesen, da er doch weder eine Batterie noch irgendeine feindliche Kolonne angegriffen hätte. Damals, bei den gewichtigen Erörterungen, die wir zusammen über diese bedeutsame Frage anstellten, habe ich an ihm zum ersten Male vollendeten Liebreiz entdeckt. Seine Seelengröße enthüllte sich mir. Mit was für klugen Lügen hätte jeder andere wohlerzogene junge Mann vor mir geprahlt! Kurz und gut, wenn er nicht glücklich ist, kann ich nicht glücklich sein. Das ist es! In diesen Worten haben Sie meinen Herzenszustand. Wenn es nicht die Wahrheit ist, so ist es zum mindesten alles, was ich von ihr weiß!«

Ermutigt durch diesen freimütigen, vertraulichen Ton, wollte der Graf ihr die Hand küssen. Sie entzog sie ihm mit einer Art von Grauen. »Das ist vorbei«, sagte sie zu ihm. »Ich bin eine Frau von siebenunddreißig Jahren, ich stehe an der Schwelle des Alters, ich merke bereits seine ganze Verzagtheit, und vielleicht bin ich sogar nicht mehr weit vom Grabe. Das ist ein schrecklicher Zeitpunkt, wie man sagt, und doch scheint er mir erwünscht. Ich verspüre das schlimme Vorzeichen des Alters. Mein Herz ist durch dieses furchtbare Unglück erstorben; ich kann nicht mehr lieben. Ich erblicke in Ihnen, lieber Graf, nur noch den Schatten von etwas, das mir teuer war. Mehr noch, es ist einzig Dankbarkeit, die mich veranlaßt, so zu Ihnen zu sprechen.«

»Was soll aus mir werden?« entgegnete ihr der Graf. »Ich fühle es doch: ich hänge an Ihnen leidenschaftlicher als in jenen Tagen, da ich Sie zum ersten Male in der Scala sah!«

»Darf ich Ihnen etwas gestehen, lieber Freund? Von Liebe zu reden, langweilt mich und scheint mir anstößig. Auf!« fuhr sie fort, indem sie zu lächeln versuchte, wenn auch vergeblich. »Mut! Seien Sie ein Mann von Geist, seien Sie verständig, seien Sie Herr der Lage! Zeigen Sie mir, daß Sie wirklich der Mann sind, für den Sie in den Augen der Unbeteiligten gelten, der gewandteste und größte Diplomat, den Italien seit Jahrhunderten erlebt!«

Der Graf stand auf und wandelte eine Weile stumm im Gemach hin und her.

»Unmöglich, meine Teure!« sagte er endlich. »Ich bin den Qualen der wildesten Empfindungen preisgegeben, und Sie verlangen von mir, ich solle die Vernunft sprechen lassen. Für mich gibt es keine Vernunft mehr!«

»Reden wir nicht von unseren Gefühlen, ich bitte Sie!« sagte sie in herbem Ton, und das war das erste Mal nach zweistündigem Gespräch, daß ihre Stimme einen bestimmten Klang annahm. Trotz seiner eigenen Verzweiflung suchte der Graf seine Freundin zu trösten.

»Er hat mich betrogen!« rief sie, ohne irgendwie auf die Hoffnungen einzugehen, die ihr der Graf begründete. »Er hat mich in der feigsten Weise betrogen!«

Ihre Totenblässe wich auf einen Augenblick; aber selbst während dieser äußerst heftigen Aufwallung sah der Graf, daß sie nicht die Kraft hatte, den Arm zu heben.

›Großer Gott‹, dachte er, ›möglicherweise ist sie nur krank! Dann freilich wäre das der Anfang einer sehr schweren Krankheit!‹

Besorgt schlug er vor, den berühmten Rasori²⁵ holen zu lassen, den ersten Arzt des Landes und Italiens.

»Wollen Sie denn einem Fremden das Vergnügen machen, die ganze Größe meiner Verzweiflung zu ermessen? Ist das der Rat eines Verräters oder eines Freundes?« Dabei schaute sie ihn mit seltsamen Augen an.

›So ist es denn Tatsache‹, sagte er sich verzweifelt. ›Sie liebt mich nicht mehr, ja sie rechnet mich nicht einmal mehr unter die gewöhnlichen Ehrenmänner.‹

»Was ich sagen wollte«, fuhr er laut und mit Eifer fort, »ich habe vor allem Einzelheiten über die Verhaftung feststellen wollen, die uns so in Verzweiflung bringt, aber merkwürdigerweise habe ich noch nichts Bestimmtes erfahren. Ich habe die Gendarmen der nächsten Wache verhören lassen; sie haben gesehen, wie der Gefangene auf der Straße von Castelnuovo ankam, und Befehl erhalten, seinem Wagen zu folgen. Ich habe Bruno, dessen Eifer Ihnen ebenso bekannt ist wie seine Ergebenheit, noch einmal zurückgeschickt; er hat die Anweisung,

25 G. Rasori, einer der Mitarbeiter am ›Conciliatore‹, der Zeitschrift der Mailänder Romantiker und Carbonari (1818-1819), war mit Beyle befreundet. In einem Briefe jener Zeit schreibt Stendhal: ›Er ist arm wie eine Kirchenmaus, lustig wie ein Vogel, witzig wie Voltaire und charakterfest wie Eisen. Ich stelle ihn neben die genialsten Männer, die ich kenne. Nach Napoleon, Canova und Byron kommen Rossini und Rasori. Er ist Arzt, Erfinder, Dichter und Schriftsteller. Ein wundervoller Plauderer. Sein Gesicht sieht verlebt aus, aber es ist geschnitten wie eine köstliche Kamee.‹

von Ort zu Ort zu gehen, um zu erkunden, wo und wie Fabrizzio festgenommen worden ist.«

Als Fabrizzios Name fiel, ward die Duchezza von einem leichten Krampf geschüttelt.

»Verzeihen Sie mir, lieber Freund!« sagte sie zum Grafen, als sie wieder zu sprechen vermochte. »Diese Einzelheiten sind mir sehr wertvoll. Erzählen Sie mir alles! Lassen Sie mich die geringsten Umstände wissen!«

»So hören Sie, gnädige Frau!« fuhr der Graf fort, indem er einen leichten Plauderton anzuschlagen versuchte, um sie ein wenig abzulenken. »Ich habe Lust, Bruno einen zuverlässigen Schreiber nachzusenden und ihm aufzutragen, seine Erkundigungen bis Bologna fortzusetzen. Vielleicht hat man unsren jungen Freund dort ausgehoben. Von wann ist sein letzter Brief?«

»Vom Dienstag, also vor fünf Tagen.«

»War er auf der Post erbrochen?«

»Davon war keine Spur zu merken. Ich muß Ihnen sagen, er war auf abscheuliches Papier geschrieben, die Aufschrift stammte von weiblicher Hand und trug den Namen einer alten Wäscherin, einer Verwandten meiner Kammerzofe. Die Wäscherin glaubt, es handle sich um eine Liebesgeschichte, und Cechina erstattet ihr das Briefporto ohne Aufschlag zurück.«

Der Graf hatte einen ganz geschäftlichen Ton angenommen und versuchte in Gemeinschaft mit der Duchezza auszurechnen, an welchem Tage Fabrizzios Verhaftung in Bologna stattgefunden haben könne. Sonst so feinfühlig, ward er erst jetzt inne, daß er von vornherein nicht anders hätte sprechen sollen. Diese Einzelheiten fesselten die unglückliche Frau und zerstreuten sie sichtlich. Wäre der Graf nicht so verliebt gewesen, dann wäre ihm dieser doch recht nahe liegende Gedanke sogleich beim Betreten des Zimmers gekommen. Die Duchezza veranlaßte ihn, zu gehen, um dem treuen Bruno unverzüglich neue Befehle zu senden. Als die Frage gestreift wurde, ob Serenissimus den Haftbefehl vor oder nach der Unterzeichnung jenes Briefes an die Duchezza erlassen habe, ergriff sie eifrig die Gelegenheit, dem Grafen zu sagen: »Wegen Auslassung der Worte ›ungerechter Prozeß‹ in dem Brief, den Sie geschrieben haben und den Serenissimus unterzeichnet hat, mache ich Ihnen keinen Vorwurf. Es war der Höflingstrieb, der Sie am Schopfe hatte. Unbewußt setzten Sie das Wohl Ihres

Landesherrn über das Ihrer Freundin. Sie haben Ihr Tun meinen Befehlen untergeordnet, lieber Graf, und das seit langer Zeit; aber es steht nicht in ihrer Macht, Ihre Natur zu ändern. Sie besitzen große Fähigkeiten zum Minister, aber Sie haben auch den inneren Drang zu diesem Beruf. Das Weglassen des Wörtchens ›ungerecht‹ war mein Verderben. Aber ich bin weit entfernt, Sie deswegen irgendwie zu tadeln. Es war eine Verfehlung des Instinkts und nicht des Willens.

Merken Sie auf!« fuhr sie mit verändertem Ton und der Miene einer hohen Gebieterin fort. »Ich bin keinesfalls allzu betrübt über Fabrizzios Verhaftung; ich habe nicht im geringsten die Neigung, dieses Land zu verlassen; ich ehre Serenissimus. So sollen Sie sagen! Und nun, was ich Ihnen mitzuteilen habe: Da ich mein Tun und Lassen fortan allein zu bestimmen gedenke, will ich mich von Ihnen in aller Freundschaft trennen, das heißt, ich will Ihnen eine gute alte Freundin sein. Bilden Sie sich ein, ich wäre sechzig. Das junge Weib ist in mir erstorben, ich kann über nichts in der Welt mehr in Entzücken geraten, ich kann nicht mehr lieben. Aber ich wäre noch unglücklicher, als ich es bin, wenn ich Ihr Geschick gefährden sollte. Meine Pläne können es erheischen, daß ich mir vor den Leuten einen neuen Liebhaber zulege; aber ich möchte Ihnen damit nicht weh tun. Ich kann Ihnen schwören bei dem Glück Fabrizzios –«, nach diesen Worten machte sie eine kleine Pause, »daß ich Ihnen niemals untreu geworden bin, und das im Laufe von fünf Jahren. Das ist eine lange Zeit«, meinte sie und versuchte zu lächeln; ihre so bleichen Wangen belebten sich, aber ihre Lippen versagten. »Ich schwöre Ihnen sogar, daß ich weder Absicht noch Lust habe, Ihnen je untreu zu werden. Haben Sie mich recht verstanden? Dann lassen Sie mich allein!«

Der Graf verließ den Palazzo Sanseverina in heller Verzweiflung. Er war sich klar, daß die Duchezza den wohlerwogenen Vorsatz hatte, mit ihm zu brechen, aber nie war er so rasend verliebt gewesen. Das ist etwas, was ich immer besonders hervorheben muß, weil es außerhalb Italiens unwahrscheinlich ist. Als er in seine Wohnung kam, sandte er nicht weniger als sechs verschiedene Boten auf die Straße nach Castelnuovo und Bologna und gab ihnen Briefe mit. ›Aber das genügt nicht!‹ sagte sich der unglückliche Graf. ›Serenissimus kann den verstiegenen Einfall haben, den Unglücksjungen köpfen zu lassen, und zwar aus Rache für den Ton, den sich die Duchezza am Tage jenes unglückseligen Briefes vor ihm herausgenommen hat. Ich hatte sofort das Gefühl, daß die Duchezza eine Grenze überschreite, über die man nie hinausgehen darf. Und gerade um die Sache wieder einzurenken, habe ich die unglaubliche Dummheit begangen, die Worte ›ungerechter Prozeß‹ zu unterdrücken, das einzige, was den Fürsten gebunden hätte ... Ach was, diese Art Menschen ist durch nichts gebunden! Zweifellos ist das der Hauptfehler meines Lebens: Ich habe an den Entscheidungspunkten immer alles dem Zufall anvertraut. Jetzt heißt es, jene Torheit mit Tatkraft und Geschicklichkeit wettzumachen. Aber wenn ich nichts erreichen kann, selbst unter Preisgabe eines Teiles meiner Würde, dann lasse ich den Mann im Stich. Bei seinen großen politischen Träumen, seinen Ideen, sich zum König der Lombardei aufzuschwingen, wollen wir doch sehen, durch wen er mich ersetzen will. Fabio Conti ist nichts als ein Trottel, und Rassis Talent beschränkt sich darauf, jemanden, der den Machthabern mißfällt, gesetzmäßig an den Galgen zu bringen.‹

Nachdem der Entschluß einmal feststand, von seinem Ministerposten zurückzutreten, sobald die Maßregeln gegen Fabrizzio über die einfache Haft hinausgehen sollten, sagte sich der Graf: ›Wenn eine eitle Laune des so unklug gereizten Mannes mich mein Glück kostet, dann soll mir wenigstens die Ehre bleiben. Übrigens, da ich meines Amtes spotte, kann ich mir hundert Taten erlauben, die mich noch heute morgen unmöglich dünkten. Zum Beispiel werde ich das Menschenmögliche versuchen, Fabrizzio zur Flucht zu verhelfen ...‹ »Großer Gott!« rief der Graf aus, sich selbst unterbrechend und die Augen weit aufreißend, als sähe er ein unverhofftes Glück: »Die Duchezza hat von einem Fluchtversuch gar nichts erwähnt. Sollte sie zum ersten Mal in ihrem Leben nicht aufrichtig sein? Sollte der Bruch nichts weiter sein als der Wunsch, mich zum Verräter am Fürsten zu machen? Meiner Treu, so ists!«

Der Blick des Grafen gewann all seine satirische Feinheit wieder. ›Dieser liebenswürdige Fiskal Rassi wird von Serenissimus für alle die Urteilssprüche bezahlt, die uns vor Europa entehren, aber er ist kein Mann, der sich nicht auch von mir bestechen und sich die Geheimnisse seines Gebieters abkaufen ließe. Die Bestie hat eine Mätresse und einen Beichtvater. Doch diese Liebste sieht mir zu schäbig aus, als daß ich mit ihr reden könnte. Anderntags klatscht sie unsere Zusammenkunft allen Obstweibern der Nachbarschaft.‹

Durch diesen Hoffnungsschimmer neu belebt, machte sich der Graf flugs auf den Weg zur Kathedrale. Erstaunt über die Gewagtheit seines Schrittes, lächelte er trotz seinem Kummer. ›Das ist so, als wäre ich schon nicht mehr Minister‹, sagte er sich.

Die Kathedrale dient, wie viele Kirchen in Italien, als Durchgang von einer Straße zur anderen. Der Graf erblickte von weitem einen der Großvikare des Erzbischofs, der quer durch das Schiff kam.

»Da ich Sie gerade treffe«, sagte er zu ihm, »wäre es sehr gütig von Ihnen, wenn Sie mir bei meiner Gicht die Anstrengung ersparten, zu Seiner Hochwürden dem Erzbischof hinaufzusteigen. Ich wäre ihm über alles dankbar, wenn er in die Sakristei herunterkommen wollte.«

Der Erzbischof war über diese Botschaft entzückt; er hatte dem Minister wegen Fabrizzio so vieles zu sagen. Der Minister erriet jedoch, daß es nur Redensarten waren, und ging nicht darauf ein.

»Was für ein Mensch ist Dugnani, der Vikar von San Paolo?«

»Ein beschränkter Kopf, aber sehr ehrgeizig«, antwortete der Erzbischof. »Er macht sich wenig Gedanken und ist außerordentlich arm. Wir haben deshalb manchen Verdruß.«

»Ausgezeichnet, Monsignore!« rief der Minister. »Sie sind der reine Tacitus!«

Damit verabschiedete er sich lachend von ihm. Kaum war er wieder im Ministerium, als er den Abbate Dugnani zu sich bitten ließ.

»Sie sind der Seelsorger meines trefflichen Freundes, des Großfiskals Rassi. Sollte er mir nichts zu sagen haben?«

Und ohne weitere Worte und Förmlichkeiten entließ er Dugnani wieder.

17.

Der Graf fühlte sich als Minister außer Dienst. ›Sehen wir mal nach‹, sagte er sich, ›wieviel Pferde wir uns nach meinem Fall in die Ungnade noch halten können, denn so wird man meinen Rücktritt nennen!‹

Der Graf machte einen Vermögensüberschlag. Er hatte das Ministerium mit achtzigtausend Franken Vermögen übernommen; zu seiner großen Verwunderung fand er, daß er gegenwärtig alles in allem nicht über eine halbe Million Franken besaß. ›Das sind zwanzigtausend Lire im Jahre, nicht mehr und nicht weniger!‹ sagte er sich. ›Ich muß gestehen, daß ich ein großer Bruder Sorgenlos bin. Jeder Spießbürger von Parma wird mir hundertfünfzigtausend Lire Rente zutrauen. Und Serenissimus ist in diesem Punkt der Spießbürger größter. Wenn man mich am Hungertuch nagen sieht, wird man sagen, ich verstünde meinen Reichtum gut zu verheimlichen.‹ »Donnerwetter!« rief er laut. »Ich bin noch drei Monate Minister; ich will mein Vermögen verdoppeln!«

Dieser Gedanke bot ihm Gelegenheit, der Duchezza zu schreiben. Er ergriff sie begierig; aber um den Brief bei ihrem jetzigen Verhältnis verständlich zu machen, füllte er ihn mit Zahlen und Berechnungen. ›Wir werden alle drei‹, schrieb er ihr, ›Fabrizzio, Sie und ich, nur zwanzigtausend Lire Rente haben, um in Neapel zu leben. Fabrizzio und ich müssen uns zusammen einen einzigen Gaul halten.‹

Der Minister hatte den Brief kaum abgeschickt, als der Großfiskal Rassi gemeldet wurde. Mosca empfing ihn mit einer Überlegenheit, die an Unverschämtheit streifte.

»Was, Herr Rassi«, sagte er zu ihm, »Sie lassen einen Verschwörer, dem ich wohlwill, in Bologna verhaften, ja Sie wollen ihm an den Kragen, und Sie sagen mir davon kein Sterbenswort? Wissen Sie wenigstens den Namen meines Nachfolgers? Ist es General Conti, oder sind Sie es selber?«

Rassi stand wie angewurzelt da. Er war ein allzu schlechter Kenner der guten Gesellschaft, als daß er merkte, ob es der Graf ernst meine. Er bekam einen hochroten Kopf und stammelte ein paar unverständliche Worte. Der Graf blickte ihn an und genoß seine Bestürzung. Plötzlich raffte sich Rassi zusammen und sagte mit vollendeter Sicherheit, ganz wie Figaro, als ihn Almaviva auf der Tat ertappt: »Auf Ehre, Herr Graf, ich will mit Eurer Exzellenz freiheraus reden. Was geben Sie mir, wenn ich Ihnen auf alle Fragen so antworte wie meinem Beichtvater?«

»Den Sankt-Paul-Orden oder Geld, wenn Sie mir einen Vorwand geben, es Ihnen zu verschaffen.«

Der Paul-Orden war der Parmaer Orden.

»Der Sankt Paul wäre mir lieber, weil der Adel damit verknüpft ist.«

»Wie, bester Fiskal, Sie legen noch Wert auf unseren armseligen Adel?«

»Wenn ich von Adel wäre«, entgegnete Rassi mit der ganzen Unverschämtheit seines Berufs, »dann haßte mich die Sippschaft der Leute vielleicht, die ich an den Galgen gebracht habe, aber sie verachteten mich nicht mehr.«

»Also gut, ich werde Sie von der Verachtung heilen«, meinte der Graf. »Heilen Sie mich dafür von meiner Unwissenheit. Was gedenken Sie mit Fabrizzio anzufangen?«

»Auf Ehre! Serenissimus ist in starker Verlegenheit. Er fürchtet, daß Sie, verführt von Armidas[26] schönen Augen – verzeihen Sie mir diese etwas freie Redewendung; es sind Allerhöchstdero eigene Worte! –, er fürchtet also, daß Sie ihn, verführt von wunderschönen Augen, die es ihm selbst ein wenig angetan haben, im Stich lassen könnten; und für die lombardische Politik gibt es außer Ihnen niemand. Ich will Ihnen sogar sagen«, fuhr Rassi im Flüsterton fort, »hier gibt es eine feine Gelegenheit für Eure Exzellenz, die den Sankt-Paul-Orden wohl aufwiegt, den Sie mir verschaffen! Serenissimus ist geneigt, Ihnen als Staatsgeschenk ein allerliebstes Landgut im Wert von sechshunderttausend Franken zu gewähren, das er von seinem eigenen Grundbesitz abtrennen würde, oder eine Vergütung von dreihunderttausend Talern, wenn Sie sich entschließen wollten, sich um das Schicksal des Fabrizzio del Dongo nicht weiter zu kümmern, zum mindesten darüber mit Serenissimus nur noch dienstlich zu reden.«

»Auf so etwas war ich am allerwenigsten gefaßt«, sagte der Graf. »Mich um Fabrizzio nicht weiter kümmern, das hieße mit der Duchezza brechen.«

»Gewiß. So äußerte sich Serenissimus. Tatsache ist, unter uns gesagt, daß Serenissimus gegen die Frau Duchezza höchst aufgebracht ist. Und er fürchtet, daß Sie als Entschädigung für den Bruch mit dieser liebenswürdigen Dame, wenn Sie dann sozusagen Witwer sind, ihn um die Hand seiner Cousine, Ihrer Durchlaucht der Prinzessin Isotta, bitten könnten. Sie ist erst fünfzig Jahre alt.«

»Da hat er eine gute Nase!« rief der Graf aus. »Unser allergnädigster Herr ist der größte Schlaumeier im ganzen Lande.«

Niemals war der Graf auf den lächerlichen Einfall gekommen, diese alte Prinzessin zu heiraten. Nichts wäre ihn schwerer angekommen, ihn, den die Hofordnung zu Tode langweilte. Er begann mit seiner

26 Armida: Anspielung auf Tassos ›Befreites Jerusalem‹.

Tabaksdose auf der Marmorplatte eines kleinen Tisches, der neben seinem Lehnstuhl stand, zu spielen. Rassi ersah aus diesem Verlegenheitsspiel die Möglichkeit eines unverhofften Erfolges. Sein Antlitz strahlte.

»Mit Verlaub, Herr Graf«, begann er von neuem, »falls Eure Exzellenz einverstanden sind, sei es mit dem Landgut für sechshunderttausend Franken, sei es mit der Barvergütung, dann bitte ich, keinen anderen Unterhändler zu wählen als mich. Ich mache mich sogar anheischig«, fuhr er flüsternd fort, »daß die Summe erhöht oder daß dem Landgut ein ziemlich ausgedehnter Forst hinzugefügt wird. Wenn sich Eure Exzellenz entschließen wollten, mit Serenissimus über den eingesperrten Naseweis mit ein wenig Maß und Zurückhaltung zu reden, so könnte das Landgut, das Ihnen der Dank der Nation anbietet, vielleicht mit der Würde eines Duca verbunden werden. Ich wiederhole Eurer Exzellenz, Serenissimus verwünscht die Duchezza jetzt, aber er ist doch in starker Verlegenheit, ja derartig, daß ich bisweilen geglaubt habe, es stäke irgendein Geheimnis dahinter, das er mir nicht zu offenbaren wagt. Genau betrachtet: die Sache ist eine Goldgrube. Ich verkaufe Ihnen seine wichtigsten Geheimnisse ohne große Gefahr, denn man hält mich für Ihren geschworenen Feind. Serenissimus ist wütend auf die Duchezza, aber er ist im Grunde ebenso überzeugt wie wir alle, daß Sie der einzige sind, der die geheimen Absichten auf Mailand zum guten Ende führen kann. Erlauben mir Eure Exzellenz, die Worte des Monarchen wörtlich zu wiederholen?« fragte Rassi immer feuriger. »Es liegt oft in der Stellung der Wörter etwas Eigenes, das keine Übersetzung wiederzugeben vermag, und Sie sehen vielleicht mehr, was in ihnen liegt, als ich es sehen kann.«

»Ich erlaube alles«, sagte der Graf, indem er mit zerstreuter Miene fortfuhr, mit der goldenen Dose auf die marmorne Tischplatte zu klopfen. »Ich erlaube alles und werde mich erkenntlich zeigen.«

»Verschaffen Sie mir einen erblichen Adelsbrief, nicht den Ordensadel, und ich bin mehr als zufrieden. Wenn ich Serenissimus um die Adelsverleihung persönlich angehe, pflegt er zu mir zu sagen: ›Einen Halunken wie dich adeln? Dann müßte ich morgen die Bude zumachen. Kein Mensch in Parma würde sich dann mehr adeln lassen wollen.‹ – Um auf die Geschichte mit Mailand zurückzukommen, so hat mir Serenissimus vor drei Tagen gesagt: ›Ich habe niemanden außer diesem Schelm da, der unsere Ränke weiterspinnen könnte. Jage ich ihn fort oder geht er mit der Duchezza durch, dann kann ich auf die Hoffnung verzichten, mich jemals als liberales und angebetetes Oberhaupt von ganz Italien zu sehen.‹«

Bei diesem Wort atmete der Graf auf. »Fabrizzio wird nicht sterben«, sagte er sich.

Noch nie in seinem Leben hatte Rassi eine so vertrauliche Aussprache mit dem Premierminister erreicht. Er war außer sich vor Glück. Schon sah er sich dem Tage nahe, da er den Namen Rassi ablegen konnte, der im Lande gleichbedeutend mit allem Gemeinen und Feilen geworden war. Die kleinen Leute tauften bissige Köter »Rassi«, und vor kurzem hatten sich mehrere Soldaten geprügelt, weil einer ein paar andere »Rassis« geschimpft hatte. Überdies verging keine Woche, in der man nicht irgendein Schmähgedicht auf ihn losließ. Sein Sohn, ein harmloser Schüler von sechzehn Jahren, war wegen seines Namens aus dem Kaffeehaus verjagt worden.

Die brennende Erinnerung an alle diese Annehmlichkeiten seiner Stellung verleitete ihn zu einer Unklugheit.

»Ich besitze ein Landgut«, sagte er, indem er seinen Stuhl dicht an den Lehnsessel Moscas heranrückte, »das heißt Riva. Ich möchte Baron Riva werden.«

»Warum nicht?« sagte der Minister. Rassi war ganz aus dem Häuschen.

»Also, Herr Graf, ich möchte mir erlauben, zudringlich zu sein. Ich gestatte mir, das Ziel Ihrer Wünsche zu erraten: Sie trachten nach der Hand Ihrer Hoheit der Prinzessin Isotta. Das ist ein edler Ehrgeiz. Einmal verwandt mit Serenissimus, sind Sie vor Ungnade geborgen. Sie haben unsern Mann am Schnürchen. Ich will Ihnen nicht verhehlen, daß ihm Ihre Heirat mit Ihrer Hoheit der Prinzessin Isotta ein Greuel wäre. Aber wenn Sie Ihre Sache einem geschickten und gut bezahlten Mann anvertrauten, brauchte man am Erfolg nicht zu zweifeln.«

»Na, mein lieber Baron, große Hoffnungen hege ich nicht. Zunächst werde ich jedes Wort, das Sie in meinem Namen äußern könnten, in Abrede stellen. Aber am Tage, da diese erlauchte Verbindung meine Sehnsucht endlich befriedigen und mir eine so hohe Stellung im Lande gewähren sollte, werde ich Ihnen dreihunderttausend Franken aus meinem Vermögen anbieten oder vielmehr Serenissimus den

Vorschlag unterbreiten, Ihnen einen Huldbeweis angedeihen zu lassen, den Sie selbst dieser Geldsumme vorziehen werden.«

Der Leser findet diese Unterredung lang, und doch erlassen wir ihm mehr als die Hälfte davon. Sie dauerte noch zwei Stunden. Rassi verließ den Grafen, närrisch vor Glück. Mosca war voll der besten Hoffnungen, Fabrizzio retten zu können, und fester denn je entschlossen, seine Entlassung einzureichen. Er fand, sein Ansehen bedürfe einer Auffrischung. Er weidete sich an der Möglichkeit, sich am Fürsten rächen zu können. »Er kann die Duchezza entbehren«, sagte er sich laut, »aber beileibe wird er nicht von der Hoffnung lassen wollen, der konstitutionelle König der Lombarden zu werden.« Diese Phantasterei war lächerlich; Serenissimus war durchaus nicht beschränkt, aber in diesen Traum hatte er sich so verbohrt, daß er in ihn toll verliebt war.

In überströmender Freude eilte Mosca in den Palast der Duchezza, um ihr von seiner Unterredung mit dem Großfiskal zu berichten. Sie war für ihn nicht zu sprechen. Der Pförtner wagte ihm kaum zu gestehen, daß er diesen Befehl aus dem eigenen Munde seiner Herrin habe. Traurig kehrte Mosca in seinen Palast zurück. Sein soeben erlittenes Unglück verdarb ihm die ganze Freude, die ihm die Unterhaltung mit dem Vertrauten des Fürsten bereitet hatte. Da er keine Lust spürte, sich mit irgend etwas zu beschäftigen, irrte er trübsinnig in seiner Gemäldegalerie umher, als er, eine Viertelstunde später, folgendes Briefchen erhielt:

»Mein lieber, guter Freund! Da wir nun in Wahrheit nur Freunde sind, so dürfen Sie mich nur einmal in der Woche besuchen. Nach vierzehn Tagen schränken wir diese Besuche auf zweimal im Monat ein. Wenn Sie mir einen Gefallen erweisen wollen, so bringen Sie unseren Bruch unter die Leute. Und wenn Sie mir die Liebe, die ich einst für Sie gehegt habe, möglichst vergelten wollen, so wählen Sie sich eine neue Geliebte. Was mich betrifft, ich habe große Pläne, mich zu zerstreuen. Ich werde viel in Gesellschaft gehen; vielleicht finde ich einen geistreichen Mann, der mich mein Unglück vergessen läßt. Ohne Zweifel wird Ihnen im Reiche der Freundschaft immerdar der erste Platz frei gehalten. Nur will ich nicht, daß man sagt, meine Entschlüsse seien von Ihrer Weisheit diktiert. Vor allem will ich, daß man erfährt, daß ich jeglichen Einfluß auf Ihre Handlungen verloren habe. Kurz und gut, lieber Graf, seien Sie überzeugt, daß Sie mir immerdar der beste Freund sein werden, aber nie etwas anderes. Hegen

Sie keine Hoffnungen auf eine Umkehr. Ich bitte Sie, das ist alles vorbei. Rechnen Sie ewig auf meine Freundschaft!«

Das war zuviel für den Lebensmut des Grafen. Er schrieb Serenissimus einen schönen Brief und bat um seine Entlassung aus allen Ämtern. Er sandte das Schreiben an die Duchezza und ersuchte sie, es ins Schloß zu schicken. Kurz darauf erhielt er sein Entlassungsgesuch zurück, in vier Stücke zerrissen, und auf eines davon hatte die Duchezza zu schreiben geruht: »Nein, und tausendmal nein!«

Es wäre schwierig, die Verzweiflung des armen Ministers zu schildern. »Sie hat recht!« sagte er sich immer wieder. »Daß ich die Worte ›ungerechtet Prozeß‹ weggelassen habe, war ein gräßliches Unglück, das vielleicht Fabrizzios Tod zur Folge hat und damit auch meinen.«

Den Tod in der Seele, schrieb der Graf, der nicht im fürstlichen Schloß erscheinen wollte, ehe er nicht gerufen wurde, aus freien Stücken die Urkunde, durch die Rassi zum Ritter des Sankt-Paul-Ordens ernannt und zugleich in den erblichen Adelsstand erhoben wurde. Der Graf fügte einen Vorschlag von einer halben Seite bei, in dem er dem Fürsten die politischen Gründe darlegte, die diese Auszeichnung rechtfertigten. Er fand eine schwermutsvolle Freude daran, von beiden Schriftstücken schön geschriebene Abschriften zu machen, die er der Duchezza zukommen ließ.

Er verlor sich in Vermutungen; er suchte zu ergrübeln, nach welchem Plan die Frau, die er liebte, fortan ihren Lebenswandel gestalten könnte. »Sie weiß es selber nicht«, sagte er sich. »Nur dies ist sicher: Um nichts in der Welt wird sie von den Entschlüssen ablassen, die sie mir einmal angekündet hat.« Zu allem Unglück kam noch hinzu, daß er die Duchezza nicht einmal tadeln konnte. »Sie hat mich bezaubert, solange sie mich liebte; sie liebt mich nicht mehr nach einem Versehen, das gewiß unbeabsichtigt war, aber doch schreckliche Folgen nach sich ziehen kann. Ich habe gar kein Recht, mich zu beklagen.« Am anderen Morgen erfuhr der Graf, daß die Duchezza wieder angefangen habe, sich in der Gesellschaft zu zeigen. Am Abend vorher war sie in allen Häusern erschienen, die Empfang hatten. Was wäre geschehen, wenn er ihr in ein und demselben Salon begegnet wäre? Was hätte er ihr sagen sollen, in welchem Tone sie anreden und wie anderseits nicht mit ihr sprechen sollen?

Der nächste Tag war ein Trauertag. Allgemein lief das Gerücht, Fabrizzio sei zum Tode verurteilt. Die Stadt war erregt. Weiterhin hieß es, Serenissimus habe wegen seiner hohen Herkunft zu bestimmen geruht, daß er enthauptet werden solle.

»Ich bins, der ihn mordet!« sagte sich der Graf. »Ich habe keinen Anspruch mehr, mich jemals vor der Duchezza blicken zu lassen.« Trotz dieser recht einfachen Überlegung konnte er nicht umhin, dreimal bei ihr vorzusprechen; allerdings ging er zu Fuß, um nicht bemerkt zu werden. In seiner Verzweiflung hatte er sogar den Mut, ihr zu schreiben. Zweimal ließ er Rassi rufen; der Fiskal erschien jedoch nicht. »Der Schurke hat mich verraten«, sagte sich, der Graf.

Am anderen Tage beunruhigten drei große Neuigkeiten die Parmaer Gesellschaft und selbst die Bürgerkreise. Die Hinrichtung Fabrizzios schien sicherer denn je; nur paßte es nicht zu diesem Gerücht, daß die Duchezza gar nicht allzu trostlos aussah. Allem Anschein nach hatte sie für ihren jugendlichen Verehrer nur mäßiges Bedauern. Immerhin wußte sie mit grenzenloser Geschicklichkeit die Blässe zu benutzen, die von einer ziemlich ernsten Unpäßlichkeit herrührte, die sie gerade zur Zeit von Fabrizzios Verhaftung befallen hatte. Die Spießbürger sahen natürlich in solchen Einzelheiten die Hartherzigkeit einer großen Dame am Hofe. Jedoch hatte sie anstandshalber und gleichsam als Opfer für die Manen des jungen Fabrizzio mit dem Grafen Mosca gebrochen. »Wie unmoralisch!« riefen die Jansenisten von Parma. Und, unglaublich, schon lieh die Duchezza den Schmeicheleien der jüngsten Hofstutzer offensichtlich ein geneigtes Ohr. Unter anderen Seltsamkeiten berichtete man, sie habe sich überaus lustig mit dem Grafen Baldi, dem gegenwärtigen Liebhaber der Raversi, unterhalten und ihn wegen seiner häufigen Ausflüge nach dem Schlosse Velleia tüchtig geneckt. Die Kleinbürger und das Volk waren um Fabrizzios Tod entrüstet; diese guten Leutchen schoben die Schuld der Eifersucht Moscas zu. Auch die Hofgesellschaft beschäftigte sich viel mit dem Minister, aber mehr, um sich über ihn lustig zu machen. Die dritte der erwähnten großen Neuigkeiten war tatsächlich nichts anderes als der Rücktritt des Grafen. Alle Welt hielt sich über den lächerlichen Verliebten auf, der in einem Alter von sechsundfünfzig Jahren eine großartige Stellung aufgab aus Gram darüber, von einer herzlosen Frau verlassen worden zu sein, die ihm überdies seit langem ein junges Bürschchen, seinen Schützling, vorzog. Nur der Erzbischof hatte soviel Witz, oder vielmehr soviel Herz, zu ahnen, daß die Ehre dem Grafen verbot, Premierminister in einem Lande zu bleiben, wo man, ohne ihn zu befragen, seinen Schützling köpfen wollte. Das Gerücht vom Rücktritt des Grafen hatte die Wirkung, den General Fabio Conti von seinem Zipperlein zu heilen, worauf wir noch zurückkommen werden, wenn wir davon zu erzählen haben, wie Fabrizzio seine Zeit in der Zitadelle verbrachte, während sich die ganze Stadt über die Stunde der Hinrichtung den Kopf zerbrach.

Am folgenden Tag kehrte Bruno zurück, der treue Agent des Grafen, den dieser nach Bologna entsandt hatte. Mosca war sofort gerührt, als dieser Mann sein Arbeitszimmer betrat; sein Anblick erinnerte ihn an den glücklichen Zustand, in dem er sich befunden hatte, als er ihn nach Bologna abschickte, fast auf Anregung der Duchezza. Bruno kam aus Bologna, wo er nichts ausgekundschaftet hatte. Er hatte Ludovico nicht sprechen können, weil diesen der Podesta von Castelnuovo in seinem Ortsgefängnis in Gewahrsam hielt.

»Ich will Sie noch einmal nach Bologna senden«, sagte der Graf zu Bruno. »Die Duchezza hängt an dem traurigen Vergnügen, Einzelheiten über Fabrizzios Unglück zu erfahren. Wenden Sie sich an den Wachtmeister, der den Gendarmerieposten von Castelnuovo befehligt … Ach nein«, rief der Graf, sich unterbrechend, »reisen Sie augenblicklich nach der Lombardei und verteilen Sie Geld, und zwar in Massen, an alle unsere Mittelsmänner! Meine Absicht ist es, von all diesen Leuten Berichte recht ermutigenden Inhalts zu bekommen.«

Bruno begriff den Zweck seiner Sendung. Er schrieb sofort die Ausweise. Während der Graf ihm eine letzte Anweisung erteilte, ging ein höchst heuchlerischer, aber prächtig geschriebener Brief ein, fast der eines Freundes, der einen anderen um einen Dienst bittet. Der Schreiber war kein Geringerer als Serenissimus. Er habe von gewissen Rücktrittsplänen munkeln hören und bäte seinen Freund, den Grafen Mosca, inständig, das Ministerium weiter zu leiten, er bäte ihn im Namen der Freundschaft und weil das Vaterland in Gefahr sei, ja er befehle es ihm als sein Landesherr. Hinzugefügt war, daß der König von … ihm soeben zwei Großkreuze seines Hausordens zur Verfügung gestellt habe; eines davon behalte er für sich, und das andere wolle er seinem teuren Grafen Mosca zusenden.

»Diebes Scheusal macht mich unglücklich!« schrie der Graf voller Wut, so daß Bruno ganz verblüfft war. »Und dabei glaubt er mich zu kirren mit den nämlichen heuchlerischen Redensarten, die wir so manches Mal zusammen ausgeklügelt haben, um irgendeinen Gimpel auf den Leim zu locken!«

Er lehnte den ihm angebotenen Orden ab und schrieb in seiner Antwort, sein Gesundheitszustand ließe ihm nur geringe Hoffnung, sich noch lange den mühevollen Ministerpflichten widmen zu können.

Der Graf war wütend. Einen Augenblick später ließ sich der Fiskal Rassi anmelden. Er behandelte ihn wie einen Negersklaven: »Nun, da ich Sie geadelt habe, fangen Sie an, den Unverschämten zu spielen! Warum sind Sie gestern nicht gekommen, um sich bei mir zu bedanken, wie das Ihre Pflicht und Schuldigkeit war, Herr Federfuchser?«

Rassi war über Beleidigungen erhaben. In solchem Tone wurde er von Serenissimus täglich begrüßt. Er wollte jedoch Baron werden und rechtfertigte sich geistreich. Nichts war leichter.

»Serenissimus hat mich gestern den ganzen Tag an den Schreibtisch gefesselt. Ich bin aus dem Schlosse nicht herausgekommen. Serenissimus hat mich mit meiner miserablen Juristenhandschrift einen Stoß diplomatischer Akten abschreiben lassen, die so albern und so schwülstig waren, daß ich ernstlich glaube, sein einziger Zweck war, mich gefangen zu halten. Als ich mich endlich gegen fünf Uhr verabschieden durfte, war ich halbtot vor Hunger. Er hat mir den Befehl erteilt, mich geradenwegs nach Hause zu begeben und abends nicht auszugehen. Tatsächlich habe ich zwei besondere Aufpasser, die mir wohlbekannt sind, in meiner Straße bis gegen Mitternacht umherschleichen sehen. Heute früh habe ich mir, sobald ich es konnte, einen Wagen kommen lassen und bin bis an das Portal der Kathedrale gefahren. Ich bin gemächlich ausgestiegen, dann durch die Kirche hindurchgerannt, und nun bin ich hier. Eure Exzellenz ist in diesem Augenblick der Mensch auf der ganzen Welt, dem ich mit größter Hingabe einen Gefallen tun möchte.«

»Und ich, Herr Schlauberger, ich bin nicht etwa auf Ihre mehr oder minder fein gedrechselten Märchen hineingefallen! Sie wichen mir vorgestern auf meine Fragen über Fabrizzio aus. Ich habe Ihre Bedenken und Ihre Eide wegen des Geheimnisses geachtet, wenngleich Schwüre für einen Mann Ihres Schlages höchstens Mittel zu Ausflüchten sind. Heute verlange ich die Wahrheit! Was bedeuten diese lächerlichen Gerüchte, denen zufolge der junge Mann als Mörder des Komödianten Giletti zum Tode verurteilt sein soll?«

»Kein Mensch kann Eurer Exzellenz besser Auskunft über diese Gerüchte geben als ich, zumal ich sie auf Befehl von Serenissimus selber in Umlauf gesetzt habe, und ich denke, darum bin ich wohl gestern den ganzen Tag gefangen gehalten und daran gehindert worden, Sie davon in Kenntnis zu setzen. Serenissimus, der mich gewiß nicht für dumm hält, konnte nicht daran zweifeln, daß ich zu Ihnen gehen wollte, um Ihnen meinen Orden zu bringen und Sie zu bitten, ihn mir ins Knopfloch zu hängen.«

»Zur Sache!« rief der Minister. »Keine Redensarten!«

»Ohne Zweifel wünschte Serenissimus, ein Todesurteil über Herrn del Dongo in die Hände zu bekommen, aber wie Sie wohl erfahren haben, ist es nur zu einer Verurteilung zu zwanzig Jahren Galeere gekommen, die der Fürst am Tage nach der Urteilsfällung in zwölf Jahre Festung umgewandelt hat, jeden Freitag bei Wasser und Brot und anderen christlichen Übungen.«

»Gerade weil ich diese Verurteilung zu bloßer Festung kannte, war ich erschrocken über die Gerüchte von der bevorstehenden Hinrichtung, die in der Stadt umlaufen. Ich erinnere mich an den Tod des Grafen Palanza, den Sie so fein haben verschwinden lassen.«

»Damals hätte ich den Orden bekommen müssen!« rief Rassi, ohne sich aus der Fassung bringen zu lassen. »Man muß das Eisen schmieden, solange es heiß ist! Serenissimus war scharf auf Palanzas Tod. Damals war ich ein Gimpel, und durch diese Erfahrung gewitzigt, wage ich Ihnen den Rat zu geben, es jetzt nicht so zu machen wie ich damals.«

Dieser Vergleich erschien dem Grafen so geschmacklos, daß er sich Gewalt antun mußte, um Rassi nicht einen Fußtritt zu versetzen.

»Zunächst«, fuhr jener mit juristischer Logik und der unerschütterlichen Ruhe eines Menschen fort, den kein Schimpf verletzen kann, »zunächst kann von einer Hinrichtung des besagten del Dongo keine Rede sein. Serenissimus wagt es nicht. Die Zeiten haben sich recht geändert. Und schließlich, wo ich adlig bin und durch Sie die Aussicht habe, Baron zu werden, gebe ich mich nicht dazu her. Nun wissen Eure Exzellenz, daß der Scharfrichter nur durch mich Befehle zu Hinrichtungen erhalten kann; und ich, der Ritter Rassi, ich schwöre Ihnen, daß ich niemals dergleichen gegen Herrn del Dongo ausfertigen werde.«

»Damit werden Sie sehr klug tun!« sagte der Graf und maß ihn mit einem strengen Blicke.

»Unterscheiden wir!« begann Rassi lächelnd von neuem. »Ich bin nur für die amtlichen Hinrichtungen da, und wenn Herr del Dongo plötzlich an einer Kolik stürbe, so messen Sie mir nicht die Schuld bei! Serenissimus ist, ich weiß nicht, weshalb, höchst aufgebracht gegen die Sanseverina.« Drei Tage vorher hätte Rassi »die Duchezza« gesagt, aber wie die ganze Stadt wußte er von ihrem Bruch mit dem Premierminister.

Der Graf war ob der Weglassung des Titels in einem solchen Munde betroffen, und man kann sich denken, welches Vergnügen ihm das bereitete. Er warf Rassi einen haßerfüllten, wilden Blick zu. »Mein Engel«, sagte er sich dann, »ich kann dir meine Liebe nur beweisen, indem ich blind deinen Befehlen gehorche!«

»Ich will Ihnen gestehen«, sagte er zum Fiskal, »daß ich den verschiedentlichen Launen der Frau Duchezza ohne besondere leidenschaftliche Anteilnahme gegenüberstehe. Da sie mir nun aber einmal den Taugenichts Fabrizzio empfohlen hat, der gut getan hätte, in Neapel zu bleiben, statt sich hier in unsere Angelegenheiten zu mischen, so halte ich darauf, daß er während meiner Amtsführung nicht hingerichtet wird. Und ich will Ihnen mein Wort geben, daß Sie acht Tage nach seiner Entlassung aus dem Gefängnis Baron sein sollen.«

»Dann würde ich also erst nach Ablauf von zwölf Jahren Baron; denn Serenissimus ist wütend, und sein Haß gegen die Duchezza ist so stark, daß er ihn zu verbergen sucht.«

»Serenissimus ist sehr gnädig! Was braucht er seinen Haß zu verbergen, da sein Premierminister die Duchezza nicht mehr begönnert? Ich will nur nicht, daß man mich einer Gemeinheit oder gar der Eifersucht bezichtigt. Ich war es, der die Duchezza bewogen hat, in dieses Land zu kommen; und wenn Fabrizzio im Kerker stürbe, dann werden Sie nicht Baron, aber vielleicht erdolcht! Aber genug von dieser Nebensache! Die Hauptsache ist, ich habe mein Vermögen überschlagen, und wenn sich auch nur zwanzigtausend Lire Rente ergeben haben, so habe ich doch die Absicht, meine Entlassung von Serenissimus alleruntertänigst zu erbitten. Ich habe einige Hoffnung, beim König von Neapel Dienste zu finden. Diese Großstadt wird mir die Zerstreuungen bieten, deren ich jetzt bedarf und die ich in einem Nest wie

Parma nicht finden kann. Ich bliebe nur dann, wenn Sie mir die Hand der Prinzessin Isotta verschaffen könnten.«

In dieser Weise zog sich die Unterhaltung endlos hin. Als sich Rassi erhob, sagte der Graf in höchst gleichgültigem Tone:

»Sie wissen, es geht das Gerede, Fabrizzio habe mich hintergangen und sei einer der Liebhaber der Duchezza. Ich gebe auf solchen Klatsch gar nichts, und um die Gerüchte Lügen zu strafen, will ich, daß Sie Fabrizzio diese Börse zukommen lassen.«

»Aber, Herr Graf«, sagte Rassi erschrocken und sah auf die Börse, »darin steckt eine riesige Summe, und die Vorschriften …«

»Für Sie, mein Lieber, ist sie vielleicht riesig«, unterbrach ihn der Graf mit überlegener Verachtung. »Ein Spießbürger Ihres Schlages, der einem Freund Geld ins Gefängnis schicken soll, denkt, er sei zugrunde gerichtet, wenn er ihm sechs Zechinen gibt. Ich will, daß Fabrizzio diese sechstausend Franken erhält, und vor allem, daß man im Schlosse von dieser Sendung nichts erfährt.« Als der erschrockene Rassi etwas erwidern wollte, schob ihn der Graf unwillig zur Tür hinaus. »Solche Leute«, sagte er sich, »erkennen die Macht nur an der Rücksichtslosigkeit.«

Nachdem der große Minister das gesagt hatte, tat er etwas dermaßen Lächerliches, daß wir uns kaum getrauen, es zu berichten. Er eilte an seinen Schreibtisch, entnahm ihm ein Miniaturbild der Duchezza und bedeckte es mit leidenschaftlichen Küssen. »Verzeih, mein Engel«, sagte er laut zu sich, »wenn ich diesen Tintenkleckser nicht eigenhändig die Treppe hinuntergeworfen habe, als er es wagte, von dir mit einem Anflug von Vertraulichkeit zu sprechen! Aber wenn ich diese Unverschämtheit geduldig hingenommen habe, so war es, um dir zu gehorchen. Es wird ihm nichts geschenkt!«

Nach einer langen Zwiesprache mit dem Bildnis bekam der Graf, der das Herz in seiner Brust erstorben fühlte, Lust zu einer komischen Handlung und ging mit kindischem Vergnügen ans Werk. Er ließ sich seine Hofuniform mit den Orden geben und machte einen Besuch bei der Prinzessin Isotta. Sein Leben lang hatte er sich bei ihr nicht sehen lassen außer zu Neujahr.

Er traf sie inmitten einer Hundeschar im höchsten Staat, sogar mit ihren Brillanten behängt, als ob sie zu Hofe gehen wollte. Als der Graf äußerte, er fürchte, Ihre Hoheit zu stören, da sie offenbar auszugehen beabsichtige, antwortete die Prinzessin dem Minister, eine Prinzessin von Parma sei es sich schuldig, jederzeit so zu erscheinen. Zum ersten Male seit seinem Unglück empfand der Graf ein Gefühl der Heiterkeit. ›Ich habe gut getan, hierher zu gehen‹, sagte er sich. ›Noch heute muß ich meine Erklärung machen.‹

Die Prinzessin war entzückt, einen wegen seines Geistes so berühmten Mann, den Premierminister, bei sich zu sehen. Die arme alte Jungfer war an derartige Besuche durchaus nicht gewöhnt. Der Graf begann mit einer geschickten Einleitung, die auf den ungeheuren Abstand anspielte, der zu allen Zeiten einen einfachen Edelmann von den Gliedern eines herrschenden Hauses trenne.

»Man muß Unterschiede machen«, meinte die Prinzessin. »Die Tochter eines Königs von Frankreich zum Beispiel hat keinerlei Aussicht, je auf den Thron zu gelangen. Aber in der Familie von Parma verhält sich die Sache durchaus nicht so. Deshalb schulden wir Farnesen es uns selbst, allezeit eine gewisse Würde in unserem Äußeren zu wahren. Ich, die arme Prinzessin, als die Sie mich sehen, bin nicht imstande, zu sagen, es sei glattweg unmöglich, daß Sie eines Tages mein Premierminister seien.«

Dieser Gedanke war so ausgefallen, daß der Graf einen zweiten Augenblick reinster Heiterkeit genoß.

Als er die Prinzessin Isotta verließ, die bei dem Geständnis der Leidenschaft des Premierministers stark errötet war, begegnete ihm ein Hofkurier. Serenissimus lasse ihn unverzüglich zu sich bitten.

»Ich bin krank«, entgegnete der Minister, entzückt, seinem Fürsten einen Possen spielen zu können. »Ja«, rief er wütend aus, »erst treiben Sie mich zum Äußersten, und dann soll ich zu Kreuze kriechen! Merken Sie sich, mein Fürst, daß das Gottesgnadentum in unserem Jahrhundert nicht mehr genügt. Man muß viel Geist und einen starken Charakter haben, um mit Erfolg Despot zu sein.«

Nachdem Mosca den Hofkurier, der angesichts der vollen Gesundheit dieses Kranken arg verdutzt war, weggeschickt hatte, machte er sich den Spaß, die beiden Persönlichkeiten des Hofes aufzusuchen, die den größten Einfluß auf den General Fabio Conti ausübten. Denn etwas verursachte dem Minister Schaudern und benahm ihm fast allen Mut: man sagte dem Kommandanten der Zitadelle nach, er hätte früher einmal einen Hauptmann, einen seiner persönlichen Feinde, durch Aquetta di Perugia aus der Welt geschafft.

Der Graf erfuhr, daß die Duchezza seit acht Tagen tolle Summen vergeude, um sich in der Zitadelle geheime Beziehungen zu verschaffen. Seiner Ansicht nach hatte dies wenig Aussicht auf Erfolg; aller Augen waren noch zu offen. Wir wollen dem Leser keineswegs sämtliche von der unglücklichen Frau gemachte Bestechungsversuche berichten. Sie war nahe daran, es aufzugeben, und sie hatte doch alle möglichen Vermittler, die ihr treu ergeben waren! Allerdings, an kleinen absolutistischen Höfen gibt es vielleicht nur ein einziges Amt, das tadellos erfüllt wird, das ist die Bewachung politischer Gefangener. Das Gold der Duchezza brachte keine andere Wirkung hervor, als daß in der Zitadelle acht bis zehn Leute aller Grade verabschiedet wurden.

18.

So brachten die Duchezza und der Premierminister bei aller Aufopferung für den Gefangenen nur recht wenig zuwege. Serenissimus war voller Wut, die Hofgesellschaft ebenso wie das Volk gereizt gegen Fabrizzio und froh, ihn im Unglück zu wissen: er war allzu glücklich gewesen. Obwohl die Duchezza das Gold mit vollen Händen verschwendete, kam sie in der Belagerung der Zitadelle keinen Schritt vorwärts. Es verging kein Tag, an dem die Marchesa Raversi oder der Cavaliere Riscara dem General Fabio Conti nicht irgendeine neue Warnung hätten zukommen lassen. Man half seiner Schwäche nach.

Wie uns bereits bekannt ist, war Fabrizzio am Tage seiner Verhaftung einstweilen in die Kommandantur gebracht worden. Das war ein hübsches kleines Gebäude, im achtzehnten Jahrhundert nach den Plänen Vanvitellis[27] erbaut. Es lag hundertundachtzig Fuß hoch auf der Plattform des großen runden Turmes. Von den Fenstern dieses kleinen Palazzos, der auf dem Rücken des riesigen Turmes wie ein Kamelshöcker in die Luft ragte, überschaute Fabrizzio die Ebene und konnte ganz in der Ferne die Alpen erblicken. Mit seinen Augen verfolgte er vom Fuße der Zitadelle an den Lauf der Parma, eines Gebirgsflüßchens, das sich vier Meilen weit von Parma in einem Bogen nach rechts in den Po ergießt. Über das linke Ufer dieses Stromes hinaus,

---

27 Luigi Vanvitelli (1700-1773), von niederländischer Herkunft, in Neapel geboren.

der gleichsam wie eine Kette von riesigen hellen Flecken mitten durch die grüne Ebene zieht, sah sein entzücktes Auge deutlich jede Zacke der ungeheueren Mauer, mit der die Alpen Italien nach Norden abschließen. Diese Gipfel, selbst im Monat August, in dem man sich damals befand, mit Schnee bedeckt, gewähren in den glühenden Ebenen durch die Erinnerung eine Art von Frische. Das Auge kann die Umrisse jener Höhen bis ins einzelne verfolgen, und doch sind sie mehr als dreißig Meilen von der Zitadelle entfernt.

Den weiten Fernblick von dem hübschen Palazzo der Kommandantur unterbrach nach Süden die Torre Farnese, in der man in aller Eile eine Zelle für Fabrizzio herrichtete. Dieser zweite Turm erhob sich, wie sich der Leser vielleicht erinnert, ebenfalls auf der Plattform des breiten, turmartigen Unterbaues. Er war zu Ehren eines Erbprinzen erbaut worden, der, im Gegensatz zu Hippolyt in Racines Phädra, die Artigkeiten seiner jungen Stiefmutter keineswegs zurückgewiesen hatte. Die Fürstin starb nach wenigen Stunden; der Prinz erhielt seine Freiheit erst nach siebzehn Jahren wieder, als er nach dem Tode seines Vaters den Thron bestieg. Diese äußerlich sehr häßliche Torre Farnese, die Fabrizzio drei viertel Stunde später hinaufsteigen mußte, überragt die Plattform des großen Turmes um fünfzig Fuß. Jener mit seiner Gattin unzufriedene Fürst, der dieses überall sichtbare Gefängnis errichten ließ, hatte die merkwürdige Laune gehabt, seinen Untertanen einzureden, es bestehe seit langen Jahren; deshalb gab er ihm den Namen Torre Farnese. Es war verboten, von seiner Erbauung zu reden, und doch konnte man von allen Punkten der Stadt Parma und der umliegenden Ebenen deutlich beobachten, wie die Bauleute Stein auf Stein zu diesem fünfeckigen Bau aufeinanderfügten. Zum Zeichen seines vorgeblichen Alters ließ man in die Mauer über der zwei Fuß breiten und vier Fuß hohen Eingangspforte ein prächtiges Relief ein, das den berühmten Heerführer Alessandro Farnese darstellte, der Heinrich IV. zwang, von Paris abzulassen.

Das Erdgeschoß dieses in so schöner Lage errichteten Turmes hatte Seiten von mindestens vierzig Schritt Länge und eine dementsprechende Breite, war aber bei seiner übermäßig großen Grundfläche nur fünfzehn Fuß hoch und ganz ausgefüllt mit gedrungenen Säulen. Es diente als Wache. Um die mittelste Säule führte eine schmale, sehr leicht gebaute, kaum zwei Fuß breite eiserne Wendeltreppe von durchbrochenem Gitterwerk empor. Auf dieser Treppe, die unter den wuchtigen Tritten der Gefängniswärter erzitterte, gelangte der von ihnen geleitete Fabrizzio in den prächtigen ersten Stock mit seinen riesigen, zwanzig Fuß hohen Räumen. Ehedem waren sie für den Prinzen, der dort die siebzehn schönsten Jahre seines Lebens vertrauert hatte, mit allem Prunk ausgestattet gewesen. Am Ende dieses Stockwerkes zeigte man dem neuen Gefangenen eine Kapelle von großer Pracht. Die Wände und die Wölbung waren mit schwarzem Marmor bekleidet; ebensolche schwarze Säulen von edelsten Verhältnissen standen in langen Reihen frei vor den schwarzen Wänden. Die Mauern waren geschmückt mit einer Menge riesiger, sorgfältig aus weißem Marmor ausgehauener Totenschädel, unter denen sich je zwei Knochen kreuzten. ›Das ist so recht eine Erfindung des Hasses, der nicht töten kann‹, dachte Fabrizzio. ›Was für ein Satansgedanke, mir das zu zeigen!‹

Eine sehr leichte durchbrochene eiserne Treppe, wiederum um die mittelste Säule kreisend, führte zum zweiten Stock, der ungefähr fünfzehn Fuß hoch war und an dem der General Fabio Conti seit einem Jahre sein Genie bewies. Zunächst hatte man unter seiner Leitung die Fenster der einzelnen Zellen, die vordem von Hoflakaien bewohnt waren, mit starken Eisengittern versehen, obgleich sie mehr als dreißig Fuß hoch über den Steinfliesen der Plattform des breiten Unterturmes lagen. Von einem dunklen Vorsaal im Mittelpunkte des Bauwerkes gelangte man in die Zellen, von denen jede zwei Fenster hatte. In diesem sehr engen Gang erblickte Fabrizzio drei aufeinanderfolgende eiserne Gittertüren mit gewaltigen Stäben, die bis zur Decke hinaufreichten. Alles war nach den Grundrissen, Quer- und Höhenschnitten angelegt, derentwegen der General, ihr trefflicher Erfinder, zwei Jahre lang jede Woche zum Empfang bei Serenissimus gekommen war. Ein dort untergebrachter Verschwörer konnte sich nicht beschweren, sein Gefängnis sei menschenunwürdig, und doch war er ohne irgendwelche Verbindung mit der Außenwelt; er vermochte sich nicht zu rühren, ohne daß man es merkte. Der General hatte in jeder Zelle dicke Eichenbohlen legen lassen, die drei Fuß hohe Stege bildeten. Das war seine Haupterfindung, die ihm die Befähigung zum Polizeiminister verschaffte. Auf diese Stege hatte er einen Käfig aus Holzplanken setzen lassen, der zehn Fuß hoch war und einen prächtigen Klangboden hatte. Er berührte die Mauer nur an den Fenstern. Auf den drei anderen Seiten blieb ein schmaler Gang von vier Fuß Breite zwischen den kahlen Kerkermauern aus riesigen Quadern und den Plankenwänden des Käfigs. Die vier Käfigwände bestanden aus doppelten Planken von Nußbaum, Eiche und Tanne und waren fest miteinander verbunden durch zahllose eiserne Bolzen und Nägel.

In eine dieser vor Jahresfrist erbauten Zellen, Meisterstücken Fabio Contis, die den netten Namen ›Zum passiven Gehorsam‹ erhalten hatte, wurde Fabrizzio gesteckt. Er lief an die Fenster. Die Aussicht von diesen vergitterten Fenstern war erhaben. Nur gegen Nordwesten war ein Stück des Horizontes durch die Dachgalerie der hübschen Kommandantur verbaut, die nur zwei Stockwerke hatte. Im Erdgeschoß lagen die Geschäftszimmer. Fabrizzios Blicke fielen sofort auf eines der Fenster des Oberstocks, vor dem hübsche Käfige mit vielen Vögeln aller Arten hingen. Fabrizzio lauschte erfreut ihrem Gesang und blickte dem letzten Schimmer der Abenddämmerung nach, während die Gefängniswärter sich um ihn herum zu schaffen machten. Das Vogelbauerfenster war keine fünfundzwanzig Fuß von dem seinen entfernt, lag aber fünf bis sechs Fuß tiefer, so daß er auf die Vögel hinabsah.

An jenem Tage war Mondschein. Als Fabrizzio seine Zelle betrat, ging gerade der Mond erhaben im Nordosten auf, über der fernen Alpenkette, nach Treviso zu. Es war erst halb neun Uhr abends. Am jenseitigen Horizont, gegen Westen, hoben sich im hellen Lichte der orangeroten Dämmerung die scharfen Umrisse des Monte Viso und anderer Alpengipfel ab, die sich von Nizza bis zum Mont Cenis und bis Turin hinüberziehen. Ohne irgendwie an sein Unglück zu denken, war Fabrizzio von diesem erhabenen Anblick gepackt und hingerissen. ›In dieser Zauberwelt also lebt Clelia Conti! Bei ihrer ernsten, nachdenklichen Seele muß sie diese Fernsicht mehr genießen als jeder andere Mensch. Hier weilt man gleichsam in einsamen Höhen, tausend Meilen fern von Parma.‹

Fabrizzio verbrachte mehr als zwei Stunden am Fenster und bewunderte den Horizont, der seine Seele rührte. Öfters ließ er seine Blicke auch nach der hübschen Kommandantur hinüberschweifen, bis er mit einem Male ausrief: »Aber ist das denn ein Kerker? Das, was ich so sehr gefürchtet habe?« Statt bei jedem Schritt Unannehmlichkeiten und Anlaß zu Ärgernis zu entdecken, ließ sich unser Held von den Reizen seines Gefängnisses bezaubern.

Plötzlich wurde er durch ein fürchterliches Getöse gewaltsam in die Wirklichkeit zurückgerufen; sein hölzernes Gemach, eigentlich ein Käfig mit starkem Resonanzboden, bebte gewaltig. Hundegebell und quiekende Laute drangen aus diesem sonderbaren Getöse hervor. ›Was ist denn das? Sollte ich so bald wieder entrinnen können?‹ dachte Fabrizzio. Einen Augenblick später lachte er, wie vielleicht noch nie in einem Gefängnis gelacht worden ist. Auf Befehl des Generals war gleichzeitig mit den Gefängnisaufsehern ein englischer Hund, ein sehr bösartiges Tier, heraufgekommen, der dazu bestimmt war, besonders wichtige Gefangene bewachen zu helfen, und der die Nacht in dem so erfinderisch hergestellten Gang um Fabrizzios Käfig zubringen sollte. In diesem drei Fuß breiten Zwischenraum zwischen den kahlen Kerkermauern und den Holzwänden des Käfigs mußte außer dem Hunde noch ein Aufseher schlafen. So konnte der Gefangene keinen Schritt tun, ohne gehört zu werden. Nun aber war bei Fabrizzios Einzug die Zelle ›Zum passiven Gehorsam‹ von etwa hundert riesigen Ratten bewohnt gewesen, die jetzt nach allen Richtungen hin ausrissen. Der Bullterrier war keineswegs schön, dafür jedoch sehr flink. Man hatte ihn an den Steinfliesen unterhalb des Holzkäfigs angebunden; als er aber die Ratten dicht an sich vorbeihuschen sah, riß er so stark an seiner Kette, daß es ihm gelang, den Kopf aus seinem Halsband herauszuzerren. Jetzt begann die großartige Schlacht, deren Lärm Fabrizzio aus seinen gar nicht trübseligen Träumereien weckte. Die Ratten, die sich vor dem ersten Biß des Hundes gerettet hatten, flüchteten in den Holzkäfig; der Terrier sprang die sechs Stufen hinauf, die zu Fabrizzios Zelle führten, und dort entstand nun ein noch viel entsetzlicheres Gepolter. Der Käfig bebte in seinen Grundfesten. Fabrizzio lachte wie närrisch, so daß ihm die Tränen über die Wangen liefen. Der Aufseher Grillo lachte nicht weniger und schloß die Tür. Der Hund, der die Ratten jagte, wurde durch keine Möbel gehindert, denn die Zelle war völlig leer; höchstens konnte ein eiserner Ofen in der einen Ecke die Jagd ein wenig stören. Als der Terrier alle seine Feinde zur Strecke gebracht hatte, rief ihn Fabrizzio an und streichelte ihn. Er hatte das Glück, dem Hunde zu gefallen. ›Wenn der mich mal über eine Mauer klettern sieht, wird er nicht bellen!‹ dachte Fabrizzio. Aber solche durchtriebene Politik hatte lange Wege; bei seiner jetzigen Geistesverfassung fand er sein Glück darin, mit dem Hunde zu spielen.

Seltsamerweise und ohne daß er sich dessen bewußt ward, herrschte im Grunde seiner Seele geheime Freude.

Nachdem er durch das Herumtollen mit dem Hunde ziemlich außer Atem gekommen war, fragte er den Aufseher: »Wie heißen Sie?«

»Grillo. Ich bin bereit, Eurer Exzellenz in allen Dingen zu dienen, soweit es die Vorschriften gestatten.«

»Ausgezeichnet, mein lieber Grillo! Ein gewisser Giletti hat mich auf offener Landstraße ermorden wollen; ich habe mich zur Wehr gesetzt und ihn totgestochen. Wenn es wieder so käme, machte ichs genau ebenso. Solange ich nun euer Gast bin, will ich mir das Leben möglichst lustig einrichten. Bitten Sie Ihre Vorgesetzten um Erlaubnis und lassen Sie sich im Palazzo Sanseverina Wäsche geben! Ferner kaufen Sie mir einen anständigen Vorrat Nebiolo d'Asti!«

Das ist ein nicht übel schäumender Wein, den man in Piemont, in der Heimat Alfieris, herstellt und der seine Liebhaber besonders in der Gesellschaftsklasse hat, der die Gefängniswärter angehören. Acht bis zehn dieser Herren waren damit beschäftigt, etliche altmodische reich vergoldete Möbel in Fabrizzios Holzgemach zu schleppen; man hatte sie aus dem Prinzengefängnis im ersten Stockwerk geholt. Alle vernahmen das Wort ›Nebiolo d'Asti‹ mit Andacht. Trotz ihren Bemühungen blieb Fabrizzios Wohnung für die erste Nacht erbärmlich; gleichwohl betrübte ihn nur das vorläufige Fehlen einer guten Flasche Nebiolo.

»Das scheint ein braver Junge zu sein«, meinten die Aufseher beim Weggehen. »Nur eins bleibt zu wünschen, nämlich, daß ihm Geld zugesteckt wird.«

Als Fabrizzio allein war und sich von all dem Lärm ein wenig erholt hatte, sagte er sich: ›Ist es möglich, daß das der Kerker ist?‹ Er blickte nach dem unermeßlichen Horizonte von Treviso bis zum Monte Viso, nach der langgedehnten Alpenkette, nach den schneebedeckten Gipfeln und empor zu den Sternen. ›Ich begreife, daß sich Clelia Conti in dieser luftigen Einsamkeit wohlfühlt. Hier ist man tausend Meilen über den kleinlichen und boshaften Dingen, die einen da unten umgeben. Wenn die Vögel unter mir ihr gehören, werde ich sie wiedersehen. Wird sie rot werden, wenn sie mich erblickt?‹

Indem er über diese wichtigen Fragen nachdachte, schlief er in vorgerückter Nachtstunde ein. Schon am Tage nach dieser ersten im Gefängnis verbrachten Nacht, in der er nicht ein einziges Mal ungeduldig geworden war, sah sich Fabrizzio darauf beschränkt, seine Unterhaltung bei Fox, dem Bullterrier, zu suchen. Der Aufseher Grillo warf ihm zwar immer liebenswürdige Blicke zu, aber ein neuer Befehl schloß ihm den Mund, auch brachte er weder Wäsche noch Nebiolo.

›Werde ich Clelia sehen?‹ fragte sich Fabrizzio beim Erwachen. ›Ob das ihre Vögel sind?‹ Die Tierchen begannen ihr Zwitschern und Singen. In dieser Turmhöhe war dies der einzige Laut, der durch die Lüfte drang. Die große Stille, die dort oben herrschte, war für Fabrizzio eine neue, glückselige Wahrnehmung. Staunend lauschte er den leisen, oft unterbrochenen und so frischen Weisen seiner kleinen Nachbarn, die den Tag begrüßten. ›Wenn sie ihr gehören, so muß sie doch einmal in dieses Zimmer kommen, da unter meinem Fenster.‹ Wenn Fabrizzios Blicke auch immerfort die unermeßliche Alpenkette entlang schweiften, vor der sich die Zitadelle von Parma wie ein vorgeschobener Posten erhob, so kehrten sie doch auch ebensooft zurück zu den prächtigen Vogelkäfigen aus Zitronen- und Mahagoniholz mit ihren vergoldeten Stäben, die in dem sehr hellen Zimmer standen, das als Vogelstube benutzt ward. Erst später erfuhr Fabrizzio, daß dieses Zimmer das einzige vom Oberstock des Palastes war, das von elf bis vier Uhr Schatten hatte. Es wurde von der Torre Farnese gedeckt.

›Wie betrübend wäre es für mich‹, sagte sich Fabrizzio, ›wenn ich statt ihres himmlischen sinnigen Antlitzes, auf das ich warte und das bei meinem Anblick vielleicht ein wenig errötet, – wenn ich statt dessen das dicke Gesicht irgendeines Stubenmädchens zu sehen bekomme, das den Auftrag hat, die Vögel zu versorgen! Aber wenn ich Clelia erblicke, wird sie mich überhaupt eines Blickes würdigen? Bei Gott, ich muß mir etwas herausnehmen, um mich bemerkbar zu machen. Übrigens sind wir alle beide hier einsam und so fern von der Welt! Ich bin ein Gefangener, also ein Wesen, das der General Conti und das ganze elende Gelichter als ihren Untergebenen bezeichnen. Aber sie hat so viel Geist oder, besser gesagt, so viel Seele, wie der Graf Mosca meint, daß sie vielleicht, so sagte er, das Handwerk ihres Vaters verabscheut. Daher ihre Schwermut. Ein edler Grund zur Traurigkeit! Aber nach all dem kann ich durchaus kein Fremder für sie sein. Mit welcher Bescheidenheit und Anmut hat sie mich gestern abend gegrüßt! Ich erinnere mich deutlich, daß ich bei unserm Zusammentreffen bei Como zu ihr gesagt habe: ›Eines Tages werde ich mir die schönen Gemälde in Parma ansehen, und vielleicht erinnern Sie sich dann meines Namens: Fabrizzio del Dongo!‹ Ob sie das vergessen hat? Sie war damals noch so jung!

Aber da fällt mir ein‹, unterbrach sich Fabrizzio erstaunt im Gange seiner Gedanken, ›ich habe vergessen, zornig zu sein! Habe ich das Zeug zu einem von jenen großen Helden, wie sie das Altertum der Welt vorgeführt hat? Bin ich ein Held, ohne es zu ahnen? Wie? Ich, der ich vor dem Kerker so große Furcht hatte, ich bin darin, und ich denke nicht daran, traurig zu sein! Also kann man wohl sagen, die Furcht war hundertmal schlimmer als das Übel selbst. Was? Ich muß mir Vernunft predigen, um im Gefängnis traurig zu sein, das, wie Blanio gesagt hat, zehn Jahre oder zehn Monate währen kann? Sollte es die Verwunderung über diese völlig neuen Verhältnisse sein, die mich von der Mißstimmung ablenkt, an der ich leiden müßte? Vielleicht wird meine gute Laune, die unabhängig von meinem Willen und wenig vernünftig ist, plötzlich vergehen; vielleicht versinke ich im nächsten Augenblick in das schwarze Unglück, das ich erleiden soll. Auf jeden Fall ist es höchst erstaunlich, daß ich im Kerker bin und mir Vernunft predigen muß, um traurig zu sein. Bei Gott, ich komme auf meine Vermutung zurück: vielleicht bin ich ein großer Charakter.‹

Fabrizzios Träumereien wurden durch den Tischler der Zitadelle gestört, der Maß zu einem Fensterschirm zu nehmen kam. Die Zelle wurde zum ersten Male benutzt, und man hatte diese wesentliche Einrichtung noch nicht angebracht.

»So werde ich meiner erhabenen Fernsicht beraubt«, sagte sich Fabrizzio und bemühte sich, darüber traurig zu sein.

»Was«, herrschte er mit einem Male den Tischler an, »ich soll die hübschen Vögel da nicht mehr sehen?«

»Ach, die Vögel vom gnädigen Fräulein! Sie liebt sie so!« sagte der Mann in gutmütigem Tone. »Verbaut, verschwunden, futsch wie alles andere!«

Das Sprechen war dem Tischler ebenso streng verboten wie den Gefängnisaufsehern, aber den Mann dauerte der junge Gefangene. So erzählte er ihm, daß die riesigen Schirme, die auf die Fenstersimse aufgesetzt wurden und schräg nach oben gingen, den Gefangenen nur die Aussicht nach dem Himmel frei ließen. »Das tut man aus moralischen Gründen«, meinte er, »um die heilsame Traurigkeit und den Vorsatz zur Besserung in der Seele des Gefangenen zu erhöhen. Der

General«, fügte der Tischler hinzu, »hat auch die Erfindung gemacht, die Fensterscheiben herauszunehmen und durch Ölpapier zu ersetzen.«

Fabrizzio gefiel das Epigrammatische dieser Redeweise, die etwas Seltenes in Italien ist.

»Ich möchte zu meiner Zerstreuung gern einen Vogel haben; ich liebe die Tiere überaus. Kaufen Sie mir einen vom Stubenmädchen von Fräulein Clelia Conti!«

»Wie, Sie kennen sie«, rief der Tischler, »da Sie ihren Namen so hübsch sagen?«

»Wer hätte von dieser berühmten Schönheit nicht reden hören? Übrigens hatte ich die Ehre, ihr mehrmals bei Hofe zu begegnen.«

»Die arme Signorina langweilt sich hier sehr«, fuhr der Tischler fort. »Sie verbringt ihr Dasein mit ihren Vögeln. Heute vormittag hat sie schöne Orangenbäume gekauft, die man auf ihr Geheiß an der Turmpforte unter Ihren Fenstern aufgestellt hat. Wenn der Sims nicht wäre, könnten Sie sie sehen.«

Diese Mitteilung enthielt für Fabrizzio wertvolle Worte. Er fand eine höfliche Form, dem Tischler etwas Geld zu geben.

»Ich vergehe mich doppelt«, sagte der Mann zu ihm. »Ich spreche mit Eurer Exzellenz und nehme Geld an. Übermorgen, wenn ich wegen des Schirmes wiederkomme, will ich in meiner Tasche einen Vogel mitbringen, und wenn ich nicht allein bin, werde ich so tun, als ob er mir entwischt. Und wenn ich es kann, werde ich Ihnen ein Gebetbuch besorgen. Es muß Ihnen doch schmerzlich sein, Ihr Brevier nicht lesen zu können.«

»Also«, sagte sich Fabrizzio, sobald er allein war, »die Vögel gehören ihr, aber in zwei Tagen werde ich sie nicht mehr sehen.«

Bei diesem Gedanken nahmen seine Augen einen Ausdruck von Unglück an. Aber zu seiner unsagbaren Freude erschien endlich gegen Mittag nach langem Harren und vielmaligem Hinsehen Clelia, um ihre Vögel zu versorgen. Fabrizzio stand regungslos und ohne zu atmen da, ganz dicht gegen die mächtigen Fenstergitter gelehnt. Er sah, daß sie die Blicke nicht zu ihm erhob, aber ihre Bewegungen hatten etwas Gezwungenes, als ob sie sich beobachtet fühlte. Wenn das arme Mädchen auch gewollt hätte, sie hätte das feine Lächeln doch nicht vergessen können, das sie am Tage vorher über die Lippen des Gefangenen hatte huschen sehen, im Augenblick, als die Gendarmen ihn aus der Wachstube abführten.

Obgleich sie sich allem Anschein nach die größte Mühe gab, sich zu beherrschen, so wurde sie doch in dem Augenblick, als sie sich dem Fenster der Vogelstube näherte, merklich rot. Fabrizzio, der an dem eisernen Fenstergitter lehnte, wollte in der ersten Wallung seinem kindischen Verlangen nachgeben und mit der Hand ein wenig an das Gitter klopfen, um ein leises Geräusch hervorzurufen; aber der bloße Gedanke an solchen Mangel an Taktgefühl verursachte ihm Schaudern. »Ich verdiene es, daß sie acht Tage lang ihre Vögel durch das Stubenmädchen versorgen läßt.« So zarte Gedanken hatte er in Neapel und in Novara niemals gehabt.

Er beobachtete Clelia mit glühenden Augen. »Sicherlich«, sagte er sich, »wird sie wieder gehen, ohne meinem armen Fenster einen Blick zu gönnen, und es liegt ihr doch gerade gegenüber.« Als sie aber wieder aus dem Hintergrund des Zimmers hervorkam, bemerkte Fabrizzio dank seinem höheren Standorte ganz deutlich, daß Clelia es nicht über sich brachte, ihren Blick nicht hinaufschweifen zu lassen, ganz flüchtig, aber doch so, daß sich Fabrizzio für berechtigt hielt, sie zu grüßen.

»Sind wir beide nicht hier allein auf der Welt?« sagte er sich, um sich Mut zu machen. Auf seinen Gruß blieb das junge Mädchen stehen und senkte die Augen. Dann sah Fabrizzio, wie sie sie ganz langsam wieder aufschlug. Offenbar kämpfte sie heftig mit sich selbst: sie grüßte den Gefangenen mit einer sehr ernsten und gemessenen Bewegung, aber ihren Augen konnte sie das Sprechen nicht verbieten. Wahrscheinlich ohne daß sie es selbst wußte, drückten sie einen Atemzug lang das innigste Mitgefühl aus. Fabrizzio sah, daß sie rot wurde und daß dieses Rot ihr rasch die Haut hinunterlief, bis auf die Schultern, die sie wegen der Hitze in der Vogelstube beim Eintreten von ihrem schwarzen Spitzenschal befreit hatte. Der unwillkürliche Blick, mit dem Fabrizzio auf ihren Gruß antwortete, verdoppelte die Verwirrung des jungen Mädchens. »Wie glücklich wäre jene unglückliche Frau«, sagte sie sich in Gedanken an die Duchezza. »wenn sie ihn nur einen Augenblick so sehen könnte wie ich!«

Fabrizzio hatte die leise Hoffnung, sie bei ihrem Weggehen noch einmal grüßen zu können. Aber um dieser neuen Huldigung aus dem Wege zu gehen, trat Clelia einen wohlüberlegten allmählichen Rückzug an, von Bauer zu Bauer, als ob sie die der Tür am nächsten aufgestellten Vögel zuletzt versorgen müßte. Schließlich ging sie hinaus. Fabrizzio starrte regungslos nach der Tür, durch die sie verschwunden war. Er war ein neuer Mensch. Von diesem Augenblick an waren seine Gedanken einzig und allein daraufgerichtet, wie er es ermöglichen könne, sie wiederzusehen, selbst wenn der schreckliche Schirm das nach der Kommandantur führende Fenster versperrte.

Am Abend vorher hatte er sich vor dem Schlafengehen die höchst langweilige Mühe auferlegt, den größeren Teil des Goldes, das er besaß, in den zahlreichen Rattenlöchern, die seinen Holzkäfig zierten, zu verstecken. »Heute abend muß ich meine Taschenuhr verbergen. Habe ich nicht gehört, daß man bei einiger Ausdauer mit einer schartig gemachten Uhrfeder Holz oder sogar Eisen zersägen kann? So könnte ich also den Schirm zersägen!« Die Arbeit, seine Taschenuhr zu verstecken, dauerte reichlich zwei Stunden, aber die Zeit verging ihm rasch. Er grübelte über die verschiedenen Mittel nach, zu seinem Ziele zu gelangen, und über das, was er von Tischlerarbeit verstand. »Wenn ichs geschickt anfange«, sagte er sich, »so kann ich aus dem Eichenbrett, aus dem der Schirm bestehen wird, ein viereckiges Stück ausschneiden. Je nach den Umständen nehme ich das Stück heraus oder setze es wieder ein. Alles, was ich besitze, werde ich Grillo geben, damit er diese kleine Einrichtung nicht zu bemerken geruht.« Fabrizzios ganzes Glück hing fortan an der Möglichkeit, diese Arbeit zu bewerkstelligen, und er dachte an nichts anderes. »Wenn ich es nur fertig bringe, sie zu sehen, so bin ich glücklich. – Nein, nein«, sagte er sich, »sie muß auch sehen, daß ich sie sehe!«

Die ganze Nacht über hatte er den Kopf voll von Tischlererfindungen und dachte wohl nicht ein einziges Mal an den Parmaer Hof, an den Zorn von Serenissimus und dergleichen. Wir wollen gestehen, daß er auch nicht weiter an den Schmerz dachte, in den die Duchezza versunken sein mußte. Ungeduldig erwartete er den nächsten Tag, aber der Tischler erschien nicht wieder. Offenbar galt er im Gefängnis für einen Liberalen. Man hatte dafür gesorgt, daß ein anderer kam, einer mit mürrischem Aussehen, der immer nur mit einem Grunzen von schlimmer Vorbedeutung auf alle die netten Dinge antwortete, die sich Fabrizzio für ihn ausdachte.

Einige von den vielen Versuchen der Duchezza, brieflichen Verkehr mit Fabrizzio herzustellen, waren durch die zahlreichen Spitzel der Marchesa Raversi entdeckt worden. Durch diese wurde der General Fabio Conti auch täglich aufmerksam gemacht, erschreckt und in seiner Eigenliebe angestachelt. Alle acht Stunden wurden die sechs Mann Wache im großen Saal mit den hundert Säulen im Erdgeschoß abgelöst. Obendrein hatte der Kommandant an jede der drei eisernen Türen im Vorsaal je einen Gefängnisaufseher als Posten aufgestellt, und der arme Grillo, der einzige, der zu dem Gefangenen durfte, war verdammt, die Torre Farnese nur alle acht Tage verlassen zu dürfen. Er gebärdete sich deshalb sehr grimmig und ließ seine schlechte Laune an Fabrizzio aus, der den guten Einfall hatte, nichts darauf zu erwidern als: »Einen ordentlichen Vorrat Nebiolo d'Asti, verehrter Freund!« Und er gab ihm Geld dazu.

»Hören Sie«, sagte Grillo empört und so leise, daß der Gefangene ihn gerade noch verstehen konnte, »selbst das, was einen über alles Elend hinwegtröstet, hat man uns verboten anzunehmen. Ich müßte es zurückweisen, aber ich nehme es an. Übrigens weggeworfenes Geld! Ich kann Ihnen über nichts etwas sagen. Na, Sie, Sie mögen hübsche Dinge begangen haben! Die ganze Zitadelle ist Ihretwegen außer Rand und Band. Die Schliche der schönen Frau Duchezza haben bereits dreien von uns die Entlassung gebracht.«

»Wird der Schirm vor Mittag fertig?« Das war die große Frage, die Fabrizzios Herz den ganzen langen Vormittag höher schlagen ließ. Er lauerte auf die Schläge jeder Viertelstunde, die die Turmuhr der Zitadelle verkündete. Als es endlich dreiviertel zwölf schlug, war der Schirm noch nicht da. Clelia erschien, um ihre Vögel zu versorgen. Die grausame Notwendigkeit hatte Fabrizzios Kühnheit Vorschub geleistet, und die drohende Gefahr, sie nicht mehr zu sehen, deuchte ihn so übergroß, daß er es beim Anblick Clelias wagte, mit einem Finger das Zersägen des Schirms anzudeuten. Sobald sie diese für einen Gefangenen so aufrührerische Geste bemerkte, grüßte sie leicht und zog sich zurück.

»Wie«, fragte sich Fabrizzio verwundert, »sollte sie so unvernünftig sein, in einer Geste, die mir die härteste Notwendigkeit eingibt, eine lächerliche Vertraulichkeit zu erblicken? Ich wollte sie um die Gnade bitten, wenn sie ihre Vögel versorgt, etwas nach dem Kerkerfenster hinaufzublicken, selbst wenn sie es durch einen riesigen Holzverschlag verbaut fände. Ich wollte ihr andeuten, daß ich das Menschenmögliche tun will, um es fertig zu bekommen, sie wiederzusehen. Großer Gott, wenn sie wegen meiner ungebührlichen Geste morgen nicht wiederkäme!«

Diese Befürchtung, die Fabrizzio eine unruhige Nacht bereitete, bewahrheitete sich. Am folgenden Tage war Clelia um drei Uhr noch nicht erschienen, als man die beiden riesigen Schirme vor Fabrizzios Fenster gesetzt hatte. Die einzelnen Teile waren von der Plattform des breiten Turmes aus mit Tauen und Flaschenzügen bis an die Eisengitter hinaufgezogen worden. Freilich hatte Clelia hinter einem Vorhang ihres Zimmers jede Bewegung der Arbeiter ängstlich verfolgt; sie hatte sehr wohl Fabrizzios tödliche Unruhe beobachtet, aber sie hatte trotz alledem den Mut, das Versprechen zu halten, das sie sich gegeben.

Clelia war eine kleine Anhängerin der Freiheitsbewegung. In ihrer frühen Jugend hatte sie die liberalen Reden ernst genommen, die sie im Hause ihres Vaters hörte, der an nichts anderes als an seine Laufbahn dachte. Sie hatte dann mit Abscheu erfahren, wie wetterwendisch der Charakter dieses Hofmenschen war. Daher rührte ihre Abneigung gegen die Ehe. Seit Fabrizzios Ankunft wurde sie von Gewissensbissen gequält. »So bin ich nun!« sagte sie sich. »Mein nichtswürdiges Herz schlägt für Leute, die meinen Vater ins Unglück stürzen wollen! Er wagt es, mir eine Geste zu machen, daß er eine Tür zersägen will! Allerdings«, fuhr sie mit blutendem Herzen fort, »die ganze Stadt spricht von seinem nahen Tode. Vielleicht ist morgen dieser unselige Tag! Bei den Ungeheuern, die unser Land beherrschen, ist kein Ding unmöglich! Welche Sanftmut, welche heldenhafte Heiterkeit in diesen Augen, die sich vielleicht so bald schließen sollen! Gott, was für eine Herzensangst muß die Duchezza haben! Man sagt, sie sei am Verzweifeln. Ich möchte den Fürsten erdolchen wie die heldenmütige Charlotte Corday.«

Diesen ganzen dritten Tag seiner Gefangenschaft war Fabrizzio außer sich vor Zorn, aber lediglich, weil er Clelia nicht gesehen hatte. »Zorn gegen Zorn! Ich werde ihr sagen müssen, daß ich sie liebe!« rief er laut. Bei dieser Entdeckung war er nämlich angelangt. »Nein, das ist gar keine Seelengröße, daß ich nicht an meine Gefangenschaft denke und die Weissagungen Blanios Lügen strafe! So viel Ehre gebührt mir durchaus nicht. Unwillkürlich denke ich an jenen Blick süßen Mitleids, den Clelia mir gegönnt hat, als mich die Gendarmen aus der Wache führten. Dieser Blick hat mein ganzes bisheriges Leben ausgelöscht. Wer hätte gedacht, daß ich an solch einem Orte so süße Augen finden sollte! Und dies zu einer Zeit, als meine Blicke besudelt waren vom Anblick der Gesichter des Barbone und des Kommandanten. Mitten unter diesen gemeinen Kreaturen ging mir der Himmel auf. Und wie sollte ich da nicht die Schönheit lieben und versuchen, sie wiederzusehen! Nein, das ist durchaus keine Seelengröße, daß ich gleichgültig bin gegen die kleinen Quälereien, an denen der Kerker so überreich ist!«

Fabrizzios Phantasie vergegenwärtigte sich blitzschnell alle Möglichkeiten. »Am Ende werde ich gar freigelassen? Ohne Zweifel vollbringt die Freundschaft der Duchezza Wunder für mich. Ach, ich würde mich nur mit einem erzwungenen Lächeln für die Freiheit bedanken! An solch einen Ort kommt man nicht so bald zurück. Bin ich einmal aus dem Kerker hinaus, werde ich Clelia so gut wie nie wiedersehen! Gehören wir beide doch getrennten Lagern an! Bei Licht betrachtet: Was kann mir das Gefängnis anhaben? Wenn Clelia die Gnade hätte, mich nicht mit ihrem Zorn zu überschütten, was hätte ich vom Himmel zu erbitten?«

Am Abend dieses Tages, an dem er seine hübsche Nachbarin nicht gesehen hatte, kam ihm ein großer Gedanke: mit dem eisernen Kreuz des Rosenkranzes, den man jedem Gefangenen bei seiner Aufnahme im Kerker aushändigt, begann er den Schirm mit Erfolg anzusägen. »Vielleicht ist das eine Unvorsichtigkeit«, sagte er sich, bevor er anfing. »Haben die Tischler nicht in meiner Gegenwart gesagt, daß gleich morgen die Anstreicher kämen? Was werden die sagen, wenn sie den Schirm angesägt finden? Aber wenn ich diese Unvorsichtigkeit begehe, dann kann ich sie morgen sehen. Wie, durch meine Schuld sollte ich sie einen Tag lang nicht sehen, noch dazu, da sie mich erzürnt verlassen hat?«

Fabrizzios Wagnis ward belohnt: nach fünfzehnstündiger Arbeit sah er Clelia, und zu seinem allerhöchsten Glück, als sie sich gerade gar nicht von ihm beobachtet glaubte. Lange stand sie regungslos da, den Blick auf den großen Schirm geheftet. Er hatte also alle Muße, in ihren Augen die Zeichen des zärtlichsten Mitleids zu lesen. Offenbar vernachlässigte sie sogar ihre Vögel, um minutenlang nach seinem Fenster hinaufzuschauen. Ihre Seele war bis in den Grund aufgewühlt. Sie gedachte der Duchezza, deren grenzenloses Leid ihr soviel Mitgefühl eingeflößt hatte; und doch begann sie diese Frau zu hassen. Sie verstand nichts von der tiefen Schwermut, die ihr Wesen ergriffen hatte; sie war ärgerlich auf sich selbst. Zwei- oder dreimal während ihrer Anwesenheit versuchte Fabrizzio aus Ungeduld, an dem Schirm zu rütteln; ihm war, als sei er nicht glücklich, solange er Clelia nicht merken lassen konnte, daß er sie sähe. ›Wenn sie aber wüßte‹, sagte er sich, ›daß ich sie so bequem beobachten kann, so würde sie sich, schüchtern und zurückhaltend, wie sie ist, zweifellos meinen Blicken entziehen.‹

Mehr Glück hatte er am nächsten Tage, denn welchem Elend vermöchte die Liebe nicht Glück zu entlocken? Während Clelia trübsinnig nach dem großen Fensterschirm hinaufsah, gelang es ihm, ein kleines Stück Eisendraht durch das Loch zu stecken, das er mit dem eisernen Kreuz hergestellt hatte, und ihr Zeichen zu machen, die sie augenscheinlich verstand, zum mindesten in dem Sinne: ›Ich bin da und sehe dich!‹

An den folgenden Tagen hatte Fabrizzio Pech. Er wollte aus dem großen Schirm ein handgroßes Stück Holz heraussägen, das sich nach Belieben wieder einsetzen ließe, damit er sähe und gesehen würde und somit wenigstens durch Zeichen verständlich machen könnte, was in seiner Seele vorging. Aber das Geräusch der kleinen Säge, die er sich aus seiner mit dem Kreuze gezähnten Uhrfeder einigermaßen hergerichtet hatte, machte Grillo stutzig, so daß dieser stundenlang in Fabrizzios Zelle blieb. Allerdings glaubte er wahrzunehmen, daß Clelias Unnahbarkeit in dem Grade abnahm, wie die Schwierigkeiten, sich zu verständigen, wuchsen. Fabrizzio beobachtete sehr wohl, daß sie nicht mehr absichtlich die Augen niederschlug oder sich mit den Vögeln abgab, wenn er den Versuch machte, ihr mit Hilfe des elenden Drahtstückes ein Zeichen seiner Gegenwart zu geben. Zu seiner Freude sah er, daß sie nie verfehlte, genau in dem Augenblick in der Vogelstube zu erscheinen, da es drei Viertel zwölf schlug, und er bildete sich beinahe ein, er sei die Ursache ihrer so pünktlichen Regelmäßigkeit. Warum? Dieser Gedanke scheint unvernünftig, aber die Liebe beobachtet kaum bemerkbare Regungen, die einem gleichgültigen Auge entgehen, und zieht endlose Folgerungen daraus. Zum Beispiel erhob Clelia, seitdem sie den Gefangenen nicht mehr sehen konnte, ihre Blicke fast unmittelbar nach ihrem Eintritt in die Vogelstube zu seinem Fenster. Das war gerade an den unheilvollen Tagen, als kein Mensch in Parma daran zweifelte, daß Fabrizzio bald hingerichtet werden würde; er allein wußte nichts davon. Aber Clelia konnte dieses schrecklichen Gedankens nicht ledig werden. Warum sollte sie sich da Vorwürfe machen, daß sie Fabrizzio zuviel Teilnahme bezeigte? Er war dem Untergang nahe! Weil er ein Freidenker war! Es erschien ihr abgeschmackt, daß ein del Dongo hingerichtet werden sollte, weil er einem Komödianten einen Degenstich versetzt hatte. Freilich war der liebenswürdige junge Mann an eine andere Frau gebunden! Clelia war tief unglücklich, und wenn sie sich auch die Art ihrer Teilnahme an seinem Schicksal nicht ganz richtig eingestand, so sagte sie sich doch: ›Wenn man ihn in den Tod führt, dann gehe ich bestimmt in ein Kloster. In meinem ganzen Leben will ich nicht wieder in dieser Hofgesellschaft erscheinen; mir graut vor ihr. Höfische Meuchelmörder!‹

Am achten Tage von Fabrizzios Gefangenschaft erlebte sie eine große Beschämung. Sie sah starr und in trübe Gedanken versunken nach dem Schirme, der das Fenster des Gefangenen verbarg. An diesem Tage hatte er noch keinerlei Zeichen seiner Gegenwart gegeben. Mit einem Male wurde ein kleines, etwas mehr als handgroßes Stück aus dem Schirm entfernt. Mit heiterer Miene schaute Fabrizzio zu ihr heraus. Sie sah den Gruß seiner Augen. Diese unerwartete Versuchung vermochte sie nicht zu ertragen; schnell wandte sie sich ihren Vögeln zu und begann sie zu versorgen, aber sie zitterte so sehr, daß sie das Wasser verschüttete, das sie ihnen gab, und Fabrizzio konnte ihre Erregung ganz deutlich erkennen. Dieser Zustand war ihr unerträglich, und sie entschloß sich, davonzulaufen.

Dieser Augenblick war der schönste in Fabrizzios Leben. Mit welcher Begeisterung hätte er die Befreiung zurückgewiesen, hätte man sie ihm jetzt angeboten!

Der kommende Tag war für die Duchezza ein Tag großer Verzweiflung. In der Stadt galt es allgemein als sicher, daß es um Fabrizzio geschehen sei. Clelia hatte den traurigen Mut nicht, ihm eine Kälte vorzuspiegeln, die ihrem Herzen fremd war. Anderthalb Stunden weilte sie in der Vogelstube, sah alle seine Zeichen und antwortete ihm des öfteren, zum mindesten mit dem Ausdrucke der innigsten und aufrichtigsten Teilnahme. Für Augenblicke verließ sie ihn, um ihre Tränen zu verbergen. Ihre weibliche Gefallsucht fühlte so recht die Unzulänglichkeit der angewandten Zeichensprache. Wenn sie miteinander hätten sprechen können, mit wieviel verschiedenen Mitteln hätte sie dann nicht ganz genau zu ergründen versucht, welche Art die Gefühle waren, die Fabrizzio der Duchezza gegenüber hegte! Clelia vermochte sich fast keiner Täuschung mehr darüber hinzugeben: sie haßte die Sanseverina.

Eine Nacht dachte Fabrizzio ernstlich an seine Tante. Zu seinem Erstaunen fiel es ihm schwer, sich ihr Bild zu vergegenwärtigen. Die Erinnerung an sie hatte sich vollständig verändert. In dieser Stunde war sie für ihn eine Fünfzigjährige.

»Großer Gott«, rief er voller Begeisterung, »welch ein guter Geist hat mir eingegeben, ihr nicht von Liebe zu reden!« Er war nahe daran, es nicht mehr begreifen zu können, daß er sie so hübsch gefunden hatte. Die Erinnerung an die kleine Marietta war weniger verändert, und zwar, weil er sich nie eingebildet hatte, daß bei seiner Liebelei mit Marietta seine Seele irgendwie in Mitleidenschaft gezogen wäre, während er oft geglaubt hatte, sie gehöre völlig der Duchezza. Die Herzogin von Albarocca und Marietta kamen ihm jetzt vor wie junge Tauben, deren ganzer Reiz in ihrer Unschuld und Zartheit lag. Dagegen erfüllte das leuchtende Bild Clelias all sein Inneres, ja es flößte ihm einen Schauer ein. Er fühlte nur zu gut, daß sein weiteres Lebensglück ihn zwingen werde, auf die Tochter des Kommandanten zu hoffen, und daß es in ihrer Macht stehe, ihn zum unglücklichsten Sterblichen zu machen. Tag für Tag hatte er die tödliche Angst, irgendeine Laune, die von seinem Willen nicht abhinge, könne diesem seltsamen und köstlichen Leben, das er in Clelias Nähe gefunden hatte, ein jähes Ende bereiten. Jedenfalls hatte es ihn in den ersten acht Wochen seiner Gefangenschaft beseligt. Das war zu der Zeit, als der General Fabio Conti wöchentlich zweimal Serenissimus berichtete: ›Ich kann Eurer Hoheit mein Ehrenwort geben, daß der Sträfling del Dongo mit keiner Menschenseele spricht. Er verbringt sein Dasein in tiefer Niedergeschlagenheit und Verzweiflung, oder er schläft.‹

Clelia kam zwei- bis dreimal täglich, um nach ihren Vögeln zu sehen, bisweilen nur für Augenblicke. Wenn Fabrizzio sie nicht so sehr geliebt hätte, dann hätte er wohl bemerkt, daß er geliebt wurde, aber er hegte in dieser Hinsicht tödliche Zweifel. Clelia hatte in die Vogelstube ein Klavier stellen lassen. Wenn sie die Tasten anschlug, damit der Klang des Instruments ihre Gegenwart anzeigte und die Schildwache unter seinen Fenstern beschäftigte, antwortete sie mit den Augen auf Fabrizzios Fragen. Nur auf eines ging sie nie ein, und gelegentlich ergriff sie deshalb sogar die Flucht und ließ sich einen ganzen Tag lang nicht sehen: verrieten Fabrizzios Zeichen nämlich Gefühle, die zu verstehen nicht allzu schwierig war, dann war sie unerbittlich.

Obwohl Fabrizzio in einem ziemlich engen Käfig eingesperrt saß, war somit sein Leben recht beschäftigungsreich. Besonders suchte er nach der Lösung des so bedeutungsvollen Rätsels: ›Liebt sie mich?‹ Das Ergebnis von tausend Beobachtungen, die er unaufhörlich erneuerte und die ihn doch ebenso unaufhörlich zweifeln ließen, war folgendes: ›Alle ihre absichtlichen Gesten sagen nein, aber das Unwillkürliche im Spiel ihrer Augen scheint zu verraten, daß sie mir freundschaftlich gesinnt ist.‹

Clelia hoffte sehr, daß es nie zu einem Geständnis käme, und um dieser Gefahr vorzubeugen, hatte sie mit übermäßigem Zorn eine Bitte zurückgewiesen, die Fabrizzio mehrfach an sie richtete. Die Kläglichkeit der von dem armen Gefangenen angewandten Hilfsmittel hätte Clelia eigentlich zu mehr Mitleid stimmen müssen. Er wollte mit ihr durch Buchstaben reden, die er mit einem Stück Kohle – diesen wertvollen Fund verdankte er dem kleinen Ofen – auf seine Hand gemalt hatte; durch Buchstabenfolgen hätte er Wörter gebildet. Diese Erfindung hätte die Mittel zur Unterhaltung verdoppelt, indem sie zur Mitteilung bestimmter Dinge geführt hätte. Sein Fenster war von dem ihrigen ungefähr fünfundzwanzig Fuß entfernt, aber eine mündliche Unterhaltung wäre angesichts der Schildwachen, die vor der Kommandantur auf und ab gingen, allzu gewagt gewesen. Fabrizzio zweifelte daran, daß er geliebt werde. Hätte er einige Liebeserfahrung besessen, so hätte er nicht lange gezweifelt, aber noch nie hatte ein weibliches Wesen sein Herz beschäftigt. Im übrigen hatte er keine Ahnung von einem Geheimnis, über das er außer sich gewesen wäre, wenn er davon gewußt hätte. Es handelte sich um nichts Geringeres als um die Heirat Clelia Contis mit dem Marchese Crescenzi, dem reichsten Mann bei Hofe.

19.

Der Ehrgeiz des Generals Fabio Conti steigerte sich bis zur Narrheit, seit sich der Laufbahn des Premierministers Mosca Hemmnisse in den Weg gelegt hatten, die auf seinen Sturz hinzudeuten schienen. Er begann seiner Tochter heftige Szenen zu machen. Immer wieder hielt er ihr zornig vor, sie bräche ihm den Hals, wenn sie nicht endlich ihre Wahl träfe. Da sie über zwanzig hinaus sei, wäre es Zeit, sich zu entschließen; ihre unvernünftige Halsstarrigkeit isoliere den General schrecklich und müsse endlich aufhören, und so weiter.

Um sich diesen Ausbrüchen von schlechter Laune nicht alle Augenblicke auszusetzen, floh Clelia in die Vogelstube; dorthin konnte man nur auf einer sehr unbequemen Holztreppe gelangen, die für den Kommandanten mit seinem Podagra ein ernstliches Hindernis bildete.

Seit etlichen Wochen war Clelias Seele derartig in Unruhe, sie wußte selbst so wenig, was sie sich wünschen sollte, daß sie, freilich ohne bindendes Jawort, fast in ihre Verlobung gewilligt hatte. Bei einem seiner Wutanfälle hatte der General gepoltert, er werde sie ohne Bedenken in das ödeste Kloster von Parma stecken, und sie könne sich da zu Tode langweilen, bis sie geruhe, ihre Wahl zu treffen.

»Du weißt, daß unsere Familie, so uralt sie ist, keine sechstausend Lire Rente hat, daß aber der Marchese Crescenzi über mehr als hunderttausend Taler im Jahre verfügt. Bei Hofe ist man sich einig, daß er den verträglichsten Charakter besitzt. Niemals hat er irgendwem Anlaß zu Klagen gegeben; er ist ein schmucker junger Mann, bei Serenissimus wohlgesehen, und ich meine, wenn eine seine Huldigungen zurückweist, muß sie vollkommen verrückt sein. Wenn diese Abweisung die erste wäre, ließe ich sie mir vielleicht noch gefallen, aber du hast schon fünf oder sechs Partieen, die besten in der Hofgesellschaft, von dir gewiesen, dumme Gans, die du bist! Und was soll aus dir werden, ich bitte dich, wenn ich pensioniert werde? Was für eine Genugtuung für meine Gegner, wenn man mich in irgendeinen zweiten Stock einziehen sieht, mich, der ich oft in Frage gekommen bin, Minister zu werden! Nein, Schockschwerenot! Ich habe nun lange genug in meiner Gutmütigkeit die Rolle Cassanders gespielt. Du bringst mir entweder einen stichhaltigen Einwand gegen diesen armen Marchese Crescenzi, der die Güte hat, in dich verliebt zu sein, dich ohne Mitgift zur Frau zu begehren und dir ein Nadelgeld von dreißigtausend Lire Rente auszusetzen, wovon ich wenigstens anständig wohnen könnte, – kurz und gut, du sagst mir entweder etwas Vernünftiges, oder, zum Teufel, du heiratest in zwei Monaten!«

Ein einziges Wort dieser ganzen Rede hatte auf Clelia Eindruck gemacht, das war die Drohung, ins Kloster gesteckt zu werden und somit die Zitadelle verlassen zu müssen, und das zu einer Zeit, da

Fabrizzios Leben nur noch an einem Faden hing; denn es verging kein Monat, in dem das Gerücht von seinem nahen Tode nicht von neuem in der Stadt und am Hofe umlief. Was für Vorhaltungen sie sich auch machte, sie konnte sich nicht entschließen, sich der Gefahr auszusetzen, von Fabrizzio in dem Augenblick getrennt zu werden, da sie für sein Leben zitterte. Das war in ihren Augen der Übel schlimmstes, zum mindesten unmittelbarstes. Freilich sah ihr Herz, wenn sie nicht von Fabrizzio getrennt wurde, auch keine Aussicht auf Glück; wähnte sie ihn doch von der Duchezza geliebt, und ihre Seele war von tödlicher Eifersucht zerrissen. Unaufhörlich dachte sie an die Vorzüge dieser allgemein bewunderten Frau. Die strenge Zurückhaltung, die sich Clelia Fabrizzio gegenüber auferlegte, die Zeichensprache, auf die sie ihn beschränkt hatte, aus Furcht vor irgend etwas Unschicklichem, alles das schien sich zu verbünden und ihr jedes Mittel zu nehmen, sich einige Klarheit über seine wahren Beziehungen zur Duchezza zu verschaffen. So fühlte sie von Tag zu Tag immer grausamer das schreckliche Unglück, in Fabrizzios Herzen eine Rivalin zu haben, und von Tag zu Tag wagte sie sich immer weniger der Gefahr auszusetzen, ihm Gelegenheit zu geben, ihr die volle Wahrheit über seinen Herzenszustand zu gestehen. Und doch, wie süß wäre ihr das Geständnis seiner wahren Gefühle gewesen, wie glücklich wäre Clelia geworden, wenn der gräßliche Argwohn verscheucht worden wäre, der ihr das Leben vergiftete!

Fabrizzio war leichtsinnig. In Neapel hatte er den Ruf gehabt, seine Geliebten ziemlich rasch zu wechseln. Trotz aller Zurückhaltung, die ihr die Rolle einer vornehmen jungen Dame aufzwang, zumal sie Stiftsdame war und bei Hofe ein und aus ging, hatte Clelia, ohne je Fragen zu stellen, nur durch aufmerksames Zuhören, den Ruf der jungen Männer erfahren, die nacheinander um ihre Hand geworben hatten. Fabrizzio aber war im Vergleich zu ihnen allen derjenige, der in Herzensangelegenheiten den größten Leichtsinn an den Tag legte. Er saß im Kerker, langweilte sich und machte dem einzigen weiblichen Wesen in Sehweite den Hof. Was war natürlicher? Was zugleich gemeiner? Das war es, was Clelia so tief betrübte. Selbst wenn sie durch eine offene Beichte erfahren hätte, daß Fabrizzio die Duchezza nicht mehr liebte, welches Vertrauen hätte sie in die Dauerhaftigkeit seiner Gefühle setzen können? Und endlich, was die Hoffnungslosigkeit ihres Herzens auf die Spitze trieb: war Fabrizzio nicht in seiner geistlichen

Laufbahn schon sehr weit vorgerückt? Stand er nicht nahe davor, sich durch ewige Gelübde zu binden? Harrten seiner nicht die höchsten Würden seines Standes? »Wenn mir nur ein Schimmer von gesundem Menschenverstand verbliebe«, sagte sich die unglückliche Clelia, »müßte ich dann nicht die Flucht ergreifen? Müßte ich nicht meinen Vater anflehen, mich in das fernste Kloster einzusperren? Und um das Elend voll zu machen, ist es gerade die Furcht, fern von der Zitadelle zu leben und in ein Kloster eingeschlossen zu sein, die mich leitet! Gerade diese Furcht zwingt mich zur Heuchelei, nötigt mich zu der häßlichen und entehrenden Lüge, mich zu stellen, als ob ich die Huldigungen und öffentlichen Aufmerksamkeiten des Marchese Crescenzi annähme.«

Clelias Wesen war in hohem Grade besonnen; in ihrem ganzen Leben hatte sie sich keinen unüberlegten Schritt vorzuwerfen, aber ihr Benehmen in diesem Falle war der Inbegriff aller Unvernunft. Danach kann man sich einen Begriff von ihren Leiden machen. Sie waren um so grausamer, als sie sich keiner Täuschung hingab. Sie hing an einem Manne, der in die schönste Frau am Hofe sinnlos verliebt war, in eine Frau, die ihr mit soviel Berechtigung überlegen war. Und dieser Mann war an und für sich, selbst wenn er frei gewesen wäre, einer ernstlichen Neigung unfähig, während sie nur allzusehr fühlte, daß sie nie im Leben eine andere Liebe hegen könne.

So ward Clelias Herz von den gräßlichsten Gewissensbissen gequält, wenn sie tagtäglich in die Vogelstube kam, wohin es sie wider Willen zog. Dort wechselte der Anlaß ihrer Unruhe; dort ward diese weniger quälend. Ihre Gewissensqualen hörten vorübergehend auf, und mit unsagbarem Herzklopfen harrte sie des Augenblicks, da Fabrizzio das selbstgeschaffene Guckloch im Fensterschirm öffnete. Oft verbot die Anwesenheit des Aufsehers Grillo in seiner Zelle, daß er sich mit seiner Freundin durch Zeichen unterhielt.

Eines Abends gegen elf Uhr hörte Fabrizzio Geräusche sonderbarster Art in der Zitadelle. Er hielt den Kopf an das Guckloch, und es gelang ihm, festzustellen, daß der ziemlich starke Lärm auf der Haupttreppe, den sogenannten dreihundert Stufen, gemacht wurde, die vom Vorhof im Inneren des breiten Turmes zur gepflasterten Plattform hinaufführten, wo, wie wir wissen, die Kommandantur und die Torre Farnese, Fabrizzios Gefängnis, standen.

Etwa in halber Höhe, nach hundertachtzig Stufen, ging die Treppe in der Richtung von Süden nach Norden über einen schachtartigen Hof. Dort befand sich eine sehr schmale, leichte eiserne Brücke, auf deren Mitte ein Pförtner seinen Platz hatte, der alle sechs Stunden abgelöst wurde. Er mußte aufstehen und sich an das Geländer drücken, wenn jemand den von ihm bewachten Steg überschreiten wollte. Weder zur Kommandantur noch zur Torre Farnese führte ein anderer Weg. Man brauchte nur zweimal ein Schloß zu schließen, dessen Schlüssel der Kommandant bei sich trug, und die eiserne Brücke stürzte in eine Tiefe von mehr als hundert Fuß hinab. Durch diese einfache Vorrichtung sowie dadurch, daß es in der ganzen Zitadelle nur eine einzige Treppe gab und daß ein Wachtmeister jede Nacht um zwölf Uhr die Ziehtaue zu allen Brunnen der Zitadelle in einer Stube ablieferte, die man nur durch das Schlafzimmer des Kommandanten betreten konnte, war dieser in seinem Palazzo völlig abgeschlossen; ebenso konnte keine Menschenseele zur Torre Farnese gelangen. Das hatte Fabrizzio bei seiner Ankunft in der Zitadelle gründlich erkannt; obendrein hatte es ihm Grillo, der wie alle Gefängniswärter gern mit seinem Kerker prahlte, mehrfach vorgehalten. So hatte er keine rechte Hoffnung auf Flucht. Gleichwohl erinnerte er sich, irgendwo einmal gelesen zu haben: »Der Liebende denkt viel mehr daran, zu seiner Geliebten zu gelangen, als der Ehemann daran, seine Frau zu bewachen, der Gefangene viel mehr an die Flucht als der Gefängnisaufseher an das Verschließen der Türen. Folglich müssen, trotz allen Hindernissen, der Liebende wie der Gefangene zum Ziele kommen.«

An jenem Abend vernahm Fabrizzio deutlich, wie eine große Anzahl Menschen über die Eisenbrücke ging, die sogenannte Sklavenbrücke, weil es vor Zeiten einem dalmatinischen Sklaven gelungen war, zu entweichen, indem er den Brückenwächter in die Tiefe stürzte.

»Da ist etwas im Gange!« dachte Fabrizzio. »Man will jemanden gewaltsam holen. Vielleicht mich? Irgend etwas ist nicht in Ordnung; das muß ich ausnutzen.« Er griff nach seinen Waffen und suchte bereits ein paar seiner Goldstücke aus ihren Verstecken hervor. Mit einem Male hielt er inne.

»Der Mensch ist ein spaßiges Tier«, sagte er sich laut, »das muß man zugeben! Was würde ein unsichtbarer Beobachter sagen, der meine Vorbereitungen sähe? Will ich mich etwa retten? Und was wird anderntags aus mir, wenn ich wieder in Parma bin? Würde ich nicht alles aufs Spiel setzen, um wieder in Clelias Nähe zu kommen? Wenn etwas nicht in Ordnung ist, will ichs benutzen, mich in die Kommandantur zu schleichen; vielleicht kann ich Clelia sprechen, vielleicht darf ich ihr bei der Verwirrung sogar die Hand küssen. Der General Conti, von Natur sehr mißtrauisch und ebenso eitel, läßt seinen Palazzo von fünf Posten bewachen, einen an jeder Ecke des Gebäudes und den fünften am Tor. Aber zum Glück ist die Nacht stockfinster.«

Schleichend wie ein Luchs, sah Fabrizzio nach, was Grillo und sein Hund machten. Der Aufseher lag in tiefem Schlummer in einer Rindshaut, die an vier Stricken hing und von einem groben Netz umgeben war. Fox, der Bullterrier, blinzelte mit den Augen, richtete sich auf, sah Fabrizzio gutmütig an und wedelte mit dem Schwanze.

Unser Gefangener stieg leise die sechs Stufen zu seinem Holzkäfig wieder hinauf. Der Lärm am Fuße der Torre Farnese und genau vor deren Tor wurde so stark, daß Fabrizzio dachte, Grillo müsse aufwachen. Den Dolch in Bereitschaft, gefaßt zur Tat, glaubte Fabrizzio, die Nacht bringe ihm große Abenteuer, als er mit einem Male hörte, wie die schönste Sinfonie der Welt anhob. Man brachte dem Kommandanten oder seiner Tochter ein Ständchen. Fabrizzio bekam einen tollen Lachanfall. ›Und da dachte ich schon daran, Dolchstöße auszuteilen! Als ob eine Serenade nicht etwas weitaus Alltäglicheres wäre als eine Entführung, wozu man in einem Gefängnis wohl an die achtzig Menschen brauchte oder gar eine Meuterei. Die Musik war vorzüglich und kam Fabrizzio köstlich vor. Seine Seele hatte seit so vielen Wochen keine Zerstreuung gehabt; er wurde zu Tränen gerührt. In seiner Wonne richtete er an Clelia die unwiderstehlichsten Worte. Aber am anderen Tage, zur Mittagszeit, fand er sie derartig schwermütig, düster und blaß und aus ihren Blicken war so viel Unmut herauszulesen, daß er sich nicht berechtigt fühlte, sie wegen des Ständchens zu befragen; er fürchtete, unhöflich zu sein.

Clelia hatte allen Anlaß, betrübt zu sein. Die Serenade hatte ihr der Marchese Crescenzi gebracht. Eine so öffentliche Huldigung war gewissermaßen die Verlobungsanzeige in aller Form. Bis zu dieser Serenade, bis neun Uhr abends, hatte Clelia den heftigsten Widerstand geleistet, aber dann war sie schwach geworden; ihr Vater hatte gedroht, sie auf der Stelle ins Kloster zu schicken, und sie hatte nachgegeben.

»Ach, ich soll ihn nicht mehr sehen!« hatte sie weinend geklagt. Vergeblich hatte ihr dann die Vernunft zugeflüstert: »Du siehst einen

Menschen nie wieder, der dir in jeder Hinsicht Unglück bringt: den Liebhaber der Duchezza, einen leichtsinnigen Mann, der in Neapel zehn stadtbekannte Geliebte gehabt und alle miteinander betrogen hat! Du siehst einen jungen Streber nicht wieder, der, wenn er seine Strafe überlebt, in einen geistlichen Orden eintritt!« Sie sagte sich: »Es wäre ein Verbrechen, wenn ich ihn außerhalb der Zitadelle je wieder ansähe! Und sein angeborener Wankelmut wird mir ja diese Versuchung auch ersparen. Was bin ich ihm denn? Ein Mittel, sich täglich ein paar Stunden in seinem Kerker etwas weniger zu langweilen.« Mitten in all diesen Schmähungen kam Clelia jenes Lächeln wieder in den Sinn, mit dem Fabrizzio die Gendarmen angesehen hatte, als er aus der Gefängniskanzlei herauskam, um die Torre Farnese hinaufzusteigen. Die Tränen traten ihr in die Augen: »Lieber Freund, was würde ich nicht für dich tun! Du wirst mich zugrunde richten. Ich weiß es; das ist mein Schicksal. Ich richte mich selbst zugrunde, auf abscheuliche Weise, indem ich heute abend dieser schrecklichen Serenade beiwohne. Aber morgen mittag werde ich deine Augen wiedersehen!«

Gerade einen Tag, nachdem Clelia dem jungen Gefangenen, den sie so leidenschaftlich liebte, ein so großes Opfer gebracht, da sie ihm ihr Leben geopfert hatte, sie, die alle seine Fehler kannte, war Fabrizzio über ihre Kälte verzweifelt. Hätte er der Seele Clelias die geringste Gewalt angetan, nur mit seiner unvollkommenen Zeichensprache, so hätte sie wahrscheinlich ihre Tränen nicht zurückzuhalten vermocht, und Fabrizzio hätte ihr das Geständnis alles dessen abgerungen, was sie für ihn fühlte. Aber es fehlte ihm an Kühnheit; er hatte eine allzu große Angst, Clelia zu verletzen, und sie konnte ihn allzu streng strafen. Mit anderen Worten, er hatte keinerlei Erfahrung, in welche Wallung einen eine Frau versetzt, die man liebt. Das war ein Gefühl, das er niemals erfahren hatte, auch nicht in seiner schwächsten Abstufung. Er brauchte acht Tage dazu, sich nach dem Tage der Serenade mit Clelia wieder in das gewohnte gute Freundschaftsverhältnis zu setzen. Das arme Mädchen stellte sich heiter, aus Todesangst, sich zu verraten, und es kam Fabrizzio vor, als stünde er sich von Tag zu Tag schlechter mit ihr.

Fabrizzio war nun ungefähr drei Monate im Gefängnis, ohne die geringste Verbindung mit der Außenwelt und doch ohne sich unglücklich zu fühlen. Da blieb Grillo eines Vormittags recht lange in seiner

Zelle. Fabrizzio wußte nicht, wie er ihn los werden sollte; er war in Verzweiflung. Es hatte bereits halb ein Uhr geschlagen, als er die beiden fußhohen Klappen, die er in dem unseligen Fensterschirm angebracht hatte, endlich öffnen konnte.

Clelia lehnte am Fenster ihrer Vogelstube, die Augen nach Fabrizzios Fenster gerichtet; ihre verzerrten Züge drückten die heftigste Niedergeschlagenheit aus. Kaum sah sie Fabrizzio, als sie ihm das Zeichen machte, alles sei verloren. Sie eilte an ihr Klavier und tat so, als sänge sie ein Rezitativ aus einer damaligen Modeoper. Dabei sagte sie in Absätzen, weil ihr Schmerz und ihre Angst, die unter den Fenstern auf und ab gehenden Posten könnten sie verstehen, sie immer wieder lähmten, zu ihm: »Großer Gott! Sind Sie noch am Leben? Wie dankbar bin ich dem Himmel dafür! Barbone, der Gefängnisaufseher, den Sie am Tage Ihrer Ankunft wegen seiner Unverschämtheit gezüchtigt haben, war verschwunden. Er war nicht mehr in der Zitadelle. Gestern abend ist er zurückgekommen, und seitdem habe ich Anlaß, zu befürchten, daß er Sie zu vergiften sucht. Er treibt sein Wesen in der Küche, in der Ihr Essen gekocht wird. Ich weiß nichts Bestimmtes, aber mein Kammermädchen glaubt, dieser fürchterliche Mensch käme in die Küchen der Kommandantur einzig und allein, um Ihnen an das Leben zu gehen. Ich bin vor Unruhe beinahe gestorben, als Sie gar nicht zum Vorschein kamen; ich glaubte, Sie seien tot. Enthalten Sie sich jeder Nahrung bis auf weitere Nachricht! Ich will alles aufbieten, um Ihnen etwas Schokolade zuzustecken. Falls Sie durch die Gnade des Himmels einen Faden besitzen oder aus Ihrer Wäsche ein Band machen können, so lassen Sie das auf jeden Fall heute abend um neun Uhr von Ihrem Fenster nach den Orangenbäumen hinunter. Ich werde einen Strick daranknüpfen, den Sie zu sich hinaufziehen müssen. Dann werde ich Brot und Schokolade daranbinden.«

Fabrizzio hatte das Stück Kohle, das er im Ofen seiner Zelle gefunden, wie einen Schatz aufbewahrt. Jetzt beeilte er sich, aus Clelias Erregung Nutzen zu ziehen, und schrieb auf seine Hand nacheinander eine Reihe von Buchstaben, die insgesamt folgendes ergaben:

ICH LIEBE DICH, UND DAS LEBEN IST MIR NUR KOSTBAR, WEIL ICH DICH SEHE. SCHICKE MIR VOR ALLEM PAPIER UND EINEN BLEISTIFT!

Ganz wie es Fabrizzio gehofft hatte, hinderte die grenzenlose Angst, die er aus Clelias Zügen las, das junge Mädchen, die Unterhaltung nach dem so verwegenen Wort »Ich liebe dich!« abzubrechen. Sie begnügte sich damit, sich stark verstimmt zu zeigen. Fabrizzio hatte den klugen Einfall, fortzufahren:

BEI DEM STARKEN WIND, DER HEUTE GEHT, HABE ICH DIE WARNUNG, DIE SIE MIR GÜTIGST ZUSANGEN, NUR TEILWEISE VERSTANDEN. DER KLANG DES KLAVIERS ÜBERTÖNT DIE STIMME. WAS BEDEUTET ZUM BEISPIEL DAS GIFT, VON DEM SIE SPRACHEN?

Bei diesem Worte kehrte die ganze Angst des jungen Mädchens wieder. Sie begann eiligst Seiten aus einem Buche herauszureißen und mit Tinte große Buchstaben darauf zu malen. Fabrizzio war außer sich vor Freude, als er sie dieses seit drei Monaten so vergeblich ersehnte Verständigungsmittel endlich gebrauchen sah. Wohlweislich wandte er die kleine List, die ihm so gute Dienste geleistet hatte, weiterhin an; er tat alle Augenblicke, als verstünde er die Worte nicht recht, deren Buchstaben Clelia ihm nach und nach vor die Augen hielt.

Sie war gezwungen, die Vogelstube zu verlassen und zu ihrem Vater zu eilen; sie fürchtete vor allem, er könne sie hier suchen wollen. Sein argwöhnischer Sinn wäre von der nahen Nachbarschaft der Vogelstube mit dem Schirm vor dem Fenster des Gefangenen wenig erbaut gewesen.

Clelia hatte eine Weile vorher, als Fabrizzios Nichterscheinen sie in eine so tödliche Unruhe versetzte, selber den Gedanken gehabt, man könne einen kleinen Stein, mit Papier umwickelt, in den Trichter des Fensterschirmes werfen. Wenn nicht zufällig gerade der Aufseher Fabrizzios in seiner Zelle weilte, war das ein sicheres Verkehrsmittel.

Unser Gefangener stellte schleunigst eine Art Band aus seiner Wäsche her, und abends hörte er kurz nach neun Uhr ein leises Klopfen an den Orangenkübeln, die unter seinem Fenster standen. Er ließ sein Band hinunter, das ihm einen dünnen, langen Strick zuführte, mit dessen Hilfe er zunächst einen Vorrat an Schokolade und dann zu seiner unsagbaren Befriedigung eine Rolle Papier und einen Bleistift heraufzog. Vergebens ließ er den Strick zum dritten Male hinunter. Er bekam nichts weiter. Offenbar hatten sich die Posten den Orangenbäumen genähert. Aber er war trunken vor Freude. Eiligst schrieb er einen endlosen Brief an Clelia. Kaum war er fertig, so band er ihn an seinen Strick und ließ ihn hinab. Drei Stunden lang wartete er vergeblich, daß er abgeholt werde. Mehrere Male zog er ihn wieder herauf, um Änderungen darin zu machen. ›Wenn Clelia meinen Brief nicht noch heute abend liest«, sagte er sich, »da sie durch den Gedanken an das Gift so gerührt ist, wird sie vielleicht morgen früh von einem Briefe nichts mehr wissen wollen!«

Tatsächlich hatte Clelia es nicht vermeiden können, mit ihrem Vater in die Stadt zu fahren. Fabrizzio bekam aber erst eine Ahnung davon, als er gegen halb ein Uhr den Wagen des Generals heimkehren hörte. Er kannte den Gang der Pferde. Dann vernahm er, wie der General über die Plattform kam und die Schildwachen präsentierten. Wie groß war seine Freude, als er einige Minuten später merkte, daß der Strick, den er noch immer um den Arm geschlungen hielt, sich bewegte. Es wurde etwas sehr Schweres daran befestigt; zwei kleine Rucke gaben ihm das Zeichen, er solle ihn hinaufziehen. Er mußte sich ziemlich anstrengen, die Last um den weit vorspringenden Sims unter seinem Fenster herumzubringen. Der Gegenstand, den er mit solcher Mühe heraufzog, war eine Flasche Wasser, die in ein Tuch eingeschlagen war. Voller Entzücken bedeckte der arme junge Mann, der seit so langer Zeit in völliger Einsamkeit lebte, dieses Tuch mit seinen Küssen. Wir können seine Wallung nicht weiter ausmalen. Schließlich entdeckte er nach so vielen Tagen vergeblichen Hoffens ein Zettelchen, das mit einer Nadel an das Tuch angesteckt war: »Trinken Sie nur dieses Wasser! Leben Sie von der Schokolade! Morgen werde ich alles versuchen, um Ihnen Brot zukommen zu lassen. Ich werde es an allen Seiten mit kleinen Tintenkreuzen kenntlich machen. Es ist gräßlich zu sagen, aber Sie müssen es wissen: Vielleicht hat Barbone den Auftrag, Sie zu vergiften. Haben Sie nicht gefühlt, daß das Thema, das Sie in Ihrem Bleistiftbriefe berühren, dazu angetan ist, mir zu mißfallen? Ich schreibe Ihnen auch nur, weil Ihnen die äußerste Gefahr droht. Ich habe soeben die Duchezza gesehen. Es geht ihr gut, ebenso dem Grafen Mosca, aber sie ist sehr mager geworden. Schreiben Sie mir nicht wieder von jenem Thema, wenn Sie mich nicht erzürnen wollen!«

Die letzten Zeilen hatten Clelia große Überwindung gekostet. Jedermann in der Hofgesellschaft behauptete, die Duchezza di Sanseverina habe enge Freundschaft mit dem Grafen Baldi geschlossen. Das war jener schöne Mann, der ehemalige Freund der Marchesa Raversi. Tatsache war, daß Baldi auf empörende Weise mit der Marchesa gebrochen hatte, die ihn sechs Jahre lang bemuttert und ihm in der Gesellschaft zu Ansehen verhelfen hatte.

Clelia hatte das Briefchen in aller Eile noch einmal schreiben müssen, weil sie in der ersten Fassung die neue Liebschaft, die der boshafte Hofklatsch der Duchezza andichtete, berührt hatte.

»Welche Gemeinheit von mir«, hatte sie laut ausgerufen, »Fabrizzio Schlechtes von der Frau zu hinterbringen, die er liebt!«

Am anderen Morgen, lange vor Tagesanbruch, betrat Grillo Fabrizzios Zelle, legte einen ziemlich schweren Packen nieder und verschwand wieder, ohne ein Wort zu sagen. Der Packen enthielt ein großes Brot, das voller kleiner, mit der Feder gezogener Kreuze war. Fabrizzio bedeckte es mit Küssen; er war verliebt. Dem Brot zur Seite lag eine Rolle, mehrfach mit starkem Papier umwickelt, die sechstausend Franken in Zechinen enthielt. Schließlich fand er ein nagelneues Brevier. Von einer ihm nicht mehr unbekannten Hand waren folgende Worte an den Rand geschrieben:

›Gift! Achtung vor dem Wasser, dem Wein und vor allem! Von Schokolade leben. Das Essen dem Hund zu fressen geben. Es nicht anrühren! Es ist nicht nötig, das Mißtrauen offen zu zeigen. Der Feind würde ein neues Mittel suchen. Keine Unbesonnenheit, um Gottes willen, keinen Leichtsinn!‹

Fabrizzio vernichtete schleunigst diese teueren Schriftzüge, die Clelia in Gefahr bringen konnten, und riß eine große Zahl Blätter aus dem Brevier. Damit fertigte er mehrere Alphabete an, wobei er jeden Buchstaben sauber mit zerstoßener und mit Wein angefeuchteter Kohle malte. Die Buchstaben waren getrocknet, als Clelia um drei Viertel zwölf Uhr zwei Schritt hinter dem Vogelstubenfenster erschien. »Die Hauptsache ist«, sagte sich jetzt Fabrizzio, »daß sie in die Benutzung einwilligt.« Zum Glück stellte es sich heraus, daß sie dem jungen Gefangenen eine Menge über Vergiftungsversuche zu sagen hatte. Ein Hund der Dienstboten war gestorben, nachdem er von einer Schüssel gefressen hatte, die für Fabrizzio bestimmt war. Weit entfernt, gegen den Gebrauch der Buchstaben Einwände zu erheben, hatte auch sie ein prächtiges Alphabet mit Tinte hergestellt. Die Unterhaltung damit, so unbequem sie anfangs war, dauerte nicht weniger als anderthalb Stunden, das heißt die ganze Zeit hindurch, die Clelia in der Vogelstube verweilen durfte. Zwei- oder dreimal erlaubte sich Fabrizzio Verbotenes; sie antwortete darauf nicht und widmete jedesmal einige Augenblicke der Versorgung ihrer Vögel.

Fabrizzio erreichte es, daß sie ihm abends beim Schicken von Wasser ein Alphabet zukommen ließ, das sie mit Tinte gemalt hatte und das deutlicher zu sehen war. Er verfehlte nicht, einen sehr langen Brief zu schreiben, in dem er alle Zärtlichkeiten sorglich vermied, zum mindesten solche, die sie verletzen konnten. Dieses Mittel hatte Erfolg; sein Brief fand Gnade.

Anderntags bei ihrer Unterhaltung durch Buchstaben machte ihm Clelia keine Vorwürfe. Sie teilte ihm mit, die Vergiftungsgefahr sei geringer geworden. Barbone war von den Leuten, die den Küchenmädchen der Kommandantur den Hof machten, angefallen und beinahe totgeprügelt worden. Clelia gestand ihm, sie habe von ihrem Vater Gegengift für ihn zu stehlen gewagt und sende es ihm. Die Hauptsache sei, zur Zeit jede Nahrung zurückzuweisen, die einen ungewöhnlichen Geschmack habe.

Clelia stellte eine Menge Fragen an Don Cesare, ohne ergründen zu können, woher die sechshundert Zechinen kämen, die Fabrizzio erhalten hatte. Auf alle Fälle war dies ein gutes Zeichen; die Strenge ließ nach. Die Vergiftungsgeschichte hatte die Sache unseres Gefangenen unendlich gefördert; allerdings vermochte er nicht das geringste Geständnis zu erringen, das einen Anklang an Liebe gehabt hätte. Gleichwohl genoß er das Glück, in vertrautester Weise mit Clelia zu leben. Alle Vormittage und häufig des Abends fanden lange Unterhaltungen durch Buchstaben statt; jeden Abend um neun Uhr erhielt Clelia einen langen Brief, und bisweilen antwortete sie mit ein paar Worten. Sie schickte ihm die Zeitung und einige Bücher. Schließlich war Grillo so weit kirre gemacht, daß er Fabrizzio an Brot und Wein brachte, was ihm täglich von Clelias Kammerzofe eingehändigt wurde. Der Aufseher hatte daraus geschlossen, daß der Kommandant nicht im Einvernehmen mit den Leuten war, die Barbone die Vergiftung des jungen Monsignore aufgetragen hatten. Darüber war er ebenso wie alle seine Kollegen sehr erfreut; es ging nämlich im Gefängnis die Rede: ›Man braucht Monsignore del Dongo nur ordentlich anzusehen, sogleich gibt er einem Geld!‹

Fabrizzio war sehr blaß geworden; der völlige Mangel an Bewegung schädigte seine Gesundheit. Abgesehen davon, war er noch nie so glücklich gewesen. Der Ton der Unterhaltung zwischen ihm und

Clelia war vertraulich, bisweilen überaus heiter. Die einzigen Augenblicke in Clelias Leben, die sie nicht von unheilvollen Vorahnungen und Gewissensbissen bedroht sah, waren die in der Unterhaltung mit ihm verbrachten. Eines Tages beging sie die Unbedachtsamkeit, ihm zu sagen: »Ich bewundere Ihr Zartgefühl. Obgleich ich die Tochter des Kommandanten bin, sprechen Sie zu mir niemals von dem Wunsch, die Freiheit wiederzuerlangen.«

»Es fällt mir gar nicht ein, derlei dummes Zeug zu wünschen!« erwiderte ihr Fabrizzio. »Wenn ich erst wieder frei bin, wie könnte ich Sie dann wiedersehen? Und das Leben wäre mir fortan unerträglich, wenn ich Ihnen nicht alles sagen könnte, was ich denke, nein, nicht genau alles, was ich denke, das leiden Sie ja nicht; aber schließlich, trotz Ihrer Ungnade: leben, ohne Sie nicht jeden Tag zu sehen, wäre für mich eine viel schlimmere Strafe als dieses Gefängnis! Nie im Leben bin ich so glücklich gewesen! Ist es nicht sonderbar, daß das Glück meiner im Kerker harrte?«

»Über diesen Punkt ließe sich wohl manches sagen«, antwortete Clelia mit einem Gesicht, das mit einem Male unsäglich ernst und fast finster wurde.

»Wie«, gab Fabrizzio ganz erschrocken zur Antwort, »soll ich das kleine Plätzchen wieder verlieren, das ich mir in Ihrem Herzen zu erobern vermochte und das meine einzige Freude auf dieser Welt ausmacht?«

»Ja«, erwiderte sie, »ich habe allen Anlaß, zu glauben, daß es Ihnen an Ehrlichkeit gegen mich fehlt, zumal Sie in der Gesellschaft für einen gewaltigen Hofmacher gelten. Aber ich rede heute lieber nicht über diesen Gegenstand.«

Diese seltsame Eröffnung brachte viel Verwirrung in ihre Unterhaltung, und verschiedene Male standen beiden die Tränen in den Augen.

Der Großfiskal Rassi sehnte sich immerfort nach der Namensänderung; er war des Namens, den er sich erworben hatte, sehr überdrüssig und wollte Baron Riva werden. Graf Mosca wiederum arbeitete mit aller Geschicklichkeit, die ihm zu Gebote stand, darauf hin, die Sehnsucht nach dem Baronstitel bei dem Oberrichter zu schüren und bei Serenissimus die närrische Hoffnung zu verdoppeln, sich zum verfassungsmäßigen König der Lombardei zu machen. Das waren die einzigen Mittel, wodurch er Fabrizzios Hinrichtung hinausschieben konnte.

Serenissimus sagte zu Rassi: »Vierzehn Tage Kummer und vierzehn Tage Hoffnung! Nur durch diese geduldig fortgesetzte Diät kann es uns gelingen, das charakterstolze Weib zu beugen. Durch abwechselnde Milde und Strenge bändigt man schließlich die wildesten Rosse. Halten Sie nur das Eisen warm!«

In der Tat hörte man alle vierzehn Tage ein neues Gerücht über Fabrizzios bevorstehende Hinrichtung auftauchen. Dieses Gerede versetzte die unglückliche Duchezza in grenzenlose Betrübnis. Treu ihrem Vorsatz, den Grafen nicht mit ins Verderben zu stürzen, sah sie ihn nur zweimal im Monat. Aber sie ward für ihre Härte gegen den Armen durch die unaufhörliche Wiederkehr der düsteren Verzweiflung gestraft, in der sie hinlebte. Vergeblich bezwang Graf Mosca die grausame Eifersucht, die die beharrlichen Huldigungen des Grafen Baldi, jenes so schönen Mannes, bei ihm erweckten. Da er sie nicht sehen konnte, schrieb er ihr und unterrichtete sie über alles, was er durch den Eifer des künftigen Barons Riva erfuhr. Um die schrecklichen Gerüchte, die unaufhörlich über Fabrizzio im Umlauf waren, ertragen zu können, hätte die Duchezza mit einem Manne von Geist und Herz, wie Mosca einer war, zusammenleben müssen. Die Hohlheit Baldis, der sie ihren Gedanken überließ, vergällte ihr das Dasein, und der Graf konnte sie nicht trösten.

Durch verschiedene recht verschmitzte Vorwände hatte der Minister den Fürsten dazu zu bestimmen gewußt, daß die Akten all der sehr verwickelten Umtriebe, durch die Ranuccio Ernesto IV. seine erzverrückte Hoffnung auf die Krone der Lombardei nährte, in einem befreundeten Schloß im Herzen dieses Landes, in der Umgegend von Saronno, untergebracht wurden. Mehr als zwanzig dieser höchst bloßstellenden Schriftstücke waren vom Fürsten eigenhändig geschrieben oder von ihm unterzeichnet. Für den Fall, daß Fabrizzios Leben ernstlich in Gefahr käme, hatte der Graf den Plan gefaßt, Serenissimus zu erklären, er wolle jene Akten an eine Großmacht ausliefern, die ihn mit einem Federzuge vernichten konnte.

Des künftigen Barons Riva glaubte Graf Mosca sicher zu sein; er fürchtete nur das Gift. Barbones Attentat hatte ihn äußerst beunruhigt, und zwar in einem so hohen Grade, daß er sich verleiten ließ, einen zweifellos tollen Schritt zu wagen. Eines Vormittags begab er sich an das Tor der Zitadelle und ließ den General Fabio Conti herausbitten. Dieser kam bis an die Bastei oberhalb des Tores. Während die beiden sich dort freundschaftlich ergingen, trug Mosca kein Bedenken, ihm nach einer bittersüßen, höflichen Einleitung zu erklären: »Wenn Fabrizzio auf verdächtige Weise umkäme, so würde dieser Tod mir in die Schuhe geschoben. Man müßte ihn für eine Tat der Eifersucht halten, was für mich ein schändlicher Reinfall wäre, und ich bin entschlossen, mich davor zu bewahren. Wenn Fabrizzio also an Krankheit stirbt, bringe ich Sie eigenhändig um! Verlassen Sie sich darauf!«

Der General Fabio Conti gab eine großartige Antwort, er sprach von seiner Tapferkeit; aber den Blick des Grafen vergaß er nicht.

Wenige Tage darauf beging der Großfiskal Rassi, wie auf Verabredung mit dem Grafen, eine für einen Mann seines Schlages recht sonderbare Unklugheit. Die allgemeine Verachtung, die an seinem Namen hing, der sprichwörtlich gleichbedeutend mit Schurke war, machte ihn krank, seitdem er die begründete Hoffnung hatte, dieses Namens ledig zu werden. Er sandte dem General Fabio Conti eine beglaubigte Abschrift des Urteils zu, wonach Fabrizzio zwölf Jahre Festung zu verbüßen hatte. Nach dem Gesetz hätte dies sofort am Tage nach Fabrizzios Einlieferung in die Zitadelle geschehen müssen; aber in Parma, einem Lande der geheimen Maßregeln, war es etwas ganz Unerhörtes, daß die Justiz ohne besonderen Befehl von Serenissimus ihre Pflicht zu erfüllen sich erlaubte. In der Tat, wie sollte dieser die Hoffnung nähren, die Angst der Duchezza alle vierzehn Tage zu verdoppeln und, wie er sagte, ihr stolzes Wesen zu bändigen, nachdem eine beglaubigte Abschrift des Urteils aus der Kanzlei des Justizministeriums ergangen war? Einen Tag, bevor der General Fabio Conti das amtliche Schriftstück des Großfiskals Rassi empfing, erfuhr er, daß der Schreiber Barbone bei einer etwas verspäteten Heimkehr in die Zitadelle arg verprügelt worden war. Er schloß daraus, daß man an gewisser Stelle nicht mehr daran dachte, sich Fabrizzios zu entledigen, und aus Schlauheit erwähnte er während des nächsten Empfanges bei Serenissimus, der ihm zuteil ward, kein Wort von der amtlichen Abschrift des Urteils über den ihm anvertrauten Gefangenen. Das rettete Rassi vor den sofortigen Folgen seiner Torheit. Zur Beruhigung der armen Duchezza hatte der Graf zufällig feststellen können, daß der mißlungene Versuch Barbones nur ein Ausfluß persönlicher Rachsucht gewesen war; er war es, der dem Schreiber den erwähnten Denkzettel hatte verabreichen lassen.

Fabrizzio war höchst angenehm überrascht, als er nach einhundert-
fünfunddreißig Tagen Haft in seinem engen Käfig eines Donnerstags
den guten Almosenier Don Cesare kommen sah, der ihn zu einem
Spaziergang auf dem Dach der Tonre Farnese abholte. Fabrizzio war
keine zehn Minuten dort, als er durch die ungewohnte frische Luft
ohnmächtig wurde.

Don Cesare benutzte diesen Unfall als Vorwand, ihm einen täglichen
Spaziergang von einer halben Stunde zu bewilligen. Das war eine
Dummheit. Diese häufigen Spaziergänge gaben unserem Helden sehr
bald die Kräfte wieder, die ihm verloren gegangen waren.

Es fanden mehrere Serenaden statt. Der ängstliche Kommandant
duldete sie nur, weil sich seine Tochter Clelia, deren Charakter ihm
Furcht einflößte, dadurch dem Marchese Crescenzi verpflichtete; er
hatte das unsichere Gefühl, es gäbe zwischen ihnen keinen einzigen
Berührungspunkt, und so fürchtete er dauernd einen verzweifelten
Schritt ihrerseits. Sie konnte sich ins Kloster flüchten, und er war dagegen wehrlos. Obendrein hatte der General Angst, daß diese Musik,
deren Klänge bis in die tiefsten Zellen drangen, wo die schwärzesten
Liberalen saßen, den Zweck habe, Nachrichten an Gefangene zu
übermitteln. Die Musiker ärgerten ihn schon an und für sich. Darum
schloß man sie auch sofort nach Beendigung der Serenaden in die
Säle im Erdgeschoß der Kommandantur ein, die tagsüber der Verwaltung als Amtsräume dienten, und öffnete ihnen erst am anderen
Morgen bei hell-lichtem Tage das Tor. Der Kommandant stand dann
persönlich auf der Sklavenbrücke, ließ die Musiker in seiner Gegenwart
durchsuchen und gab sie nicht eher frei, als bis er ihnen mehrmals
wiederholt hatte, daß jeder von ihnen vom Fleck weg verhaftet würde,
der es wage, den geringsten Auftrag für irgendeinen Gefangenen zu
übernehmen. Und man wußte, daß er bei seiner Angst vor der Ungnade ganz der Mann war, sein Wort zu halten. Deshalb mußte der
Marchese Crescenzi seine Musiker, die sich über das nächtliche Fest-
halten in der Zitadelle arg aufregten, dreifach bezahlen.

Das einzige, was die Duchezza bei der Ängstlichkeit dieser Leute
mit vieler Mühe erreichte, war, daß einer von ihnen einen Brief an-
nahm, den er dem Kommandanten absichtlich ausliefern sollte. Dieser
Brief war an Fabrizzio gerichtet. Sie beklagte sich darin über das
Mißgeschick, daß keiner ihrer Freunde in den fünf Monaten seiner
Haft den geringsten Nachrichtenaustausch mit ihm zustande gebracht

habe. Beim Eintritt in die Zitadelle fiel der erkaufte Musikus vor dem General Fabio Conti in die Kniee und gestand ihm, ein ihm unbekannter Priester habe ihm derartig zugesetzt, einen an Herrn del Dongo gerichteten Brief zu besorgen, daß er nicht gewagt habe, es abzuschlagen; er beeile sich aber, seiner Pflicht gemäß den Brief Seiner Exzellenz auszuliefern.

Die Exzellenz fühlte sich sehr geschmeichelt. Der General kannte die Hilfsmittel, die der Duchezza zu Gebote standen, und hatte große Angst, hinters Licht geführt zu werden. In seiner Freude überreichte er den Brief dem Fürsten. Der war entzückt.

»So rächt mich die Vorzüglichkeit meiner Verwaltung!« rief Serenissimus. Seit fünf Monaten leidet dieses hochmütige Weib! Dieser Tage wollen wir wieder das Schafott aufschlagen lassen; selbstverständlich wird ihre tolle Phantasie denken, es sei für den kleinen del Dongo bestimmt.«

20.

Einmal nachts gegen ein Uhr steckte Fabrizzio, der unter dem Fenster schlief, seinen Kopf durch das Guckloch im Fensterschirm und betrachtete die Sterne und den unermeßlichen Horizont. Seine Blicke schweiften über die Ebene nach der Po-Niederung und nach Ferrara hin; da gewahrte er durch Zufall ein äußerst kleines, aber sehr helles Licht, das anscheinend auf der Zinne eines Turmes leuchtete. »Dieses Licht kann man von der Ebene aus nicht wahrnehmen«, dachte Fabrizzio. »Bei der Dicke des Turmes ist das unmöglich. Es muß ein Lichtzeichen nach einem hochgelegenen Punkte sein.«

Mit einem Male sah er, daß dieses Licht in sehr kurzen Unterbrechungen verschwand und wieder aufleuchtete. »Da unterhält sich irgendein junges Mädel mit ihrem Geliebten im benachbarten Städtchen.« Er zählte ein neunmaliges Aufleuchten hintereinander. »Das bedeutet I«, sagte er sich. »Natürlich! I ist der neunte Buchstabe im Alphabet.« Nach einer Pause erfolgte ein dreizehnmaliges Aufleuchten. »Das ist ein N!« Dann nach einer Pause ein einmaliges Erscheinen. »Das ist ein A! Das Wort heißt: INA.«

Wie groß war seine Freude und seine Überraschung, als die einander folgenden und immer durch Pausen getrennten Lichtzeichen die Worte ergaben:

INA PENSA A TE.

»Offenbar heißt das: Gina pensa a te! (Gina denkt an dich)«

Er gab unverzüglich durch Vorhalten und Wegnehmen seiner Lampe vor dem ausgesägten Guckloch zur Antwort:

FABRIZZIO LIEBT DICH.

Diese Verständigung währte, bis es tagte. Es war die einhundertdreiundsiebzigste Nacht von Fabrizzios Gefangenschaft. Er erfuhr, daß man diese Lichtzeichen Nacht für Nacht seit vier Monaten gegeben hatte. Aber jedermann konnte sie sehen und verstehen. Folglich begann man bereits in dieser ersten Nacht Abkürzungen zu vereinbaren. Drei sehr schnell aufeinanderfolgende Lichtzeichen sollten die Duchezza bedeuten, vier Serenissimus, zwei Graf Mosca. Zwei blitzschnell gegebene und hinterher zwei langsame sollten »Flucht« heißen. Man kam überein, fortan das altmodische Alphabet alla Monaca anzuwenden, das, unverständlich für Uneingeweihte, nicht die gewöhnliche Reihenfolge der Buchstaben hat, sondern sie willkürlich ändert. A trägt zum Beispiel die Nummer 10, B die Nummer 3. So bedeutet ein dreimaliges Aufleuchten hintereinander B, ein zehnmaliges A, und so weiter. Ein Augenblick Dunkelheit gibt das Wortende an. Man verabredete sich für den anderen Tag auf ein Uhr nachts.

An diesem Abend kam die Duchezza selbst auf den Turm, der eine Viertelstunde vor der Stadt lag. Ihre Augen füllten sich mit Tränen, als sie die Zeichen sah, die Fabrizzio gab, der so viele Male Totgewähnte. Sie meldete ihm eigenhändig:

ICH LIEBE DICH. GUTEN MUT, GESUNDHEIT, GLÜCKLICHE HOFFNUNG! ÜBE DEINE KRÄFTE IN DER ZELLE, DU WIRST DIE KRAFT DEINER ARME NÖTIG HABEN.

»Ich habe ihn seit dem Konzert von Fausta nicht gesehen«, sagte sich die Duchezza, »wo er als Jäger verkleidet an der Tür meines Salons erschien. Wer hätte mir damals das Schicksal vorausgesagt, das unser harrte!«

Die Duchezza ließ an Fabrizzio melden, daß er bald befreit werden würde:

DURCH DIE GNADE DES FÜRSTEN.

Diese letzten fünf Wörter sollten von jedem verstanden werden. Dann sagte sie ihm von neuem Zärtlichkeiten. Sie vermochte sich von ihm nicht loszureißen. Nur die Vorstellungen Ludovicos, der, weil er Fabrizzio nützlich gewesen, ihre rechte Hand geworden war, bestimmten sie kurz vor Tagesanbruch endlich zum Einstellen der Lichtzeichen, die einem Übelwollenden hätten auffallen können.

Die mehrfach wiederholte Botschaft von seiner nahen Befreiung versetzte Fabrizzio in tiefe Trauer. Clelia merkte das am Tage darauf und beging die Unbesonnenheit, ihn nach der Ursache zu fragen.

»Ich bin im Begriff, der Duchezza Grund zu großer Unzufriedenheit mit mir zu geben.«

»Was könnte sie von Ihnen verlangen, das Sie ihr verweigern?« entgegnete Clelia, von der regsten Neugier ergriffen.

»Sie will, ich soll von hier fliehen«, gab er ihr zur Antwort, »aber ich bin damit nun und nimmer einverstanden.«

Clelia vermochte nicht zu antworten; sie sah ihn an und brach in Tränen aus. Wenn er unmittelbar mit ihr hätte sprechen können, so hätte er das Geständnis eines Gefühls errungen, dessen Ungewißheit ihn so oft tief entmutigt hatte. Lebhaft verspürte er, daß das Leben ohne Clelias Liebe für ihn nichts wäre als ewiges bitteres Leid oder unerträgliche Langeweile. Es dünkte ihn, daß es sich nicht lohne, zu leben, um nichts als das Glück wiederzufinden, das ihn ehedem gelockt hatte, als er die Liebe noch nicht kannte; und wenn auch der Selbstmord in Italien noch nicht Mode war, so dachte er doch daran wie an eine Zuflucht, sobald ihn das Schicksal von Clelia trennen sollte.

Am nächsten Tag empfing er einen langen Brief von ihr:

»Lieber Freund! Sie müssen die Wahrheit erfahren. Seit Sie hier sind, hat man in Parma schon oft geglaubt, Ihr letztes Stündlein sei gekommen. Allerdings sind Sie nur zu zwölf Jahren Festung verurteilt, aber unglücklicherweise besteht kein Zweifel, daß der Haß eines Allmächtigen Ihnen unaufhörlich nachstellt. Zwanzigmal habe ich gezittert, Gift könne Ihrem Dasein ein Ende setzen. Ergreifen Sie also jede Möglichkeit, von hier zu fliehen. Sie sehen, daß ich Ihretwegen gegen die heiligsten Pflichten verstoße. Ermessen Sie die Größe der Gefahr an dem, was ich mir zu sagen erdreiste und was Sie aus meinem Munde nicht vernehmen dürften. Wenn es unbedingt sein muß, wenn es kein anderes Mittel zur Rettung gibt, so fliehen Sie! Jeder Augenblick, den Sie hier in der Zitadelle verbringen, kann Ihr Leben aufs höchste gefährden. Bedenken Sie, daß es am Hofe eine Partei gibt, die vor keinem Verbrechen zurückschreckt, um ihre Pläne durchzusetzen. Und wissen Sie nicht, daß alle Pläne dieser Partei nur immer durch die überlegene Geschicklichkeit des Grafen Mosca vereitelt worden sind? Nun hat man ein unfehlbares Mittel gefunden, ihn aus Parma zu vertreiben. Das ist die Verzweiflung der Duchezza. Und kann man diese Verzweiflung sicherer herbeiführen als durch den Tod eines gewissen jungen Gefangenen? Allein dieses Wort, auf das es keinen Einwand gibt, muß Ihnen Ihre Lage klar machen. Sie sagen, Sie fühlten Freundschaft zu mir. Bedenken Sie zunächst, daß unüberwindliche Hindernisse dem entgegenstehen, daß dieses Gefühl zwischen uns je feste Formen annehmen könnte. Wir sind uns in unserer Jugend begegnet, wir haben uns in Unglückszeiten die helfende Hand geboten. Die Schickung hat mich an diesen Ort des Grauens gestellt, um Ihr Leid zu mildern; aber ich müßte mir ewige Vorwürfe machen, wenn Trugschlüsse, die durch nichts gerechtfertigt sind und niemals gerechtfertigt werden, Sie dazu verleiten sollten, nicht jede mögliche Gelegenheit zu erfassen, um Ihr Leben einer so schrecklichen Gefahr zu entreißen. Ich habe den Frieden meiner Seele durch die grausame Unbesonnenheit verloren, daß ich mit Ihnen ein paar Freundschaftszeichen gewechselt habe. Wenn unser kindliches Spiel mit den Buchstaben Sie zu Illusionen verführt hat, die so wenig berechtigt sind und Ihnen verhängnisvoll werden können, so würde mich selbst die Berufung auf Barbones Mordversuch nicht freisprechen. Ich hätte Sie nur in eine viel gräßlichere und gewissere Gefahr gestürzt, während ich glaubte, Sie aus einer augenblicklichen Gefahr zu retten, und meine Torheiten wären ewig unverzeihlich, wenn sie Gefühle erweckt hätten, die Sie verführen könnten, sich den Ratschlägen der Duchezza zu widersetzen. Sehen Sie ein, was Ihnen zu wiederholen Sie mich zwingen! Retten Sie sich! Ich befehle es Ihnen …«

Der Brief war noch viel länger. Gewisse Stellen wie die: »Ich befehle es Ihnen«, gewährten Fabrizzios Liebe Blitze köstlicher Hoffnung. Es kam ihm vor, als sei ihre Anteilnahme im Kern Zärtlichkeit, wenn sie sich auch merklich vorsichtig ausgedrückt hatte. Daneben büßte er wiederum für seine Unwissenheit in dieser Art Kriegskunst; er sah in Clelias Brief nichts als bloße Freundschaft, ja ganz gewöhnliche Nächstenliebe.

Im übrigen vermochte ihn keine ihrer Mitteilungen einen Augenblick von seinem Vorsatz abzubringen. Selbst wenn die Gefahren, die sie ihm schilderte, wirklich bestanden, war denn das Glück, sie alle Tage zu sehen, durch augenblickliche Gefahren zu teuer erkauft? Was für ein Leben harrte seiner, wenn er wiederum nach Bologna oder Florenz floh? Denn wenn er der Zitadelle entrann, konnte er kaum auf die Erlaubnis hoffen, in Parma leben zu dürfen. Und auch wenn sich Serenissimus dazu entschließen sollte, ihm die Freiheit zu lassen (was wenig wahrscheinlich war, seitdem eine mächtige Partei in ihm ihr Mittel sah, den Grafen Mosca zu stürzen), was für ein Leben sollte er in Parma führen, geschieden von Clelia durch all den Haß, der die Parteien trennte? Ein- oder zweimal im Monat würden sie vielleicht durch Zufall in irgendeinem Salon zusammentreffen. Aber wie sollten sie dann miteinander sprechen? Wie konnte die völlige Vertrautheit wiederkehren, die er jetzt täglich stundenlang genoß? Ließ sich eine Salonplauderei mit der vergleichen, die sie sich mit den Buchstaben verschafften? ›Und wenn ich dieses köstliche Dasein und diese einzigartige Aussicht auf Glück mit etlichen kleinen Gefahren erkaufe, wo ist das Übel? Und ist das nicht auch Glück, daß ich damit eine schwache Gelegenheit finde, ihr einen Beweis meiner Liebe zu geben?‹

Fabrizzio sah in Clelias Brief nichts als einen Anlaß, sie um eine Zusammenkunft zu bitten; das war das einzige, fortwährende Ziel seiner Wünsche. Er hatte erst einmal mit ihr gesprochen, noch dazu nur einen Augenblick lang, bei seiner Einkerkerung, und das war vor mehr als zweihundert Tagen gewesen.

Ein bequemes Mittel bot sich, mit Clelia zusammenzukommen. Der ehrwürdige Abbate Don Cesare hatte Fabrizzio einen halbstündigen Spaziergang auf der Terrasse der Torre Farnese zugestanden, und zwar donnerstags bei Tage; an den anderen Tagen fand dieser Ausgang, der von allen Bewohnern der Stadt Parma und ihrer Umgegend beobachtet werden und somit den Kommandanten leicht verdächtigen konnte, erst bei Anbruch der Nacht statt. Um zur Terrasse der Torre Farnese zu gelangen, gab es keine andere Treppe als die zum kleinen Glockenturm der so trübselig in schwarzem und weißem Marmor ausgeschmückten Kapelle, deren sich der Leser vielleicht entsinnt. Grillo führte Fabrizzio zu dieser Kapelle und öffnete ihm das Treppchen zum Glockenturm. Es wäre seine Pflicht gewesen, ihn dahin zu begleiten, aber da die Abende anfingen, frisch zu werden, ließ ihn der

Aufseher allein hinaufsteigen, schloß den Glockenturm, der mit der Terrasse in Verbindung stand, ab und kehrte in seine warme Stube zurück. Konnte sich da Clelia in Begleitung ihrer Kammerzofe nicht eines Abends in der schwarzen Marmorkapelle einstellen?

Der ganze lange Brief, mit dem Fabrizzio auf den Clelias antwortete, war darauf berechnet, eine solche Zusammenkunft zu erreichen. Dabei gestand er mit vollendeter Aufrichtigkeit und als ob es sich um eine fremde Person handle, alle Gründe, die ihn dazu bestimmten, die Zitadelle nicht zu verlassen.

›Ich würde mich Tag für Tag tausendfältigem Tod aussetzen, um das Glück zu haben, mit Ihnen durch unsere Buchstaben zu plaudern, die uns jetzt keinen Augenblick trennen. Und Sie wollen, ich solle die Narrheit begehen, mich nach Parma zu verbannen oder vielleicht nach Bologna oder gar nach Florenz! Sie wollen, ich solle fliehen, um mich von Ihnen zu entfernen! Wissen Sie, daß ich unmöglich die Kraft dazu habe? Ich würde Ihnen umsonst mein Wort geben, ich könnte es nicht halten.‹

Das Ergebnis dieser Bitte um ein Stelldichein war Clelias Ausbleiben, das nicht weniger als fünf Tage dauerte. Fünf Tage lang kam sie in die Vogelstube nur in solchen Augenblicken, da sie wußte, daß Fabrizzio von dem kleinen Guckloch im Fensterschirm keinen Gebrauch machen konnte. Fabrizzio war in Verzweiflung; er schloß aus ihrem Fernbleiben, daß er trotz gewissen Blicken, durch die er zu den törichtsten Hoffnungen verleitet worden war, in Clelia niemals andere Gefühle erweckt hatte als bloße Freundschaft. ›Wenn dem so ist‹, sagte sich Fabrizzio, ›was liegt mir dann am Leben? Mag Serenissimus es mir nehmen, mir soll es recht sein. Ein Grund mehr, die Zitadelle nicht zu verlassen!‹

So antwortete er alle Nächte mit tiefem Widerwillen auf die Lichtzeichen. Die Duchezza hielt ihn für völlig verrückt, wenn sie in den Berichten, die ihr Ludovico jeden Morgen brachte, die befremdenden Worte las: ›Ich will mich nicht retten; ich will hier sterben!‹

Während dieser für Fabrizzio so bitteren fünf Tage war Clelia unglücklicher als er. Ein für ihre hochgemute Seele schrecklicher Gedanke kam ihr: ›Es ist meine Pflicht, in ein Kloster zu fliehen, weit weg von der Zitadelle. Wenn Fabrizzio erfahren wird, daß ich nicht mehr hier bin, und ich es ihm durch Grillo und alle Aufseher sagen lasse, dann wird er sich zu einem Fluchtversuch entschließen.‹ Aber ins Kloster gehen, das hieße ja darauf verzichten, Fabrizzio jemals wiederzusehen, und zwar verzichten, nachdem er deutlich den Beweis gegeben, daß die Gefühle, die ihn wohl ehedem an die Duchezza gefesselt hatten, jetzt nicht mehr die seinen waren! Konnte ein junger Mann seine Liebe rührender bekräftigen? Nach einer Haft von sieben Monaten, die seine Gesundheit zerrüttet hatte, schlug er die Wiedererlangung der Freiheit aus. Ein Mensch, der so leichtsinnig war, wie der Hofklatsch ihn Clelia schilderte, hätte zwanzig Geliebte geopfert, um nur einen Tag früher aus der Zitadelle zu entkommen, selbst wenn es sich nicht um ein Gefängnis gehandelt hätte, wo seinem Leben tagtäglich durch Gift ein Ende gesetzt werden konnte!

Clelia gebrach es an Mut; sie beging den außerordentlichen Fehler, ihre Zuflucht nicht in einem Kloster zu suchen, was doch gleichzeitig den Bruch mit dem Marchese auf ganz natürliche Weise herbeigeführt hätte. Nachdem dieser Fehler einmal begangen war, wie konnte sie da dem so liebenswürdigen, so natürlichen, so zärtlichen jungen Manne widerstehen, der sein Leben gräßlichen Gefahren aussetzte, nur um das schlichte Glück zu haben, sie von Fenster zu Fenster zu sehen?

Nach fünf Tagen schrecklicher Kämpfe, die von Augenblicken der Selbstverachtung durchsetzt waren, entschloß sich Clelia, auf den Brief zu antworten, in dem Fabrizzio um das Glück gebeten hatte, mit ihr in der schwarzen Marmorkapelle zu sprechen. Zwar schlug sie ihm diese Bitte mit recht harten Worten ab, aber von Stund an war all ihr Frieden dahin; alle Augenblicke führte ihr die Phantasie Fabrizzios Vergiftung vor Augen. Sieben- bis achtmal am Tage kam sie in die Vogelstube, vom leidenschaftlichen Bedürfnis getrieben, sich mit eigenen Augen zu überzeugen, daß Fabrizzio am Leben sei.

›Wenn er noch in der Zitadelle ist‹, sagte sie sich, ›wenn er sich all den Scheußlichkeiten preisgibt, die die Partei der Raversi gewiß gegen ihn anstiftet, um den Grafen Mosca zu stürzen, so geschieht das einzig und allein, weil ich zu feige war, in ein Kloster zu fliehen! Er hätte keinen Vorwand, hier zu bleiben, wenn er bestimmt wüßte, daß ich für immer fortgegangen bin.‹

Das so furchtsame und zugleich so hochmütige Mädchen setzte sich der Schande aus, von dem Gefängnisaufseher Grillo eine Weigerung zu erhalten; mehr noch, sie setzte sich all den Glossen aus, die sich dieser Mensch bei der Absonderlichkeit ihres Betragens erlauben konnte. Sie erniedrigte sich so tief, daß sie ihn zu sich kommen ließ und mit zitternder Stimme, die ihr ganzes Geheimnis verriet, zu ihm sagte, Fabrizzio werde binnen kurzem wieder freigelassen; die Duchezza di Sanseverina wende in der Hoffnung darauf alle Mittel an, und es sei nötig, die Antwort des Gefangenen auf gewisse Vorschläge, die man gemacht, bald zu haben. Sie ersuchte Grillo, Fabrizzio zu gestatten, in dem Schirm, der seine Fenster verbaue, eine Öffnung herzustellen, damit sie ihm durch Zeichen die Pläne mitteilen könne, die sie täglich mehrere Male von der Duchezza di Sanseverina empfange.

Grillo lächelte und versicherte ihr seine Ehrfurcht und Ergebenheit. Clelia war ihm sehr dankbar, daß er nichts weiter dazu sagte. Offenbar wußte er recht gut alles, was sich seit mehreren Monaten zugetragen hatte.

Kaum war Grillo aus dem Zimmer, als sie das Zeichen gab, das sie mit Fabrizzio vereinbart hatte, um wichtige Dinge anzukündigen. Sie gestand ihm alles, was sie soeben getan hatte. »Sie wollen durch Gift zugrunde gehen«, fügte sie hinzu. »Hoffentlich habe ich den Mut, dieser Tage meinen Vater zu verlassen und in irgendein fernes Kloster zu fliehen. Das bin ich Ihnen schuldig. Dann widerstreben Sie hoffentlich nicht mehr den Plänen, die Ihnen vielleicht vorgeschlagen werden, um Sie zu befreien. Solange Sie hier sind, habe ich schreckliche, unvernünftige Augenblicke. Nie in meinem Leben habe ich zum Unglück irgendeines Menschen beigetragen, aber es scheint mir, als ob ich schuld daran wäre, wenn Sie stürben. Dieser Gedanke würde mich schon eines mir gänzlich Fremden wegen in Verzweiflung stürzen; stellen Sie sich vor, was ich leiden müßte, wenn ein Freund, dessen Unvernunft mir viel Anlaß zu Klagen gibt, den ich aber seit so langer Zeit tagtäglich sehe, eine Beute des Todes würde. Zuweilen fühle ich das Bedürfnis, von Ihnen persönlich zu erfahren, daß Sie am Leben sind. Um diesen gräßlichen Schmerz von mir zu nehmen, habe ich mich so weit erniedrigt, die Gnade eines Unterbeamten anzuflehen, der mich hätte abweisen können und der mich möglicherweise noch verraten wird. Übrigens wäre ich vielleicht glücklich, wenn er meinem Vater alles hinterbrächte; Ich würde auf der Stelle in ein Kloster gehen, ich wäre nicht mehr der recht unfreiwillige Mitschuldige Ihrer peinigenden Torheit. Aber, glauben Sie mir, so kann es nicht mehr lange weitergehen. Sie werden den Befehlen der Duchezza gehorchen! – Sind Sie nun zufriedengestellt, grausamer Freund? Ich selbst reize Sie auf, meinen Vater zu hintergehen! Rufen Sie Grillo und geben Sie ihm eine Belohnung!«

Fabrizzio war dermaßen verliebt, die einfachste Willensäußerung Clelias brachte ihn so in Angst, daß ihm selbst diese sonderbare Mitteilung nicht die Gewähr ihrer Liebe gab. Er rief Grillo, belohnte ihn für die früheren wie künftigen Gefälligkeiten und versprach ihm eine Zechine für jeden Tag, an dem er ihm erlaube, von dem im Fensterschirm eingesägten Guckloch Gebrauch zu machen. Grillo war über diese Vereinbarung entzückt.

»Wenn ich offen reden darf, Monsignore, so wollen Sie gütigst nur immer kalt speisen. Das ist das allereinfachste Mittel, dem Gift aus dem Wege zu gehen. Nur bitte ich um strengstes Stillschweigen. Ein Gefängnisaufseher muß alles sehen, aber nichts merken. Wenn der Hund verreckt, gibts andere. Lassen Sie ihn von allen Schüsseln vorher kosten, von denen Sie essen wollen. Was den Wein anlangt, so will ich Ihnen von meinem geben; rühren Sie keinen an außer von den Flaschen, aus denen ich getrunken habe. Wenn mich Eccellenza auf ewig ins Unglück stürzen wollen, so genügt es schon, diese Einzelheiten Signorina Clelia mitzuteilen. Frauen bleiben Frauen. Wenn Sie sich morgen mit ihr entzweien, trägt sie übermorgen aus Rache die ganze Geschichte ihrem Vater zu, dem es einen Hauptspaß machen würde, mal einen Aufseher am Kragen zu kriegen. Abgesehen von Barbone ist er vielleicht der bösartigste Mensch in der ganzen Zitadelle. Von dem droht Ihnen die größte Gefahr. Er ist ein Meister im Giftmischen; davon können Sie überzeugt sein, und er würde mir den Einfall, drei oder vier kleine Hunde zu opfern, niemals verzeihen.«

Abermals fand eine Serenade statt. Jetzt antwortete Grillo auf alle Fragen Fabrizzios. Allerdings hatte er sich gelobt, vorsichtig zu sein und Clelia keineswegs zu verraten, die, obwohl sie seiner Meinung nach demnächst den Marchese Crescenzi, den reichsten Mann im Lande Parma, heiratete, nichtsdestoweniger, soweit es die Kerkermauern gestatteten, eine Liebelei mit dem liebenswürdigen Monsignore del Dongo hatte. Er gab auf dessen letzte Frage wegen der Serenade nun Bescheid und beging die Dummheit, hinzuzufügen: »Es heißt, er wird sie bald heiraten.«

Man kann sich die Wirkung dieser harmlosen Worte auf Fabrizzio vorstellen. Nachts antwortete er auf die Lichtzeichen nur mit der Meldung, er sei krank. Am anderen Morgen, als Clelia gegen zehn

Uhr in der Vogelstube erschien, fragte er sie im Ton feierlicher Höflichkeit, der zwischen ihnen ganz ungewöhnlich war, warum sie ihm nicht einfach gesagt habe, daß sie den Marchese Crescenzi liebe und ihn demnächst heiraten werde.

»Nichts von alledem ist wahr!« entgegnete Clelia verwirrt. Der Rest ihrer Antwort war freilich weniger klar. Fabrizzio machte sie darauf aufmerksam und benutzte die Gelegenheit, seine Bitte um ein Stelldichein zu erneuern. Clelia erkannte, daß ihre Ehrlichkeit bezweifelt wurde, und bewilligte es ihm fast sofort, nicht ohne ihn darauf hinzuweisen, daß sie sich damit in Grillos Augen auf ewige Zeiten entwürdige.

Abends, als es völlig dunkel war, kam Clelia in Begleitung ihrer Kammerzofe in die Kapelle aus schwarzem Marmor. In der Mitte bei der Ewigen Lampe blieb sie stehen. Die Zofe und Grillo verharrten dreißig Schritt abseits, am Eingang. Clelia, die am ganzen Leibe bebte, hatte sich eine schöne Rede zurechtgelegt, in der Absicht, nichts einzugestehen, was sie bloßstellen könne. Aber die Logik der Leidenschaft ist unbesonnen; ihr heftiges Verlangen, die Wahrheit zu erfahren, läßt sie um so weniger die nötigen Rücksichten beachten, als gleichzeitig ihre innige Ergebenheit sie der Furcht überhebt, jene Rücksichten zu wenig zu wahren. Fabrizzio war zunächst von Clelias Schönheit geblendet; seit acht Monaten hatte er niemanden in der Nähe gesehen als die Aufseher. Aber die Erwähnung des Marchese Crescenzi entfachte seinen Zorn von neuem; dieser steigerte sich, als er gewahr wurde, daß Clelia nur mit Bedacht antwortete. Sie fühlte selbst, daß sie seine Eifersucht eher vermehrte als verscheuchte. Diese Erkenntnis war für sie äußerst schmerzlich.

»Können Sie wohl glücklich darüber sein«, sagte sie zu ihm in einer Zorneswallung und mit Tränen in den Augen, »daß Sie mich dazu gebracht haben, alles zu vergessen, was ich mir selbst schuldig bin? Bis zum 3. August vergangenen Jahres habe ich gegen die Männer, die mir zu gefallen trachteten, nur Abneigung empfunden. Ich hatte eine maßlose und wahrscheinlich übertriebene Verachtung für Höflingsnaturen. Alles, was an unserem Hofe glänzte, mißfiel mir. Im Gegensatz dazu fand ich einzigartige Eigenschaften an einem Gefangenen, der am 3. August hier in der Zitadelle eingeliefert wurde. Zuerst erlitt ich, ohne es mir einzugestehen, alle Qualen der Eifersucht. Die Reize einer entzückenden Frau, die mir wohlbekannt ist, wirkten auf mein Herz wie Dolchstiche, weil ich glaubte, und ich glaube es immer noch ein wenig, daß ein gewisser Gefangener an ihr hängt. Bald verdoppelten sich die Zudringlichkeiten des Marchese Crescenzi, der um meine Hand angehalten hatte; er ist steinreich, und wir besitzen kein Vermögen. Ich wies ihn mit viel Freimut ab. Da sprach mein Vater das verhängnisvolle Wort ›Kloster‹. Ich war mir klar, daß ich mit dem Verlassen der Zitadelle nicht mehr über das Leben des Gefangenen wachen könnte, dessen Schicksal mir am Herzen lag. Das Meisterstück meiner Vorsichtsmaßregeln war, daß er bis dahin gar nicht ahnte, welche gräßlichen Gefahren sein Leben bedrohten. Ich hatte mir gelobt, weder meinen Vater noch mein Geheimnis zu verraten. Aber jene andere, die mit ihrer bewundernswerten Tatkraft, ihrem überlegenen Verstand, ihrem furchtbaren Willen den Gefangenen beschirmt, bot ihm vermutlich Mittel zur Flucht an. Er schlug sie aus und wollte mich überzeugen, daß er sie abweise, um sich nicht von mir zu trennen. Da beging ich einen großen Fehler; fünf Tage lang kämpfte ich mit mir. Ich hätte unverzüglich in ein Kloster fliehen und der Zitadelle den Rücken kehren müssen. Dieser Schritt wäre zugleich ein recht einfaches Mittel gewesen, mit dem Marchese Crescenzi zu brechen. Ich habe nicht das Herz gehabt, die Zitadelle zu verlassen. Ich bin ein unglückliches Geschöpf. Ich habe mich an einen leichtherzigen Menschen gekettet. Ach, ich weiß ja, wie er sich in Neapel aufgeführt hat! Welche Berechtigung hätte ich, zu glauben, daß sich sein Charakter gewandelt habe? Eingesperrt, in strengem Gewahrsam, hat er dem einzigen weiblichen Wesen, das er zu sehen bekam, den Hof gemacht. Das war ihm eine Zerstreuung in seiner Langenweile. Da er mit ihr nur unter gewissen Schwierigkeiten sprechen konnte, hat dieser Zeitvertreib den falschen Anschein einer Leidenschaft angenommen. Der Gefangene, der sich durch seinen Mut in der Welt einen Namen gemacht hat, wähnt den Beweis zu geben, seine Liebe sei mehr als eine flüchtige Alltagsneigung, indem er sich recht großen Gefahren aussetzt, um das angeblich geliebte Wesen weiterhin sehen zu können. Aber sobald er in einer Großstadt sein wird, inmitten neuer gesellschaftlicher Vergnügungen, wird er von neuem das sein, was er gewesen ist, ein Weltmann, der Zerstreuungen und Liebesabenteuern nachjagt, und seine arme Kerkergenossin wird ihre Tage in einem Kloster beschließen, vergessen von einem leichtsinnigen Mann und voll tödlicher Reue, ihm ein Geständnis gemacht zu haben.«

Diese lange Rede, von der wir nur die Hauptpunkte wiedergeben, ward, wie man sich wohl denken kann, von Fabrizzio zwanzigmal unterbrochen. Er war bis über die Ohren verliebt und dazu durch und durch überzeugt, daß er nie geliebt hatte, bevor er Clelia gesehen, und daß es der Sinn seines Daseins sei, fortan nur für sie zu leben.

Der Leser kann sich ohne Zweifel all die schönen Dinge vorstellen, die er sagte, bis die Kammerzofe ihre Herrin darauf aufmerksam machte, daß es soeben halb zwölf geschlagen habe und daß der General jeden Augenblick heimkehren könne. Die Trennung war bitter.

»Ich sehe Sie vielleicht zum letzten Male«, sagte Clelia zu dem Gefangenen. »Eine Maßregel, die offenbar im Sinne der Ränke der Raversi liegt, kann Sie unerbittlich zu dem Beweis zwingen, daß Sie nicht wankelmütig sind.«

Clelia verließ Fabrizzio, unter Schluchzen schier erstickend und halbtot vor Scham, daß sie ihren Zustand weder vor ihrer Kammerzofe noch vor dem Gefängnisaufseher Grillo ganz verbergen konnte. Eine zweite Zusammenkunft war nur möglich, falls der General wieder einmal vorher sagte, daß er abends gesellschaftliche Pflichten habe. Seit Fabrizzios Einlieferung und bei dem Anteil, den die höfische Neugier an ihm nahm, schützte er schlauerweise chronische Gicht vor, und wenn ihn die diplomatische Klugheit zum Ausgehen in der Stadt zwang, so entschied er sich oft erst im Augenblick, da er den Wagen bestieg.

Seit dem Abend in der schwarzen Marmorkapelle war Fabrizzios Leben eine Kette von Wonnen. Allerdings standen seinem Glück sichtlich noch große Hindernisse im Wege, aber schließlich erfüllte die höchste und kaum erhoffte Freude darüber, daß er von einem himmlischen Wesen geliebt wurde, all seine Gedanken.

Am dritten Tage nach dem Stelldichein hörten die Lichtzeichen zeitig auf, etwa gegen Mitternacht. Im Augenblick, als sie zu Ende waren, wäre Fabrizzio beinahe der Schädel zertrümmert worden; eine große Bleikugel, die in den Trichter des Fensterschirmes geworfen wurde, flog durch die Papierscheiben in seine Zelle. Diese große Kugel war aber nicht so schwer, wie sie ihrem Umfang nach sein mußte. Ohne Mühe gelang es Fabrizzio, sie zu öffnen. Er fand einen Brief der Duchezza. Durch Vermittlung des Erzbischofs, den sie geflissentlich umschmeichelt hatte, war ein in die Zitadelle befohlener Soldat bestochen worden. Dieser Mann, ein geschickter Ballspieler, täuschte die

Posten an den Ecken und am Tor der Kommandantur oder setzte sich mit ihnen ins Einvernehmen.

Der Brief lautete:

›Du mußt Dich mit Seilen retten. Ich zittre, indem ich Dir diese sonderbare Anweisung gebe. Seit mehr als zwei vollen Monaten zögere ich, Dir das zu sagen, aber die Aussichten für Dich werden von Tag zu Tag trüber. Man muß auf das Schlimmste gefaßt sein. Beginne übrigens Deine Lampenzeichen sofort wieder, um uns den Empfang dieses gefährlichen Briefes zu bestätigen. Gib die Zeichen P, B und G alla Monaca, also 4, 12 und 2! Ich werde nicht eher aufatmen, als bis ich diese Zeichen erblicke. Ich befinde mich auf dem Turm. Man wird Dir mit N und O, also mit 7 und 5, antworten. Nach Empfang dieser Antwort gib kein weiteres Zeichen. Beschäftige Dich nur damit, meinen Brief zu studieren!‹

Fabrizzio gehorchte schleunigst und gab das geforderte Zeichen. Es wurde durch die angekündigten Buchstaben beantwortet. Dann fuhr er fort, den Brief zu lesen.

›Es ist wohl klar, was unter dem Schlimmsten zu verstehen ist; das haben mir die drei Menschen erklärt, in die ich das größte Vertrauen setze, nachdem ich sie habe auf das Evangelium schwören lassen, mir die volle Wahrheit zu sagen. Der erste von den dreien hat dem verräterischen Arzt von Ferrara gedroht, er wolle mit dem Messer in der Hand auf ihn fallen; der zweite war der, der Dir nach Deiner Rückkehr von Belgirate gesagt hat, es wäre weit klüger gewesen, den Reitknecht niederzuknallen, der singend durch die Wälder ritt und ein schönes, etwas mageres Handpferd führte. Den dritten kennst Du nicht; es ist ein Straßenräuber, einer meiner Freunde, ein Mann der Tat wie kein zweiter und so mutig wie Du. Gerade darum habe ich ihn gefragt, was Du tun müßtest. Alle drei haben mir gesagt, ohne daß sie sich untereinander beraten konnten, es sei besser, Du setztest Dich der Gefahr aus, das Genick zu brechen, als noch elf Jahre und vier Monate ununterbrochen auszuharren, immer in der Furcht vor einem höchstwahrscheinlichen Vergiftungsversuch.

Du mußt Dich einen Monat lang im Seilklettern üben. Dann sollst Du an einem Tag, an dem die Besatzung der Zitadelle ein Weingelage feiert, das große Unternehmen wagen. Du wirst drei Seile aus Seide und Hanf zugestellt bekommen, dünn wie eine Schwanenfeder: eines, vierundachtzig Fuß lang, um die fünfunddreißig Fuß vom Fenster bis zu den Orangenbäumen hinabzugelangen, ein zweites, dreihundert Fuß lang, um die hundertundachtzig Fuß hohe Mauer des dicken Turmes hinunterzuklettern (dabei hat es mit dem Gewicht seine Schwierigkeit), und ein drittes, dreißig Fuß lang, um den Wall hinunterzukommen. Ich verbringe meine Zeit damit, die hohe Mauer im Osten, also in der Richtung nach Ferrara, zu studieren. Ein Riß von einem Erdbeben ist durch einen Strebepfeiler ausgebessert worden, der eine schiefe Ebene bildet. Mein Straßenräuber versichert mir, an dieser Stelle könne man ohne allzu große Schwierigkeit hinabklettern; man werde sich höchstens die Haut etwas abschürfen, wenn man auf der durch den Strebepfeiler gebildeten schiefen Ebene hinunterrutscht. Die senkrechte Entfernung beträgt bis ganz hinunter nur achtundzwanzig Fuß. Diese Seite ist am wenigsten bewacht.

Mein Straßenräuber, der dreimal aus dem Gefängnis ausgebrochen ist und den Du gern haben wirst, wenn Du ihn kennen lernst, obgleich er Leute Deines Standes verabscheut, – also mein Straßenräuber, gewandt und behend wie Du, meint, er würde am liebsten an der Westseite hinabklettern, genau gegenüber von dem kleinen, Dir wohlbekannten Palazzo, den ehedem Fausta bewohnt hat. Für diese Seite bestimmt ihn besonders der Umstand, daß die Mauer, obwohl nahezu senkrecht, doch fast allenthalben von Gestrüpp bewachsen ist. Es gibt da Strauchwerk, kaum höher als der kleine Finger, an dem man sich tüchtig aufschürfen kann, wenn man nicht aufpaßt, das einem aber auch einen vorzüglichen Halt gewährt. Noch heute morgen habe ich mir diese westliche Seite mit einem ausgezeichneten Fernglase betrachtet. Die Stelle, wo man hinab muß, ist durch einen neuen Stein kenntlich, den man vor zwei, drei Jahren oben in die Brustwehr eingefügt hat. Senkrecht unter diesem hellen Stein kommt zunächst ein unbewachsenes Stück von etwa zwanzig Fuß; dort muß man sich sehr langsam hinunterlassen. (Du wirst fühlen, wie mein Herz pocht, während ich Dir diese schreckliche Unterweisung gebe; aber der Mut sagt mir immer wieder, man müsse das kleinere Übel wählen, so fürchterlich es immerhin ist.) Nach diesem unbewachsenen Stück wirst Du achtzig bis neunzig Fuß lang mächtiges Gestrüpp vorfinden. Man sieht dort Vögel fliegen. Dann kommt ein dreißig Fuß hohes Stück, das kein Strauchwerk hat, aber Mauerblumen und Mauerkräuter. Dann gibt es, dem Boden näher, wieder zwanzig Fuß lang Gestrüpp und schließlich fünfundzwanzig bis dreißig Fuß lang eine neu mit Putz beworfene Fläche.

Für diese Seite spricht, daß senkrecht unter dem hellen Stein oben in der Brüstung eine Holzhütte steht, die ein Soldat in seinem Gärtchen erbaut hat. Der Pionierhauptmann, der der Zitadelle zugeteilt ist, will den Mann zwingen, sie wegzureißen; sie ist siebzehn Fuß hoch; ihr Strohdach stößt an die große Mauer der Zitadelle. Gerade dieses Dach lockt mich. Im gräßlichen Falle eines Unglücks mildert es den Sturz. Erst einmal so weit, bist Du im Wallgraben, der nicht besonders bewacht wird. Wenn man Dich dort angreifen sollte, schießt Du mit Deiner Pistole und verteidigst Dich eine Weile. Dein Freund aus Ferrara und ein anderer beherzter Mann, eben der, den ich den Straßenräuber nenne, werden mit Leitern unverzüglich den ziemlich niedrigen Wall erklettern und Dir zu Hilfe eilen.

Der Wall ist nur dreiundzwanzig Fuß hoch und hat eine sehr starke Böschung. Ich werde am Fuße dieses letzten Hindernisses mit einer guten Zahl Bewaffneter warten.

Ich hoffe, daß ich Dir auf gleichem Wege fünf bis sechs weitere Briefe schicken kann. Ich werde Dir immer wieder dasselbe in anderen Worten wiederholen, damit wir uns nicht mißverstehen. Du ahnst, wie es mir ums Herz ist, wenn ich Dir sage, daß der Mann, der den Reitknecht niedergeknallt haben wollte und der doch trotz allem der beste Mensch ist und vor Reue stirbt, meint, daß Du mit einem gebrochenen Arm davonkommen wirst. Der Straßenräuber, der in solchen Unternehmungen mehr Erfahrung hat, meint, wenn Du ganz behutsam hinabkletterst, und vor allem, ohne zu hasten, koste Dich Deine Freiheit nur ein paar Hautabschürfungen. Die Hauptschwierigkeit ist die, daß Du die Seile bekommst. Darüber allein grüble ich seit vierzehn Tagen nach; diese Hauptsache beschäftigt alle meine Gedanken.

Auf jene Torheit, das einzige Sinnlose, das Du in Deinem Leben gesagt hast: ›Ich will mich nicht retten!‹ habe ich keine Antwort. Der Mann, der den Reitknecht niedergeknallt haben wollte, meint, die Langeweile habe Dich verrückt gemacht. Ich verhehle Dir keineswegs, daß wir eine sehr bedrohliche Gefahr befürchten, die vielleicht Deine Flucht beschleunigen wird. Um Dir diese Gefahr mitzuteilen, werden Dir die Lichtzeichen mehrmals hintereinander verkünden:

Es brennt im Schloß!

Du gibst zur Antwort:

Sind meine Bücher verbrannt?

Der Brief enthielt noch fünf oder sechs Seiten voller Einzelheiten; er war auf ganz dünnes Papier in der winzigsten Schrift geschrieben.

›Alles das ist sehr schön und vortrefflich ausgedacht‹, sagte sich Fabrizzio. ›Ich bin dem Grafen und der Duchezza ewige Dankbarkeit schuldig. Vielleicht werden sie glauben, ich hätte Angst, aber ich werde auf keinen Fall fliehen. Ist schon einmal jemand von dem Ort geflohen, wo er sein höchstes Glück gefunden hat, um sich in eine widerwärtige Verbannung zu stürzen, wo er nichts hat, außer daß er atmet? Was täte ich, wenn ich vier Wochen in Florenz bin? Ich würde verkleidet um das Tor dieser Zitadelle schleichen und versuchen, einen Blick zu erhaschen.‹

Anderntags erlebte Fabrizzio einen Schrecken. Gegen elf Uhr stand er am Fenster und schaute nach der herrlichen Landschaft in Erwartung des glücklichen Augenblickes, da er Clelia sehen würde; da trat Grillo atemlos in seine Zelle: »Rasch, rasch, Monsignore! Legen Sie sich in Ihr Bett und stellen Sie sich krank! Da kommen drei Richter die Treppe herauf! Sie wollen Sie verhören! Überlegen Sie recht, ehe Sie antworten! Man wird Sie in ein Kreuzverhör nehmen!«

Indem Grillo diese Worte sagte, setzte er schleunigst den Deckel auf das Guckloch im Fensterschirm, stieß Fabrizzio auf sein Bett und deckte ihn mit zwei oder drei Mänteln zu.

»Sagen Sie, Sie hätten große Schmerzen, und reden Sie wenig! Lassen Sie sich vor allem alle Fragen wiederholen, um überlegen zu können.«

Die drei Richter traten ein. ›Drei entsprungene Zuchthäusler‹, meinte Fabrizzio bei sich, als er ihre gemeinen Physiognomieen erblickte, ›aber keine drei Richter!‹ Sie trugen lange, schwarze Talare, grüßten feierlich und ließen sich, ohne ein Wort zu sagen, auf den drei Stühlen nieder, die in der Zelle standen.

»Monsignore Fabrizzio del Dongo«, begann der älteste, »uns führt ein trauriger Auftrag zu Ihnen. Wir sind gekommen, Ihnen das Ableben Seiner Exzellenz des Herrn Marchese del Dongo zu melden, Ihres Herrn Vaters, Vize-Oberhofmarschalls des lombardo-venezianischen Königreichs, Ritter höchster Orden …«

Fabrizzio brach in Tränen aus. Der Richter fuhr fort: »Frau Marchesa del Dongo, Ihre Frau Mutter, teilt Ihnen diese Nachricht durch ein Schreiben mit; da sie aber unstatthafte Bemerkungen daran knüpft, hat der Gerichtshof unter dem gestrigen Tage verfügt, daß Ihnen das Schreiben nur auszugsweise bekanntzugeben sei, und diesen Auszug wird Ihnen Herr Kanzlist Bona jetzt vorlesen.«

Nach Beendigung des Vorlesens trat der Richter an Fabrizzio heran und zeigte ihm im Briefe seiner Mutter die Stellen, die man ihm soeben aus der Abschrift vorgelesen hatte. Fabrizzio sah die Worte: ›ungerechte Gefangenhaltung, grausame Bestrafung eines Vergehens, das keines ist‹. Er begriff, daß darin der Grund zum Besuche der Richter lag. Im übrigen sagte er in seiner Verachtung der unredlichen Beamten nur genau folgende Worte: »Ich bin krank, meine Herren, ich sterbe vor Mattigkeit, und Sie werden entschuldigen, daß ich nicht aufstehe.«

Als die Richter weg waren, weinte Fabrizzio noch lange, bis er sich sagte: ›Bin ich ein Heuchler? Ich dachte, ich hätte ihn gar nicht geliebt.‹

An diesem Tage sowie an den folgenden war Clelia sehr traurig. Sie rief ihn mehrere Male, hatte aber kaum den Mut, ihm einige Worte zu sagen. Am fünften Vormittag nach ihrer ersten Zusammenkunft teilte sie ihm mit, daß sie abends in die Marmorkapelle käme.

»Ich kann Ihnen nur wenige Worte widmen«, sagte sie ihm beim Kommen. Sie zitterte so, daß sie sich auf ihre Kammerzofe stützen mußte. Nachdem sie diese an den Eingang der Kapelle zurückgeschickt hatte, fuhr sie mit kaum verständlicher Stimme fort: »Geben Sie mir Ihr Ehrenwort, daß Sie der Duchezza gehorchen und den Fluchtversuch an dem Tage machen, den sie Ihnen befehlen, und in der Weise, die sie Ihnen vorschreiben wird, sonst gehe ich morgen in ein Kloster und schwöre Ihnen, daß ich nie wieder im Leben ein Wort mit Ihnen spreche!«

Fabrizzio blieb stumm.

»Versprechen Sie mir das!« sagte Clelia, Tränen in den Augen und ganz außer sich. »Sonst haben wir hier das letzte Mal miteinander gesprochen. Sie haben mir das Leben zur Qual gemacht. Sie bleiben meinetwegen hier, und jeder Tag kann der letzte Ihres Lebens sein.«

In diesem Augenblick war Clelia so schwach, daß sie sich auf den großen Lehnstuhl stützen mußte, der mitten in der Kapelle stand und ehedem von dem fürstlichen Gefangenen benutzt worden war. Sie war nahe daran, umzufallen.

»Was muß ich versprechen?« fragte Fabrizzio mit beklommener Stimme.

»Sie wissen es.«

»So schwöre ich, daß ich mich wissentlich in ein gräßliches Unglück stürzen und mich dazu verdammen will, fern dem zu leben, was ich in der Welt liebe!«

»Geloben Sie Genaueres!«

»Ich schwöre, der Duchezza zu gehorchen und an dem Tage zu entfliehen, da sie es will, und so, wie sie es wollen wird! Was soll aber aus mir werden, wenn ich erst fern von Ihnen bin?«

»Schwören Sie, sich zu retten, was auch geschehen möge!«

»Wie, sind Sie entschlossen, den Marchese Crescenzi zu heiraten, wenn ich nicht mehr hier sein werde?«

»Mein Gott, was trauen Sie meiner Seele zu? Aber schwören Sie, sonst hätte ich nicht eine Minute den Seelenfrieden!«

»Wenn es sein muß! Ich schwöre, mich von hier zu retten an dem Tage, an dem es die Duchezza di Sanseverina anordnen wird, was inzwischen auch geschehen möge!«

Als Clelia diesen Schwur erzwungen hatte, fühlte sie sich dermaßen schwach, daß sie weggehen mußte, nachdem sie Fabrizzio gedankt hatte.

»Es war alles vorbereitet; ich wollte morgen früh fliehen«, sagte sie zu ihm, »wenn Sie in Ihrer Halsstarrigkeit verblieben wären. Dann hätte ich Sie in diesem Augenblick zum letzten Male in meinem Leben gesehen. Das hatte ich der Madonna gelobt. Sobald ich mein Zimmer wieder verlassen kann, will ich nun die schreckliche Mauer unterhalb des neuen Steines in der Brüstung besichtigen.«

Am anderen Tage fand er Clelia so bleich, daß sie ihm Sorge bereitete. Sie teilte ihm vom Vogelstubenfenster aus mit: »Machen wir uns nichts vor, mein lieber Freund! Da unsere Freundschaft sündhaft ist, so widerfährt uns zweifellos Unglück. Sie können bei Ihrem Fluchtversuch entdeckt werden; dann sind Sie für ewig verloren. Dennoch muß man der menschlichen Klugheit Gehör geben; sie gebietet uns, alles zu versuchen. Sie brauchen zum Hinabklettern an der Außenseite des breiten Turmes ein haltbares Seil von mehr als zweihundert Fuß Länge. Soviel Mühe ich mir gegeben habe, seit ich von dem Plane der Duchezza weiß, so habe ich doch nur so viel Seile besorgen können, daß Sie im ganzen etwa nur fünfzig Fuß lang sind. Nach einem Tagesbefehl der Kommandantur sind alle Seile, die man in der Zitadelle vorgefunden hat, verbrannt worden, und alle Abende werden die Ziehtaue der Brunnen abgeliefert; diese sind außerdem so schwach, daß sie oft beim Heraufziehen ihrer leichten Last reißen. Aber beten Sie zu Gott, er möge mir vergeben! Ich hintergehe meinen Vater, und ich entartetes Kind arbeite darauf hin, ihm einen tödlichen Kummer zu bereiten. Bitten Sie Gott für mich, und wenn Ihr Leben gerettet ist, geloben Sie ihm, seinem Ruhm Ihr ganzes Dasein zu weihen!

Folgenden Einfall habe ich gehabt: In acht Tagen werde ich die Zitadelle verlassen, um an der Hochzeit einer Schwester des Marchese Crescenzi teilzunehmen. Ich werde abends, wie es üblich ist, zurückkommen, werde aber alles aufbieten, um recht spät heimzukehren. Barbone wird nicht wagen, mich allzusehr zu belauern. Auf dieser Hochzeitsfeier erscheinen die höchsten Damen der Hofgesellschaft und zweifellos auch die Duchezza di Sanseverina. Bringen Sie es um Gottes willen zuwege, daß mir eine der Damen einen Packen geringeren Umfanges mit festen, nicht allzu starken Seilen zusteckt. Und sollte ich mich tausendfachem Tode aussetzen, ich will auch die gefahrvollsten Mittel anwenden, um diesen Packen Seile in die Zitadelle einzuschmuggeln, ach, unter Verletzung aller meiner Pflichten! Erführe mein Vater davon, so dürfte ich Sie nie wiedersehen. Aber was für ein Schicksal mir auch bestimmt sein mag, ich werde in den Grenzen einer schwesterlichen Freundschaft glücklich sein, wenn ich zu Ihrer Rettung beitragen kann.«

Am selben Abend benachrichtigte Fabrizzio die Duchezza durch die nächtlichen Lichtzeichen von der einzigen Gelegenheit, eine genügende Menge Seile in die Zitadelle einzuschmuggeln. Er bat sie jedoch, das Geheimnis selbst vor dem Grafen Mosca zu hüten, was ihr wunderlich dünkte. »Er ist verrückt!« sagte die Duchezza. »Das Gefängnis hat ihn umgewandelt; er nimmt die Dinge tragisch.«

Am anderen Tage überbrachte eine Bleikugel, die der Ballspieler warf, dem Gefangenen die Warnung vor allergrößter Gefahr. Die Person, die das Einschmuggeln der Seile übernommen habe, berichtete man ihm, rette ihm tatsächlich und buchstäblich das Leben. Fabrizzio teilte diese Neuigkeit eiligst Clelia mit.

Die nämliche Bleikugel brachte ihm auch eine genaue Zeichnung der westlichen Mauer, wo er von der Höhe des dicken Turmes hinabklettern sollte. Er müsse gerade im Zwischenraum zweier Basteien hinunter. Von da aus sei es ziemlich leicht, zu entkommen, da der Wall nur dreiundzwanzig Fuß hoch und ungenügend bewacht sei. Auf der Rückseite des Planes stand in winziger Handschrift ein herrliches Sonett: Eine hochherzige Seele forderte Fabrizzio zur Flucht auf, damit seine Seele nicht verkümmere und sein Leib nicht verkomme; er habe noch elf Jahre Kerker zu erdulden.

Hier wird eine Einschaltung nötig zur Erklärung des mutigen Rates der Duchezza zu so gefährlicher Flucht.

Wie alle Parteien, die nicht auf dem Gipfel der Macht sind, war die der Raversi unter sich nicht ganz einig. Der Cavaliere Riscara haßte den Großfiskal Rassi; er beschuldigte ihn, er hätte ihn einen bedeutenden Prozeß verlieren lassen, in dem Riscara allerdings unrecht hatte. Durch Riscara erhielt Serenissimus eine anonyme Mitteilung, daß dem Kommandanten der Zitadelle eine amtliche Ausfertigung des Urteils über Fabrizzio zugegangen sei. Die Marchesa Raversi, das tätige Oberhaupt der Partei, war über diese falsche Handlung äußerst aufgebracht und setzte ihren Freund, den Großfiskal, sofort davon in Kenntnis. Der hielt es für das Gegebene, sich etwas auf den Minister Mosca zu stützen, solange Mosca noch am Ruder war. Unerschrocken wagte sich Rassi ins Schloß, indem er wohl dachte, mit ein paar Fußtritten wegzukommen; Serenissimus konnte eines so durchtriebenen Rechtsbeistandes doch nicht entbehren, und Rassi hatte einen Richter und einen Anwalt, die einzigen Juristen im Lande, die seinen Platz hätten ausfüllen können, als Liberale verbannen lassen.

Serenissimus war außer sich, überhäufte ihn mit Beleidigungen und ging auf ihn los, um ihn zu prügeln.

»Gewiß, es liegt ein Mißgriff des Sekretärs vor«, antwortete Rassi kaltblütig. »Die Sache ist gesetzlich in Ordnung; die Zustellung hätte am Tage nach der Einlieferung des Herrn del Dongo in die Zitadelle geschehen müssen. Der übereifrige Sekretär hat geglaubt, er habe eine Vergeßlichkeit begangen, und hat mir das Begleitschreiben zur Unterschrift vorgelegt, als handle es sich um irgendwelche Nebensache …«

»Und du bildest dir ein, ich glaubte solche elende Flausen?« brüllte Serenissimus wütend. »Gesteh lieber, daß du dich an diesen Schelm, den Mosca, verkauft hast! Darum hat er dir den Orden verleihen lassen. Beim Teufel, diesmal kommst du nicht mit einem blauen Buckel davon! Ich bringe dich auf die Anklagebank; ich jage dich mit Schimpf und Schande weg!«

»Mich auf die Anklagebank zu bringen, das möchte ich Serenissimus nicht raten!« erwiderte Rassi gelassen; er wußte, das war ein sicheres Mittel, den Fürsten zu beruhigen. »Das Gesetz spricht für mich, und Serenissimus haben keinen zweiten Rassi, der das zu drehen vermöchte. Eure Hoheit werden mich nicht absetzen, weil es Augenblicke gibt, da Allerhöchstdero Charakter hart ist; dann sind Serenissimus blutdürstig. Aber zu gleicher Zeit trachten Serenissimus danach, sich die Achtung der vernünftigen Italiener zu bewahren. Diese Achtung ist eine Conditio sine qua non für Ihren Ehrgeiz. Schließlich würden Serenissimus mich bei Allerhöchstdero erster grausamer Tat zurückrufen. Ich werde dann das übliche Urteil besorgen, regelrecht verhängt von ängstlichen Richtern und leidlich anständigen Leuten, und Allerhöchstdero Leidenschaft wird befriedigt sein! Suchen Serenissimus sich nur einen andern Mann im Lande, der ebenso nützlich wäre wie ich!«

Nachdem Rassi so gesprochen, machte er sich auf und davon. Er nahm einen wohlgezielten Schlag mit dem Lineal und fünf bis sechs Fußtritte mit auf den Weg. Nachdem er dem Schloß entronnen war, fuhr er schleunigst nach seinem Landgut Riva. Er hatte ein wenig Furcht vor einem Dolchstoß, den ihm der frische Zorn seines Landesherrn beibringen lassen konnte, aber er zweifelte nicht daran, daß nach knapp vierzehn Tagen ihn ein Bote nach der Residenz zurückrufen werde. Die Zeit, die er auf dem Lande verlebte, wandte er dazu an, einen zuverlässigen Briefwechsel mit dem Grafen Mosca einzurichten. Vernarrt in den Baronstitel, verhehlte er sich nicht, daß Serenissimus der ehedem erhabenen Sache, dem Adel, viel zuviel Wert beimaß, als daß er ihn ihm je aus freien Stücken verliehe, während der geburtsstolze Graf Mosca nur den vor das Jahr 1400 zurückgehenden Adel anerkannte.

Der Großfiskal hatte sich in seinen Berechnungen durchaus nicht getäuscht; er war kaum acht Tage auf seinem Landgut, als ein Günstling des Fürsten wie zufällig hinkam und ihm riet, ohne Verzug nach Parma zurückzukehren.

Serenissimus empfing ihn lachend, nahm dann eine hochnotpeinliche Miene an und ließ den Pandektenmann bei der ewigen Seligkeit schwören, das Geheimnis zu wahren, das er ihm anvertrauen wolle. Rassi schwur bei Tod und Teufel, und Serenissimus rief laut, mit haßentflammtem Blick, er wäre nicht mehr Herr im eigenen Lande, solange Fabrizzio del Dongo am Leben sei.

»Ich kann weder die Duchezza davonjagen«, fuhr er fort, »noch ihre Gegenwart ertragen. Ihre Blicke trotzen mir und vergiften mir das Dasein.«

Nachdem Rassi den Fürsten sich des längeren darüber hatte ergehen lassen, erwiderte er schließlich, grenzenlose Verlegenheit heuchelnd: »Serenissimus werden bedient, selbstverständlich, aber die Sache hat einen schrecklichen Haken: die Wahrscheinlichkeit ist nicht gerade groß, daß man einen del Dongo wegen des Mördchens an einem Giletti zum Tode verurteilt. Es war schon ein erstaunliches Kunststück, zwölf Jahre Zitadelle herauszuschlagen. Obendrein argwöhne ich, daß die Duchezza drei von den Leuten ausfindig gemacht hat, die bei den Ausgrabungen von Sanguigna gearbeitet haben und sich gerade außerhalb des Grabens befanden, als der Brigant Giletti besagten del Dongo angriff.«

»Und wo sind diese Zeugen?« fragte Serenissimus gereizt.

»Im Piemontesischen versteckt, vermute ich. Man müßte eine Verschwörung gegen Allerhöchstdero Leben ...«

»Das Mittel ist gefährlich!« unterbrach ihn Serenissimus. »So etwas bringt erst auf solche Gedanken ...«

»Ja«, sagte Rassi mit erheuchelter Unschuld, »dann ist mein Arsenal erschöpft.«

»Es bleibt das Gift.«

»Aber wer sollte es ihm beibringen? Vielleicht der Trottel, der Conti?«

»Wie man sagt, wäre das sein erster Versuch nicht.«

»Man müßte ihn in Harnisch bringen«, meinte Rassi. »Übrigens damals, als er den Hauptmann ins Jenseits beförderte, da war er keine dreißig Jahre alt und tüchtig verliebt und bei weitem nicht solch ein Hasenfuß wie heutzutage. Zweifellos muß dem Staatswohl alles andere nachstehen, aber so auf den ersten Anhieb wüßte ich zur Vollstreckung von Allerhöchstdero Befehl nur einen gewissen Barbone, Gefängnisschreiber in der Zitadelle. Herr del Dongo hat ihn am Tage seiner Einlieferung mit einer Backpfeife bedacht.«

Nachdem Serenissimus einmal im Fahrwasser war, fand die Audienz kein Ende. Zu guter Letzt bewilligte er seinem Großfiskal eine Frist von vier Wochen. Rassi wollte ihrer acht. Tags darauf empfing Rassi eine geheime Zuwendung von tausend Zechinen.

Drei Tage lang überlegte er; am vierten kam er zu einem Entschluß, der ihm einleuchtete: ›Erstens, nur Graf Mosca ist der Mann dazu, sein Wort zu halten, denn er mißt meiner Ernennung zum Baron keinen Wert bei. Zweitens, wenn ich ihn warne, erspare ich mir wahrscheinlich ein Verbrechen, auf das ich bereits eine kleine Abschlagszahlung bekommen habe. Drittens räche ich die ersten demütigenden Fußtritte, die der Ritter Rassi eingesteckt hat.‹ In der nächsten Nacht verriet er dem Grafen Mosca seine ganze Unterredung mit Serenissimus.

Graf Mosca machte der Duchezza heimlich den Hof. Allerdings sah er sie in ihrem Palazzo noch immer nur ein- oder zweimal im Monat; aber fast alle Wochen und wenn Mosca sonst eine Gelegenheit zu einem Gespräch über Fabrizzio zu finden wußte, kam die Duchezza in Cechinas Begleitung spät am Abend auf einige Augenblicke in den Garten des Grafen. Sie verstand es, selbst den Kutscher zu täuschen, obgleich er ihr treu ergeben war; er glaubte, sie mache einem benachbarten Hause Besuch.

Selbstverständlich gab der Graf nach der schreckensvollen Beichte des Großfiskals der Duchezza alsbald das verabredete Zeichen. Obwohl es mitten in der Nacht war, ließ sie ihn durch Cechina bitten, auf ein paar Augenblicke zu ihr zu kommen. Der Graf war über diese offensichtliche Vertraulichkeit entzückt wie eben ein Verliebter. Trotzdem zögerte er, der Duchezza alles zu sagen; er fürchtete, sie könne vor Schmerz wahnsinnig werden.

Nachdem er versucht hatte, ihr die verhängnisvolle Kunde durch Andeutungen beizubringen, erzählte er ihr schließlich doch alles. Er brachte es nicht übers Herz, ein Geheimnis vor ihr zu bewahren, wenn sie ihn darum bat. Seit neun Monaten hatte das grenzenlose Unglück auf ihre Feuerseele tief gewirkt und sie gestählt: die Duchezza brach weder in Tränen noch in Klagen aus.

Am folgenden Abend ließ sie an Fabrizzio das Zeichen höchster Gefahr signalisieren:

Es brennt im Schloß!

Er antwortete richtig:

Sind meine Bücher verbrannt?

In der nämlichen Nacht glückte es, ihm einen Brief in einer Bleikugel zukommen zu lassen. Acht Tage später aber, bei der Hochzeit der Schwester des Marchesen Crescenzi, beging die Duchezza eine ungeheuerliche Unbesonnenheit, die wir an der richtigen Stelle berichten werden.

21.

In der Zeit ihres Unglücks, ungefähr schon vor einem Jahre, hatte die Duchezza eine seltsame Bekanntschaft gemacht. Eines Tages, als die Luna sie anwandelte, wie man dortzulande zu sagen pflegt, war sie von ihrem Schlosse Sacca, das hinter Colorno auf einem Hügel über dem Po liegt, aufs Geratewohl hinausgewandert. Es machte ihr Freude, dieses Landgut zu verschönern; sie liebte den endlosen Wald, der das Hügelland krönte und bis an ihr Schloß reichte. Sie beschäftigte sich damit, Pfade nach den malerischsten Punkten anzulegen.

»Sie werden noch einmal von Räubern entführt werden, schöne Duchezza!« sagte Serenissimus eines Tages zu ihr. »Es ist unmöglich, daß ein Wald einsam bleibt, von dem man weiß, Sie gehen darin spazieren.« Der Fürst warf einen Seitenblick auf den Grafen Mosca, dessen Eifersucht anzustacheln er erpicht war.

»Ich habe keine Furcht, Serenissimus«, erwiderte die Duchezza in treuherzigem Ton, »wenn ich durch meine Wälder gehe. Mich macht der Gedanke sicher: ich tue niemandem etwas zuleide, wer sollte mich hassen?« Diese Antwort fand man kühn; sie erinnerte an gewisse hämische Bemerkungen im Munde der Liberalen des Landes, also unverschämter Leute.

An jenem Abendspaziergang im Walde kam der Duchezza die Warnung des Fürsten wieder in den Sinn, als sie bemerkte, daß ihr ein schlecht gekleideter Mensch von weitem folgte. Bei einer unerwarteten Wegbiegung näherte sich der Unbekannte derart, daß sie in Angst geriet. Im ersten Schreck rief sie nach ihrem Gärtner, den sie tausend Schritt entfernt im Blumengarten des Schlosses wußte. Der Fremdling trat inzwischen dicht an sie heran und fiel vor ihr auf die Knie. Es war ein auffällig schöner junger Mann, der nur abscheulich angezogen war. Seine Kleider hatten fußlange Risse, aber seine Augen atmeten das Feuer einer glühenden Seele.

»Ich bin zum Tode verurteilt. Ich bin der Doktor Ferrante Palla. Ich komme samt meinen fünf Kindern vor Hunger um.«

Die Duchezza sah, daß er gräßlich mager war, aber seine Augen waren so schön und so voll zärtlicher Schwärmerei, daß man ihm kein Verbrechen zutrauen konnte. ›Solche Augen‹, dachte sie, ›hätte Palagi[28] seinem jüngst in der Kathedrale aufgehängten ›Johannes in der Wüste‹ verleihen sollen.‹ Auf den Gedanken an Johannes den Täufer hatte sie die unglaubliche Magerkeit Ferrantes gebracht. Die Duchezza gab ihm die drei Zechinen, die sie bei sich hatte, wobei sie sich entschuldigte, daß sie ihm so wenig darreiche; sie habe gerade ihrem Gärtner eine Rechnung bezahlt. Ferrante bedankte sich überschwenglich.

»Ach«, sagte er zu ihr, »ehedem wohnte ich in der Stadt und verkehrte mit vornehmen Frauen. Seitdem ich wegen der Erfüllung meiner Bürgerpflicht zum Tode verurteilt bin, lebe ich in den Wäldern, und ich bin Ihnen gefolgt, nicht um ein Almosen von Ihnen zu erflehen oder Sie zu berauben, sondern wie ein Wilder, den eine himmlische Schönheit bezaubert hat. Es ist so lange her, daß ich zwei so schöne weiße Hände gesehen habe!«

»Stehen Sie doch auf!« sagte die Duchezza zu ihm, denn er lag noch immer auf den Knieen.

»Erlauben Sie mir, daß ich so verharre«, entgegnete Ferrante. »Diese Stellung beweist mir, daß ich im Augenblick das Räuberhandwerk nicht betreibe, und das beruhigt mich. Denn Sie sollen wissen, ich räubere, um zu leben, seit man mich hindert, meinen Beruf auszuüben. Aber jetzt bin ich nichts als ein schlichter Mensch in Anbetung vor erhabener Schönheit!«

Die Duchezza begriff, daß er ein wenig verrückt war, aber sie empfand nicht im geringsten Furcht; sie sah an den Augen dieses Mannes, daß er eine gütige Feuerseele hatte, und überdies liebte sie außergewöhnliche Gesichter.

»Ich bin Arzt, und ich machte der Frau des Apothekers Sarazina in Parma den Hof. Er ertappte uns und jagte sie aus dem Hause samt drei Kindern, von denen er mit Fug und Recht argwöhnte, sie seien von mir und nicht von ihm. Jetzt haben wir ihrer noch zwei dazu.

28 Palagio Palagi (1775-1860), ein Schüler Appianis, war Direktor der Akademie in Rom, später Professor in Mailand.

Die Mutter und die fünf Kinder leben im äußersten Elend in einer Art Hütte, die ich eigenhändig erbaut habe, eine Stunde von hier im Walde. Ich muß mich nämlich vor den Gendarmen in acht nehmen, und die arme Frau will sich von mir nicht trennen. Ich bin zum Tode verurteilt, durchaus nicht unschuldig, denn ich bin ein Verschwörer. Ich hasse den Fürsten; er ist ein Tyrann. Nur aus Mangel an Geld bin ich nicht geflohen. Mein Unglück ist noch viel größer; ich hätte mich schon tausendmal töten sollen. Ich liebe die unglückliche Frau nicht mehr, die mir fünf Kinder geschenkt und sich um meinetwillen ins Verderben gestürzt hat. Ich liebe eine andere. Aber wenn ich mich töte, dann stürben die fünf Kinder samt der Mutter buchstäblich vor Hunger.«

Der Mann sprach im Tone der Aufrichtigkeit.

»Aber wie leben Sie denn?« fragte die Duchezza gerührt.

»Die Mutter der Kinder spinnt. Die älteste Tochter wird in einem Gehöft von liberalen Leuten ernährt; da hütet sie die Schafe. Ich bin Räuber auf der Landstraße von Piacenza nach Genua.«

»Wie verträgt sich der Raub mit Ihren liberalen Grundsätzen?«

»Ich führe Buch über die Leute, die ich ausplündere, und wenn ich je wieder etwas besitze, erstatte ich ihnen die geraubten Summen zurück. Ein Volksvertreter meines Schlages, meine ich, darf in Anbetracht der Gefahr, in der er schwebt, doch wohl eine kleine Zwangsanleihe von hundert Franken im Monat aufnehmen. In der Tat, ich begnüge mich, nicht mehr zu nehmen als zwölfhundert Franken im Jahre. Das heißt, ich raube eine Kleinigkeit darüber, um die Druckkosten meiner Werke zu decken.«

»Welcher Werke?«

»›Wird Italien je eine Volksvertretung und einen Haushaltplan haben?‹«

»Wie«, rief die Duchezza, »das sind Sie, einer der größten Dichter des Jahrhunderts, der berühmte Ferrante Palla?«

»Berühmt vielleicht, aber sehr unglücklich, das ist sicher!«

»Und ein Mann mit solchem Talent muß räubern, um sein Leben zu fristen?«

»Vielleicht gerade, weil ich etwas Talent habe. Bis auf den heutigen Tag sind alle unsere Autoren, die sich einen Namen gemacht haben, dem Solde der Regierung oder der Religion verfallen, die sie bekämpfen wollten. Ich aber, ich setze zum ersten mein Leben aufs Spiel. Zum zweiten: gnädige Frau, denken Sie an die Gefühle, die ich habe, wenn ich auf Raub ausgehe. ›Bin ich auf dem rechten Wege?‹ So frage ich mich. Leistet hier ein Volksvertreter wirklich Dienste, die hundert Franken im Monat wert sind? Ich besitze zwei Hemden, den Rock, den ich trage, ein paar schlechte Waffen, und ich ende sicherlich am Galgen. Gleichwohl wage ich zu glauben, daß ich uneigennützig bin. Ich wäre glücklich ohne die verhängnisvolle Leidenschaft, die mich in der Nähe der Mutter meiner Kinder nur noch unglücklich sein läßt. Die Armut drückt mich nieder wie die Häßlichkeit. Ich liebe schöne Kleider, weiße Hände ...«

Er blickte so auf die Hände der Duchezza, daß sie Angst bekam.

»Leben Sie wohl, mein Herr!« sagte sie zu ihm. »Kann ich Ihnen in Parma irgendwie nützlich sein?«

»Legen Sie sich bisweilen folgende Frage vor: ›Sein Beruf ist es, die Herzen zu erwecken und sie zu hindern, daß sie in jenem unwahren, rein materiellen Glück einschlummern, das die Monarchieen gewähren. Ist der Dienst, den er seinen Mitbürgern leistet, nicht hundert Franken im Monat wert?‹ – Mein Unglück ist meine Liebe«, fuhr er in sehr weichem Tone fort. »Seit fast zwei Jahren ist meine Seele nur von Ihnen erfüllt, aber bis zu dieser Stunde habe ich Sie gesehen, ohne Ihnen Furcht einzuflößen.«

Damit verschwand er mit fabelhafter Schnelligkeit, die die Duchezza in Staunen versetzte und sie beruhigte. ›Die Gendarmen werden Mühe haben, ihn zu erwischen‹, dachte sie. ›Bei Gott, er ist ein Narr!‹

»Er ist ein Narr«, bestätigten ihre Leute. »Wir wissen lange, daß der arme Mensch in die gnädige Frau verliebt ist. Wenn die gnädige Frau hier weilt, sehen wir ihn in den entlegensten Winkeln der Wälder umherirren, aber wenn die gnädige Frau abreist, dann kommt er dreist und setzt sich auf Ihre Lieblingsplätze. Eifrig sammelt er die Blumen, die einem Strauß der gnädigen Frau entfallen sein könnten, und trägt sie lange an seinem schäbigen Hute.«

»Und ihr habt mir nie von diesen Verrücktheiten erzählt?« fragte die Duchezza beinahe vorwurfsvoll.

»Wir fürchteten, die gnädige Frau würde es dem Minister Mosca erzählen. Der arme Ferrante ist ein so guter Kerl! Der tut keinem Menschen etwas zuleide, und nur weil er unsern Napoleon liebt, hat man ihn zum Tode verurteilt.«

Die Duchezza erwähnte vor dem Minister keine Silbe von dieser Zusammenkunft, und da das seit vier Jahren ihr erstes Geheimnis vor ihm war, so mußte sie oft mitten im Satz abbrechen. Als sie wieder nach Sacca ging, nahm sie Gold mit; aber Ferrante erschien nicht. Vierzehn Tage darauf kam sie abermals. Ferrante war ihr eine Weile hundert Schritt seitwärts durch den Wald nachgegangen, schoß dann blitzschnell wie ein Sperber auf sie los und warf sich ihr wie das erste Mal zu Füßen.

»Wo haben Sie vor vierzehn Tagen gesteckt?«

»In den Bergen jenseits Novi, um Maultiertreiber auf ihrem Rückweg von Mailand zu überfallen, wo sie Öl verkauft hatten.«

»Nehmen Sie diese Börse!«

Ferrante öffnete sie, nahm eine Zechine heraus, die er küßte und an seinem Busen verbarg, und gab die Börse zurück.

»Sie geben mir diese Börse wieder, und Sie sind Räuber!«

»Kein Zweifel. Mein Grundsatz ist der: Nie darf ich mehr als hundert Franken besitzen. Nun hat die Mutter meiner Kinder augenblicklich achtzig Franken, und ich habe ihrer fünfundzwanzig, also besitze ich zu Unrecht fünf Franken. Wenn man mich zur Stunde aufhängte, würde ich Gewissensbisse haben. Ich nehme diese Zechine, weil sie von Ihnen kommt und weil ich Sie liebe.«

Der Tonfall dieser schlichten Worte war unvergleichlich. ›Er liebt wirklich‹, sagte sich die Duchezza. An diesem Tage hatte er ein ganz verstörtes Aussehen. Er erklärte, es gäbe in Parma Leute, die ihm sechshundert Franken schuldeten. Mit dieser Summe könnte er seine Hütte ausbessern, in der seine Kinder sich jetzt erkälteten.

»Ich werde Ihnen diese sechshundert Franken vorschießen«, sagte die Duchezza tief bewegt.

»Aber dann könnten meine Gegner mich, eine öffentliche Persönlichkeit, verleumden und mir nachsagen, ich hätte mich verkauft.«

Die Duchezza bot ihm gerührt einen Schlupfwinkel in Parma an, wenn er ihr schwören wolle, daß er vorderhand ganz und gar nichts als Richter und Rächer unternähme. Vor allem dürfe er keines der Todesurteile vollstrecken, die er, wie er sagte, in petto habe.

»Wenn man mich aber infolge meiner Unvorsichtigkeit aufhängt«, sagte Ferrante feierlich, »dann werden alle die Schurken, die das Volk so schädigen, noch lange Jahre leben. Und wer ist schuld daran? Was wird mir mein Vater sagen, wenn er mich da droben wiedertrifft?«

Die Duchezza erinnerte ihn an seine kleinen Kinder, die in der feuchten Hütte todkrank würden. Schließlich nahm er den angebotenen Schlupfwinkel in Parma an.

Der Duca di Sanseverina hatte an dem einzigen halben Tage, den er nach seiner Verheiratung in Parma zugebracht hatte, der Duchezza ein höchst merkwürdiges Versteck gezeigt, das die Südecke des Palazzos Sanseverina barg. Die aus dem Mittelalter herrührende Mauer der Straßenseite war acht Fuß stark; man hatte sie im Inneren ausgehöhlt, und so befand sich in ihr ein Versteck, das zwanzig Fuß hoch, aber nur zwei Fuß breit war. Daneben lag jener viel bewunderte Wasserbehälter, der in allen Reisewerken angeführt ist, ein berühmtes Bauwerk des dreizehnten Jahrhunderts. Er hatte zur Zeit der Belagerung von Parma durch Kaiser Sigismund eine Rolle gespielt und war später in den Palazzo Sanseverina eingegliedert worden. In diesen Schlupfwinkel gelangt man, wenn man einen Riesenquader um seine eiserne Achse dreht.

Die Duchezza war von dem närrischen Wesen Ferrantes und dem Schicksal seiner Kinder, für die er jedes Geschenk von Wert halsstarrig zurückwies, so innig gerührt, daß sie ihm die Benutzung jenes Versteckes auf längere Zeit gestattete. Vier Wochen später sah sie ihn wieder. Er hauste noch immer in den Wäldern von Sacca, war aber ein wenig ruhiger als früher. Er trug ihr eines seiner Sonette vor, das sie allem ebenbürtig dünkte, wenn nicht erhabener als alles, was man seit zwei Jahrhunderten in Italien Schönes gedichtet hatte. Ferrante brachte noch mehrere Zusammenkünfte zuwege, aber seine Liebe verwirrte ihm den Kopf; er ward zudringlich, und die Duchezza erkannte, daß seine Leidenschaft sich entwickelte wie eben jede Liebe, der man ein Fünkchen Hoffnung läßt. Sie schickte ihn in seine Wälder zurück und verbot ihm, sie anzusprechen. Er gehorchte ohne weiteres und mit größter Willfährigkeit.

So standen die Dinge, als Fabrizzio in Gefangenschaft geriet. Drei Tage darauf erschien bei Anbruch der Nacht ein Kapuziner am Tore des Palazzos Sanseverina. Er sagte, er habe der Herrin des Hauses ein wichtiges Geheimnis mitzuteilen. Sie fühlte sich so unglücklich, daß sie ihn vorließ; es war Ferrante.

»Es ist hier eine neue Freveltat im Gange«, sagte der verliebte Kauz zur Duchezza, »wovon der Volksvertreter Kenntnis nehmen muß.

Freilich bin ich nur ein einfacher Privatmann; ich kann der Duchezza di Sanseverina nichts geben als mein Leben, und das weihe ich ihr.«

Die so aufrichtige Ergebenheit eines Räubers und Narren rührte die Duchezza tief. Lange redete sie mit diesem Menschen, der für den größten Dichter Oberitaliens galt, und weinte heftig. ›Das ist einer‹, sagte sie sich, ›der mein Herz versteht!‹

Am anderen Tage erschien er um das Ave-Maria wieder, als Diener in Livree verkleidet.

»Ich habe Parma gar nicht verlassen. Ich habe etwas Entsetzliches gehört, das meine Lippen nicht wiederholen können. Aber hier bin ich. Gnädige Frau, bedenken Sie, was Sie abschlagen! Das Wesen, das vor Ihnen steht, ist kein Hofschranze; es ist ein Mann!« Er lag auf den Knieen und brachte diese Worte in einem Tone heraus, der sie feierlich machte. »Gestern habe ich mir gesagt«, fuhr er fort, »sie hat in meiner Gegenwart geweint, also ist sie nicht mehr ganz unglücklich!«

»Aber bedenken Sie doch, was für Gefahren Sie umgeben! Man wird Sie hier in der Stadt festnehmen!«

»Der Volksvertreter wird Ihnen sagen: Gnädige Frau, was gilt das Leben, wenn die Pflicht ruft? Und der Unglückliche, der zu seinem Schmerz kein leidenschaftliches Gefühl mehr für die Tugend hat, seit er in Liebe entflammt ist, wird hinzufügen: Frau Duchezza, Fabrizzio, ein beherzter Mann, ist von Gefahr bedroht. Stoßen Sie einen anderen beherzten Mann nicht zurück, der sich Ihnen zur Verfügung stellt! Hier ist ein Körper von Eisen und eine Seele, die nichts in der Welt fürchtet als Ihre Ungnade.«

»Wenn Sie mir weiter von Ihren Gefühlen sprechen, verschließe ich Ihnen meine Tür auf immer!«

Die Duchezza hatte zwar die Absicht, Ferrante an jenem Abend zu eröffnen, daß sie seinen Kindern ein kleines Jahresgeld aussetzen wolle, aber sie hatte Angst, daß er dann von hinnen gehe, um sich zu töten.

Kaum war er fort, als sie sich, von trüben Vorahnungen erfüllt, sagte: ›Auch ich kann sterben, und, so Gott will, bald. O, daß ich einen Mann fände, der dieses Namens wert ist und dem ich meinen armen Fabrizzio anvertrauen könnte!‹

Ein Gedanke durchfuhr die Duchezza. Sie nahm ein Blatt Papier und schrieb darauf eine Bescheinigung, in die sie die wenigen ihr geläufigen Rechtsausdrücke einflocht, daß sie von Herrn Ferrante Palla die Summe von fünfundzwanzigtausend Franken erhalten habe unter der ausdrücklichen Bedingung, dafür eine lebenslängliche Rente von jährlich fünfzehnhundert Franken an Frau Sarazina und deren fünf Kinder auszuzahlen. Die Duchezza fügte hinzu: ›Dazu setze ich jedem Kinde eine lebenslängliche Rente von jährlich dreihundert Franken aus, unter der Bedingung, daß Herr Ferrante Palla meinem Neffen Fabrizzio del Dongo seinen ärztlichen Rat gewährt und an ihm Bruderstelle vertritt. Darum bitte ich ihn.‹ Sie unterzeichnete die Urkunde, datierte sie ein Jahr zurück und faltete sie zusammen.

Zwei Tage darauf ließ sich Ferrante wieder blicken. Es war gerade zu einem Zeitpunkt, da die ganze Stadt durch das Gerücht von der bevorstehenden Hinrichtung Fabrizzios in Aufregung war. Würde diese traurige Zeremonie in der Zitadelle oder unter den Bäumen der öffentlichen Promenade stattfinden? Eine große Volksmenge lief an jenem Abend vor dem Tor der Zitadelle spazieren, um nachzusehen, ob man das Schafott errichte. Dieses Schauspiel hatte Ferrante tief bewegt. Er fand die Duchezza in Tränen aufgelöst und nicht imstande, zu sprechen. Sie grüßte ihn mit der Hand und wies ihm einen Sessel an. Ferrante, an diesem Tage als Kapuziner verkleidet, war großartig. Statt sich zu setzen, fiel er auf die Knie und betete mit flüsternder Stimme inbrünstig zu Gott. Sobald die Duchezza etwas ruhiger zu werden schien, unterbrach er sein Gebet, ohne seine Stellung zu verändern, und sagte: »Wiederum bietet er sein Leben an.«

»Bedenken Sie, was Sie sagen!« rief die Duchezza mit jenem verstörten Blick, der, wenn man geweint hat, anzeigt, daß die Rührung in Zorn übergeht.

»Er bietet sein Leben an, um das Schicksal Fabrizzios zu wenden oder ihn zu rächen.«

»Es gäbe einen Fall, in dem ich das Opfer Ihres Lebens annehmen könnte.«

Sie blickte ihn mit strenger Aufmerksamkeit an. Helle Freude strahlte aus seinem Antlitz. Blitzschnell stand er auf und hob die Arme gen Himmel. Die Duchezza holte ein Schriftstück herbei, das im Geheimfach eines großen Nußbaumschrankes verborgen war.

»Lesen Sie!« sagte sie zu Ferrante. Es war die Schenkungsurkunde für seine Kinder.

Vor Tränen und Schluchzen vermochte Ferrante nicht zu Ende zu lesen. Er sank wieder auf die Kniee.

»Geben Sie mir das Papier zurück!« sagte die Duchezza und verbrannte es vor seinen Augen an der Kerze. »Es ist nicht nötig, daß mein Name genannt wird, wenn Sie ergriffen und hingerichtet werden. Denn es gilt Ihren Kopf.«

»Ich gehe mit Freuden in den Tod, wenn ich dem Tyrannen schade, und mit viel größerer Freude, wenn ich für Sie sterbe. Da das so ist und Sie mich verstehen, geruhen Sie die kleine Geldfrage nicht wieder zu erwähnen. Ich würde darin einen kränkenden Zweifel erblicken.«

»Wenn Sie in Verdacht geraten«, erwiderte die Duchezza, »könnte mir das gleiche widerfahren und nach mir Fabrizzio. Darum, und nicht, weil ich Ihren Mut bezweifelte, fordere ich, daß der Mann, der mir mein Herz durchbohrt, vergiftet wird und nicht erdolcht. Aus dem nämlichen für mich wichtigen Grunde befehle ich Ihnen, alles mögliche zu Ihrer Rettung zu tun.«

»Ich werde gehorsam, gewissenhaft und vorsichtig ans Werk gehen. Frau Duchezza, ich ahne, daß meine Rache gleichzeitig die Ihrige sein wird. Wie dem auch sei, ich werde treulich, gewissenhaft und vorsichtig gehorchen. Es ist möglich, daß ich keinen Erfolg habe, aber ich werde meine ganze Manneskraft einsetzen.«

»Es handelt sich darum, den Mörder Fabrizzios zu vergiften.«

»Das hatte ich vermutet, und seit den siebenundzwanzig Monaten, solange ich dieses gräßliche Wanderleben führe, habe ich oft an die gleiche Tat auf eigene Rechnung gedacht.«

»Wenn ich entdeckt und als Mitschuldige verurteilt werde«, fuhr die Duchezza stolz fort, »so will ich keineswegs, daß man mich bezichtigen könne, ich sei Ihre Verführerin. Ich befehle Ihnen: Trachten Sie nicht mehr danach, mich zu sehen, bis die Zeit unserer Rache kommt. Er soll nicht eher sterben, als bis ich Ihnen das Zeichen dazu gebe. Wenn er zum Beispiel jetzt stürbe, so wäre das, statt nützlich, im Gegenteil nur unheilvoll. Wahrscheinlich darf sein Tod erst nach mehreren Monaten erfolgen; aber er wird erfolgen. Ich will, daß er an Gift stirbt, und ich ließe ihn lieber am Leben, als daß ich sehen müßte, wie ihn eine Kugel tötet. Aus Gründen, die ich Ihnen nicht auseinandersetzen will, verlange ich, daß Ihr Leben gerettet wird.«

Ferrante war über diesen gebieterischen Ton der Duchezza entzückt; seine Augen funkelten vor tiefer Freude. Wie schon gesagt, war er schrecklich mager, aber man sah, daß er in seiner Jugend sehr schön gewesen war. Er glaubte, er sei noch so wie einst. ›Bin ich ein Narr‹, sagte er zu sich, ›oder wird die Duchezza mich eines Tages wohl zum glücklichsten Mann machen, wenn ich ihr meine Ergebenheit bewiesen habe? Und warum auch nicht? Wiege ich denn nicht diesen Harlekin auf, den Grafen Mosca, der es nicht einmal fertiggebracht hat, Monsignore Fabrizzio entwischen zu lassen?‹

»Ich kann seinen Tod schon morgen wollen«, fuhr die Duchezza in demselben gebieterischen Ton fort. »Sie kennen den riesigen Wasserbehälter an der Ecke des Palazzos, neben dem Versteck, das Sie zuweilen benutzt haben. Es gibt eine geheime Vorrichtung, durch die man sein ganzes Wasser auf die Straße fließen lassen kann. Nun, das soll mein Zeichen zur Rache sein! Wenn Sie in Parma sind, sehen Sie es selbst; sind Sie im Walde, dann werden Sie davon erzählen hören, daß der große Wasserbehälter im Palazzo Sanseverina ausgelaufen ist. Handeln Sie alsdann, aber durch Gift, und bringen Sie vor allem Ihr Leben so wenig wie möglich in Gefahr! Niemand soll wissen, daß ich bei dieser Sache die Hand im Spiel habe.«

»Worte sind unnötig«, antwortete Ferrante mit schlecht verhehltem Feuer. »Ich bin mir bereits über die Mittel klar, die ich anwenden will. Das Leben dieses Mannes wird mir verhaßter denn je sein, da ich nicht wagen darf, Sie wiederzusehen, solange er am Leben ist. Ich harre des Zeichens, daß der Wasserbehälter über die Straße ausläuft.«

Er empfahl sich ungestüm und ging. Die Duchezza schaute ihm nach. Als er im Nebenzimmer war, rief sie ihn zurück.

»Ferrante!« rief sie. »Erhabener Mann!«

Er kehrte um, fast unwillig darüber, daß er zurückgehalten wurde. Sein Gesicht war in diesem Augenblick herrlich.

»Und Ihre Kinder?«

»Gnädige Frau, sie werden reicher sein als ich. Vielleicht setzen Sie ihnen ein kleines Jahresgeld aus.«

»Halt!« sagte die Duchezza zu ihm und händigte ihm ein Kästchen aus Olivenholz ein. »Hier sind alle meine Diamanten, die ich noch habe. Sie sind fünfzigtausend Franken wert.«

»Ach, gnädige Frau, Sie demütigen mich!« sagte Ferrante mit einer Geste des Grauens. Sein Gesicht hatte sich völlig verändert.

»Ich werde Sie vor der Tat nicht wiedersehen. Nehmen Sie! Ich will es!« fuhr die Duchezza mit einer hoheitsvollen Stimme fort, die Ferrante verstummen ließ. Er steckte das Kästchen in seine Tasche und ging.

Er hatte die Tür bereits geschlossen, als die Duchezza ihn von neuem zurückrief. Mit ärgerlicher Miene kehrte er abermals um. Die Duchezza stand mitten im Saal. Sie warf sich ihm in die Arme. Einen Atemzug lang verging Ferrante beinahe vor Glück. Die Duchezza entwand sich seiner Umarmung und deutete mit den Augen nach der Tür.

›Das ist der einzige Mensch, der mich verstanden hat!‹ dachte sie. ›Geradeso hätte sich Fabrizzio benommen, wenn er mich hätte hören können.‹

Dem Charakter der Duchezza war zweierlei eigentümlich. Was sie einmal wollte, dabei blieb sie; was einmal entschieden war, darüber gab sie sich nie Grübeleien hin. In diesem Sinne pflegte sie ein Wort ihres ersten Gatten, des liebenswürdigen Generals Pietranera, zu wiederholen: ›Was für eine Beleidigung gegen mich selber! Warum soll ich mir einbilden, ich hätte heute mehr Verstand als damals, als ich mich dazu entschlossen habe?‹

Von diesem Augenblick an gewann eine Art Heiterkeit im Wesen der Duchezza wieder die Oberhand. Vor dem verhängnisvollen Entschluß hatte sie bei jedem Schritte, den ihr Geist vorwärts dachte, bei jeder Neuigkeit, die sie erfuhr, das Gefühl gehabt, Serenissimus unterlegen zu sein, ein Gefühl von Schwäche und Betrogensein. Sie bildete sich ein, der Fürst habe sie feig hintergangen und Graf Mosca habe ihm durch seine Höflingsnatur, also unschuldigerweise, dabei geholfen. Seitdem ihre Rache beschlossen war, fühlte sie ihre Kraft; jede Regung ihres Geistes gewährte ihr Befriedigung. Das unmoralische Glück, das man in Italien in der Rache findet, wurzelt in der Einbildung dieses Volkes; die Menschen anderer Länder verzeihen nicht (im Grunde betrachtet), sie vergessen.

Die Duchezza sah Ferrante Palla erst gegen Ende der Gefangenschaft Fabrizzios wieder. Wie man wohl erraten hat, war er der Urheber des Fluchtplanes. Im Walde, zwei Meilen von Sacca entfernt, stand ein halb verfallener mittelalterlicher Turm, der höher als hundert Fuß war. Ehe Ferrante die Flucht zum zweiten Male mit der Duchezza besprach, bat er sie, ihm Ludovico zu schicken und durch sichere Leute eine Anzahl Leitern in die Nähe dieses Turmes zu schaffen. In Gegenwart der Duchezza erkletterte er mit Leitern den Turm und ließ sich mit einem einfachen Seil wieder herab. Dreimal wiederholte er diesen Versuch. Acht Tage darauf wollte Ludovico ebenfalls an einem Seil von dem alten Turm herabklettern. Das war um die Zeit, als die Duchezza Fabrizzio den Fluchtplan vorschlug.

In den letzten Tagen, die diesem Anschlag vorausgingen, dessen Ausführung den Tod des Gefangenen zur Folge haben konnte, vermochte die Duchezza keinen Augenblick Ruhe zu finden, außer wenn sie Ferrante um sich hatte. Der Mut dieses Mannes feuerte den ihren an. Aber selbstverständlich mußte sie diesen seltsamen Umgang dem Grafen Mosca verheimlichen. Sie hatte Angst, nicht, daß er darüber empört sein könne, vielmehr, daß ihr seine Einwände wehe tun und ihre Unruhe vermehren würden. Wie, als vertrauten Ratgeber einen anerkannten und zum Tode verurteilten Narren nehmen? ›Einen Menschen‹, fügte die Duchezza im Selbstgespräch hinzu, ›von dem man die absonderlichsten Dinge zu erwarten hatte!‹

Ferrante befand sich gerade im Hause der Duchezza, als der Graf ihr die Unterhaltung des Fürsten mit Rassi mitteilte. Als Mosca wieder weg war, hatte sie die größte Mühe, Ferrante davon abzubringen, sein gräßliches Vorhaben auf der Stelle auszuführen.

»Jetzt bin ich stark!« rief er. »Jetzt bin ich von dem Recht zur Tat durchdrungen!«

»Aber in der Wut, die unausbleiblich darauf folgt, wird Fabrizzio hingerichtet!«

»Aber damit würde ihm die gefährliche Flucht erspart. Sie kann gelingen, sogar leicht, aber dem jungen Manne fehlt die Übung«, entgegnete er.

Die Hochzeit der Schwester des Marchese Crescenzi ward gefeiert. Auf diesem Feste traf die Duchezza mit Clelia zusammen und konnte sich mit ihr unterhalten, ohne bei den Beobachtern der Hofgesellschaft Argwohn zu erwecken. Als die beiden Damen eine Weile im Garten waren, um sich abzukühlen, übergab die Duchezza Clelia das Paket mit den Seilen. Diese waren mit der größten Sorgfalt halb aus Hanf, halb aus Seide hergestellt, mit Knoten, sehr dünn und geschmeidig. Ludovico hatte ihre Haltbarkeit erprobt; sie hielten in allen ihren Teilen eine Last von acht Zentnern aus, ohne zu reißen. Man hatte sie derartig zusammengepreßt, daß sie mehrere Pakete in der Größe von Foliobänden bildeten. Clelia nahm sie zu sich und versprach der

Duchezza, alles, was menschenmöglich sei, zu tun, um diese Pakete in die Torre Farnese einzuschmuggeln.

»Ich habe nur Angst, daß Sie zaghaft sind«, sagte die Duchezza, »und dann«, fügte sie höflich hinzu, »wie können Sie für einen Unbekannten Teilnahme fühlen?«

»Monsignore del Dongo ist unglücklich. Ich verspreche Ihnen, er soll durch mich gerettet werden!«

Aber die Duchezza, die von der Geistesgegenwart einer Zwanzigjährigen nicht allzuviel hielt, hatte andere Vorsichtsmaßregeln getroffen, die der Tochter des Kommandanten mitzuteilen sie sich wohlweislich hütete. Wie sich von selbst versteht, nahm der General an diesem Hochzeitsfest teil. Die Duchezza sagte sich: ›Wenn man ihm einen tüchtigen Schlaftrunk verabreicht, kann man im ersten Augenblick wohl annehmen, es handle sich um einen Schlaganfall, und mit einigem Geschick veranlassen, daß er statt in seinem Wagen in einer Tragbahre nach der Zitadelle zurückgebracht wird.‹ Wie zufällig sollte sich in dem Palast, wo das Fest abgehalten ward, eine solche vorfinden. Ebenso sollten sich brauchbare Leute, als Arbeiter verkleidet, einstellen, die bei dem Fest zu tun hatten, und sich in der allgemeinen Verwirrung höflich erbieten, den Kranken bis in seinen hochgelegenen Palazzo zu tragen. Diese Leute, von Ludovico geführt, sollten eine genügende Anzahl weiterer Seile geschickt unter ihren Kleidern verborgen tragen. Man sieht, der Verstand der Duchezza war, seit sie sich ernstlich mit Fabrizzios Flucht abgab, vollkommen überspannt. Der Gefahr, in der dieses geliebte Wesen schwebte, war ihr Geist nicht gewachsen; sie dauerte auch allzu lange. Wie man sehen wird, hätte ihre übertriebene Vorsicht beinahe die Flucht vereitelt.

Alles vollzog sich wie geplant, nur mit einer einzigen Ausnahme: das Schlafmittel wirkte zu kräftig. Alle Welt, selbst die Ärzte glaubten, den General hätte wirklich der Schlag gerührt.

Zum Glück hatte Clelia nicht die leiseste Ahnung von dem verbrecherischen Anschlag der Duchezza. In der Zitadelle herrschte in dem Augenblick, als die Tragbahre mit dem halbtoten General ankam, ein derartiger Wirrwarr, daß Ludovico und seine Leute ungehindert eingelassen wurden. Auf der Sklavenbrücke wurden sie nur oberflächlich durchsucht. Nachdem sie den General bis in sein Bett getragen hatten, führte man sie in die Bedientenstube, wo sie von den Lakaien aufs beste verpflegt wurden. Aber nach diesem Schmause, der erst sehr spät gegen Morgen endete, bedeutete man ihnen, die Gefängnisvorschrift erheische es, daß sie für den Rest der Nacht im Erdgeschoß der Kommandantur eingeschlossen würden. Sie würden am anderen Morgen durch den Stellvertreter des Kommandanten wieder freigelassen werden. Diese Leute hatten es fertiggebracht, Ludovico die von ihnen eingeschmuggelten Seile zuzustecken; aber Ludovico erreichte es nur unter großen Schwierigkeiten, daß Clelia ihn einen Augenblick anhörte. Schließlich legte er, als sie gerade von einem Zimmer in ein anderes ging, die Pakete mit den Seilen in die dunkle Ecke eines Salons im ersten Stock, so daß sie es bemerken mußte. Clelia war über dieses seltsame Beginnen heftig betroffen und schöpfte sofort Verdacht.

»Wer sind Sie?« fragte sie Ludovico. Auf seine sehr unklare Antwort fuhr sie fort: »Ich müßte Sie festnehmen lassen, Sie und Ihre Helfershelfer! Sie haben meinen Vater vergiftet! Gestehen Sie auf der Stelle ein, was für ein Gift Sie verwendet haben, damit der Arzt der Zitadelle das richtige Gegengift verschreiben kann! Gestehen Sie das auf der Stelle ein, oder Sie und Ihre Spießgesellen kommen nie wieder aus der Zitadelle heraus!«

»Signorina beunruhigt sich zu Unrecht«, entgegnete Ludovico mit Anstand und Höflichkeit. »Es handelt sich durchaus nicht um Gift. Man hat dem Herrn General unklugerweise eine Dosis Laudanum beigebracht, und wahrscheinlich hat der mit diesem Frevel beauftragte Lakai ein paar Tropfen zuviel ins Glas gegossen. Wir werden uns deswegen ewig Vorwürfe machen. Aber Signorina können überzeugt sein, daß Gott sei Dank keine Gefahr besteht. Der Herr Kommandant muß so behandelt werden, als habe er aus Versehen etwas zuviel Laudanum eingenommen. Ich habe die Ehre, Signorina, zu wiederholen: Der mit dem Frevel beauftragte Lakai hat keinesfalls wirkliches Gift verwendet, – nicht wie Barbone, als er den Monsignore Fabrizzio vergiften wollte. Man hat durchaus nicht danach getrachtet, Monsignore Fabrizzio für die überstandenen Gefahren zu rächen; man hat dem betreffenden Diener nichts in die Hände gegeben als eine Phiole, in der Laudanum war. Das beschwöre ich, Signorina! Aber wohlgemerkt, sollte ich amtlich vernommen werden, so werde ich alles leugnen.

Wenn Signorina übrigens, zu wem es auch sei, und wenn es Seine Ehrwürden Don Cesare wären, von Laudanum und von Gift reden, dann stirbt Fabrizzio durch die Hand von Signorina. Dann machen Sie auf immer alle Fluchtversuche unmöglich. Signorina wissen ja besser als ich, daß es nicht harmloses Laudanum ist, mit dem man den Monsignore vergiften will. Sie wissen wohl auch, daß ein gewisser Jemand der Vergiftung nur einen Monat Aufschub gegeben hat und daß schon mehr als eine Woche verstrichen ist, seit dieser verhängnisvolle Befehl ergangen ist. Wenn Signorina mich verhaften lassen oder auch nur ein einziges Wort an Don Cesare oder sonst jemanden verraten, dann hemmen Sie alle unsere Unternehmungen auf wer weiß wie lange, und ich kann mit Recht sagen, Signorina morden Fabrizzio mit eigener Hand!«

Clelia war über Ludovicos unheimliche Ruhe erschrocken.

›So bin ich in regelrechter Unterhaltung mit dem Giftmörder meines Vaters!‹ sagte sie sich. ›Und was verführt mich zu allen diesen Verbrechen? Die Liebe! –‹

Vor Reue hatte sie kaum die Kraft, zu sprechen. Sie sagte zu Ludovico: »Ich werde Sie in diesen Salon einschließen und schnell zum Arzt laufen und ihm mitteilen, daß es sich nur um Laudanum handelt. Aber, großer Gott, was soll ich ihm sagen, woher ich das selber weiß? Dann komme ich zurück und entlasse Sie.«

»Sagen Sie«, fragte Clelia, sich an der Tür noch einmal eiligst umwendend, »weiß Fabrizzio etwas von der Laudanumgeschichte?«

»Mein Gott, Signorina, nein! Nie hätte er das zugegeben. Und wozu sollten wir ihn unnützerweise ins Geheimnis ziehen? Wir sind mit der peinlichsten Überlegung zu Werke gegangen. Es handelt sich darum, Monsignore das Leben zu retten. In drei Wochen soll er vergiftet werden. Der Befehl dazu ist durch jemanden erlassen worden, der gewohnt ist, daß seinem Willen keine Schranken entgegenstehen. Und, wenn ich es Signorina sagen darf, man behauptet, der schreckliche Großfiskal, der Rassi, habe diesen Auftrag übernommen.«

Clelia lief erschrocken hinweg. Sie hegte so viel Vertrauen zur vollkommenen Ehrlichkeit Don Cesares, daß sie ihm unter gewissem Vorbehalt zu sagen wagte, daß man ihrem Vater weiter nichts als etwas Laudanum beigebracht habe. Ohne etwas zu erwidern und ohne zu forschen, eilte Don Cesare zum Arzt.

Clelia ging nach dem Salon zurück, wo sie Ludovico in der Absicht eingeschlossen hatte, ihn noch etwas wegen des Laudanums ins Gebet zu nehmen. Sie traf ihn nicht mehr an; er hatte zu entwischen gewußt. Auf dem Tische fand sie eine Börse voller Zechinen und eine kleine Schachtel mit verschiedenen Sorten Gift darin. Beim Anblick dieser

Gifte erbebte sie. ›Wer sagt mir‹, dachte sie, ›daß man meinem Vater nur Laudanum eingegeben hat und daß sich die Duchezza nicht für Barbones Attentat rächen wollte?‹ »Mein Gott«, rief sie laut aus, »ich stehe in Beziehungen zu den Giftmördern meines Vaters! Ich lasse sie entwischen! Wer weiß, ob dieser Mensch nicht ganz andere Dinge auf dem Gewissen hat!«

In Tränen ausbrechend, sank Clelia in die Kniee und betete inbrünstig zur Madonna.

Unterdessen gab der Arzt der Zitadelle dem General die nötige Medizin ein. Die Mitteilung Don Cesares, daß es sich um nichts weiter als um Opium handle, hatte ihn höchlichst verwundert. Sehr bald zeigten sich beruhigende Anzeichen. Gegen Tagesanbruch hatte sich der General einigermaßen erholt. Kaum war er wieder bei vollem Bewußtsein, so war sein erstes, den stellvertretenden Kommandanten, einen Obersten, anzufahren, weil dieser sich herausgenommen hatte, während des Generals Bewußtlosigkeit ein paar harmlose Anordnungen zu treffen. Dann richtete sich sein grimmiger Zorn gegen ein Küchenmädchen, das beim Bringen von Fleischbrühe das Wort ›Schlaganfall‹ hatte fallen lassen.

»Bin ich ein Greis«, polterte er, »daß ich Schlaganfälle kriege? Nur meine ärgsten Feinde können ihren Spaß daran haben, solches Gewäsch in die Welt zu setzen! Hat man mich vielleicht gar zur Ader gelassen, damit die Verleumdung von einem Schlaganfall faseln kann?«

Fabrizzio, der von den Vorbereitungen zu seiner Flucht voll in Anspruch genommen war, konnte sich den sonderbaren Lärm nicht erklären, der in der Zitadelle herrschte, während man den Kommandanten halbtot wähnte. Er vermutete zunächst, man habe sein Urteil umgewandelt und wolle ihn hinrichten. Als er sodann merkte, daß kein Mensch nach seiner Zelle kam, glaubte er, Clelia sei verraten worden; man habe bei ihrer Rückkehr in die Zitadelle die Seile bei ihr entdeckt, die sie wahrscheinlich einschmuggeln wollte, und nun seien alle seine Fluchtpläne vereitelt.

Bei Tagesgrauen sah er einen ihm unbekannten Mann in seine Zelle treten, der, ohne ein Wort zu sagen, einen Korb mit Früchten niedersetzte. Unter den Früchten war folgender Brief verborgen:

›Gequält von den heftigsten Gewissensbissen über das, was man, dem Himmel sei Dank, ohne mein Wissen getan hat, woran aber ein Einfall von mir schuld war, habe ich der Heiligen Jungfrau gelobt, falls mein Vater durch Gottes Fügung gerettet wird, mich nie wieder seinen Befehlen zu widersetzen. Ich werde den Marchese heiraten, sobald es von mir verlangt wird, und niemals werde ich Sie wiedersehen. Gleichwohl halte ich es für meine Pflicht, das Begonnene zu vollenden. Nächsten Sonntag nach der Messe, in die man Sie auf meine Bitte führen wird (Denken Sie daran, Ihre Seele vorzubereiten! Sie können bei dem gefahrvollen Unternehmen den Tod finden!), nach der Messe also verzögern Sie die Rückkehr in Ihre Zelle so lange wie möglich. Sie werden dort vorfinden, was zur Ausführung Ihres Planes nötig ist. Wenn Sie dabei umkämen, wäre meine Seele tief betrübt. Werden Sie mir vorwerfen können, ich hätte zu ihrem Tode beigetragen? Hat mir die Duchezza nicht verschiedentlich wiederholt, die Partei der Raversi bliebe siegreich? Man will Serenissimus durch eine grausame Handlung binden, die ihn auf ewig mit dem Grafen Mosca entzweit. Die Duchezza hat mir unter Tränen geschworen, es bliebe keine andere Rettung als diese. Wenn Sie nichts wagen, sind Sie des Todes! Ich kann Sie nicht mehr sehen; ich habe ein Gelübde getan. Aber wenn Sie mich am Sonntag gegen Abend ganz schwarz gekleidet an dem gewohnten Fenster erblicken, so wird dies das Zeichen sein, daß für die folgende Nacht alles so vorbereitet sein wird, wie es meine schwachen Kräfte erlauben. Nach elf Uhr, vielleicht auch um Mitternacht oder um ein Uhr, wird eine kleine Lampe an meinem Fenster sichtbar werden. Das wird der entscheidende Augenblick sein. Empfehlen Sie sich dann Ihrem Schutzheiligen; ziehen Sie schnell den Priesterrock an, mit dem Sie versorgt werden, und machen Sie sich auf den Weg!

Leben Sie wohl, Fabrizzio! Ich werde für Sie beten und die bittersten Tränen vergießen (das können Sie mir glauben!), während Sie in so großer Gefahr schweben. Wenn Sie umkämen, so überlebte ich Sie nicht. Mein Gott, was sage ich da? Wenn Sie aber Glück haben, werde ich Sie nie wieder sehen. Also am Sonntag, nach der Messe, werden Sie in Ihrer Zelle Geld, Gift und Seile vorfinden, von jener werten Frau gesandt, die Sie leidenschaftlich liebt und die mir dreimal wiederholt hat, es müsse sein.

Gott und die heilige Madonna mögen Ihnen beistehen!«

Fabio Conti war ein allezeit ruheloser, allezeit unglücklicher Kerkermeister, der in seinen Träumen immer einen seiner Gefangenen entkommen sah. Er war in der Zitadelle allgemein verhaßt; aber da das

Unglück allen Menschen die gleichen Gedanken eingibt, so kamen
die armen Gefangenen, sogar die, die in drei Fuß hohen Zellen in
Ketten lagen und weder sitzen noch stehen konnten, kamen also alle
Gefangenen auf den Einfall, auf ihre Kosten ein Tedeum singen zu
lassen, als sie vernahmen, der Kommandant sei außer Gefahr. Zwei
oder drei der Unglücklichen machten Fabio Conti zu Ehren Gedichte!
So wirkt das Unglück auf die Menschen!

Clelia, die das Zimmer ihres Vaters nur verließ, um in der Kapelle
zu beten, verkündete, der Kommandant habe bestimmt, daß die Gene-
sungsfeier erst am Sonntag stattfinden solle. Am Morgen dieses Tages
wohnte Fabrizzio der Messe und dem Tedeum bei. Der Abend
brachte ein Feuerwerk, und im Erdgeschoß der Kommandantur hielten
die Soldaten ein Festgelage ab, wobei sie viermal mehr Wein bekamen,
als der Kommandant ihnen bewilligt hatte. Von unbekannter Seite
waren sogar etliche Fäßchen Schnaps gestiftet worden, die von den
Soldaten bis auf den letzten Tropfen geleert wurden. Aus edler Kameradschaft duldeten die berauschten Krieger nicht, daß die fünf Mann,
die rings um die Kommandantur Posten standen, ihres Dienstes wegen
das Nachsehen hätten. Allemal, wenn sie an ihre Schilderhäuschen
kamen, gab ihnen ein bestochener Lakai Wein, und die, die um Mitternacht für den Rest der Nacht auf Posten zogen, kriegten von wer
weiß wem auch ein Glas Schnaps, wobei man die Flasche am Schilderhaus stehen ließ, wie die spätere Untersuchung ergeben hat.

Die Unordnung hielt länger an, als Clelia gedacht hatte, und erst
gegen ein Uhr begann Fabrizzio, der seit mehr als acht Tagen zwei
Gitterstäbe des nicht nach der Vogelstube blickenden Fensters durch-
gefeilt hatte, den Fensterschirm zu beseitigen. Er arbeitete beinahe
über den Köpfen der Wachtposten, die vor der Kommandantur standen; sie hörten nichts.

Nur am größten Seil, mit dem er die schreckliche Höhe von hundertachtzig Fuß hinunterklettern wollte, hatte er noch weitere Knoten
gemacht; er wickelte es sich wie ein Bandelier um den Leib. Es hatte
ein Riesengewicht und belästigte ihn sehr; wegen der Knoten ließ es
sich nicht zusammendrücken und stand mehr als achtzehn Zoll vom
Körper ab. ›Das hindert mich arg‹, sagte sich Fabrizzio. Nachdem er
sich dieses Seil schlecht und recht umgetan hatte, nahm er das, mit
dem er die fünfunddreißig Fuß von seinem Fenster bis zur Plattform
hinunterklettern wollte.

Da Fabrizzio, so bezecht die Wache auch sein mochte, nicht gerade über ihren Köpfen hinunterklettern konnte, wählte er, wie bereits erwähnt, das zweite Fenster zur Flucht. Es lag über dem Dach eines großen Wachtraumes. Dank seinem närrischen Einfall hatte der kranke General, sobald er wieder sprechen konnte, eine Kompanie Grenadiere für diesen seit hundert Jahren nicht mehr benutzten Wachtraum angefordert. Er meinte, nachdem man versucht habe, ihn zu vergiften, wolle man ihn in seinem Bett ermorden, und diese zweihundert Soldaten sollten ihn bewachen. Man kann sich denken, welche Wirkung diese unerwartete Maßnahme in Clelias Herzen hervorrief. Das fromme Mädchen wußte sehr wohl, in wie hohem Maße es seinen Vater verriet, noch dazu, als er gerade zur Rettung des von ihr geliebten Gefangenen beinahe vergiftet worden war. Fast erblickte sie in der unerwarteten Ankunft der Kompanie einen Wink der Vorsehung, die ihr verbot, noch mehr zu wagen und Fabrizzio zur Flucht zu verhelfen.

Aber in Parma sprach jedermann von dem nahen Tode unseres Helden. Man hatte dieses traurige Thema sogar bei der Hochzeitsfeier der Giulia Crescenzi erörtert. Da ein Mann von Fabrizzios Herkunft wegen einer solchen lächerlichen Kleinigkeit wie einem ungeschickten Degenstoß nach einem Komödianten nach Ablauf von neun Monaten Gefängnis und bei der Fürsprache durch den Premierminister nicht begnadigt worden war, so mußten politische Gründe mitspielen. Dann sei es unnütz, sich weiterhin mit ihm zu beschäftigen, hatte man gemeint. Wenn es der Regierung nicht angängig erscheine, ihn öffentlich hinzurichten, so werde er alsbald an einer Krankheit sterben. Ein Schlossergeselle, der in der Kommandantur zu tun gehabt hatte, sagte von Fabrizzio, er sei längst ins Jenseits befördert; man verschweige seinen Tod nur aus politischen Gründen. Die Aussage dieses Menschen brachte Clelias Entschluß zur Reife.

22.

Den Tag über wurde Fabrizzio von verschiedenen ernsten und unangenehmen Überlegungen heimgesucht; aber in dem Maße, wie er die Stunden schlagen hörte, die ihn dem Augenblick der Tat näher brachten, fühlte er sich froher und munterer. Die Duchezza hatte ihm geschrieben, die frische Luft werde ihn sehr angreifen, und er werde draußen kaum noch gehen können. Sollte das der Fall sein, so solle er sich doch lieber wieder ergreifen lassen, statt von einer hundertachtzig Fuß hohen Mauer abzustürzen. ›Wenn mich dieses Unglück packt‹, sagte sich Fabrizzio, ›so will ich mich auf der Mauerkrone hinlegen und eine Stunde schlafen; dann fange ich von neuem an. Da ich es Clelia geschworen habe, falle ich lieber von der Höhe einer Mauer hinunter, mag sie noch so hoch sein, als daß ich mir Tag für Tag Gedanken über den Geschmack des Brotes mache, das ich zu essen bekomme. Was für gräßliche Qualen mag man auszuhalten haben, bis man bei einer Vergiftung endlich stirbt! Fabio Conti wird dabei nicht besonders wählerisch sein; er läßt mir Arsenik beibringen, womit man die Ratten in der Zitadelle vertilgt.‹

Gegen Mitternacht legte sich dichter weißer Nebel, wie ihn die Po-Niederung zuweilen ausdünstet, erst über die Stadt und stieg dann zu dem Wall und den Basteien auf, in deren Mitte der mächtige Unterturm der Zitadelle liegt. Fabrizzio glaubte wahrzunehmen, daß man von der Brustwehr der Plattform aus nicht bis zu den Akazienbüschen hinuntersehen konnte, die die Soldatengärten zu Füßen der hundertachtzig Fuß hohen Mauer einfaßten. ›Das ist prächtig!‹ dachte er bei sich. Kurz nachdem es halb ein Uhr geschlagen hatte, leuchtete das Zeichen der kleinen Lampe am Vogelstubenfenster auf. Fabrizzio war zur Tat bereit. Er schlug ein Kreuz; dann befestigte er an seiner Bettstelle das kleine Seil, das zum Hinabklettern der fünfunddreißig Fuß bestimmt war, die ihn von der Plattform trennten. Ohne Unfall gelangte er auf das Dach des alten Wachtraumes, wo seit einem Tage die zweihundert Mann Verstärkung hausten. Unglücklicherweise waren die Soldaten um drei Viertel ein Uhr – so spät war es nun – noch nicht eingeschlafen. Während Fabrizzio wie eine Katze über die runden Ziegel schlich, hörte er sagen, der Teufel sitze auf dem Dach; man solle versuchen, ihn mit einer Flintenkugel herunterzuschießen. Etliche Stimmen behaupteten, ein solches Verlangen sei gottlos; andere meinten, wenn man schösse, ohne etwas zu erlegen, würde der Kommandant sie alle miteinander in Arrest stecken, weil sie die Besatzung unnützerweise alarmiert hätten. Diese schöne Unterhaltung bewirkte, daß Fabrizzio so schnell wie möglich über das Dach hinwegzukommen suchte und dabei noch mehr Lärm verursachte. Tatsächlich starrten die Fenster von Bajonetten gerade in dem Augenblick, als er, an seinem

Seil hängend, daran vorbeiglitt, zum Glück vier oder fünf Fuß davon entfernt, weil das Dach so weit vorstand. Einige haben behauptet, Fabrizzio, närrisch wie immer, habe die Rolle des Teufels gespielt und eine Handvoll Zechinen unter die Soldaten geworfen. So viel ist sicher, daß er Zechinen über den Fußboden seiner Zelle gestreut hatte und dasselbe auf der Plattform auf seinem Wege von der Torre Farnese bis zur Brustwehr tat, um durch diese Ablenkung seiner etwaigen Verfolger einen Vorsprung zu gewinnen.

Als er die Plattform erreicht hatte, lenkte er – nun in nächster Nähe der Wachtposten, die alle Viertelstunden einen ganzen Satz: ›Auf Wache und Posten nichts Neues!‹ rufen mußten – seine Schritte nach der westlichen Brustwehr und suchte nach dem hellen Stein.

Etwas erscheint unglaublich und könnte in Zweifel gezogen werden, wenn die vollendete Tatsache nicht eine ganze Stadt zu Zeugen gehabt hätte, nämlich der Umstand, daß die Posten, die längs der Brustwehr standen, Fabrizzio nicht bemerkt und angehalten haben. Allerdings war der Nebel, von dem bereits gesprochen wurde, höher gestiegen, und Fabrizzio erzählte, auf der Plattform habe es ihm geschienen, als ob er die Torre Farnese bereits bis zur halben Höhe einhülle. Dieser Nebel war jedoch durchaus nicht dicht, und Fabrizzio erkannte deutlich die Schildwachen, von denen einige auf und ab schritten. Er erzählte weiterhin, er sei, wie von einer übernatürlichen Macht getrieben, dreist zwischen zwei Posten hindurchgegangen, die ziemlich dicht nebeneinander standen. Gelassen nahm er das lange Seil ab, das er um den Leib trug und das sich zweimal verwickelte. Er brauchte lange Zeit, um es zu entwirren und über die Brustwehr hinabzulassen. Er hörte, wie die Soldaten auf allen Seiten sprachen, und war fest entschlossen, den ersten, der sich ihm nähern würde, niederzustechen. »Ich war keineswegs unruhig«, erzählte er später. »Mir war, als vollzöge ich eine feierliche Handlung.«

Sein endlich entwirrtes Seil befestigte er in einer Öffnung der Brustwehr, durch die das Wasser abfließen sollte, erstieg die Brustwehr und rief inbrünstig Gott an. Wie ein Held aus der Ritterzeit dachte er einen Augenblick an Clelia. »Wie verschieden bin ich doch«, sagte er sich, »von jenem leichtsinnigen und liederlichen Fabrizzio, der vor neun Monaten hier einzog.« Dann begann er die erstaunliche Höhe hinabzuklettern. Er habe mechanisch gehandelt, erzählte er später, und es sei ihm gewesen, als sei hell-lichter Tag und er klettere vor

Freunden hinunter, um eine Wette zu gewinnen. Etwa auf halber Höhe merkte er mit einem Male, daß seine Arme erlahmten; er glaubte sogar, er habe das Seil einen Augenblick fahren lassen, es aber alsbald wieder festgehalten. Vielleicht, sagte er, habe er sich auf Gestrüpp gestützt, an dem er vorbeirutschte und das ihm die Haut aufschürfte. Hin und wieder hatte er zwischen den Schultern heftige Schmerzen, die sich bis zu Atembeklemmungen steigerten. Er geriet in ein höchst unbequemes Hinundherpendeln; unaufhörlich schnellte ihn das Seil an das Gestrüpp und wieder hinweg. Mehrmals streiften ihn ziemlich große Vögel, die er aufgescheucht hatte und die im Fortfliegen gegen ihn stießen. Anfangs wähnte er sich von Leuten eingeholt, die ihm von der Zitadelle auf demselben Wege folgten. Er hielt sich zur Verteidigung bereit. Endlich erreichte er den Fuß des mächtigen Turmes ohne andere Unannehmlichkeiten als die, blutige Hände bekommen zu haben. Er erzählte später, die in halber Höhe beginnende Böschung sei ihm sehr nützlich gewesen. Er rutschte an der Mauer hinunter, und das zwischen den Mauerritzen wachsende Buschwerk gewährte ihm guten Halt.

Als er unten in den Soldatengärten ankam, fiel er in eine Akazie, die ihm, von oben gesehen, eine Höhe von vier bis fünf Fuß zu haben schien, in Wirklichkeit aber fünfzehn bis zwanzig Fuß hoch war. Ein Bezechter, der dort schlummernd lag, hielt ihn für einen Einbrecher. Als Fabrizzio von dem Baume hinabfiel, verrenkte er sich fast den linken Arm. Er wollte auf den Wall fliehen, aber seine Beine waren wie aus Watte; er hatte keine Kraft mehr. Trotz der Gefahr setzte er sich hin und trank einen Schluck Branntwein, den er noch hatte. Ein paar Minuten lang schlief er, ohne zu wissen, wo er war. Als er wieder erwachte, glaubte er sich in seiner Zelle und begriff nicht, wieso er Bäume sehen konnte. Schließlich kehrte die grausige Wahrheit wieder in sein Gedächtnis zurück. Sofort lief er nach dem Wall, den er auf einer breiten Treppe erstieg. Der Posten, der ganz in der Nähe stand, schnarchte in seinem Schilderhaus. Fabrizzio sah im Grase ein Kanonenrohr liegen; daran band er sein drittes Seil. Es war ein wenig zu kurz, und so fiel er in den schlammigen Graben, wo das Wasser etwa einen Fuß tief sein mochte. Während er wieder aufstand und sich zurechtzufinden suchte, fühlte er sich von zwei Männern gefaßt. Im Augenblick erschrak er, aber alsbald hörte er dicht an seinem Ohre ganz leise flüstern: »Monsignore! Monsignore!« Jetzt begriff er, daß die Männer zur Duchezza gehörten. Unmittelbar darauf fiel er in tiefe Ohnmacht. Nach einer Weile merkte er, daß er von Leuten, die stumm und sehr rasch ausschritten, fortgetragen wurde. Dann machte man Halt, was ihn sehr beunruhigte; aber er hatte weder die Kraft zum Sprechen noch dazu, die Augen aufzuschlagen. Er fühlte, daß man ihn drückte; mit einem Male verspürte er den Duft der Kleider der Duchezza. Dieser Duft belebte ihn. Er öffnete die Augen und vermochte die Worte herauszubringen: »O teure Freundin!« Dann umfing ihn von neuem tiefe Ohnmacht.

Der treue Bruno lag mit einer Handvoll dem Grafen Mosca ergebener Polizisten im Hinterhalt, zweihundert Schritt entfernt. Der Graf selbst hielt sich in einem Häuschen verborgen, unweit des Platzes, wo die Duchezza harrte. Wenn es nötig gewesen wäre, so hätte er ohne Zögern mit ein paar vertrauten Freunden, verabschiedeten Offizieren, den Degen gezogen. Er hielt sich gewissermaßen für verpflichtet, Fabrizzio das Leben zu retten, das ihn außerordentlich bedroht dünkte und dem die Begnadigung des Fürsten verbrieft gewesen wäre, wenn er, Mosca, damals nicht die Dummheit begangen hätte, Serenissimus eine Dummheit zu ersparen.

Seit Mitternacht irrte die Duchezza, umgeben von Leuten, die bis an die Zähne bewaffnet waren, in dumpfem Schweigen um die Wälle der Zitadelle. Sie vermochte nicht ruhig auf einem Platze zu bleiben; sie dachte, es werde einen Kampf geben, um Fabrizzio seinen Verfolgern zu entreißen. Ihre erregte Phantasie hatte tausend Vorsichtsmaßregeln getroffen, die hier einzeln aufzuführen zu weitschweifig wäre und die unglaublich unvorsichtig waren. Man hat ausgerechnet, daß in jener Nacht mehr als achtzig Helfershelfer auf den Beinen waren und darauf warteten, für irgendeine außergewöhnliche Sache zu fechten. Glücklicherweise führten Ferrante und Ludovico den Oberbefehl über alles, und der Polizeiminister stand ja nicht auf der gegnerischen Seite. Graf Mosca gab acht, daß die Duchezza von niemandem verraten ward; als Minister wußte er von der ganzen Geschichte nichts.

Die Duchezza verlor vollständig den Kopf, als sie Fabrizzio wiedersah. Krampfhaft schloß sie ihn in ihre Arme. Als sie sich von Blut besudelt sah, war sie außer sich. Es rührte von Fabrizzios Händen her; sie glaubte, er sei ernstlich verletzt. Mit Hilfe eines der Männer zog sie Fabrizzio den Rock aus und wollte ihn verbinden. Zum Glück war Ludovico zur Stelle. Energisch steckte er die Duchezza samt Fabrizzio in einen Wagen, der, in einem Garten dicht vor dem Stadttor verborgen, in Bereitschaft stand. Im Galopp ging es fort, um bei Sacca das jenseitige Ufer des Po zu erreichen. Ferrante bildete mit zwanzig wohlbewaffneten Leuten die Nachhut; er hatte sich bei seinem Haupte geschworen, Verfolger aufzuhalten. Der Graf, allein und zu Fuß, verließ die Umgebung der Zitadelle erst zwei Stunden später, als er sah, daß sich nichts rührte. ›Nun bin ich ein Hochverräter!‹ sagte er sich, berauscht vor Freude.

Ludovico hatte den ausgezeichneten Einfall, einen jungen, dem Hause der Duchezza ergebenen Arzt, der viel Ähnlichkeit mit Fabrizzio hatte, in einen zweiten Wagen zu setzen.

»Täuschen Sie eine Flucht vor in der Richtung auf Bologna!« sagte er zu ihm. »Benehmen Sie sich recht auffällig! Sehen Sie zu, daß Sie festgenommen werden! Dann widersprechen Sie sich in Ihren Aussagen, und schließlich gestehen Sie, Sie seien Fabrizzio del Dongo! Vor allem: gewinnen Sie Zeit! Seien Sie geschickt im Ungeschick! Sie kommen mit einem Monat Gefängnis davon, und die gnädige Frau wird Sie mit fünfzig Zechinen entschädigen.«

»Wer wird an Geld denken, wenn man der gnädigen Frau einen Dienst leistet!«

Er fuhr ab und wurde ein paar Stunden später aufgegriffen, worüber der General Fabio Conti und Rassi hoch erfreut waren. Mit Fabrizzios Befreiung aus seiner gefährlichen Lage schien dem Oberfiskal auch sein Baronstitel entschwunden zu sein.

Die Flucht wurde in der Zitadelle gegen sechs Uhr morgens ruchbar; erst um zehn Uhr wagte man sie Serenissimus zu melden. Obwohl die Duchezza dreimal den Wagen halten ließ, weil sie den tiefen Schlaf Fabrizzios für eine tödliche Ohnmacht hielt, wurde sie so gut bedient, daß sie in einer Barke über den Po fuhr, als es vier Uhr morgens schlug. Auf dem linken Ufer standen Wechselpferde bereit. Mit Windeseile kam man noch zwei Meilen weiter; dann gab es einen Aufenthalt von mehr als einer Stunde durch die Prüfung der Pässe. Die Duchezza hatte deren für sich und Fabrizzio von allen möglichen Arten, aber an diesem Tage war sie nicht ganz bei Sinnen; sie ließ es sich einfallen, dem österreichischen Polizeibeamten zehn Napoleons zu geben und ihm unter Tränen die Hand zu schütteln. Der arg erschrockene Polizist begann neue Fragen zu stellen.

Man nahm die Post; die Duchezza bezahlte in so auffallender Weise, daß sie in jenem Lande, wo alles Auswärtige verdächtig ist, allenthalben Verdacht erregte. Wieder kam ihr Ludovico zu Hilfe; er sagte, die Duchezza sei vor Schmerz nicht recht bei Sinnen, weil der junge Graf Mosca, der Sohn des Premierministers von Parma, unaufhörlich Fieber habe; sie geleite ihn nach Pavia, um dort die Ärzte zu befragen.

Erst zehn Meilen jenseits des Po wurde der Flüchtling richtig wach. Er hatte eine geschwollene Schulter und starke Schrammen. Die Duchezza benahm sich immer noch derart auffällig, daß der Wirt einer Dorfschenke, wo man zu Mittag aß, es mit einer Fürstin aus dem kaiserlichen Hause zu tun zu haben vermeinte und ihr die Ehren erwies, die er ihr zu schulden glaubte, bis Ludovico dem Manne sagte, die Fürstin würde ihn unfehlbar einsperren lassen, wenn er sich unterstünde, die Glocken läuten zu lassen.

Endlich erreichte man gegen sechs Uhr abends das Piemonter Gebiet. Erst dort war Fabrizzio in voller Sicherheit. Man brachte ihn in ein kleines Dorf abseits der großen Straße; seine Hände wurden verbunden, und er schlief noch ein paar Stunden.

In diesem Dorfe vollbrachte die Duchezza eine Tat, die nicht allein vom moralischen Standpunkt abscheulich ist, sondern auch auf den Frieden ihres ferneren Lebens einen trüben Schatten warf. Etliche Wochen vor Fabrizzios Entkommen, an einem Tage, an dem ganz Parma ans Tor der Zitadelle gelaufen war, um das ihm zu Ehren errichtete Schafott zu sehen, hatte die Duchezza dem Ludovico, der ihr Vertrauensmann geworden war, das Geheimnis gezeigt, wie man aus einem gut verborgenen schmalen Eisenrahmen einen Stein aus dem Boden des schon genannten berühmten Wasserbehälters aus dem dreizehnten Jahrhundert entfernen konnte. Während Fabrizzio in der Trattoria des kleinen Dorfes schlief, ließ die Duchezza Ludovico rufen. Er glaubte, sie sei verrückt geworden, so seltsam kamen ihm die Blicke vor, mit denen sie ihn anschaute.

»Sie erwarten gewiß«, sagte sie zu ihm, »daß ich Ihnen ein paar tausend Franken geben werde. Aber nein, das tue ich nicht. Ich kenne Sie; Sie sind ein Poet. Sie würden das Geld alsbald durchbringen. Ich schenke Ihnen das kleine Gut La Ricciarda, eine Meile von Casalmaggiore.«

Toll vor Freude warf sich Ludovico ihr zu Füßen. Mit Worten, die ihm von Herzen kamen, verwahrte er sich dagegen, daß er zur Rettung des Monsignore Fabrizzio beigetragen habe, um Geld zu verdienen. Er hätte ihn immer mit ganz besonderer Zuneigung geliebt, seit er einmal die Ehre gehabt habe, ihn in seiner Eigenschaft als dritter Kutscher der gnädigen Frau zu fahren. Als der Mann, der wirklich Gemüt besaß, glaubte, er habe eine so vornehme Dame genugsam mit sich beschäftigt, empfahl er sich, aber sie sagte mit funkelnden Augen: »Bleiben Sie!«

Ohne ein Wort zu sprechen, ging sie in der Wirtshausstube hin und her und sah von Zeit zu Zeit mit seltsamen Augen auf Ludovico. Als diese unheimliche Wanderung gar kein Ende nahm, hielt sich der Mann schließlich für verpflichtet, das Wort an seine Herrin zu richten.

»Gnädige Frau haben mich so überreich beschenkt, so über alles das hinaus, was sich ein armer Kerl wie ich zu erträumen vermocht hat, so übermäßig hoch im Vergleich zu den geringen Diensten, die ich zu leisten die Ehre gehabt habe, daß ich La Ricciarda nicht mit gutem Gewissen behalten kann. Ich erlaube mir, der gnädigen Frau das Gut zurückzuerstatten, und ich bitte, mir ein Jahresgeld von vierhundert Franken zu bewilligen.«

»Wievielmal in Ihrem Leben«, fragte ihn die Duchezza voll finsterer Hoheit, »wievielmal haben Sie es erlebt, daß ich von dem, was ich einmal gesagt, wieder Abstand genommen habe?«

Nach dieser Frage lief sie noch etliche Minuten lang hin und her; dann blieb sie plötzlich stehen und rief aus:

»Nur aus Zufall und weil Fabrizzio jener Kleinen zu gefallen gewußt hat, ist sein Leben gerettet worden. Wäre er nicht liebenswert, so wäre er gestorben. Können Sie das vor mir leugnen?« sagte sie, indem sie auf Ludovico zuging und Augen machte, in denen die düsterste Raserei loderte.

Ludovico wich einige Schritte zurück und dachte, sie wäre wahnsinnig, was ihn als angehenden Besitzer des Gutes La Ricciarda recht besorgt machte.

»Passen Sie auf!« begann die Duchezza in sanftestem und heiterstem Tone und völlig verwandelt. »Ich will, daß meine lieben Leute von Sacca einen fröhlichen Tag haben, an den sie lange zurückdenken. Sie sollen nach Sacca zurück! Haben Sie etwas dagegen einzuwenden? Denken Sie, daß Sie sich dabei in Gefahr bringen?«

»Kaum, gnädige Frau. In Sacca weiß kein Mensch, daß ich im Gefolge des Monsignore Fabrizzio gewesen bin. Überdies erlaube ich mir, der gnädigen Frau zu bekennen, daß ich großes Verlangen habe, mir mein Gut La Ricciarda anzusehen. Es kommt mir so drollig vor, daß ich Grundbesitzer bin!«

»Dein Frohsinn gefällt mir. Der Pächter von La Ricciarda schuldet mir, wie mir einfällt, die Pacht von drei oder vier Jahren. Die Hälfte dieser Schuld will ich ihm schenken, und die andere Hälfte aller Rückstände trete ich dir ab, unter einer Bedingung: Du gehst nach Sacca, sagst, daß übermorgen der Namenstag einer meiner Schutzheiligen sei, und sorgst dafür, daß am Abend nach deiner Rückkehr das Schloß aufs glänzendste beleuchtet wird. Spare weder Geld noch Mühe! Bedenke, es handelt sich um das größte Glück meines Lebens! Ich habe diese Festbeleuchtung von langer Hand vorbereitet, seit mehr als drei Monaten habe ich in den Schloßkellern alles aufgehäuft, was zu diesem hohen Feste gebraucht wird. Dem Gärtner habe ich das Nötige für ein prächtiges Feuerwerk zum Aufbewahren gegeben. Du läßt es auf der Terrasse nach dem Po zu abbrennen. In meinen Kellereien habe ich neunzig Fuder Wein. Laß neunzig Weinfontänen in meinem Park springen! Wenn anderntags noch eine volle Flasche Wein da ist, dann liebst du Fabrizzio nicht! Sind die Weinfontänen, die Schloßbeleuchtung und das Feuerwerk im besten Gange, dann machst du dich vorsichtig aus dem Staube, denn möglicherweise – und das hoffe ich gerade – werden alle diese schönen Dinge in Parma als Unverschämtheit aufgefaßt.«

»Nicht nur möglicherweise, sondern sicher. Ebenso sicher wird der Großfiskal Rassi, der das Urteil über Fabrizzio unterzeichnet hat, vor Wut platzen. Und«, fügte Ludovico zaghaft hinzu, »wenn die gnädige Frau ihrem armen Diener noch mehr Freude bereiten wollte als mit der Schenkung der halben Rückstände von La Ricciarda, dann gestatten Sie mir, daß ich dem Rassi einen kleinen Schabernack spiele.«

»Du bist ein braver Kerl!« rief die Duchezza begeistert aus. »Aber ich verbiete dir auf das strengste, Rassi irgend etwas anzuhaben. Ich habe die Absicht, ihn später öffentlich hängen zu lassen. Was dich anlangt: laß dich in Sacca ja nicht erwischen; wenn ich dich verlöre, wäre alles verdorben.«

»Ich, gnädige Frau! Habe ich bekannt gegeben, daß ich ein Fest zu Ehren einer Schutzheiligen der gnädigen Frau veranstalten soll, so seien Sie gewiß: wenn die Polizei dreißig Gendarmen schickte, um es irgendwie zu stören, – ehe sie bis an das rote Kreuz in der Mitte des

Dorfes kommen, sitzt nicht einer von ihnen mehr auf seinem Gaul! Die Leute von Sacca wissen, was sie zu tun haben, jawohl! Das sind alles alte Schmuggler, und sie beten die gnädige Frau an.«

»Schön«, begann die Duchezza in einem seltsamen, freimütigen Ton von neuem. »Ich stifte meinen braven Saccanern Wein; die Parmaer will ich unter Wasser setzen! Am selben Abend, da mein Schloß festlich beleuchtet wird, schwingst du dich auf das schnellste Roß meines Stalles, sprengst nach meinem Palazzo in Parma und läßt den Wasserbehälter auslaufen.«

»Ah! Der Einfall der gnädigen Frau ist vortrefflich!« rief Ludovico und lachte wie besessen. »Wein den braven Saccanern und Wasser den Spießern von Parma, diesen Schuften, die so sicher waren, daß Monsignore Fabrizzio vergiftet werden würde!«

Ludovicos Freude fand gar kein Ende. Wohlgefällig betrachtete die Duchezza sein närrisches Lachen. Unaufhörlich wiederholte er: »Wein den braven Saccanern und Wasser den Parmaern! Die gnädige Frau weiß zweifellos besser als ich, daß man den Wasserbehälter vor zwanzig Jahren einmal aus Unvorsichtigkeit hat auslaufen lassen. Da hat das Wasser in mehreren Straßen fußhoch gestanden.«

»Und Wasser für die Parmaer!« wiederholte die Duchezza lachend. »Die Promenade vor der Zitadelle wäre voller Menschen gewesen, wenn man Fabrizzio enthauptet hätte. Alle Welt nennt ihn den großen Verbrecher … Vor allen Dingen mache die Sache schlau, damit nie ein menschliches Wesen erfährt, daß du die Überschwemmung angerichtet hast, oder gar, daß ich sie angeordnet habe! Fabrizzio und selbst Graf Mosca dürfen den tollen Spaß nie erfahren. – Aber ich vergesse die braven Saccaner. Schreibe schnell einen Brief an meinen Verwalter; ich werde ihn unterzeichnen. Schreibe, er solle am Namenstage meiner Schutzpatronin unter die Armen von Sacca hundert Zechinen verteilen und in allem, was die Festbeleuchtung, das Feuerwerk und den Wein betrifft, dir Folge leisten. Am Tage darauf soll sich in meinen Kellern nicht eine volle Flasche finden!«

»Der Verwalter wird nur in einem Punkte in Verlegenheit sein. Solange die gnädige Frau das Schloß besitzt, also seit fünf Jahren, gibt es keine zehn Arme in Sacca mehr.«

»Und Wasser für die Parmaer!« trällerte die Duchezza immer wieder. »Wie willst du diesen Ulk in Szene setzen?«

»Mein Plan ist fix und fertig. Ich reite von Sacca gegen neun Uhr weg; halb zehn bin ich mit meinem Pferd im Gasthof ›Zu den drei Kinnladen‹ an der Straße von Casalmaggiore, an der auch mein Gut La Ricciarda liegt. Um elf bin ich in meiner Stube im Palazzo, und ein Viertel zwölf gibt es Wasser für die Parmaer, und mehr, als sie brauchen, um auf das Wohl des ›großen Verbrechers‹ zu trinken. Zehn Minuten später reite ich auf der Straße nach Bologna wieder zur Stadt hinaus. Beim Vorbeikommen werde ich vor der Zitadelle feierlichst meinen Hut abnehmen. Der Mut Monsignores und die Klugheit der gnädigen Frau haben ihr das Ansehen genommen. Ich werde einen mir wohlbekannten Fußweg durch die Campagna reiten und meinen Einzug in La Ricciarda halten.«

Ludovico sah die Duchezza an und war erschrocken. Sie starrte auf die kahle Mauer sechs Schritt vor sich, und unleugbar mit wilden Blicken. »Ach, mein armes Gütchen!« dachte Ludovico. »Sie ist wirklich verrückt!«

Die Duchezza sah ihn an und ahnte seine Gedanken.

»Aha, Herr Ludovico, der große Poet, wünscht die Schenkung schwarz auf weiß! Hol Er rasch einen Bogen Papier!«

Ludovico ließ sich diesen Befehl nicht zweimal sagen, und die Duchezza schrieb eigenhändig eine umständliche Anerkennung, die sie ein Jahr zurückdatierte, in der sie bescheinigte, von Ludovico San Micheli die Summe von achtzigtausend Franken erhalten und ihm dafür das Gut La Ricciarda verpfändet zu haben. »Wenn die Duchezza binnen einem Jahre besagte achtzigtausend Franken Herrn Ludovico nicht zurückgezahlt hat, so soll La Ricciarda sein Eigentum sein.«

»Es ist etwas Schönes«, sagte sich die Duchezza, »einem treuen Diener etwa ein Drittel von allem, was ich besitze, zu schenken.«

»Ach so«, sagte sie laut zu Ludovico, »nach dem Spaß mit dem Wasserbehälter bewillige ich dir nur zwei Tage zur Erholung in Casalmaggiore. Dann folgst du mir nach Belgirate, und zwar ohne den geringsten Verzug. Fabrizzio reist vielleicht nach England, wohin du ihn begleiten würdest.«

Am folgenden Tage waren die Duchezza und Fabrizzio frühzeitig in Belgirate. Man machte sichs an diesem entzückenden Orte bequem. Aber an dem schönen See harrte der Duchezza ein schmerzlicher Kummer. Fabrizzio war durch und durch anders geworden. Schon in den ersten Augenblicken nach dem Erwachen aus seinem dumpfen

Schlaf nach der Flucht nahm die Duchezza wahr, daß in ihm ungewöhnliche Dinge vorgingen. Dieses ihr mit vieler Mühe verheimlichte tiefe Gefühl war seltsam genug; es war nichts anderes als die Betrübnis, nicht mehr im Gefängnis zu sein. Er hütete sich, den Grund seiner Traurigkeit einzugestehen; das hätte zu Fragen geführt, auf die er nicht antworten wollte.

»Aber sag einmal«, sagte die Duchezza erstaunt zu ihm, »als der Hunger dich zwang, von den abscheulichen Gerichten aus der Gefängnisküche zu essen, um nicht umzufallen, hast du da nicht den Verdacht gehabt: »Es schmeckt darin etwas sonderbar; vergiftet man mich etwa in diesem Augenblick?« Hast du da nicht geschaudert?«

»Ich habe an den Tod gedacht«, antwortete Fabrizzio, »wie wohl die Soldaten an ihn denken: er war eine Möglichkeit, der ich durch meine Geschicklichkeit aus dem Wege zu gehen hoffte.«

Wie beunruhigend, wie schmerzlich für die Duchezza! Dieser angebetete Mensch, so eigenartig, lebhaft und seltsam, verfiel nun vor ihren Augen in grenzenlosen Tiefsinn. Er setzte die Einsamkeit über den Genuß der offenherzigen Plauderei mit der besten Freundin, die er auf der Welt hatte. Er war wie immer gut, artig, dankbar gegen die Duchezza; wie sonst hätte er sein Leben hundertmal für sie dahingegeben, aber seine Seele weilte anderswo. Zuweilen wurden vier- bis fünfstündige Ausfahrten über den herrlichen See unternommen, ohne daß ein Wort dabei fiel. Die Unterhaltung, ein Austausch kühler Gedanken, wie er fortan zwischen ihnen stattfand, wäre anderen vielleicht angenehm vorgekommen; die beiden aber, zumal die Duchezza, erinnerten sich daran, was ihre Unterhaltung war, ehe der verhängnisvolle Kampf mit Giletti sie getrennt hatte. Fabrizzio blieb der Duchezza den Bericht von den neun Monaten schuldig, die er in einem grauenhaften Gefängnis verbracht hatte, und es fand sich, daß er über diesen Aufenthalt nur kurze und zusammenhanglose Worte zu sagen wußte.

»Früher oder später mußte es ja so kommen«, sagte sich die Duchezza in düsterer Traurigkeit. »Der Kummer hat mich alt gemacht, oder er liebt wirklich, und ich habe in seinem Herzen nur noch den zweiten Platz.« Gedemütigt, niedergeschlagen durch dieses größtmögliche Leid, sagte sie sich zuweilen: ›Wenn es der Himmel fügte, daß Ferrante ganz verrückt geworden wäre oder keinen Mut mehr hätte, würde ich wahrscheinlich weniger unglücklich sein.‹ Von diesem Augenblick halber Reue an war die Achtung der Duchezza vor ihrem eigenen

Charakter vergiftet. ›Schau, schau!‹ sagte sie sich voller Bitternis. ›Ich bereue einen einmal gefaßten Entschluß! So bin ich also keine del Dongo mehr!‹

›Der Himmel hat es gewollt!‹ fuhr sie fort. ›Fabrizzio ist verliebt. Welches Recht hätte ich, ihm zu verwehren, daß er verliebt ist? Ist je zwischen uns nur ein einziges Liebeswort gewechselt worden?‹

Dieser so vernünftige Gedanke raubte ihr den Schlaf, und eine Tatsache bewies schließlich, daß ihr Alter und ihre Seelenschwäche mit der Aussicht auf eine großartige Rache zugenommen hatten: sie war in Belgirate hundertmal unglücklicher als in Parma. Was das Wesen betraf, das Fabrizzio zu einem so seltsamen Träumer gemacht haben mochte, so waren begründete Zweifel nicht weiter möglich: Clelia Conti, dieses so fromme Mädchen, hatte ihren eigenen Vater verraten, weil sie eingewilligt hatte, die Besatzung der Zitadelle betrunken zu machen, und doch erwähnte Fabrizzio sie mit keiner Silbe. ›Aber‹, fügte die Duchezza hinzu, indem sie sich vor Verzweiflung gegen die Brust schlug, ›wenn die Besatzung nicht betrunken gemacht worden wäre, dann hätten alle meine Pläne, alle meine Bemühungen nichts genützt. Also ist sie es, die ihn gerettet hat!‹

Nur unter außerordentlichen Schwierigkeiten brachte die Duchezza Einzelheiten über die Ereignisse jener Nacht aus Fabrizzio heraus. ›Ehedem‹, sagte sie sich, ›hätte das zwischen uns einen sich unaufhörlich erneuernden Gesprächsstoff abgegeben! In jenen glückseligen Zeiten hätte er einen vollen Tag mit Feuer und nie versiegender Heiterkeit über die geringste Kleinigkeit gesprochen.‹

Da man auf alles gefaßt sein mußte, brachte die Duchezza Fabrizzio in Locarno unter, einem Schweizer Städtchen am nördlichsten Zipfel des Lago Maggiore. Täglich unternahmen sie in einem Boot weite Spazierfahrten über den See. Als die Duchezza es sich einmal einfallen ließ, in Fabrizzios Wohnung zu kommen, fand sie sein Zimmer mit einer Menge Ansichten der Stadt Parma behängt, die er sich aus Mailand oder gar aus Parma hatte schicken lassen, obwohl ihm jenes Land doch hätte im häßlichsten Andenken sein müssen. Sein kleines Empfangszimmer war in ein Atelier umgewandelt und voll von allen möglichen Gerätschaften eines Aquarellmalers. Sie sah, daß er zum dritten Male die Torre Farnese mit der Kommandantur vollendete.

»Es fehlte nur noch«, sagte sie verletzt, »daß du das Porträt des liebenswürdigen Kommandanten, der dich nur vergiften wollte, aus dem Gedächtnis malst. Aber da fällt mir ein, du mußt ihm einen Entschuldigungsbrief schreiben, daß du dir die Freiheit genommen hast, dich zu retten und seine Zitadelle zum Gespött zu machen.«

Die arme Frau ahnte nicht, wie wahr sie gesprochen hatte. Fabrizzio war kaum in Sicherheit, als er es sich angelegen sein ließ, an den General Fabio Conti einen äußerst höflichen und in gewisser Hinsicht recht lächerlichen Brief zu schreiben; er bat ihn um Verzeihung, daß er sich gerettet habe, und führte als Entschuldigung an, er habe fürchten müssen, daß ein gewisser Unterbeamter des Gefängnisses den Auftrag gehabt habe, ihm Gift beizubringen. Was er schrieb, war ihm gleichgültig; er hoffte, Clelia werde seinen Brief zu sehen bekommen, und sein Antlitz war beim Schreiben voller Tränen. Er schloß den Brief mit einem sehr spaßigen Satz; er wagte zu sagen: seit er sich in Freiheit befinde, wandle ihn oft Sehnsucht nach seiner kleinen Zelle in der Torre Farnese an. Das war der Leitgedanke seines Briefes; er hoffte, Clelia werde es verstehen. In seiner Schreiblust und immer in der Hoffnung, von einem gewissen Jemand gelesen zu werden, richtete Fabrizzio auch ein Dankschreiben an Don Cesare, den gutmütigen Almosenier, der ihm theologische Bücher geliehen hatte. Ein paar Tage später veranlaßte Fabrizzio den kleinen Buchhändler in Locarno, nach Mailand zu reisen, um bei dem berühmten Bibliophilen Reina[29] die prächtigsten Ausgaben von den Büchern zu kaufen, die ihm Don Cesare geliehen hatte. Der treffliche Almosenier erhielt diese Bücher nebst einem schönen Brief, worin Fabrizzio ihm schrieb, er habe in ungeduldigen Stunden, die bei einem armen Gefangenen wohl verzeihlich wären, die Ränder seiner Bücher mit lächerlichen Vermerken vollgekritzelt. Dafür bäte er gehorsamst, sie in seiner Bibliothek durch die Bände zu ersetzen, die er ihm in aufrichtigster Dankbarkeit zu überreichen sich erlaube.

Fabrizzio tat wohl daran, die endlosen Kritzeleien, mit denen er besonders einen Folioband der Werke des heiligen Hieronymus vollgeschrieben hatte, mit dem schlichten Wort ›Notizen‹ zu benennen.

29 Francesco Reina (1772-1826), in der Gegend von Como geboren, Advokat, Bonapartist, von den Österreichern zeitweise eingesperrt, lebte zumeist in Mailand, wo ihn Beyle persönlich kennen gelernt hat. Er entsagte um 1810 der Politik und seinen Ämtern und widmete sich nur noch seinen wissenschaftlichen Studien. Herausgeber gut kommentierter Bücher.

In der Hoffnung, er könne dem guten Almosenier das Buch durch ein anderes Exemplar ersetzen, hatte er Tag um Tag auf den Rändern ein genaues Tagebuch über alles geführt, was ihm im Gefängnis begegnet war. Die Hauptereignisse waren nichts anders als Verzückungen himmlischer Liebe, wobei das Wort himmlisch ein anderes Wort bedeutete, das er nicht hinzuschreiben wagte. Bald hatte diese himmlische Liebe den Gefangenen in die tiefste Verzweiflung versetzt; bald hatte ihm eine Stimme aus der Höhe Hoffnung zugesprochen und ihm überschwengliche Wonne bereitet. Zum Glück war das alles mit einer blassen, aus Wein, Schokolade und Ruß hergestellten Gefängnistinte geschrieben, und Don Cesare hatte kaum einen flüchtigen Blick hineingeworfen, als er den Band des heiligen Hieronymus wieder in seinen Bücherschrank stellte. Wenn er sich die Ränder genauer angesehen hätte, so hätte er gelesen, daß der Gefangene einmal, als er sich vergiftet glaubte, sich beglückwünschte, keine vierzig Schritte weit von dem sterben zu dürfen, was er am meisten auf der Welt liebte. Allerdings hatten nach der Flucht andere Augen als die des guten Almoseniers diese Seite gelesen. Neben jenem schönen Gedanken: ›Sterben dem nah, was man liebt!‹, der in hundert Abwandlungen immer wiederkehrte, stand folgendes Sonett:

Was war mein Leben – dreiundzwanzig Jahr?
Ein Traum, ein Spiel, ein Jagen nach Schimären.
Da sank mein Stern: ich mußte in mich kehren;
Mich rettete ein süßes Augenpaar.

Ich starb. Ein armer Sünder, dem in Gnaden
Eröffnet ward des Paradieses Tor,
Geführt vom Cherub, walle ich empor
Zu den ersehnten göttlichen Gestaden.

Schon sind wir nah. Mir schwand die irdsche Welt;
Nur eines weiß ich noch von meinem Leben,
Und dieses eine meine Schritte hält.

Gib deine Flügel mir! Ich muß zurück,
Als stummer Geist die Einzige umschweben,
Die mir auf Erden gab des Himmels Glück!

Obwohl man in der Zitadelle von Parma von Fabrizzio nur wie von einem nichtswürdigen Verräter sprach, der die heiligsten Pflichten verletzt habe, war der gute Padre Don Cesare doch entzückt beim Anblick der schönen Bücher, die ihm von unbekannter Seite zugingen. Fabrizzio wandte nämlich die Vorsicht an, ihm erst etliche Tage nach der Büchersendung zu schreiben, aus Sorge, die Angabe des Absenders könne Veranlassung geben, daß das ganze Paket mit Entrüstung zurückgesandt werde. Don Cesare verschwieg diese Aufmerksamkeit seinem Bruder, den der bloße Name Fabrizzio in Wut versetzte, aber nach der Flucht hatte er mit seiner liebenswürdigen Nichte die ehemalige vertraute Freundschaft wieder hergestellt, und da er ihr früher ein paar Brocken Latein beigebracht hatte, so zeigte er ihr die schönen Bände, die er erhalten hatte. Das war die Hoffnung des Absenders gewesen. Plötzlich wurde Clelia über und über rot; sie erkannte Fabrizzios Handschrift. Lange, sehr schmale Streifen aus gelbem Papier staken in Ermangelung von Buchzeichen an verschiedenen Stellen des Bandes. Da nun inmitten der faden Geldangelegenheiten und der kalten Öde der Alltagsdinge, die unser Dasein erfüllen, Taten, die in wahrer Leidenschaft wurzeln, selten ihre Wirkung verfehlen, gleichsam als ob eine gütige Fee sie mit sorglicher Hand leite, so bat Clelia, von diesem Instinkt und von der Sehnsucht nach dem einen beseelt, ihren Onkel darum, das alte Exemplar des heiligen Hieronymus mit dem neuen vergleichen zu dürfen. Wie soll ich Clelias Entzücken schildern, als sie in all ihrer düsteren Schwermut, die Fabrizzios Fernsein über sie gebracht hatte, als Randbemerkung zum alten Sankt Hieronymus das besagte Sonett fand und das Tagebuch seiner Liebe zu ihr?

Gleich am ersten Tage konnte sie die Verse auswendig; sie sang sie an ihrem Fenster, gegenüber dem nun vereinsamten Fenster der Torre Farnese, wo sie so oft das Guckloch sich hatte öffnen sehen. Der Schirm war abgenommen worden, um vor Gericht als Beweisstück in dem lächerlichen Prozeß benutzt zu werden, den Rassi gegen Fabrizzio anstrengte. Er war angeklagt, verbrecherisch geflüchtet zu sein, oder, wie der Fiskal selber lachend sagte, weil er sich der Gnade eines hochherzigen Fürsten entzogen habe.

Alles, was Clelia unternommen hatte, ward ihr zum Gegenstand von Selbstvorwürfen, und seitdem sie unglücklich war, nahmen ihre Gewissensbisse an Heftigkeit zu. Sie versuchte diese Selbstanklagen zu beschwichtigen, indem sie sich an ihr Gelübde erinnerte, Fabrizzio nie wieder zu sehen, das sie der Madonna gegeben hatte, als ihr Vater halb vergiftet worden war, und das sie tagtäglich erneuerte.

Den General hatte Fabrizzios Entweichen krank gemacht; mehr noch, er hätte fast seinen Posten verloren, als Serenissimus in seiner Wut alle Gefängnisaufseher der Torre Farnese ihres Dienstes enthob und im Stadtgefängnis einkerkerte. Der General war davor bewahrt geblieben, zum Teil durch die Fürsprache des Grafen Mosca, der ihn lieber droben in seiner Zitadelle als sonstwo wissen wollte.

Vierzehn Tage schwebte nun schon die Ungnade über dem General Fabio Conti, der tatsächlich krank war, als Clelia Mut bekam, das Opfer, das sie Fabrizzio angekündigt hatte, zu verwirklichen. Sie hatte sich am Tage des allgemeinen Ergötzens, der zugleich der Tag von Fabrizzios Flucht war, klugerweise krank gestellt, desgleichen am folgenden Tage, mit einem Wort, sie hatte sich so zu benehmen verstanden, daß kein Mensch, mit Ausnahme des Aufsehers Grillo, der besonders mit der Bewachung Fabrizzios betraut gewesen war, ihre Mitschuld argwöhnen konnte. Und Grillo schwieg.

Aber sobald Clelia nach dieser Seite keine Sorgen mehr hatte, wurde sie von ihrer gerechten Reue um so grausamer heimgesucht. ›Was in aller Welt‹, sagte sie sich, ›kann das Verbrechen einer Tochter entschuldigen oder mildern, die ihren Vater betrogen hat?‹

Eines Abends, nachdem sie fast den ganzen Tag in der Kapelle verweint hatte, bat sie ihren Onkel Don Cesare, sie zum General zu begleiten, dessen Wutausbrüche sie um so mehr erschreckten, als er Verwünschungen gegen Fabrizzio, diesen abscheulichen Verräter, hineinflocht.

Als sie vor ihrem Vater stand, hatte sie das Herz, ihm zu sagen, sie habe sich deshalb immer geweigert, dem Marchese Crescenzi ihre Hand zu reichen, weil sie nicht die geringste Neigung zu ihm fühle und weil sie sicher sei, in dieser Ehe nicht ein bißchen Glück zu finden.

Bei diesen Worten geriet der General in Zorn, und Clelia vermochte nur mit vieler Mühe wieder zu Worte zu kommen. Gäbe ihr Vater, verlockt durch den großen Reichtum des Marchese, ihr wirklich den Befehl zu dieser Heirat, fuhr sie fort, so sei sie bereit, ihm zu gehorchen.

Der General war über diese Logik erstaunt, die er sich nicht im entferntesten hätte träumen lassen, aber er freute sich doch am Ende darüber. »So brauche ich also nicht in einem Oberstübchen zu wohnen«, sagte er zu seinem Bruder, »wenn mich dieser Schlingel, der Fabrizzio, mit seinem bösen Streich um meine Stellung bringt.«

Graf Mosca verfehlte nicht, sich wegen der Flucht dieses schlechten Subjektes höchst ergrimmt zu zeigen, und wiederholte bei passender Gelegenheit den von Rassi erfundenen Ausspruch über das taktlose Verhalten dieses übrigens recht mittelmäßigen jungen Mannes, der sich der Allerhöchsten Gnade entzogen habe. Diese geistreiche Redensart, die von der guten Gesellschaft beifällig weitergegeben wurde, fand im Volke durchaus keinen Anklang. Mochte Fabrizzio noch so schuldig sein, der gesunde Menschenverstand bewunderte den Entschluß, der dazu gehört, von einer so hohen Mauer hinabzuklettern. Nur am Hofe bewunderte diesen Mut niemand.

Was schließlich die bei Fabrizzios Entweichen arg hineingefallene Polizei anlangte, so hatte sie offiziell entdeckt, daß ein Trupp von zwanzig Soldaten durch Geld von der Duchezza bestochen worden sei. So schrecklich undankbar sei dieses Weib, dessen Namen man fürderhin nur noch mit einem Seufzer aussprechen könne. Jene Soldaten hätten Fabrizzio vier aneinandergebundene Leitern gereicht, jede fünfundvierzig Fuß lang. Fabrizzio habe einen Strick herabgelassen, den man an die Leitern angeknüpft habe, und weiter nichts getan, als diese Leitern zu sich hinaufzuziehen. Etliche wegen ihres Unverstandes bekannte Liberale, unter ihnen der Arzt C., ein vom Fürsten selbst bezahlter Spitzel, erzählten ferner, allerdings nicht ohne sich etwas zu vergeben, die schreckliche Polizei habe die Roheit gehabt, acht von den unglücklichen Soldaten, die die Flucht des undankbaren Fabrizzio begünstigt hätten, erschießen zu lassen. Nun ward er auch von echten Liberalen getadelt, daß er den Tod von acht armen Soldaten verschuldet habe. So bringen es kleine Despotismen zuwege, daß die Macht der öffentlichen Meinung in nichts zerrinnt.

23.

Inmitten der allgemeinen Verdammung blieb einzig und allein der Erzbischof Landriani der Sache seines jungen Freundes treu. Er wagte sogar, am Hofe der Fürstin folgenden Rechtsgrundsatz wiederholt auszusprechen: Bei jedem Prozeß müsse man sein Ohr von jeglichem

Vorurteil frei halten und die Rechtfertigung eines Abwesenden anhören.

Bereits am Tage nach Fabrizzios Entweichen war mehreren Persönlichkeiten ein ziemlich mäßiges Sonett zugegangen, worin seine Flucht als eine der schönsten Taten des Jahrhunderts gepriesen und Fabrizzio mit einem Engel verglichen wurde, der mit ausgebreiteten Flügeln zur Erde hinabgeschwebt sei. Am übernächsten Abend sagte man in ganz Parma ein herrliches Sonett auf; es war ein Monolog, den Fabrizzio über die entscheidenden Ereignisse seines Lebens hielt, während er an dem langen Seil hinabglitt. Dieses Gedicht machte ihn durch zwei prächtige Verse populär; Literaturfreunde erkannten den Stil Ferrante Pallas.

Im folgenden müßte ich den epischen Stil anwenden. Woher sollte ich die Farben nehmen, um die Sturzbäche der Entrüstung zu malen, die urplötzlich alle wohldenkenden Herzen überschwemmten, als man die unglaubliche Unverschämtheit von der Festbeleuchtung des Schlosses Sacca erfuhr? Alles schrie förmlich auf gegen die Duchezza; selbst die wirklich Liberalen meinten, so etwas stelle die armen Verdächtigen, die in den verschiedenen Gefängnissen eingesperrt waren, in barbarischer Weise bloß und erbittere unnützerweise das Herz des Monarchen. Graf Mosca erklärte, der Duchezza bliebe kein einziger ihrer alten Freunde; sie sei vergessen. Somit war das Konzert der Verwünschung einstimmig. Ein Fremder auf der Durchreise wäre über die Energie der öffentlichen Meinung erstaunt gewesen. Aber in diesem Lande, wo man den Genuß der Rache zu schätzen weiß, hatten die Festbeleuchtung von Sacca und das herrliche Parkfest, das man mehr als sechstausend Landleuten gegeben hatte, ungeheueren Erfolg. In Parma erzählte man sich immer wieder, die Duchezza habe unter ihre Bauern tausend Zechinen verteilen lassen. Damit erklärte man den etwas rauhen Empfang, der etlichen dreißig Gendarmen zuteil geworden war, die dummerweise die Polizei sechsunddreißig Stunden nach dem herrlichen Abendfest und dem darauffolgenden allgemeinen Rausch nach dem kleinen Dorf entsandt hatte. Die Gendarmen waren mit Steinwürfen empfangen worden und hatten die Flucht ergriffen; zwei von ihnen waren vom Pferde gerissen und in den Po geworfen worden.

Der Bruch des großen Wasserbehälters im Palazzo Sanseverina war fast unbeachtet geblieben. Während der Nacht waren einige Straßen mehr oder weniger überschwemmt worden; am anderen Tage meinte man, es habe geregnet. Ludovico hatte aus Vorsicht die Scheiben eines Fensters im Palast zerschlagen, so daß man auf Einbrecher schließen konnte. Man fand sogar eine kleine Leiter. Nur Graf Mosca durchschaute den Streich seiner Freundin.

Fabrizzio war fest entschlossen, sobald er konnte, nach Parma zurückzukehren. Er sandte Ludovico mit einem langen Brief an den Erzbischof, und der treue Diener gab dafür auf der Post des ersten piemontesischen Dorfes, in Sannazaro, westlich von Pavia, eine lateinische Epistel auf, die der ehrwürdige Prälat seinem jungen Schützling widmete. Wir müssen hier eine Einzelheit hinzufügen, die zweifellos wie so manche andere in Ländern, wo man keine Vorsichtsmaßregeln mehr braucht, weitschweifig erscheinen wird: Der Name Fabrizzio del Dongo ward niemals genannt; alle Briefe, die für ihn bestimmt waren, waren an Ludovico San Micheli nach Locarno in der Schweiz oder nach Belgirate in Piemont gerichtet. Die Umschläge waren aus grobem Papier, das Siegel unordentlich aufgedrückt, die Anschrift kaum leserlich und bisweilen mit Empfehlungsfloskeln geziert, die einer Köchin würdig waren. Alle diese Briefe waren aus Neapel datiert und alle um sechs Tage früher.

Aus dem Piemonteser Dorfe Sannazaro kehrte Ludovico schleunigst nach Parma zurück. Er hatte einen Auftrag erhalten, dem Fabrizzio die größte Bedeutung beimaß; es handelte sich um nichts Geringeres, als Clelia Conti ein seidenes Taschentuch zu überbringen, auf das ein Sonett von Petrarca gedruckt war. Allerdings war in diesem Gedicht ein Wort verändert. Clelia fand es auf ihrem Tisch, zwei Tage nachdem sie den Dank des Marchese Crescenzi entgegengenommen hatte, der sich den Glücklichsten der Männer pries. Es ist unnötig, den Eindruck zu schildern, den Fabrizzios immer gleiches Gedenken in Clelias Herzen hervorrief.

Ludovico sollte sich alle möglichen Einzelheiten über die Vorkommnisse in der Zitadelle zu verschaffen suchen. So erfuhr Fabrizzio durch ihn die betrübliche Nachricht, daß die Heirat des Marchese Crescenzi nun als beschlossene Sache galt. Es verging fast kein Tag, an dem dieser nicht Clelia zu Ehren in der Zitadelle ein Fest gab. Ein entscheidender Beweis für den Heiratsbeschluß war es, daß der Marchese, der unermeßlich reich und infolgedessen sehr geizig war, wie es unter den begüterten Leuten Oberitaliens Brauch ist, riesige Vorbereitungen traf, obwohl er ein Mädchen »ohne Mitgift« heiratete. Allerdings hatte der General Fabio Conti, tief verletzt in seiner Eitelkeit durch die Glossen der Gesellschaft darüber, die den Gemütern keine Ruhe ließen, ein Landgut im Werte von mehr als dreihunderttausend Franken gekauft und bar bezahlt, er, der nichts besaß, offenbar von Geldern des Marchesen. Der General erklärte, dieses Gut gäbe er seiner Tochter mit in die Ehe.

Der Marchese seinerseits ließ in Lyon prächtige Tapeten nach farbigen Entwürfen des berühmten Bologneser Malers Palagi anfertigen, die durch die glückliche Zusammenstellung ihrer Farben eine wahre Augenweide waren.

Jede dieser Tapeten stellte eine Waffentat der Familie Crescenzi dar, die, wie alle Welt weiß, von dem berühmten Crescentius[30] abstammen soll, der im Jahre 985 Konsul in Rom war. Damit sollten die siebzehn Säle geschmückt werden, die das Erdgeschoß des Palazzos Crescenzi bildeten. Die Tapeten, die Uhren, die Kronleuchter, von auswärts bezogen, kosteten mehr als dreihundertfünfzigtausend Franken. Der Preis der neuen Spiegel, die zu den bereits im Palast vorhandenen kamen, betrug etwa zweimalhunderttausend Franken. Außer zwei Sälen mit Meisterwerken des bekannten Parmigianino, des größten Malers im Lande nach dem göttlichen Correggio, wurden jetzt alle Gemächer im ersten und zweiten Stock mit Fresken von den berühmten Malern von Florenz, Rom und Mailand verschönt. Fogelberg[31], der große schwedische Bildhauer, Tenerani aus Rom und Marchesi aus Mailand arbeiteten seit einem Jahre an zehn Basreliefs, die ebenso viele Taten des Crescentius, eines wahrhaft großen Mannes,

30 Crescentius: Der Verteidiger der Engelsburg gegen Kaiser Otto III. im Jahre 999. Stendhal hegt eine Vorliebe für Crescentius; in seinen ›Wanderungen in Rom‹ rühmt er ihn als Girondisten und vergleicht ihn mit Brutus und dem Marquis Posa.

31 Bengt Erland Fogelberg (1786-1854); Pietro Tenerani (1789-1869); Pompeo Marchesi (1790-1858), Mailänder, Schüler Canovas, auch in Beziehungen zu Goethe. Weiter unten genannt Francesco Hayez, italienischer Historienmaler (1791-1882). Von Fogelberg schreibt Beyle (am 14. Januar 1832): ›Einer der besten Bildhauer Roms, ein Herzensfreund von mir (er liebt das Schöne ebenso leidenschaftlich, toll und blödsinnig wie ich!) ›Fogelberg, ist eben dabei, meinem Tiberius eine Nase zu verfertigen.‹

verherrlichten. Die Mehrzahl der Deckenfresken war ebenfalls voller Anspielungen auf sein Leben. Allgemein bestaunte man die Decke, auf der Hayez, der Mailänder Künstler, den Crescentius in den elysäischen Gefilden im Gespräch mit Francesco Sforza, Lorenzo il Magnifico, König Robert, dem Tribunen Cola di Rienzi[32], Machiavelli, Dante und anderen großen Männern des Mittelalters dargestellt hatte. Hinter der Verehrung für diese erlesenen Geister witterte man eine Spitze gegen die Machthaber.

Alle diese prächtigen Einzelheiten beschäftigten die Aufmerksamkeit des Adels und der Bürgerschaft Parmas und durchbohrten das Herz unseres Helden, als er davon las. Ludovico schilderte sie mit einfältiger Bewunderung in einem mehr als zwanzig Seiten langen Brief, den er einem Grenzbeamten in Casalmaggiore diktiert hatte.

›Und ich, ich bin so arm!‹ dachte Fabrizzio. ›Alles in allem viertausend Lire Rente! Es ist wahrlich eine Unverschämtheit von mir, zu wagen, in Clelia verliebt zu sein, für die alle diese Wunderdinge gemacht werden!‹

Eine einzige Stelle in Ludovicos langem Brief, die aber in seiner eigenen schlechten Handschrift geschrieben war, berichtete seinem Herrn, daß er am Abend den armen Grillo getroffen habe, Fabrizzios ehemaligen Gefängniswärter; er habe sich benommen wie einer, der das Licht scheut. Er war ins Gefängnis geworfen und wieder frei gelassen worden. Dieser Mensch hatte Ludovico gebeten, ihm aus Barmherzigkeit eine Zechine zu schenken, und Ludovico hatte ihm im Namen der Duchezza deren vier gegeben. Die ehemaligen Gefängnisaufseher, die eben wieder in Freiheit gesetzt worden waren, zwölf an der Zahl, hatten den Plan, die neuen Aufseher, ihre Nachfolger, mit Messerstichen zu traktieren, far un trattamento di coltellate, wie man sagt, sobald sich einer von ihnen außerhalb der Zitadelle blicken ließe. Grillo hatte erzählt, fast alle Abende fänden in der Zitadelle Serenaden statt; Signorina Clelia sähe sehr blaß aus, oft sei sie krank, und ›dergleichen mehr‹. Dieser drollige Ausdruck hatte zur Folge, daß ein Eilbote nach dem anderen den Befehl an Ludovico brachte, nach Locarno zurück-

32 Lorenzo di Medici (gestorben 1492); König Robert von Neapel (geboren um 1265, gestorben 1343), der leidenschaftliche Gegner Kaiser Heinrichs VII. und Ludwigs des Bayern. Cola di Rienzi wollte die altrömische Republik wieder aufrichten; ermordet im Jahre 1354.

zukehren. Er kam, und die Einzelheiten, die er mündlich erzählte, waren noch viel trauriger für Fabrizzio.

Man kann sich Fabrizzios Liebenswürdigkeit gegen die arme Duchezza vorstellen. Er hätte tausendmal lieber den Tod erlitten, als daß er in ihrer Gegenwart den Namen Clelia Conti ausgesprochen hätte. Die Duchezza haßte Parma; und für Fabrizzio war mit einem Male alles, was an diese Stadt erinnerte, erhaben und rührend.

Die Duchezza hatte ihre Rache weniger denn je vergessen. Wie glücklich war sie vor Gilettis Tode gewesen! Und was war jetzt ihr Schicksal! Sie lebte in der Erwartung eines gräßlichen Ereignisses, von dem sie sich wohl hütete, Fabrizzio ein Wort zu sagen. Und doch hatte sie einst, als sie es mit Ferrante verabredete, vermeint, Fabrizzio eine große Freude zu bereiten, wenn sie ihm sagen werde, der Tag der Rache sei da.

Man kann sich einen Begriff machen, wie erquicklich das Zusammenleben Fabrizzios und der Duchezza jetzt war; fast immer herrschte zwischen ihnen düsteres Stillschweigen. Um die Stimmung zu erhöhen, hatte die Duchezza der Versuchung, ihrem angebeteten Neffen einen schlimmen Streich zu spielen, nicht widerstehen können. Der Graf schrieb ihr fast täglich; offenbar ließ er die Briefe durch Eilboten bestellen, wie in der ersten Zeit ihrer Liebesbeziehungen, denn sie trugen immer den Poststempel irgendeines kleinen Schweizer Ortes. Der arme Mann marterte seinen Verstand ab, um seine Zärtlichkeit nicht allzu offen sprechen zu lassen und witzige Briefe zustande zu bringen. Flüchtig flogen zerstreute Blicke darüber. Ach, was ist einem die Treue eines braven Liebhabers, wenn einem die Kälte eines anderen, den man lieber hat, das Herz verwundet?

Im Laufe von zwei Monaten antwortete ihm die Duchezza nur einmal, und zwar, um ihn zu ersuchen, in der Umgebung der Fürstin ausfindig zu machen, ob sie ungeachtet der frechen Festbeleuchtung einen Brief der Duchezza huldvoll aufnähme. Der Brief, den er überreichen sollte, falls er es für angängig erachte, enthielt die Bitte um eine vor kurzem im Hofstaat Ihrer Hoheit frei gewordene Kammerherrnstelle für den Marchese Crescenzi. Die Duchezza bat, sie ihm gelegentlich seiner Vermählung zu übertragen. Dieser Brief war ein Meisterstück; er drückte die zärtlichste Verehrung in den schönsten Wendungen aus. In seinem höfischen Stile konnte man nicht das geringste Wörtchen finden, das selbst in seiner weitesten Auslegung der

Fürstin nicht schmeicheln mußte. Und so atmete auch die Antwort zärtliche Freundschaft, die unter Trennung leidet. Die Fürstin schrieb wie folgt:

›Mein Sohn und ich haben seit Ihrer so plötzlichen Abreise nicht einen erträglichen Abend verlebt. Meine liebe Duchezza erinnert sich doch wohl, daß sie es war, die mir bei der Wahl meiner Hofchargen mit ihrem Rat zur Seite gestanden hat? Deshalb wohl hält sie sich für verpflichtet, mir die Ernennung des Marchese zu begründen, als ob ihr bloßer Wunsch für mich nicht schon Grund genug wäre? Der Marchese soll die Stelle bekommen, soweit es an mir liegt, und stets wird ein Platz in meinem Herzen, und zwar der beste, meiner liebenswürdigen Herzogin gehören. Mein Sohn schließt sich meinen Worten völlig an, wiewohl sie aus dem Munde eines großen einundzwanzigjährigen Jungen etwas gewagt klingen. Er bittet um eine Mustersendung von Mineralien aus dem Ortatal bei Belgirate. Sie können Ihre Briefe, die hoffentlich häufig eintreffen, an die Adresse des Grafen Mosca schicken, der Ihnen immer noch grollt und den ich gerade wegen dieser Empfindung schätze. Auch der Erzbischof ist Ihnen treu geblieben. Wir alle hoffen, Sie eines Tages wiederzusehen. Denken Sie daran, daß es nötig ist. Die Marchesa Ghisleri, meine Oberhofmeisterin, wird diese Welt bald mit einer besseren vertauschen. Die Ärmste hat mir viel zuleide getan; sie ärgert mich noch, indem sie mir zu ungelegener Zeit stirbt. Ihre Krankheit hat mich oft an jemanden denken lassen, dessen Namen ich gern an Stelle des ihrigen setzte, wenn ich je erreichen könnte, daß diese einzige Frau ihre Unabhängigkeit opferte. Indem sie uns verließ, hat sie alle Freude meines kleinen Hofes mit fortgenommen ...‹ und so weiter.

So sah die Duchezza denn Fabrizzio täglich mit dem Bewußtsein, alles versucht zu haben, was in ihren Kräften stand, um die Heirat, über die Fabrizzio in Verzweiflung geriet, zu beschleunigen. Bisweilen verbrachten sie vier oder fünf Stunden mit Kahnfahrten, ohne daß ein Wort zwischen ihnen fiel. Fabrizzio war zwar äußerst artig, aber er dachte an andere Dinge, und seine schlichte und ehrliche Seele gab ihm keinen Gesprächsstoff ein. Die Duchezza merkte das, und das war ihre Qual.

Wir haben an geeigneter Stelle zu erzählen vergessen, daß die Duchezza in Belgirate, einem reizenden Ort, der seinem Namen (Bel-girate heißt schöne Biegung, nämlich des Sees) alle Ehre macht, ein

Haus gemietet hatte. Von der Glastür ihres Zimmers konnte die Duchezza unmittelbar in ihre Barke steigen. Sie hatte eine ganz gewöhnliche gemietet, für die vier Ruderknechte genügt hätten. Sie nahm deren zwölf in ihre Dienste, und zwar richtete sie es so ein, daß sie aus jedem Dorfe um Belgirate einen hatte. Als sie das dritte oder vierte Mal mit diesen bedachtsam ausgewählten Männern mitten auf dem See war, befahl sie, das Rudern einzustellen.

»Ich betrachte euch alle als meine Freunde«, sagte sie zu ihnen, »und will euch ein Geheimnis anvertrauen. Mein Neffe Fabrizzio ist aus dem Gefängnis entflohen. Vielleicht wird man versuchen, ihn durch Verrat wieder zu ergreifen, obgleich er an eurem See im Lande der Freiheit ist. Spitzt eure Ohren und teilt mir sofort alles mit, was ihr erfahrt. Ich erlaube euch, bei Tag und bei Nacht in mein Zimmer zu kommen.«

Die Ruderknechte antworteten begeistert; sie verstand, sich beliebt zu machen. Aber nicht die Wiederergreifung Fabrizzios war es, was sie beschäftigte: seit dem verhängnisvollen Befehl, den Wasserbehälter im Palazzo Sanseverna auslaufen zu lassen, drückten sie andere Sorgen.

Aus Vorsicht hatte sie für Fabrizzio eine Wohnung am Hafen von Locarno, auf Schweizer Gebiet, gemietet. Alle Tage besuchte er sie, oder sie kam dorthin. Man kann sich die Freuden ihres Beisammenseins ausmalen, wenn man folgendes hört: Die Marchesa del Dongo und ihre Töchter kamen zweimal zu Besuch, und die Anwesenheit dieser Fremdlinge heiterte die beiden auf; denn trotz der Blutsverwandtschaft kann man jemanden fremd nennen, der unsere teuersten Interessen nicht teilt und den man nur einmal im Jahre sieht.

Eines Abends war die Duchezza in Locarno bei Fabrizzio in Gesellschaft der Marchesa und ihrer Töchter. Der Oberpfarrer der Gegend und der Ortspfarrer hatten sich eingestellt, um den Damen ihre Aufwartung zu machen. Der Oberpfarrer, der an Handelsunternehmungen beteiligt war und sich über alle Neuigkeiten auf dem laufenden hielt, platzte mit der Nachricht heraus: »Der Fürst von Parma ist tot!«

Die Duchezza wurde totenbleich; kaum hatte sie den Mut, zu fragen: »Weiß man Näheres?«

»Nein, gnädige Frau«, erwiderte der Oberpfarrer. »Die Nachricht beschränkt sich darauf, daß der Tod verbürgt ist.«

Die Duchezza blickte auf Fabrizzio. ›Für ihn habe ich das getan!‹ sagte sie bei sich. ›Ich hätte tausendfach Schlimmeres getan, und da sitzt er gleichgültig vor mir und denkt an eine andere!‹

Es überstieg die Kraft der Duchezza, diesen schrecklichen Gedanken zu ertragen; sie fiel in tiefe Ohnmacht. Alle Anwesenden bemühten sich um sie; aber als sie wieder zu sich kam, bemerkte sie, daß Fabrizzio weniger um sie bemüht war als der Oberpfarrer und der Pfarrer. Er träumte wie gewöhnlich vor sich hin.

›Er denkt an seine Rückkehr nach Parma‹, sagte sich die Duchezza, ›und vielleicht daran, die Heirat Clelias mit dem Marchese zu vereiteln. Aber ich werde ihn davon abzuhalten wissen.‹ Dann fiel ihr die Gegenwart der beiden Geistlichen ein, und sie beeilte sich, laut zu sagen: »Er war ein großer Fürst, der viel verleumdet worden ist. Ein unersetzlicher Verlust für uns!«

Die beiden Geistlichen verabschiedeten sich. Die Duchezza wollte allein sein und erklärte, sie ginge zu Bett.

›Zweifellos‹, sagte sie sich, ›gebietet mir die Vorsicht, einen oder zwei Monate zu warten, ehe ich nach Parma zurückkehre; aber ich fühle, daß ich diese Geduld nicht haben werde. Ich leide hier allzusehr. Fabrizzios beständige Träumerei, sein Stillschweigen sind für mich unerträglich. Wer hätte gedacht, daß ich mich an diesem herrlichen See langweilen würde auf Spazierfahrten mit ihm allein und zu einem Zeitpunkt, da ich ihn in einer Weise gerächt habe, die ich ihm gar nicht sagen kann! Nach einem solchen Erlebnis ist der Tod nichts. Jetzt bezahle ich für das leidenschaftliche Glück und die kindliche Freude, die ich in meinem Parmaer Palast empfunden habe, als Fabrizzio von Neapel zurückkam. Hätte ich ihm ein Wort gesagt, dann wäre alles erledigt, und vielleicht hätte er, an mich gebunden, nie an die kleine Clelia gedacht. Aber dieses eine Wort widerstrebte mir entsetzlich. Jetzt trägt sie den Sieg über mich davon. Was ist einfacher? Sie ist zwanzig Jahre alt, und ich, ich bin durch die Sorgen verändert, krank und doppelt so alt! Ich muß sterben; ich muß ein Ende machen! Eine Frau von vierzig Jahren ist nichts mehr für die Männer, die sie in ihrer Jugend geliebt haben! Ich würde nur noch die Freuden der Eitelkeit finden, und lohnt das die Mühe, zu leben? Ein Grund mehr, nach Parma zu gehen und mich zu vergnügen. Wenn die Dinge eine gewisse Wendung nehmen, geht man mir ans Leben. Meinetwegen, was ist Schlimmes dabei? Ich erlitte einen herrlichen Tod, und ehe es

aus wäre, aber nur dann, sagte ich zu Fabrizzio: ›Undankbarer, es geschah deinetwegen!‹ Gewiß, ich kann kein anderes Ziel für meinen
Lebensrest finden als Parma. Ich werde dort als große Dame leben.
Welch ein Glück, wenn ich jetzt empfänglich sein könnte für die
Auszeichnungen, die ehedem die Raversi so unglücklich gemacht haben! Damals mußte ich, um meinen Triumph zu schauen, in die Augen
des Neides blicken. Meine Eitelkeit schwelgt in Wonne; mit Ausnahme
vielleicht des Grafen wird kein Mensch ahnen, von welcher Art das
Ereignis gewesen ist, das dem Leben meines Herzens ein Ende bereitet
hat. – Ich werde Fabrizzio lieben, ich werde eine ergebene Dienerin
seines Glückes sein. Aber er soll nicht Clelias Heirat hindern und sie
schließlich gar heiraten. Nein, das darf nicht sein!‹

Die Duchezza schloß gerade ihr trauriges Selbstgespräch, als sie
großen Lärm im Hause vernahm.

›Ausgezeichnet!‹ sagte sie sich. ›Jetzt wird man mich verhaften.
Ferrante wird sich haben erwischen lassen; er wird ein Geständnis
abgelegt haben. Nun, um so besser! Ich werde etwas zu tun haben;
ich werde ihnen meinen Kopf streitig machen. Aber zunächst heißt
es, sich nicht kriegen zu lassen!‹

Die Duchezza floh halbbekleidet ans Ende ihres Gartens; sie hatte
bereits im Sinn, über eine niedrige Mauer zu klettern und sich ins
Freie zu retten, aber da sah sie, daß jemand ihr Zimmer betrat. Sie
erkannte Bruno, den Vertrauensmann des Grafen Mosca. Sie schlich
zur Glastür. Der Mensch erzählte ihrer Kammerzofe von Verwundun-
gen, die er erlitten habe. Die Duchezza trat in ihr Zimmer; Bruno
warf sich ihr fast zu Füßen und beschwor sie, dem Grafen die sonderbare Zeit nicht wiederzusagen, in der er eingetroffen sei.

»Gleich nach dem Tode von Serenissimus«, berichtete er, »hat der
Graf an alle Poststellen den Befehl erlassen, keinem Untertanen des
Staates Parma Pferde zu stellen. Darum bin ich bis an den Po mit
unsren Pferden gefahren. Beim Verlassen der Fähre jedoch ist mein
Wagen umgefallen, zerbrochen und liegen geblieben. Ich habe dabei
so schlimme Quetschungen davongetragen, daß ich nicht reiten
konnte, wie es meine Pflicht gewesen wäre.«

»Gut!« sagte die Duchezza. »Es ist früh drei Uhr. Ich werde sagen,
Ihr wäret gestern mittag gekommen. Widersprecht Euch aber nicht!«

»Ich werde der Güte der gnädigen Frau Dank wissen.«

Politik in einem Roman ist wie ein Pistolenschuß in einem Konzert, etwas Rohes, und doch kann man dem seine Aufmerksamkeit nicht verweigern. Wir müssen von sehr häßlichen Dingen sprechen, die wir aus mehr als einem Grunde am liebsten wegließen. Aber wir sind gezwungen, Ereignisse zu berühren, die hierher gehören, weil sie die Herzen der handelnden Personen zum Schauplatz haben.

»Aber, mein Gott, wie ist dieser große Fürst gestorben?« fragte die Duchezza den Eilboten.

»Er war auf der Jagd nach Zugvögeln in den Sümpfen längs des Po, zwei Meilen von Sacca. Da ist er in eine Grube gefallen, die unter einem Rasenstück verborgen war. Er war ganz in Schweiß und hat sich erkältet. Man hat ihn in ein einsam stehendes Haus geschafft; dort ist er nach etlichen Stunden verschieden. Andere behaupten, die Herren Catena und Borone seien auch tot, und der ganze Unfall sei dem Kupfergeschirr eines Bauern zuzuschreiben, bei dem man gerastet und gefrühstückt habe; es sei voller Grünspan gewesen. Schließlich munkeln die überspannten Köpfe, die Jakobiner, die immer erzählen, was sie wünschen, von Vergiftung. Ich weiß, daß mein Freund Toto, der Hoffurier, ohne die hochherzigen Bemühungen eines Bauern gestorben wäre, der offenbar große medizinische Kenntnisse besitzt und ihm höchst merkwürdige Heilmittel verschrieben hat. Aber man spricht schon nicht mehr vom Tode des Fürsten. Er war im Grunde doch ein grausamer Mann. Als ich abfuhr, rottete sich das Volk zusammen, um den Großfiskal Rassi in Stücke zu reißen; auch wollte man die Tore der Zitadelle stürmen und versuchen, die Gefangenen zu befreien; aber der General Fabio Conti war bereit, seine Kanonen abfeuern zu lassen. So hieß es. Anderseits geht das Gerücht, die Kanoniere der Zitadelle hätten Wasser in ihr Pulver geschüttet und wollten nicht auf ihre Mitbürger schießen. Aber das Belangreichste ist wohl dies: Während der Arzt von Sandolaro meinen zerschundenen Arm verband, kam ein Mann aus Parma und erzählte, das Volk habe Barbone auf der Straße ergriffen, jenen berüchtigten Schreiber von der Zitadelle, habe ihn totgeschlagen und hinterher an einem Baum der Allee in der Nähe der Zitadelle aufgeknüpft. Der Volkshaufe habe sich dann in Marsch gesetzt, um das schöne Standbild von Serenissimus im Hofgarten zu zertrümmern. Aber der Herr Graf hat ein Bataillon Garde befohlen, es vor dem Standbild aufgestellt und der Menge verkünden lassen, keiner, der in den Hofgarten eindränge, werde lebendig wieder hinauskommen. Und das Volk hat Angst gekriegt. Aber, was recht sonderbar ist: der Mann, der aus Parma kam, ein ehemaliger Gendarm, hat mir mehrfach versichert, der Herr Graf habe dem General Pillone, dem Befehlshaber der fürstlichen Garde, Fußtritte verabreicht. Er habe ihn durch zwei Füsiliere aus dem Garten führen lassen, nachdem er ihm die Epauletten von den Schultern gerissen habe.«

»Daran erkenne ich den Grafen!« rief die Duchezza in einer Aufwallung von Freude, die sie eine Minute vorher nicht geahnt hätte. »Nie wird er dulden, daß man unserer Fürstin Schimpf antut. Und was den General Pillone anlangt, der hat aus Treue zu seinem angestammten Fürsten nie dem Usurpator dienen wollen, während der Graf, weniger rücksichtsvoll, alle Feldzüge in Spanien mitgemacht hat. Man warf ihm das oft bei Hofe vor.«

Die Duchezza öffnete den Brief Moscas, unterbrach aber das Lesen durch tausend Fragen, die sie an Bruno richtete. Der Brief war sehr scherzhaft geschrieben. Der Graf hatte die trübseligsten Ausdrücke angewandt, während die hellste Freude aus jedem einzelnen Wort hervorleuchtete. Er vermied Einzelheiten über die Todesart des Fürsten und schloß seinen Brief wie folgt:

›Mein Engel! Ohne Zweifel wirst Du nun zurückkommen. Aber ich rate Dir, warte ein oder zwei Tage, bis der Eilbote eintrifft, den Dir die Fürstin senden wird, und zwar, wie ich hoffe, heute oder morgen. Deine Rückkehr muß ebenso glänzend sein, wie Deine Abreise dreist war. Was den großen Verbrecher betrifft, der bei Dir weilt, so gedenke ich ihn vor ein neues Gericht von zwölf Richtern zu stellen, die aus allen Teilen unseres Staates berufen werden sollen. Aber, um dieses Ungeheuer nach Gebühr zu bestrafen, muß ich zunächst aus dem ersten Urteil Haarwickel machen lassen, wenn es noch da ist.‹

In einer später hinzugefügten Nachschrift hieß es:

›Noch eine andere Sache: Ich habe eben an zwei Gardebataillone scharfe Patronen ausgeben lassen. Ich gehe in den Kampf und werde mein möglichstes tun, um mir den Spitznamen ›der Grausame‹ zu verdienen, mit dem mich die Liberalen seit so langer Zeit beehren. Die alte Mumie, der General Pillone, hatte die Kühnheit, in der Kaserne davon zu reden, mit dem geradezu meuternden Pöbel in Unterhandlungen zu treten. Ich schreibe Dir mitten auf der Straße. Ich gehe in das Schloß, in das man nur über meine Leiche kommen soll. Lebe wohl! Wenn ich falle, so werde ich dabei Deiner trotz allem in Verehrung gedenken wie im Leben! Vergiß nicht, die dreihunderttausend Franken zu erheben, die ich auf Deinen Namen in Lyon bei D. hinterlegt habe.

Da steht der arme Teufel, der Rassi, bleich wie der Tod und ohne Perücke. Du kannst Dir sein Gesicht nicht vorstellen! Das Volk will ihn durchaus aufhängen. Damit täte man ihm ein großes Unrecht an; er verdient, geviertelt zu werden. Er hat sich in meinen Palazzo geflüchtet und ist mir auf die Straße nachgelaufen. Ich weiß gar nicht, was ich mit ihm anfangen soll. In das fürstliche Schloß möchte ich ihn nicht mitnehmen; dann ginge erst recht der Krawall los. F. wird sehen, ob ich ihn liebe. Mein erstes Wort zu Rassi war: ›Ich muß das Urteil gegen Monsignore del Dongo haben nebst allen Abschriften, die Sie davon etwa besitzen. Sagen Sie jenen ungerechten Richtern, die diesen Aufruhr verschuldet haben, daß ich sie alle miteinander hängen lasse und ebenso Sie, mein lieber Freund, wenn Sie ein Wort über jenes Urteil verlauten lassen. Es hat niemals bestanden!‹ Im Namen Fabrizzios schicke ich dem Erzbischof eine Kompanie Grenadiere.

Lebe wohl, Geliebteste! Meinen Palast äschern sie vielleicht ein, und ich werde die reizenden Bilder verlieren, die ich von Dir habe. Ich eile ins Schloß, um den ehrlosen Pillone abzusetzen. Er liebäugelt auf das gemeinste mit dem Pöbel, wie er ehedem vor Serenissimus hochselig kroch. Alle diese Generale haben eine Teufelsangst. Ich denke, man wird mich zum Kommandierenden General ernennen.‹

Die Duchezza war so boshaft, Fabrizzio nicht wecken zu lassen. Sie fühlte für den Grafen einen Anflug von Bewunderung, die starke Ähnlichkeit mit Liebe hatte. ›Wenn ich mirs so recht überlege‹, sagte sie bei sich, ›so sollte ich ihn heiraten!‹ Sie schrieb ihm alsbald und entsandte einen ihrer Leute. In dieser Nacht hatte die Duchezza keine Zeit, unglücklich zu sein.

Am anderen Tage sah sie gegen Mittag eine mit zehn Ruderern bemannte Barke, die pfeilschnell die Fluten des Sees durchschnitt. Sehr bald erkannte sie, ebenso wie Fabrizzio, einen Mann darauf in der Kleidung des Fürsten von Parma. In der Tat war es ein Eilbote vom Hofe, der, ehe er noch landete, der Duchezza zurief:

»Der Aufruhr ist niedergeschlagen!«

Der Eilbote überbrachte ihr mehrere Briefe des Grafen, ein prächtiges Handschreiben der Fürstin und eine Kabinettsorder des Fürsten Ranuccio Ernesto V. auf Pergament, durch die sie zur Duchezza di

San Giovanni und zur Oberhofmeisterin der Fürstinwitwe ernannt war. Der junge Fürst, der gelehrte Mineraloge, den sie für einen Schwachkopf hielt, hatte den Geist gehabt, ihr ein kleines Briefchen zu schreiben; gegen Ende wurde es beinahe zur Liebesepistel:

›Frau Duchezza, Graf Mosca meint, er wäre mit mir zufrieden. Tatsächlich habe ich an seiner Seite etlichen Flintenschüssen standgehalten, und mein Pferd hat einen Streifschuß bekommen. Nachdem ich gesehen habe, was für ein Geschrei man um solch eine Kleinigkeit macht, habe ich lebhafte Sehnsucht, eine richtige Schlacht mitzumachen, nur freilich nicht gegen meine Untertanen. Dem Grafen verdanke ich alles. Meine Generale, die nie im Kriege gewesen sind, haben sich wie Hasen benommen; ich glaube, zwei oder drei sind bis Bologna geflohen. Seitdem ein großes, bedauerliches Ereignis mich auf den Thron erhoben hat, habe ich keine Verfügung unterzeichnet, die mir so erfreulich gewesen wäre wie die, die Sie zur Oberhofmeisterin meiner Mutter ernennt. Meine Mutter und ich haben uns erinnert, daß Sie einmal die schöne Aussicht bewundert haben, die man vom Palazzetto di San Giovanni hat, der ehedem, wie man wenigstens berichtet, Petrarca gehört haben soll. Meine Mutter hat geruht, Ihnen diese Villa zu schenken, und ich, der ich nicht weiß, was ich Ihnen verleihen soll, und Ihnen nichts anzubieten wage, was sie schon besitzen, ich erhebe Sie zur Duchezza meines Landes. Ich weiß nicht, ob Sie so gelehrt sind, zu wissen, daß Sanseverina römischer Adel ist. Ich habe soeben Seiner Hochwürden, unserem Erzbischof, das Großband meines Hausordens verliehen. Er hat eine Festigkeit an den Tag gelegt, wie sie an einem Siebziger wohl selten ist.

Man hat mir gesagt, ich dürfe hinfüro nur mit dem Zusatz ›Ihr wohlaffektionierter‹ unterzeichnen. Ich bedaure oft, daß ich eine Versicherung verschwenden muß, die nur dann durch und durch aufrichtig ist, wenn ich Ihnen schreibe als

Ihr wohlaffektionierter

Ranuccio Ernesto.‹

Auf einen solchen Brief hin war es klar, daß sich die Duchezza fortan der höchsten Gunst zu erfreuen hatte. Jedoch fand sie in einem anderen Briefe des Grafen, den sie zwei Stunden später empfing, eine recht rätselhafte Stelle. Ohne irgendwelche genauere Erläuterung riet er ihr, ihre Rückkehr nach Parma um einige Tage hinauszuschieben und der Fürstin zu schreiben, sie sei sehr unpäßlich.

Die Duchezza und Fabrizzio reisten nichtsdestoweniger gleich nach Tisch nach Parma ab. Sie hatte die Absicht, die Heirat des Marchese Crescenzi zu beschleunigen, was sie sich freilich selbst nicht eingestand. Fabrizzio hingegen trat diese Reise mit närrischen Glückswallungen an, die der Duchezza lächerlich erschienen. Er hegte die Hoffnung, Clelia bald wiederzusehen. Er war entschlossen, sie, selbst wider Willen, zu entführen, wenn kein anderes Mittel, diese Heirat zu vereiteln, übrig bliebe.

Die Reise der Duchezza und ihres Neffen war sehr lustig. Eine Poststelle vor Parma wurde ein kurzer Halt gemacht, damit Fabrizzio seine geistliche Tracht wieder anlegen konnte; gewöhnlich ging er wie ein Herr in Trauer. Als er wieder zur Duchezza kam, sagte sie zu ihm: »Ich finde in den Briefen des Grafen gewisse verdächtige und unerklärliche Stellen. Wenn du auf mich hören willst, so wartest du hier ein paar Stunden. Sobald ich den großen Minister gesprochen habe, werde ich dir einen Eilboten senden.«

Nur ungern fügte sich Fabrizzio dem klugen Vorschlag. Der Graf empfing die Duchezza mit der unbändigen Freude eines Fünfzehnjährigen. Er nannte sie seine Frau. Es währte lange, bis er Lust hatte, über politische Dinge zu sprechen, und als man schließlich zur traurigen Vernunft kam, sagte er: »Du hast sehr richtig gehandelt, daß du Fabrizzio von einem Einzug in aller Form abgehalten hast. Wir befinden uns hier in voller Reaktion. Ahnst du, wen mir der Fürst zum Amtsgenossen als Justizminister gegeben hat? Rassi, meine Liebe, Rassi, den ich am Tage des großen Umsturzes wie einen Schurken behandelt habe. Er ist ja auch einer. Ich teile dir übrigens mit, daß man alles hier Vorgefallene totgeschwiegen hat. Wenn du unser Tageblatt liest, wirst du erfahren, daß ein Schreiber von der Zitadelle, namens Barbone, durch einen Sturz aus dem Wagen gestorben ist. Was die sechzig und soundsoviel Schelme anbelangt, die ich bei ihrem Sturm auf das Standbild von Serenissimus im Hofe habe niederknallen lassen, so soll es ihnen allen wohl gehen; nur sind sie auf Reisen. Der Graf Zurla, Minister des Inneren, hat sich in eigener Person in die Wohnung jedes dieser unglücklichen Helden begeben und ihren Angehörigen oder Freunden je fünfzehn Zechinen zurückgelassen, mit der Weisung, zu sagen, der Verstorbene sei auf Reisen, natürlich unter der hochnotpeinlichen Androhung von Gefängnis, wenn man sich unterstünde, verlauten zu lassen, daß der Betreffende erschossen worden ist. Ein Beamter aus meinem eigenen Amtsbereich, aus dem Ministerium des Äußeren, ist zur Unterhandlung mit den Zeitungsleuten von Mailand und Turin entsandt worden, damit die beklagenswerten Vorfälle – wie der genehmigte Ausdruck lautet – nicht erwähnt werden. Derselbe Mann soll bis Paris und London eilen, um in allen Zeitungen amtlich in Abrede zu stellen, daß Unruhen bei uns stattgefunden haben. Ein zweiter Geschäftsträger ist auf dem Wege nach Bologna und Florenz. Ich habe den Kopf geschüttelt.

Aber etwas Drolliges für mein Alter ist es, daß ich einen Anfall von Begeisterung gehabt habe, als ich eine Ansprache an die Soldaten der Garde hielt und dem General Pillone, diesem Feigling, die Epauletten von den Schultern riß. In jenem Augenblick hätte ich ohne Zaudern mein Leben für den Fürsten hingegeben. Ich gestehe jetzt, es wäre eine recht dumme Todesart gewesen. Heute gäbe der Fürst, so gutmütig dieser junge Mann ist, hundert Taler darum, wenn ich an irgendeiner Krankheit stürbe. Noch wagt er nicht, mich um mein Abschiedsgesuch zu bitten, aber wir sprechen uns so selten wie möglich. Die paar nebensächlichen Berichte bekommt er auf schriftlichem Wege, wie ich das beim hochseligen Serenissimus nach Fabrizzios Verhaftung gehandhabt habe. Übrigens habe ich aus dem gegen ihn gefällten Urteil noch keine Lockenwickel drehen können, aus dem guten Grunde, weil dieser Halunke, der Rassi, es mir noch gar nicht ausgehändigt hat. Sie haben also sehr richtig gehandelt, Fabrizzio zu hindern, daß er hier in aller Form einzieht. Das Urteil ist noch immer rechtsgültig. Ich glaube zwar nicht, daß Rassi es wagt, unsern Neffen heute verhaften zu lassen, aber möglicherweise wagt er es in vierzehn Tagen. Wenn Fabrizzio darauf besteht, in die Stadt zurückzukehren, dann soll er bei mir Wohnung nehmen.«

»Und der Grund von alledem?« fragte die Duchezza erstaunt.

»Man hat dem Fürsten eingeredet, ich trachtete danach, mir das Ansehen eines Diktators und Retters des Vaterlandes zu geben und ihn wie ein Kind am Gängelbande zu führen. Mehr noch, ich soll über ihn gesprochen und dabei das peinliche Wort ›dieses Kind‹ gebraucht haben. Das mag ja vielleicht wahr sein; ich war an jenem Tage außer mir. So sah ich in ihm zum Beispiel einen Helden, weil er bei den ersten Gewehrschüssen, die er in seinem Leben hörte, wirklich nicht allzuviel Angst hatte. Es fehlt ihm durchaus nicht an Geist; er hat sogar einen besseren Ton als sein Vater. Schließlich ist er im Grunde seines

Herzens anständig und gutmütig. Ich kann das nicht oft genug wiederholen. Aber sein schlichtes Kinderherz gerät in Zuckungen, wenn ihm jemand einen Gaunerstreich erzählt. Gleich denkt er, man müsse selber eine ganz schwarze Seele haben, weil man solche Sachen bemerkt. Sie wissen ja, was für eine Erziehung er gehabt hat.«

»Eccellenza hätte bedenken sollen, daß er eines Tages Landesherr werden würde, und ihm einen geistvollen Mann beigeben sollen!«

»Erstens haben wir das Beispiel des Abbes de Condillac, der von meinem Vorgänger, dem Marchese di Felino, berufen ward und der aus seinem Zögling nichts gemacht hat als den König der Toren. Er zog bei den Prozessionen einher, und im Jahre 1796 verstand er es nicht, sich mit dem General Bonaparte gut zu stellen, der die Ausdehnung seines Landes verdreifacht hätte.

Zweitens habe ich niemals geglaubt, daß ich zehn Jahre hintereinander Minister bleiben würde. Jetzt, da ich die ganze Geschichte satt habe, und besonders seit vier Wochen, will ich eine Million zusammenkriegen, dann lasse ich den Karren fahren, den ich aus dem Dreck gezogen habe. Ohne mich wäre Parma binnen zwei Monaten eine Republik mit dem Dichter Ferrante Palla als Diktator.«

Bei diesem Namen wurde die Duchezza rot. Der Graf wußte von nichts.

»Wir sind dabei, in die übliche Monarchie des achtzehnten Jahrhunderts zurückzufallen. Beichtväter und Mätressenwirtschaft. Im Grunde liebt der Fürst nur die Mineralogie und vielleicht Sie, gnädige Frau. Seit er auf dem Thron sitzt, hat sein Kammerdiener – dessen Bruder ich eben zum Kapitän ernannt habe nach einer Dienstzeit von neun Monaten –, sein Kammerdiener also hat ihm weis gemacht, er müsse glücklicher sein als jedes andere Menschenkind, weil sein Profil nunmehr auf den Talern prangt. Durch diesen schönen Einfall ist er verdrießlich geworden.

Nun muß man ihm einen Adjutanten geben, der ihm die Langeweile vertreibt. Ja, wenn er mir auch die famose Million böte, die wir brauchen, um in Neapel oder Paris gut zu leben, so möchte ich doch der Vertreiber der Langenweile nicht sein und jeden Tag vier bis fünf Stunden mit Serenissimus verbringen. Da ich mehr Geist habe als er, würde er mich obendrein nach Verlauf von vier Wochen für ein Ungeheuer halten.

Der hochselige Fürst war boshaft und mißgünstig, aber er hatte Feldzüge mitgemacht und ein Armeekorps befehligt. Das hat ihm Rückgrat verliehen. Er hatte das Zeug zum Herrscher, und ich konnte recht und schlecht Minister sein. Bei diesem lauteren und wahrhaft guten Menschen, seinem Sohn, muß ich wohl oder übel Intrigant werden. Ich bin ja der Nebenbuhler des geringsten Frauenzimmers im Schloß und ein sehr unterlegener Nebenbuhler, denn ich verabscheue hundert kleinliche Dinge. Vor drei Tagen zum Beispiel hatte eines dieser Weiber das Unglück, dem Fürsten den Schlüssel zu einem seiner Schreibtische zu vertrödeln. Daraufhin sträubte sich Serenissimus, sich mit all den Akten zu beschäftigen, die sich in diesem Schreibtisch befanden. Für zwanzig Franken hätte man die Kästen aufbrechen oder mit einem Dietrich öffnen lassen können, aber Ranuccio Ernesto V. meinte zu mir, so etwas brächte den Hofschlosser nur auf schlimme Gedanken.

Bis heute ist es ihm durchaus unmöglich gewesen, an einem einmal gefaßten Willensentschluß drei Tage lang festzuhalten. Wäre dieser junge Fürst als Herr Marchese Soundso geboren, mit Vermögen, dann wäre er einer der schätzenswertesten Männer seines Hofes, eine Art Ludwig XVI. Aber wie soll er in seiner heiligen Einfalt allen den schlauen Ränken entgehen, die ihn umstricken? So ist denn auch der Salon Ihrer Feindin, der Raversi, mächtiger denn je. Man hat dort die Entdeckung gemacht, daß ich, der ich auf das Volk schießen ließ, der ich entschlossen war, im Notfall lieber dreitausend Menschen niederzuknallen, als das Standbild meines ehemaligen Fürsten und Gebieters beschimpfen zu lassen, – daß ich ein versessener Liberaler sei, daß ich eine Verfassung hätte durchsetzen wollen und hundert ähnliche Ungereimtheiten. Mit ihrem republikanischen Gerede werden die Narren uns um den Genuß der besten Monarchie bringen.

Am Ende sind Sie, gnädige Frau, die einzige Person der gegenwärtigen liberalen Partei, zu deren Führer mich meine Feinde stempeln, über die sich der Fürst nicht in unliebenswürdigen Redensarten ausläßt. Der Erzbischof, stets durch und durch ein Ehrenmann, steht in vollster Ungnade, weil er in vernünftigen Worten von dem gesprochen hat, was ich an dem Unglückstage getan habe.

Am nächsten Tage nach diesem, der damals noch nicht der Unglückstag hieß, als der Aufruhr noch eine wahre Tatsache war, hat der Fürst zum Erzbischof gesagt, er wolle mich zum Duca machen, damit Sie keinen niedrigeren Titel anzunehmen brauchen, wenn Sie mich heiraten. Heute glaube ich, man wird Rassi, den ich geadelt habe, weil er mir die Geheimnisse des Hochseligen verriet, in den Grafenstand erheben. Angesichts eines solchen Emporkommens werde ich die Rolle eines Tölpels spielen.«

»Und der arme Fürst wird sich ins Unglück reiten.«

»Zweifellos, aber er ist nun einmal der Herr; kraft dieser Eigenschaft schwindet in weniger als vierzehn Tagen das Lächerliche. Also, liebe Duchezza, machen wir uns auf und davon!«

»Aber wir werden nicht eben reich sein.«

»Eigentlich haben weder Sie noch ich den Luxus nötig. Wenn Sie mir in Neapel einen Logenplatz im San Carlo und ein Pferd bewilligen, bin ich mehr als zufrieden. Der mehr oder minder große Aufwand wird niemals unsern Rang bestimmen, sondern der Genuß, den die geistreichen Leute des Landes finden, wenn sie eine Tasse Tee in Ihrem Hause trinken.«

»Was wäre aber an jenem Unglückstage geschehen«, erwiderte die Duchezza, »wenn Sie sich nicht in die Sache gemengt hätten, wie ich das in Zukunft von Ihnen erhoffe?«

»Die Truppen hätten mit dem Pöbel gemeinsame Sache gemacht; es hätte drei Tage Mord und Brand geherrscht. In diesem Lande müssen nämlich noch hundert Jahre vergehen, ehe man hier für die Republik reif wird. Vierzehn Tage lang wäre geplündert worden, bis zwei oder drei von auswärts herbeigerufene Regimenter die Ordnung wieder hergestellt hätten. Ferrante Palla war mitten unter dem Pöbel, voller Mut und Raserei wie gewöhnlich. Er hat ohne Zweifel ein Dutzend Freunde, die mit ihm unter einer Decke stecken, woraus Rassi eine prächtige Verschwörung machen wird. So viel steht fest, daß er in einem unglaublich zerlumpten Anzug das Gold mit vollen Händen ausgeteilt hat.«

Verwundert über diese Einzelheiten, machte sich die Duchezza eiligst auf den Weg, um der Fürstin ihren Dank auszusprechen.

Als sie die Gemächer der Fürstinwitwe betrat, händigte ihr die diensthabende Hofdame den kleinen am Gürtel zu tragenden goldenen Schlüssel aus, das Zeichen der höchsten Würde in dem von der Fürstin bewohnten Teil des Schlosses. Clara Paolina entließ sofort alle Anwesenden; und als sie mit ihrer Freundin allein war, bewegte sich ihre Rede eine Weile in unklaren Ausdrücken. Die Duchezza verstand nicht recht, worauf sie hinauswollte, und antwortete sehr zurückhaltend. Schließlich brach die Fürstin in Tränen aus, und sich in die Arme der Duchezza werfend, rief sie aus: »Mein Lebenskelch ist noch nicht geleert. Mein Sohn wird mich noch schlimmer behandeln als sein Vater!«

»Das werde ich verhindern!« entgegnete die Duchezza lebhaft. »Doch vor allem fühle ich mich gedrängt, Eurer Hoheit meinen alleruntertänigsten Dank und meine tiefste Ergebenheit zu Füßen legen zu dürfen.«

»Was wollen Sie damit sagen?« fragte die Fürstin ängstlich. Sie befürchtete ein Entlassungsgesuch.

»Das heißt: allemal, wenn Eure Hoheit gnädigst erlauben, den wackelnden Kopf des Porzellanaffen da auf dem Kaminsims nach rechts zu drehen, soll es mir gestattet sein, jedes Ding beim rechten Namen zu nennen.«

»Weiter nichts als das, meine liebe Duchezza?« rief Clara Paolina, indem sie aufstand und den Affenkopf flugs eigenhändig in die richtige Stellung brachte. »Reden Sie also frank und frei, Frau Oberhofmeisterin!« sagte sie in liebenswürdigem Tone.

»Hoheit haben die Lage völlig richtig erkannt«, begann die Duchezza. »Hoheit und ich gehen den größten Gefahren entgegen. Das über Fabrizzio verhängte Urteil ist durchaus noch nicht aufgehoben; infolgedessen kann man ihn eines Tages, wenn man mich los sein oder Eure Hoheit kränken will, von neuem ins Gefängnis setzen. Unsere Lage ist schlimmer denn je. Was mich persönlich anlangt: ich heirate den Grafen Mosca, und wir lassen uns in Neapel oder in Paris nieder. Die undankbare Behandlung, deren Opfer der Graf augenblicklich ist, hat ihm den Staatsdienst völlig verleidet, und abgesehen von der Rücksicht auf Eure Hoheit, würde ich ihm nur dann raten, in dieser Patsche zu bleiben, wenn ihm der Fürst eine beträchtliche Summe bietet. Ich bitte untertänigst um die Erlaubnis, Eurer Hoheit erklären zu dürfen, daß der Graf hundertdreißigtausend Franken besaß, als er das Ministerium übernahm, und heute hat er kaum zwanzigtausend Lire Rente. Vergeblich habe ich ihn seit langem gedrängt, er solle an sein Vermögen denken. Während meiner Abwesenheit hat er mit den Generalpächtern des Fürsten Händel vom Zaune gebrochen. Es waren Gauner. Der Graf hat sie durch andere Gauner ersetzt, die ihm achthunderttausend Franken dafür geboten haben.«

»Wie?« rief die Fürstin erstaunt. »Mein Gott! Das ist ja empörend!«

»Hoheit«, erwiderte die Duchezza mit größter Gelassenheit, »soll ich dem Affen die Nase wieder nach links drehen?«

»Um Gottes willen nicht!« rief die Fürstin. »Aber ich bin empört, daß sich ein Mann vom Charakter des Grafen auf solche Weise bereichern konnte.«

»Ohne diesen Raub hätten ihn die anständigen Leute ausgelacht!«

»Mein Gott, ist es möglich?«

»Hoheit«, fuhr die Duchezza fort, »mit Ausnahme meines Freundes, des Marchese Crescenzi, der drei- bis vierhunderttausend Lire Jahreseinkommen hat, stiehlt hier alle Welt. Und wie soll man nicht stehlen in einem Lande, wo die Dankbarkeit für die größten Dienste nicht einmal vier Wochen anhält? Gibt es etwas Gediegeneres und die Ungnade Überdauernderes als das Geld? Ich möchte mir schreckliche Wahrheiten erlauben, Hoheit!«

»Ich erlaube sie Ihnen«, sagte die Fürstin mit einem tiefen Seufzer, »so überaus peinlich sie für mich sind.«

»Wohlan, Hoheit! Der Fürst, Ihr Sohn, durch und durch ein Ehrenmann, kann Sie viel unglücklicher machen, als es sein Vater getan hat. Der Hochselige hatte Charakter. Unser gegenwärtiger Landesherr ist nicht imstande, drei Tage hintereinander dasselbe zu wollen. Die Folge davon ist: um seiner sicher zu sein, muß man dauernd um ihn herum sein und niemanden mit ihm sprechen lassen. Da diese Tatsache nicht schwierig zu erkennen ist, werden die neuen Ultras, Rassi und die Marchesa Raversi an der Spitze, dem Fürsten eine Mätresse verschaffen. Dieser Mätresse wird man erlauben, sich zu bereichern, aber als Gegenleistung muß sie der Partei für den festen Willen ihres Gebieters haften.

Damit ich an Allerhöchstdero Hofe festen Fuß fasse, ist es nötig, daß Rassi verbannt und öffentlich für ehrlos erklärt wird. Ich möchte fernerhin, daß Fabrizzio von den ehrenhaftesten Richtern, die man finden kann, abgeurteilt wird. Wenn diese Herren, wie ich hoffe, seine Unschuld anerkennen, so wird man billigerweise dem Erzbischof willfahren, Fabrizzio zu seinem Koadjutor und dereinstigen Nachfolger zu machen. Scheitern meine Absichten, dann ziehe ich mich mit dem Grafen zurück. Scheidend gebe ich dann Eurer Hoheit den Rat: Sie dürfen Rassi nie verzeihen und niemals die Lande Ihres Sohnes verlassen! Dann wird Ihnen Ihr guter Sohn kein ernstliches Leid antun.«

»Ich bin Ihren Auseinandersetzungen mit der größten Aufmerksamkeit gefolgt«, erwiderte die Fürstin lächelnd. »Muß ich mich also selbst darum kümmern, meinem Sohn eine Mätresse auszusuchen?«

»Durchaus nicht, Hoheit! Erstreben Sie fürs erste, daß Ihr Salon der einzige ist, wo er sich wohl fühlt.«

In dieser Richtung spann sich die Unterhaltung lange weiter. Der harmlosen und geistreichen Fürstin fiel es wie Schuppen von den Augen.

Ein Bote der Duchezza meldete Fabrizzio, daß er die Stadt betreten könne, aber ganz heimlich. Man konnte ihn schwerlich erkennen. Als Bauer verkleidet, machte er sich alsbald in der Holzbude eines Maronenhändlers zu schaffen, schräg gegenüber vom Tor der Zitadelle, unter den Bäumen der Promenade.

24.

Die Duchezza veranstaltete reizende Abendgesellschaften im Schloß, das noch nie so viel Fröhlichkeit gesehen hatte. Nie war sie liebenswürdiger erschienen als in diesem Winter, obwohl sie von den größten Gefahren umringt war. Und so kam sie während dieser kritischen Saison auch keine zweimal dazu, unglücklich zu sein, wenn sie an die befremdliche Veränderung in Fabrizzios Wesen dachte. Der junge Fürst stellte sich immer sehr früh zu den netten Abenden seiner Mutter ein, und diese pflegte zu sagen: »Sie sollten lieber regieren! Ich wette, auf Ihrem Schreibtisch liegen mindestens zwanzig Berichte, die auf ein Ja oder Nein harren, und ich möchte nicht, daß Europa mich beschuldigt, ich machte einen Scheinkönig aus Ihnen, um an Ihrer Stelle zu herrschen.« Diese Bemerkungen fielen unglücklicherweise immer in den ungelegensten Augenblicken, nämlich gerade dann, wenn Serenissimus, seine Schüchternheit besiegend, an der Aufführung irgendeiner dramatischen Scharade mitwirkte, was ihn höchlichst ergötzte. Zweimal in der Woche wurden Ausflüge über Land unternommen, wozu die Duchezza unter dem Vorwand, den neuen Monarchen volkstümlich zu machen, die hübschesten Damen aus der bürgerlichen Gesellschaft hinzuzog. Die Duchezza war die Seele dieser lustigen Hofhaltung; sie hoffte, daß die schönen Bürgermädchen, die alle mit tödlichem Neid auf das hohe Glück des bürgerlichen Rassi schielten, dem Fürsten eine der zahllosen Schurkereien dieses Ministers verraten würden. Unter anderen kindlichen Ansichten hatte der Fürst nämlich den Wahn, er besäße ein sittenstrenges Ministerium.

Rassi besaß viel zuviel Verstand, als daß er nicht gemerkt hätte, wie gefährlich ihm diese von seiner Feindin geleiteten glänzenden Abendgesellschaften am Hofe der Fürstinwitwe waren. Er hatte dem Grafen das noch rechtsgültige Urteil gegen Fabrizzio nicht ausliefern wollen; also mußte die Duchezza oder er vom Hofe verschwinden.

Am Tage jenes Volksaufruhrs, dessen Tatsache zu leugnen neuerdings zum guten Ton gehörte, war Geld unter die Menge verteilt worden. Davon ging Rassi aus. Noch schlechter gekleidet als gewöhnlich, kroch er in den elendesten Häusern der Stadt umher und unterhielt sich stundenlang mit ihren armseligen Bewohnern. Soviel Mühe lohnte sich reichlich. Nach vierzehn Tagen hatte er die Beweise, daß Ferrante Palla der geheime Führer des Aufstandes gewesen war, und mehr noch, daß er, der zeitlebens arm war wie so mancher große Dichter, in Genua acht oder zehn Diamanten verkauft hatte. Unter anderem berichtete man ihm, fünf davon hätten tatsächlich einen Wert von vierzigtausend Franken gehabt; er habe sie aber zehn Tage vor dem Tode des Fürsten, angeblich, weil er Geld brauchte, für fünfunddreißigtausend Franken verkauft. Der Freudenausbruch des Justizministers über diese Entdeckung war unbeschreiblich. Ihm entging nicht, daß man sich am Hofe der Fürstinwitwe täglich über ihn lustig machte, und mehrere Male lachte ihm der Fürst, während er geschäftlich mit ihm zu tun hatte, mit der ganzen Harmlosigkeit seiner Jugend gerade ins Gesicht. Rassi hatte allerdings sonderbare pöbelhafte Angewohnheiten; so schlug er zum Beispiel bei Verhandlungen, die ihn besonders fesselten, die Beine übereinander und spielte mit einem seiner Schuhe. Wuchs seine Anteilnahme, so breitete er sein rotes baumwollenes Schnupftuch über den Schoß, und dergleichen mehr. Der Fürst lachte sich halbtot, als sich eine der hübschesten Frauen aus dem Bürgerstande, die übrigens wußte, was für wohlgeformte Waden sie hatte, den Scherz erlaubte, diese feinen Sitten des Justizministers nachzuahmen. Rassi suchte um einen außerordentlichen Empfang nach und trug dem Fürsten folgendes vor: »Wollen Eure Hoheit mir hunderttausend Franken zur Verfügung stellen, damit ich Genaueres über die Todesart Allerhöchstdero hochseligen Herrn Vaters feststellen kann? Mit dieser Summe wird es sich die Justiz angelegen sein lassen, die Schuldigen zu ergreifen, falls es solche geben sollte.«

Die Antwort des Fürsten kann man sich denken.

Einige Tage darauf teilte Cechina der Duchezza mit, man habe ihr eine große Geldsumme geboten, wenn sie die Diamanten ihrer Herrin durch einen Goldschmied untersuchen ließe. Sie hatte sich entrüstet geweigert. Die Duchezza schalt sie deswegen aus, sie hätte sie ruhig zeigen können. Acht Tage später bekam Cechina die Steine zum Zeigen. Am Tage, der für diese Diamantenbesichtigung bestimmt war, ließ Graf Mosca jeden einzelnen Juwelier von Parma durch je zwei sichere Leute beobachten, und um Mitternacht meldete er der Duchezza, daß der neugierige Goldschmied niemand anders war als Rassis Bruder.

Die Duchezza war an jenem Abend sehr heiter. Man spielte im Schloß eine Commedia dell'arte, das heißt ein Stück, bei dem man nur den Plan der Handlung vereinbart, den Dialog aber der Eingebung der Mitspieler überläßt. In diesem Stück hatte die Duchezza als Liebhaber den Grafen Baldi, den ehemaligen Freund der Marchesa Raversi, die zugegen war. Der Fürst, der schüchternste Mensch seines Landes, aber ein sehr schmucker Junge mit dem zärtlichsten Herzen, studierte die Rolle des Grafen Baldi, die er bei der zweiten Aufführung selber spielen wollte.

»Ich habe nur sehr wenig Zeit«, sagte die Duchezza zum Grafen. »Ich trete in der ersten Szene des zweiten Aktes auf. Gehen wir in das Vorzimmer!«

Dort, angesichts von zwanzig Leibgardisten, lauter aufgeweckten Leuten, die bei der Unterhaltung des Premierministers mit der Oberhofmeisterin die Ohren spitzten, sagte die Duchezza lachend zu ihrem Freunde:

»Sie schelten mich immer aus, wenn ich unnützerweise Geheimnisse ausplaudere. Ich bin es, durch den Ernst V. auf den Thron berufen worden ist. Es handelte sich darum, Fabrizzio zu rächen, der mir damals mehr am Herzen lag als heute, wenn auch stets in aller Unschuld. Ich weiß wohl, daß Sie an diese Unschuld nicht besonders glauben, aber daran liegt wenig, da Sie mich trotz meinen Verbrechen lieben. Wissen Sie, hier haben wir ein regelrechtes Verbrechen. Ich habe alle meine Diamanten einem interessanten Narren namens Ferrante Palla gegeben. Ich habe ihn sogar geküßt, damit er den Mann vernichte, der Fabrizzio vergiften lassen wollte. Was ist Schlimmes dabei?«

»Aha! Daher hatte also Ferrante das Geld für seinen Aufstand!« entgegnete der Graf, ein wenig betroffen. »Und das alles erzählen Sie mir im Wachtsaal!«

»Weil ichs eilig habe und Rassi der Geschichte auf der Spur ist. Allerdings habe ich niemals von einer Empörung gesprochen. Ich verabscheue die Jakobiner. Überlegen Sie sich die Sache, und sagen Sie mir Ihre Meinung nach dem Stück!«

»Ich will Ihnen auf der Stelle sagen, daß Sie den Fürsten verliebt machen müssen, aber wohlgemerkt, in allen Ehren!«

Man rief die Duchezza auf die Bühne. Sie eilte hin. Etliche Tage später empfing die Duchezza durch die Post einen lächerlich großen Brief, der mit dem Namen einer ihrer ehemaligen Kammerzofen unterschrieben war. Es war ein Gesuch um eine Anstellung bei Hofe, aber die Duchezza erkannte auf den ersten Blick, daß es weder die Handschrift noch der Stil jener Zofe war. Als sie den Bogen aufschlug, um die zweite Seite zu lesen, fiel ihr ein kleines wundertätiges Madonnenbild vor die Füße, eingewickelt in ein bedrucktes Blatt aus einem alten Buch. Nach einem flüchtigen Blick auf das Bildchen las die Duchezza ein paar Zeilen des alten bedruckten Blattes. Ihre Augen funkelten, als sie da folgende Worte fand:

›Der Volksvertreter hat hundert Franken im Monat genommen, nicht mehr. Mit dem Rest sollte das heilige Feuer in den Seelen, die durch den Egoismus vereist sind, wieder angefacht werden. Der Fuchs ist mir auf der Spur. Deshalb habe ich nicht danach getrachtet, das angebetete Wesen ein letztes Mal zu besuchen. Ich habe mir gesagt, sie liebt die Republik nicht, sie, die mir ebenso an Verstand wie an Anmut und Schönheit überlegen ist. Wie soll man auch eine Republik ohne Republikaner gründen? Ob ich mich täusche? In sechs Monaten werde ich, die Laterne des Diogenes in der Hand, zu Fuß durch die kleinen Städte Amerikas pilgern; ich will sehen, ob ich die einzige Rivalin noch lieben darf, die Sie in meinem Herzen haben. Wenn Sie diesen Brief erhalten, Frau Duchezza, und wenn ihn vor Ihnen kein Unberufener gelesen hat, dann lassen Sie eine der jungen Eschen umbrechen, die zwanzig Schritt von dem Flecke stehen, wo ich Sie zum ersten Male anzureden gewagt habe. Darauf werde ich unter dem großen Buchsbaum im Garten, dem Sie einmal in meinen glücklichen

Tagen Beachtung schenkten, ein Kästchen vergraben, in dem sich Dinge befinden, derentwegen man den Leuten meiner Überzeugung Schlimmes nachsagt. Ich hätte mich wohl gehütet zu schreiben, wenn der Fuchs mir nicht auf der Spur wäre und ein himmlisches Wesen gefährden könnte. In vierzehn Tagen werde ich nach dem Buchsbaum sehen.‹

›Da er eine Druckerei zur Verfügung hat‹, dachte die Duchezza, ›so werden wir bald eine Sonettsammlung haben. Wer weiß, was für einen Namen er mir da andichten wird!‹

Aus Berechnung machte die Duchezza einen Versuch. Sie wurde acht Tage lang unpäßlich, und der Hof hatte keine netten Abendgesellschaften mehr. Sehr ärgerlich über alles, was sie aus Angst vor ihrem Sohn seit den ersten Stunden ihres Witwentums hatte tun müssen, verbrachte die Fürstinmutter diese acht Tage in einem Kloster, das zu der Kirche gehörte, wo der hochselige Fürst bestattet lag. Diese Unterbrechung der Abendgesellschaften stürzte den Fürsten in riesige Langeweile und versetzte dem Ansehen des Justizministers einen merklichen Stoß. Ernst V. begriff, was für eine Langeweile seinem Hofe drohe, wenn ihn die Duchezza verließe oder auch nur einmal aufhöre, Freuden zu spenden.

Die Abendgesellschaften begannen wieder, und dem Fürsten gefiel die Commedia dell'arte immer mehr. Er hatte Lust, eine Rolle zu übernehmen, aber er wagte seinen Ehrgeiz nicht zu bekennen.

Eines Tages sagte er zur Duchezza, indem er über und über rot wurde: »Warum spiele ich nicht auch?«

»Wir stehen Eurer Hoheit alle zur Verfügung! Wenn Hoheit es mir zu befehlen geruhen, werde ich den Plan zu einer Komödie entwerfen. Bei den Glanzszenen von Allerhöchstdero Rolle sollen Hoheit mich als Partnerin haben. Und da jeder bei den ersten Malen ein wenig Lampenfieber hat, so wollen Hoheit mich aufmerksam ansehen: ich werde die nötigen Antworten vorsagen.«

Alles war mit endloser Sorgfalt vorbereitet. Der überaus schüchterne Fürst schämte sich seiner Schwäche. Die Mühe, die sich die Duchezza gab, damit ihn seine angeborene Schüchternheit nicht quäle, machte tiefen Eindruck auf den jungen Monarchen.

Am Tage seines ersten Auftretens begann das Spiel eine halbe Stunde früher als gewöhnlich, und im Augenblick des Beginns waren im Theatersaal nur acht bis zehn ältere Damen anwesend. Diese Gesichter bedrückten den Fürsten keineswegs, und überdies waren sie in München in den wahren Grundanschauungen des Herrschertums erzogen worden: sie klatschten unausgesetzt Beifall. Kraft ihres Amtes als Oberhofmeisterin schloß die Duchezza die Tür ab, durch die die große Masse der Höflinge einzutreten hatte. Der Fürst, der eine literarische Ader und ein schönes Gesicht hatte, kam über die ersten Auftritte ganz vorzüglich hinweg. Verständnisvoll sagte er die Sätze her, die er der Duchezza aus den Augen ablas oder die sie ihm leise vorsagte. Als gerade einmal die wenigen Zuschauer Beifall spendeten, gab die Duchezza ein Zeichen. Die Haupttür wurde geöffnet, und im Handumdrehen füllte sich der Theatersaal mit allen hübschen Damen der Hofgesellschaft, die zu klatschen anfingen, als sie das reizende Gesicht und die überglückliche Miene des Fürsten sahen. Er errötete vor Freude. Der Fürst gab die Rolle eines Liebhabers der Duchezza. Weit entfernt, ihm weiter vorsagen zu müssen, sah sie sich bald genötigt, der Szene ein Ende zu machen. Er machte seine Liebeserklärungen mit einem Feuer, das seine Partnerin oft in Verlegenheit brachte. Seine Gegenreden dauerten fünf Minuten.

Die Duchezza war nicht mehr die blendende Schönheit wie noch im Jahre vorher. Fabrizzios Gefangenschaft und mehr noch ihr Aufenthalt am Lago Maggiore mit dem mürrisch und schweigsam gewordenen Fabrizzio hatten die schöne Gina um zehn Jahre altern lassen. Ihre Züge hatten sich schärfer aus geprägt; es war mehr Geist darin als Jugend. Nur noch selten zeigten sie jugendliche Frische; aber auf der Bühne, unter Beihilfe von Schminke und anderen Bühnenmitteln, war sie noch immer die schönste Frau am Hofe. Bei den leidenschaftlichen Ergüssen, die der Fürst vortrug, horchten die Hofschranzen auf. Allgemein sagte man an diesem Abend: ›Achtung! Die Balbi des neuen Regimes!‹ Mosca war innerlich empört. Als das Stück zu Ende war, sagte die Duchezza angesichts des ganzen Hofes zum Fürsten: »Eure Hoheit spielen allzu gut. Man wird sagen, Hoheit seien verliebt in eine achtunddreißigjährige Frau. Das könnte meine Heirat mit dem Grafen Mosca vereiteln. Ich werde nicht wieder mit Eurer Hoheit spielen, wenn mir Hoheit nicht schwören, künftig so zu mir zu sprechen, als ob ich eine Dame in vorgerücktem Alter wäre, wie zum Beispiel die Marchesa Raversi.«

Das nämliche Stück wurde dreimal wiederholt. Der Fürst war närrisch vor Glück. Eines Abends jedoch sah er sehr bekümmert aus.

»Entweder irre ich mich stark«, sagte die Oberhofmeisterin zu ihrer Fürstin, »oder Rassi führt irgend etwas gegen uns im Schilde. Ich möchte Eurer Hoheit den Rat geben, für morgen einen Theaterabend anzusagen. Der Fürst wird schlecht spielen und wird Ihnen aus Verzweiflung Andeutungen machen.«

In der Tat spielte der Fürst ganz erbärmlich. Man verstand ihn kaum; er blieb bei jedem Satze stecken. Am Ende des ersten Aktes hatte er beinahe Tränen in den Augen. Die Duchezza blieb um ihn, aber kühl und starr. Als der Fürst einen Augenblick allein mit ihr im Schauspielerzimmer war, schloß er die Tür ab.

»Im zweiten und dritten Akt«, sagte er zu ihr, »kann ich auf keinen Fall spielen. Ich will aber durchaus nicht, daß man mir aus Gefälligkeit zuklatscht. Der Beifall, den man mir heute abend spendet, zermalmt mir das Herz. Geben Sie mir einen Rat: Was soll ich tun?«

»Ich werde vor die Rampe treten, vor Ihrer Hoheit eine tiefe Verbeugung machen, eine zweite vor dem Publikum, wie ein richtiger Theaterdirektor, und verkünden, der Schauspieler, der die Rolle des Lelio gibt, sei plötzlich unpäßlich geworden. Die Vorstellung wird mit ein paar Musikstücken beendet. Graf Rusca und die kleine Ghisoldi werden entzückt sein, ihre krähenden Stimmchen vor einer so glänzenden Gesellschaft hören lassen zu dürfen.«

Der Fürst ergriff die Hand der Duchezza und küßte sie innig.

»Ach, daß Sie kein Mann sind!« sagte er zu ihr. »Sie wären mir ein guter Ratgeber. Rassi hat eben auf meinem Schreibtisch hundertzweiundachtzig Zeugenaussagen gegen die angeblichen Mörder meines Vaters niedergelegt, außerdem eine Anklageschrift von zweihundert Seiten. Das muß ich alles lesen. Und obendrein habe ich mein Wort gegeben, dem Grafen Mosca nichts davon zu sagen. Das führt schnurstracks zu Todesurteilen. Er will bereits, daß ich in Frankreich, in der Umgegend von Antibes, Ferrante Palla festnehmen lassen soll, den großen Dichter, den ich so bewundere. Er lebt da unter dem Namen Poncet.«

»An dem Tage, da Sie einen Liberalen hängen lassen, ist Rassi an seinen Posten mit eisernen Ketten geschmiedet. Und das gerade will er vor allen Dingen. Aber dann werden Eure Hoheit keine zweistündigen Spaziergänge mehr machen können. Ich werde weder der Fürstin noch dem Grafen gegenüber von dem Schmerzensschrei sprechen, der Eurer Hoheit eben entschlüpft ist. Da ich aber meiner Verpflichtung gemäß keinerlei Geheimnis vor der Fürstin haben darf, so wäre ich glücklich, wenn Eure Hoheit geruhten, Ihrer Frau Mutter das nämliche wie mir zu sagen.«

Über diesem Gedanken vergaß der Monarch den Schmerz über seinen schauspielerischen Mißerfolg, der ihn sehr bedrückte.

»Einverstanden! Gehen Sie und benachrichtigen Sie meine Mutter! Ich begebe mich in ihr Empfangszimmer.«

Der Fürst verließ den Bühnenraum, ging durch den Saal, der an den Theatersaal angrenzte, und entließ in ungnädigem Ton den Oberhofmarschall und den diensttuenden Flügeladjutanten, die ihm folgten. Die Fürstinwitwe verließ urplötzlich den Theatersaal. Im Empfangszimmer machte die Oberhofmeisterin eine tiefe Verbeugung vor Mutter und Sohn und ließ die beiden allein.

Man kann sich die Aufregung in der Hofgesellschaft vorstellen. Das sind Dinge, die das Hofleben spaßig machen. Nach Ablauf einer Stunde zeigte sich der Fürst höchstselbst an der Tür des Empfangszimmers und rief die Duchezza. Die Fürstin war in Tränen; ihr Sohn sah ganz entstellt aus.

›Das sind schwache Leutchen, die schlechte Laune haben‹, sagte sich die Oberhofmeisterin, ›und sich nach einem Anlaß umsehen, ihren Ärger an jemandem auszulassen.‹

Zunächst sprachen Mutter und Sohn um die Wette auf die Duchezza ein, die sich in ihren Antworten wohlweislich hütete, der Unterhaltung vorzeitig eine bestimmte Richtung zu geben. Zwei tödliche Stunden lang fielen die drei Personen dieser langweiligen Szene nicht aus ihren eben angedeuteten Rollen heraus. Der Fürst holte eigenhändig die beiden dicken Aktenmappen, die Rassi auf seinen Schreibtisch gelegt hatte. Als er aus dem Empfangszimmer seiner Mutter trat, sah er, daß der ganze Hof noch wartete.

»Gehen Sie! Gehen Sie! Lassen Sie mich in Ruhe!« rief er in einem sehr unhöflichen Ton, wie man ihn nie an ihm erlebt hatte. Der Fürst wollte nicht gesehen werden, wie er höchstselbst die beiden Aktenmappen holte; ein Fürst darf nie etwas eigenhändig tragen.

Die Höflinge verschwanden im Nu. Als der Fürst zurückkam, traf er nur die Diener, die die Kerzen auslöschten. Er schickte sie zornig weg, ebenso den armen Fontana, den diensttuenden Flügeladjutanten, der in seinem Übereifer tölpelhafterweise noch immer da war.

»Heute abend hat es alle Welt darauf abgesehen, mich nervös zu machen«, sagte er mißlaunig zur Duchezza, als er wieder ins Zimmer trat. Er traute ihr viel Verstand zu und war wütend, daß sie sich offenbar sträubte, ihre Meinung zu bekennen. Sie ihrerseits war fest entschlossen, kein Wort zu sagen, ehe man sie nicht ganz ausdrücklich um ihre Ansicht bitten würde. So verrann abermals eine reichliche halbe Stunde, bis der Fürst im Gefühl seiner Würde sich entschloß, zu ihr zu sagen:

»Nun, gnädige Frau, Sie sagen ja gar nichts!«

»Ich bin hier im Dienste Ihrer Hoheit und habe alsbald zu vergessen, was man in meiner Gegenwart spricht.«

»Also, gnädige Frau«, entgegnete der Fürst und wurde über und über rot, »ich befehle Ihnen, Ihre Meinung zu äußern.«

»Man bestraft die Verbrechen, um zu verhindern, daß sie sich wiederholen. Ist der hochselige Fürst vergiftet worden? Das ist höchst zweifelhaft. Ist er durch die Jakobiner vergiftet worden? Das möchte Rassi wohl am liebsten beweisen, denn dann wird er Eurer Hoheit für alle Zeit ein unentbehrliches Werkzeug. Dann kann sich Eure Hoheit, deren Regierung erst beginnt, auf recht viele solche Abende wie heute gefaßt machen. Allerhöchstdero Untertanen sagen allgemein, und es ist die Wahrheit, Hoheit hätten einen gütigen Charakter. Solange Sie keinen Liberalen an den Galgen bringen, werden Sie sich dieses Rufes erfreuen, und sicherlich wird kein Mensch daran denken, Ihnen Gift zu mischen.«

»Ihr Gedankengang ist klar«, meinte die Fürstin mißlaunig. »Sie wollen nicht, daß die Mörder meines Mannes bestraft werden!«

»Offenbar, Hoheit, weil mich zärtliche Freundschaft an diese Leute kettet.«

Die Duchezza las dem Fürsten von den Augen ab, daß er glaubte, sie wolle ihm in vollständigem Einvernehmen mit seiner Mutter sein Verhalten vorschreiben. Nun entstand zwischen den beiden Damen eine hastige und ziemlich scharfe Aussprache, die damit schloß, daß die Duchezza feierlich erklärte, sie sage nicht ein Wort mehr. Bei diesem Entschluß verharrte sie, aber der Fürst befahl ihr nach einer langen Auseinandersetzung mit seiner Mutter abermals, ihre Meinung zu äußern.

»Ich schwöre den Hoheiten, daß ich das nicht tue!«

»Aber das ist doch wirklich kindisch!« rief der Fürst aus.

»Ich bitte Sie, zu sprechen, Frau Duchezza!« sagte die Fürstin hoheitsvoll.

»Und doch bitte ich Eure Hoheit inständig, entbinden Sie mich davon!« Und zum Fürsten gewandt, fuhr sie fort: »Hoheit lesen tadellos Französisch. Um unsere aufgeregten Gemüter zu beruhigen, lesen Sie uns vielleicht eine Fabel von Lafontaine vor?«

Die Fürstin fand dieses ›uns‹ ziemlich dreist, aber ihr Gesicht nahm plötzlich einen verwunderten und belustigten Ausdruck an, als die Oberhofmeisterin kaltblütig den Bücherschrank öffnete und ihm den Band mit Lafontaines Fabeln entnahm. Die Duchezza blätterte eine Weile darin, dann sagte sie zum Fürsten, indem sie ihm das Buch überreichte:

»Eure Hoheit bitte ich alleruntertänigst, diese Fabel vorzulesen.«

Der Gärtner und der Gutsherr

Ein großer Freund der Gärtnerei,
Halb Bürger und halb Bauersmann,
Besaß, wo, ist wohl einerlei,
Ein Häuschen, ländlich schmuck, mit einem Garten dran,
Den eine grüne Hecke rings umschloß.
Dort wuchs Salat gar lustig, und Gemüse sproß,
Und Minchens wegen, für den Sonntagsstrauß, gabs drin
Pfingstrosen, Malven, Tulpen und Jasmin.
Dies holde Glück, ein Hase hats gestört,
Und unser Mann ging, sich beim Herrn des Guts beklagen.
»Der Teufel hol das Vieh!« rief der empört. –
»Es trotzet Stock und Stein und selbst der Vogelscheuch!
Ich glaub, es ist verhext!« – »Verhext? Ach, dummes Zeug!«
Versetzt der Herr. »Und wenns der Satan selber wäre:
Jakob, der Flinke, holt ihn sonder Müh!
Mein lieber Mann, ihr kriegt ihn los, auf Ehre!« –
»Und wann?« – »Kein langes Zaudern! Morgen früh.«

Wie ausgemacht, kommt er und seine Leute.
»Erst was zu essen!« ruft er. »Gibt es Hühner heute?«
Ein wüst Gelage wird aus diesem Schmaus.
Nun hat man Mut; nun gehts hinaus.

Das Hifthorn gellt; es knattert das Gewehr.
Der gute Mann beschaut voll Schreck den Tanz:
Entzwei der Zaun; kein Fenster ist mehr ganz.
Im Garten gehts noch schlimmer her:
Kein Beet zu finden, keine Blume mehr,
Kein Salat und kein Suppenkraut,
Kein Strunk von allem, was mit Müh erbaut.

»Ein Herrenscherz!« wehklagt der Gärtnersmann.
Man läßt ihn reden, während Knecht und Hunde
Viel mehr verderben just in einer Stunde,
Als alle Hasen in der Runde
In hundert Jahren je getan.

Dem Feinde, kleine Herren, bietet selber Trutz!
Ihr wäret Toren, sucht't bei Königen ihr Schutz.
Verwickelt niemals sie in eure Streitereien;
Vor allem laßt sie nie in euer Land hinein!

Dem Vorlesen dieser Fabel folgte langes Stillschweigen. Der Fürst lief im Zimmer hin und her, nachdem er den Band eigenhändig wieder an seinen Platz gestellt hatte.

»Nun, gnädige Frau«, sagte die Fürstin, »werden Sie jetzt die Güte haben, zu sprechen?«

»Nein, sicherlich nicht, Hoheit, solange mich Serenissimus nicht zum Minister ernannt hat. Wenn ich spreche, laufe ich Gefahr, meinen Posten als Oberhofmeisterin zu verlieren.«

Wiederum eine reichliche Viertelstunde Stillschweigen. Am Ende erinnerte sich die Fürstin der Rolle, die einst Maria von Medici, die Mutter Ludwigs XIII., gespielt hatte. Gerade in den letzten Tagen hatte die Oberhofmeisterin Bazins[33] vortreffliche ›Geschichte Ludwigs XIII.‹ vorlesen lassen. Die Fürstin, wenngleich sehr empört, dachte daran, daß die Duchezza das Land verlassen könne und daß dann Rassi, vor dem sie eine gräßliche Furcht hatte, vielleicht Richelieu

---

33   Anais Bazin de Raucou (1797-1850). Seine ›Histoire de France sous Louis XIII.‹ ist erst 1837 erschienen, eine Tatsache, die Stendhal natürlich bekannt war.

nacheifern und ihren Sohn dazu bringen könne, sie zu verbannen. In diesem Augenblick hätte die Fürstin alles in der Welt gegeben, um ihre Oberhofmeisterin zu demütigen, aber sie vermochte es nicht. Sie erhob sich, ergriff mit einem ein wenig übertriebenen Lächeln die Duchezza bei der Hand und sagte zu ihr: »Gnädige Frau, beweisen Sie mir Ihre Freundschaft, indem Sie sprechen!«

»Es sei! Nur wenige Worte: Den ganzen Aktenkram da im Kamin verbrennen und diesem tückischen Rassi niemals sagen, daß alles verbrannt ist!« Ganz leise und in vertraulichem Ton setzte sie, zur Fürstin gewandt, hinzu: »Wer weiß, ob Rassi kein Richelieu ist!«

»Teufel noch einmal! Diese Papiere kosten mich mehr als achtzigtausend Franken!« rief der Fürst ärgerlich aus.

»Mein Fürst«, erwiderte die Duchezza nachdrücklich, »das kostet es einen, wenn man Schurken von niedriger Herkunft zu Ministern macht. Bei Gott, verlieren Sie lieber eine Million, als daß Sie sich je von diesem gemeinen Halunken abhängig machen, der Ihren Herrn Vater während der letzten sechs Jahre seiner Regierung nicht hat schlafen lassen.«

Die Worte ›von niedriger Herkunft‹ gefielen der Fürstin außerordentlich. Sie hatte immer gefunden, der Graf und seine Freundin hegten eine viel zu hohe Achtung vor dem Geist, der mit dem Jakobinertum immer ein wenig blutsverwandt ist. Während die Fürstin eine kleine Weile unter tiefem Schweigen nachdachte, schlug die Schloßuhr drei. Die Fürstin erhob sich, machte ihrem Sohn eine Verbeugung und sagte zu ihm: »Meine Gesundheit erlaubt mir nicht, die Beratung noch länger hinauszuziehen. Nie einen Minister von niedriger Herkunft! Sie werden mich niemals von der Überzeugung abbringen, daß Ihr Rassi die Hälfte von dem Gelde gestohlen hat, das er für die Spitzelei in Rechnung bringt.«

Sie nahm zwei brennende Leuchter und stellte sie in den Kamin. Dann trat sie an ihren Sohn heran und sagte zu ihm: »Lafontaines Fabel besiegt in meinem Gehirn das gerechte Verlangen, meinen Gatten zu rächen. Ist es mir gestattet, dies Geschreibsel zu verbrennen?«

Der Fürst blieb unbeweglich.

›Er sieht wirklich stumpfsinnig aus‹, dachte die Duchezza. ›Der Graf hat recht. Der selige Serenissimus hätte uns nicht bis drei Uhr morgens aufbleiben lassen, um einen Entschluß zu fassen.‹

Immer noch stehend, fuhr die Fürstin fort: »Dieser armselige Jurist wäre sehr stolz, wenn er wüßte, daß seine Aktenwische, die von Lügen strotzen und nur ausgeklügelt sind, um seiner Laufbahn zu nutzen, die beiden höchsten Persönlichkeiten im Lande um ihre Nachtruhe bringen.«

Wie ein Rasender stürzte sich der Fürst auf eine der beiden Aktenmappen und entleerte ihren ganzen Inhalt in den Kamin. Die Unmenge von Papier hätte beinahe die beiden Kerzenflammen erstickt. Das Zimmer füllte sich mit Rauch. Die Fürstin las in den Augen ihres Sohnes, daß er in Versuchung war, eine Flasche Wasser herzunehmen und diese Akten zu retten, die ihn achtzigtausend Franken kosteten.

»Öffnen Sie doch das Fenster!« rief er der Duchezza mißlaunig zu. Die Duchezza gehorchte schleunigst. Im Nu flammten die Papiere hoch auf. Es knisterte und prasselte im Kamin. Alsbald merkte man, daß die Esse in Brand geraten war.

In allen Geldangelegenheiten war der Fürst kein Held. Er wähnte, sein Schloß stehe in Flammen, und es werde mit allen seinen Schätzen vernichtet. Er rannte an ein Fenster und rief mit völlig veränderter Stimme nach der Wache. Die Soldaten stürzten auf den Ruf des Fürsten Hals über Kopf in den Schloßhof. Der Fürst eilte wieder an den Kamin, durch den der frische Luftzug vom offenen Fenster her mit wirklich grausigem Geräusch brauste. Er wurde ungeduldig, fluchte, ging zwei- oder dreimal ganz außer sich hin und her und rannte schließlich davon.

Die Fürstin und die Oberhofmeisterin blieben stehen und sahen sich unter tiefem Schweigen an.

›Wird der Sturm noch einmal losgehen?‹ fragte sich die Duchezza. ›Meinetwegen! Meine Sache ist gewonnen.‹ Sie nahm sich vor, in ihren Antworten recht unverschämt zu sein, als ein Gedanke sie erleuchtete. Ihr Blick fiel auf die zweite, unversehrte Aktenmappe. ›Nein, meine Sache ist erst halb gewonnen!‹ Mit kühler Miene fragte sie die Fürstin: »Befehlen Hoheit, daß ich den Rest der Papiere verbrenne?«

»Wo wollen Sie ihn denn verbrennen?« meinte die Fürstin ungnädig.

»Im Kamin des Nebengemachs. Wenn ich Blatt für Blatt hineinwerfe, ist keine Gefahr dabei.«

Die Duchezza nahm die mit Papieren vollgestopfte Mappe unter den Arm, ergriff einen Leuchter und ging in das Nebengemach. Sie gönnte sich die Zeit, festzustellen, daß diese Mappe die Zeugenaussagen enthielt. Fünf oder sechs Aktenpäckchen steckte sie in ihren Schal, den Rest verbrannte sie sorgfältig; dann verschwand sie, ohne sich von der Fürstin zu verabschieden.

›Das ist eine schöne Frechheit‹, sagte sie sich lachend, ›aber die Liebe der untröstlichen Witwe hätte mich fast aufs Schafott gebracht.‹

Als die Fürstin den Wagen der Duchezza davonrollen hörte, geriet sie in maßlosen Zorn gegen ihre Oberhofmeisterin.

Trotz der unschicklichen Stunde ließ die Duchezza den Grafen holen. Er war bei dem Essenbrand im Schloß, kam aber bald mit der Nachricht, das Feuer sei gelöscht. »Das Fürstlein hat viel Schneid bewiesen. Unleugbar! Ich habe ihm ein überschwengliches Kompliment gemacht.«

»Prüfen Sie mal rasch diese Verfügungen! Wir verbrennen sie dann.« Der Graf las und erbleichte.

»Donnerwetter! Man ist der Wahrheit ziemlich nahe gekommen! Die Geschichte ist höchst geschickt gemacht. Dem Ferrante Palla ist man tüchtig auf den Fersen, und wenn er gesteht, sind wir in der schwierigsten Lage.«

»Aber er wird nichts gestehen!« rief die Duchezza aus. »Das ist ein Ehrenmann! Verbrennen wir das Zeug!«

»Noch nicht. Gestatten Sie mir, daß ich mir die Namen der zwölf oder fünfzehn gefährlichsten Zeugen aufschreibe. Wenn Rassi noch einmal anfängt, dann werde ich mir erlauben, sie verschwinden zu lassen.«

»Ich erinnere Eccellenza daran, daß der Fürst sein Wort gegeben hat, seinem Justizminister von unserer nächtlichen Unternehmung nichts zu sagen.«

»Aus Ängstlichkeit und aus Furcht vor einem Auftritt wird er es halten.«

»Lieber Freund, das war eine Nacht, die unsere Heirat beschleunigt. Ich wollte Ihnen als Mitgift keinen Kriminalprozeß in die Ehe bringen, noch dazu wegen einer Sünde, die ich aus Anteilnahme für einen anderen begangen habe.«

Der Graf war verliebt. Er ergriff ihre Hand mit einem Ausruf; Tränen standen ihm in den Augen.

»Ehe Sie gehen, geben Sie mir Ratschläge, wie ich mich der Fürstin gegenüber zu benehmen habe. Ich bin todmüde. Ich habe eine Stunde

Komödie auf der Bühne gespielt und fünf Stunden im Empfangszimmer.«

»Sie sind durch Ihr unverschämtes Weggehen reichlich gerächt für etliche scharfe Worte der Fürstin, die nichts waren als Zeichen ihrer Schwäche. Schlagen Sie morgen den nämlichen Ton an wie heute vormittag! Rassi sitzt noch nicht im Gefängnis oder in der Verbannung. Wir haben das Urteil gegen Fabrizzio noch nicht zerrissen.

Sie haben die Fürstin zu einem Entschluß gedrängt. Derlei versetzt Fürsten und selbst Premierminister immer in schlechte Laune. Und schließlich sind Sie ihre Oberhofmeisterin, das heißt ihre Dienerin. Dank einer Gegenströmung, die bei schwachen Menschen unvermeidlich ist, wird Rassi in drei Tagen mehr in Gnaden stehen als je. Er wird sich alle Mühe geben, irgendwen an den Galgen zu bringen. Seine Stellung ist erst gesichert, sobald er den Fürsten hineingeritten hat.

Bei dem Brand in dieser Nacht ist ein Mann verletzt worden, ein Schneider, der sich tatsächlich außergewöhnlich unerschrocken benommen hat. Morgen werde ich den Fürsten auffordern, sich auf meinen Arm zu stützen und mit mir dem Schneider einen Besuch abzustatten. Ich werde mich bis an die Zähne bewaffnen und tüchtig achtgeben. Übrigens haßt man den jungen Fürsten durchaus noch nicht. Ich will ihn daran gewöhnen, durch die Straßen spazieren zu gehen, schon um Rassi zu ärgern, der sicherlich einmal mein Nachfolger wird und solche Unvorsichtigkeiten nicht mehr erlauben kann. Auf dem Rückweg führe ich den Fürsten beim Denkmal seines Vaters vorbei. Er wird auf die Spuren der Steinwürfe aufmerksam werden, von denen die römische Toga beschädigt ist, die der einfältige Bildhauer dem Standbild umgehängt hat. So geistesarm ist der Fürst am Ende nicht, daß er nicht selber auf den Gedanken käme: Das kommt dabei heraus, wenn man Jakobiner aufknüpfen läßt. Ich werde entgegnen: ›Man muß entweder zehntausend hängen oder keinen! Die Bartholomäusnacht hat den Protestantismus in Frankreich vernichtet.‹

Morgen vor unserm Gang, meine liebe Freundin, lassen Sie sich beim Fürsten melden und sagen ihm: ›Ich habe gestern abend bei Ihnen Ministerdienste getan und Ihnen Ratschläge gegeben, aber durch Ihre Befehle bin ich bei der Fürstin wahrscheinlich in Ungnade gefallen. Sie müssen mich entschädigen.‹ Er wird sich auf eine Geldforderung gefaßt machen und die Stirn runzeln. Sie lassen ihn so lange wie möglich in seinem Irrtum, dann sagen Sie: ›Ich bitte Eure Hoheit, allergnädigst zu verfügen, daß Fabrizzio vor ein Revisionsgericht gestellt wird, das aus den zwölf geachtetsten Richtern des Landes zusammengesetzt sein soll.‹ Zugleich werden Sie ihm eine kleine Kabinettsorder, von Ihrer schönen Hand geschrieben, zur Unterschrift vorlegen. Ich werde sie Ihnen unverzüglich diktieren. Selbstverständlich werde ich die Klausel anbringen, daß das erste Urteil ungültig ist. Dagegen gäbe es nur einen Einwand, aber wenn Sie die Sache rasch erledigen, denkt der Fürst gar nicht daran. Er könnte Ihnen sagen: ›Es ist erforderlich, daß sich Fabrizzio von selber wieder als Gefangener stellt.‹ Darauf würden Sie erwidern: ›Er wird sich als Gefangener im Stadtgefängnis einfinden.‹ Sie wissen, dort bin ich Herr; alle Abende wird Ihnen Ihr Neffe einen Besuch machen. Sollte der Fürst einwenden: ›Nein. Seine Flucht war ein Schimpf für die Zitadelle, und ich will der Form halber, daß er in dieselbe Zelle kommt, in der er war‹, dann ist es an Ihnen, zu erklären: ›Nein, denn dann ist er in der Gewalt meines Feindes Rassi‹, und durch eine echt weibliche Bemerkung, die Sie so schön einzurichten wissen, werden Sie ihm zu verstehen geben, daß Sie, um Rassi zu beugen, ihm sehr wohl von der Aktenverbrennung dieser Nacht erzählen könnten. Bleibt er halsstarrig, dann kündigen Sie ihm an, Sie brächten vierzehn Tage in Ihrem Schlosse Sacca zu!

Lassen Sie sich Fabrizzio kommen und fragen Sie ihn um seine Ansicht über diesen Schritt, der ihn unter Umständen wieder zum Gefangenen macht. Um auf alles gefaßt zu sein: Falls Rassi allzu ungeduldig wird und mich vergiften läßt, so schwebt Fabrizzio allerdings in Gefahr. Aber das ist wenig wahrscheinlich. Sie wissen, ich habe einen französischen Koch, das fröhlichste Menschenkind, der nichts als Witze macht. Nun: Witzemacher sind unmöglich nebenbei Giftmischer. Ich habe unserm Freund Fabrizzio bereits mitgeteilt, daß ich alle Zeugen seiner schönen Heldentat aufgetrieben habe. Es ist klar wie der Tag, daß Giletti ihn ermorden wollte. Ich habe Ihnen noch nichts von diesen Zeugen erzählt, weil ich Sie überraschen wollte. Diese Absicht ist nun vereitelt; der Fürst hat die Wiederaufnahme des Verfahrens nicht unterzeichnen wollen. Ich habe unserm Fabrizzio versprochen, ihm eine hohe kirchliche Würde zu besorgen, aber ich hätte manche Schwierigkeit, wenn seine Feinde beim Römischen Hofe eine Anklage wegen Mordes gegen ihn ausspielten.

Sehen Sie ein, Duchezza, daß ihm der Name Giletti sein ganzes Leben lang im Wege ist, wenn er nicht auf die feierlichste Weise freigesprochen wird? Es wäre eine große Kleinmütigkeit, sich den Gerichten zu entziehen, wenn man seiner Unschuld gewiß ist. Und wenn er auch schuldig wäre, ich würde ihn doch freisprechen lassen. Als ich ihm den Vorschlag machte, hat mich der ungestüme junge Mann nicht ausreden lassen; er hat den Hofkalender hergenommen, und wir haben zusammen die zwölf unbescholtensten und gelehrtesten Richter ausgesucht. Als die Liste fertig war, haben wir sechs Namen ausgestrichen und dafür zwei Staatsanwälte, persönliche Gegner von mir, gesetzt. Mehr fanden wir nicht, da ich so viel Feinde nicht habe, und so haben wir noch vier Schurken von Rassis Klüngel dazu genommen.«

Dieser Vorschlag des Grafen versetzte die Duchezza in tödliche und nicht unbegründete Besorgnis. Schließlich fügte sie sich der Vernunft und schrieb nach dem Diktat des Ministers die Kabinettsorder nieder, kraft deren die zwölf Richter einberufen wurden.

Der Graf verließ die Duchezza erst um sechs Uhr früh. Vergeblich versuchte sie zu schlafen. Um neun Uhr frühstückte sie mit Fabrizzio, der darauf brannte, vor seine Richter zu kommen. Um zehn Uhr war sie bei der Fürstin, die noch nicht zu sehen war. Um elf Uhr ließ sie sich beim Fürsten melden, als er seinen Morgenempfang abhielt. Er unterzeichnete die Order ohne den geringsten Einwand. Die Duchezza schickte die Urkunde zum Grafen und legte sich zu Bett.

Es wäre vielleicht spaßhaft, die Wut Rassis zu schildern, als ihm der Graf in Gegenwart des Fürsten die bewußte Kabinettsorder zur Gegenzeichnung vorlegte, aber die Geschehnisse drängen sich. Der Graf erwog die Vorzüge jedes Richters und erbot sich, die Namen zu ändern. Aber der Leser ist all dieser kleinlichen Maßnahmen und nicht minder der Hofränke müde. Aus alledem kann man den Schluß ziehen: Ein Mensch, der sich in das Hofleben begibt, gefährdet sein Glück, wenn er glücklich ist, und macht manchmal seine Zukunft von den Umtrieben einer Kammerzofe abhängig. In Amerika anderseits, in der Republik, muß man den ganzen Tag damit vergeuden, sich ernstlich um die Gunst von Ladenkrämern zu bemühen, bis man genau so dumm wird wie sie. Und dann keine Oper!

Als die Duchezza gegen Abend aufstand, geriet sie in lebhafte Unruhe: Fabrizzio war nirgends aufzufinden. Gegen Mitternacht, während der Theatervorstellung im Schloß, empfing sie endlich einen Brief von ihm. Statt sich als Gefangener im Stadtgefängnis zu stellen, wo der Graf Herr war, hatte er sich wieder in seiner alten Zelle in der Zitadelle eingefunden, überglücklich, wenige Schritte von Clelia entfernt zu wohnen.

Das war ein Ereignis von ungeheuerer Tragweite. In der Zitadelle war er der Gefahr der Vergiftung mehr denn je ausgesetzt. Diese Torheit brachte die Duchezza zur Verzweiflung. Sie verzieh ihm die Ursache, seine wahnsinnige Liebe zu Clelia, weil es entschieden war, daß sie in wenigen Tagen den reichen Marchese Crescenzi heiratete. Diese Torheit gab Fabrizzio die Allgewalt wieder, die er ehedem auf die Seele der Duchezza ausgeübt hatte. ›Jene verfluchte Order, die ich habe unterschreiben lassen, die ist es, die ihn in den Tod stürzt! Die Männer sind Narren mit ihren Ehrbegriffen! Wie kann man an die Ehre denken in einer absoluten Monarchie, in einem Lande, wo ein Rassi Justizminister ist! Viel besser wäre es gewesen, die Begnadigung anzunehmen; der Fürst hätte sie mir ebenso leicht unterzeichnet wie die Einberufung dieses besonderen Gerichtshofes. Was bedeutet es im Grunde genommen, ob ein hochgeborener Mann wie Fabrizzio mehr oder weniger beschuldigt wird, mit seinem Degen einen Komödianten wie diesen Giletti eigenhändig getötet zu haben!‹

Sofort nach dem Empfang von Fabrizzios Brief eilte die Duchezza zum Grafen. Sie fand ihn totenbleich.

»Bei Gott, meine Teure, ich habe mit diesem Jungen eine unglückliche Hand, und Sie werden mir abermals darum zürnen. Ich kann Ihnen beweisen, daß ich den Kerkermeister vom Stadtgefängnis gestern abend verständigt habe. Ihr Neffe wäre alle Tage zum Tee zu Ihnen gekommen. Und was das Allerschlimmste dabei ist: Sie und ich, wir können dem Fürsten unmöglich sagen, wir hätten Angst, daß man Fabrizzio vergiften könne und daß Rassi dieser Giftmischer sein soll. Dieser Verdacht erschiene ihm als der Inbegriff niedrigster Gesinnung. Gleichwohl, wenn Sie es verlangen, bin ich bereit, zum Fürsten zu gehen; der Antwort freilich bin ich sicher. Ich will Ihnen etwas anderes sagen. Ich will Ihnen ein Mittel vorschlagen, das ich für mich nicht anwenden würde. Seit ich in diesem Lande am Ruder bin, habe ich keinen Menschen umgebracht, und Sie wissen, wie töricht ich in dieser Beziehung bin. Bisweilen, wenn die Sonne sinkt, denke ich an jene zwei Spitzel, die ich ohne viel Federlesens in Spanien habe erschießen lassen. – Nun wohl, wollen Sie, daß ich Rassi umbringe? Die Gefahr, die Fabrizzio von ihm droht, ist grenzenlos. Er hat jetzt ein sicheres Mittel in der Hand, mich aus dem Sattel zu heben.«

Der Vorschlag sagte der Duchezza außerordentlich zu, aber sie nahm ihn nicht an.

»Ich will nicht«, erwiderte sie dem Grafen, »daß Sie in unserm Zufluchtsort, unter Neapels schönem Himmel, des Abends schwarze Gedanken hegen.«

»Aber, teure Freundin, es scheint mir, als ob wir nur zwischen diesem oder jenem schwarzen Gedanken zu wählen haben. Was wird aus Ihnen, was aus mir, wenn Fabrizzio von einer Krankheit hingerafft wird?«

Die Erörterung begann von neuem, und die Duchezza setzte ihr mit folgender Redensart ein Ende: »Rassi verdankt sein Leben der Tatsache, daß ich Sie mehr liebe als Fabrizzio. Nein, ich will unsern gemeinsamen Lebensabend nicht trüben.«

Die Duchezza eilte nach der Zitadelle. Der General Fabio Conti war selig vor Freude, als er ihr den Wortlaut der Festungsvorschrift entgegenhalten konnte: »Niemand darf das Innere eines Staatsgefängnisses ohne Allerhöchsten Orts unterzeichnete Order betreten.«

»Aber der Marchese Crescenzi und seine Musikanten kommen doch alle Abende in die Zitadelle!«

»Weil ich dazu die Allerhöchste Genehmigung eingeholt habe.«

Die arme Duchezza kannte den ganzen Umfang ihres Unglücks nicht. Der General Fabio Conti hatte sich durch Fabrizzios Flucht in seiner persönlichen Ehre verletzt gefühlt. Als er ihn wieder in die Zitadelle kommen sah, hätte er ihn nicht aufnehmen dürfen, denn dazu hatte er keinen Befehl. Aber er hatte sich gesagt: ›Der Himmel schickt ihn mir wieder, um meine Ehre reinzuwaschen und mich von der Schande zu befreien, die meine soldatische Laufbahn besudelt hat. Ich darf mir die Gelegenheit nicht entgehen lassen. Ohne Zweifel wird man ihn freisprechen, und die Tage der Rache sind gezählt!‹

25.

Die Rückkehr unseres Helden brachte Clelia in Verzweiflung. Das arme Mädchen hatte sich, fromm und aufrichtig gegen sich selbst, wie sie war, der Einsicht nicht verschließen können, daß es für sie fern von Fabrizzio kein Glück gäbe, aber sie hatte der Madonna gelobt, damals, als ihr Vater halb vergiftet worden war, zur Sühne den Marchese Crescenzi zu heiraten. Sie hatte gelobt, Fabrizzio nie wiederzusehen. Längst war sie die Beute gräßlicher Gewissensqualen wegen jenes Geständnisses, zu dem sie sich in dem Brief an Fabrizzio am Tage vor seiner Flucht hatte hinreißen lassen. Wie soll man die Vorgänge in ihrem traurigen Herzen schildern, als sie voller Schwermut dem Treiben ihrer Vögel zuschaute und gewohnheitsmäßig einen zärtlichen Blick nach dem Fenster hinaufsandte, von wo ehedem Fabrizzio zu ihr heruntergesehen hatte, – und plötzlich dort ihn wiedersah, wie er sie mit liebevoller Scheu grüßte?

Sie glaubte eine Erscheinung zu sehen, mit der sie der Himmel strafen wollte. Bald wurde ihr die grausige Wirklichkeit klar. ›Sie haben ihn wieder ergriffen!‹ sagte sie sich. ›Er ist verloren!‹ Die Äußerungen kamen ihr wieder ins Gedächtnis, die nach seinem Entweichen in der Zitadelle gefallen waren. Die niedrigsten Wärter hielten sich für tödlich beleidigt. Clelia blickte Fabrizzio an, und unwillkürlich spiegelte dieser Blick die ganze Leidenschaft wider, die sie in Verzweiflung setzte.

›Glauben Sie‹, schien sie Fabrizzio zu sagen, ›daß ich in jenem prächtigen Palast, den man für mich herrichtet, das Glück finden werde? Mein Vater hat mir bis zum Überdruß wiederholt, daß Sie so arm seien wie wir. Aber, mein Gott, mit welcher Seligkeit hätte ich Ihre Armut geteilt! Und nun, ach, dürfen wir nie wieder zusammenkommen!‹

Clelia hatte nicht die Kraft, das Alphabet zu gebrauchen. Während sie zu Fabrizzio hinsah, wurde sie ohnmächtig und sank auf einen Stuhl am Fenster. Ihr Kopf lag auf dem Fensterbrett, und da sie Fabrizzio bis zum letzten Augenblick hatte sehen wollen, blieb ihr Antlitz ihm zugewandt, so daß er es genau betrachten konnte. Als sie nach einer Weile die Augen wieder aufschlug, galt ihr erster Blick ihm: er weinte, aber seine Tränen waren Zeichen höchsten Glückes. Erkannte er doch, daß sein Fernsein ihn nicht in Vergessenheit gebracht hatte. Die beiden Ärmsten blieben eine Zeit lang wie verzaubert, eines in den Anblick des anderen versunken. Fabrizzio wagte, gleichsam als ob er sich zur Gitarre begleite, ein paar Worte aus dem Stegreif zu singen. Sie besagten: ›Nur deinetwegen bin ich zurückgekehrt in den Kerker. Man wird mich vor Gericht stellen.‹

Diese Worte gaben Clelia ihren ganzen Weibesstolz zurück. Sie stand hastig auf, hielt sich mit lebhaftester Gebärde die Augen zu und suchte ihm verständlich zu machen, daß sie ihn niemals wiedersehen dürfe. Das hatte sie der Madonna gelobt und ihn doch eben in Selbstvergessenheit angeblickt! Als Fabrizzio fortfuhr, seine Liebe in Zeichen anzudeuten, floh sie empört und schwur sich, ihn kein einziges Mal mehr anzuschauen, denn ihr Gelübde an die Madonna lautete wörtlich: ›Meine Augen sollen ihn nie wiedersehen!‹ Das hatte sie auf ein Zettelchen geschrieben und es mit Erlaubnis ihres Onkels am Altar im Augenblick des Meßopfers verbrannt, während er die Messe las.

Aber trotz allen Schwüren hatte Fabrizzios Anwesenheit in der Torre Farnese Clelia ganz zu ihrer alten Lebensweise zurückgeführt. Sie pflegte alle ihre Tage einsam in ihrem Zimmer zu verbringen. Kaum hatte sie sich von ihrem Schwächeanfall erholt, der sie bei dem unvermuteten Anblick Fabrizzios heimgesucht hatte, so begann sie die Kommandantur zu durcheilen, um sozusagen ihre Beziehungen zu allen ihr freundlich gesinnten Unterbeamten zu erneuern. Ein altes Klatschweib, das in der Küche zu tun hatte, sagte geheimnisvoll zu ihr: »Diesmal kommt Monsignore Fabrizzio nicht wieder aus der Zitadelle!«

»Er wird den Fehler, die Mauern hinabzuklettern, nicht wieder begehn«, meinte Clelia, »aber er wird zum Tor hinausschreiten, wenn er freigesprochen ist.«

»Ich sage und kann sagen, Signorina, er wird nur mit den Füßen voran aus der Zitadelle hinauskommen.«

Clelia wurde totenbleich; die Alte bemerkte es und stockte mitten in ihrem Geschwätz. Sie sagte sich, daß sie eine Unvorsichtigkeit begangen hatte, indem sie dergleichen Reden vor der Tochter des Kommandanten führte, der doch später verpflichtet sei, aller Welt zu sagen, Fabrizzio sei an einer Krankheit gestorben.

Als Clelia wieder nach ihrer Wohnung hinaufstieg, begegnete ihr der Gefängnisarzt, ein biederes, ängstliches Männchen, das ihr mit verstörter Miene mitteilte, Fabrizzio sei sehr krank. Clelia wäre beinahe umgesunken. Sie suchte überall nach ihrem Onkel, dem guten Abbate Don Cesare; endlich fand sie ihn in der Kapelle, wo er inbrünstig betete. Auch er hatte ein verstörtes Gesicht.

Es läutete zu Tisch. Während der Mahlzeit wurde zwischen den beiden Brüdern kein Wort gewechselt. Nur gegen Ende des Essens richtete der General ein paar spitzige Worte an seinen Bruder. Der warf den Dienern einen Blick zu, worauf sie hinausgingen.

»Herr General«, sagte Don Cesare zum Kommandanten, »ich habe die Ehre, Ihnen zu melden, daß ich die Zitadelle verlassen werde. Ich reiche meine Entlassung ein.«

»Bravo, bravissimo! Um mich in Verdacht zu bringen! Und die Veranlassung, wenn ich bitten darf?«

»Mein Gewissen.«

»Gehen Sie! Sie sind ja nur ein Pfaffe! Von Ehrbegriffen keinen Schimmer!«

›Fabrizzio ist tot!‹ sagte sich Clelia. ›Man hat ihn beim Mittagessen vergiftet, oder es geschieht morgen.‹ Sie eilte in ihre Vogelstube, fest entschlossen, zu singen und sich dabei auf dem Klavier zu begleiten. ›Ich werde beichten‹, sagte sie sich, ›und der Bruch meines Gelübdes wird mir vergeben werden, denn es gilt, ein Menschenleben zu retten.‹

Wie groß war ihre Bestürzung, als sie von ihrer Vogelstube aus sah, daß die Fensterschirme durch Bretter mit eisernen Querstangen ersetzt worden waren. Ganz außer sich, versuchte sie dem Gefangenen durch einige mehr gerufene als gesungene Worte ein Zeichen zu geben. Sie bekam keinerlei Antwort. Totenstille herrschte um die Torre Farnese. ›Es ist geschehen!‹ sagte sie sich.

Fassungslos eilte sie hinunter, dann ging sie wieder hinauf, um das bißchen Geld, das sie besaß, und ihre kleinen Brillantohrringe zu sich zu stecken. Im Vorbeigehen nahm sie das mittags übriggebliebene Brot mit, das vom Diener wieder in den Brotschrank getan worden war. ›Wenn er noch lebt, ist es meine Pflicht, ihn zu retten!‹

In stolzer Haltung schritt sie nach der kleinen Pforte der Torre Farnese. Sie stand offen; man hatte nur acht Soldaten in die Säulenhalle des Erdgeschosses gelegt. Keck blickte Clelia die Soldaten an. Sie hatte sich vorgenommen, mit dem wachthabenden Sergeanten zu sprechen, aber er war abwesend. Sie sprang die Eisentreppe hinauf, die sich schraubenförmig um eine der Säulen aufwärts wand. Die Soldaten sahen ihr ganz verdutzt zu, aber sie wagten ihr nichts zu sagen, augenscheinlich wegen ihres Spitzenschals und ihres Hutes. Im ersten Stockwerk war kein Mensch, aber als sie in das zweite kam, stieß sie am Eingang des Vorraumes, der, wie sich der Leser erinnert, durch drei eisenbeschlagene Türen abgetrennt war und zur Zelle Fabrizzios führte, auf einen ihr wohlbekannten Schließer, der ihr mit bestürzter Miene meldete: »Er hat noch nicht gegessen.«

»Ich weiß wohl«, erwiderte Clelia hochmütig. Der Mann wagte sie nicht aufzuhalten. Zwanzig Schritte weiter fand Clelia einen anderen Aufseher, der auf der untersten der sechs Holzstufen saß, die zu Fabrizzios Zelle hinaufführten, einen alten Mann mit stark gerötetem Gesicht. Er sagte bärbeißig zu ihr: »Signorina, haben Sie einen Befehl des Herrn Kommandanten?«

»Kennen Sie mich denn nicht?«

In diesem Augenblick war Clelia von übernatürlicher Kraft beseelt; sie wußte nicht, was sie tat. ›Ich muß meinen Gatten retten‹, sagte sie sich.

Während der alte Aufseher rief: »Meine Pflicht verbietet mir ...«, schnellte Clelia die Stufen hinauf und stürzte auf die Tür zu. Ein Riesenschlüssel stak im Schloß. Mit Aufbietung aller Kräfte drehte sie ihn herum. Da hielt sie der alte halb betrunkene Aufseher am Saum ihres Rockes fest. Rasch trat sie in die Zelle. Ihr Kleid zerriß, als sie die Tür zuwarf, und da der Alte an der Klinke rüttelte, um ihr nachzukommen, schob sie den Riegel vor.

Clelia blickte sich in der Zelle um und sah Fabrizzio vor einem winzigen Tischchen sitzen, auf dem sein Mittagsmahl stand. Sie flog an den Tisch, warf ihn um, packte Fabrizzio am Arm und fragte: »Hast du gegessen?«

Dieses Du entzückte Fabrizzio. In ihrer Verwirrung vergaß Clelia zum ersten Male die weibliche Zurückhaltung und verhehlte ihre Liebe nicht.

Fabrizzio hatte die verhängnisvolle Mahlzeit soeben beginnen wollen. Er nahm Clelia in seine Arme und bedeckte sie mit Küssen. ›Dies Essen war vergiftet.‹ dachte er, ›wenn ich ihr sage, daß ich es nicht angerührt habe, tritt die Religion wieder in ihre Rechte, und Clelia entflieht mir. Wenn sie dagegen in mir gleichsam einen Sterbenden sieht, dann setze ich es bei ihr durch, mich nicht zu verlassen. Sie sehnt sich nach einem Mittel, ihre abscheuliche Verlobung aufzuheben; der Zufall gibt es uns in die Hand. Die Aufseher werden sich zusammenrotten, werden die Tür stürmen, und wir geben ein derartiges Ärgernis, daß sich der Marchese Crescenzi darüber entsetzt, und aus ists mit der Heirat!‹

Im Augenblick des Stillschweigens, der mit dieser Überlegung verging, fühlte Fabrizzio, daß sich Clelia seiner Umarmung bereits zu entziehen suchte.

»Ich fühle noch gar keine Schmerzen«, sagte er zu ihr, »aber bald werde ich mich zu deinen Füßen winden. Steh mir bei im Sterben!«

»O mein einziger Freund!« schrie sie auf. »Ich will mit dir sterben!« Wie im Krampf drückte sie ihn an sich.

Sie war so schön, nur halb bekleidet und im Zustande so grenzenloser Leidenschaft, daß Fabrizzio einer fast unwillkürlichen Bewegung nicht widerstehen konnte. Willenlos gab sie sich ihm hin.

In der glühenden und hochherzigen Begeisterung, die einer grenzenlosen Wonne folgt, sagte er unbesonnen: »Keine unwürdige Lüge soll die ersten Augenblicke unseres Glückes entweihen. Ohne deinen Mut wäre ich ein toter Mann, oder ich hätte mit den gräßlichsten Qualen zu kämpfen. Aber als du eintratest, wollte ich gerade zu essen beginnen. Ich hatte noch keine von diesen Schüsseln angerührt.«

Fabrizzio beschwor so grauenhafte Bilder herauf, um Clelias Entrüstung zu bannen, die er bereits aus ihren Augen las. Sie sah ihn eine Weile an. Zwei mächtige, einander feindliche Empfindungen kämpften in ihr; dann warf sie sich in seine Arme. Da erhob sich draußen auf dem Gang starker Lärm; die drei Eisentüren wurden gewaltsam geöffnet und geschlossen, und laute Stimmen ertönten.

»Ach, wenn ich Waffen hätte!« knirschte Fabrizzio. »Man hat sie mir abgenommen. Zweifellos kommt man, um mich umzubringen! Lebe wohl, meine Clelia! Ich segne meinen Tod, da er mir mein Glück gebracht hat!«

Clelia umarmte ihn und gab ihm einen kleinen Dolch mit elfenbeinernem Griff, dessen Klinge nicht viel länger war als die eines Federmessers.

»Laß dich nicht töten!« rief sie ihm zu. »Verteidige dich bis zum letzten Atemzug! Wenn mein Onkel, der Abbate, den Lärm hört, kommt er aus Mut und Tugend und rettet dich! Ich will mit den Leuten reden.«

Mit diesen Worten stürzte sie auf die Tür zu.

»Wenn du nicht getötet wirst«, sagte sie schwärmerisch, den Türriegel fassend und den Kopf nach Fabrizzio umwendend, »so verhungere lieber, als daß du das geringste anrührst! Stecke dieses Brot ein und trage es stets bei dir!«

Der Lärm kam näher. Fabrizzio zog Clelia von der Tür hinweg, öffnete sie ungestüm und stürzte die Stufen der Holztreppe hinab. In der Hand hatte er den kleinen Dolch mit dem Elfenbeingriff, und es fehlte nicht viel, so hätte er damit den General Fontana, den Flügeladjutanten des Fürsten, erstochen, der rasch zurückwich und arg erschrocken ausrief: »Aber Monsignore del Dongo, ich komme, Sie zu retten!«

Fabrizzio sprang die sechs Stufen wieder hinauf und rief in die Zelle hinein: »Fontana kommt, mich zu retten!« Dann eilte er die Holzstufen wieder hinunter zum General und sprach sich ruhig mit ihm aus. Er bat ihn lang und breit, ihm seine Zorneswallung zu verzeihen.

»Man wollte mich vergiften«, sagte er. »Das Essen da ist vergiftet. Ich war so schlau, es nicht anzurühren, aber ich muß Ihnen gestehen, dieses Verfahren hat mir einen Stoß versetzt. Als ich Sie heraufkommen hörte, glaubte ich, man wolle mir zu guter Letzt mit dem Dolch den Garaus machen. – Herr General, ich ersuche Sie, niemanden in meine Zelle hinein zu lassen. Man könnte das Gift beiseite schaffen, und unser guter Fürst soll alles erfahren.«

Der General Fontana war ganz blaß und sprachlos. Er erteilte den Oberaufsehern Befehle in dem von Fabrizzio gewünschten Sinne. Sie wurden sehr verlegen, als sie die Giftmischerei entdeckt sahen, und eilten vor dem General hinunter. Sie taten so, als wollten sie ihm die enge Wendeltreppe frei machen. In Wirklichkeit retteten sie sich und verschwanden. Zum großen Erstaunen des Generals Fontana blieb Fabrizzio eine reichliche Viertelstunde mitten auf der schmalen Eisentreppe, die um die Mittelsäule des Erdgeschosses herumführte, stehen. Er wollte Clelia Zeit verschaffen, sich im ersten Stock zu verbergen.

Es war die Duchezza, die es nach etlichen tollen Versuchen durchgesetzt hatte, daß der General Fontana in die Zitadelle geschickt wurde. Durch Zufall war es ihr gelungen.

Als sie den Grafen Mosca verlassen hatte, der ebenso erregt war wie sie, war sie ins Schloß geeilt. Die Fürstin, die eine ausgesprochene Abneigung gegen Entschlossenheit hegte und sie für etwas Unvornehmes hielt, glaubte, die Duchezza wäre verrückt geworden, und zeigte nicht die geringste Lust, zu ihren Gunsten irgendeinen ungewöhnlichen Schritt zu versuchen. Die Duchezza, ganz außer sich, weinte heiße Tränen. Ratlos wiederholte sie immer wieder:

»Hoheit, in einer Viertelstunde ist er am Gift gestorben!«

Als die Duchezza die völlige Kaltherzigkeit der Fürstin erkannte, wurde sie wahnwitzig vor Schmerz. Eine moralische Erkenntnis, auf die ein in nordischem Glauben erzogenes und an Selbstprüfung gewöhntes Weib unbedingt gekommen wäre, lag ihr völlig fern. Sie hätte sich sagen müssen: ›Ich habe zuerst Gift verwendet: jetzt droht mir Gift!‹ In Italien wären solche Betrachtungen in leidenschaftlichen Augenblicken das Zeichen eines platten Geistes ebenso wie in Paris ein Kalauer unter denselben Verhältnissen.

In ihrer Qual ging die Duchezza auf gut Glück in das Zimmer, wo sich der Marchese Crescenzi befand, der an diesem Tage Dienst tat. Bei der Rückkehr der Duchezza nach Parma hatte er ihr überschwenglich für die Ernennung zum Kammerherrn gedankt, die er ohne ihre Verwendung nie hätte beanspruchen können. Er verfehlte nicht, sich von neuem in endlosen Beteuerungen seiner Ergebenheit zu verlieren. Die Duchezza unterbrach ihn mit folgenden Worten: »Rassi will Fabrizzio vergiften. Er ist wieder in der Zitadelle. Stecken Sie sich etwas Schokolade und eine Flasche Wasser in die Tasche. Ich gebe Ihnen beides. Eilen Sie in die Zitadelle und retten Sie mir sein Leben! Sagen Sie zu General Fabio Conti, Sie brächen mit seiner Tochter, wenn er Ihnen nicht gestatte, Fabrizzio dieses Wasser und diese Schokolade persönlich zu überbringen!«

Der Marchese erbleichte. Weit entfernt, von ihren Worten belebt zu werden, verriet sein Gesicht die geistloseste Verlegenheit. Er könne an ein so fürchterliches Verbrechen in einer so sittenstrengen Stadt wie Parma, wo ein so vortrefflicher Fürst herrsche, nicht glauben, und so weiter. Obendrein sagte er diese Albernheiten im langsamsten Ton. Mit einem Wort, die Duchezza hatte es zwar mit einem Ehrenmann zu tun, aber mit einem übergroßen Schwächling, der sich zu einer Tat nicht aufzuschwingen vermochte. Nach zwanzig ähnlichen Redensarten, die von ungeduldigen Ausrufen der Duchezza unterbrochen wurden, fiel ihm ein ausgezeichneter Gedanke ein: sein Diensteid als Kammerherr verbiete ihm, sich in Umtriebe gegen die Regierung einzulassen.

Die Herzensangst und die Trostlosigkeit der Duchezza spotteten jeder Beschreibung. Sie fühlte, wie die Zeit verflog.

»So suchen Sie doch wenigstens den Kommandanten auf! Sagen Sie ihm, ich würde Fabrizzios Mörder bis an das Ende der Welt verfolgen!«

Die furchtbare Pein erhöhte die natürliche Beredsamkeit der Duchezza, aber all ihr Feuer schreckte den Marchese noch mehr ab und verdoppelte nur seine Unschlüssigkeit. Nach Verlauf einer Stunde war er weniger geneigt zu handeln als im ersten Augenblick.

Auf dem Gipfel ihrer unsäglichen Verzweiflung und in der festen Überzeugung, daß der Kommandant einem so reichen Schwiegersohne nichts abschlagen werde, warf sich die Duchezza schließlich dem Marchese zu Füßen. Aber das schien seine Zaghaftigkeit nur zu vermehren. Angesichts dieses seltsamen Schauspiels bekam er Angst, er habe sich unwissentlich bloßgestellt. Aber etwas Merkwürdiges geschah. Der Marchese, im Grunde ein gutmütiger Mensch, ward gerührt von den Tränen und dem Kniefall eines ebenso schönen wie vor allem mächtigen Weibes.

›Wer weiß‹, sagte er sich, ›ob ich nicht selber, ich, der ich so vornehm und so reich bin, eines Tages ebenso auf den Knien vor irgendeinem Republikaner liege!‹ Der Marchese begann zu weinen, und schließlich kam man überein, daß die Duchezza in ihrer Eigenschaft als Oberhofmeisterin ihn zur Fürstin geleiten solle, damit er sich von ihr die Erlaubnis ausbitte, Fabrizzio einen kleinen Korb überbringen zu dürfen. Von seinem Inhalt wollte er aber nichts wissen.

Am Abend vorher, als die Duchezza von Fabrizzios Torheit, in die Zitadelle zu gehen, noch nichts wußte, hatte man im Schloß wiederum eine Commedia dell'arte aufgeführt. Der Fürst, der sich ein für allemal ausbedungen hatte, die Liebhaberrollen mit der Duchezza zu spielen, hatte an den zärtlichen Stellen derartige Leidenschaft verraten, daß er sich lächerlich gemacht hätte, wenn in Italien ein leidenschaftlicher Mann oder ein Fürst überhaupt lächerlich sein könnte.

Der Fürst war sehr schüchtern, aber Dinge der Liebe nahm er tiefernst. Er begegnete auf einem der Gänge des Schlosses der Duchezza, die den Marchese Crescenzi nach den Gemächern der Fürstin schleppte. Er war so betroffen und geblendet von der leidenschaftdurchglühten Schönheit der Oberhofmeisterin, daß er zum ersten Male in seinem Leben Entschlußkraft bekam. Mit einer mehr als gebieterischen Handbewegung entließ er den Marchese und begann der Duchezza eine regelrechte Liebeserklärung zu machen. Der Fürst hatte sie zweifellos lange zuvor zurechtgelegt, denn sie lautete leidlich verständig: »Da mir die Standesrücksichten das höchste Glück verbieten, Sie zu heiraten, so will ich Ihnen vor einer geweihten Hostie schwören, mich niemals ohne Ihre schriftliche Zustimmung zu vermählen. Ich weiß wohl«, fuhr er fort, »daß ich Sie um die Hand eines Premierministers bringe, eines geistvollen und sehr liebenswerten Mannes, aber schließlich ist er sechsundfünfzig Jahre alt, und ich, ich bin noch nicht zweiundzwanzig. Ich müßte befürchten, Sie zu verletzen und Ihre Abweisung zu verdienen, wenn ich noch mehr von Dingen spräche, die mit der Liebe nichts gemein haben. Aber alles, was an meinem Hofe am Gelde hängt, bewundert laut den Liebesbeweis, den der Graf Ihnen gegeben hat, indem er sein ganzes Vermögen unter Ihrem Namen hinterlegt hatte. Ich wäre glücklich, ihm in diesem Punkte nacheifern zu können. Sie würden einen besseren Gebrauch von meinem Reichtum machen als ich selbst. Sie sollen über meine sämtlichen Einnahmen verfügen, die meine Minister dem Generalintendanten der Krone jährlich auszahlen, so daß Sie, Duchezza, zu bestimmen haben, was ich jeden Monat ausgeben kann.«

Die Duchezza fand diese Einzelheiten recht zeitraubend. Die Gefahr für Fabrizzio zerschnitt ihr das Herz.

»Aber wissen Sie denn nicht, mein Fürst«, rief sie aus, »daß man in diesem Augenblick Fabrizzio in Ihrer Zitadelle vergiftet? Retten Sie ihn! Ich glaube alles!«

Die Art, wie sie das sagte, war die allergrößte Ungeschicklichkeit. Bei der bloßen Erwähnung von Gift war die ganze Ungezwungenheit, die ganze Offenherzigkeit, die der arme, sittenstrenge Fürst in seiner Rede gezeigt hatte, mit einem Schlage weg. Die Duchezza ward sich ihrer Ungeschicklichkeit erst bewußt, als es zu spät war, sie wieder gut zu machen. Ihre Verzweiflung nahm noch zu, was sie nicht für möglich gehalten hatte. ›Wenn ich das Gift nicht erwähnt hätte‹, sagte sie sich, ›hätte er mir Fabrizzios Freilassung bewilligt. O mein heißgeliebter Fabrizzio! Es steht also geschrieben, daß ich dir mit meinen Dummheiten den Tod bereiten soll!‹

Es kostete die Duchezza viel Zeit und Koketterie, um den Fürsten auf seine Worte von leidenschaftlicher Liebe zurückzubringen. Er blieb im Grunde verstört. Der Verstand hatte die Oberhand bekommen; sein Herz war zu Eis erstarrt, zunächst bei dem Gedanken an Gift und dann bei dem Gedanken, der ebenso häßlich wie der erste gefährlich war: ›Man verabreicht in meinem Lande Gift, und ohne mir etwas davon zu sagen! Rassi will mich also in den Augen Europas entehren!

Gott weiß, was ich im nächsten Monat in den Pariser Zeitungen zu lesen bekomme!‹

Plötzlich kam der Geist des zaghaften jungen Mannes auf einen Einfall, während seine Seele stumm blieb: »Verehrte Duchezza, Sie wissen, daß ich Ihnen gehöre. Ihre gräßlichen Gedanken an das Gift sind nicht begründet; davon bin ich überzeugt. Aber Sie haben mir doch zu denken gegeben; ich habe darüber für den Augenblick fast meine Leidenschaft für Sie vergessen, die einzige, die ich je in meinem Leben erfahren habe. Ich merke, daß ich nicht liebenswert bin; ich bin nur ein recht verliebtes Kind. Aber stellen Sie mich auf die Probe!«

Während dieser Rede wurde der Fürst ziemlich feurig.

»Retten Sie Fabrizzio, so glaube ich alles! Zweifellos verleiten törichte Befürchtungen meine mütterliche Seele. Aber lassen Sie Fabrizzio auf der Stelle aus der Zitadelle holen, damit ich ihn sehe! Wenn er noch lebt, schicken Sie ihn vom Schloß aus in das Stadtgefängnis, wo er monatelang bleiben mag; wenn Eure Hoheit es fordert, bis zum Urteil.«

Voller Entsetzen sah die Duchezza, daß der Fürst, statt eine so einfache Sache mit einem Worte zu gewähren, finster geworden war. Er war feuerrot und betrachtete die Duchezza; dann senkte er die Blicke, und seine Wangen entfärbten sich. Der Gedanke an Gift, zur ungelegenen Stunde erweckt, hatte ihn auf einen Einfall gebracht, der seines Vaters oder Philipps II. würdig gewesen wäre; aber er wagte nicht, ihn in Worte zu fassen.

»Hören Sie, gnädige Frau!« sagte er endlich zu ihr, als ob er sich Gewalt antäte, in höchst ungnädigem Tone. »Sie verachten mich wie ein Kind, mehr noch, wie ein unliebenswürdiges Geschöpf. Nun, ich will Ihnen etwas Gräßliches sagen, was mir soeben meine innige und wahre Leidenschaft zu Ihnen eingegeben hat: Wenn ich auch nur im geringsten an die Giftgeschichte glaubte, hätte ich längst gehandelt; meine Herrscherpflicht erforderte es. Aber ich sehe in Ihrer Bitte nichts als eine leidenschaftliche Schwärmerei, deren ganze Tragweite – verzeihen Sie mir, daß ich das sage – ich vielleicht nicht erkenne. Sie wollen, daß ich etwas tue, ohne meine Minister um Rat zu fragen, wo ich doch noch keine drei Monate regiere! Sie fordern von mir, daß ich eine Ausnahme mache und gegen meine Gewohnheit handle, die ich für sehr vernünftig halte, wie ich Ihnen gestehen will. Sie, gnädige Frau, Sie sind in diesem Augenblick der unumschränkte Herrscher; Sie machen mir Hoffnungen in einer Sache, die mein ein und alles ist; aber in einer Stunde, wenn diese Giftphantasie, wenn dieser Alp wieder weg ist, wird Ihnen meine Gegenwart unbequem sein, gnädige Frau, dann werden Sie mich abdanken. Aber gut! Ich will einen Eid! Schwören Sie mir, Duchezza: Falls Fabrizzio gesund und wohlbehalten geblieben ist, dann gewähren Sie mir binnen drei Monaten alles, was sich meine Liebe an Glück ersehnen kann. Sie machen mein ganzes Leben glücklich, wenn Sie mir eine Stunde des Ihrigen schenken und ganz die Meine werden.«

In diesem Augenblick schlug die Schloßuhr zwei.

›Ach, vielleicht ist es zu spät!‹ sagte sich die Duchezza. »Ich schwöre es Ihnen!« fügte sie laut mit irren Augen hinzu.

Sogleich war der Fürst ein anderer Mann; er lief zur letzten Tür der Galerie, wo das Zimmer des Flügeladjutanten war.

»General Fontana, galoppieren Sie zur Zitadelle, eilen Sie, so schnell Sie können, in die Zelle, in der Monsignore del Dongo gefangen sitzt, und bringen Sie ihn hierher! Ich muß ihn in zwanzig Minuten sprechen, in fünfzehn, wenn es geht!«

»Ach, Herr General!« rief die Duchezza, die dem Fürsten gefolgt war. »Eine Minute kann über Leben und Tod entscheiden. Eine zweifellos falsche Nachricht läßt mich Fabrizzios Vergiftung befürchten. Rufen Sie ihm zu, sobald Sie in Hörweite sind, er solle nicht essen! Wenn er seine Mahlzeit angerührt hat, geben Sie ihm ein Brechmittel; sagen Sie ihm, ich wolle es; wenden Sie Gewalt an, wenn es sein muß; sagen Sie ihm, daß ich nachkomme, und glauben Sie mir, daß ich Ihnen zeitlebens Dank schulde!«

»Frau Duchezza, mein Pferd ist gesattelt! Reiten kann ich bekanntlich. Ich fliege zur Zitadelle und bin acht Minuten vor Ihnen dort.«

»Und ich, Duchezza«, sagte der Fürst, »ich bitte mir vier von diesen acht Minuten aus.«

Der Flügeladjutant war verschwunden. Seine einzige Fähigkeit war die, daß er reiten konnte. Kaum hatte sich die Tür hinter ihm geschlossen, als der junge Fürst, der sichtlich energisch geworden war, die Hand der Duchezza ergriff.

»Gnädige Frau«, sagte er leidenschaftlich zu ihr, »wollen Sie gütigst mit mir in die Kapelle kommen!«

Die Duchezza war zum ersten Male in ihrem Leben sprachlos. Sie folgte ihm, ohne ein Wort zu sagen. Sie durcheilten die ganze große Schloßgalerie, an deren äußerstem Ende die Kapelle lag. Kaum hatte der Fürst die Kapelle betreten, so sank er in die Kniee, fast zugleich vor dem Hochaltar wie vor der Duchezza.

»Wiederholen Sie den Schwur!« sagte er feurig. »Wenn Sie gerecht gewesen wären, wenn mir meine unglückselige Fürstenkrone nicht im Wege gewesen wäre, hätten Sie mir aus Mitleid mit meiner Liebe das gewährt, was Sie mir jetzt schulden, weil Sie es geschworen haben.«

»Wenn ich Fabrizzio nicht vergiftet wiedersehe, wenn er in acht Tagen noch lebt, wenn Eure Hoheit ihn zum Koadjutor und künftigen Nachfolger des Erzbischofs Landriani ernennen, so will ich meine Frauenehre, meine Würde, alles, mit Füßen treten und Eurer Hoheit gehören!«

»Aber, geliebte Freundin«, sagte der Fürst in einer drolligen Mischung von Zaghaftigkeit, Angst und Zärtlichkeit, »ich fürchte, daß irgendeine Hinterlist, die ich nicht merke, mein Glück vereiteln könnte. Es wäre mein Tod. Wenn der Erzbischof irgendeinen kirchlichen Grund einwendet, der die Sache jahrelang hinzieht, was wird dann aus mir? Sie sehen, daß ich offen und ehrlich verfahre; wollen Sie mir gegenüber eine Jesuitin sein?«

»Meiner Treu, nein! Wenn Fabrizzio gerettet wird, wenn Sie Ihre ganze Macht daran setzen, ihn zum Koadjutor und künftigen Erzbischof zu machen, dann gebe ich meine Ehre hin und bin die Ihre. Eure Hoheit verpflichten sich, an den Rand eines Gesuches, das der Erzbischof Ihnen binnen acht Tagen unterbreiten wird, ein ›Genehmigt‹ zu setzen.«

»Ich gebe Ihnen ein Blankett mit meiner Unterschrift. Regieren Sie über mich und meine Lande!« rief der Fürst, vor Glück errötend und wirklich außer sich. Er forderte einen zweiten Eid. Er war so aufgeregt, daß er seine angeborene Schüchternheit vergaß. In der einsamen Kapelle, wo die beiden waren, flüsterte er der Duchezza Dinge zu, die, hätte er sie drei Tage vorher ausgesprochen, ihre Meinung über ihn geändert hätten. Aber die Verzweiflung über die Gefahr, in der Fabrizzio schwebte, schwand vor dem Schauder über das Versprechen, das ihr abgerungen worden war.

Die Duchezza war ganz außer Fassung über das, was sie eben getan hatte. Wenn sie sich der bitteren Schande ihres Schwures noch nicht voll bewußt war, so lag das daran, daß sie nur den einen Gedanken hatte, ob der General Fontana wohl noch rechtzeitig in der Zitadelle anlangen werde.

Um sich dem tollen Liebesgeschwätz dieses Knaben zu entziehen und das Gespräch auf etwas anderes zu lenken, lobte sie ein berühmtes Bild des Parmigianino über dem Hauptaltar der Schloßkapelle.

»Wollen Sie so gut sein, mir zu erlauben, daß ich es Ihnen schicke?« sagte der Fürst.

»Ich nehme es an«, entgegnete die Duchezza. »Aber gestatten Sie, daß ich Fabrizzio entgegeneile?«

Mit verstörter Miene befahl sie ihrem Kutscher, Galopp zu fahren. Auf der Wallbrücke der Zitadelle kamen ihr der General Fontana und Fabrizzio zu Fuß entgegen.

»Hast du gegessen?«

»Wunderbarerweise nicht.«

Die Duchezza sank Fabrizzio um den Hals und fiel in eine Ohnmacht, die eine Stunde währte und das Schlimmste für ihr Leben und dann für ihren Verstand befürchten ließ.

Der Kommandant Fabio Conti war vor Wut bleich, als er des Generals Fontana ansichtig ward. Er benahm sich in der Ausführung des fürstlichen Befehles so saumselig, daß der Flügeladjutant in der Voraussetzung, daß die Duchezza im Begriffe sei, die Stellung der regierenden Mätresse einzunehmen, schließlich aufbrauste. Der Kommandant rechnete damit, Fabrizzios Krankheit werde zwei bis drei Tage dauern. ›Und nun‹, sagte er sich, ›kommt der General, eine Hofschranze, und sieht den Unverschämten sich vor Schmerzen krümmen, – meine Rache für seine Flucht!‹

Höchst nachdenklich blieb er in der Wache im Erdgeschoß der Torre Farnese stehen, aus der er schleunigst die Soldaten hinausschickte. Er wollte keine Zeugen bei der bevorstehenden Szene haben. Fünf Minuten später war er vor Erstaunen ganz starr, als er Fabrizzio reden hörte und sah, wie er froh und munter General Fontana das Gefängnis beschrieb. Da drückte er sich.

Fabrizzio benahm sich bei seiner Zusammenkunft mit dem Fürsten als vollendeter Kavalier. Vor allem wollte er nicht wie ein kleiner Junge dastehen, der vor jeder Kleinigkeit erschrickt. Der Fürst fragte ihn huldvoll, wie er sich befände.

»Wie jemand, Hoheit, der vor Hunger stirbt, da er glücklicherweise weder gefrühstückt noch zu Mittag gegessen hat.«

Nachdem er dem Fürsten seinen alleruntertänigsten Dank ausgesprochen hatte, bat er um die Erlaubnis, dem Erzbischof einen Besuch machen zu dürfen, ehe er sich in das Stadtgefängnis begebe.

Der Fürst wurde leichenfahl, als in seinem Kindskopf die Einsicht Raum gewann, daß die Vergiftungsgeschichte durchaus keine Einbildung der Duchezza war. Verloren in diesen gräßlichen Gedanken, gab er zunächst auf die Bitte Fabrizzios, den Erzbischof besuchen zu dürfen, keine Antwort; dann hielt er sich für verpflichtet, seine Unaufmerksamkeit durch desto größere Huld wieder gutzumachen:

»Gehen Sie allein, Monsignore, gehen Sie ohne jede Bewachung durch die Straßen meiner Residenz! Gegen zehn oder elf Uhr begeben Sie sich in die Haft, in der Sie hoffentlich nicht lange bleiben werden.«

Am Morgen nach diesem großen Tage, dem bedeutungsvollsten seines Lebens, hielt sich der Fürst für einen kleinen Napoleon. Er hatte gelesen, daß dieser große Mann öfters die Gunst schöner Frauen seines Hofes genossen hatte. Einmal Napoleon im Liebesglück, entsann er sich auch, daß er im Kugelregen gewesen war. Sein Herz frohlockte über sein mannhaftes Verhalten gegen die Duchezza. Das Bewußtsein, ein schwieriges Werk vollbracht zu haben, wandelte ihn binnen vierzehn Tagen von Grund aus um. Er wurde empfänglich für erhabene Anschauungen; er bekam gewissermaßen Charakter.

Den ersten Beweis davon gab er am selben Tage, indem er Rassis Grafenbrief, der seit vier Wochen auf seinem Schreibtisch lag, verbrannte. Er setzte den General Fabio Conti ab und beauftragte seinen Nachfolger, den Oberst Lagienka, die Vergiftungsgeschichte genau zu untersuchen. Lagienka, ein tapferer polnischer Offizier, schüchterte das Gefängnispersonal ein und berichtete dem Fürsten, daß das Frühstück des Monsignore del Dongo Gift enthalten sollte, aber da man allzuviel Leute ins Vertrauen gezogen hatte, sei die Sache erst beim Mittagessen ins Werk gesetzt worden. Ohne die Dazwischenkunft des Generals Fontana wäre Monsignore del Dongo verloren gewesen. Der Fürst war starr; da er aber wirklich stark verliebt war, fand er darin einen Trost, sich sagen zu können: ›So habe ich dem Monsignore tatsächlich das Leben gerettet, und die Duchezza kann nicht wagen, mir ihr gegebenes Wort zu brechen.‹ Er kam noch auf einen anderen Gedanken: ›Mein Metier ist viel schwieriger, als ich es mir gedacht hatte. Alle Welt behauptet, die Duchezza sei außerordentlich geistvoll.

Hier stimmen Politik und Herz überein. Es wäre herrlich für mich, wenn sie mein Premierminister sein wollte.‹

Am Abend war der Fürst durch die gräßliche Entdeckung dermaßen aufgeregt, daß er nicht mit Komödie spielen wollte.

»Ich wäre überglücklich«, sagte er zur Duchezza, »wenn Sie über mein Land herrschen wollten wie über mein Herz. Für den Anfang will ich Ihnen berichten, wie ich meinen Tag angewandt habe.« Nun erzählte er ihr alles ganz ausführlich: das Verbrennen von Rassis Grafenbrief, die Ernennung Lagienkas, dessen Bericht über den Vergiftungsversuch und so weiter.

»Ich habe recht wenig Erfahrung im Regieren. Der Graf demütigt mich mit seiner Ironie. Sogar im Staatsrat reißt er seine Witze; auch macht er allerhand Bemerkungen in der Gesellschaft, was Sie wahrscheinlich abstreiten werden. Er hat gesagt, ich sei ein Kind, das er hinführen könne, wohin er wolle. Wenn man Fürst ist, gnädige Frau, so ist man doch auch Mensch, und solche Sachen ärgern einen. Um Moscas Scherzen Trotz zu bieten, habe ich diesen gefährlichen Schurken, den Rassi, ins Ministerium nehmen müssen. Und da haben wir den General Conti, der noch immer an Rassis Macht glaubt und nicht einzugestehen wagt, daß er oder die Raversi es sind, die ihn verleitet haben, Ihren Neffen umzubringen! Ich hätte große Lust, den General Fabio Conti einfach vor Gericht zu stellen. Die Richter werden seine Schuld an dem Vergiftungsversuch schon herausbekommen.«

»Aber, Fürst, haben Sie Richter?«

»Wie?« fragte Ernst V. betroffen.

»Sie haben hochweise Rechtsgelehrte, die gravitätisch durch die Straßen stolzieren; im übrigen werden sie das Recht immer so handhaben, wie es der herrschenden Partei an Ihrem Hofe gefällt.«

Während der entrüstete junge Fürst allerlei redete, was mehr Harmlosigkeit als Klugheit verriet, dachte die Duchezza: ›Darf ich Conti in Verruf bringen? Nein, durchaus nicht; sonst wird die Heirat seiner Tochter mit diesem faden Ehrenmann, dem Marchese Crescenzi, unmöglich.‹

Darüber entspann sich eine endlose Unterhaltung zwischen der Duchezza und dem Fürsten. Er verging vor Bewunderung. In Rücksicht auf die Verheiratung von Clelia Conti mit dem Marchese Crescenzi wurde dem General Conti wegen seines Vergiftungsversuches Gnade für Recht zuteil, jedoch nur ausdrücklich deshalb, wie der Fürst voller

Zorn gegen den Exkommandanten betonte. Auf den Vorschlag der Duchezza wurde er bis zur Hochzeit seiner Tochter des Landes verwiesen. Die Duchezza glaubte in Fabrizzio nicht mehr verliebt zu sein, aber die Heirat Clelia Contis mit dem Marchese sehnte sie leidenschaftlich herbei; dabei hegte sie die unbestimmte Hoffnung, allmählich werde Fabrizzios Neigung schwinden.

Im Überschwang des Glückes wollte der Fürst am nämlichen Abend den Minister Rassi mit Eklat seines Amtes entsetzen. Die Duchezza lachte und sagte: »Erinnern Sie sich eines Ausspruchs Napoleons? ›Ein Mann in hoher Stellung, auf den alle Welt blickt, darf sich niemals hitzige Handlungen erlauben.‹ Heute abend ist es auch zu spät. Verschieben Hoheit die Regierungsgeschäfte auf morgen!«

Sie wollte Zeit gewinnen, um mit dem Grafen zu beratschlagen, dem sie ihre Zwiesprache während der Abendgesellschaft haarklein berichtete, allerdings unter Weglassung der häufigen Anspielungen des Fürsten auf ein Versprechen, das ihr Dasein vergiftete. Die Duchezza schmeichelte sich, sich derartig unentbehrlich gemacht zu haben, daß sie eine Vertagung auf unbestimmte Zeit durchsetzen könnte, wenn sie zum Fürsten sagte: ›Wenn Sie so barbarisch sind, zu wollen, daß ich meine Ehre hingebe, so werde ich Ihnen das nie verzeihen und tags darauf Ihr Land verlassen.‹

Als die Duchezza den Grafen Mosca über Rassis Schicksal befragte, benahm er sich höchst weltweise. Der General Fabio Conti und Rassi sollten auf Reisen nach Piemont geschickt werden.

Eine sonderbare Schwierigkeit entstand bei Fabrizzios Prozeß. Die Richter wollten ihn bereits am ersten Verhandlungstage einstimmig freisprechen. Mosca mußte alles aufbieten, damit der Prozeß wenigstens acht Tage dauerte und die Richter sich die Mühe nahmen, alle Entlastungszeugen zu vernehmen. ›Diese Leute bleiben sich immer gleich‹, sagte er sich.

Am Tage nach seiner Freisprechung trat Fabrizzio del Dongo endlich die Stelle als Großvikar bei dem guten Erzbischof Landriani an. Am selben Tage unterzeichnete der Fürst die nötigen Depeschen nach Rom, um die Bestätigung Fabrizzios als Koadjutor mit der einstigen Nachfolge zu erlangen. Nicht ganz acht Wochen später traf sie ein.

Alle Welt pries vor der Duchezza die würdevolle Haltung ihres Neffen. Und doch war er in Verzweiflung. Bereits am Tage nach seiner Freilassung, der die Dienstentlassung und Verbannung des Generals

Fabio Conti und die Herrschaft der Duchezza folgten, hatte Clelia eine Zuflucht im Hause der Contessa Contarini, ihrer Tante, gefunden, einer steinreichen ältlichen Dame, die nur der Sorge um ihre Gesundheit lebte. Clelia hätte mit Fabrizzio zusammentreffen können; wer aber ihre frühere Freundschaft gekannt hatte und ihr jetziges Verhalten beobachtete, hätte denken können, daß mit den Gefahren für den Geliebten ihre Liebe erloschen wäre. Fabrizzio machte nicht nur, so häufig er es schicklicherweise tun konnte, Fensterpromenaden vor dem Palazzo Contarini, sondern es gelang ihm nach langen Bemühungen auch, gegenüber den Fenstern des ersten Stockes ein Stübchen zu mieten. Als Clelia eines Tages arglos ans Fenster lief, um eine Prozession vorüberziehen zu sehen, fuhr sie sofort zurück, wie vom Donner gerührt. Sie hatte Fabrizzio erkannt, der schwarz, aber wie ein armer Arbeitet gekleidet aus einem Fenster seiner Spelunke zu ihr herübersah; dieses Fenster hatte, wie seine Zelle in der Torre Farnese, Scheiben aus Ölpapier. Fabrizzio hätte sich wohl einreden mögen, daß Clelia ihn floh, weil ihr Vater in Ungnade gefallen war, woran nach der öffentlichen Meinung die Duchezza die Schuld trug. Aber er kannte eine andere Ursache dieser Entfremdung allzu gut, und nichts vermochte ihn aus seiner Schwermut aufzurütteln.

Weder seine Freisprechung noch seine Erhebung zu so hohen Würden, den ersten, die er in seinem Leben einnahm, noch seine glänzende Stellung in der Gesellschaft, auch nicht die unaufhörlichen Huldigungen, die ihm die ganze Geistlichkeit und alle Frommen der Diözese darbrachten, nichts machte Eindruck auf ihn. Die entzückende Wohnung, die er im Palazzo Sanseverina inne hatte, genügte nicht mehr. Zu ihrem größten Vergnügen sah sich die Duchezza gezwungen, ihm den ganzen zweiten Stock ihres Palastes und zwei schöne Empfangszimmer im ersten einzuräumen. Diese Empfangsräume waren dauernd voller Leute, die auf den Augenblick warteten, dem jungen Koadjutor ihre Aufwartung zu machen. Die Aussicht seiner einstigen Nachfolge hatte im Lande Wunder bewirkt. Man legte nun alle Züge von Charakterfestigkeit, die ehedem die armseligen und einfältigen Höflinge so sehr entrüstet hatten, als Tugenden aus.

Es war für Fabrizzio eine eindringliche philosophische Lehre, daß er so ganz und gar unempfänglich war für alle die Ehrungen, in seiner großartigen neuen Wohnung mit zehn Dienern in eigener Tracht, und daß er um so vieles unglücklicher war als einst in seinem Holzkäfig in der Torre Farnese, wo ihn widerliche Aufseher umgaben und er stündlich für sein Leben fürchten mußte. Seine Mutter und seine Schwester, die Principessa Dotti, die ihn in Parma besuchten, um ihn in seinem Glanze zu sehen, waren über seinen tiefen Trübsinn erschrocken. Die Marchesa del Dongo, jetzt eine nichts weniger als romantische Dame, beunruhigte sich deswegen so sehr, daß sie glaubte, man habe ihm in der Torre Farnese ein schleichendes Gift eingegeben. Obwohl sie höchst ungern in Geheimnisse drang, fühlte sie sich verpflichtet, mit ihm über diese seltsame Schwermut zu sprechen, und Fabrizzio hatte nur Tränen als Antwort.

Eine Menge von Vorteilen, Folgen seiner glänzenden Stellung, brachten keine andere Wirkung auf ihn hervor, als daß sie ihn mißlaunig machten. Sein Bruder, diese eitle und von gemeinster Selbstsucht verdorbene Seele, schrieb ihm einen fast offiziellen Glückwunschbrief, dem eine Anweisung auf fünfzigtausend Franken beigefügt war, damit er sich Pferde und einen seines Namens würdigen Wagen anschaffen könne, wie sich der neue Marchese ausdrückte. Fabrizzio schenkte diese Summe seiner jüngsten Schwester, die arm verheiratet war.

Graf Mosca hatte eine schöne italienische Übersetzung der Chronik der Familie Valserra del Dongo nach dem lateinischen Original Fabrizzios, weiland Erzbischofs von Parma anfertigen lassen. Er ließ sie in einer Prachtausgabe drucken, mit dem lateinischen Text gegenüber. Die Stiche waren durch ausgezeichnete, in Paris hergestellte Steinzeichnungen ersetzt. Einem Wunsch der Duchezza gemäß war als Gegenstück zu dem Bildnis des alten Erzbischofs ein schönes Porträt ihres Neffen beigefügt. Diese Übersetzung wurde als Arbeit Fabrizzios während seiner ersten Gefangenschaft veröffentlicht. Aber alles das prallte spurlos an unserem Helden ab; sogar die dem Menschen angeborene Eitelkeit war in ihm erstorben. Es fiel ihm nicht ein, auch nur eine einzige Zeile des ihm zugeschriebenen Werkes zu lesen. Seine gesellschaftliche Stellung verpflichtete ihn, ein prächtig eingebundenes Exemplar dem Fürsten zu überreichen. Ernst V. glaubte ihm eine Entschädigung für die ausgestandene Todesgefahr zu schulden und erteilte ihm die Zutrittsbefugnis zu seinen inneren Gemächern, eine Gunst, die mit dem Titel Eccellenza verknüpft ist.

26.

Die einzigen Augenblicke, in denen Fabrizzio seinen Gram zu überwinden vermochte, waren die, die er, hinter jenem Fenster verborgen,
dessen Ölpapier er hatte durch eine Scheibe ersetzen lassen, in seinem
Stübchen gegenüber dem Palazzo Contarini zubrachte, wo, wie wir
wissen, Clelia ihre Zuflucht gefunden hatte. Er war ihrer nur wenige
Male seit Verlassen der Zitadelle ansichtig geworden, aber jedesmal
hatte ihn ihre auffällige Veränderung tief betrübt; sie schien ihm von
schlimmster Vorbedeutung. Seit ihrem Fehltritt hatte ihr Gesicht einen
Ausdruck von edlem, innigem Ernst angenommen. Man konnte sagen,
sie sah wie dreißig Jahre alt aus. Hinter diesem merkwürdigen Wandel
stand offenbar ein unerschütterlicher Entschluß.

›Ach, in allen Augenblicken ihres Lebens‹, sagte sich Fabrizzio,
›schwört sie sich, treu das Gelübde zu halten, das sie der Madonna
dargebracht hat: mich nie wiederzusehen.‹

Fabrizzio erriet Clelias Qualen nur zur Hälfte. Sie wußte, daß ihr
Vater, der völlig in Ungnade gefallen war, erst am Tage ihrer Hochzeit
mit dem Marchese Crescenzi nach Parma zurückkehren und wieder
bei Hofe erscheinen durfte, und das war für ihn Lebensbedingung.
Sie schrieb ihrem Vater, daß sie zur Hochzeit bereit sei. Der General
hatte sich nach Turin geflüchtet und war krank vor Kummer. Tatsächlich war es der Rückschlag dieses bedeutsamen Entschlusses, der sie
zehn Jahre älter gemacht hatte.

Clelia hatte sehr wohl bemerkt, daß Fabrizzio gegenüber dem Palazzo Contarini ein Fenster inne hatte, aber sie hatte nur einmal das
Unglück gehabt, ihn zu erblicken. Sobald sie nur ein Stück Kopf oder
Umrisse sah, die ein wenig den seinen ähnelten, schloß sie sofort die
Augen. Ihre tiefe Frömmigkeit und ihr Vertrauen auf die Madonna
waren fortan ihre einzige Stütze. Zu ihrem Schmerz empfand sie vor
ihrem Vater keine Achtung; der Charakter ihres künftigen Gatten erschien ihr durch und durch seicht, sein Empfinden als das eines
Höflings. Und schließlich betete sie einen Mann an, den sie niemals
wiedersehen durfte und der doch Rechte auf sie hatte. Diese Schick-
salsverkettung kam ihr als Inbegriff des Unglücks vor, und wir müssen
gestehen, daß sie sich nicht täuschte. Sie hätte nach ihrer Hochzeit
tausend Meilen von Parma entfernt leben müssen.

Fabrizzio kannte Clelias tiefe Züchtigkeit; er wußte, wie sehr ihr jeder außergewöhnliche Schritt mißfallen mußte, der, wenn er bekannt wurde, sie ins Gerede bringen konnte. Trotzdem trieben ihn seine grenzenlose Schwermut und Clelias beständig von ihm abgewandte Blicke zum Äußersten. Er wagte es, zwei Diener der Gräfin Contarini, ihrer Tante, zu bestechen. Eines Tages, bei Einbruch der Nacht, fand er sich als Landmann verkleidet am Tor des Palazzos ein, wo ihn einer der bestochenen Diener erwartete. Er ließ anmelden, er käme von Turin und brächte dem gnädigen Fräulein Briefe von ihrem Vater. Der Diener richtete diese Bestellung aus und führte ihn in ein riesiges Vorzimmer im ersten Stock des Hauses. Dort verlebte Fabrizzio die vielleicht angstvollste Viertelstunde seines Lebens. Wenn Clelia ihn abwies, so gab es für ihn keine Hoffnung mehr auf Frieden. ›Um der lästigen Sorgen schnell ledig zu werden, mit denen mich meine neue Würde überhäuft, werde ich die Kirche von einem schlechten Diener befreien und meine Zuflucht unter einem angenommenen Namen in irgendeiner Kartause suchen.‹ Endlich meldete ihm der Diener, Signorina Clelia sei bereit, ihn zu empfangen. Mit einem Male fehlte unserem Helden jeglicher Mut. Er war nahe daran, vor Angst umzusinken, als er die Treppe zum zweiten Stock hinaufstieg.

Clelia saß an einem kleinen Tisch, auf dem eine einzige Kerze brannte. Kaum hatte sie Fabrizzio unter seiner Verkleidung erkannt, als sie zurückwich und sich in einem Winkel des Zimmers verbarg.

»Also so sorgen Sie für mein Seelenheil!« rief sie ihm zu und bedeckte ihr Gesicht mit beiden Händen. »Sie wissen doch: als mein Vater wegen des Giftes dem Tode nahe war, habe ich der Madonna gelobt, Sie nie wiederzusehen. Ich habe dieses Gelübde gehalten bis auf den einen Tag, den unglücklichsten meines Lebens, an dem ich mich vor meinem Gewissen für verpflichtet hielt, Sie dem Tode zu entreißen. Es ist schon viel, wenn ich Sie in gewaltsamer und zweifellos frevelhafter Auslegung meines Schwurs jetzt anhöre.«

Über diesen letzten Satz war Fabrizzio so erstaunt, daß er einige Sekunden brauchte, ehe er sich darüber freute. Er war auf den heftigsten Zorn gefaßt gewesen und darauf, daß Clelia entfliehen werde. Schließlich fand er seine Geistesgegenwart wieder und löschte die Kerze aus. Obgleich er Clelia wohl verstanden zu haben meinte, zitterte er doch am ganzen Leibe, als er nach dem Hintergrunde des Zimmers ging, wo sie sich hinter eine Ottomane geflüchtet hatte. Er wußte nicht, ob er sie verletze, indem er ihr die Hand küßte. Sie bebte vor Liebe und warf sich ihm in die Arme.

»Mein lieber Fabrizzio!« flüsterte sie ihm zu. »Wie lange hast du gezögert, zu kommen! Ich kann dich nur einen Augenblick sprechen, denn ich begehe zweifellos eine große Sünde. Als ich gelobte, dich nie wiederzusehen, hätte ich wohl auch versprechen müssen, nicht mit dir zu reden. Aber warum hast du den Racheplan meines armen Vaters so barbarisch vergolten? Ihn hat man doch zuerst fast vergiftet, um dein Fliehen zu erleichtern! Hättest du nicht etwas für mich tun können, die ich meinen guten Ruf aufs Spiel gesetzt habe, um dich zu retten? Übrigens hast du dich nun ganz an den geistlichen Beruf gekettet. Du könntest mich nicht mehr heiraten, selbst wenn ich einen Ausweg fände, diesem gräßlichen Marchese zu entrinnen. Und dann, warum hast du bei der Prozession gewagt, mich am hell-lichten Tage sehen zu wollen und in himmelschreiender Weise das heilige Gelübde zu gefährden, das ich der Madonna dargebracht habe?«

Fabrizzio drückte sie an sich, außer sich vor Überraschung und Seligkeit. Eine Unterhaltung, bei der sich beide von Anfang an so viel zu erzählen hatten, mußte lange dauern. Fabrizzio berichtete ihr den genauen Hergang der Verbannung ihres Vaters. Die Duchezza sei nicht im geringsten bei dieser Angelegenheit beteiligt, aus dem einfachen Grunde, weil sie keinen Augenblick angenommen habe, daß der Vergiftungsplan von General Conti ausgehe; sie habe nie bezweifelt, daß es ein Streich der Partei Raversi sei, um den Grafen Mosca zu stürzen. Diese lang und breit erläuterte historische Tatsache machte Clelia sehr glücklich. Sie war untröstlich, jemanden hassen zu müssen, der zu Fabrizzio gehörte. Jetzt blickte sie nicht mehr mit den Augen der Eifersucht auf die Duchezza.

Das an diesem Abend begonnene Glück währte nur wenige Tage. Der treffliche Don Cesare kam aus Turin an. Mit der Kühnheit eines grundanständigen Herzens wagte er, der Duchezza einen Besuch zu machen. Nachdem er sie um ihr Wort gebeten hatte, sein Vertrauen in keiner Weise zu mißbrauchen, gestand er ihr, sein Bruder habe, von falschen Ehrbegriffen verleitet, geglaubt, daß er durch Fabrizzios Flucht im öffentlichen Ansehen tief herabgesetzt und erledigt sei, und es für seine Pflicht gehalten, sich zu rächen.

Don Cesare hatte keine zwei Minuten gesprochen, da war seine Sache gewonnen. Seine lautere Ehrbarkeit hatte die Duchezza gerührt. Derlei war ihr etwas Ungewöhnliches; es gefiel ihr wie etwas Neues.

»Beschleunigen Sie die Hochzeit der Tochter des Generals mit dem Marchese Crescenzi, und ich gebe Ihnen mein Wort, daß ich alles tun will, was in meiner Macht steht, damit der General empfangen wird, als käme er von einer Reise. Ich werde ihn zu Tisch einladen. Sind Sie zufrieden? Zweifellos wird er zu Anfang etwas kühl behandelt werden, und keinesfalls darf er allzu eilig um seinen alten Posten in der Zitadelle nachsuchen. Aber Sie wissen, ich halte Freundschaft mit dem Marchese, und ich werde keinen Groll gegen seinen Schwiegervater bewahren.«

Auf diese Zusagen gestützt, erklärte Don Cesare seiner Nichte, das Leben ihres Vaters ruhe in ihren Händen. Er sei krank vor Kummer. Seit mehreren Monaten habe er an keinem Hofe verkehrt.

Clelia entschloß sich, ihren Vater in seiner Verbannung zu besuchen. Er hielt sich unter einem falschen Namen in einem Dorf bei Turin auf, in dem Wahne, der Hof von Parma unterhandle mit dem von Turin wegen seiner Auslieferung, um ihn vor Gericht zu stellen. Clelia fand ihn leidend und fast geistig gestört. Am selben Abend schrieb sie an Fabrizzio einen Brief, in dem sie auf ewig mit ihm brach.

Nach Empfang dieses Briefes zog sich Fabrizzio, der ganz ähnliche Charaktereigenschaften entwickelte wie seine Geliebte, ins Kloster Velleia zurück, das zehn Meilen westlich von Parma im Gebirge liegt. Ihr Brief war zehn Seiten lang. Sie hatte ihm einst geschworen, nie ohne seine Einwilligung zu heiraten. Jetzt bat sie ihn darum, und Fabrizzio gewährte sie ihr aus der Klause seines Retiros von Velleia in einem Brief voll der reinsten Freundschaft.

Als Clelia diese Antwort erhielt, an der sie der Ausdruck Freundschaft, wie eingestanden werden muß, erzürnte, setzte sie selbst den Tag ihrer Hochzeit fest, deren Feier den Glanz noch erhöhen sollte, in dem der Hof von Parma in jenem Winter erstrahlte.

Ranuccio Ernesto V. war im Grunde geizig, aber er war bis über die Ohren verliebt und hoffte, die Duchezza an seinen Hof zu fesseln. Er bat seine Mutter, eine sehr beträchtliche Summe anzunehmen und zu Festlichkeiten zu verwenden. Die Oberhofmeisterin verstand diese Vermehrung der Mittel in bewundernswürdiger Weise auszunutzen. Die Festlichkeiten dieses Winters in Parma erinnerten an die schönen

Tage des Mailänder Hofes und an den liebenswürdigen Fürsten Eugen, den Vizekönig von Italien, dessen Milde ein so nachhaltiges Andenken hinterlassen hat.

Fabrizzios Pflichten als Koadjutor riefen ihn nach Parma zurück, aber er erklärte, er wolle aus frommen Gründen sein Retiro in der kleinen Wohnung fortsetzen, die ihm sein Gönner, der Monsignore Landriani, im erzbischöflichen Palast aufgenötigt hatte. Er schloß sich dort ein; nur ein einziger Diener war um ihn. So kam es, daß er an keinem der so glänzenden Hoffeste teilnahm, ein Umstand, der ihn in Parma und in seiner künftigen Diözese in den Geruch ungeheuerer Heiligkeit brachte. Dieses Retiro hatte eine unerwartete Wirkung. Obwohl Fabrizzio lediglich aus tiefer Schwermut und Hoffnungslosigkeit ins Kloster gegangen war, wurde der gute Erzbischof Landriani, der ihn immer geliebt hatte und von dem der Gedanke, ihn zum Koadjutor zu machen, in der Tat ausgegangen war, ein wenig eifersüchtig. Der Erzbischof hielt sich klugerweise für verpflichtet, zu allen Hoffesten zu gehen, wie das in Italien Brauch ist. Bei solchen Anlässen trug er seine große Amtstracht, fast die nämliche wie beim Hochamt in seiner Kathedrale. Die Hunderte von Dienern, die in dem säulengeschmückten Vorzimmer zusammengekommen waren, unterließen es nicht, Monsignore um seinen Segen zu bitten, der dann stehen blieb und ihn gnädigst erteilte. In einem solchen Augenblick feierlicher Stille hatte Landriani jemand flüstern hören: »Unser Erzbischof geht zum Ball, und Monsignore del Dongo ist Stubenhocker geworden!«

Von da an hatte die maßlose Bevorzugung, deren sich Fabrizzio beim Erzbischof erfreut hatte, ein Ende. Aber Fabrizzio konnte auf eigenen Füßen stehen. Seine jetzige Lebensführung, die ihre Ursache, wie gesagt, in der Trostlosigkeit hatte, in die ihn Clelias Heirat versetzte, galt als Ausfluß schlichter und erhabener Frömmigkeit, und die Gläubigen lasen die Übersetzung der Familienchronik des Hauses del Dongo, aus der die tollste Eitelkeit herausschaute, wie ein Erbauungsbuch. Der Verleger veröffentlichte Sonderabzüge von Fabrizzios Bildnis, die in wenigen Tagen vergriffen waren und ganz besonders von Leuten aus dem Volke gekauft wurden. Aus Unkenntnis hatte der Zeichner Fabrizzios Bildnis mit verschiedenen Sinnbildern umgeben, wie sie nur bei Bildern von Bischöfen statthaft sind, einem Koadjutor aber nicht zukommen. Der Erzbischof sah solch ein Bild, und sein Zorn kannte keine Grenzen mehr. Er ließ Fabrizzio kommen und fuhr ihn hart an, in Ausdrücken, die aus Leidenschaftlichkeit recht grob ausfielen. Fabrizzio war es, wie man sich wohl denken kann, ein leichtes, sich so zu benehmen, wie sich Fénelon bei gleichem Anlaß benommen hätte. Er hörte den Erzbischof mit größter Demut und Ehrerbietung an, und als der Prälat mit Reden fertig war, erzählte er die ganze Geschichte von der Übersetzung der Genealogie, die zur Zeit seiner ersten Gefangenschaft auf Veranlassung des Grafen Mosca angefertigt worden war. Sie sei aus weltlichen Absichten veröffentlicht worden, die ihm für einen Mann seines Berufes recht unschicklich erschienen seien. Was das Bildnis anlange, so hätte er mit den Sonderabzügen ebensowenig zu tun wie mit dem Buche. Während seines Retiros habe ihm der Buchhändler, an das erzbischöfliche Amt gerichtet, vierundzwanzig Abzüge des Bildes übersandt. Er habe seinen Diener beauftragt, ein fünfundzwanzigstes Exemplar zu kaufen, und nachdem er auf diesem Wege erfahren habe, daß ein Bild für dreißig Sous verkauft wurde, habe er dem Verlag hundert Franken als Bezahlung für die vierundzwanzig Exemplare geschickt.

Obgleich diese Rechtfertigung von einem Manne, dem andere Dinge das Herz schwer machten, im vernünftigsten Ton vorgetragen wurde, steigerte sich die Wut des Erzbischofs ins Sinnlose. Er ging so weit, Fabrizzio Heuchelei vorzuwerfen.

›Da haben wir es: Plebejer bleiben Plebejer‹, sagte sich Fabrizzio, ›selbst wenn sie Geist haben!‹

Er hatte damals eine viel ernstlichere Sorge. Seine Tante bestürmte ihn mit Briefen, er solle unbedingt wieder in seine Wohnung im Palazzo Sanseverina zurückkehren, zum mindesten sie öfters besuchen. Dort mußte er sicherlich von den glänzenden Festen zu hören bekommen, die der Marchese Crescenzi zu seiner Hochzeit veranstaltete. Das zu ertragen, ohne sich zu verraten, traute er sich aber nicht zu.

Als die Vermählungsfeier stattfand, beobachtete Fabrizzio bereits acht Tage strengstes Stillschweigen. Er verbot seiner Dienerschaft und den Beamten der erzbischöflichen Kanzlei, mit denen er amtlich zu tun hatte, ihn anzureden. Monsignore Landriani, dem dieser neue Snobismus zur Kenntnis gekommen war, ließ Fabrizzio viel häufiger zu sich rufen als sonst. Er suchte ihn in die langwierigsten Unterhaltungen zu ziehen; er halste ihm sogar Unterredungen mit gewissen Dorfpfarrern auf, die sich beschwert hatten, daß der Erzbischof in ihre Vorrechte eingriffe. Fabrizzio nahm alle diese Scherereien mit der vollkommenen Gleichgültigkeit eines Mannes hin, der Höherem nachgeht. ›Es wäre das klügste für mich‹, dachte er, ›ich würde Kartäuser. In den Bergen von Velleia würde ich weniger leiden.‹

Er besuchte seine Tante; als er sie umarmte, vermochte er die Tränen nicht zurückzuhalten. Sie fand ihn sehr verändert: seine Augen, durch seine außerordentliche Magerkeit wie vergrößert, traten stark hervor; er selber hatte in seinem engen und schäbigen schlichten schwarzen Priesterrock ein so dürftiges und unglückliches Aussehen, daß die Duchezza bei diesem ersten Wiedersehen gleichfalls weinen mußte. Aber im Augenblick darauf, als sie sich sagte, daß diese ganze Veränderung des vornehmen jungen Mannes ihre Ursache in Clelias Verheiratung hatte, hegte sie Empfindungen, die an Heftigkeit beinahe denen des Erzbischofs gleichkamen, wenngleich sie sich gewandter beherrschte. Sie war grausam genug, lang und breit gewisse malerische Einzelheiten zu schildern, die den vom Marchese Crescenzi veranstalteten Festen einen besonderen Reiz gegeben hatten. Fabrizzio antwortete nicht, aber er schloß die Augen mit fast krampfhafter Bewegung und wurde – was zunächst kaum möglich schien – noch bleicher, als er schon war. Während dieses lebhaften Schmerzes nahm seine Blässe eine grünliche Färbung an.

Graf Mosca kam hinzu, und was er sah, erschien ihm kaum glaublich, aber es heilte ihn gänzlich von der Eifersucht, die Fabrizzio fortwährend in ihm erregt hatte. Mit der ihm eigenen Gewandtheit versuchte er in den feinsten und geistreichsten Wendungen, in Fabrizzio wieder etwas Teilnahme für weltliche Dinge zu erwecken. Der Graf hatte ihm allezeit viel Achtung und große Freundschaft bewiesen. Jetzt, da diese Freundschaft kein Gegengewicht mehr in der Eifersucht hatte, ward sie beinahe herzlich. ›In der Tat‹, sagte er sich, ›er hat sein äußeres Glück teuer genug er kauft!‹ Unter dem Vorwand, ihm das Gemälde Parmigianinos zu zeigen, das der Fürst der Duchezza geschenkt hatte, nahm Mosca Fabrizzio beiseite.

»Nun, mein Freund, sprechen wir wie Männer! Kann ich Ihnen in irgend etwas zu Diensten sein? Denken Sie nicht etwa, ich sei neugierig. Brauchen Sie Geld? Brauchen Sie meinen Einfluß? Sagen Sie es! Ich stehe Ihnen zur Verfügung. Wenn Sie es mir lieber schreiben wollen, so schreiben Sie mir!«

Fabrizzio umarmte ihn zärtlich und sprach von dem Gemälde.

»Ihr Benehmen«, fuhr der Graf im Plauderton fort, »ist ein Meisterstück der feinsten Diplomatie. Sie bereiten sich eine überaus angenehme Zukunft. Der Fürst schätzt sie. Das Volk verehrt Sie. Ihr abgeschab-
tes schwarzes Röckchen bereitet Monsignore Landriani schlaflose
Nächte. Ich habe eine gewisse Welterfahrung, aber ich kann Ihnen
feierlich versichern, ich wüßte nicht, welchen Rat ich Ihnen geben
sollte, um das, was ich sehe, zu vervollkommnen. Mit dem ersten
Schritt in die Welt, mit fünfundzwanzig Jahren, haben Sie die Meister-
schaft erlangt.

Man spricht viel von Ihnen am Hofe; und wissen Sie, welchem
Umstand Sie diese in Ihrem Alter einzig dastehende Auszeichnung
zu verdanken haben? Ihrem schäbigen schwarzen Röckchen. Die Duchezza und ich, wir verfügen, wie Sie wissen, über die einstige Villa
des Petrarca[34] auf dem schönen Hügel mitten im Walde, nahe am Po.
Sollten Sie je des kleinlichen neidischen Treibens der Menschen müde
werden, so hoffe ich, Sie werden der Nachfolger Petrarcas. Nehmen
Sie seinen Ruhm zu dem Ihrigen!«

Der Graf marterte seinen Geist, um diesem Anachoretenantlitz ein
Lächeln zu entlocken, aber es gelang ihm nicht. Was die Veränderung
noch merkbarer machte, das war das völlige Verschwinden gewisser
Züge in Fabrizzios Gesicht, die Sinnlichkeit und Heiterkeit verraten
hatten. Mosca trennte sich nicht von ihm, ohne ihm zu sagen, es
könne trotz seinem Retiro als Ziererei ausgelegt werden, wenn er am
nächsten Sonnabend, zum Geburtstage der Fürstinwitwe, nicht bei
Hofe erschiene. Das fuhr Fabrizzio wie ein Dolchstich durchs Herz.
›Mein Gott‹, dachte er, ›was soll ich im Schloß?‹ Nur mit Beben vermochte er an die dort mögliche Begegnung zu denken. Dieser Gedanke
verschlang alle anderen. Er überlegte sich, daß die einzige Rettung,
die ihm verblieb, die sei, im Schloß als erster zu erscheinen, wenn
gerade die Türen geöffnet wurden.

In der Tat ward der Name des Monsignore del Dongo bei dem
großen Empfang an jenem Abend als einer der ersten gemeldet. Die
Fürstin empfing ihn mit huldvollster Auszeichnung. Fabrizzios Augen
hafteten auf der Standuhr, und als sie die zwanzigste Minute seiner
Anwesenheit in ihrem Gemach verkündete, erhob er sich, um Abschied

---

34 Stendhal hat hier offenbar das Haus Petrarcas in Arqua Petrarca bei
    Battaglia südlich von Padua im Sinne.

zu nehmen, gleichzeitig trat der Fürst zu seiner Mutter in den Saal. Nachdem Fabrizzio ihm einige Augenblicke gewidmet hatte, steuerte er geschickt nach der Ausgangstür hin; doch da erreichte ihn einer jener kleinen Zufälle des Hoflebens, die die Duchezza so geschickt herbeizuführen verstand. Der diensttuende Kammerherr kam auf ihn zu und teilte ihm mit, Serenissimus habe ihn zum Whist befohlen. Das ist in Parma eine hohe Auszeichnung, weit über dem Rang, den der Koadjutor in der Hofgesellschaft einnahm. Zum Whist befohlen zu werden, war selbst für den Erzbischof eine ganz besondere Ehre. Die Mitteilung des Kammerherrn durchbohrte Fabrizzio das Herz, und sosehr er jedes öffentliche Aufsehen verabscheute, war er nahe daran, sich mit einem plötzlichen Unwohlsein zu entschuldigen, aber er bedachte, daß er damit das Opfer von Nachfragen und Kondolenzen würde, die noch viel unerträglicher waren als das Spiel. An jenem Abend war ihm das Sprechen zum Ekel.

Zum Glück befand sich unter den vielen Gästen, die erschienen waren, um der Fürstinwitwe ihre Huldigung darzubringen, ein Minoritengeneral. Dieser sehr gelehrte Mönch, ein würdiger Schüler von Fontana und Duvoisin[35], hatte sich in einen Winkel des Saales verkrochen; Fabrizzio stellte sich so vor ihm auf, daß er die Eingangstür nicht sehen konnte, und begann ein theologisches Gespräch mit dem Franziskaner. Aber er konnte es nicht verhindern, daß die Namen des Marchese und der Marchesa Crescenzi, die eben angemeldet wurden, an seine Ohren drangen. Wider Erwarten empfand Fabrizzio eine starke Zornesregung.

›Wäre ich Borso Valserra‹, sagte er sich (das war einer der Feldherren des ersten Sforza), ›so erdolchte ich diesen Tölpel von Marchese, und zwar mit dem kleinen Dolch mit Elfenbeingriff, den mir Clelia an jenem Glückstage gegeben hat. Er sollte mir die Unverschämtheit büßen, sich mit dieser Marchesa an einem Orte zu zeigen, wo ich bin!‹

Seine Züge veränderten sich so sehr, daß der Minorit ihn fragte: »Fühlen sich Eccellenza unwohl?«

»Ich habe tolle Kopfschmerzen, – das Licht macht mich krank. – Ich bleibe nur hier, weil mich Serenissimus zum Whist befohlen hat.«

---

35 Francesco Ludovico Fontana (1750-1822), ein italienischer, und Jean Baptiste Baron Duvoisin (1744-1813), ein französischer Prälat.

Dieser Umstand brachte den Minoriten, der bürgerlich war, derartig aus der Fassung, daß er nicht mehr wußte, was er tun solle, und sich Fabrizzio empfehlen wollte. Der aber war noch viel verlegener als der Minoritengeneral und entwickelte nun erst recht die sonderlichste Beredsamkeit. Er merkte, daß hinter ihm alles still wurde, aber er wollte sich nicht umsehen. Plötzlich ward mit einem Violinbogen auf ein Notenpult geklopft. Man spielte ein Ritornell, und die berühmte Madame Pasta[36] stimmte jene damals allbekannte Arie Cimarosas an: ›Quelle pupille tenere‹.

Bei den ersten Takten beherrschte sich Fabrizzio, aber bald verrauchte sein Zorn, und er fühlte das Bedürfnis, sich recht auszuweinen. ›Mein Gott‹, sagte er sich, ›welch lächerliche Szene, noch dazu in meiner Tracht!‹ Er hielt es für klüger, von sich zu reden.

»Wenn ich diesen fürchterlichen Kopfschmerzen Trotz biete wie heute abend«, sagte er zu dem Franziskanergeneral, »so machen sie sich in Tränenausbrüchen Luft, die einen Mann unseres Standes leicht ins Gerede bringen können. Ich bitte also Euer Hochwürden, mir zu gestatten, daß ich weine, indem ich Sie anblicke, und nicht weiter darauf zu achten.«

»Unser Provinzial in Catanzara leidet an ganz demselben Übel«, meinte der Minorit und begann im Flüsterton eine endlose Geschichte über die Abendmahlzeiten des Provinzials, die Fabrizzio ein Lächeln abnötigte, was ihm seit langem nicht geschehen war. Aber bald hörte er dem Franziskaner nicht mehr zu. Madame Pasta sang mit ihrer göttlichen Stimme eine Arie von Pergolesi. (Die Fürstin liebte altmodische Musik.) Drei Schritt weit von Fabrizzio entstand ein leises Geräusch; zum ersten Male an diesem Abend sah sich Fabrizzio um. In dem Lehnstuhl, der dieses kleine Geräusch auf dem Parkett verursacht hatte, saß die Marchesa Crescenzi. Beider Augen begegneten sich tränenschimmernd. Die Marchesa senkte den Kopf; Fabrizzios Blicke verweilten einige Sekunden auf ihr. Er betrachtete ihr diamantengeschmücktes Haupt, und seine Augen nahmen einen Ausdruck von

36 Über die Beziehungen, die Beyle zu dieser berühmten Sängerin hatte – sie ist geboren 1798, gestorben 1865 in ihrer eine Stunde nördlich von Como am Ostufer des Sees gelegenen Villa Pasta –, vergleiche die häufigen Erwähnungen in Stendhals ›Autobiographie‹; ferner George Sand: Histoire de ma vie V, 3. Ihr gilt auch das ganze 35. Kapitel in Stendhals ›Vie de Rossini‹ (1824).

Zorn und Verachtung an. Dann flüsterte er vor sich hin: »Und nie sollen dich meine Augen wieder anschauen!« Er wandte sich von neuem dem Franziskanergeneral zu und sagte zu ihm: »Jetzt packt mich mein Übel heftiger denn je.« Tatsächlich weinte Fabrizzio länger als eine halbe Stunde heiße Tränen. Glücklicherweise kam ihm eine Mozartsche Sinfonie, greulich entstellt wie gewöhnlich in Italien, zustatten und half sie ihm trocknen.

Er blieb standhaft und wandte seine Augen nicht mehr zur Marchesa Crescenzi. Aber Madame Pasta sang von neuem, und Fabrizzios durch die Tränen erleichterte Seele erreichte einen Zustand völligen Friedens. Nun erschien ihm das Leben in neuem Lichte. ›Bilde ich mir denn ein, sie gleich mit einem Male gänzlich vergessen zu können? Ist das auch nur möglich?‹ fragte er sich. Schließlich kam er auf folgenden Gedanken: ›Kann ich unglücklicher werden, als ich es seit zwei Monaten bin? Und wenn nichts meine Herzensqualen steigern kann, warum soll ich da dem Vergnügen widerstehen, sie anzusehen? Sie hat ihr Gelübde vergessen. Sie ist leichtsinnig. Sind das nicht alle Frauen? Aber keine macht ihr ihre himmlische Schönheit streitig. Sie hat einen Blick, der mich in Verzückung versetzt, während ich mir sonst Zwang antun muß, wenn ich Frauen anblicke, die für die allerschönsten gelten. Wohlan, warum soll ich mich nicht bezaubern lassen? Zum mindesten ist das ein Augenblick der Ruhe.‹

Fabrizzio besaß etwas Menschenkenntnis, aber keinerlei Erfahrung in Herzensangelegenheiten, sonst hätte er sich gesagt, daß die flüchtige Freude, der er nachgab, alle Anstrengungen vereitelte, die er seit zwei Monaten gemacht hatte, um Clelia zu vergessen.

Die Ärmste war zu diesem Fest nur gezwungen gekommen, weil ihr Gatte es wollte; sie hatte die Absicht, sich spätestens nach einer halben Stunde, angeblich aus Gesundheitsrücksichten, wieder zu entfernen; aber der Marchese erklärte ihr, den Wagen vorfahren zu lassen, um wieder zu gehen, wo viele Wagen erst kämen, sei ganz und gar gegen die Hofsitte und könne leicht als abfällige Kritik an dem von der Fürstin veranstalteten Fest ausgelegt werden.

»In meiner Eigenschaft als Kammerherr«, fügte der Marchese hinzu, »muß ich mich im Schloß den Befehlen der Fürstin zur Verfügung halten, bis alle Welt gegangen ist. Es könnten Anordnungen nötig werden; ja, zweifellos. Die Diener sind so nachlässig. Und wollen Sie, daß sich ein einfacher Kammerjunker diesen Ehrendienst anmaßt?«

Clelia fügte sich. Noch hatte sie Fabrizzio nicht bemerkt; sie hoffte, er sei nicht zu diesem Fest erschienen. Aber als das Konzert beginnen sollte und die Fürstin das Zeichen gegeben hatte, daß sich die Damen setzten, ließ sich Clelia, die sehr wenig Sinn für dergleichen Dinge hatte, die besseren Plätze in der Nähe der Fürstin wegnehmen, so daß sie genötigt war, sich mit einem Sessel im hinteren Teile des Saales zu begnügen, just in der abgelegenen Ecke, wohin sich Fabrizzio geflüchtet hatte.

Als sie auf ihren Stuhl zuschritt, fiel ihr die an solchem Ort sonderbare Tracht des Minoritengenerals in die Augen, und zunächst übersah sie den schmächtigen Mann im einfachen schwarzen Rock, der mit ihm im Gespräch war. Aber etwas Geheimnisvolles zog ihre Augen zu diesem Menschen. Alle Welt war hier in Uniform oder reich gestickter Gala. Wer mochte der junge Mann im schlichten schwarzen Rock sein? Sie beobachtete ihn mit reger Aufmerksamkeit, als eine Dame, die sich hinsetzte, ihren Lehnsessel geräuschvoll verschob. Fabrizzio wandte den Kopf. Clelia erkannte ihn nicht wieder, so hatte er sich verändert. Zunächst dachte sie: ›Er ist ihm sehr ähnlich. Vielleicht ist es sein älterer Bruder, aber der ist doch nur wenige Jahre älter als er, und das da ist ein Vierziger.‹ Mit einem Male erkannte sie ihn an einer Bewegung des Mundes.

›Der Unglückliche! Was mag er gelitten haben!‹ sagte sie sich und neigte das Haupt, vom Schmerz gebeugt, aber nicht, um ihrem Gelübde treu zu bleiben. Ihr Herz schmolz vor Mitleid dahin. Die neun Monate Kerker hatten bei weitem nicht so auf ihn eingewirkt. Sie blickte ihn nicht mehr an, aber ohne die Augen auf ihn hinzuwenden, beobachtete sie alle seine Bewegungen.

Nach dem Konzert sah sie, wie Fabrizzio an den Spieltisch des Fürsten herantrat, der etliche Schritte vom Throne aufgestellt war. Sie atmete auf, als Fabrizzio sich nun so weit von ihr befand. Aber der Marchese Crescenzi war beleidigt, daß seine Frau so abseits saß. Er bemühte sich mehrfach, eine Dame, die den dritten Lehnsessel neben der Fürstinwitwe inne hatte und deren Gatte ihm Geld schuldete, zum Platzwechsel mit der Marchesa zu überreden. Die Ärmste widersetzte sich dem natürlich, und Crescenzi mußte den Gatten und Schuldner holen, der seiner Ehehälfte ein ernstes Wörtchen zuflüsterte, worauf der Marchese schließlich das Vergnügen hatte, den Platzwechsel durchzusetzen. Er holte seine Frau.

»Sie sind immer allzu bescheiden«, sagte er zu ihr. »Warum gehen Sie stets mit so niedergeschlagenen Blicken? Man wird Sie für eine von den Bürgerlichen halten, die verblüfft sind, bei Hofe zu sein, und über deren Erscheinen sich jedermann aufhält. Die verrückte Oberhofmeisterin macht doch keine anderen aus ihnen! Und da spricht man vom Rückgang des Jakobinertums! Denken Sie daran, daß Ihr Gatte die erste männliche Charge im Hofstaat Ihrer Hoheit einnimmt! Und selbst wenn es den Republikanern je gelingen sollte, den Hof und selbst den Adel abzuschaffen, so bliebe Ihr Gatte immer noch der reichste Mann in diesem Lande. Das sind Grundsätze, deren Sie sich nicht genug bewußt sind.«

Der Lehnsessel, auf den seine Frau zu setzen der Marchese das Vergnügen hatte, stand nur sechs Schritt vom Spieltisch des Fürsten entfernt. Clelia konnte Fabrizzio nur von der Seite sehen, aber sie fand ihn so abgemagert, er hatte vor allem eine so gleichgültige Miene gegen alles, was sich um ihn her zutrug, er, der sonst nicht das geringste Ereignis ohne eine Bemerkung vorübergehen ließ, daß sie schließlich zu der schrecklichen Folgerung gelangte, Fabrizzio sei durch und durch anders geworden; er habe sie vergessen. Seine auffällige Magerkeit sei die Wirkung des strengen Fastens, das er sich aus Frömmigkeit auferlege. In diesem traurigen Gedanken wurde Clelia durch die Gespräche der Umsitzenden bestärkt. Der Name des Koadjutors war in aller Munde. Man zerbrach sich den Kopf über den Anlaß der ungeheueren Auszeichnung, die ihm zuteil geworden war, daß er, ein so junger Mann, zum Whist mit Serenissimus befohlen war! Man bewunderte die höfliche Gleichgültigkeit und die vornehmen Gesten, mit denen er die Karten gab, selbst wenn der Fürst abhob.

»Das ist kaum zu glauben!« zischelten alte Hofschranzen. »Das Glück seiner Tante hat ihm den Kopf gänzlich verdreht. Aber, Gott sei Dank, das wird nicht von langer Dauer sein. Unser Monarch liebt solch überlegenes Auftreten gar nicht.«

Die Duchezza näherte sich dem Fürsten. Die Kavaliere, die sich in gehöriger Entfernung vom Spieltisch hielten, so daß sie von Allerhöchstdero Gespräch nur hier und da etliche Brocken aufschnappen konnten, beobachteten wie Fabrizzio plötzlich über und über errötete. »Seine Tante wird ihm einen Rüffel erteilt haben«, tuschelte man, »wegen seines gleichgültigen Getues.« In Wirklichkeit hatte Fabrizzio Clelias Stimme vernommen. Sie war von der Fürstin, die ihre Runde durch den Saal machte, als Gemahlin ihres Kammerherrn angesprochen worden.

Am Whisttisch wurden eben die Plätze gewechselt; nun saß Fabrizzio Clelia Auge in Auge gegenüber. Hin und wieder überließ er sich dem Glück, sie zu betrachten. Die arme Marchesa, die sich von ihm beobachtet fühlte, verlor alle Fassung. Etliche Male vergaß sie ihr Gelübde; in ihrem Verlangen, zu erraten, was in seinem Herzen vorging, wandte sie ihre Augen nicht von ihm ab.

Die Whistpartie des Fürsten war zu Ende. Die Damen erhoben sich, um in den Speisesaal zu gehen. Es entstand etwas Unordnung. Fabrizzio geriet in Clelias nächste Nähe. Noch war er fest entschlossen, da merkte er das ganz schwache Parfüm, das Clelias Kleidern anhaftete. Diese Wahrnehmung warf alle seine Vorsätze über den Haufen. Er näherte sich ihr und flüsterte, als ob er leise mit sich selbst spräche, zwei Verse aus dem Sonett Petrarcas vor sich hin, das er ihr vom Lago Maggiore, auf ein seidenes Taschentuch gedruckt, zugesandt hatte:

Wie war ich glücklich damals, da die Welt Mich wähnt' im Unglück! Ach, wie hat sich doch Mein Los gewandt!

›Nein! Er hat mich kein bißchen vergessen!‹ jubelte Clelia voll Glücksüberschwang. ›Seine edle Seele ist durchaus nicht wankelmütig!‹ Und sie wagte es, zwei andere Verse Petrarcas leise zu wiederholen:

Nein, ihr seht mich niemals wankelmütig, Schöne Augen, die mich lieben lehrten!

Sofort nach dem Abendessen zog sich die Fürstin zurück. Der Fürst geleitete sie bis an ihre Gemächer und zeigte sich dann nicht wieder in den Gesellschaftsräumen. Sobald dies bekannt wurde, wollte alle Welt mit einem Male aufbrechen. In den Vorzimmern entstand ein völliges Durcheinander. Wiederum kamen Clelia und Fabrizzio einander nahe. Das tiefe Unglück, das sich in seinen Zügen widerspiegelte, stimmte Clelia mitleidig. »Vergessen wir die Vergangenheit!« flüsterte sie ihm zu. »Und nehmen Sie dieses Pfand der Freundschaft!« Mit diesen Worten hielt sie ihm ihren Fächer so hin, daß er ihn nehmen konnte.

Für Fabrizzio war die Welt mit einem Schlage ganz verändert. Er war ein neuer Mensch geworden. Bereits am anderen Tage erklärte er sein Retiro für beendet und kehrte in seine prächtige Wohnung im Palazzo Sanseverina zurück. Der Erzbischof sagte und glaubte, die Huld des Fürsten, ihn zum Spiel zu befehlen, habe dem neuen Heiligen den Kopf verdreht.

Die Duchezza erkannte, daß er mit Clelia im Einverständnis war. Diese Einsicht verdoppelte die Qualen, die ihr die Erinnerung an ein schicksalsvolles Versprechen bereitete, und bestärkte sie in ihrem Entschluß, zu verreisen. Man hielt sie für verrückt. »Wie«, hieß es, »sie will sich jetzt vom Hofe entfernen, wo sie der Gegenstand der grenzenlosesten Gunst ist?«

Der Graf, der überglücklich war, seit er genau wußte, daß zwischen Fabrizzio und der Duchezza keine Liebe bestand, sagte zu seiner Freundin:

»Der junge Fürst ist die fleischgewordene Tugend, aber ich habe ihn ›dieses Kind‹ genannt. Wird er mir das je verzeihen? Ich weiß nur ein Mittel, mich wieder völlig mit ihm zu versöhnen; es heißt: weggehen! Ich werde mich dankbarst und ehrfurchtvollst benehmen; dann melde ich mich krank und reiche meinen Abschied ein. Sie werden es mir erlauben, da Fabrizzios Glück gesichert ist. Aber werden Sie mir das Riesenopfer bringen«, fügte er lachend hinzu, »den erlauchten Titel Duchezza gegen einen anderen recht minderwertigen einzutauschen? Um einen Spaß zu haben, übergebe ich die Geschäfte in tollster Verwirrung. Fünf oder sechs gute Arbeiter in meinen verschiedenen Amtsbereichen habe ich vor zwei Monaten in den Ruhestand versetzen lassen, weil sie sich französische Zeitungen hielten. Ich habe an ihre Stelle unglaubliche Dummköpfe gesetzt.

Nach unserer Abreise wird der Fürst in solche Verlegenheit geraten, daß er sich trotz allem Abscheu vor Rassis Charakter zweifellos genötigt sehen wird, ihn zurückzurufen. Ich harre nur eines Befehls des Despoten, der über mein Schicksal entscheiden soll, um meinem Freunde Rassi einen Brief voll zärtlicher Freundschaft zu schreiben und ihm mitzuteilen, daß ich allen Anlaß hätte, zu hoffen, man werde seinen Verdiensten bald Gerechtigkeit widerfahren lassen.«

27.

Diese ernste Unterredung fand am Tage nach Fabrizzios Wiedereinzug in den Palazzo Sanseverina statt. Die Duchezza stand noch ganz unter dem Eindruck der Freude, die aus allem, was Fabrizzio tat, hervorleuchtete. ›Also‹, sagte sie sich, ›hat mich diese kleine Betschwester getäuscht! Sie hat ihrem Geliebten keine drei Monate widerstanden.‹

Die sichere Erwartung eines glücklichen Ausganges hatte einem so kleinmütigen Menschenkinde wie dem jungen Fürsten den Mut zur Liebe verliehen. Er hatte einige Kenntnis von den Reisevorbereitungen im Palazzo Sanseverina, und sein französischer Kammerdiener, der von der Tugend hoher Damen keine gute Meinung hatte, feuerte seinen Mut der Duchezza gegenüber an. Ernst V. erlaubte sich einen Schritt, der von der Fürstinwitwe und allen streng denkenden Leuten am Hofe höchlichst mißbilligt wurde. Das Volk sah darin den Gipfelpunkt der erstaunlichen Gunst, deren sich die Duchezza erfreute. Der Fürst fuhr zum Besuche vor ihrem Palazzo vor.

»Sie reisen ab!« sagte er zu ihr in einem ernsten Ton, den die Duchezza nicht ausstehen konnte. »Sie reisen ab! Sie wollen mich verraten und Ihren Eid brechen! Und doch, wenn ich nur zehn Miauten gezögert hätte, Ihnen Fabrizzios Begnadigung zu gewähren, wäre er tot. Und mich lassen Sie unglücklich! Ohne Ihren Schwur hätte ich nie den Mut gehabt, Sie zu lieben, wie ich es tue! Sie haben also kein Ehrgefühl!«

»Überlegen Sie es reiflich, mein Fürst! Gibt es in Ihrem ganzen Leben eine Zeit, die so glücklich gewesen wäre wie die vier jetzt verflossenen Monate? Ihr Ruhm als Monarch, und – ich wage es zu sagen –, Ihr Glück als liebenswürdiger Mensch sind zu keiner Zeit erhabener gewesen. Ich will Ihnen folgenden Vorschlag machen; wenn Sie gnädigst darauf eingehen, werde ich nicht Ihre Mätresse für einen flüchtigen Augenblick und kraft eines mir in der Angst abgerungenen Eides sein, will aber dafür jede Minute meines Lebens der Förderung Ihres Glückes widmen und immer bleiben, was ich seit vier Monaten gewesen bin. Und wer weiß, ob nicht die Liebe die Freundschaft krönt! Ich möchte das Gegenteil nicht beschwören!«

»Es sei!« sagte der Fürst entzückt. »Spielen Sie eine andere Rolle! Sie sollen noch mehr sein! Regieren Sie über mich und meine Lande;

seien Sie mein Premierminister! Ich biete Ihnen eine Ehe an, wie sie die traurige Rücksicht auf meinen Rang zuläßt. Wir haben ein Gegenstück zu unserem Fall. Der König von Neapel hat jüngst die Duchezza di Partana geheiratet. Ich biete Ihnen alles an, was mir möglich ist, eine Ehe der gleichen Art. Lassen Sie mich eine traurige politische Betrachtung daran anknüpfen, um Ihnen zu zeigen, daß ich kein Kind mehr bin und daß ich alles bedacht habe. Ich mache kein Aufhebens von dem Opfer, das ich mir auferlege, der letzte Herrscher meines Hauses zu sein, noch von dem Schmerz, zu meinen Lebzeiten sehen zu müssen, wie die Großmächte über meine Nachfolge verfügen. Ich segne diese wirklich großen Widerwärtigkeiten, weil sie mir ein Mittel bieten, Ihnen meine Hochachtung und meine Liebe zu beweisen.«

Die Duchezza zauderte keine Minute. Der Fürst langweilte sie, und der Graf kam ihr über alles liebenswert vor. Es gab in der ganzen Welt nur einen einzigen Mann, den sie ihm vorzuziehen imstande war. Überdies beherrschte sie den Grafen, während der Fürst, den Forderungen seines Standes unterworfen, mehr oder minder über sie herrschen würde. Obendrein konnte er wankelmütig werden und sich Mätressen anschaffen. Der Altersunterschied würde ihm in wenigen Jahren das Recht dazu geben.

Gleich im ersten Augenblick hatte die Aussicht, sich langweilen zu sollen, alles entschieden. Trotzdem bat sich die Duchezza, um liebenswürdig zu sein, Bedenkzeit aus.

Es wäre zu weitschweifig, wollten wir hier alle die klugen und fast zärtlichen Worte und die grenzenlos höfischen Ausdrücke wiederholen, in die sie ihre Weigerung zu kleiden verstand. Der Fürst geriet in Zorn; er sah sich seines ganzen Glückes beraubt. Was sollte werden, wenn die Duchezza seinen Hof verließ? Welche Demütigung übrigens für ihn, einen Korb zu bekommen! »Und schließlich, was wird mein französischer Kammerdiener sagen, wenn ich ihm von meiner Niederlage erzähle?«

Die Duchezza wußte den Fürsten geschickt zu beschwichtigen und die Verhandlung allmählich ihrem wahren Ziele zuzuführen.

»Wenn Eure Hoheit geruhen wollen, mich nicht zur Erfüllung meines peinlichen Versprechens zu drängen, das in meinen Augen abscheulich erscheint und mich zur Selbstverachtung führen müßte, so will ich zeitlebens an Allerhöchstdero Hofe verweilen, und dieser Hof wird immer so bleiben wie in diesem Winter. Jeden Augenblick will ich dem Glück Eurer Hoheit als Menschen und Ihrem Ruhm als Herrscher widmen. Wenn Sie aber fordern, daß ich meinen Schwur halten soll, so ist der Rest meines Lebens geschändet, und ich werde zur nämlichen Stunde Ihre Lande verlassen, um niemals zurückzukehren. An dem Tage, an dem ich meine Ehre verliere, werden wir uns zum letzten Male gesehen haben!«

Aber der Fürst war wie alle zaghaften Menschen halsstarrig. Übrigens war sein Stolz als Mann und als Monarch durch die Abweisung seiner Hand verletzt. Er überdachte alle Schwierigkeiten, die er zu überwinden gehabt hätte, um diese Heirat durchzusetzen, und die zu besiegen er doch entschlossen gewesen war.

Drei Stunden lang wiederholte man sich beiderseits dieselben Gesichtspunkte, in die sich des öfteren sehr erregte Worte mengten. Der Fürst rief aus: »So soll ich also glauben, gnädige Frau, daß es Ihnen an Ehrgefühl mangelt? Wenn ich ebensolange gezögert hätte, als der General Fabio Conti Fabrizzio Gift vorsetzte, so wären Sie heute damit beschäftigt, ihm in einer der Kirchen Parmas ein Grabmal zu bauen.«

»Nicht in Parma, sicherlich nicht in diesem Lande der Giftmischerei!«

»Gut! Reisen Sie ab, Duchezza!« erklärte der Fürst zornig. »Nehmen Sie meine Verachtung mit auf den Weg!«

Als er ging, sagte sie ihm mit leiser Stimme: »So sei es! Stellen Sie sich heute abend um zehn Uhr hier ein, im strengsten Inkognito. Aber Sie gehen einen schlechten Handel ein. Sie werden mich zum letzten Male zu sehen bekommen, und ich hätte Ihnen mein Leben geweiht, um Sie glücklich zu machen, wie es ein absoluter Fürst in unserem Jakobinerjahrhundert nur sein kann. Und denken Sie daran, was aus Ihrem Hofe wird, wenn ich nicht mehr hier bin. Er wird wieder in seine gewohnte Fadheit und Bösartigkeit zurücksinken.«

»Und Sie, Sie weisen die Krone Parmas zurück, und mehr als die Krone, denn Sie wären nicht wie eine gewöhnliche Prinzessin, die man nicht liebt, aus Politik geheiratet worden. Mein ganzes Herz gehört Ihnen, und Sie wären auf ewig die unumschränkte Herrin meiner Taten wie meines Landes geworden.«

»Jawohl, aber die Fürstin, Ihre Frau Mutter, hätte das Recht gehabt, mich wie eine gemeine Ränkeschmiedin zu verachten.«

»Dann hätte ich die Fürstin mit einem Jahresgehalt außer Landes geschickt.«

Noch drei viertel Stunden währte diese bedeutsame Aussprache. Der Fürst, der eine zarte Seele hatte, konnte sich weder dazu entschließen, von seinem Recht Gebrauch zu machen, noch dazu, die Duchezza abreisen zu lassen. Man hatte ihm gesagt, wenn man sich eine Frau einmal zu eigen gemacht habe, gleichgültig wie, sei sie auf ewig gefesselt.

Von der empörten Duchezza verjagt, wagte er es, am ganzen Leibe zitternd und tief unglücklich, drei Minuten vor zehn Uhr wiederzukommen. Um halb elf stieg die Duchezza in ihren Reisewagen und fuhr nach Bologna. Sobald sie außerhalb des Landes war, schrieb sie an den Grafen Mosca:

Acht Tage darauf wurde die Hochzeit in Perugia gefeiert, in einer Kirche, wo die Vorfahren des Grafen beigesetzt waren. Der Fürst war in Verzweiflung. Er hatte der Duchezza drei oder vier Eilboten gesandt, aber sie hatte ihm seine Briefe in ihren uneröffneten Umschlägen zurückgeschickt. Ernst V. bewilligte dem Grafen eine fürstliche Pension und verlieh Fabrizzio das Großkreuz seines Hausordens.

»Eins hat mir beim Abschied ganz besonders gefallen«, sagte der Graf zur neubackenen Gräfin Mosca della Rovere. »Wir sind als die besten Freunde von der Welt auseinandergegangen. Er hat mir ein spanisches Großkreuz verliehen und die Diamanten dazu, die mindestens ebensoviel Wert haben. Er hat mir gesagt, er würde mich zum Duca machen, aber das wolle er sich als Mittel vorbehalten, um Sie in sein Land zurückzurufen. Ich bin also beauftragt – eine schöne Aufgabe für einen Gatten –, Ihnen zu erklären, wenn Sie die Gnade hätten, nach Parma zurückzugehen, und wäre es nur für einen Monat, so würde ich Duca mit einem Namen, den Sie wählen könnten, und Sie sollen ein hübsches Landgut bekommen.«

Mit wahrem Abscheu wies das die Duchezza von sich. –

Nach jenem Erlebnis auf dem Hofball schien sich Clelia nicht mehr der Liebe zu erinnern, die sie eine Zeit lang sichtlich geteilt hatte. Die heftigste Reue hatte ihre tugendsame und gläubige Seele ergriffen. Das wußte Fabrizzio sehr wohl, und trotz allen Hoffnungen, die er sich zu machen versuchte, verfiel seine Seele wieder in düstere Schwermut. Aber er konnte sich diesmal mit seinem Unglück nicht in ein Kloster vergraben, wie damals, als Clelias Verheiratung bevorstand.

Der Graf hatte seinen Neffen gebeten, ihn genauestens über die Ereignisse am Hofe auf dem laufenden zu halten, und Fabrizzio, der zu begreifen begann, was er ihm alles schuldete, hatte versprochen, diesem Auftrag nach bestem Wissen nachzukommen.

Ebenso wie die Stadt und der Hof zweifelte Fabrizzio nicht daran, daß sein Freund die Absicht hegte, das Ministerium wieder zu übernehmen, und zwar mit größerer Macht denn je. Die Voraussagen des Grafen wurden bald zur Wirklichkeit. Kaum sechs Wochen nach seinem Weggang war Rassi Premierminister, Fabio Conti Kriegsminister, und die Gefängnisse, die unter dem Regime des Grafen beinahe leer geworden waren, füllten sich von neuem. Mit der Berufung dieser Leute in hohe Posten glaubte sich der Fürst an der Duchezza zu rächen. Er war toll vor Liebe und haßte besonders den Grafen Mosca wie einen Nebenbuhler. –

Fabrizzio hatte viel zu tun. Monsignore Landriani, der zweiundsiebzig Jahre zählte, war im höchsten Grade altersschwach geworden und vermochte seinen Palazzo kaum mehr zu verlassen. So mußte er seinem Koadjutor fast alle Geschäfte überlassen.

Die Marchesa Crescenzi hatte unter der Last ihrer Selbstvorwürfe und unter dem Druck ihres Beichtvaters ein vortreffliches Mittel gefunden, sich Fabrizzios Blicken zu entziehen. Indem sie beginnende Mutterschaft vorschützte, lebte sie in ihrem eigenen Palazzo wie in einem Gefängnis. Aber dieser Palazzo hatte einen riesigen Garten. Fabrizzio fand Mittel und Wege, hineinzukommen, und legte in die Allee, die Clelia am liebsten hatte, Blumensträuße, deren einzelne Blumen derartig gewählt und gebunden waren, daß sie eine gewisse Sprache führten, ähnlich der, die sie einst in den letzten Tagen seiner Gefangenschaft in der Torre Farnese allabendlich angewandt hatte.

Die Marchesa war über diesen Versuch sehr erzürnt. Ihre Seele ward zwischen den Forderungen ihrer Reue und ihrer Leidenschaft hin und her gerissen. Mehrere Monate lang erlaubte sie sich nicht ein einziges Mal, den Garten ihres Hauses zu betreten; sie hatte sogar Bedenken, einen Blick auf ihn zu werfen.

Fabrizzio begann zu glauben, er habe Clelia für ewig verloren; er hegte keine Hoffnung mehr. Die Welt, in der er sein Leben verbrachte, mißfiel ihm bis zum Überdruß, und wenn er nicht tief überzeugt gewesen wäre, daß Graf Mosca ohne seinen Ministerposten keinen Seelenfrieden finden könne, so hätte er sich wie ein Einsiedler in sein kleines Zimmer im erzbischöflichen Palast eingeschlossen. Es wäre ihm süß gewesen, ganz seinen Gedanken zu leben und Menschenstimmen nur bei der Ausübung seiner Berufspflichten zu hören.

›Aber‹, sagte er sich, ›die Interessen des Grafen und der Gräfin Mosca kann nur ich allein vertreten.‹

Der Fürst behandelte ihn auch fernerhin mit einer Auszeichnung, die ihm am Hofe den höchsten Rang einräumte. Diese Gunst verdankte er zum größten Teil sich selbst. Fabrizzios äußerste Zurückhaltung entsprang aus einer bis zum Ekel gesteigerten Gleichgültigkeit gegen alle Launen und kleinen Gelüste, die das menschliche Leben ausmachen. Aber eben diese Zurückhaltung hatte die Eitelkeit des jungen Fürsten verletzt. Er pflegte zu sagen, Fabrizzio habe ebensoviel Geist wie seine Tante. Mit seiner lauteren Seele kam der Fürst halbwegs auf eine Wahrheit: daß er in seiner Nähe keinen Menschen mit ähnlicher Geistesverfassung wie Fabrizzio habe. Sogar dem Durchschnitt der Höflinge entging es nicht, daß das Ansehen, das Fabrizzio genoß, durchaus nicht das eines einfachen Koadjutors war, sondern selbst über die Achtung hinausging, die der Monarch dem Erzbischof bekundete. Fabrizzio schrieb dem Grafen: ›Wenn der Fürst je so viel Einsicht hat, zu merken, in welche Patsche die Minister Rassi, Fabio Conti, Zurla und andere Geister desselben Schlages den Regierungskarren gefahren haben, so werde ich die natürliche Mittelsperson sein, durch die er einen gewissen Schritt tun könnte, ohne seine Eigenliebe allzusehr bloßzustellen.‹

Der Gräfin Mosca schrieb Fabrizzio: ›Ohne die Erinnerung an das verhängnisvolle Wort ›dieses Kind‹, das ein genialer Mann auf eine erlauchte Persönlichkeit angewandt hat, hätte diese längst gerufen: ›Kommen Sie schnell wieder und verjagen Sie mir dieses Lumpenpack!‹ Wenn die Gemahlin des genialen Mannes auch nur im geringsten entgegenkommend wäre, riefe man den Grafen am liebsten gleich heute zurück; aber er wird noch glänzender empfangen werden, wenn er die Frucht reifen läßt. Im übrigen langweilt man sich tödlich im Hofstaate der Fürstinwitwe, wo man keine andere Zerstreuung hat als die Torheiten Rassis, der, seit er Graf ist, den Adelskoller bekommen hat. Man hat jüngst strenge Verfügungen erlassen, wonach fortan niemand, der nicht acht Ahnen nachzuweisen hat, es wagen darf, bei den Abendgesellschaften der Fürstin zu erscheinen. (So lautet der Ausdruck der Verfügung!) Nur wer schon das Recht hat, des Morgens die große Galerie zu betreten und anwesend zu sein, wenn der Fürst zur Messe geht, soll jenes Vorrecht weiter genießen. Jeder neu Hinzukommende jedoch hat sich der Ahnenprobe zu unterwerfen. Irgendwer hat den Witz gemacht, Rassi sei über jede Probe erhaben.‹

Selbstverständlich vertraute man dergleichen Briefe nicht der Post an. Die Gräfin Mosca antwortete aus Neapel: ›Wir haben jeden Donnerstag Musikabend und alle Sonntage Conversazione. Unsere Salons sind zum Erdrücken voll. Der Graf ist für seine Ausgrabungen begeistert; er opfert ihnen monatlich tausend Franken und hat sich soeben Arbeiter aus den Abruzzen kommen lassen, die ihn nur dreiundzwanzig Soldi den Tag kosten. Du solltest uns einmal besuchen. Das ist mindestens das zwanzigste Mal, daß ich an Herrn Undankbar die Einladung dazu ergehen lasse.‹

Fabrizzio hütete sich, Folge zu leisten. Schon die Briefe, die er alle Tage an den Grafen oder die Gräfin schrieb, dünkten ihn eine fast unerträgliche Qual. Man wird ihm verzeihen, wenn man erfährt, daß sich so ein ganzes Jahr hinzog, ohne daß er mit der Marchesa Crescenzi auch nur ein einziges Wort sprechen konnte. Alle seine Versuche, mit ihr in irgendwelche Beziehungen zu treten, hatte sie mit Schaudern zurückgewiesen. Das gewohnheitsmäßige Schweigen, das Fabrizzio aus Lebensüberdruß überall wahrte, außer wenn er seinen geistlichen Beruf ausübte oder zu Hofe ging, hatte ihm im Verein mit der echten Lauterkeit seines Lebenswandels eine so außergewöhnliche Verehrung erworben, daß er sich endlich entschloß, den Ratschlägen seiner Tante zu gehorchen.

›Der Fürst hegt für Dich eine so große Vorliebe‹, hatte sie ihm geschrieben, ›daß bald ein Umschwung zu erwarten ist. Er wird Dich mit Ungnade überschütten, und die Höflinge werden ihrem hohen Vorbild in rücksichtsloser Verachtung nicht nachstehen. Diese kleinen Tyrannen, so ehrsam sie sein mögen, sind wetterwendisch wie die Mode, und zwar aus dem gleichen Grunde: aus Langerweile. Es gibt keine andere Waffe gegen die Launen des Monarchen als Predigen! Du kannst so schöne Verse aus dem Stegreif dichten. Versuche es doch einmal, eine halbe Stunde über fromme Dinge zu sprechen! Im Anfang wirst Du Ketzereien sagen. Aber nimm Dir einen gelehrten und verschwiegenen Theologen, der sich Deine Predigten anhört und Dich auf Fehler aufmerksam macht; am nächsten Tage kannst Du sie verbessern.‹

Unglückliche Liebe macht dem, der sie erleidet, alles zu grausamer Pein, was Aufmerksamkeit und Betätigung erheischt. Aber Fabrizzio sagte sich, daß Volkstümlichkeit falls er sie errang, einmal seiner Tante und dem Grafen nützen könne. Seine Verehrung für diese beiden Menschen wuchs von Tag zu Tag in dem Maße, wie sein Beruf ihn die Erbärmlichkeit der Menschen erkennen lehrte. Er entschloß sich zum Predigen, und der Erfolg, den er hatte, unterstützt durch seine Magerkeit und sein schlichtes Gewand, war beispiellos. Man fand in seinen Predigten den Duft der Schwermut, und das eroberte ihm, in Verbindung mit seinem reizenden Gesicht und der Kunde von der hohen Gunst, die er bei Hofe genoß, alle Frauenherzen. Es bildete sich die Legende, er sei einer der tapfersten Offiziere der Napoleonischen Armee gewesen. Sehr bald war das trotz allem Widersinn eine ausgemachte Sache. In den Kirchen, wo er predigte, belegte man vorher die Plätze; die Armen setzten sich bereits früh um fünf hinein, um damit Geld zu verdienen.

Fabrizzios Erfolg war derartig, daß ihm schließlich ein Gedanke kam, der alles in seiner Seele umwälzte; der Gedanke, die Marchesa Crescenzi könne eines Tages kommen, und sei es auch nur aus bloßer Neugier, um eine seiner Predigten anzuhören. Plötzlich bemerkten seine entzückten Zuhörer, daß sich seine Rednergabe verdoppelte. War er bewegt, verstieg er sich zu Bildern, vor deren Kühnheit die geschultesten Redner zurückgeschreckt wären. Bisweilen, wenn er sich vergaß, verlor er sich in Augenblicke leidenschaftlicher Erleuchtung, die seine ganze Zuhörerschaft zu Tränen rührte. Aber vergeblich suchte sein spähender Blick unter den vielen Gesichtern, die nach seiner Kanzel gewandt waren, eines, dessen Anwesenheit für ihn ein großes Erlebnis gewesen wäre.

›Aber wenn ich dieses Glück je haben sollte‹, sagte er sich, ›dann werde ich entweder krank, oder ich bleibe stecken‹. Um für den letztgenannten unziemlichen Fall gerüstet zu sein, hatte er ein inniges, gefühlsstarkes Gebet verfaßt, das er immer auf seiner Kanzel zur Hand hatte, mit dem Vorsatz, es zu verlesen, falls ihn die Gegenwart der Marchesa der Sprache beraube.

Eines Tages erfuhr er durch einen von ihm bestochenen Dienstboten des Marchese, daß Befehl erteilt war, für den nächsten Tag die Loge der Casa Crescenzi im Schauspielhaus bereit zu halten. Seit einem Jahre war die Marchesa in keinem Theater erschienen. Ein Tenor, der stürmischen Beifall erntete und alle Abende ein volles Haus hatte, war die Ursache, daß sie mit ihrer Gewohnheit brach. Fabrizzio freute sich grenzenlos. ›Endlich kann ich sie wieder einen ganzen Abend lang sehen. Sie soll sehr blaß sein.‹ Und er versuchte, sich ihr schönes Gesicht in Farben vorzustellen, die durch die Seelenkämpfe halb verblichen waren.

Sein Freund Ludovico, ganz betroffen von der Verrücktheit seines Herrn (so nannte er es), bekam mit Mühe eine Loge im vierten Rang, fast gegenüber der der Marchesa. Der Gedanke drängte sich Fabrizzio auf: ›Hoffentlich bringe ich sie auf den Einfall, zu meiner Predigt zu kommen. Ich werde eine ganz kleine Kirche wählen, um sie recht gut sehen zu können.‹

Fabrizzio predigte gewöhnlich um drei Uhr. Am Morgen des Tages, an dem die Marchesa ins Theater gehen wollte, ließ er bekannt geben, daß ihn den ganzen Tag über eine Amtspflicht an die erzbischöfliche Kanzlei fessele und daß er deshalb ausnahmsweise um ein halb neun Uhr abends in der kleinen Kirche Santa Maria della Visitazione predigen werde. Diese Kirche lag gerade gegenüber einer der Seitenfronten des Palazzos Crescenzi. Ludovico überbrachte den frommen Schwestern von Maria Heimsuchung eine Riesenanzahl von Kerzen mit der Bitte, ihre Kirche damit zu erleuchten.

Die Predigt war auf halb neun Uhr angesetzt, aber schon um zwei Uhr war die Kirche voller Leute. Gardegrenadiere waren zur Aufrechterhaltung der Ordnung aufgeboten; vor jeder Seitenkapelle stand ein Posten mit aufgepflanztem Seitengewehr, um Diebstähle zu verhindern. Man kann sich das Gedränge in der sonst so friedlichen Straße vorstellen, der die edle Architektur des Palazzos Crescenzi das Gepräge gab. Fabrizzio hatte bekannt machen lassen, er werde der Madonna della Pietà zu Ehren über das Mitleid predigen, das eine edelmütige Seele für einen Unglücklichen hegen müsse, selbst wenn er ein Sünder wäre.

Mit aller möglichen Sorgfalt verkleidet, gelangte Fabrizzio in seine Theaterloge, gerade als man die Türen öffnete und das ganze Theater noch dunkel war. Die Oper begann gegen acht Uhr. Wenige Minuten später empfand er jene Freude, die nur der verstehen kann, der sie im eigenen Herzen erfahren hat. Er sah, wie die Tür der Crescenzischen Loge geöffnet wurde. Kurz darauf trat die Marchesa ein. Er hatte sie seit dem Tage, da sie ihm den Fächer gereicht hatte, nicht wieder gesehen. Fabrizzio vermeinte vor Jubel zu ersticken; er fühlte sich so ungewöhnlich bewegt, daß er sich sagte: ›Vielleicht sterbe ich jetzt! Das wäre eine süße Art, dieses trübe Leben zu beschließen! Ich sänke in dieser Loge zu Boden. Die Frommen, die in Maria Heimsuchung versammelt sind, harren meiner vergeblich, und morgen erfährt man, daß ihr künftiger Erzbischof sich in eine Theaterloge verirrt hat, noch dazu als Diener verkleidet, in einer Livree –. Fahrt hin, Ehre und Würden! Was ficht mich meine Würde an!‹

Trotzdem ermannte sich Fabrizzio gegen drei Viertel neun Uhr. Er verließ seine Loge im vierten Rang und hatte alle Mühe, zu Fuß den Ort zu erreichen, wo er seine Dienertracht mit einem würdigeren Gewand vertauschen sollte. Erst gegen neun Uhr erreichte er Maria Heimsuchung, und zwar derartig schwach und bleich, daß sich in der Kirche das Gerücht verbreitete, Monsignore könne heute abend nicht predigen. Begreiflicherweise ließen ihm die Nonnen am Gitter ihres inneren Sprechzimmers, wohin er sich geflüchtet hatte, die größte Sorgfalt angedeihen. Sie waren sehr geschwätzig. Fabrizzio bat, ihn einige Augenblicke allein zu lassen; dann eilte er auf die Kanzel. Einer seiner Getreuen hatte ihm gemeldet, daß die Kirche della Visitazione überfüllt sei, aber durch Leute aus dem untersten Volk, die offenbar das Schauspiel der erleuchteten Kirche angelockt habe. Als Fabrizzio die Kanzel betrat, war er angenehm überrascht, alle Stühle von jungen Herren der Gesellschaft und Persönlichkeiten aus der vornehmen Welt besetzt zu sehen.

Seine Predigt begann mit einigen Entschuldigungsworten, die mit unterdrückten Beifallsrufen aufgenommen wurden. Dann kam die leidenschaftliche Schilderung des Unglücklichen, mit dem man Erbarmen haben müsse, wenn man der Madonna della Pietà die geziemende Ehre erweisen wolle, ihr, die selbst hienieden so viel gelitten habe. Der Redner war tief bewegt. Bisweilen vermochte er nur mit Anstrengung die Worte so auszusprechen, daß sie in allen Teilen dieser kleinen Kirche verstanden wurden. Allen Frauen und auch einem reichlichen Teil der Männer kam es vor, als gliche er selbst dem Unglücklichen, mit dem man Mitleid haben müsse, so ungeheuer bleich sah er aus. Nach den einleitenden Entschuldigungsworten bemerkte man, daß er heute ganz anders sei als sonst; man erlebte an ihm an jenem Abend eine Schwermut, die inniger und rührender war als gewöhnlich. Mit einem Male sah man seine Augen voll von Tränen; zugleich stieg aus der Hörerschaft ein allgemeines Schluchzen empor, so vernehmlich, daß es die Predigt unterbrach.

Dieser ersten Unterbrechung folgten zehn weitere; manche der Zuhörer stießen Rufe der Bewunderung aus, andere bekamen Weinkrämpfe; alle Augenblicke hörte man Ausrufe wie: »O pietosa Madonna!« »O santissima madre!« Die Rührung dieser erlesenen Gemeinde war so allgemein und so unüberwindlich, daß sich niemand scheute, ihr laut Ausdruck zu geben, und daß die, die dazu hingerissen wurden, ihren Nachbarn keineswegs lächerlich erschienen.

In der Pause, die gewöhnlich in der Mitte der Predigt gemacht wird, erzählte man Fabrizzio, im Theater sei buchstäblich niemand verblieben; nur eine einzige Dame sitze noch in ihrer Loge, die Marchesa Crescenzi. Während dieser Pause hörte man plötzlich starken Lärm in der Kirche. Seine Gemeinde stimmte dafür, dem Herrn Koadjutor ein Standbild zu errichten.

Der Erfolg, den er im zweiten Teil seiner Predigt hatte, war dermaßen toll und weltlich, statt der Ausbrüche religiöser Zerknirschung nahmen die Äußerungen völlig weltlicher Bewunderung derartig überhand, daß sich Fabrizzio für verpflichtet hielt, seinen Zuhörern beim Verlassen der Kanzel einen Tadel auszusprechen. Daraufhin strömte alles mit einem Male hinaus in einer seltsamen und gemessenen Bewegung, und auf der Straße angekommen, begann alles wie rasend zu klatschen und zu rufen: »Evviva del Dongo!«

Fabrizzio sah hastig auf seine Taschenuhr und lief an ein kleines Gitterfenster, das den engen Gang von der Orgel ins Innere des Klosters erhellte. Aus Höflichkeit gegen die ungeheure und ungewöhnliche Menge, die die Straße erfüllte, hatte der Schweizer des Palazzos Crescenzi ein Dutzend Pechfackeln in die eisernen Arme gesteckt, die man an den Vorderseiten mittelalterlicher Paläste häufig erblickt. Nach einigen Minuten, als die Rufe noch lange nicht verstummt waren, trat das wirklich ein, was Fabrizzio mit so bangem Herzen ersehnt hatte. Der Wagen der Marchesa kam vom Theater zurückgefahren; der Kutscher mußte halten, und nur ganz langsam und unter fortwährendem Rufen erreichte der Wagen endlich das Portal.

Die Marchesa war durch die erhabene Musik weich gestimmt, wie das allen unglücklichen Herzen ergeht, aber mehr noch durch die gänzliche Leere im Theater, als sie den Grund erfuhr. Mitten im zweiten Akt, als der gefeierte Tenor gerade sang, hatte selbst das Parkettpublikum plötzlich seine Sitze verlassen. Alle wollten ihr Glück versuchen, in die Kirche della Visitazione zu gelangen. Als sich die Marchesa durch die Volksmenge vor ihrem Tor aufgehalten sah, brach sie in Tränen aus. ›Ich hatte keine schlechte Wahl getroffen!‹ sagte sie sich. Aber gerade wegen dieser gerührten Anwandlung setzte sie dem Zureden des Marchese und aller Freunde des Hauses, die nicht begriffen, daß sie sich, einen so erstaunlichen Kanzelredner nicht anhören wolle, die entschiedenste Weigerung entgegen. »Er hat sogar den besten Tenor Italiens ausgestochen!« sagte man. ›Wenn ich ihn sehe, bin ich verloren!‹ dachte die Marchesa.

Vergeblich predigte Fabrizzio, dessen Rednergabe mit jedem Tage glänzender wurde, noch mehrere Male in derselben Kirche gegenüber dem Palazzo Crescenzi. Nie bekam er Clelia zu Gesicht; ja sie ward schließlich sogar darüber unwillig, daß er danach trachtete, ihre friedliche Straße in Unruhe zu versetzen, nachdem er sie schon aus ihrem Garten verscheucht hatte.

Wenn Fabrizzio unter den Gesichtern seiner Zuhörerinnen suchte, bemerkte er schon seit längerer Zeit das niedliche Antlitz einer sehr hübschen Brünette mit glühenden Augen. Diese herrlichen Augen waren gewöhnlich bereits nach den ersten Sätzen seiner Predigt in Tränen gebadet. Wenn Fabrizzio bisweilen langschweifige und für ihn selber langweilige Stellen predigen mußte, ruhten seine Blicke gern auf diesem Gesicht, dessen Jugendfrische ihm gefiel. Er erfuhr, daß dieses junge Mädchen Annetta Marini hieß und die einzige Tochter und Erbin des vor etlichen Monaten verstorbenen reichsten Tuchhändlers von Parma war.

Bald war der Name dieser Annetta Marini in aller Munde. Sie hatte sich in Fabrizzio wahnsinnig verliebt. Als seine berühmten Predigten begannen, war sie mit Giacomo Rassi, dem ältesten Sohne des Justizministers, verlobt. Er gefiel ihr ganz gut, aber kaum hatte sie Monsignore Fabrizzio zweimal predigen hören, da erklärte sie, sie wolle nicht mehr heiraten. Und als man sie nach dem Grunde ihrer sonderbaren Willenswandlung fragte, gab sie freimütig zur Antwort, da man nun doch einmal die Wahrheit entdeckt habe, wolle sie sich nicht durch eine Lüge erniedrigen. Da sie keine Hoffnung habe, fügte sie hinzu, den angebeteten Mann zu heiraten, wolle sie wenigstens seine Augen nicht durch den lächerlichen Anblick des Contino Rassi beleidigen. Diese schimpfliche Bemerkung über den Sohn eines Mannes, dem der Neid der ganzen Bürgerschaft galt, war zwei Tage später stadtbekannt. Die Antwort der Annetta Marini wurde allerliebst befunden und ging von Mund zu Mund. Man erzählte sich davon im Palazzo Crescenzi wie überall.

Clelia hütete sich, in ihrem Salon über dieses Thema irgend etwas zu äußern, aber sie erkundigte sich bei ihrer Kammerzofe, und am folgenden Sonntag, nachdem sie in ihrer Hauskapelle die Messe gehört hatte, mußte die Kammerzofe in ihrem Wagen spazieren fahren, während sie selbst eine zweite Messe in der Lieblingskirche der Signorina Marini besuchte. Sie traf dort die vornehme Welt der Stadt an, die der gleiche Grund hingelockt hatte; alle diese Herren warteten am Portal der Kirche. Sehr bald entstand eine große Unruhe unter ihnen; die Marchesa begriff, daß Signorina Marini die Kirche betrat. Clelia saß so, daß sie das Mädchen vorzüglich beobachten konnte, und trotz ihrer Frömmigkeit schenkte sie der Messe keine besondere Andacht. Clelia fand an dieser bürgerlichen Schönheit einen gewissermaßen energischen Zug, der ihrer Meinung nach nur einer seit Jahren verheirateten Frau zustand. Im übrigen war sie tadellos schlank gewachsen, und ihre Augen schienen mit den Dingen, die sie betrachtete, far la conversazione, wie man in der Lombardei zu sagen pflegt. Ehe die Messe zu Ende war, entfernte sich die Marchesa leise.

Schon am anderen Tage erzählten die Freunde des Hauses Crescenzi, die sich alle Abende einstellten, eine neue lächerliche Anekdote von Annetta. Ihre Mutter hielt sie aus Furcht, sie könne Torheiten begehen, knapp mit Geld. Um den Preis eines herrlichen Brillantringes, eines Geschenks ihres Vaters, hatte sie bei dem berühmten Hayez, der sich damals in Parma aufhielt, um die Fresken im Palazzo Crescenzi zu malen, ein Bildnis des Monsignore del Dongo bestellt. Auf diesem Bild sollte er in einfacher schwarzer Kleidung, nicht im Priesterrock, dargestellt sein. Gestern nun hatte die Mutter der kleinen Annetta zu ihrer großen Überraschung und ihrem noch größeren Ärger das Bildnis des Fabrizio del Dongo im Schlafzimmer ihrer Tochter entdeckt, umschlossen vom schönsten Goldrahmen, der seit zwanzig Jahren in Parma hergestellt worden war.

28.

Im Drange der Ereignisse haben wir vergessen, eine komische Sorte von Höflingen zu schildern, die am Hofe von Parma ihr Wesen trieb und über die berichteten Geschehnisse ihre witzigen Glossen machte. Was in Italien kleinen Edelleuten, die sich mit drei- bis viertausend Lire Rente durchschlagen, zu der Ehre verhalf, in schwarzen Strümpfen den Morgenempfängen der Fürsten beiwohnen zu dürfen, das war zunächst, daß sie im Leben nie eine Zeile von Voltaire oder Rousseau gelesen hatten. Diese Bedingung war unschwer zu erfüllen. Ferner mußten sie vom Rheumatismus Seiner Hoheit oder von der jüngsten Mineraliensendung, die er aus Sachsen geschickt bekommen hatte, gerührt zu sprechen verstehen. Fehlten sie obendrein keinen einzigen Tag im Jahre bei der Messe und hatten sie unter ihren Busenfreunden zwei oder drei fette Mönche, so geruhte Serenissimus alle Jahre einmal, vierzehn Tage vor oder nach Neujahr, das Wort an sie zu richten, was ihnen bei der Bürgerschaft hohes Ansehen verschaffte; der Steuereinnehmer war dann auch nicht allzusehr hinter ihnen her, wenn sie mit der jährlichen Steuer von hundert Franken, mit der ihre kleinen Einkünfte belegt waren, im Rückstand blieben.

So ein armer Schlucker von echtem Uradel war Herr Gonzo, der als Zulage zu seinem recht ärmlichen Besitz durch die Fürsprache des Marchese Crescenzi einen großartigen Posten erhalten hatte: sein Jahreseinkommen betrug elfhundertundfünfzig Franken. Dieser Mann hätte zu Hause essen können, aber er hatte eine Leidenschaft: es war ihm nicht wohl und behaglich, wenn ihm nicht von Zeit zu Zeit irgendein hohes Tier zurief: »Schweigen Sie, Gonzo! Sie sind ein Schafskopf!« Dieses Urteil war natürlich ein Ausfluß schlechter Laune, denn Gonzo war viel gescheiter als der betreffende Würdenträger. Er wußte über jegliches Thema mit leidlicher Anmut zu plaudern; dabei war er immer bereit, auf einen Wink des Hausherrn seine Meinung zu ändern. Eigene Einfälle hatte er allerdings nicht, und wenn Serenissimus einmal keinen Rheumatismus hatte, so war er beim Betreten eines Salons bisweilen verlegen.

Was ihm in Parma besonders zu Ehre und Ansehen verholfen hatte, das war ein herrlicher Dreimaster, geschmückt mit einer schwarzen, ein wenig zerzausten Feder, den er immer trug, sogar zum Frack. Man mußte die Art und Weise sehen, wie Gonzo diese Feder trug, sei es auf dem Kopfe, sei es unterm Arm; darin lag sein Talent und seine Bedeutung. Mit wahrer Besorgnis erkundigte er sich nach dem Gesundheitszustand des kleinen Hundes der Marchesa Crescenzi. Wäre im Palazzo Crescenzi Feuer ausgebrochen, so hätte er sein Leben aufs Spiel gesetzt, um einen der schönen Lehnstühle mit Goldbrokat zu retten, an dem er mit seinen schwarzen Seidenhosen seit so manchem Jahre immer hängen blieb, wenn er sich zufällig darauf zu setzen wagte.

Sieben oder acht solcher Typen erschienen allabendlich um sieben Uhr im Salon der Marchesa Crescenzi. Kaum hatten sie sich gesetzt, so nahm ein Diener in prächtiger quittengelber Tracht mit reichen Silbertressen und roter Weste diesen armen Rittern Hut und Stock ab. Unmittelbar hinterher kam ein Kammerdiener und reichte Mokka in winzigen Tassen auf silbernen Untersetzern aus Filigranarbeit, und alle halben Stunden erschien der Haushofmeister in Degen und französischem Galarock, um Gefrorenes anzubieten.

Eine halbe Stunde später als diese traurigen Männlein sah man fünf bis sechs Offiziere eintreten, die laut und schnarrend sprachen und sich über die Art und Zahl der Knöpfe unterhielten, die ein Soldat am Waffenrock haben muß, damit der Höchstkommandierende siegen kann. Es wäre unklug gewesen, in diesem Salon französische Zeitungen zu erwähnen, denn hätte die Neuigkeit noch soviel Spannendes gehabt – zum Beispiel, wenn man in Spanien fünfzig Liberale erschossen hatte –, der Erzähler wäre doch nur überführt gewesen, eine französische Zeitung gelesen zu haben. Die Betriebsamkeit aller dieser Leute gipfelte darin, alle zehn Jahre eine Pensionserhöhung um hundertfünfzig Franken zu erlangen. Auf diese Weise ließ Serenissimus den Adel an seiner genußreichen Herrschaft über die Bauern und Bürgerlichen teilnehmen.

Unbestritten die Hauptperson im Salon Crescenzi war der Cavaliere Foscarini, ein tadelloser Ehrenmann; hatte er doch unter allen Regimes ein bißchen im Gefängnis gesessen. Er war Mitglied jenes berüchtigten Parlaments in Mailand gewesen, das das von Napoleon eingebrachte Wehrpflichtgesetz durchfallen ließ, – ein in der Geschichte seltener Zug. Der Cavaliere war zwanzig Jahre lang Freund der Mutter des Marchese gewesen und als solcher ein einflußreicher Mann im Hause geblieben. Er wußte immer ein lustiges Geschichtchen zu erzählen, und nichts entging seinem Scharfsinn. Die junge Marchesa, die sich im Grunde ihres Herzens schuldig fühlte, zitterte vor ihm.

Da Gonzo eine wahre Vorliebe für den großen Herrn hatte, der ihm Grobheiten sagte und ihn ein- bis zweimal im Jahre bis zu Tränen kränkte, so war er darauf versessen, ihm allerhand kleine Dienste zu erweisen. Wenn ihn nicht die Gewohnheiten allzu großer Ärmlichkeit gehindert hätten, so hätte er es manchmal zu etwas bringen können, denn er besaß einen gewissen Grad von Geschick und noch mehr Keckheit.

Nach alledem ist es nicht zu verwundern, daß er die Marchesa Crescenzi wenig schätzte. Sie hatte in ihrem Leben nie ein unhöfliches Wort an ihn gerichtet; aber schließlich war sie die Gattin des berühmten Marchese Crescenzi, des Kammerherrn der Großherzogin, der alle vierzehn Tage zu ihm sagte: »Schweig, Gonzo! Du bist ein Schafskopf!«

Gonzo beobachtete, daß die Marchesa allemal, wenn von der kleinen Annetta Marini gesprochen wurde, einen Augenblick den verträumten und gleichgültigen Zustand überwand, in dem sie verharrte, bis es elf Uhr schlug. Dann bereitete sie den Tee und bot ihn jedem Anwesenden, indem sie jeden beim Namen nannte. Nachher, gegen Ende der Abendgesellschaft, vermochte es sie etwas aufzuheitern, wenn man satirische Sonette vortrug.

Man versteht sich in Italien auf diese Dichtart. Es ist der einzige Zweig in der Literatur, der noch ein wenig in Blüte steht; freilich ist er nicht der Zensur unterworfen. Die Höflinge der Casa Crescenzi kündigten ihre Verse immer mit folgenden Worten an: »Gestattet die Frau Marchesa, daß man in ihrer Gegenwart ein recht böses Sonett vorträgt?« Wenn dann das Sonett Heiterkeit erregte und zwei- bis dreimal wiederholt wurde, verfehlte einer der Offiziere nicht, laut zu bemerken: »Der Herr Polizeiminister hätte eigentlich die Pflicht, die Verfasser solcher Schändlichkeiten ein bißchen aufzuknüpfen.« Dagegen nimmt man in bürgerlichen Kreisen diese Sonette mit unverhohlener Bewunderung auf, und die Gerichtsschreiber verkaufen Abschriften davon.

Auf Grund jener Art Neugierde, die Gonzo an der Marchesa beobachtet hatte, bildete er sich ein, man hätte in ihrer Gegenwart die Schönheit der kleinen Marini, die übrigens Millionärin war, allzu hoch gepriesen, und sie sei eifersüchtig auf sie. Da Gonzo mit seinem wächsern Lächeln und seinem maßlosen Dünkel gegenüber allen

Nichtadligen überall Eintritt fand, so erschien er bereits anderntags wissensträchtig im Salon der Marchesa. Er hielt seinen Federhut wie ein Triumphator, so wie er ihn im Jahre nur ein- oder zweimal trug, wenn Serenissimus, allergnädigst zu ihm gesagt hatte: »Leben Sie wohl, Gonzo!«

Nachdem Gonzo die Marchesa ehrerbietigst begrüßt hatte, zog er sich nicht wie sonst zurück, um in dem ihm angebotenen Lehnstuhl Platz zu nehmen; er stellte sich vielmehr mitten unter die Gesellschaft und platzte rücksichtslos heraus: »Ich habe das Bildnis des Monsignore del Dongo gesehen!«

Clelia war dermaßen betroffen, daß sie sich auf die Lehne ihres Armstuhles stützen mußte. Sie versuchte dem inneren Sturm Trotz zu bieten, sah sich aber bald gezwungen, hinauszugehen.

»Man muß gestehen, mein armer Gonzo«, sagte laut einer der Offiziere, der eben seinen vierten Teller Eis gelöffelt hatte, »Sie sind von seltener Ungeschicklichkeit! Wissen Sie denn nicht, daß der Herr Koadjutor, der übrigens einer der tapfersten Obersten in der Armee Napoleons war, unlängst dem Vater der Marchesa einen Streich gespielt hat, der ihn hätte an den Galgen bringen können? Er hat die Zitadelle verlassen, wo der General Conti Kommandant war, als ob es die Steccata wäre.« (Das ist die Hauptkirche Parmas.)

»Ich weiß tatsächlich manche Dinge nicht, mein lieber Hauptmann. Ich bin ein armer Tor, der den ganzen Tag Böcke schießt!«

Diese nach italienischem Geschmack gegebene Antwort brachte auf Kosten des vornehmen Offiziers die Lacher auf Gonzos Seite. Alsbald trat die Marchesa wieder ins Zimmer. Sie hatte Mut gefaßt und hoffte fast ein wenig, das Bildnis Fabrizzios mit eigenen Augen bewundern zu dürfen. Man sagte, es sei hervorragend. Sie war von dem Können des Malers Hayez völlig überzeugt. Unbewußt gönnte sie Gonzo ein reizendes Lächeln, der boshaft dem Offizier zublinzelte. Da sich alle anderen Höflinge des Hauses demselben Vergnügen hingaben, ergriff der Offizier die Flucht, nicht ohne Gonzo ewige Rache zu schwören. Gonzo blieb als Sieger auf dem Schlachtfeld und erhielt abends beim Abschied eine Einladung zum Mittagessen für den nächsten Tag.

»Es wird immer besser!« rief Gonzo am anderen Tage nach dem Essen, als die Dienerschaft hinaus war. »Unser Koadjutor ist in die kleine Marini verliebt!«

Man kann sich die Verwirrung in Clelias Herzen vorstellen, als sie eine so wunderliche Mär vernahm. Selbst der Marchese war unruhig.

»Aber Gonzo, bester Freund, Sie faseln wie gewöhnlich! Sie sollten doch mit etwas mehr Zurückhaltung von einer Persönlichkeit sprechen, die elfmal die Ehre gehabt hat, mit Serenissimus Whist zu spielen.«

»Gewiß, gewiß, Marchese«, erwiderte Gonzo in der plumpen Art und Weise der Leute seines Schlages. »Bei meiner Ehre, – er hat es fertig gebracht, auch mit der kleinen Marini sein Spiel zu spielen. Jedoch genügt es mir, zu wissen, daß Ihnen diese Einzelheiten mißfallen; es gibt sie nicht mehr für mich, der ich vor allem meinen verehrten Marchese nicht ärgern will.«

Immer nach dem Mittagessen zog sich der Marchese zurück, um Siesta zu halten. An diesem Tage dachte er nicht daran; aber Gonzo hätte sich eher die Zunge abgebissen, als daß er noch etwas mehr von der kleinen Marini erzählt hätte. Aber jedesmal, wenn er ein neues Thema begann, fädelte er es so schlau ein, daß der Marchese hoffen durfte, er werde wieder auf die Liebesgeschichte des kleinen Bürgermädchens kommen, Gonzo war ein Meister in jener italienischen Feinheit, mit Hochgenuß das Wort hinauszuschieben, auf das man gespannt ist. Der arme Marchese verging vor Neugier und mußte seine Zuflucht zu Schmeicheleien nehmen. Er sagte ihm, wenn er das Vergnügen habe, mit ihm zu speisen, dann äße er immer doppelt soviel. Gonzo verstand das nicht und begann eine Schilderung der herrlichen Gemäldegalerie, die sich die Marchesa Balbi, die Mätresse des hochseligen Fürsten, anlegte. Drei- oder viermal sprach er von Hayez im feierlichen Ton der höchsten Begeisterung. ›Ausgezeichnet!‹ sagte sich der Marchese. ›Jetzt kommt er endlich auf das im Auftrag der kleinen Marini gemalte Bildnis!‹ Aber Gonzo hütete sich, das zu tun. Es schlug fünf Uhr, was den Marchese sehr mißlaunig machte, denn er hatte die Gewohnheit, sich um halb sechs Uhr, nach seiner Siesta, in den Wagen zu setzen und auf den Korso zu fahren.

»Das sieht Ihnen ähnlich in Ihrem Unverstand!« sagte er grob zu Gonzo. »Sie sind schuld daran, wenn ich heute nach Ihrer Hoheit auf den Korso komme, ich, Allerhöchstdero Kammerherr, wo sie vielleicht Befehle für mich hat! Vorwärts! Schießen Sie los! Sagen Sie mir kurz und bündig, wenn Sie imstande sind: was ist das mit der angeblichen Liebschaft des Monsignore del Dongo?«

Aber Gonzo wollte die ganze Geschichte für die Ohren der Marchesa aufsparen, die ihn zum Mittagessen eingeladen hatte. Er begnügte sich, die Sache im Depeschenstil anzudeuten, und der halb eingeschlafene Marchese holte schleunigst seine Siesta nach.

Ganz anders verfuhr er vor der Marchesa. Sie war bei all ihrem Reichtum so jugendlich treuherzig geblieben, daß sie glaubte, sie müsse die Grobheit wieder gut machen, mit der der Marchese soeben den Gast angefahren hatte. Entzückt über seinen Erfolg, gewann Gonzo seine ganze Beredsamkeit wieder, und es war ihm ein Vergnügen und zugleich eine Pflicht, die Marchesa in endlose Einzelheiten einzuweihen.

Die kleine Annetta Marini zahlte bis zu einer Zechine für den Platz, den man ihr zur Predigt frei hielt. Immer kam sie mit zwei Tanten und dem ehemaligen Buchhalter ihres Vaters. Ihre Plätze, die sie bereits am Tage vorher belegen ließ, waren zumeist gerade schrägüber der Kanzel gewählt, aber ein wenig nach dem Hochaltar zu, denn sie hatte bemerkt, daß sich der Koadjutor öfters dem Altar zuwandte. Nun aber hatte das Publikum seinerseits bemerkt, daß die ausdrucksvollen Blicke des jungen Kanzelredners nicht selten mit Wohlgefallen auf der jungen Erbin und so verführerischen Schönheit verweilten. Der Hörerschaft war dies nicht unwichtig; denn sobald er zu ihr hinsah, ward seine Predigt gelehrt. Die Zitate nahmen dann überhand; man fand keine Herzenswallungen mehr, und die Damen, deren Andacht alsbald aufhörte, begannen der Marini Blicke zuzuwerfen und ihr Übles anzuhängen.

Clelia ließ sich alle diese merkwürdigen Einzelheiten mehrfach wiederholen. Beim dritten Male wurde sie nachdenklich. Sie rechnete sich aus, daß sie Fabrizzio genau vierzehn Monate nicht gesehen hatte. ›Wäre es denn eine große Sünde‹, fragte sie sich, ›wenn ich eine Stunde in der Kirche verbrächte, nicht um Fabrizzio zu sehen, sondern um einen berühmten Prediger zu hören? Übrigens werde ich mich weit weg von der Kanzel setzen und Fabrizzio nur einmal ansehen, wenn er kommt, und ein zweites Mal am Ende der Predigt. – Nein‹, sagte sich Clelia, ›nicht Fabrizzio ist es, den ich sehen will; ich will den erstaunlichen Redner hören!‹ Mitten in diesen Überlegungen bekam Clelia Gewissensbisse. Ihr Lebenswandel war seit vierzehn Monaten so brav! ›Gut‹, sagte sie bei sich, um etwas inneren Frieden zu finden, ›wenn die erste Dame, die mich heute abend aufsucht, Monsignore del Dongo hat predigen hören, dann werde ich auch hingehen; hat sie ihn nicht gehört, dann werde ich es auch lassen.‹

Nachdem sie einmal diesen Entschluß gefaßt hatte, beglückte sie Gonzo, indem sie zu ihm sagte: »Erkundigen Sie sich einmal, an welchem Tage der Koadjutor wieder predigen wird und in welcher Kirche. Und heute abend, ehe Sie fortgehen, habe ich vielleicht einen Auftrag für Sie.«

Kaum war Gonzo nach dem Korso aufgebrochen, als Clelia in ihren Garten ging, um Luft zu schöpfen. Sie dachte nicht daran, daß sie zehn Monate lang keinen Fuß hineingesetzt hatte. Sie war lebhaft und munter und hatte Farbe.

Abends pochte ihr das Herz vor Erregung bei jedem Langweiligen, der den Salon betrat. Endlich meldete man Gonzo, der auf den ersten Blick sah, daß er acht Tage lang der Unentbehrliche sein werde. ›Die Marchesa ist eifersüchtig auf die kleine Marini. Auf Ehre, das gibt eine regelrechte Komödie‹, sagte er sich, ›in der die Marchesa die Hauptrolle spielt, die kleine Annetta die Intrigantin und Monsignore del Dongo den Verliebten. Donnerwetter, die Eintrittskarte wäre mit einem Taler nicht zu hoch bezahlt!‹ Seine Freude kannte keine Grenzen, und den ganzen Abend ließ er keinen Menschen zu Worte kommen. Er erzählte die albernsten Anekdoten. Die Marchesa litt es nicht auf ihrem Stuhl; sie lief im Zimmer umher und ging in eine daran stoßende Galerie, wo der Marchese nur Gemälde hatte aufhängen lassen, von denen keines unter zwanzigtausend Franken gekostet hatte. Diese Bilder sprachen an jenem Abend eine so deutliche Sprache, daß sie das Herz der Marchesa durch ein Übermaß von Erregung ermüdeten. Endlich hörte sie, daß beide Flügeltüren geöffnet wurden. Sie eilte in das Empfangszimmer. Es war die Marchesa Raversi! Als Clelia ihr die üblichen Begrüßungsworte sagte, merkte sie, daß ihre Stimme versagte. Die Raversi mußte ihre Frage zweimal wiederholen: »Was sagen Sie zu unserm Modeprediger?« Clelia hatte diese Frage das erste Mal überhört.

»Ich habe ihn«, fuhr die Raversi fort, »für einen kleinen Ränkeschmied gehalten, für den würdigen Neffen der berühmten Gräfin Mosca. Aber das letzte Mal, als er predigte, denken Sie, in der Kirche della Visitazione, schräguber von hier, da war er so erhaben, daß ich allen Haß vergessen habe und ihn für den beredtesten Mann ansehe, den ich je gehört habe.«

»So haben Sie also einer seiner Predigten beigewohnt?« fragte Clelia, am ganzen Leibe vor Glück bebend.

»Aber verstehen Sie mich denn nicht?« fragte die Raversi lachend. »Ich möchte ihn um alles in der Welt nicht missen. Man sagt, er sei lungenleidend und werde bald nicht mehr predigen.«

Kaum war die Marchesa Raversi wieder fort, als Clelia Gonzo in die Galerie rief.

»Ich bin fast entschlossen«, sagte sie zu ihm, »mir diesen hoch gepriesenen Prediger einmal anzuhören. Wann predigt er wieder?«

»Nächsten Montag, also in drei Tagen. Man könnte beinahe sagen, daß er die Absicht Eurer Exzellenz ahnt. Er wird nämlich in der Kirche della Visitazione predigen.«

Noch war nicht alles beredet, aber Clelia brachte kein Wort mehr heraus. Stumm ging sie fünf- oder sechsmal in der Galerie hin und her. Gonzo sagte sich: ›Das ist Rachsucht, die sie quält! Wie kann man aber auch so unverschämt sein und aus einem Kerker entweichen, zumal wenn man die Ehre hat, von einem Helden wie dem General Fabio Conti bewacht zu werden!‹ »Übrigens«, fuhr er mit feiner Ironie laut fort, »hat die Sache Eile; er ist brustkrank. Ich habe den Doktor Rambo sagen hören, er hätte kein Jahr mehr zu leben. Gott straft ihn, weil er sich der Gerichtsbarkeit durch seine verräterische Flucht aus der Zitadelle entzogen hat.«

Die Marchesa setzte sich auf einen Diwan in der Galerie und gab Gonzo einen Wink, ihrem Beispiel zu folgen. Kurz darauf gab sie ihm eine kleine Börse, in die sie etliche Zechinen hineingesteckt hatte. »Lassen Sie vier Plätze für mich belegen!«

»Wird es dem armen Gonzo erlaubt sein, sich dem Gefolge Eurer Exzellenz anzuschließen?«

»Natürlich! Also fünf Stühle! Übrigens lege ich keinen Wert darauf«, fügte sie hinzu, »nahe an der Kanzel zu sitzen. Ich möchte gern die Signorina Marini sehen. Sie soll so hübsch sein.«

Die Marchesa war in den drei Tagen bis zu dem berühmten Montag, dem Tage der Predigt, halbtot. Gonzo, für den es eine ganz besonders hohe Ehre war, öffentlich im Gefolge einer so vornehmen Dame zu erscheinen, hatte zu seinem Hoffrack den Degen angelegt. Mehr noch, er benutzte die Nähe des Palazzos, um für die Marchesa einen prächtigen vergoldeten Lehnstuhl in die Kirche tragen zu lassen, was die Spießbürger grenzenlos anmaßend fanden. Man kann sich denken, wie es der armen Marchesa zumute war, als sie diesen Lehnstuhl erblickte, den man noch dazu gerade der Kanzel gegenüber aufgestellt hatte. Clelia war völlig verwirrt. Mit niedergeschlagenen Augen schmiegte sie sich in eine Ecke ihres riesigen Lehnstuhles. Sie hatte nicht einmal den Mut, sich die kleine Marini anzusehen, auf die Gonzo mit beispielloser Dreistigkeit mit dem Finger zeigte. Alle nichtadligen Geschöpfe galten in den Augen des Höflings durchaus nichts.

Fabrizzio erschien auf der Kanzel. Er war so mager, so bleich, so abgezehrt, daß sich Clelias Augen sofort mit Tränen füllten. Fabrizzio sprach ein paar Worte, dann hielt er inne, als ob ihm plötzlich die Stimme versage. Vergeblich versuchte er, noch ein paar Sätze zu formen; er wandte sich um und ergriff einen beschriebenen Zettel.

»Meine Brüder«, begann er, »eine unglückliche Seele, die euer innigstes Erbarmen wohl verdient, ersucht euch durch meinen Mund, für das Ende ihrer Qualen zu beten, die nur mit ihrem Leben enden!«

Dann las er langsam den Zettel ab; aber der Klang seiner Stimme war so eigentümlich, daß die ganze Gemeinde mitten in seinem Gebet weinte, selbst Gonzo. ›Zum mindesten wird man mich nicht beobachten!‹ sagte sich die Marchesa, in Tränen ausbrechend.

Während Fabrizzio seinen Zettel ablas, fand er zwei oder drei Gedanken über den Zustand des Unglücklichen, für den zu beten er die Gemeinde aufgefordert hatte. Bald kam ihm eine Flut von Einfällen. Obwohl es schien, als predige er zur Allgemeinheit, sprach er doch nur für Clelia. Er beendete seine Predigt ein wenig früher als gewöhnlich, weil ihn aller Anstrengung zum Trotz die Tränen so übermannten, daß er nicht mehr imstande war, die Worte deutlich auszusprechen. Man fand seine Predigt seltsam, aber in ihrem Pathos der berühmten Rede an jenem Abend, als die Kerzen brannten, zum mindesten ebenbürtig.

Kaum hatte Clelia die ersten zehn Sätze des Gebets gehört, das Fabrizzio ablas, da erschien es ihr als eine schreckliche Sünde, daß sie Fabrizzio vierzehn Monate lang nicht gesehen hatte. Als sie heimkehrte, legte sie sich zu Bett, um ungestört an Fabrizzio denken zu können. Am anderen Tage erhielt Fabrizzio zu ziemlich früher Stunde folgende Zeilen:

›Ich rechne auf Ihre Ehrenhaftigkeit. Nehmen Sie vier Bravi, deren Verschwiegenheit Sie sicher sind, und finden Sie sich morgen im

Augenblick, wenn es von der Steccata[37] Mitternacht schlägt, in der Via San Paolo ein, an der kleinen Pforte, die die Nummer neunzehn trägt. Denken Sie daran, daß man Sie angreifen kann; kommen Sie nicht allein!«

Als Fabrizzio die himmlischen Schriftzüge erkannte, sank er auf die Kniee und brach in Tränen aus: »Endlich«, rief er aus, »endlich, nach vierzehn Monaten und acht Tagen! Fahrt wohl, ihr Predigten!«

Es wäre zu weitschweifig, alle die Narrheiten zu schildern, denen Fabrizzios und Clelias Herzen an jenem Tage zum Opfer fielen. Die kleine Pforte, die in dem Briefchen gemeint war, war keine andere als die der Orangerie des Palazzos Crescenzi. Den Tag über fand Fabrizzio allerlei Anlässe, zehnmal an ihr vorüberzugehen. Er steckte Waffen zu sich und ging kurz vor Mitternacht hastigen Schrittes allein an jener Pforte vorbei. Zu seiner namenlosen Freude hörte er eine wohlbekannte Stimme ganz leise flüstern: »Tritt ein, mein Herzensfreund!«

Fabrizzio trat vorsichtig ein und sah sich wirklich in der Orangerie, aber vor einem vergitterten Fenster, das drei bis vier Fuß über dem Boden war. Tiefes Dunkel herrschte. Fabrizzio hörte am Fenster ein Geräusch und tastete mit der Hand nach dem Gitter. Da fühlte er eine andere, die sich ihm durch die Stangen entgegenstreckte, die seine ergriff und an sich zog, um sie an die Lippen zu führen.

»Ich bin es«, sagte eine teure Stimme zu ihm, »ich bin hergekommen, um dir zu sagen, daß ich dich liebe, und um dich zu fragen, ob du mir gehorsam sein willst.«

Die Antwort Fabrizzios, seine Freude und sein Erstaunen kann man sich vorstellen. Nach dem ersten Rausche sagte Clelia zu ihm:

»Ich habe der Madonna gelobt, wie du weißt, dich nie wieder zu sehen. Deshalb empfange ich dich in diesem tiefen Dunkel. Wisse, wenn du mich je zwingst, dich am hellen, lichten Tage anzusehen, dann ist alles aus zwischen uns beiden. Und dann will ich nicht, daß du wieder vor Annetta Marini predigst. Glaube übrigens ja nicht, daß ich die Dummheit begangen habe, in das Haus Gottes einen Lehnstuhl tragen zu lassen.«

»Mein lieber Engel, ich werde nicht wieder predigen, vor niemandem mehr. Ich habe nur gepredigt, in der Hoffnung, daß ich dich eines Tages wiedersähe!«

---

37   La Steccata, von Bernardino Zaccagni, 1521 begonnen.

»Sprich nicht so! Denke daran, daß ich dich nicht wiedersehen darf.« –

Drei Jahre gingen dahin. Graf Mosca war längst nach Parma zurückgekehrt und als Pemierminister mächtiger denn je. Nach diesen drei Jahren göttlichen Glücks hatte Fabrizzio eine zärtliche Laune, die alles veränderte. Clelia hatte einen entzückenden kleinen Jungen im Alter von zwei Jahren, Sandrino, der die Freude der Mutter war. Er war immer um sie herum oder auf den Knieen des Marchese Crescenzi. Fabrizzio sah ihn dagegen beinahe niemals. Willens, daß sich das Kind nicht daran gewöhnen sollte, einen anderen als Vater zu lieben, hatte er die Absicht, es zu entführen, ehe sein Gedächtnis deutlich ward. Tag für Tag in den langen Stunden, in denen die Marchesa ihren Freund nicht sehen konnte, tröstete sie Sandrinos Gegenwart. Wir müssen nämlich etwas gestehen, was nördlich der Alpen unglaubhaft erscheinen wird: daß sie trotz ihren Verirrungen ihrem Gelübde treu geblieben war. Sie hatte der Madonna gelobt (wie man sich erinnert), Fabrizzio nie wieder zu sehen. So hatte das Gelübde wörtlich gelautet. Infolgedessen kam sie nachts mit ihm zusammen, und nie brannten Lampen im Gemach.

Alle Abende wurde Fabrizzio von seiner Freundin empfangen, und was bewundernswert ist, seine Vorsichtsmaßregeln waren so geschickt getroffen, daß an jenem Hofe voll maßloser Neugier und Langerweile kein Mensch diese amicizia, wie man in der Lombardei sagt, ahnte. Ihre Liebe war allzu heftig, als daß sie ohne Zwist hätte bleiben können, Clelia hatte viel Anlage zur Eifersucht, aber immer hatten die Uneinigkeiten eine andere Ursache. Fabrizzio hatte irgendeine öffentliche Zeremonie mißbraucht, um mit Clelia zusammenzutreffen und sie zu sehen. Unter irgendeinem Vorwand ging sie schnell hinweg und verbannte ihren Freund auf lange Zeit.

Am Parmaer Hofe wunderte man sich, daß eine durch ihre Schönheit wie durch ihre geistige Überlegenheit gleich hervorragende Frau so senza altro amore blieb. Sie erregte Leidenschaften, die zu rechten Torheiten verleiteten, und oft war auch Fabrizzio eifersüchtig.

Der gute Erzbischof Landriani war längst dahingegangen. Die Frömmigkeit, der musterhafte Lebenswandel und die Beredsamkeit Fabrizzios hatten ihn in Vergessenheit gebracht. Fabrizzios älterer Bruder war gestorben, und alle Familiengüter waren ihm zugefallen. Seitdem verteilte er jedes Jahr unter die Vikare und Priester seiner

Diözese die hundertundsoundsovieltausend Franken, die das Erzbistum Parma einbrachte.

Schwerlich kann man sich ein an Ehren reicheres, ehrbareres und nützlicheres Dasein als das von Fabrizzio geführte ausdenken, als er durch jene unglückliche Anwandlung von Zärtlichkeit alles verdarb. Eines Tages sagte er zu Clelia:

»Jenem Gelübde zufolge, das ich achte und das doch das Unglück meines Lebens ist, da ich dich ja nicht bei Tage sehen kann, bin ich gezwungen, beständig einsam dahinzuleben. Ich habe keine andere Zerstreuung als die Arbeit, und selbst die fehlt mir. Bei dieser harten und traurigen Lebensweise, in der ich die langen Stunden und Tage verbringe, ist ein Gedanke in mir aufgetaucht, der meine Qual ist und gegen den ich seit sechs Monaten vergeblich ankämpfe: Mein Sohn wird mich nie lieben; er hört ja nie meinen Namen nennen. In dem verführerischen Luxus des Palazzos Crescenzi aufgewachsen, kennt er mich kaum. Bei den wenigen Malen, da ich ihn sehe, träume ich von seiner Mutter; er erinnert mich an die himmlische Schönheit, die ich nie erblicken darf. So habe ich für ihn stets ein ernstes Gesicht, und ernst bedeutet bei Kindern dasselbe wie traurig.«

»Sag an«, sagte die Marchesa, »worauf zielen diese Worte, die mich erschrecken?«

»Ich möchte meinen Sohn haben! Ich will, daß er bei mir wohnt; ich will, daß er sich daran gewöhnt, mich zu lieben. Ich selber will ihn nach Herzenslust lieben. Da es ein Schicksal ohnegleichen verlangt, daß ich des Glückes beraubt bin, das so viele zärtliche Seelen genießen, und da ich mein Leben nicht mit dir verbringen darf, die ich anbete, so will ich wenigstens ein Wesen um mich haben, das mein Herz an dich erinnert und dich in gewisser Hinsicht ersetzt. Mein Beruf und die Menschen sind mir in meiner aufgezwungenen Einsamkeit zur Last. Du weißt, daß Ehrgeiz immer ein hohles Wort für mich war seit dem Augenblick, da ich das Glück hatte, von Barbone in die Gefangenenliste eingetragen zu werden; und alles, was nicht Seelenerlebnis ist, scheint mir lächerlich in der Schwermut, die mich fern von dir bedrückt.«

Man kann den Schmerz begreifen, den der Kummer ihres Freundes in Clelias Seele träufelte. Ihre Betrübnis war um so tiefer, als sie das Gefühl hatte, Fabrizzio sei gewissermaßen im Recht. Sie geriet sogar ins Schwanken, ob sie nicht ihr Gelübde brechen müsse. Dann hätte sie Fabrizzio bei Tage empfangen können wie jeden anderen aus der Gesellschaft, und der Ruf seiner Tugendhaftigkeit war viel zu fest begründet, als daß daraus schlimmes Gerede entstehen konnte. Sie sagte sich, durch viel Geld könne sie sich von ihrem Gelübde entbinden lassen, aber sie fühlte auch, daß eine so weltliche Erledigung ihr Gewissen nicht beschwichtigen könne, und vielleicht würde sie der Groll des Himmels wegen dieser neuen Sünde strafen.

Aber wenn sie auch einem so natürlichen Wunsche Fabrizzios willfahrte, wenn sie auch alles andere als das Unglück jener liebevollen Seele wollte, die ihr so vertraut war und deren Friede durch ihr Gelöbnis so seltsam gefährdet ward: unter welcher Maske sollte der einzige Sohn eines italienischen Grandseigneurs entführt werden, ohne daß der Betrug herauskam? Der Marchese Crescenzi würde Unsummen daransetzen, würde die Nachforschungen persönlich leiten, und früher oder später würde die Tat aufgedeckt. Es gab nur einen Weg, dieser Gefahr vorzubeugen: man hätte das Kind weit weg bringen müssen, etwa nach Edinburg oder nach Paris, aber dazu konnte sich die zärtliche Mutter nicht entschließen. Ein anderer von Fabrizzio vorgeschlagener Ausweg, und wirklich der vernünftigste, hatte in den Augen der fassungslosen Mutter eine unselige Vorbedeutung und noch Schlimmeres an sich. »Man müßte eine Krankheit vorschützen«, meinte Fabrizzio, »das Kind müßte mehr und mehr dahinsiechen, und während einer Reise des Marchese Crescenzi müßte es angeblich sterben.«

Clelias Widerwille, der sich bis zum Entsetzen steigerte, verursachte eine flüchtige Entzweiung. Clelia behauptete, man dürfe Gott nicht versuchen. Dies so heißgeliebte Kind sei die Frucht einer Sünde, und Gott werde es ohne Gnade wieder zu sich nehmen, wenn man seinen himmlischen Zorn herausfordere. Wiederum sprach Fabrizzio von seinem absonderlichen Schicksal. »Der Beruf, den mir der Zufall gegeben hat«, sagte er zu Clelia, »und meine Liebe verpflichten mich zu ewiger Einsamkeit. Ich darf nicht wie die meisten meiner Standesgenossen die Freuden vertrauter Geselligkeit genießen, da du mich nur im Dunkeln empfangen willst. Das drängt unser gemeinsames Leben sozusagen auf Augenblicke zusammen.«

Es wurden reichlich Tränen vergossen. Clelia ward krank, aber sie liebte Fabrizzio allzusehr, als sich beharrlich zu weigern, das schreckliche Opfer zu bringen, das er von ihr erbat. Sandrino wurde angeblich krank. Der Marchese ließ schleunigst die berühmtesten Ärzte holen.

Damit trat eine unvorhergesehene Schwierigkeit ein. Clelia mußte das angebetete Kind davor behüten, daß es die von den Ärzten verschriebenen Heilmittel einnahm. Das war nicht leicht.

Das Kind, das länger, als es seiner Gesundheit dienlich war, im Bette blieb, erkrankte wirklich. Man konnte doch dem Arzt die wahre Ursache dieses Übels nicht sagen! Von zwei sich widerstreitenden, ihr gleich teuren Neigungen hin und her gerissen, war Clelia nahe daran, den Verstand zu verlieren. Sollte man die augenscheinliche Genesung zugeben und damit die Frucht einer so langwierigen und schmerzlichen Täuschung preisgeben? Fabrizzio konnte sich weder verzeihen, daß er gewaltsam auf das Herz seiner Freundin eingewirkt hatte, noch auf seinen Plan verzichten. Er hatte Mittel und Wege gefunden, alle Nächte das kranke Kind besuchen zu können. Das führte zu neuer Verwicklung. Die Marchesa kam, um nach ihrem Kinde zu sehen, und so war es nicht zu umgehen, daß Fabrizzio sie im hellen Licht der Kerzen erblickte. Das empfand Clelias armes wundes Herz als grausige Sünde und wie eine Prophezeiung von Sandrinos Tod. Vergeblich erklärten die berühmtesten Kasuisten, die man über die Treue gegen ein Gelübde befragte, in dem Falle, wo das treue Einhalten offenbar Schaden anstiften mußte, sei ein Gelübde nicht in sündhafter Weise als gebrochen, anzusehen, wenn die durch ein Gelöbnis gegen Gott verpflichtete Person es nicht aus eitler Sinnenlust, sondern zur Abwendung eines unleugbaren Übels bräche. Die Marchesa blieb trotzdem verzweifelt, und Fabrizzio verhehlte sich die Möglichkeit nicht, daß sein wunderlicher Einfall Clelias Tod und den seines Sohnes zur Folge haben könne. Er nahm seine Zuflucht zu seinem Busenfreund, dem Grafen Mosca. Der greise Minister war gerührt von dieser Liebesgeschichte, von der er keine Ahnung gehabt hatte.

»Ich werde dafür Sorge tragen«, sagte er, »daß der Marchese mindestens fünf bis sechs Tage abwesend sein wird. Ist Ihnen das recht?«

Kurz darauf teilte Fabrizzio dem Grafen mit, alles sei vorbereitet, um Crescenzis etwaige Abwesenheit auszunutzen.

Zwei Tage später, als der Marchese von einem seiner Landgüter bei Mantua zurückritt, wurde er von Räubern, die offenbar im Solde einer Privatrache standen, gefangen genommen und, ohne daß ihm irgendein Leid geschah, in eine Barke gesetzt. Er mußte drei Tage lang den Po stromab fahren und die nämliche Reise machen wie ehedem Fabrizzio nach dem berühmten Vorfall mit Giletti. Am vierten Tage setzten die

Räuber den Marchese auf einer einsamen Po-Insel aus, nachdem sie ihn völlig ausgeplündert und ihm weder Geld noch einen sonstigen Wertgegenstand gelassen hatten. Der Marchese brauchte zwei volle Tage, ehe er wieder in seinem Palazzo ankam. Er fand ihn schwarz ausgeschlagen und sein ganzes Haus in trostloser Wehklage.

Die sehr geschickt ins Werk gesetzte Entführung hatte eine unheilvolle Folge. Sandrino, der heimlich in einem großen und schönen Hause untergebracht war, wo ihn die Marchesa fast alle Tage besuchte, starb nach Verlauf von wenigen Monaten. Clelia bildete sich ein, eine gerechte Strafe habe sie ereilt, weil sie ihr Gelübde der Madonna nicht treu gehalten habe. Während Sandrinos Krankheit hatte sie Fabrizzio häufig bei Licht gesehen und sogar zweimal am hellen Tage und in zärtlichster Wallung. Sie überlebte ihren heißgeliebten Sohn nur um wenige Monate, aber sie hatte das süße Glück, in den Armen ihres Freundes zu sterben.

Fabrizzio war allzu verliebt und viel zu gläubig, als daß er seine Zuflucht zum Selbstmord nahm. Er hoffte, Clelia in einer besseren Welt wiederzufinden; aber klug, wie er war, verhehlte er sich nicht, daß er viel zu sühnen hatte.

Wenige Tage nach Clelias Tode unterzeichnete er mehrere Urkunden, kraft deren er jedem seiner Diener ein Jahresgeld von tausend Franken aussetzte und sich selbst eine gleich hohe Rente ausbedang. Der Gräfin Mosca vermachte er Landgüter, die hunderttausend Lire Ertrag hatten, die gleiche Rente seiner Mutter, und was von seinem väterlichen Vermögen wohl übrig blieb, der einen seiner Schwestern, die arm verheiratet war. Am anderen Tage, nachdem er vorschriftsmäßig seine Enthebung vom Erzbistum und von allen Würden erbeten hatte, die ihm durch die Gnade seines Landesherrn und die Freundschaft des Premierministers in reichstem Maße zuteil geworden waren, zog er sich nach der Kartause von Parma zurück. Sie liegt in den Wäldern am Po, zwei Meilen von Sacca.

Die Gräfin Mosca war seinerzeit durchaus damit einverstanden gewesen, daß ihr Gatte das Ministerium wieder annahm, aber niemals gab sie darin nach, die Lande Ernsts V. wieder zu betreten. Sie residierte in Vignano, eine Viertelstunde von Casalmaggiore am linken Po-Ufer, also auf österreichischem Gebiet. In dem prächtigen Schlosse von Vignano, das ihr der Graf hatte erbauen lassen, empfing sie jeden Donnerstag die höchste Gesellschaft aus Parma und alltäglich ihre zahlreichen Freunde. Es verging kein Tag, an dem Fabrizzio nicht nach Vignano gekommen wäre. Mit einem Wort, die Gräfin schien im Vollbesitz alles Glückes, aber sie überlebte ihren vergötterten Fabrizzio nur um kurze Zeit. Er verbrachte in seiner Kartause kaum ein Jahr.

In Parma waren die Gefängnisse leer, der Graf unermeßlich reich und Ernst V. verehrt von seinen Untertanen, die seine Regierung mit der der Großherzöge von Toskana verglichen.

Nachwort und Anmerkungen des Übersetzers zur

Geschichte des Romans

›Ich werde den alten Erzähler Bandello, Bischof von Agen, nachahmen, der eine Sünde zu begehen vermeinte, wenn er in seinen Geschichten wahrhaftige Umstände wegließ oder neue hinzu erfand.‹

Dieses gegen das Ende der Niederschrift der ›Kartause von Parma‹ am 23. Januar 1839 (also an Beyles sechsundfünfzigstem Geburtstage) zu Papier gebrachte Programm hat der Dichter getreuestens eingehalten. Der Roman birgt eine Menge eigener Erlebnisse und Erinnerungen, dazu eine Anzahl von Motiven, die Stendhal alten Chroniken des Cinquecento und Secento entnommen hat. So hat vor allem der Held der Erzählung, Fabrizzio del Dongo, sein Urbild in Alexander Farnese, dem nachmaligen Papst Paul III. (1534-1549).

Im Jahre 1832 hatte Beyle in Rom Abschriften aus damals unbekannten alten Handschriften machen lassen, die dreizehn Foliobände füllen. Sie sind später (1851) aus seinem Nachlasse von der Pariser Nationalbibliothek angekauft worden. In einem dieser Folianten findet sich ein Bericht: ›Aus der Jugend des Papstes Paul III.‹ Ganz wie Fabrizzio in der ›Kartause von Parma‹ gerät der junge Farnese, als er Ausgrabungen bei Rom beaufsichtigt, wegen einer hübschen Frau mit deren Begleiter in Händel und ersticht ihn im Kampfe. Daraufhin kommt er in Haft in die Engelsburg, ganz wie Fabrizzio in die Torre Farnese, die übrigens nichts ist als das von Rom nach Parma verlegte Castello Sant' Angelo. Und ganz wie der künftige Papst entkommt Fabrizzio, der künftige Erzbischof, mit Hilfe eines langen Seiles (das im Falle Farnese an die neunzig Meter lang gewesen sein soll) in kühnster Weise aus dem Kerker.

Alessandro Farnese (geboren 1468) war der Enkel von Ranuccio Farnese, einem berühmten General, und der Sohn von Pier Luigi Farnese. Eine jüngere Schwester von Alessandro war Julia Farnese, die um 1489 die Geliebte des Kardinals Roderigo Borgia, des nachmaligen Papstes Alexander VI. (1492–1503), wurde, auf den wir in der Folge zu sprechen kommen.

In der gleichen Zeit lebte das Urbild der Hauptgestalt in der ›Kartause von Parma‹, die Duchezza Gina di Sanseverina: Giovanna Catanei, genannt Vannozza, eine Römerin, geboren im Juli 1442, gestorben in Rom am 26. November 1518, begraben in der Santa Maria del Popolo. In der besagten alten Chronik wird von ihr erzählt: ›Vannozza kam oft vom Lande zu Besuch nach Rom, wo sie im Hause ihres Bruders oder ihrer Schwester weilte. Sie nahm zu an Schönheit und Anmut und ward bald zum Wunder der Hauptstadt der Welt und zum Anlaß des erstaunlichen Glückes ihrer Familie. Keine Frau, weder aus dem Adel noch aus dem Bürgerstande noch aus der ungeheueren Schar der vornehmen Buhlerinnen, deren Schönheit und Reichtum die Bewunderung der Fremden erregte, konnte den Vergleich mit Vannozza im geringsten aushalten. Und selbst wenn sie nichts von dieser göttlichen Schönheit besessen hätte, die so ruhig, so edel, so hinreißend war und die sie so manches Jahr hindurch, ja, man kann ohne Übertreibung sagen, bis zum Augenblicke ihres Todes, zur Königin Roms machte, so wäre sie doch eine der gesuchtesten Frauen gewesen wegen des liebreizenden Vulkans von neuen und glänzenden Gedanken, die ihr die fruchtbarste und fröhlichste Einbildung lieferte, die es je gegeben.

Vannozza war eine der vielen Geliebten des bereits genannten Kardinals Roderigo Borgia, des berühmtesten aller Genußmenschen, eines ›großen Mannes, der die am wenigsten mißlungene Inkarnation des Teufels auf Erden gewesen ist‹, um Worte Stendhals (Promenades dans Rome II, 192) anzuwenden. Vannozza ist die Mutter des Cesare und der Lucrezia Borgia. Über ihren Charakter, ihr Leben und ihre Leidenschaften unterrichtet uns das bekannte Buch ›Lucrezia Borgia‹ (1874) von Ferdinand Gregorovius. Ihre Liebschaft mit Roderigo endete, als sie vierzig Jahre alt war.

Jenen Chroniken ist fernerhin die Episode der Fausta in ihren Grundzügen entnommen. Dort trägt diese den Namen Anna Brocchi. Die Geschichte widerfährt dem verliebten Kardinal Pietro Aldobrandini, unter dem Pontifikat von Klemens VIII. (1592-1605). Der Liebhaber hieß Girolamo Langobardi. Einige Stellen aus dem alten Bericht findet man im Anhange, in den Anmerkungen zu Seite 262 ff. Der Vergleich beleuchtet Stendhals Arbeitsweise auf das anschaulichste.

Eine vierte Gestalt des Romans, der Dichter und Rebell Ferrante Palla, hat seinen geschichtlichen Vorgänger in dem 1644 in Avignon enthaupteten unglücklichen Verfasser politischer Romane Ferrante Pallavicini aus Piacenza. Alle diese Menschen längst vergangener Tage hat Stendhal in das neunzehnte Jahrhundert versetzt. Es hängt ihnen noch so mancherlei aus ihrem Vorleben an. Im Zusammenhang damit erscheint einem der im Roman geschilderte Fürstenmord mit allen seinen Motiven und Umständen als Anachronismus, wenngleich das Italien des vergangenen Jahrhunderts an Fürstenmördern nicht arm war. Hier erlebt der wilde Fanatismus der Florentiner des Mittelalters, die im Tyrannenmord ein offen eingestandenes Ideal erblickten, eine merkwürdige dichterische Nachblüte.

Nicht minder als die Gestalten sind die Schauplätze der ›Kartause von Parma‹ nach der Natur studiert. Sie wechseln vielfach. Die Geschehnisse spielen sich auf den Eingangsseiten in Mailand von 1800 bis 1814 ab, sodann am Comer See, in Paris, bei Maubeuge, im Schlachtgelände bei Waterloo (im Juni 1815), in Zoonders (wohl ein erfundener Name für ein flämisches Städtchen), in Genf und Lugano, wiederum am Comer See (in Grianta [1]), dann in Como, in Mailand, auf einem Landgute in der Nähe von Romagnano (bei Novara), in Parma, Neapel, Bologna, in Casalmaggiore (am Po), in Ferrara, auf dem Gute Sacca (bei Colorno), im Gebirge bei Florenz, in der Torre Farnese[2], in der Burg Velleia, in Castelnuovo, in Locarno und schließlich in der Certosa do Parma. Alle diese vielen Orte kannte Beyle aus eigener Anschauung. Italien, seine Landschaft wie seine Städtebilder, waren dem Milanesen Beyle nichts Fremdes, hatte er doch von 1800 bis 1802, von 1814 bis 1821 und von 1831 bis 1836, also insgesamt anderthalb Jahrzehnte seines Lebens, südlich der Alpen verbracht. Ähnlich wie die Engelsburg in der Torre Farnese geschildert ist, hat auch die Certosa di Pavia in die Nähe von Parma rücken

---

1 Stendhal nennt den Ort Grianta und hat dabei die längst verfallene Burg Rocca di Musso, nahe dem Orte Dongo am Westufer des Comer Sees, im Sinne. Diese ehedem trotzige Feste hatte der Marschall Trivulzio erbaut. Stendhal verlegt aber offenbar sein imaginäres Grianta in die Tremezzina, oberhalb Cadenabbia, wo es ein Dorf Griante gibt.

2 Die Zitadelle (Castello) von Parma. Papst Paul III. ernannte 1545 seinen Sohn Pier Luigi Farnese zum Herzog von Parma und Piacenza. Am berühmtesten ist sein Nachkomme, der Feldherr Alessandro Farnese il Grande (gestorben 1592 an einer Kugelwunde), dessen Reiterdenkmal in Piacenza steht. Der letzte Farnese in Parma (Antonio) starb 1731.

müssen.[3] Alle anderen Orte sind ohne Transpositionen nach der Wirklichkeit gezeichnet.

Das Schlachtfeld von Waterloo (südlich von Brüssel) hat Beyle im Juli 1838 besucht und eingehend studiert. Zweifellos ist das im Roman geschilderte Gelände im einzelnen an Ort und Stelle auffindbar.

Die Waterloo-Episode in der ›Kartause von Parma‹ gehört zu dem Berühmtesten, was Stendhal geschrieben hat.

Mit Recht hat Tolstoi gesagt: ›Ich bin Stendhal wie kaum irgendwem verpflichtet: ich verdanke ihm die Kenntnis des Krieges. Wer vor ihm hat den Krieg auf diese Weise geschildert, das heißt so, wie er wirklich ist? Man erinnere sich, wie Fabrizzio mitten durch die Schlacht von Waterloo reitet und nicht das geringste davon merkt und wie ihn die Husaren unversehens rückwärts über die Kruppe seines Pferdes, seines schönen Generalspferdes, herunterholen. Später, im Kaukasus, hat mir mein Bruder, der eher Offizier wurde als ich, den Realismus der Stendhalschen Schilderung bestätigt. Er schwärmte für den Krieg, wenn er auch nicht so naiv war, an die Szene auf der Brücke von Arcole zu glauben. Alles das, sagte er mir, ist buntes Beiwerk; im Kriege gibt es derlei nicht! Bald darauf, in der Krim, habe ich das mit eigenen Augen beobachtet. Und ich wiederhole es: in allem, was ich vom Kriege weiß, war mein erster Lehrer Stendhal.‹

Beyle ist nicht Augenzeuge der Schlacht bei Waterloo und Belle-Alliance gewesen. Er gibt die Eindrücke und Zustände wieder, die er in den großen Schlachten bei Wagram und bei Borodino, in den vielen Gefechten auf dem Rückzug aus Rußland und während des Feldzuges 1813 in Sachsen persönlich erlebt hat. Wir besitzen ein paar Tagebuchblätter, die er beim Kanonendonner während der Schlacht bei Bautzen hingekritzelt hat. Es heißt da: ›Von Mittag bis drei Uhr nachmittags sahen wir alles, was man von einer Schlacht sehen kann, das heißt: nichts. Der Genuß liegt in der Aufregung, die einem das Bewußtsein erweckt, daß sich um uns etwas abspielt, von dem man weiß, es ist schrecklich. Der majestätische Kanonendonner verstärkt die Wirkung.

---

3   Die nicht ›in waldreicher Gegend am Po, zwei Meilen von Sacca entfernt‹, sondern in der Ebene vor der Stadt, nahe der antiken Via Emilia und dem Triumphbogen Aldobrandinis liegende Certosa di Parma (heute eine Strafanstalt) hat Stendhal kaum gekannt und sicherlich nicht im Sinne gehabt.

Er paßt vortrefflich zum ganzen Eindruck. Wenn die Geschütze ein scharfes, pfeifendes Geräusch hervorbrächten, so würde es einen wohl nicht so ergreifen. Ich habe das Gefühl, ein pfeifendes Geräusch wäre grausig, aber niemals so schön wie der rollende Kanonendonner.‹

Die Niederschrift der ›Kartause von Parma‹ ist in die Monate August 1838 bis März 1839 zu setzen. Beyles Briefe aus dieser Zeit verraten nichts über dieses Werk. Im Buche selbst deutet eine unverständliche Anmerkung (am Schlusse von Kapitel 3) auf die Entstehungszeit: ›Para v.P.y.E.15.X.38‹. Und am 21. März 1839 schreibt Stendhal seiner Freundin Giulia Gaulthier: ›Ich habe noch keine Zeit gehabt, mich bei jener mutigen Frau (der Gräfin Tascher) einzufinden, die ich aus tiefstem Herzen bewundere. Mir brennt es sozusagen auf den Nägeln. Das will sagen: ich komme vor acht Uhr abends nicht zum Essen, und um Mitternacht nehme ich die Arbeit wieder auf, bis drei Uhr morgens. Aber am Dienstag (den 26.) werde ich erlöst sein!‹

Beyle arbeitete damals fünfzehn Stunden am Tage; Es kam ihm darauf an, den Roman vor seiner drohenden Wiederabreise nach Civitavecchia zu vollenden und dem Drück zu übergeben.

Wertvolle Aufschlüsse enthält Beyles berühmter Brief an Honoré de Balzac vom 30. Oktober 1840. Er hatte dem ›Könige der Romandichter unseres Jahrhunderts‹ (wie er ihn im Begleitbriefchen nennt) ein Exemplar der ›Kartause‹ am 17. Mai 1839 übersandt, am gleichen Tage, da er im ›Constitutionnel‹ die Episode von Waterloo als Kostprobe seines Werkes veröffentlichte. Balzac antwortete drei Tage darauf mit Worten aufrichtiger Bewunderung, und am 6. April des nächsten Jahres versichert er Beyle, die ›Kartause‹ sei ›ein großes, schönes Buch, wie er es nicht imstande sei zu schaffen‹. Im September 1840 erschien sodann der berühmte Essay Balzacs über die Chartreuse de Parme in der ›Revue Parisienne‹. In seinem Dankschreiben macht Beyle folgende Geständnisse:

›Ich muß Ihnen bekennen, daß ich seinerzeit bei der Niederschrift der ersten vierundfünfzig Seiten (der Erstausgabe) den lebhaftesten Genuß verspürt habe. Ich erzählte da von Dingen, die ich anbete, und ich habe dabei an nichts weniger gedacht als an die Kunst, einen Roman zu schreiben. Ich war des Glaubens, vor 1880 doch nicht gelesen zu werden. So weit hinaus verlegte ich die Autorfreuden. Irgendein Literaturschnüffler, so sagte ich mir, wird dermaleinst das Buch ausgraben, das Sie so seltsamer Weise überschätzen. Aber da Sie sich die

Mühe gemacht haben, diesen Roman dreimal zu lesen, so hege ich die Absicht, bei unserer nächsten Begegnung auf dem Boulevard eine Menge Fragen an Sie zu richten:

1. Ist es statthaft, Fabrizzio ›unseren Helden‹ zu nennen? Ich wollte den Namen Fabrizzio nicht so häufig wiederholen.

2. Muß die Fausta-Episode gestrichen werden? Sie ist mir in der Niederschrift etwas breit geraten. Fabrizzio benutzt die erste beste Gelegenheit, der Duchezza zu zeigen, daß er der Liebe unfähig sei.

Jene vierundfünfzig Seiten sind mir wie eine anmutige Einleitung vorgekommen. Wie gesagt, es war mir eine zu große Freude, von den glücklichen Zeiten meiner Jugend zu plaudern. Als ich die Korrektur las, stiegen mir allerdings Bedenken auf, aber ich dachte an die so langweiligen ersten Kapitel bei Walter Scott und an den überlangen Anfang der göttlichen ›Prinzessin von Cleve‹ (der Madame de Lafayette).

Ich habe verschiedentliche Romanpläne entworfen; das kann ich nicht in Abrede stellen. Aber das Planmachen erstarrt mich. Gewöhnlich diktiere ich fünfundzwanzig bis dreißig Seiten. Wenn es dann Abend wird, habe ich das Bedürfnis nach etwas starker Ablenkung. Am anderen Morgen muß ich alles vergessen haben. Indem ich die letzten drei oder vier Seiten des Kapitels vom Tag zuvor wieder lese, fällt mir das neue Kapitel ein. Es ist mein Unglück hier (in Civitavecchia), daß mein Gehirn gar keine Anregung findet.

Ich verabscheue den geschraubten Stil (le style contourné), und ich will Ihnen gestehen, daß ein guter Teil der ›Kartause‹ nach dem ersten Diktat gedruckt worden ist. Ich habe insgesamt sechzig- bis siebzigmal diktiert. Die Ideen drängten mich. Das ganze Stück, das sich im Kerker abspielt, war mir abhanden gekommen, und ich war gezwungen, es ein zweites Mal zu machen. Aber was nützen Ihnen diese Einzelheiten?

Ich glaube, seit dem Untergange des Hofes, im Jahre 1792, schwindet das Gefühl für die (präzise) Form von Tag zu Tag mehr. Wenn Villemain, den ich als hervorragendsten Akademiker anführe, die ›Kartause von Parma‹ ins Französische übersetzen sollte, so brauchte er drei Bände, um auszudrücken, was in zweien vorliegt. Überschwang und Schwulst werden von der Masse der Schelme derart betrieben, daß man den deklamatorischen Stil alsbald hassen wird.

Als ich siebzehn Jahre alt war, hatte ich beinahe ein Duell wegen Chateaubriands ›Atala‹. Nie habe ich die ›Chaumière indienne‹ (von

Bernardin de Saint-Pierre) gelesen. De Maistre kann ich nicht ausstehen. Meine Verachtung Laharpes geht bis zum Haß. Ohne Zweifel aus übertriebener Liebe zur Logik bin ich ein so schlechter Schriftsteller. Mein Homer sind die ›Denkwürdigkeiten‹ des Marschalls Gouvion-Saint-Cyr. Montesquieu und die ›Totengespräche‹ von Fontenelle halte ich für gut geschrieben. Es ist keine vierzehn Tage her, daß ich beim Wiederlesen von ›Aristonous‹ oder ›L'esclave d'Alcine‹ geweint habe. Abgesehen von Madame de Murdauff und ihrem Kreise, etlichen Romanen der George Sand und den in Zeitungen erschienenen Novellen von Soulié, habe ich von der schönen Literatur der letzten dreißig Jahre nichts gelesen. Oft lese ich Ariost, dessen Gesänge ich liebe. Die Duchezza (di Sanseverina) ist eine Kopie nach Correggio, womit ich sagen will, sie wirkt auf meine Seele genau so wie Correggio.

Während ich die ›Kartause‹ schrieb, habe ich jeden Morgen, um den Ton zu stimmen, zwei, drei Seiten im Bürgerlichen Gesetzbuch gelesen. Ich wollte immer natürlich sein. Ich will die Phantasie des Lesers nicht mit unechten Mitteln gewinnen. So ein armer Leser läßt zunächst alle hochtrabenden Floskeln über sich ergehen, zum Beispiel den ›Wind, der die Wogen entwurzelt‹; aber wenn die Spannung vorüber ist, wird er jene Redensarten nicht wieder los. Im Gegensatz dazu will ich, der Leser soll an die Gestalt des Grafen Mosca denken und nicht an irgendwelches Drum und Dran. Aber man soll seinem Arzt nichts verheimlichen. Oft überlege ich mir eine Viertelstunde lang, ob ich ein Eigenschaftswort vor oder hinter sein Hauptwort stelle. Ich suche mit Wahrheit und Klarheit zu erzählen, was in meinem Herzen vorgeht. Ich sehe nur auf ein Gesetz: Klar sein!

Ich will berichten, was sich im Seelengrunde Moscas, der Duchezza, der Clelia Conti abspielt. Das ist ein Gebiet, für das Parvenüs, Schulmeister, Bürokraten, Krämer und Spießbürger sowieso den rechten Blick nicht haben. Wenn ich so schwer faßbare Materien im verschwommenen Stile eines Villemain, einer George Sand usw. darstellen wollte – vorausgesetzt, daß ich das seltene Privileg besäße, so zu schreiben wie diese Koryphäen der schönen Form –, wenn ich also zu der psychologischen Schwierigkeit die Unklarheit dieses gepriesenen Stils gesellen wollte, so verstünde der Leser absolut nichts vom Konflikt zwischen der Duchezza und Serenissimus.

In fünfzig Jahren werden die schwülstig-eleganten Modedichter und Modeprosaisten langweilig wirken. Im Jahre 1880 wird man von der schönen Form übersättigt sein. Vielleicht wird man dann die ›Kartause‹ lesen. Ich wiederhole: sie ist wie das Bürgerliche Gesetzbuch geschrieben.

Sie haben sehr richtig herausgefunden, daß mein Roman keine der Großmächte karikiert, weder Frankreich noch Spanien noch Österreich. Dies erkennt man schon an gewissen administrativen Einzelheiten. Bleiben die Duodezfürsten in Deutschland und in Italien. Die Deutschen liegen vor Orden und Titeln auf den Knieen. Ich habe jahrelang unter ihnen gelebt. Meine Hauptgestalten sind keine Deutschen. Verfolgen Sie diesen Gedankengang weiter, und Sie werden finden, daß ich eine erloschene Dynastie im Sinne gehabt habe, etwa die der Farnese.

Ich nehme mir eine gut bekannte Person, lasse ihr die zur Gewohnheit gewordene individuelle Art in der Kunst, alle Morgen auf die Jagd nach dem Glück zu gehen, nur verleihe ich ihr mehr Geist. Rassi hat sein Urbild in einem Deutschen, mit dem ich zweihundertmal gesprochen habe. Das Urbild des Fürsten (Ernst IV.) habe ich während meines Aufenthalts in Saint-Cloud studiert, in den Jahren 1810 und 1811.‹

Man hat behauptet, Stendhal habe in seinem Serenissimus den Herzog Franz IV. von Modena gezeichnet und im Grafen Mosca den Grafen Saurau, den Statthalter der damals österreichischen Lombardei. Und ein gelehrter Stendhal-Forscher (der Professor Arthur Chuquet) hat im Anhange seiner Stendhal-Biographie sogar den Lebenslauf des Leutnants Robert beigebracht, dessen in Mailand getragene oder vielmehr abgetragene Stiefel unsterblich geworden sind. Allerdings hat der historische Robert nicht das Vergnügen gehabt, am Tage von Waterloo als General im Stabe des Fürsten von der Moskwa über das Schlachtfeld zu reiten.

Mosca hat seinen Ahnherrn deutlich in Machiavell; bereits Balzac hat dies erkannt, indem er in seinem erwähnten Essay schreibt: ›Wenn Machiavell dazu verdammt wäre, im Italien des neunzehnten Jahrhunderts zu leben, dann hätte er diesen Roman geschrieben.‹

An zahlreichen Stellen des Romans leuchten eigene Erlebnisse Beyles hindurch. Ein Beispiel: In seinem merkwürdigen selbstverfaßten ›Nekrolog‹ von 1837 sagt er: ›Gina hinderte mich, bei der Rückkehr Napoleons (am 1. März 1815), die ich am 6. März erfuhr, zu den Fahnen zu eilen.‹ Vermutlich meint er hier Gina (Angelina) Pietragrua, und man geht kaum fehl, wenn man in der so lebensprühenden Gestalt der Duchezza ein Denkmal erkennt, das der alternde Dichter jener nie vergessenen schönen Mailänderin gesetzt hat. Auf viele andere Reminiszenzen wird in den Anmerkungen aufmerksam gemacht, vor allem auch auf interessante Parallelen zwischen den Taten und Meinungen der Romangestalten und Stendhals Theorieen in seinem berühmten Buche ›Von der Liebe‹. Wie alle Bücher Beyles ist auch die ›Kartause‹ eine Konfession.

Stendhal mischt Dichtung und Wahrheit, wie es das Recht jedes Dichters ist. Er arbeitet nach Modellen, verändert sie aber nach Laune und Notwendigkeit. Es liegt ihm wenig daran, Porträts zu schaffen. Aber nicht allein Gestalten des Lebens und der Geschichte schweben ihm bei seinen Schöpfungen vor, auch solche aus Gemälden, die Eindruck auf ihn gemacht haben. So erwähnt er selber zweimal die ›Tochter der Herodias‹ von Lionardo da Vinci (richtiger: von Bernardino Luini). Recht glücklich nennt Barbey d'Aurevilly die Duchezza di Sanseverina die ›Mona Lisa der Literatur‹. Und ist die liebliche Clelia Conti nicht dem Rahmen eines Bildes von Correggio oder Guido Reni entstiegen?

Angeregt von einigen Ausstellungen, die Balzac gemacht hatte, entschloß sich Beyle zu einer Umarbeitung seiner ›Kartause‹. Er ließ sich im Herbst 1840 ein Exemplar des Romans mit Schreibpapier durchschießen und machte sich sodann an die Arbeit. Diese vier Bände sind nach Beyles so baldigem Tode in den Besitz der Familie Crozet gekommen und im Jahre 1869 zusammen mit noch anderen Stücken des Stendhalschen Nachlasses von einem Herrn Eugen Chaper in Eybens (Isère) erworben worden; jetzt besitzt sie Herr P. Royer. In diesem Exemplar hat Beyle eine große Menge textlicher Änderungen vorgenommen, hier einen Ausdruck geändert, dort ein paar Worte gestrichen, da hinzugesetzt, und so weiter. Die beabsichtigte völlige Umarbeitung des Romans bieten diese durchschossenen Bände nicht. Hingegen lassen die zahlreichen Notizen darin ziemlich deutlich erkennen, wie sich Beyle die neue Gestaltung der ›Kartause‹ gedacht hat.

Durch Erweiterung des letzten Viertels der vorliegenden Fassung sollte der Roman auf den Umfang von drei gleichstarken Bänden gebracht werden. In einer Randbemerkung des Royerschen Exemplares heißt es: ›Meinem Verleger Dupont graute es vor der Dickleibigkeit des zweiten Bandes meines Manuskriptes oder gar vor einem dritten Bande. Aber ich muß die Charakterentwicklung der Clelia wieder so breit geschildert herstellen, wie sie ursprünglich war, ehe Dupont mich veranlaßte, sie zusammenzusäbeln. So wie Clelias Liebe jetzt geschildert ist, wirkt sie langweilig. Es fehlen ein paar zarte, rührende Szenen ... Clelia kann der leibhaftigen Gegenwart Fabrizzios nicht widerstehen. Ihre Tugend hatte ihren Halt nur in seinem Fernsein ... Ich war im März 1839 mißlaunig, und Dupont jammerte bereits bei Seite 364 maßlos ...‹ Der zweite, stärkere Band der Erstausgabe, der mit Kapitel 14 beginnt, hat 445 Seiten.

Der umgearbeitete Roman sollte offenbar mit Fabrizzios Erlebnissen auf dem Schlachtfelde von Waterloo beginnen. Damit wäre die Komposition gedrungener geworden. Die Erlebnisse der Gräfin Pietranera bis 1815 wollte Stendhal den Obersten Lebaron erzählen lassen. In der vorliegenden Fassung tritt dieser Oberst nur in der Episode an der Sainte-Brücke auf; in der Neubearbeitung sollte Fabrizzio während seines Aufenthaltes in Amiens in das Haus des Obersten kommen. Ein Bruchstück der Erzählung Lebarons hat Casimir Stryienski im Nachlasse Beyles in der Grenobler Bibliothek aufgefunden und veröffentlicht. Wieder in Paris, sollte Fabrizzio im Foyer der Großen Oper den Großfiskal Rassi und den Cavaliere Riscara, die Ranuccio Ernesto als Spione nach Paris entsandt hat, kennen lernen. ›Fabrizzio fällt ihr italienisches Aussehen und ihr Mailänder Dialekt auf, den die beiden Kundschafter für allgemein unverständlich wähnen.‹ Weiterhin wollte Stendhal ›eine komische Person einfügen, die am Parmaer Hofe die Rolle des ›Journal des Débats‹ und dazu die des Herrn de Fontanes spielt‹.

›Ich muß noch ein paar Landschaftsschilderungen und hin und wieder ein Alltagsgespräch einfügen‹, heißt es in einer Randbemerkung. ›Die Personen, die nach Fabrizzios Ankunft in Parma eine Rolle spielen, insbesondere Rassi, den Erzbischof, den Marchese Crescenzi und andere, muß ich irgendwie bereits im ersten Teile des Romans einführen ... Ich muß viele Worte ändern, besonders in den letzten hundert Seiten ...‹

Der Roman ist zu Anfang Mai 1839 in zwei Bänden erschienen; bereits im gleichen Jahre folgte ein belgischer Nachdruck, ebenfalls zweibändig, in kleinerem Format. Eine freie deutsche Nacherzählung, die leider alles Beylistische tilgt, ist 1845 in Dresden herausgekommen.

Im Laufe der Zeit ist dann eine Reihe fremdländischer Ausgaben erschienen. Es gibt je eine englische, amerikanische, polnische, tschechische, dänische, schwedische, zwei spanische, zwei russische und zwei italienische Übersetzungen der ›Kartause‹.

Die vorliegende erste deutsche Übertragung ist erstmalig 1906 in zwei Bänden veröffentlicht. Der Neudruck ist vielfach verbessert.

Dresden, am 24. Dezember 1920.

Dr. Arthur Schurig